Der Dieb von Dresde

Das Buch

1813 führt Napoleon, geschlagen aus Russland zurückgekehrt, in der Gegend um Dresden seine letzten Gefechte. Seine Gegner bringen sich mit Geheimdiplomatie in Stellung, um die Macht neu zu verteilen. In dieser prekären Situation gerät Hofrat von Block, Direktor der berühmten Kunstsammlung im Grünen Gewölbe, in die Netze der Machtpolitik. Sein Stellvertreter wird ermordet, alle Spuren deuten auf Block. Der Hofrat ist kein Mörder, doch er hat ein brisantes Geheimnis. Um sein Doppelleben nicht auffliegen zu lassen, erklärt er sich bereit, Informationen an die Preußen zu liefern.

Blocks halbwüchsige Tochter Ariane ist entsetzt, als der Vater verhaftet wird. Sie ist fest entschlossen, seine Unschuld zu beweisen und beginnt zu ermitteln. Unterstützt wird sie von ihrem Klavierlehrer E. T. A. Hoffmann. Doch je mehr die beiden herausfinden, desto klarer zeigt sich, dass Block keineswegs unschuldig sein kann.

Der Autor

Ralf Günther wurde 1967 in Köln geboren. Er schrieb Krimis, Hörspiele, Sachbücher und Kinderbücher und arbeitet als Drehbuchautor. Bekannt wurde er durch sein historisches Romandebüt *Der Leibarzt.* Ralf Günther lebt mit seiner Familie in Dresden.

Von Ralf Günther ist in unserem Hause bereits erschienen:

Die Theatergräfin

RALF GÜNTHER

DER *Dieb* VON DRESDEN

Historischer Roman

List Taschenbuch

Besuchen Sie uns im Internet:
www.list-taschenbuch.de

Umwelthinweis:
Dieses Buch wurde auf chlor- und säurefreiem Papier gedruckt.

Ungekürzte Ausgabe im List Taschenbuch
List ist ein Verlag der Ullstein Buchverlage GmbH, Berlin.
1. Auflage September 2009
2. Auflage 2009

Konzeption: semper smile Werbeagentur GmbH, München
Umschlaggestaltung: bürosüd° GmbH, München
(unter Verwendung einer Vorlage von Zero Werbeagentur, München)
Titelabbildung: © Christies Images / The Bridgeman Art Library
Satz: LVD GmbH, Berlin
Gesetzt aus der Garamond
Druck und Bindearbeiten: CPI – Clausen & Bosse, Leck
Printed in Germany
ISBN 978-3-548-60906-5

I

»Sie kennen mich nicht – meine Mutter auch nicht – niemand – ich muss so vieles tief in mich verschließen – ich werde nie glücklich sein.«

Julia Mark, ehemalige Geliebte von
E. T. A. Hoffmann, Tagebucheintrag

Es musste Schlimmeres drohen als ein Krieg, um die Teegesellschaft der Madame von Block zu sprengen. Jeden Dienstag, Schlag drei Uhr, versammelten sich fünf Damen der höheren Dresdner Gesellschaft im Salon auf der Kreuzgasse, gegenüber der Kirche, um den Inhalt ihrer Handarbeitsbeutel – Nadeln, Garne, Fädelhaken und Fingerhüte – über die Polster auszubreiten. Mit flinken Fingern bemühte man sich um die Verschönerung der Welt. Doch eifriger noch als die Nadeln durch die Stickrahmen flogen die Gerüchte von Sofa zu Sofa.

»Man erzählt sich, Napoleon soll das Fräulein Mars eigens nach Dresden holen lassen, damit sie für ihn spielt!«

Sprechende Blicke wurden gewechselt. Ariane von Block, mit ihren 17 Jahren die jüngste im Kränzchen, wurde verlegen – wie immer in letzter Zeit, wenn die Rede auch nur entfernt auf das Verhältnis von Männern zu Frauen kam. Sie spitzte dennoch die Ohren.

»Angeblich«, Madame Lenzen senkte verschwörerisch die Stimme und beugte sich vor, »soll er nicht einmal im Boudoir seinen Feldmantel ausziehen!«

Ariane bekam einen Krümel Gebäck in die Luftröhre und musste husten. Emilie Lenzen, die Busenfreundin und stets an ihrer Seite, schickte ihr einen amüsierten Blick und sagte: »Sicher. Er wüsste sonst auch nicht, wohin er seine Hand stecken sollte!«

Die Töchter kicherten, die Mütter verzogen wohlwollend die Gesichter. Nur die Nachbarin blieb scheinbar ungerührt.

»Überall will man den *empereur* gesehen haben. Auf dem Altmarkt ebenso wie an den Schlägen. Bei den Schanzarbeiten im Großen Garten wie auf der Räcknitzer Höhe …«

»Vielleicht gibt es, wie im Märchen vom Hasen und Igel, nicht nur einen«, schlug Emilie vor.

»Um Himmels willen«, rief Anna-Louise von Block aus, »am Ende ist es nicht nur ein Satan – sondern eine ganze Teufelsbrut!«

»Das würde die wunderbaren Siege erklären«, warf Ariane ein und errötete sogleich, da die übrigen Damen keinerlei Reaktion auf ihre Bemerkung zeigten.

Emilie sprang ihr bei: »Der Traum eines Feldherrn: drei oder vier von ihm, und jede Schlacht wäre in kürzester Zeit entschieden!«

»Oder noch besser, tausend Napoleone«, spann Ariane den Faden weiter. »Hinter den Geschützen und auf den Pferden. Und noch einmal fünfhundert in der vordersten Reihe – Blücher würde umgehend Reißaus nehmen!« Die jungen Frauen kicherten wieder, ohne zu bemerken, dass die Mütter sich immer tiefer über ihre Palisanderholzrahmen beugten. Nur die Nachbarin plusterte sich auf wie eine Meise im Winter. »Ihr dummen Gänse werdet den Sieg des Weltenfressers noch herbeischnattern!«

Augenblicklich verstummte das Gekicher, die Freundinnen erblassten unter ihrem Puder. Ariane verkroch sich hinter ihrer Handarbeit, ein Spitzentaschentuch mit ihren Initialen. Doch die Matrone wollte immer noch nicht von ihr ablassen. Empört schob sie ihr Dekolleté zurecht und fasste Ariane fest ins Auge. »Das hätte ich mir denken können, dass man in diesem Hause dem Feinde anhängt!« Dann wandte sie sich an die Hausherrin: »Von Ihrem Mann weiß man es ja. Aber dass Sie, Madame, Ihrem Kind nicht verbieten, defätistische Reden zu führen!« Energisch stopfte die Nachbarin ihre Handarbeit in den Puffbeutel. Ariane sah es mit Entsetzen. Warum griff die Mutter nicht ein? Hilflos ging ihr Blick in die Runde. Madame Lenzen hatte sich zurückgelehnt, um den Eklat, der – ein Glück! – nicht in ihrem Hause stattfand, zu genießen.

»Ein unbedachter Scherz zweier Mädchen!«, erklärte Anna-Louise endlich, um zu beschwichtigen und die Schuld zu verteilen.

Die Augen der Nachbarin funkelten wütend. »Er wirft ein Licht darauf, wie hier gedacht wird, Madame! Samt und sonders Parteigänger Napoleons!«

»Wie im Übrigen auch unser König.« Anna-Louises Ton war spitz geworden. »Wünschen Sie noch Tee? Oder Schokolade?« Das war ein Friedensangebot. Schon eilte Bettine, das Faktotum des Haushalts, das sich im Hintergrund stets bereitzuhalten hatte, mit zwei Silberkannen herbei. Doch die Nachbarin war nicht mehr umzustimmen. Sie zog die Strippen ihres Beutels zu, als wäre es der Knoten eines Galgenstricks, und warf sich, obwohl sie nur eine Treppe tiefer zu gehen hatte, die Stola über den Kopf. »Erwarten Sie mich nicht am nächsten Dienstag! Ihre Gesellschaft ist mir suspekt!«

Mit Äußerungen tiefsten Bedauerns geleitete Madame von Block sie nach draußen. Ariane sank vernichtet in die Polster, doch Madame Lenzen zwinkerte ihr zu. »Keine Sorge. Nächste Woche sitzt sie wieder hier. Und sei es nur, um ihrem Ehemann zu entkommen!«

Arianes Zerknirschung wich nur langsam. Emilie begann schon wieder zu kichern, wurde aber von der Mutter zurechtgewiesen. Veronika Lenzen war groß, wohlproportioniert, ihre Gesichtszüge energisch und welterfahren. Mit ihrem zweiten Mann, Maximilian, hatte sie zwei Kinder, deren jüngstes Emilie war.

Obwohl nur um ein paar Tage älter als Ariane, war Emilie bereits verlobt, ein Umstand, um den sie von der Freundin heftig beneidet wurde. Die Partie allerdings, und das linderte den Neid, war wenig glänzend. Emilies Verlobter, Spross eines holländischen Handelskontoristen, hatte seit seiner Geburt ein steifes Bein – ein Makel, den selbst ein prachtvoller Stock mit Goldknauf nicht wettmachen konnte.

Auch Emilie war nicht gerade hübsch zu nennen. Ihre Nase stand hoch im Gesicht, die Augenbrauen waren über der Stirn zusammengewachsen und das vorspringende Kinn vollendete den gouvernantenhaften Ausdruck.

Nein, niemand bestritt, dass Ariane die Schönheit in diesem kleinen Kreis war. Geistesabwesend strich sie sich über die Wangen. Die blassen Sommersprossen, die ihre Nase sprenkelten, konnte sie leicht überpudern. Die dünnen, geschwungenen Augenbrauen musste sie kaum zurechtzupfen. Makellos auch ihre Haut, die Lippen rosig und nur am wohlgeformten Kinn trug sie – mit Stolz – ein Muttermal. Der Wermutstropfen in ihrer Selbstzufriedenheit waren allein die roten, drahtigen Haare, die in alle Richtungen stoben, sobald sie ihre Kopfbedeckung abnahm.

Wie konnte es nur angehen, rätselte Ariane, dass eine Schönheit wie sie in Heiratsangelegenheiten ins Hintertreffen geriet? Neben dieser Nebelkrähe Emilie? Dabei hatte Ariane keine Gelegenheit versäumt, sich nach einem geeigneten Herrn umzusehen! Doch nirgends war einer zu erspähen, der ihren Vorstellungen über den ersten Blick hinaus standhielt. Stets verlor sie das Interesse, sobald es galt, Worte zu wechseln. Worüber sollte man sich auch unterhalten? Über Pferde oder Kutschen? Über den Krieg? Über das, was sie jeden Tag erlebte? Arianes Leben verlief gleichförmig. Selbst in diesen unruhigen Zeiten war das Dienstagskränzchen ein Höhepunkt!

Allein die Tatsache, dass sie die Stücke ihrer Aussteuer mit Initialen aus Seidengarn bestickte, gemahnte sie daran, dass Heirat nicht nur ein amüsanter Gedanke, sondern vorausbestimmtes, unumgängliches Schicksal war. Sofern der Krieg brauchbare Kandidaten übrig ließ!

Mit betretenem Gesichtsausdruck war die Mutter in den Salon zurückgekehrt. »Nun, wenn sie die Gegenwart ihres mürrischen Gatten der unseren vorzieht …«

»Das ist das Schlimmste an diesem Feldzug«, seufzte Madame Lenzen und beugte sich tief über den Stickrahmen, »der eine Teil der Männer schießt, der zweite langweilt sich zu Tode!«

»Oh, der meine durchaus nicht«, entgegnete Anna-Louise und suchte auf dem Polster nach einer Nadel. »Tag für Tag schleppt er neuen Plunder an. Ich weiß kaum mehr, wie ich dafür Platz schaffen soll.«

Bettine mischte sich, ganz gegen ihre Art, ein. »Darf ich, Madame?«

Ariane wusste nicht, was der alten Amme so sehr unter den Nägeln brannte, dass sie vor Aufregung beinahe zu platzen schien.

Die Mutter hatte eine Nadel gefunden und befeuchtete sie, eine kuriose Angewohnheit, vor dem Einstechen mit den Lippen. »Nun hol die Scheußlichkeit schon herbei«, willigte sie endlich ein.

Kaum hatte Bettine den Raum verlassen, beugte sich Madame von Block zur Freundin hinüber. »Die Brave! Sie ist die Einzige, die seiner Vorliebe etwas abgewinnen kann.«

Ariane wollte schon eine Bemerkung zur Ehrenrettung ihres Vaters beisteuern, da war Bettine bereits wieder zurück und schnürte ein beeindruckendes Paket auf. Beschriftungen, Stempel – alles, was auf eine weite Reise schließen ließ. Ariane legte ihre Handarbeit beiseite.

Bedächtig öffnete Bettine das Paket und schlug das Wachspapier auseinander. Vier toupierte Köpfe reckten sich darüber im Bemühen, den besten Blick zu erhaschen. In einer Holzschachtel lag ein Gespinst aus schwarzen, gelockten Strähnen, fest wie Bast, nur dünner. Es war gefettet und roch ranzig. Bettine nahm einen Zettel, der obenauf lag, und reichte ihn weiter. Die Bedienstete konnte nicht lesen.

»Gewebe aus dem Haar von Hottentotten«, entzifferte Ariane die krakelige Schrift.

»Menschenhaar«, wisperte Madame Lenzen tonlos. Die Frauen sahen sich an. Rasch schlug Bettine das Paket wieder zu.

»Ich weiß doch auch nicht, was er daran findet«, entschuldigte sich Anna-Louise, »früher war Block nicht so …«

In Gegenwart Dritter nannte sie ihren Gatten stets beim Nachnamen und versetzte Ariane damit regelmäßig einen Stich. Zu ihrem Bedauern trug Bettine das Paket wieder davon. Gern hätte sie diese Haare einmal angefasst – Menschenhaar! Ihr Lebtag hatte sie nur das eigene Haar berührt. Sogar das ihrer besten Freundin kannte sie nur vom Ansehen.

»Der Krieg verdreht den Männern den Kopf«, bekräftigte Madame Lenzen und widmete sich wieder ihrer Handarbeit. Ariane fand, dass es des Krieges nicht bedurfte. Männer hatten von Natur aus verdrehte Köpfe! Doch sie behielt den Gedanken für sich.

»Mein Vater sitzt bis tief in die Nacht über irgendwelchen Inventarlisten«, bemerkte Emilie. »Er vergleicht, schreibt ab und grummelt zu jeder vollen Stunde: ›Das ist interessant. Hochinteressant.‹« Gekonnt hatte sie die schnarrende, näselnde Stimme ihres Vaters imitiert. Die Freundinnen kicherten wieder. Allein Madame von Block war hellhörig geworden. »Inventarlisten?«, fragte sie nach. »Aus dem Gewölbe?«

Madame Lenzen nickte gravitätisch. »Er behauptet, es gäbe Unregelmäßigkeiten. Das ein oder andere Stück sei unauffindbar. Wie es scheint, ist selbst die königliche Schatzkammer nicht vor Dieben gefeit.«

Ariane runzelte ungläubig die Stirn. »Wer würde wagen, Seine Majestät den König zu bestehlen?«

»Wer immer es auch ist, mein Gemahl hat sich fest vorgenommen, ihm auf die Schliche zu kommen ...«

»Na, das gibt einen Skandal!« Aus blanker Vorfreude musste Emilie schon wieder kichern.

»Ja, den wird es geben«, pflichtete Anna-Louise bei. Etwas hatte den Blick der Mutter verdüstert. Ariane nahm es wahr, machte sich aber keine Gedanken darüber. Denn es geschah häufig in letzter Zeit.

Stolz und jubelnd hatte sich der Musikrezensent, Theatermaler, Klavierlehrer und Opernkomponist Ernst Theodor Amadeus Hoffmann den Einzug in Dresden ausgemalt. In Potschappel, fast schon in Rufweite der Residenz, wurde eigens das Gefährt gewechselt. Hatte man zuvor – aus Kostengründen – mit Leiterwagen und Fuhrwerken vorliebgenommen, stieg man nun in die bequeme Diligence um. Wenigstens die Ankunft sollte standesgemäß sein! Theaterdirektor Seconda, der dem Ehepaar Hoffmann die Fahrt ermöglicht hatte, sollte das Reisegeld gut verwendet wissen.

Obwohl sich im Grenzdreieck Bayerns, Böhmens und Sachsens im anbrechenden Frühjahr 1813 Hunderttausende von Soldaten tummelten, war die wagemutige Reise, die ihren Ausgang im fränkischen Bamberg genommen hatte, bislang ohne Zwischenfall verlaufen. Ohne einem einzigen Uniformierten zu begegnen, gelangten sie bis Münchberg, wo die Pässe visiert wurden. Erst bei Reichenbach im Walde, als das Fuhrwerk über tiefe, vom Schmelzwasser ausgewaschene Furchen holperte, stießen sie auf eine Rotte, die durchs Gehölz strich. Schon wähnten sie sich den ersten Franzosen gegenüber. Die Damen rückten eng zusammen und duckten sich in ihre Umhänge. Doch dann sah Hoffmann genauer hin. Er hatte die Pelzmütze der preußischen Husaren mit den Bärenfellhelmen der Franzosen verwechselt. Später sollte er sicherer darin werden, sie zu unterscheiden.

Einer der Reiter trieb sein Pferd heran und trabte längs des Wagens, neben Hoffmann her. Der klein gewachsene, zum Buckel neigende und alles andere als militärisch gesonnene Musiker beschloss, den ungewollten Begleiter zu übersehen und blieb stur mit dem Rücken gegen die Brüstung des Leiterwagens gelehnt. Erst als der Soldat ihn ansprach, musste er sich wohl oder übel umdrehen. »Was gibt's?«, fragte er in mürrischem Ton.

Der Preuße hatte den Zinnbecher, der vor seiner Brust baumelte, aus der Feldflasche befüllt. Er hob die Kordel vom Hals und reichte dem Musiker das Gefäß. Dem frierenden Hoffmann zog scharfer Alkoholdunst in die Nase. Wer konnte da widerstehen? Der Reiter zwinkerte ihm zu: »Auf Friedrich Wilhelms Wohl!«

»Auf Friedrich Wilhelms Wohl!«, wiederholte Hoffmann. Das Prosit ging ihm ebenso leicht über die Lippen wie der Schnaps. Schließlich war der Musiker in ruhigeren Zeiten Beamter des preußischen Hofes gewesen und hatte einen Eid auf den König geleistet.

Nachdem der Soldat den leeren Becher wieder verstaut hatte, gab er dem Pferd die Sporen und preschte zurück in den Wald.

In Wiesa war die ständige Gegenwart Uniformierter schon derart gewöhnlich geworden, dass Hoffmann und seine Ehefrau Lagerfeuer und Suppe mit den russischen Sapeuren teilten. Da Mischa als gebürtige Polin ein wenig Russisch sprach, befand man sich bald in gemütlichem Kreise. Hoffmann konnte kein Russisch, nur wenige Brocken Polnisch und war so zum Zuhörer degradiert, eine Rolle, die ihm ganz und gar nicht behagte. Als seine Frau begann, einem der Grenadiere allzu freundliche Blicke zuzuwerfen, nahm er sie beim Arm und zerrte sie weg vom Feuer.

Bis Potschappel hatte sich auf dem Fuhrwerk allgemein die Ansicht durchgesetzt, dass der Krieg der Allianz gegen Napoleons Truppen derzeit vor allem eine Abfolge fröhlicher Biwaks sei.

Doch schon der Wechsel der Fahrzeuge stand unter keinem guten Stern. Mag sein, dass der Kutscher einen Krug zu viel geleert hatte, mag sein, dass den frisch eingespannten Pferden zu viel Hafer ins Futter geraten war, die Gäule waren jedenfalls unruhig. Setzten kaum einen Schritt, ohne zu tänzeln, und wurden, so schien es, immer unruhiger.

Im Wagen ruckelte und rumpelte es und die Ausdünstungen von sechs Passagieren taten ein Übriges, Hoffmann die letzte Wegstrecke zu vergällen. Er erhob sich vom Polster, schob das Glasfensterchen herunter, und sog gierig Luft ein. Sie war zwar kalt, aber von einem ersten zarten Frühlingshauch verzaubert. An der Böschung des schmalen Flüsschens Weißeritz blühten die Schneeglöckchen. Die Schneeschmelze, die im Gebirge erst eingesetzt hatte, obwohl es im Tal schon grünte, hatte das Flüsschen in einen gischtsprühenden Strom verwandelt. So wild, dass es an zahlreichen Stellen schon am Fahrweg nagte.

Dann holte der Krieg sie ein.

Zuerst entdeckte Hoffmann Fetzen von Uniformtuch in den Büschen. Er wollte den Kopf schon einziehen, da verlangsamte der Kutscher den Schritt der Gäule. Blutflecken, groß wie Pfützen, überzogen den Kies. Kriegsgerät – Flintenstöcke, Pulverhörner, gebrochene Klingen – lag achtlos herum, so dass man um die Beine der Pferde fürchten musste. Weit und breit waren keine Soldaten zu sehen, nicht einmal tote, doch der Pulverdampf lag noch in der Luft und schwängerte den Frühlingswind mit salziger Schärfe. Die Reisegesellschaft, eben noch angesichts des nahen Zieles munter und scherzend, verstummte. Der Tod hatte sich mitten unter sie gesetzt und griente mit knöcherner Fratze in die Runde.

Der Kutscher ließ einen Ruf ertönen und zog die Bremse an. Offenbar war man an ein Hindernis gelangt. Hoffmann öffnete die

Tür, trat hinaus und sah die Pferde dicht am Rande eines Einschlagkraters trippeln. Eine Kartätschenkugel hatte einen Teil der Böschung weggesprengt und den Weg an seiner schmalsten Stelle noch verengt.

Der Krater war zum Flussbett hin durchgebrochen, Wasser wirbelte gegen den Hang, der Boden sog es auf wie ein Schwamm. Ringsum war alles weich und sumpfig. Der Postillon befahl die Männer aus dem Kutschschlag, die Frauen durften im Wagen bleiben. Die schwersten Gepäckstücke wurden hinuntergeworfen, und der Kutscher stieg vom Bock, um das Führungspferd am Zügel durch den Morast zu ziehen. Keine Spanne breiter hätte der Wagen sein dürfen! Ganze Schollen lösten sich unter den stampfenden Hufen und rutschten in die brodelnde Flut. Dennoch kamen die Gäule heil hindurch. Doch als die Kutsche die Stelle passieren wollte, gab der mürbe Boden nach. Hoffmann stand wie gelähmt und musste zusehen, wie der Aufbau zum Fluss hin kippte. Der Kutscher zerrte am Geschirr und feuerte das Gespann an, doch schon hing ein Räderpaar in der Luft. Als das Führungspferd von der Deichsel auf die Seite gehebelt wurde, brach es in Panik aus. Der linke Vorderlauf trat ins Leere, während der rechte fest im Geröll steckte. Mit einem furchtbaren Krachen brach der Knochen, der Gaul rollte wiehernd zur Seite, den Abhang hinunter. Glas klirrte, Pferde und Wagen überschlugen sich. Das Wiehern übertönte die Schreie aus dem Inneren. Ein Frauenkörper wurde aus dem Schlag geschleudert und blieb leblos im Geröll liegen.

Mitten im Flüsschen kam die Kutsche endlich zur Ruhe. Dach und Gepäckaufbau lagen im Wasser, das mit gurgelndem Gleichmut vorüberströmte. Ein gespenstischer Moment der Stille. Dann liefen einige Männer die Böschung hinunter. Namen wurden gerufen, nicht um Antwort zu erhalten, sondern um sich das Entsetzen von der Seele zu schreien.

Im ersten Moment glaubte Hoffmann Mischa in dem leblosen Frauenkörper zu erkennen. Doch der Postillon beugte sich darüber und verkündete, es sei die Gräfin Fritsch. Ihr Leib war unsäglich zugerichtet, das Chassis hatte sie an der Böschung schier zerquetscht.

Erst als Hoffmann begriffen hatte, dass die Tote nicht seine Frau war, überwand er die Lähmung. Stürzte hinunter in die Fluten, zog im Laufen seinen Rock aus und wickelte ihn schützend um Ellenbogen und Unterarm, um die Glasspitzen aus dem Fensterrahmen zu stoßen. Dann legte er sich auf den Kasten und beugte sich in das Gewimmel aus Stöhnen und Verzweiflung. Am Gesicht hätte er seine Frau nicht erkannt, das war blutüberströmt. Wohl aber an der Haube, die zwar schief, doch immerhin auf dem Kopf saß. Den Schlag aufzuziehen und Mischa herauszuzerren wäre unter normalen Umständen Aufgabe für einen Titanen, nicht für ein kleines Männlein wie Hoffmann gewesen. Doch er spürte keine Anstrengung. Als wäre sie ein Federbett, warf er sich die Ehefrau über die Schulter und pflügte durch das Eiswasser, das ihm bis zum Nabel reichte. Am Ufer bettete er sie auf seinen Rock, abseits der Fritschin, der ohnehin nicht mehr zu helfen war. Mischa aber atmete! Mischa lebte! Sie zitterte – ein gutes Zeichen! Ohne Zögern stiefelte Hoffmann zurück in die Fluten. Jetzt erst, durch sein Beispiel ermutigt, gesellten sich auch die anderen Männer zu ihm.

Das Wasser im Innenraum stieg schnell. Beherzt zogen sie die Frauen heraus, an den Gliedern, an den Haaren, was immer sie zu fassen bekamen. Prustend und zitternd wurde eine Dame nach der anderen geborgen. Zum Glück blieb – außer der Fritschin – niemand tot am Ort. Der gräfliche Gemahl aber saß am Wegesrand und starrte gläsern vor sich hin.

Mit nassen, zerrissenen Kleidern wurde das Ehepaar Hoffmann von herbeigelaufenen Knechten zurück nach Potschappel und ins nächste Gasthaus geleitet.

Hofrat Peter Ludwig Heinrich von Block schämte sich seiner Tränen nicht. Lautlos perlten sie ihm aus den Augen, rund wie Tautropfen. Das Gitter vor dem Fenster warf Schatten auf sein Gesicht und zerteilte es in ungleichmäßige Rechtecke. Eine Zeit lang genoss er den Schmerz, kostete ihn aus, dann zog er ein Tuch aus dem Ärmel und tupfte sich die Wangen trocken. Sein Blick wanderte über Piedestale und Podeste, über Kommoden und Konsolen, auf denen für gewöhnlich die prächtigsten Stücke der königlichen Preziosensammlung ausgestellt waren. Nun vervielfachten die Spiegelwände, die den Besucher sonst in maßlosem Glitzern und Funkeln schier ersaufen ließen, nur das Abbild des Betrachters. Er, der oberste Hüter dieser wahrhaft königlichen Sammlung, verwaltete im Augenblick nichts als eine wüste Flucht im Erdgeschoss des westlichen Schlossflügels, stuckverziert und goldverbrämt, doch leer wie ein Weinfass nach Michaelis.

Mit Filzlumpen gepolstert, in Futterale verstaut, mit Wachstuch bedeckt und in Kisten und Truhen verpackt waren die Schätze fortgeschafft worden, im Schutze der Nacht wie Beutegut, doch nur zu ihrem Besten. Ob es sich um chinesisches Porzellan handelte oder um Löffel aus Elfenbein von den Gestaden Afrikas; ob um Teppiche aus dem Harem Sultan Süleimans, um japonesische und javaianische Waffen und Rüstungen, um mit Smaragden besetzte Prunkharnische, malabarische Zierdolche aus Gold, die Griffe mit Perlmutt ausgelegt, oder auf Fell gemalte Jagdszenen aus Lappland; um Musikinstrumente und Masken aus Südamerika, indianischen Federschmuck, Lampen, Leuchter, Pokale – alles war auf Schiffen die Elbe hinauf getreidelt worden, auf jene Festung, die uneinnehmbar das Flusstal überragte: den Königstein.

In Gedanken war Block oft dort oben. Und wenn nicht die Armeen Preußens, Frankreichs und Russlands zwischen ihm und der Festung gelegen hätten, er ließe in diesem Augenblick ein Pferd satteln, um zum Pirnaischen Tor hinaus zu reiten, hinauf zu seinen schönen, einsamen Kostbarkeiten!

Stattdessen suchte er das entblößte Gewölbe regelmäßig auf, um die Leere zu begreifen. Denn sobald er in die Zimmerfluchten trat und die eigene Gestalt verhundertfacht sah, das Spiegelbild seiner selbst, hin- und hergeworfen bis in die Unendlichkeit, da stiegen ihm warme, heilsame Tränen in die Augen.

Der Hofrat besaß ein seidenes Taschentuch von der Größe einer Tischserviette, das er so im Ärmel seines Rockes verstaute, dass stets ein Zipfel Himmelblau hervorlugte. Der andere Ärmel war blank gescheuert. Auf dem aschgrauen, kurz geschorenen Haarschopf, den er zu geeigneten Anlässen mit einer Allongeperücke bedeckte, saß ein hoher Hut mit schmaler Krempe. Kein Dreispitz, denn alles Militärische stieß ihn ab, und das nicht erst, seitdem Dresden zu einem Heerlager geworden war.

Block durchmaß die prächtige Leere, und das Scharren seiner Sohlen auf dem Sandstein wurde von den Wänden zurückgeworfen. Mit ihm sprang sein Spiegelbild von Raum zu Raum, angenehm anzusehen, denn er gab Acht auf sein Äußeres. Mit den Jahren waren die Beine krumm wie Äste geworden, doch die Strumpfhosen, in denen sie steckten, leuchteten weiß. Hunderte Augenpaare starrten ihn an, und Block genoss es, obwohl es die eigenen waren.

Als er an der Breitseite der hufeisenförmigen Zimmerflucht angelangt war, auf dem Absatz kehrtmachte und zurück in die ausgeräumten Säle blickte, konnte er, am anderen Ende, wo die Tür offen geblieben war, eine Gestalt ausmachen, winzig zunächst, wie ein Zwerg in Schnallenschuhen. Erschreckend schnell wurde sie größer. Ohne lange rätseln zu müssen, erkannte er Maximilian Lenzen, seinen Stellvertreter. In den Händen hielt er eine lange Rolle Papier, deren Zipfel hinter ihm herflatterten wie eine Standarte. Als ritte er in die Turnierschranken, so schoss er auf Block zu. Der Stellvertreter hatte ihn noch nicht ganz erreicht, da zeterte er schon los: »Gut, dass ich Sie antreffe, Hofrat! Es ist eine Schande! Hunderte Stücke sind unauffindbar!«

Auf Lenzens Nase saß eine kreisrunde Brille, das blonde Haar war an den Schläfen zurückgewichen, aber nicht ergraut. Er schob die Brille hoch, doch in der Erregung rutschte sie gleich wieder herunter.

Block wich ihm aus und nickte abwesend. Nicht seine Idee war es gewesen, die Inventarlisten mit den auf den Königstein abgehenden Stücken zu vergleichen, Lenzen war darauf verfallen. Schon lange erging sich der Stellvertreter in Andeutungen, die Sammlung werde auf geheimnisvolle Weise dezimiert, es gebe nicht zu erklärende Abgänge. Immer klang es drohend, wenn er diese Befürchtung äußerte, doch bislang waren es nichts als Behauptungen gewesen.

Durch die Evakuierung der Schätze hatte sich eine gute Gelegenheit zur Generalrevision ergeben, und Lenzen betrieb die Angelegenheit mit Akribie.

»Jetzt, da es schwarz auf weiß vor Augen steht, ist es unsere Pflicht, Seine Majestät den König in Kenntnis zu setzen!«

Block strich gedankenverloren Staub von einem Podest. »Ist es nicht ganz gewöhnlich, dass sich über einen Zeitraum von 350 Jahren die Spur einiger Stücke verliert? Möglich, dass sie im falschen Fach abgelegt wurden. Oder an einen Besucher verschenkt. Die sächsischen Kurfürsten waren schon immer äußerst großzügige Gastgeber.«

Lenzen verneinte: »Wir reden hier nicht von zufälligem Verlust, wir reden von systematischem Diebstahl! Vor allem bei den Perlen und Steinen ist Schwund. Drei Dutzend Stücke allein aus den Garnituren! Es ist unsere Pflicht, dies zu melden.«

Block seufzte. Er verdrehte die Augen, um dem Gegenüber zu zeigen, wie lästig und unbedeutend ihm die Angelegenheit war. Gut, dass Lenzen seinen Herzschlag nicht hören konnte!

»Das werden wir tun«, versuchte er seinen Stellvertreter zu beschwichtigten. Seine Handflächen waren feucht. Er knüllte das Taschentuch zusammen und stopfte es in den Ärmelaufschlag.

»Wann?«, fragte Lenzen scharf.

»Wenn es an der Zeit ist.«

»Jetzt ist es an der Zeit! Allein, um weiterem Diebstahl vorzubeugen!«

Block hüstelte. »So? Dann wissen Sie also schon, wer ihn begangen hat?«

Lenzen betrachtete ihn durch die kleinen Brillengläser. »Wir werden es bald herausbekommen!« Block wich dem Blick des Stellvertreters aus. Und verschluckte die nahe liegende Frage: Wie er es denn herausbekommen wollte? Stattdessen suchte er Ausflüchte. »Glauben Sie nicht, dass Seine Königliche Majestät derzeit Wichtigeres zu tun hat?«

»Das mag er selbst sagen. Ich erbitte eine Audienz. Um ihm die Sache vorzutragen.«

»Ich habe zu entscheiden, wann und was vorgetragen wird«, wiegelte Block ab.

»Wir haben alles, was wir brauchen. Ich kann schon heute vor ihn treten.«

»Geben Sie mir die Liste!« Block streckte die Hand danach aus, obwohl er nicht erwartete, dass Lenzen das Verzeichnis herausrücken würde. Er an seiner Stelle hätte es auch nicht getan. In seiner Hilflosigkeit ging Block zum Angriff über. »*Ich* werde mich beim König über *Sie* beschweren! Unnötig zu betonen, dass Sie mein Untergebener sind. Sie haben meinen Befehlen zu gehorchen! Geben Sie mir die Liste!«

Lenzen ballte die Faust fester um die Rolle. »Wir werden sehen, wie lange Sie mir noch etwas zu sagen haben!«

»Ha! Da ist es heraus!«, schrie Block. »Intrige! Sie konstruieren ein Komplott, um mir meine Stellung streitig zu machen! Das ist es! Aber ich werde Ihnen die Suppe versalzen. Wir werden sehen, was man von Ihren Anwürfen hält!«

»Niemand hat Sie beschuldigt«, bemerkte Lenzen kühl.

Die Ruhe, mit der er die Worte aussprach, brachte Block erst recht in Rage. »Das ist eine Lüge! Sie beschuldigen mich fortwährend! Schon Ihre Miene ist ein einziger Vorwurf!«

Block hatte sich von Wut und Angst forttragen lassen. Ein kurzer Moment der Besinnung, und er wollte beschwichtigen, zurücknehmen, klein beigeben. Doch Lenzens Gestalt verlor sich bereits im Gespiegel.

Block wankte, trat zur Seite, und stieß gegen ein Tischchen. Es kam ihm gerade recht, um sich abzustützen. Die kalte Glasplatte beschlug unter seinen Händen. Er schwitzte und ihm war übel. Sein Herzschlag wollte sich einfach nicht beruhigen.

Mischa kam ausgestreckt auf einem der Tische zu liegen. Auf der Bank saß eine Apothekerwitwe aus Freiberg und schnappte nach Luft wie ein Fisch auf dem Trockenen. Der Wirt riss Streifen aus altem Linnen, damit konnte Hoffmann seiner Frau den Kopf verbinden. Kaum war die Wunde bedeckt, sickerte schon wieder Blut durch den Stoff. Verbissen wickelte Hoffmann eine neue Lage. Er machte sich Vorwürfe. Mischa hatte niemals nach Dresden gewollt, wäre lieber in Franken geblieben, auch wenn auf der Bamberger Zeit kein Segen gelegen hatte. Stur und verbohrt hatte er ihren Widerstand niedergerungen. Wäre es nicht besser gewesen, ihren Ahnungen zu gehorchen?

Mit flatternden Lidern schlug Mischa die Augen auf. Hoffmann nahm ihren Kopf in beide Hände und küsste sie auf die Wange. Dann stützte er sie, damit sie einen Schluck Rum nippen konnte. Ihre Augen blieben zwar offen, doch ihr Blick kippte regelmäßig weg. Behutsam sprach Hoffmann auf sie ein. Mischa starrte nur apathisch, antwortete nicht, nickte nicht einmal. Als sie den Rum schluckte, schüttelte sie sich.

Endlich betrat ein Arzt die Stube: ein bärtiger Hüne mit kräftigen Unterarmen und der Brust eines Schmiedes. Auf seiner Schürze waren eingetrocknete und wohl hundertmal gebleichte Blutflecken zu sehen, unter dem Stoff zeichnete sich eine Säge ab. Das Messer hielt er offen in der Hand. Ein Feldscher! Etwas Besseres war nicht aufzutreiben gewesen in dieser entvölkerten Gegend. Er trat an Mischas Seite. »Wo sind die Verwundungen?« Mit spitzen Fingern hob der Wundarzt abwechselnd Arme und Beine der Patientin an. Und ließ sie beinahe enttäuscht wieder sinken. »Alle Glieder unversehrt?« Es war ihm anzusehen: Zu gern hätte er das ein oder andere gekappt.

»Doktor, meine Frau blutet am Kopf!«

»Am Kopf? Ei, ei, ei!« Bedauernd verzog sich seine Miene. Er schritt um den Tisch herum und betrachtete die Versehrte unschlüssig. Dann seufzte er erneut. »Ei, ei, ei – da kann man wohl nichts tun.«

Die Apothekerwitwe schlug die Hand vor den Mund. Mischa, die wieder Gewalt über ihre Blicke hatte, folgte jeder seiner Bewegungen. »Muss ich sterben, Doktor?«

Der Arzt verneinte bedauernd. »Den Kopf kann ich schlecht abschneiden«, gab er zu. »Und verbunden ist er ja. Was bleibt mir da noch zu tun?«

Da riss Hoffmann der Geduldsfaden. Er packte, obwohl er schmächtiger war, den Feldscher am Schürzenriemen. »Meine Frau ist schwer verwundet, und alles, was Sie sagen, ist ›ei, ei, ei‹?«

Wie eine Drohung zog der Wundarzt die Säge hervor und legte sie neben der Kranken auf den Tisch. Mischa rückte mit schreckensweiten Augen davon ab.

»Was ich Ihnen raten kann: Versuchen Sie Dresden zu erreichen! Dort gibt es Ärzte, die Frauenzimmer behandeln. Mein Metier sind Soldatenkörper mit Soldatenblessuren.«

»Wir sollen die Reise fortsetzen? In diesem Zustand? Das ist mir eine feine Kur!«

»Ich kann Ihnen nicht helfen.« Der Wundarzt nahm seine Säge vom Tisch und wandte sich der Witwe zu. Doch wie durch ein Wunder waren deren sämtliche Beschwerden verflogen.

In der eingeschlossenen, von Soldaten wimmelnden Stadt gab es nur wenige Orte, an denen man sich ungestört treffen konnte. Nur wer Nischen und Winkel kannte, die verschwiegen waren, ohne verrufen zu sein, konnte den neugierigen Blicken der alarmierten Mitmenschen für einige Minuten entgehen.

Block hatte das Nymphenbad im Zwinger vorgeschlagen. Ein Ort zum Lustwandeln, ein Ort der Muße, über die derzeit niemand verfügte. Am wenigsten der König, der von Napoleon persönlich auf Trab gehalten wurde. Vorsicht war dennoch geboten. Block verbarg sich hinter einer der Säulen am Rande der Kaskaden, die von der Höhe der Zwingergalerie herabstürzten und das offene Bad zum Wall hin abschlossen. Neben ihm plätscherte ein dünner Wasserstrahl aus wulstigen Karpfenlippen.

Als Block Tritte auf den Sandsteinstufen hörte, ging er in Deckung. Doch nicht lang, dann erkannte er sie. An den Bewegungen, an der Kleidung, am Gebaren. Ihr Gesicht war von einem dünnen Schleier verborgen, Block sah ihre Züge dennoch. Hätte sie auch in völliger Dunkelheit ausgemacht, so vertraut waren sie ihm – aus seinen Träumen. Er trat vor. Sie schreckte nicht zurück, sondern wandte sich ihm zu. »Monsieur, Sie kompromittieren mich!«

Ja, auch ihren französischen Akzent liebte er, konnte ihn nachbeten mit bebenden Lippen!

»Wie können Sie auf die absurde Idee verfallen, mich in eine Versammlung nackter Damen zu bestellen?« Mit einem Kopfnicken deutete sie flüchtig auf die Skulpturen, die sie umgaben. Die steinernen Nymphen präsentierten unverdrossen ihre Brüste. Block fiel ihr zu Füßen und küsste ihre Hand. Sie hatte ihm die Linke gereicht, während sie mit der rechten den Schleier hielt.

»Madame«, sprach Block sie an, »der Anlass ist zu ernst, um Scherze zu treiben. Ich benötige Ihren Rat und Schutz.«

Mit leichter Geste entzog sie ihm die Hand. »Zuletzt baten Sie mich um meine Zuneigung. Ihre Absichten scheinen handfester geworden, Monsieur! Und langweiliger!«

»Ohne Ihren Schutz werde ich vernichtet sein, bevor ich Ihnen Zuneigung beweisen kann.«

»Vernichtet? Das wiederum klingt interessant!« Ein Schnalzen unter dem Schleier. Block malte sich aus, wie spöttische Fältchen ihre Lippen umspielten.

»Ein großes Wort für einen gewöhnlichen Tag. Heere können vernichtet werden. Aber Menschen können nur sterben, *n'est-ce pas*?«

Block widersprach. »Mir droht Schlimmeres!« Er zog das himmelblaue Tuch aus dem Ärmel und betupfte sich die Stirn. »Darf ich mich darauf verlassen, dass Sie ein Wort für mich einlegen werden, wenn es nötig wird?«

»Aber gern. Bei wem?«

»Napoleon.«

Nun verlor die Verschleierte doch ihre Spottlust. »Beim Kaiser? Dann muss es wirklich übel um Sie stehen! Können Sie sich nicht an Ihren König halten?«

»Gerade an ihn kann ich mich in dieser Angelegenheit nicht wenden, Madame. Außerdem steht der Kaiser meinem Herzen näher.« Block hatte den Kopf gesenkt und seine Hand dorthin gelegt, wo sein Herz raste.

Die Verschleierte fasste sein Kinn und hob es hoch. »Napoleon ist ein hoher Herr und ich bin nur eine kleine Dame aus seinem Gefolge. Indes, ich war ihm schon das ein oder andere Mal nützlich. Sicherlich wäre er dankbar für eine Gelegenheit, mir einen Dienst zu erweisen. Worum geht es?«

Die offene Neugier erschreckte Block. Er wand sich, senkte den Kopf. »Darüber kann ich nicht sprechen. Nicht mit Ihnen.«

»*Mon Dieu,* Block! Wie soll ich Ihnen dann helfen?«

Sie ließ sein Kinn los und wollte die Hand schon wieder zurückziehen. Doch Block hielt sie so fest, dass er ihr den Handschuh von den Fingern zu ziehen drohte. Er bedeckte den Stoff mit Küssen. »Madame. Sie sind meine Hoffnung, meine Liebe, meine Gnade!«

»Sie machen mir Angst, Block. Ich bin nur eine Sterbliche! Allzu sterblich.«

Block überhörte den spöttischen Ton. »Ihre Schönheit ist unsterblich!« Er zog ihre Hand an seine Brust und suchte hinter dem dünnen Schleier ihre Augen. Wohl erahnte er die dunklen Höhlen, doch ihren Ausdruck konnte er nicht erkennen.

»Worte kann man leicht machen«, seufzte sie, »ich habe Derartiges schon zu oft gehört. Ich lasse mich lieber von Tatsachen überzeugen.«

»Wie meinen?«

»Beweise der Liebe taugen mehr als Beteuerungen, Monsieur de Block.«

Wie konnte er diesen Wink überhören? Blocks Atem beschleunigte sich. »Was soll ich tun? Geben Sie mir Gelegenheit!«

Die Verschleierte hatte sich abgewandt und schickte sich schon wieder an, die geschwungene Freitreppe hinauf zu steigen. »Warten Sie ab, Monsieur! Es wird sich finden. Haben Sie Geduld ...«

Block sah ihr hinterher. Ein inszenierter Abgang. Sie wollte ihn dort unten, auf Knien sehen, während sie hinaufstrebte. Auf halber Treppe ließ sie die freie Hand auf der steinernen Brüstung ruhen und sprach ihn an, ohne sich umzuwenden: »Sie werden doch zugegen sein auf Napoleons Ball?«

Block bestätigte mit Feuereifer.

»Nun, vielleicht findet sich Gelegenheit, Sie vorzustellen.«

Vorstellen? Wem? Dem Kaiser? Das war mehr, als er erhoffen durfte! Linkisch und immer noch auf Knien, verbeugte er sich. Die Französin vollendete ihren Abgang. Block sprang nicht auf, um die Inszenierung nicht zu zerstören. Sie hatte es so gewollt. Ihn hier unten, sie dort oben. Nichts würde er gegen ihren Willen unternehmen. Was für eine Frau!

Durch die Belagerungslinien lenkte der Musiker den Wagen selbst. Mit Mühe hatte er das Fuhrwerk aufgetrieben. Nach einigem Zureden und gegen Hoffmanns letzte Barschaft hatte es ihm der Gastwirt überlassen. Nun mussten sie Dresden erreichen – auf Teufel komm raus!

Mehr als einmal wollte man ihn anhalten, zurückschicken. Doch Hoffmann musste nur über die Schulter weisen, auf die Pritsche, wo seine Frau lag. Dann durfte er passieren. Bei den Preußen ebenso wie bei den Russen. Man war Soldat, kein Unmensch.

Sein Kinn lugte spitz aus dem hochgeschlagenen Kragen. Die Koteletten rahmten das Gesicht und verliehen seiner Miene Entschlossenheit. Immer wenn sein Blick auf eine zerschossene Mühle am Wegesrand fiel, oder auf ein Holzkreuz mit Tschako auf dem Balken, Namen und Dienstrang ins Holz geritzt, dachte Hoffmann, was für ein Glück es war, wenn Mischa nichts von alledem sah! Füsilierte Hütten am Wegesrand, verlassene Geschützlafetten. Mitten in den Krieg waren sie geraten – durch seine Schuld! Gegen das verwüstete Sachsen wirkte Bamberg im Nachhinein wie ein Arkadien.

Bamberg!

Letzten Winter, als das Herdfeuer erlosch, weil selbst die Möbel verfeuert waren, hatte Hoffmann den Fusel schätzen gelernt. Immer wenn er ein Stück zum Pfandleiher getragen hatte, führte ihn der Rückweg durch die Gastwirtschaft »Zur Rose«. An allen Gliedern zitternd und seiner Träume beraubt, trat er ein. Hier tropfte kein Regen in die Stube wie daheim, dafür flossen Wein und Rum. Man empfing ihn schulterklopfend.

Der Wirt war kein Dummkopf. War Hoffmann zu Gast, wurde die Gesellschaft fröhlich. Ein Prosit jagte das andere, und bald machte das Wort die Runde: »Beim kurzen Hoffmann wird der Abend lang.« Mitunter erstreckte er sich bis zum nächsten Morgen. Dann wurden in der »Rose« frechere Lieder gesungen als auf dem Theater, wurden anzüglichere Possen gegeben. Als Unikum und Erzähler bot der Mann mit dem schokoladenbraunen Rock in der Wirtschaft neben dem Theaterhaus das bessere Schauspiel. Und er genoss es.

Bald schickten die vornehmen Häuser ihre Mägde am Morgen schon zu Madame Kauer, der Rosenwirtin, und ließen höflichst anfragen, ob der Kapellmeister Hoffmann am Abend einkehren werde. Um bei positivem Bescheid sogleich einen Tisch zu reservieren. Indem Hoffmann das Wirtshaus mit größerer Leidenschaft bespielte als die Bühne, verwaisten Parkett und Loge mehr und mehr – und Hoffmann wurde sein eigener Untergang. Verschroben genug war er, dem Theaterunternehmer Cuno den Misserfolg von Herzen zu gönnen, der ihn selbst um das tägliche Brot brachte. Bald blieb jener ihm den Kapellmeisterlohn schuldig. Das Wirtspaar der »Rose« hielt ihn zwar frei, doch auf Einnahmen aus dieser Art von Selbstdarstellung hatte man nicht hoffen können …

Mischa ächzte auf der Pritsche. Hoffmann sah nach ihr und wandte sich dann schnell wieder ab. Welche Prüfungen hatten sie überstanden! Die bitterste durch den Verlust des Töchterchens, das am Katarrh eingegangen war. Und am Mangel an Medizin. Doch die Bresche, die das tote Kind riss, hatte das Paar nicht entzweit. Im Gegenteil, nach der Trauerzeit waren sie wieder zusammengerückt, Hoffmann und seine polnische Mesalliance, über die man sich im Preußenland einst das Maul zerrissen hatte. Eine Polin, wie konnte er nur? So eine war gut fürs Bett. Doch für die Ehe?

Mit steinerner Miene folgte er dem Lauf des Flüsschens, das sich nun, nahe der Stadt, versöhnlich gebärdete. Vorbei an einer verlassenen Meierei gelangten sie an die erste Bastion der Franzosen. In Sandstein aufgemauert, ein Geschütz thronte darauf.

Der Musiker verstand das Französische nur in Bruchstücken und sprach es noch weniger. »*À Dresde!*«, improvisierte er, als der erste Blaurock die Hand hob und der zweite das aufgepflanzte Bajonett gegen sein Pferd richtete. Der Wortführer war ein glatt rasierter Hauptmann mit schmalem Gesicht. Die Augen lagen tief in den Höhlen. Auf dem Rücken festgezurrt das Gewehr, der Gurt lief quer über der Brust. Hoffmann präsentierte die Pässe.

Der Offizier musterte abwechselnd das gesiegelte Schriftstück und die verletzte Frau. Schließlich gab er das Dokument zurück und winkte ihn durch. Hoffmann ließ die Riemen auf den schweißnassen Rücken des Pferdes klatschen. Dann war der Vorposten passiert, und Hoffmann atmete auf. Bei Lichte betrachtet, gab es freilich wenig Anlass dazu. Man befand sich nun innerhalb der Belagerungsringe, wieder hinauszukommen wäre ungleich schwieriger.

Bald gelangten sie an den Freiberger Schlag, wo auch sächsische Soldaten unter den Posten waren. »Wo finde ich den Theaterunternehmer Seconda?«, rief Hoffmann vom Bock herunter. Einer der Sachsen musterte ihn scharf. »Was haben Sie in Dresden zu schaffen? Wir liegen im Krieg!« Er sprach einen schwerfälligen, breiten Dialekt, der fremd in Hoffmanns Ohren klang.

»Ich bin als Musikdirektor für die Seconda'sche Truppe engagiert.«

»Theater?« Der Sachse schnaufte in seinen buschigen Bart hinein. »Wer braucht in diesen Zeiten Theater?«

»Ich bitt Sie, lassen Sie mich hinein!«

Die Verwundete ächzte. Hoffmann wusste nicht, ob Mischa den Wortwechsel mit geschlossenen Augen verfolgt hatte. Doch das Ächzen kam zum richtigen Zeitpunkt. Der ruppige Soldat sah zur Pritsche. Anmutig öffnete Mischa den Mund, die Lippen geschwungen wie Adlerflügel, und sachte entfuhr ihr ein Atemhauch. Hoffmann betrachtete sie verzückt, und auch der Soldat hatte ein Herz. Er reichte ihm das Papier. »Fahren Sie auf die Wilsdruffer Gasse. Das Hotel ›Stadt Naumburg‹. Fragen Sie dort nach Seconda.«

Erleichtert steckte Hoffmann das zerlesene, an den Knickfalten schon eingerissene Dokument in die Brusttasche. Dann trieb er das Pferd an und ließ die Mauern hinter sich. Einen Blick für die Schönheiten der Stadt hatte er nicht, wie Kulissen zogen die hohen, gezierten Fassaden an ihm vorbei.

Als er den Wagen vor dem »Stadt Naumburg« zum Stehen brachte, begann es zu regnen. Mit letzter Kraft hob er Mischa vom

Wagen. »Ich brauche ein Bett, rasch!«, erklärte er, indem er über die Schwelle trat. Ein Weib stand hinter dem Tresen. Ihr Gesicht war rund und freundlich. Die wird mir nicht die Türe weisen, dachte er. Nicht mehr als eine Hoffnung.

»Danach verlangen kann jeder. Aber können Sie es auch bezahlen?«, polterte die Wirtin, während sie ihn musterte. Hoffmann hatte noch keine Gelegenheit gehabt, den Rock zu flicken.

»Im Augenblick nicht, aber bald«, antwortete er aufrichtig. Wie zur Entschuldigung präsentierte er den Körper seiner Frau. Da lächelte die Wirtin bitter und ließ sich erbarmen. »Gott vergelt's mir.« Sie zog einen Schlüsselbund hervor und ging voran, die Stiege hinauf. Die Verwundete musste Hoffmann über die Schulter legen, wie einen Hafersack. Mit jedem Schritt wurden ihm die Knie weicher. Er keuchte schwer. Weit hinauf ging es, wie gewohnt bis unter das Dach, in die Kammern, die niemand haben wollte. Mit letzter Kraft wuchtete er Mischa auf das Bett. Dann sank er neben sie. Die Wirtin wollte die Kammer schon verlassen, da hob Hoffmann den Kopf, um eine Frage zu stellen: »Wo finde ich den Theaterprinzipal Seconda?«

»Seconda? Joseph Seconda?« Das Weib betrachtete ihn misstrauisch.

Hoffmann nickte.

»Der ist vor einer Woche nach Leipzig abgegangen!«

2

»Von dem Leben hier mitten im Kriege haben Sie Alle! – verehrungswürdigste Bamberger! keine Idee!«

E.T.A. Hoffmann in einem
Brief an seinen Verleger Kunze

Als Mischa aus der Bewusstlosigkeit erwachte, klagte sie über grimmigen Hunger. Das war ein gutes Zeichen, setzte Hoffmann aber in Verlegenheit. Er versprach, sein Bestes zu tun.

Hoffmann trat hinaus. Ein Frühjahrsregen ließ allmählich nach, das Pflaster glänzte und die Straßenzüge ließen trotz der nassen, dunklen Flecken auf den Fassaden ihre Schönheit erahnen. Sie protzten mit Pilastern und Ziergiebeln, Altanen, breiten Sandsteinfaschen und Türbeschlägen aus Messing. Keines der Gebäude hatte weniger als vier Stockwerke, alles schoss geradewegs gen Himmel – kein Vergleich zur geduckten Enge Bambergs.

Wohin sollte er sich wenden? Vergoldete Stuckreliefs riefen ihm von den Fassaden ihre Verlockungen entgegen: Weißbäckerei und Konditorei, Wein-, Gewürz- und Tabakhandel, eine Chocolatérie gar. Gern wäre er den Lockrufen gefolgt, doch seine Taschen waren leer wie der Magen. Da Seconda nicht greifbar war, musste ihn der erste Weg zum Pfandleiher führen. Der fand sich bestimmt nicht hier, zwischen den hochfeinen Etablissements, sondern war – wie allerorten – in einer schmalen Gasse, abseits der Renommierviertel versteckt. Schon danach zu fragen war ihm peinlich!

Da erblickte er auf der anderen Seite des Platzes, am Durchgang zu einer Gasse und nur einen Steinwurf entfernt, ein bescheidenes, auf Holz gemaltes Schild: »Eichelkraut«. Nicht der Name zog ihn an, sondern die Trauben, drapiert um den Fuß eines Weinkelchs, umrankt von einer Girlande aus Eichenlaub. Mit zusammengekniffenen Augen studierte er den Schriftzug, der als Bogen über die Fenster des Erdgeschosses gespannt war: »Spirituosen und Spetzereien«. Nicht, dass Hoffmann ein Freund von Alliterationen gewesen wäre, allein die Hoffnung auf ein kleines Vergessen, eine kurzzeitige Erleichterung lockten ihn.

Als er das Lokal betrat, das nicht nur Verkaufsraum, sondern auch – ein paar Stufen tiefer – Gaststube war, hüpfte sein Herz. Stimmengeraune schlug ihm entgegen, dazu der scharfe Dunst geistiger Getränke. Zufrieden sah er sich um. Dies könnte sein Stammplatz werden.

Sein Blick blieb an einem geputzten Herrn in tiefblauem Rock hängen, der an der Ladentheke stand und ungeduldig mit den Fingern auf das Holz tippte. Den Mantel hatte er über den Arm gelegt. Sein kurzes Haar war gepudert, aber zerzaust. Die Rockschöße waren lang, einer längst verflossenen Mode folgend. Aus dem rechten Ärmel hing der Zipfel eines himmelblauen Tuchs, die krummen Beine steckten in weißen Strümpfen.

Soeben erschien ein Bursche im Durchgang zu den rückwärtigen Räumen, in den Armen geschnürte Pakete. Er musste das Kinn zu Hilfe nehmen, um den Stapel zu stützen. Ihm folgte der Inhaber – mochte er auf den Namen Eichelkraut hören? –, der nicht etwa tragen half, sondern den Knecht nervös umschwirrte und ihn alle naselang zur Vorsicht gemahnte, um so die Einzigartigkeit der Ladung herauszustellen. Schmerzhaft verzog er das Gesicht, als der Gehilfe die Pakete auf den Tresen poltern ließ. Zur Strafe stäupte er dem Nichtsnutz den Buckel, ließ dann aber von ihm ab, um mit flinken Fingern neue Stapel aufzuschichten. »Das ist alles, verehrter Baron, der ganze Vorrat. Der Herrgott weiß, wann die nächste Lieferung kommt. Die Kontinentalsperre verknappt alles, was übers Meer muss!«

Der Käufer der geheimnisvollen Pakete nickte mit leidvollem Gesichtsausdruck. »Es wird Zeit, dass der Kaiser den Engländern endlich den Garaus macht!«

»Mag er sich sputen, bevor Ihnen die geliebte Schokolade ausbleibt!«

Der als Baron titulierte Käufer zählte die Pakete. Währenddessen streifte der Blick des Ladeninhabers Hoffmann. Er zog die Stirn kraus und fragte abweisend. »Was wünschen Sie?«

Der Baron, in das Geschäft des Zählens vertieft, zuckte zusammen. Irritiert schaute er auf, und der Ladeninhaber deutete in peinlichen Verrenkungen auf Hoffmann. »Nicht Sie, Herr Baron. Ich meine dieses Subjekt, das sich ganz gewiss verlaufen hat.«

Hoffmann zog seinen Rock glatt, obwohl er wusste, dass es nichts nützen würde. Das braune, zerschlissene Stück machte selbst in trockenem Zustand nicht viel her. Nun war es durchnässt, und der Kapellmeister fühlte sich wie eine Katze, die man zu ertränken versucht hatte.

Da schenkte ihm der Paketkäufer einen Seitenblick, der Hoffmann augenblicklich für ihn einnahm. Er war nicht herablassend oder blasiert, sondern offen und interessiert.

»Was schulde ich Ihnen?«, fragte der Baron, indem er sich wieder seinem Gegenüber zuwandte.

Ein generöses Lächeln eroberte das Gesicht des Krämers. »Euer Wohlgeboren werden die Schuld begleichen, wann immer es ihm beliebt.«

Der Baron nickte. »Ich möchte es jetzt gleich tun. Deshalb bin ich persönlich gekommen, sonst hätte ich Bettine geschickt.«

Hoffmann wurde ungeduldig. Der Geruch zog ihm in die Nase, es verlangte ihn nach einer Kanne Rum, und er mischte sich in die Konversation. »Verzeihen Sie, meine Herrschaften! Verehrter Wirt, bitte nehmen Sie doch *sein* Bares und gewähren *mir* den Kredit, den Sie ihm anboten.«

Hoffmann lächelte, dass sein Kinn keck hervorstach. Der Baron beäugte ihn amüsiert, doch der Wirt rümpfte die Nase. »Ich kenne Sie nicht! Wohin käme ich, wenn ich jedem Dahergelaufenen Kredit gewährte?«

Hoffmann bewahrte die höfliche Miene. »Wenn ich auch ein Fremder bin, ein Unbekannter bin ich nicht.« Mit einer übertriebenen Verbeugung stellte er sich vor: »Ernst Theodor Amadeus Hoffmann, Compositeur und Musikdirektor der Seconda'schen Truppe.«

Mit herablassendem Blick speiste ihn der Krämer ab und wandte sich wieder seinem Kunden zu. »Herr Baron, darf ich Ihnen noch ein exquisites Stück vorführen, das mein Amsterdamer Händler mit der Schokolade gesandt hat? Er behauptet, es stamme aus Batavia. Ich möchte wissen, was Ihre fachkundigen Augen davon halten ...«

Der Baron schien unentschieden, was ihn mehr verzückte: Hoffmann oder die Ankündigung des Händlers. Schließlich gab er dem Kapellmeister den Vorzug. »Musikdirektor?« Er wandte sich ihm ganz zu. »Wenn Sie ein Musikdirektor sind, dann beherrschen Sie sicherlich Instrumente?«

Statt einer Antwort verbeugte sich Hoffmann erneut, gespannt, worauf das Gespräch hinauslief.

»Und in der Sangeskunst sind Sie sicherlich auch bewandert?« Der Baron war so voller Erwartung, dass Hoffmann nicht länger schweigen durfte. »In Bamberg unterwies ich ein glattes Dutzend Comtessen im Gesang!«

Die Miene des Gegenübers hellte sich auf. »So müssen Sie nicht länger um Kredit betteln!« Der hohe Herr klaubte in seinem Beutel und händigte ihm eine Silbermünze aus.

»Finden Sie sich morgen Mittag bei mir ein. Sie werden meine Tochter im Klavier und Gesang unterrichten.« Ohne Hoffmanns Einverständnis abzuwarten, erklärte er: »Der alte Hauslehrer, ein eingefleischter Franzosenfresser, hat sich zu unserem Bedauern mitsamt den Preußen verflüchtigt.«

Hoffmann betrachtete das metallene Wunder in seiner Hand und bestätigte sich zugleich, dass er es verdient hatte. Prompt vergaß er zu danken. »Und bei wem darf ich mich einfinden?«

Der Hofrat schüttelte zerstreut den Kopf. »Habe ich mich denn gar nicht vorgestellt? Verzeihen Sie. Ludwig von Block. Kommen Sie in mein Haus auf der Kreuzgasse, gegenüber der Kirche!«

Der Krämer, der sich in den rückwärtigen Räumlichkeiten aufgehalten hatte, kehrte zurück. Als er das Geldstück in Hoffmanns Hand blitzen sah, bekam er Stielaugen. Ohne die Münze aus den Augen zu lassen, legte er ein Paket auf die Theke und schnürte es feierlich auf. »Mijnheer Dankert schrieb mir, es handele sich um Damentrachten, wie sie die wilden javaianischen Stämme tragen …«

Der Baron von Block beugte sich immer neugieriger über die Wachstücher, die der Krämer mit großer Geste auseinanderschlug. Stroh kam zum Vorschein, in solchen Mengen, dass es aus dem Paket herauszuquellen schien. Hoffmann vermutete, dass es sich nur um eine weitere Lage Verpackung handelte. Doch der Krämer nahm es in die Fingerspitzen und präsentierte es dem Baron wie eine Kostbarkeit.

»Schauen Sie! Ist das nicht allerliebst? Ein Röckchen aus Strohgespinst.«

Nun erkannte auch Hoffmann, worum es sich handelte. Das Stück hatte die Abmessungen eines Unterrocks, und war ganz und gar aus einer Art Stroh oder Heu gewoben, das am Bund mit mehreren groben Fäden vernäht war.

Der Baron betastete das Kleidungsstück beinahe zärtlich. Die Augen gingen ihm über, Hoffmann meinte, eine Träne über seine Wange kullern zu sehen. »Ich muss es haben«, flüsterte der Baron andächtig.

»Es ist eine sehr seltene Kuriosität. Nicht viele davon gelangen nach Europa. Ein Kleinod.« Der Krämer hatte die Stimme gesenkt, als dürfte man das Röckchen nicht verschrecken. Offenbar bereitete er eine unverschämte Forderung vor.

»Ein wunderbares Stück. Aus Batavia sagten Sie?«

Der Krämer nickte. »Von dort erstand es Dankert.« Triumph lag in seinem Blick. »Es ist seinen Preis wert. Ich könnte es für zehn verkaufen. Aber ich überlasse es Ihnen für acht Taler. Da Sie ein Liebhaber sind! Einer der wenigen Männer in dieser Stadt, die solch ein Stück zu schätzen wissen.«

Hoffmann glaubte seinen Ohren nicht zu trauen. Acht Taler für ein Strohbündel! Doch der Baron hielt den Preis offenbar für angemessen. Er zog ein bedauerndes Gesicht. »So viel habe ich nicht bei mir! Sagen wir sechs, und das Geschäft ist gemacht.«

»Acht. Und keinen Taler weniger. Wie ich hörte, hat Hofrat Lenzen schon Wind davon bekommen, dass eine Lieferung bei mir anlangte.«

Der Baron rang mit sich und seinem Gewissen. »Acht, sagen Sie?«

Der Händler fixierte sein Opfer hinterhältig, List lag in seinem Blick. Sie konnte dem Baron doch nicht entgehen! Ironische Bemerkungen drängten sich auf Hoffmanns Lippen, aber die Besonnenheit behielt Oberhand. Er ließ den zwielichtigen Handel geschehen, und fühlte sich, als sei er Zeuge eines Verbrechens.

»Nun. Es sei.« Mit gequältem Blick schlug der Baron ein und versprach einen guten Wochenlohn für einen Haufen Stroh. Hoffmann stieß Luft durch die Lippen. Jetzt, da der Handel gemacht war, entspannten sich die Züge des Barons. Ein Anflug von Heiterkeit zeigte sich. Und dann Ratlosigkeit. »Wie soll ich das jetzt alles nach Hause schaffen?«

Gut gelaunt verpackte der Händler das Strohgeflecht. Fast mit Bedauern sah der Baron dabei zu, wie das teure Stück wieder verschwand. Dann wandte er sich an Hoffmann. »Wie wär's, junger Mann, wenn Sie mir tragen hülfen? Dann kann ich Sie gleich Ihrer Schülerin vorstellen.«

Hoffmann jubelte innerlich. In die Fänge eines derart generösen Brotherrn gelangte man nicht jeden Tag. Obwohl es unter seiner Würde als Musikdirektor war, Handlangerdienste zu versehen, wollte er seinem neuen Wohltäter den Wunsch nicht abschlagen. Mischa hatte er längst vergessen, sein eigener Hunger war in Vorfreude auf künftige Festmähler verflogen. Und der Durst würde sich später genauso gut stillen lassen!

»Ich habe derzeit keine anderen Verpflichtungen. Ich begleite Sie gern …« Hoffmann bemerkte, wie sich Eichelkrauts Brauen zusammenzogen. Sicherlich bedauerte er das Verschwinden der Silbermünze aus seinem Revier und überlegte, wie er sie für seine Börse retten konnte. Schon hatte er einen Weg gefunden. »Ich hoffe, dass Sie zu einem späteren Zeitpunkt zurückkehren werden?«, fragte er mit schamloser Freundlichkeit.

Hoffmann schenkte ihm einen Blick, so hochmütig wie irgend möglich. »Ich werde zu einem späteren Zeitpunkt entscheiden, ob ich Ihr Etablissement zu meinem Stammlokal erwählen werde. Die Preise scheinen mir ein wenig gesalzen!«

Der Baron lachte aus voller Brust. »Das sind sie, mein junger Freund. Aber ich bin überzeugt, Herr Eichelkraut wird Ihnen, da Sie nun in meinen Diensten stehen, einen Platz an seinem Tresen warmhalten.«

Hoffmann hatte einige der Pakete an sich genommen und vor der Brust gestapelt. Eine geringe Anzahl überließ er dem Baron. »Davon bin ich überzeugt«, sagte er grinsend und mit Blick auf den Krämer. Der lächelte säuerlich.

Als die Haustür geöffnet wurde, ließ der Luftzug die Flammen in den Leuchtern erzittern. Die Sonne war kaum untergegangen, doch in der Block'schen Wohnung waren bereits Kerzen entzündet. Die mächtige Kreuzkirche, die auf der anderen Seite der nach ihr benannten Gasse aufragte, nahm früh alles Tageslicht.

Hoffmann trat hinter dem Baron in den Flur. Ohne den Mantel abzulegen, beorderte der Hausherr den Musiker in den Salon. Dort saßen, in erwartungsvoller Haltung, zwei Damen auf dem Sofa, unverkennbar Mutter und Tochter. Die jugendliche Tochter, mit großen, wachen Augen und widerspenstigem Haar, fesselte Hoffmanns Neugier sogleich. Auf dem Polster waren Stickrahmen abgelegt.

Die ältere der Damen, Madame von Block, wie Hoffmann vermutete, drückte das Kreuz durch. In ihrem Blick lag tiefe Missbilligung. Doch bevor sie etwas sagen konnte, kam der Baron ihr zuvor: »Sieh nur, was der alte Gauner Eichelkraut in seinem Amsterdamer Kontor aufgetrieben hat!«

Madame von Block musterte den Begleiter ihres Gatten, der, obwohl den Arm voller Päckchen und Bündel, ein wenig zu alt schien für einen Laufburschen. Wenngleich die Kleidung abgerissen genug war. Offenbar nahm sie an, dass es sich bei ihm um die Novität aus Amsterdam handelte.

Eine grauhaarige Bedienstete eilte herbei, um Block die Pakete zu entreißen und in die Küche zu entschwinden. Anscheinend wusste sie um deren Inhalt. Sie ignorierte Hoffmann geflissentlich und machte keine Anstalten, ihn von seiner Last zu befreien. Block selbst zog aus dem Stapel auf Hoffmanns Armen das Stück seines höchsten Interesses hervor und zurrte die Schnüre auf. »Darf ich Euch bei dieser Gelegenheit Arianes neuen Klavierlehrer vorstellen?«

Madame von Block war neben ihren Gatten getreten und starrte in das Paket, dessen Wachspapierschichten Block soeben auseinander schlug. Hoffmann machte, so gut es mit der Last in den Armen ging, eine Verbeugung. Ariane saß auf dem Sofa und warf ihm einen verächtlichen Blick zu. Es bestand kein Zweifel: Hoffmanns Auftritt in dieser Familie war missglückt.

Madame von Block hatte nur Augen für den Inhalt. »Ist das wieder eine Geschmacklosigkeit wie die Hottentottenhaare?« Block zog mit den Fingerspitzen das Strohröckchen heraus. Triumphierend sah er in die Runde. »Dies tragen die Frauen auf Java auf dem bloßen Leibe! Ist das nicht bemerkenswert?«

Sobald sich die Halme und Fransen in Form gestreckt hatten und erkennbar war, um welch prekäres Kleidungsstück es sich handelte, schlug die Gesichtsfarbe der Gattin in tiefes Rot um.

»So etwas wagen Sie ins Haus zu schleppen?« Madame von Block fasste sich an die Stirn, als wolle sie in Ohnmacht fallen. Doch es war nur eine Pose, sie hatte sich in der Gewalt. »Auf der bloßen Haut! Monsieur de Block, Sie stellen meine Geduld auf eine harte Probe!«

Block setzte zu einer Verteidigung an: »Madame, es stammt aus Batavia!«

Hoffmann ahnte, dass dies die Sache nicht besser machte. Madame war in Rage.

»Und wenn es vom Mond stammte, so etwas dulde ich nicht in meinem Hause! Mir reichen die Schilde und Speere, Federfummel und stinkenden Muscheln, die überall herumliegen! Wir können kaum einen Schritt tun, ohne auf eine Monstrosität aus einem der hintersten Winkel der Welt zu treten! Monsieur, Sie treiben es zu weit mit uns!«

Block beeilte sich, das strittige Stück wieder einzupacken, bevor sich seine Gattin daran vergreifen konnte. Hoffmann konnte ein mitleidiges Lächeln nicht unterdrücken. Es war der falsche Zeitpunkt für Schadenfreude. Wie eine Furie schoss die Dame des Hauses auf ihn zu. »Und Sie, mein Herr? Aus welchem Abtritt hat mein Gatte Sie gezogen?«

Hoffmann blieb die Luft weg. Mit vollen Armen war eine ehrenvolle Verteidigung unmöglich. Schon wollte er die Pakete auf den Boden fallen lassen, da lief endlich die Bedienstete herbei und nahm sie ihm ab. Nun konnte er freier sprechen: »Zuletzt war ich in Bamberg engagiert –« er schob eine gewichtige Pause ein –, »als Theatermusikdirektor.«

Seine bedeutende Stellung wurde überhört. »Bamberg?«, platzte die Madame heraus. »Mut haben Sie, mein Herr, in diesen Zeiten ausgerechnet nach Dresden zu kommen.«

»Ja«, stimmte Hoffmann kleinlaut zu. Nicht Mut war es gewesen, sondern die blanke Verzweiflung.

»Sind Sie der Meinung, Klavierspielen helfe, die Nöte in Kriegszeiten zu lindern?«, fragte Madame von Block listig, während sie ihn scharf beobachtete.

Siegesgewiss hob Hoffmann die Augenbrauen, denn dies war sein Revier. »Die schönen Künste sind immer in der Lage, Trost zu spenden. Mehr noch als die Religion, denn um Kunst zu genießen, muss man nicht glauben. Man muss nur hören und sehen können. Und ist es nicht lebenswichtig, in barbarischen Zeiten die Flamme der Zivilisation hochzuhalten?«

Madame von Blocks Gesichtsausdruck wurde im Verlauf seiner Rede gnädiger. Offenbar hatte sie erkannt, dass der Charakter des Fremden nicht so zweifelhaft war wie der Zustand seines Rockes. Dennoch, das Misstrauen war nicht gänzlich geschwunden. »Und Sie beherrschen das Klavier so, dass Sie unsere Tochter darin zu unterweisen vermögen?«

Längst hatte Hoffmann das Instrument entdeckt, das in einer Ecke des Salons stand. Er öffnete den Deckel, rückte den Hocker zurecht und schlug die Rockschöße nach hinten. Wie lange hatte er nicht gespielt! Seit Bamberg nicht. Selbst komponieren musste er derzeit ohne Instrument!

Einen Moment lang genoss er den Anblick, dann schlug er mit

der linken Hand an: d-moll, sein Lieblingsakkord. Er ließ ihn verklingen. Sanft sanken die Fingerkuppen der rechten Hand auf die Tasten. Er setzte an zur Ouvertüre der ›Zauberflöte‹ – den Klavierauszug hatte er selbst exzerpiert. Mozart – jeder Griff eine Wonne!

Hoffmann spielte mit geschlossenen Augen, denn wenn er eines verstand, dann, einen Effekt zu inszenieren. Obwohl er den Eheleuten den Rücken zugewandt hatte, spürte er, dass sie Blicke wechselten.

Als er geendet hatte (über den Tasten zusammenzusinken schien ihm nicht übertrieben) und sich erwartungsvoll herumdrehte, konnte er den Stolz in Blocks Miene ablesen. Zumindest eines der Mitbringsel hatte ihm zur Ehre gereicht.

Selbst die Baronin war besänftigt. Hoffmann tastete nach der Münze in seiner Tasche. Er durfte sie wohl als erobert betrachten.

»Ich will nicht mehr Klavier lernen.«

Die streitlustige Stimme vom Sofa beraubte Hoffmann jäh der Zuversicht. Die Tochter hatte sich zu Wort gemeldet. Und auf so verheerende Weise! Er warf der Schönen einen bittenden Blick zu. Doch die renitente Schülerin wandte sich ab und sah an ihm vorbei.

Die Baronin ergriff ihn kurz entschlossen beim Unterarm und führte ihn sachte, aber bestimmt auf den Flur hinaus. Von ferne konnte Hoffmann noch hören, wie sich ein Disput zwischen Vater und Tochter entspann.

»Kommen Sie nächsten Mittwoch zu uns, eine Stunde vor Mittag. Ariane wird Sie erwarten!«

Dann war er zur Tür hinausbugsiert. Als sie ins Schloss gefallen war, fuhr seine Hand in die Tasche. Die Silbermünze steckte immer noch dort.

Block betrat sein Kabinett. Es war dunkel getäfelt, finster und lang wie ein Schlauch. Einer Apotheke nicht unähnlich, war die linke Wand in ein System von Schüben und Fächern verwandelt, ein riesiger Schrank, der die ganze Seite einnahm und bis unter die Decke reichte. Sogar die Stuckornamente hatte Block auf dieser Seite abschlagen lassen, um Platz zu gewinnen. Auf halber Höhe befand sich eine Schiene, in die man eine Holzleiter einklinken konnte, um die oberen Kästen zu erreichen.

An den übrigen Wänden standen Kommoden. Bilder gab es hier nicht – nur einen Spiegel. Darin war, ungewöhnlich genug, in einer der unteren Ecken ein Vergrößerungsglas eingearbeitet. In der Mitte befand sich ein Schreibtisch, an dem Block sich nun niederließ. Das Möbel war eine Maßanfertigung. Es verfügte über schmale Laden und Schübe, geräumig genug, seine Lieblingsstücke aufzunehmen – seine Favoriten, seine Schätze!

Den Moment der Erwartung kostete er aus. Den Kitzel, bevor er eine der Schubladen aufzog. Er entzündete einen Petroleumleuchter und rückte ihn mit spitzen Fingern an den Rand des Tisches. So fiel der Schein ideal. Er lockerte sein Halstuch. Dann hakte er den Mittelfinger in den Messingring eines beliebigen Schubes und zog. Auf rotem Samt aufgebahrt lag ein zierlicher Ballettschuh, den seine Tochter getragen hatte, als sie vier Jahre alt war – gerade erst standsicher genug, um erste Pirouetten zu drehen. Ein winzig kleines Stoffschiffchen mit langen, schneeweißen Bändern. Ein schönes Stück, zweifellos. Aber es lag nur hier, um Wache zu halten. Zärtlich schob er es beiseite. Seine Finger suchten eine Lasche, die auf dem Samtboden befestigt war. Er hakte den Zeigefinger ein, hob das Polster ein wenig an, der Boden ruckte aus dem Rahmen, der Stoff hob sich, und Block stockte der Atem, angesichts des Glitzerns und Funkelns, das seine Augen überschwemmte. Er ließ sich in den Sessel zurückfallen. Der erste Anblick genügte, ihn zu überwältigen.

Als er sich von der Wucht erholt hatte, streifte Block weiße Handschuhe über, ergriff den zweiten Boden am Rahmen, hob ihn ganz heraus und legte ihn vor sich auf den Tisch. Er strich mit der Hand über die geschliffenen Rundungen der Edelsteine, die scharfen Kanten und glatten Flächen. Durch den Stoff hindurch konnte er die Kraft der Steine spüren. Dann erst pflanzte sich Block das Lupenglas aufs Auge, um vollends einzutauchen in das Meer gleißenden Lichts, in den unendlichen Kosmos der Schönheit.

Blocks Sammellust war nicht auf bestimmte Mineralien festgelegt. Hübsch anzuschauen mussten sie sein, Augen und Herz erwärmen, egal ob es ein Bernstein war oder eine Perle, ob Topas oder Amethyst. Auch Karfunkeln verschmähte er nicht, geschliffen, oder roh und scharfkantig, wie man sie aus dem Fels gebrochen hatte. Ein Smaragd zählte zu seiner Sammlung – taubeneigroß. Schwer lag er in der Hand. Diamanten. Die edelsten Stücke waren eingefasst, als Ring oder Brosche, in Gold, Silber auch, aber es waren nicht die Fassungen, die ihn bezauberten, die Steine selbst waren es. Er liebte nicht das Material, sondern das substanzlose Glitzern, das von ihm ausging.

Blocks Geschmack war geradlinig. In seinen Schubladen fanden sich keine spektakulären Werke der Goldschmiedekunst, wie das Segelschiff aus Elfenbein mit einer Takelage aus Golddraht in der Sammlung des Königs. Oder die mannshohe Kugeluhr, dem Turm zu Babel nachempfunden. Die ruhten auf dem Königstein, in der Finsternis eines Felsengewölbes wie so viele andere seiner geliebten Schätze. Zum Glück hatte er das eine oder andere Stück wie ein Findelkind bei sich aufgenommen, bevor es in die kalten Truhen geworfen wurde. Was hatte Schönheit dort oben auf der Festung verloren?

Ein Pochen riss ihn aus den Gedanken. Er beeilte sich, die Lade wieder zu verstauen. Schlug mit flinken Fingern die Samtbezüge über das Glitzern und bedauerte dessen Erlöschen.

Als alles verpackt war, gewährte er Einlass. Ariane war die Einzige, die ihn hier zu stören wagte. Ohne Hemmungen betrat sie das Kabinett. Er hatte wieder im Sessel Platz genommen. Sie kauerte sich auf die Lehne und wagte es, ihn von der Seite zu umgarnen. »Väterchen, ich kann doch Klavierspielen, ich kann singen. Was brauche ich noch Unterweisung?«

Diesen Disput wollte Block vermeiden. »Es geht nicht darum, etwas zu erlernen. Es geht darum, etwas nicht zu vernachlässigen. Wie Herr Hoffmann, von dessen Fähigkeiten ich im Übrigen sehr angetan bin, schon sagte: die Fackel der Zivilisation. Die schöne Kunstübung. Barbarei haben wir genug!«

»Sie meinen, ich komme mit meinem Klavierspiel gegen preußische Kanonen an?«

Block fuhr seiner Tochter übers Haar. »Nicht gegen die Kanonen.

Aber gegen die Verrohung. Es macht mich glücklich, dich musizieren zu hören.«

»Nun, ich möchte mich nicht gegen Herrn Hoffmann äußern, den Sie so sehr zu schätzen scheinen – aber …« Sie zögerte. »Er führt womöglich etwas im Schilde.«

Block musste lachen. »Im Schilde? Ich habe ihn aus der Not errettet. Er wird mich nicht hintergehen.«

»Väterchen, Sie sind zu gutgläubig. Man sieht den Menschen die Schlechtigkeit nicht an.«

Block befreite sich aus ihrer Umarmung. »Das ist wohl wahr«, sprach er mit tiefem Ernst.

Ariane rutschte von der Lehne und stellte sich vor ihn. Sie verschränkte trotzig die Arme. »Gleichwohl kann ich mir vorstellen, mich Ihrem Willen zu fügen. Wenn Sie den meinen nicht in den Wind schlagen!«

Block lächelte amüsiert, denn sie hatte ihn mit Bedacht becirct. Um wie vieles war sie ihm überlegen! Stolz erwartete er ihre Forderung. »Nun?«

Ariane holte Luft. »Ich werde Ihrem Wunsch genügen, wenn Sie mich mitnehmen auf den Ball.«

»Welchen Ball?«

»Den *Bal aux Masques*. Napoleons Rückkehr zu Ehren.«

Block tat überrascht, wohl wissend, dass er sich nicht allzu leicht bezwingen lassen durfte. Allein um künftigen Forderungen nicht Vorschub zu leisten. Er hatte ohnehin vor, den Ball zu besuchen. Was tat's, wenn er sie mitbrachte? Mit siebzehn war sie alt genug. Das Hochzeitsgeschäft war hart, und es konnte nicht schaden, die Tochter frühzeitig damit vertraut zu machen!

»Wirst du mir versichern, keine Dummheiten zu machen? Keinem der galanten Herrn freimütig Versprechen zu geben?«

Ariane errötete. »Vater! Was denken Sie von mir!«

»Und wirst dich nicht weiter gegen die Unterweisung durch den gescheiten Herrn Hoffmann auflehnen?«

Ariane hatte seine Hände ergriffen. Sie drückte sie herzlich. Das war ihre Antwort.

»Nun denn: Warum nicht?«, gab er endlich nach.

Er genoss das Strahlen auf ihrem Gesicht. Die Schönheit ihres Lächelns, beinahe so atemberaubend, wie das Glitzern seiner Steine. Nur vergänglicher.

Schon hatte sich Ariane abgewandt, um ihren Übermut in der Kammer zu verbreiten. Sie drehte eine Pirouette, als befände sie sich bereits auf der Tanzfläche. »Gott, was kann ich anziehen? Man sagt, Napoleon werde den Ball besuchen!«

»Ganz gewiss wird er das!«

»Ich muss mich mit Bettine besprechen. Und mit Mutter.«

Ein Wermutstropfen fiel in Blocks Freude über Arianes Begeisterung. Er biss sich auf die Unterlippe. »Das Gespräch mit deiner Mutter überlässt du besser mir. Gut möglich, dass sie nicht einverstanden ist.«

Ariane flog wieder heran, um ihm erneut die Hände zu drücken. »Danke, Väterchen!« Block durchfuhr eine ungewisse Scham. Die Nähe der Tochter war ihm nicht geheuer. Wie überhaupt jede menschliche Nähe. Er spürte den abscheulichen Verrat, den er im Begriff war zu begehen. Auch ihr gegenüber.

Ariane empfand die plötzliche Kälte, auch wenn sie nichts von seinen Sorgen ahnte. Sie wandte sich ab und lief hinaus.

Vom Eichelkraut'schen Rum, der sein überschäumendes, immer neue Ideenkaskaden hervorsprudelndes Hirn dämpfte und seine Gedanken vorübergehend in eine angenehme, überschaubare Ordnung versetzte, konnte Hoffmann nicht lange kosten. Das schlechte Gewissen war nicht wegzusaufen. Mischa drängte immer wieder in seine Gedanken. Ihr blasses Gesicht, der besorgte Ausdruck.

Als der angehende Musikdirektor Hoffmann am Abend die enge Stiege der Herberge hinaufschleichen wollte, spielten ihm die Stufen übel mit. Kaum dass er seinen Fuß daraufsetzen wollte, zogen sich die Trittflächen zurück. Wichen ihm aus, als seien sie nicht zu dem Zweck gezimmert, den Aufstieg zu ermöglichen. Ja, die Bretter hinderten ihn geradezu, sein Ziel zu erreichen! Dabei wollte er nur hinauf ins Bett – schlafen!

Es blieb ihm nichts anderes übrig, als sich am Handlauf nach oben zu ziehen. Seine Knie und Füße schlugen, da sie keinen Halt fanden, gegen Holz und Wände, und er verursachte einen unziemlichen Radau. Kein Wunder, dass die Wirtin Hoffmann schneller erreichte, als jener das Dachgeschoss. Er begrüßte sie, so charmant er es in seiner Zwangslage vermochte, doch sie rümpfte nur die Nase. »Sie haben getrunken!«

Diesen Tonfall kannte er, wahrlich!

»Ich dachte, Sie hätten kein Geld?«

Hoffmann wollte überlegen dreinschauen, aber die Miene missriet. »Sie sprechen mit einem hochlöblich-hofrätlichen Bediensteten.« Die Zunge war zu schwer für derlei Kapriolen. Er amtete tief durch. »Ich habe Kredit erhalten.«

»Kredit? Sie? Wer ist so dämlich?«

Endlich fand Hoffmann Halt und richtete sich auf. »Sie unterschätzen mich, Madame! Ich habe blendende Aussichten!«

Die Wirtin stemmte die Hände in die Hüften. »Auf Aussichten gebe ich nichts. In meinen Augen sind Sie ein Taugenichts. Wenn Sie mir morgen nicht die Kammer auf die erste Wochenhälfte bezahlen, setze ich Sie wieder an die Luft, Euer Hochwohlgeboren!«

Hoffmann war nicht geneigt, sich mit Subjekten abzugeben, die einen Menschen nach der Zahlungskraft beurteilten. Er winkte ab, nahm all seine Konzentration zusammen und zog sich weiter hinauf. Die Wirtin sah ihm hinterher, bis er auf halber Treppe angelangt war. Dann rief sie, mit aller Boshaftigkeit: »Nicht dass Sie sich wundern: Die Frau Nichtsnutzin hat Besuch!« Sie war in einen zweideutigen Tonfall verfallen.

»Besuch?« Mischa kannte hier doch keine Seele! Und war es nicht beinahe Nacht? Die letzten Treppenstufen nahm er hastig und stieß sich zur Strafe erneut das Knie.

Als er die Tür zur Dachkammer aufstieß, saß Mischa rittlings auf dem Bett, die Beine untergeschlagen, den Kopf nach vorn gebeugt. Sie hatte sein Eintreten offenbar nicht bemerkt. Oder wollte es nicht bemerken. Auch die männliche Person nicht, die hinter ihr hockte, ein schmaler, blonder Hänfling. Ein Knie hatte er auf den Rahmen gestützt, und Mischa – die Schamlose! – hatte das Nachthemd gerafft. Ihre langen, knöchernen Finger hielten den Stoff, die Schulterblätter schimmerten im Licht einer Talgleuchte und spannten die blasse Haut. Der Besucher ließ seine Hand über ihren nackten Rücken gleiten.

Hoffmann spürte, wie die Eifersucht den Nebel des Alkohols fortblies. Mischa – die Treulose – ließ sich befingern! In Erwartung, der Gast würde erschrocken herumfahren, schloss Hoffmann geräuschvoll die Tür. Auf die Knie fallen und um Gnade winseln, das wäre doch wohl das Mindeste! Der Fremde tat nichts dergleichen. Stattdessen hielt er den Gatten mit herrischer Geste auf Abstand.

Hoffmann ignorierte den Wink und trat näher. Der Zorn hatte ihn vollends ausgenüchtert. Da er körperliche Gewalt verabscheute, blieb ihm bloß das Feld der Ironie. »Entschuldigen Sie die Störung. Aber der Rücken, den Sie da betasten, ist der meiner Frau!«

Mischa drehte den Kopf herum, ohne das Hemd fallen zu lassen. »Führ dich nicht auf, Theo! Er ist Arzt, auf Frauengebrechen spezialisiert. Ist das nicht eine glückliche Fügung?«

Er stieß Luft durch die Nase. »Ich kenne mich auch aus mit Frauen! Jetzt besser denn je!«

Endlich erhob sich der Hänfling von der Bettkante. Auf engstem Raum vollführte er eine Verbeugung. Unmöglich, dass er die gewaltige Fahne, die Hoffmann verströmte, nicht roch. Doch der junge Arzt ließ sich nichts anmerken. »Carus, wenn Sie gestatten. Carl Gustav Carus. Ich kam zufällig vorbei, als die Wirtin auf die Gasse hinauslief und um Hilfe schrie. Ihre werte Frau Gemahlin war bei dem Versuch, aus dem Bett zu steigen, gestürzt. Sie hat Blut gespuckt.«

»Hatte ich dir nicht befohlen, auf dem Zimmer zu bleiben?«, herrschte Hoffmann seine Frau an.

Mischa ließ das Hemd los. Wie ein Theatervorhang fiel es, bis der Rücken ganz bedeckt war. Die Rippen zeichneten sich unter dem dünnen Stoff ab. Sie war den Tränen nahe. »Was schreist du? Du versprichst mir, etwas zu essen zu holen und kommst den ganzen Tag nicht wieder!« Sie warf sich in die Kissen und heulte haltlos. Hoffmann schwieg und der Hänfling mischte sich ein. »Mit Verlaub, Sie hätten, angesichts der Schwere der Verletzung, längst einen Arzt zu Rate ziehen sollen. Ihrer Gattin liegt Blut auf der Lunge, vermutlich infolge des Sturzes.«

Hoffmann hasste es, sich schulmeistern zu lassen. Der Arzt fuhr unbeeindruckt fort: »Ich empfehle strengste Bettruhe. Der Kopfverband muss täglich gewechselt, die Wunde gewaschen werden. Vor erneuter Verwendung müssen Sie die Binden auskochen. Und um die Flüssigkeiten wieder ins rechte Verhältnis zu bringen, empfehle ich eine Trinkkur.«

»Wie denken Sie über gebratene Wachteln, zweimal täglich?«

Der Arzt überhörte die beißende Ironie und fuhr fort: »Gutes Essen kann nie schaden. Es darf aber nicht scharf gewürzt sein, da es sonst zum Husten reizt. Und – das ist das Wichtigste – Ihre Frau sollte jede Art von Aufregung vermeiden.«

»Sehr gut, Herr Doktor«, ätzte Hoffmann. »Ich werde also die Soldaten vor der Stadt bitten, für die Dauer ihrer Genesung das Schießen einzustellen. Oder wenigstens – falls es sich partout nicht vermeiden lässt – recht leise zu schießen?«

Der Arzt verzog keine Miene. Er nahm seinen Hut, den er auf den einzigen Stuhl der Kammer gelegt hatte – einen Zylinder nach der neuesten Mode. Auch das noch, allem Anschein nach war er ein Geck!

»Ich werde mich nach dem Fortgang der Genesung erkundigen …«

Der ungebetene Gast war schon zur Tür hinaus, da stürzte Hoffmann hinterdrein und rief ins Stiegenhaus: »Glauben Sie bloß nicht, dass ich Sie bezahle! Ich habe Sie nicht gerufen, geschweige denn um eine Kur gebeten!«

Zur Antwort winkte der Arzt nur mit dem Hut.

Hoffmann schloss die Tür und ließ sich auf den einzigen Stuhl sinken. Langsam legte sich seine Wut. Als er Mischa einen Blick zuwarf, zog sie das Laken bis unter die Nase. Ihre Augen waren noch glasig, aber sie hatte aufgehört zu weinen. Er rutschte hinüber auf die Bettkante. Vorsichtig näherte er sich ihr. Als er seine Hand nach ihrer Wange ausstreckte, drehte sie den Kopf zur Seite.

»Was ist?«, fragte er ebenso scheinheilig wie hilflos.

»Warum musstest du diesen Mann so behandeln? Er hat geholfen, als ich Hilfe brauchte. Ich lag am Boden und spuckte Blut! Und du beleidigst ihn! Du bist ein Ekel!«

Vermutlich war sie im Recht, ebenso wie sie zu Recht Reue von ihm erwarten konnte. Doch, so leid es ihm tat, er verspürte nichts dergleichen. Packte nicht jeden Mann von Gefühl und Ehre die Raserei, wenn er nach Hause kam und seine halb nackte Frau von einem Unbekannten betastet sah?

Als Hoffmann, nach einer Anstandsfrist, den Kopf hob, lächelte er verschmitzt. »Ich habe gute Nachrichten!«

Mischa hatte sich in die Kissen vergraben. Doch die Hoffnung ließ sie wieder auftauchen. »Wir reisen ab?«, fragte sie ihn mit großen, rotgeweinten Augen.

Hoffmann nahm sie in die Arme und drückte sie an sich. »Nein. Im Gegenteil. Ich habe eine Anstellung.«

»Wird Tee gewünscht?«, fragte Bettine in die Runde und hob die Kanne. Die Nachbarin nahm gern. Entgegen ihrer vollmundigen Ankündigung hatte sie sich auch an diesem Dienstag pünktlich eingefunden.

Ariane bemerkte über ihren Stickrahmen hinweg die sorgenvolle Miene der Mutter, als sich die Nachbarin ihre Tasse zum fünften Mal füllen ließ. Auch den Blocks fiel in diesen Zeiten das Wirtschaften nicht leicht! Nun bot Bettine Gebäck an, und auch das verschmähte die Nachbarin nicht. War sie denn nicht schon rund genug?

Madame hatte die Bedienstete vor der Teestunde angewiesen, immer nur drei Kekse auf einmal anzubieten, das mindere den Appetit. Als der Teller die Runde gemacht, und sich nur die Nachbarin bedient hatte, sah sie, wie die Mutter aufatmete.

Nachdem sich Bettine versichert hatte, dass die Damen keinerlei Wünsche mehr hatten, stellte sie Kanne und Teller auf die Anrichte, ließ sich auf der vordersten Kante eines Stuhls nieder und faltete die Hände im Schoß. Liebevoll ließ Ariane den Blick auf ihr ruhen. Die Bedienstete war als ihre Milchmutter in dieses Haus gekommen und hatte sich, nachdem die Ziehtochter abgestillt war, das Regiment über den Haushalt erobert. Sie gehörte in diese Wohnung wie ein Möbelstück, das man nicht mehr von seinem Platz entfernen konnte, weil man den Bleichschatten auf der Tapete fürchtete. Sie hatte Hände wie Pflugscharen und war noch nicht alt genug für das Gnadenbrot. Auch ohne Arianes Fürsprache wusste der Hofrat Bettines Fleiß und Eifer zu schätzen, ersetzte sie doch drei Mägde! Die Mutter dagegen war aufgrund ihrer zarten Natur für Hausarbeiten völlig ungeeignet. Ariane hatte stets das Gefühl, sie beschützen zu müssen, so grazil und durchscheinend war sie. Bettine dagegen war robust und packte zu!

»In Marcolinis Palais soll der Kaiser auf einer einfachen Feldpritsche nächtigen«, wusste die Nachbarin zu berichten.

»Das wundert mich«, bemerkte die Mutter, »für seine Bescheidenheit ist er nicht berühmt.«

Nickend stimmte Madame Lenzen zu. »Man sagt, dass er alles begehrt, worauf sein Blick fällt.«

»Also sollte man ihm verbieten, die Landkarte Europas zu betrachten!«, rief Ariane mutig aus und erntete Gelächter. An guten Tagen war sie die Hauptlieferantin geistreicher Bemerkungen. Als die Heiterkeit abgeebbt war, hing jede ihren Gedanken nach, bis Madame Lenzen beiläufig bemerkte: »Warten Sie nur ab, bis Sie Einquartierungen bekommen. Auch seine einfachsten Soldaten nehmen sich ein Beispiel am großen Vorbild.«

Ariane fühlte Hitze wallen. Einquartierungen. Fremde Männer im Haus. Soldaten. Sie wusste nicht, ob sie sich davor fürchten oder darauf freuen sollte.

»Vielleicht bleiben wir verschont …«, hoffte die Mutter. Und Ariane widersprach ihr innerlich.

»Warum sollten Sie?«, fragte die Nachbarin spitz, ohne von ihrer Handarbeit aufzusehen.

»Mein Vater sagt«, steuerte Emilie Lenzen schüchtern bei, »wenn

Napoleon Dresden zu seiner Basis ausbaut, wird die zehnfache Menge Soldaten in die Stadt strömen.«

»Der Herr sei uns gnädig!« Anna-Louise erblasste. Ariane beugte sich tief über ihre Stickarbeit. Sie spürte den besorgten Blick der Mutter und wollte Mut beweisen. »Ich kann es kaum erwarten, ihn zu sehen«, seufzte sie.

Fünf Damen machten große Augen.

»Wen?«, fragte Emilie nach langem Zögern, stellvertretend für alle.

»Napoleon«, antwortete Ariane unbefangen. »Ich hoffe, er ist morgen Abend zugegen!«

»Wo?« Diesmal war es die Mutter, die die fällige Nachfrage stellte.

»Auf dem Ball! Dem *Bal aux Masques*!«

Emilie Lenzen erblasste. »Sagen Sie bloß, Sie nehmen daran teil, meine Liebe?« Der Neid verlieh ihrem Tonfall bissige Schärfe.

»Ganz bestimmt nicht!«, antwortete Anna-Louise im Namen ihrer Tochter.

Ariane schaute in die Runde. Missbilligung und Empörung wohin sie auch sah. Sollte sie das so sicher geglaubte Glück verspielt haben? »Aber Vater hat es mir erlaubt!« Tränen wollten ihre Augen fluten, stolz drängte sie sie zurück. »Das Kostüm liegt schon bereit! Bettine!« Die Bedienstete wich ihrem Blick aus. Vor aller Ohren konnte sie ihre Komplizenschaft nicht eingestehen. Sie zuckte mit den Schultern.

»Es war ja kaum anders zu erwarten in diesem Hause«, stichelte die Nachbarin. Emilie hatte in der Zwischenzeit mehrfach die Gesichtsfarbe gewechselt.

»Dass Sie offen diesem Monster anhängen, diesem korsischen Landfresser, das schlägt dem Fass den Boden aus!« Madame Lenzen packte das Stickzeug zusammen. Emilie war in Erstarrung gefallen.

Die Mutter schleuderte ihre Handarbeit beiseite. »Ich werde mit deinem Vater reden! Umgehend!«

»Aber er ist nicht da!« Ariane wunderte sich über den schrillen Ton in der eigenen Stimme.

»Wo steckt er?«

»Er ist ins Schloss gegangen«, steuerte Bettine bei.

»Was hat er denn dort schon wieder zu schaffen? In seinem leeren Gewölbe?«

Madame Lenzen räusperte sich laut. Dann sagte sie: »Mein Mann wird den Machenschaften Ihres Gatten den Garaus machen!«

»Was wollen Sie damit sagen?« Die durchscheinende Haut der Mutter war übersät von roten Flecken, ein Zeichen höchster Erregung.

»Das werden Sie bald sehen!« Auch Madame Lenzen hatte sich erhoben. Bebend vor Empörung standen sich die Mütter gegenüber. Selbst Ariane war aufgestanden. »Warum seid Ihr nur so zornig?«, fragte sie mit feuchtem Blick.

»Dass du auf diesen Ball gehst, werde ich dir nie verzeihen!«, zischte Emilie giftig.

»Gingest du nicht auch gern dorthin?«

Die Freundin verzog das Gesicht und überließ ihrer Mutter die Antwort. Die fuhr Ariane an. »Ein Fest für Gauner und Heuchler! Und dass dein Vater einer ist, wird sich bald herausstellen!«

Anna-Louise nahm alle Kraft zusammen. »Sofort verlassen Sie mein Haus!«

»Aber gern. Am liebsten für immer!«

Bettine kam kaum hinterher, die Stolen und Capes auszuhändigen. Bald schon saßen Ariane und ihre Mutter allein und erschöpft auf den Polstern. Nachdenklich schlürfte Madame von Block an einer Tasse Tee. Dann sah sie auf und richtete eine Frage an die Tochter: »Warum muss es ausgerechnet dieser Ball sein?«

Ariane blieb die Antwort schuldig.

»Wir haben doch schon genug Scherereien! Ich werde mit Block reden.«

Mit beiden Füßen stampfte Ariane auf und verließ den Raum.

Der königliche Hofrat hatte keinerlei Erklärung dafür, warum man ihn mit solchem Nachdruck ins Schloss beordert hatte. Nicht durch ein Billett, einen leibhaftigen Offizier der *Garde du Corps* hatte man ihm mit dem unmissverständlichen Befehl auf den Hals geschickt, ein Vorgehen, das beunruhigte. Sollte Lenzen seine Drohung wahr gemacht haben? Sollte man ihn zur Rechenschaft ziehen, ihm den Verlust der Stücke anlasten? Block lockerte sein Halstuch. Die Schritte wurden ihm schwer.

Schon als er die imposante, doppelflügelige und mit Metallriegeln mehrfach gesicherte Holztür zum Grünen Gewölbe durchschritt, erkannte er, dass etwas vorgefallen sein musste. Eine unüberschaubare Zahl Uniformierter drängte sich im ersten Saal. Ordengeschmückte Revers und französische Uniformen. Auch sächsische Minister waren darunter, Block konnte den einflussreichen Grafen von Einsiedel ausmachen.

Als er zur Gruppe aufschloss – die Stirn mit dem himmelblauen Tuch betupfend –, hörte er von hinten Laufschritte. Es war Lenzen. Sie wechselten Blicke, ohne sich zu grüßen. Block las Unentschlossenheit in der Miene des Stellvertreters, Nervosität sogar und Überraschung. Keinen Triumph. Also war nicht er es, der das Treffen veranlasst hatte! Block warf Lenzen einen Blick zu, der den Mann in die Schranken weisen sollte. Nur keinen Eklat! Nicht jetzt!

Als man die beiden bemerkte, öffnete sich der Pulk der Uniformierten, Minister und Hofbeamten. Einer nach dem andern trat zur Seite und enthüllte einen Kern, der aus zwei Personen bestand. Block erstarrte. Das, was er immer herbeigesehnt hatte, traf ihn wie ein Schlag. Seine Kehle war trocken, der Magen krampfte sich zusammen, seine Knie wurden weich. Dort, inmitten seiner Generäle, begleitet von seinem ersten sächsischen Untertan, dem König, stand der Kaiser der Franzosen!

Schweiß perlte auf Blocks Stirn. Was sollte er tun, wie ihm begegnen? Sich verbeugen? Auf die Knie sinken?

Napoleon Bonaparte war klein von Gestalt – kleiner, als Block erwartet hätte. Eingehüllt von einer Wolke Kölnisch Wasser, wirkte der Kaiser der Franzosen kindlich. Sein Gesicht mit dem Ansatz eines Doppelkinns erinnerte an die Sandsteinputten auf der Zwingerballustrade. Auch die Schmachtlocke, die in die Stirn fiel, verlieh ihm eine zarte Anmutung. Ein Sonnenstrahl stach durch die Fenster des Gewölbes und umspielte das hohe Haupt. Block wurde schwindlig. Ein guter Moment, um ohnmächtig zu werden. Aber es wollte nicht gelingen.

Napoleon hob die Augenbrauen und wandte sich Hilfe suchend an seine Entourage. »*Peut-être Monsieur le Baron est maladif?*« Es war vermutlich nicht als Scherz gemeint, sondern als Entschuldigung. Dennoch lachte die Gruppe. Block wäre am liebsten im Boden versunken. Nun denn, schlimmer konnte es nicht kommen! Als der Kaiser sich wieder umwandte, zwang sich Block ein Lächeln aufs Gesicht. Es misslang gründlich.

Friedrich August, König von Sachsen trat vor. Er fasste Block streng ins Auge, die hohe Stirn gerunzelt, die weiß gepuderten, buschigen Brauen nur durch eine Zornesfalte getrennt. »Nun fassen Sie sich, Baron, und zeigen Sie dem Kaiser Unsere Sammlung!«

Blocks Lächeln wurde hilflos. »Die Sammlung? Aber mit Verlaub, Euer Majestät …«

»Wir wissen selbst, dass alles ausgelagert ist. Doch der Kaiser wollte sich partout nicht überzeugen lassen, dass es rein gar nichts zu sehen gibt. Also zeigen Sie es ihm gefälligst – das Nichts!« Er nickte nachdrücklich mit dem Kopf, als wollte er ihn anschubsen.

Blocks Blick ruhte wie blöde auf Napoleon. Seine Gedanken schweiften ab. Wo war Lenzen? Der konnte in diesem Augenblick wahrlich froh sein, dass er nur Stellvertreter war. Keine Spur von ihm. Bestimmt hatte er sich verdrückt, der Feigling!

Der *empereur* ertrug Blocks Gaffen eine Zeit lang. Dann begann er, mit den Schuhspitzen zu scharren. Und lenkte damit Blocks Aufmerksamkeit auf seine Füße. Der Kaiser trug schlichte Stiefel aus schwarz gewichstem Leder, vermutlich vom Kalb. Hier und da schimmerte ein Braunton durch. Der hohe Schaft war zur Wade hin ausgeschnitten, damit er beim Reiten nicht in der Kniekehle scheuerte. Das Leder sah weich und bequem aus, dennoch lag es glatt und straff an. Wunderbares Schuhwerk, eines Kaisers würdig! Wie gern hätte Block es angefasst! Nur ein einziges Mal!

Endlich fing er sich und stammelte einige Worte auf Französisch, die ihm just ins Gedächtnis kamen. Umständlich erklärte er, dass er dem verehrten Herrscher nichts, aber rein gar nichts präsentieren könne! Alles sei auf dem Königstein.

Die Begleiter tauschten vielsagende Blicke und wissendes Raunen. »Konickstän« und »Gringewolb« ging es von Mund zu Mund.

Napoleon aber war enttäuscht und verbarg es nicht. Nur gelegentlich streifte ein verächtlicher Blick den sich windenden, schwitzenden Block. Der erzählte nun von der Schönheit der Räume, von der Erlesenheit der Stücke, die das Gewölbe beseelten – wenn sie denn vorhanden waren. Seine Rede wurde flüssiger, endlich fühlte er sich in seinem Element. Er suchte das Mienenspiel seines Königs zu ergründen, doch Friedrich August, dem man den Beinamen »der Gerechte« gegeben hatte, schaute ausdruckslos auf seinen Untertan.

Block ließ sich vom eigenen Redefluss davontragen und erging sich in ausführlichster Beschreibung einzelner Stücke. Dann begann er, von Frankreich zu schwärmen, von der großen Revolution, so dass der Hofmarschall Graf von Einsiedel schon zu hüsteln begann und der Blick des sächsischen Königs immer strenger wurde. Fußscharren allerorten. Doch niemand schien die Kraft zu haben, des eifrigen Hofrats Rede zu unterbrechen.

Endlich verlor der Kaiser die Geduld und wandte sich einfach ab. Durchschritt den Raum und näherte sich den Fenstern. Von eigener, erlauchter Hand öffnete er den Riegel, dann stieß er die Flügel auf.

Irritiert schwieg Block. Beherzt nahm Napoleon die Fenstergitter in beide Hände und rüttelte daran. Dann ließ er wieder davon ab und klopfte sich den Roststaub von den Handschuhen. *»Ça veut faire!«*

Die Offiziere, die ihn begleiteten, nickten raunend. Einer der Flügeladjutanten schien nur auf diesen Wink gewartet zu haben. Er drehte sich um und rannte aus dem Saal. Napoleon kehrte gar nicht erst zum Pulk der Begleiter zurück, sondern strebte schnurstracks zum Ausgang. Im Vorbeilaufen warf er Block noch einen Blick aus dunklen, durchdringenden Augen zu, dann war er verschwunden. Ohne dem ersten Inspektor des Grünen Gewölbes die übliche Dankesgabe für den Besuch zu überreichen. Block sah es ihm nach, der Blick war Dank genug.

Der König und seine Entourage folgten dem Kaiser. Schuhe schabten über die Sandsteinschwelle. Und als sich der Saal leerte, kam auch Lenzen, der sich die ganze Zeit über im Hintergrund gehalten hatte, wieder zum Vorschein.

Ratlos schauten sich die beiden Untertanen an. Auch Lenzen war die Erleichterung anzumerken. Dann näherten sich erneut Schritte. Der Hofmarschall kehrte zurück, um zu verkünden: »Der Kaiser der Franzosen hat beschlossen, die Vorräte für seinen Generalstab in diesen Räumlichkeiten unterzubringen. Hofrat Lenzen, Seine Majestät der König bittet Sie, das Inventarium zu führen.« Dann machte er auf dem Absatz kehrt und folgte dem Tross.

Lenzen zog eine bittere Miene, doch er protestierte nicht. Was blieb ihm auch übrig? Die kaiserlichen Vorräte! Die Erniedrigung war vollkommen. Von Gold und Geschmeiden zu Schinken und Schmalzfässern.

»Nun, diese Aufgabe dürfte Ihnen liegen«, höhnte Block. Er beneidete Lenzen nicht darum, dass man ihm den Vorzug gegeben hatte. Aus welchen Gründen auch immer. Schon wollte er sich ebenfalls zum Gehen wenden, da ergriff der Untergebene ihn am Rock. »Auf ein Wort!«

Block schüttelte ihn ab wie eine Wanze. Als hätte Lenzen ihn durch seine Berührung beschmutzt, schlug er sich mehrmals mit dem Handrücken über den Ärmelaufschlag. Mit schnellen Schritten verließ er den Saal.

Im Laufen zog er das himmelblaue Tuch hervor und wischte sich über die Lippen. Schon strömten ihm Mannschaften mit Heringsfässern und Hirsesäcken entgegen. Fuhrwerke versperrten den Weg. Nur hinaus aus dieser stinkenden Meute!

Auf dem Neumarkt hatte er das Chaos der Heereslieferanten und Fouragetrupps hinter sich gelassen. Er verlangsamte den Schritt, hakte einen Finger zwischen Halstuch und Kehle und lockerte die Binde. Endlich konnte er freier atmen.

Vom Platz aus waren es nur wenige Schritte. Über die Wilsdruffer Gasse hinüber zum Altmarkt, dann an dessen Flanke entlang bis zur Kirchenfront. Endlich bog er in die Kreuzgasse ein.

Als Block in den Salon trat, traf er seine Gattin an. Das Herz übervoll hatte er den Raum betreten, um von der Begegnung mit dem herrlichsten Menschen auf Erden zu schwärmen. Doch nun saß Madame von Block auf dem Sofa und zog eine Miene, die ihm alles vergällte. »Ich habe dich erwartet!« Anders als in der Öffentlichkeit duzte sie ihn, wenn sie unter sich waren.

»Du wirst nicht glauben, wen ich soeben getroffen habe«, wich er aus.

»Und wenn es Napoleon persönlich war – ich habe Wichtiges mit dir zu besprechen!«

»Er war es. Persönlich«, antwortete Block zerknirscht. Was brauchte es weitere Ausführung, wenn sie ihm die Pointe gestohlen hatte?

»Hast du Ariane gestattet, auf den Ball zu gehen?«, fragte sie unumwunden.

»Ja.« Er hob trotzig den Kopf.

Anna-Louise ließ eine bedeutsame Pause, bevor sie fortfuhr. »Zerreißt man sich nicht schon genug das Maul über uns?«

»So? Was wird denn geredet?«

Sie zögerte keinen Moment. »Dass wir ein Haus von Verrätern seien. Dass es unerklärliche Diebstähle im Grünen Gewölbe gebe. Dass du dein Amt treulos, ja liederlich versähest!«

Block schnappte nach Luft. Unwillig wollte er sich abwenden. Der Tag sollte nicht durch einen Streit entweiht werden! Denn er, Baron Peter Ludwig Heinrich von Block, hatte den *empereur* persönlich gesprochen. Napoleon I., Kaiser der Franzosen. Was für ein Tag!

»Ariane wird nicht auf diesen Ball gehen!« Ihr Tonfall duldete keinen Widerspruch. Block wagte ihn dennoch. »Ich habe es versprochen! Im Gegenzug hat sie meinen Klavierlehrer akzeptiert.«

»Dann wirst du diesen Kuhhandel rückgängig machen. Sie ist zu jung für den Ball. Und man begibt sich in kein gutes Licht, wenn man Kratzfüße vor dem Kaiser macht.«

»Wir tun es nur dem König gleich!«

»Er verstellt sich. Aus politischen Gründen. Das ist Diplomatie!«

»So, so«, sagte Block, weil er nichts anderes zu sagen wusste. Immer wieder überraschte ihn Anna-Louise, wenn sie sich, so zart und feinsinnig, wie sie war, ein Urteil über die Angelegenheiten der Männer zutraute. Er maß sie respektvoll, aber ohne tiefere Empfindung. Da kam ihm ein Gedanke. »Und der Unterricht? Der Herr Musikdirektor wird morgen voller Erwartung erscheinen.«

»Musikdirektor!« Anna-Louise stieß Luft durch die Nase. »Du wirst doch unserer Tochter die Notwendigkeit des Unterrichts auch ohne diesen Kuhhandel deutlich machen können!«

»Ich? Warum übernimmst du nicht dieses Geschäft?«

»Weil ich es von vornherein anders angefasst hätte!«

»Selbstverständlich ...« Block presste die Lippen aufeinander. Wie ungehörig von ihr, ihn so zu maßregeln.

»Selbstverständlich!«, fuhr sie fort. »Rede mit ihr! Sie soll sich den Gedanken aus dem Kopf schlagen!«

Beschämt wich Block ihrem Blick aus. Vielleicht hatte seine Frau recht. Womöglich käme es auch ihm zupass, wenn Ariane sich fernhielt.

»Ich werde es auf keinen Fall dulden!«, bekräftigte Anna-Louise ihre Ablehnung, da er allzu lange schwieg.

»Du verstehst dich darauf, Menschen unglücklich zu machen«, zischte Block giftig. Als sie sich mit schmalem Gesicht vom Sofa erhoben hatte und ohne ein weiteres Wort hinausging, sah er ihr nicht einmal hinterher.

Block wollte die Tür zu seinem Kabinett gerade verriegeln, da wurde sie mit Kraft wieder aufgestoßen. Er wich zurück. Die Tochter steckte den Kopf durch den Spalt. Es lag auf der Hand, dass sie von der Mutter geschickt war.

»Haben Sie schon gehört, Vater?«, sprudelte sie hervor. »Man hat ihn heute in der Stadt gesehen!« Ariane war unbeschwert und bester Laune, offenbar wusste sie noch nichts von dem Verbot. Wie angedroht hatte Anna-Louise ihm die unangenehme Pflicht überlassen. Und als Oberhaupt der Familie konnte er sie schlecht abschlagen. »Wen hat man gesehen?«

»Napoleon Bonaparte! Der, vor dem die Welt zittert!« Eine Strähne ihres Lockenhaars hatte sich befreit und fiel ihr auf Stirn und Wangen, was dem erhitzten Gesicht einen verwegenen Ausdruck verlieh. Sie sah bezaubernd aus!

Block lächelte. »Ich weiß.«

Ariane drängte sich durch die Tür und umklammerte seine Hände. »Was wissen Sie, was haben Sie gehört? Warum haben Sie nichts erzählt? Wo war er? Wie war er gekleidet?«

Block musste an die Stiefel denken. Er schwieg versonnen. Sie schüttelte seine Hände, um Aufmerksamkeit zu heischen. Das ungestüme Wesen und die Schönheit der Tochter ließen ihn dahinschmelzen. »Ich habe gehört, er sei im Schloss gewesen.« Er schmunzelte verschlagen. »Ach, ja, und dann ist mir das Gerücht zugetragen worden, er habe das Grüne Gewölbe besucht.«

Sie machte große Augen. »Das Grü … – Aber Monsieur Père, wie kann er das Gewölbe besuchen, ohne dass Sie davon Kenntnis haben?«

»Oh, ich hatte Kenntnis. *Naturellement.*«

Block ging umständlich um den Schreibtisch herum. Er musste sich auf dem Schreibpolster abstützen. Die Erinnerung nahm ihn gefangen. »Er stand nur so weit von mir entfernt.« Mit den Händen bestimmte er zwei Positionen im Raum, immer wieder. »So weit.« Als helfe ihm das wiederholte Abmessen der Distanz, das Wunder zu begreifen. »Ich habe ihn sogar gesprochen!«

»Tatsächlich? Nun erzählen Sie schon!«

»Er wollte …«, Block stutzte. Mit der Erinnerung kehrte die Scham zurück. »Er wollte die Räumlichkeiten prüfen.«

»Prüfen? Wozu denn?«

Mit einem Mal kam er sich vor, als würde er von der Tochter verhört. »Weil …«, es kam schwerlich über seine Lippen, »weil er … Vorräte darin lagern will.«

»Vorräte? Im Grünen Gewölbe?« Ariane schüttelte ratlos den Kopf. »Wie können Sie das zulassen? Die königliche Kunstsammlung – verwandelt in einen Weinkeller?«

»Für seinen Generalstab!«

»Und wenn es für seine Schwiegermutter wäre – das macht die Sache nicht besser!« Arianes Spottlust war erwacht. In Blocks Brust regte sich Widerspruch. »Es herrscht Krieg, meine Liebe. Und Edelsteine kann man nicht fressen!«

»Aber Vater! Die schönen Räume, die Spiegel, die Goldrahmen und Damasttapeten, für Schinken und … und …«

»Heringsfässer«, ergänzte Block tonlos.

Ariane schüttelte sich. »Den Gestank werden Sie nie wieder herausbekommen!«

»Ich weiß doch auch nicht«, entgegnete Block unwirsch. »Vielleicht war es nur ein Vorwand. Vielleicht wollte er nur sehen, ob auch tatsächlich alle Schätze fort sind. Wie ich hörte, hat er eine Schwäche für Kunst.«

»Vor allem, wenn sie nicht ihm gehört!«

»Schweig!« Blocks Kopf war rot angelaufen. »Ich lasse nicht zu, dass er in diesem Hause beleidigt wird. Er folgt einem Plan, den nur er kennt. Unbegreiflich für gewöhnliche Sterbliche!«

»Sie, Herr Vater, lassen sich und Ihr Amt beleidigen! Das kann er Ihnen doch nicht antun! Doch nicht Ihnen, Vater!«

Ohne eine Antwort abzuwarten, drehte Ariane sich um und ging hinaus. Block nutzte die Gelegenheit, drehte den Schlüssel im Schloss herum und war froh, allein zu sein.

Einige Stunden waren vergangen – und Block hatte nicht einmal Hunger verspürt –, da klopfte es erneut. Mit geübten Handgriffen verstaute er die Stücke und schob die Laden an ihren Platz. Dann ging er zur Tür und öffnete den Riegel. Ariane wirbelte herein. Im ersten Reflex wollte der Hofrat sie wieder hinausschicken. Aber sein Herz war noch weich vom Genuss der edlen Steine. War die Tochter nicht auch ein Juwel, das, noch roh und ungeschliffen, einer Fassung bedurfte, um in vollem Glanz zu erstrahlen? Einer Ehe, deren Zucht und Verantwortung ihr die Flausen austrieb? Doch, ach, dann müsste er sie fortgeben! Was gab es Schlimmeres, als sich von geliebten Dingen zu trennen?

Ariane war, begleitet vom leisen Rascheln ihres Kleides, bis zur Mitte des Raumes gelangt. Dort drehte sie sich so, dass der Stoff sie umwallte. »Väterchen, was halten Sie von diesem Kostüm?«

»Fein, fein«, murmelte er zerstreut.

»Bettine steckt mir noch einen Blumenkorb. Eine Gesichtsmaske gehört auch dazu – mit roten Wangen und Sommersprossen. Und schon ist das Gärtnermädchen ausstaffiert!«

Block wischte sich über die Augen, die noch vom intensiven Betrachten der Kunstgegenstände und Preziosen schmerzten. Dann blickte er sie ernst und mit Bedauern an. »Der Ball wird ohne dich stattfinden.«

Arianes Lächeln war wie zerschlagen. »*Mais non!* Sie haben es versprochen!«

Block schüttelte langsam den Kopf. »Mutter ist dagegen. Es ist nicht gut für deinen Ruf. Zu viele Taugenichtse treiben sich herum.«

»Aber Vater! Ich will Bonaparte sehen! Alle haben ihn schon gesehen, nur ich nicht!« Ariane kämpfte mit den Tränen. »Du hast es doch erlaubt!«

»Und nun verbiete ich es. Weil ich es mir anders überlegt habe. Dein guter Ruf ist uns wichtiger als ein kurzes Amüsement.«

»Was ist schlecht daran, tapferen Helden einen hübschen Anblick zu schenken? Oder einen Tanz?« Sie beäugte ihn vorsichtig.

»Flausen! Die Krieger liegen vor der Stadt im Dreck. Auf dem Ball wirst du nur die Pantoffelhelden antreffen.« Block stutzte und korrigierte sich rasch: »… vielmehr wirst *du* sie nicht antreffen.« Er wandte sich ab.

»Dann werde ich dem Herrn Hoffmann die Tür weisen!«

»Untersteh dich!«

»Wenn Sie Ihre Versprechen nicht halten, tue ich es auch nicht!«

»Du wirst uns nicht vor einem Musiker blamieren!«

Ariane suchte verzweifelt nach Argumenten. »Aber das Kostüm …«

»… wird auch nächstes Jahr noch seinen Dienst tun! Wenn der unselige Krieg vorüber ist.«

»Nächstes Jahr? Vater! Dann bin ich alt und runzlig!«

»Nächstes Jahr bist du achtzehn. Jung genug für den Maskenball.« Block widmete sich irgendwelcher Korrespondenz, um zu zeigen, dass er das Gespräch für beendet hielt.

»Und ich werde doch auf den Ball gehen!« Mehr als notwendig mit dem Stoff des Kostüms raschelnd, verließ Ariane den Raum.

»Ich will auf diesen Ball!«

Maximilian Lenzen saß am Kamin, streckte die Füße der Glut entgegen und nuckelte an seiner Pfeife. Er stierte in die Flammen. Das Gezeter seiner Frau konnte ihn nicht aus der Ruhe bringen. Nicht an diesem Tag! Block hatte sich gründlich blamiert – welch ein Triumph! »Was gibt es dort schon zu sehen?«, fragte er zufrieden. »Ein Ball ist wie der andere! Man macht die Honneurs, man läuft herum, man tanzt, man begibt sich wieder nach Hause.«

Auf diese lakonische Art war Veronika Lenzen nicht beizukommen. Sie stemmte die Fäuste in die Hüften und baute sich vor ihrem Ehemann auf. Indem sie ihm die Sicht auf die Flammen nahm, hoffte sie wohl, ihn seiner Gemütlichkeit zu entreißen. Doch im Schein des Feuers, das Antlitz vor Zorn glänzend, sah sie hinreißend aus. Lenzen ließ seinen Blick auf ihr ruhen, rekelte sich im Sessel und stieß Rauch aus. Ein zufriedener Zug umspielte seine Mundwinkel. »Du gebärdest dich wie ein Backfisch. Als wärst du noch nie auf einem Ball gewesen!«

Madame Lenzen stützte sich auf die Armlehnen und beugte sich weit hinunter. Ihr Atemhauch strich über sein Gesicht. Er rückte tiefer in den Sessel. »Es ist mein erster Ball, auf dem es einen Napoleon zu besichtigen gibt!«

Zweifellos, dies war ein besonderer Anlass, das musste Lenzen zugeben. Nicht nur der Franzosenkaiser, der gesamte sächsische Hof wäre zu besichtigen, zudem zahlreiche Persönlichkeiten, die sich mehr oder minder zu Napoleon bekannten. Dies fiel Lenzen nicht leicht. Zwar hatte Napoleon seinen Kurfürsten zum König erhoben, doch der Preis dafür war seiner Ansicht nach zu hoch: Willfährigkeit, Kriegsgefolgschaft, Bündnistreue. Solange das Kampfesglück anhielt, war Gefolgschaft eine leichte Übung. Doch das Blatt, auf dem Napoleon Bonaparte verwegen wie eh und je spielte, schien sich zu wenden. Der Russlandfeldzug, die letzte große Kampagne des Kaisers, hatte seine Schwächen brutal entblößt. Über den Steppen des Zarenreiches war der Ruf des Unbesiegbaren verhallt, in den Sümpfen abgesoffen, im Schnee verweht. Napoleon Bonaparte war nunmehr ein Heerführer unter vielen. Blücher, Moreau, Bernadotte schienen ihm ebenbürtig. Und endlich rotteten sich diese Ebenbürtigen wie Wölfe zusammen, um dem kleinen Korsen die Zähne zu zeigen. Wenn sie ihn zu fassen bekamen, so viel war sicher, würden sie sich nicht lange damit aufhalten, ihn zur Besinnung zu schütteln. Sie würden ihn zerfleischen. Es war an der Zeit, den Halbgott in die Reihe der Sterblichen zurückzustoßen!

Lenzen stach den langen Stiel seiner Pfeife in ihr Dekolleté und schob seine Frau auf diese Weise von sich. »Es ist nicht sicher, ob er überhaupt erscheint. Warum willst du ihn begaffen? Er ist nichts Besonderes.«

»Woher willst du das wissen?« Sie hatte die Hände in die Hüften gestemmt.

Der Hofrat sah seiner Frau geradewegs ins Gesicht. »Er hat das Gewölbe besichtigt. Heute.«

»Ach!« Im nächsten Moment bereute Lenzen seine Offenherzigkeit. Die Ehefrau stach mit dem Zeigefinger gegen seine Brust. »Du hast ihn gesehen und willst mir das Vergnügen verwehren!«

»Ich sage dir, er ist ein kleines Männchen, sein Bauch ist rund wie der eines Tanzbären. Nichts an ihm ist glänzend oder beeindruckend. Unverständlich, dass die Menschen so einem nachlaufen.«

Madame Lenzen schüttelte den Zeigefinger. »Sieh dich vor, was du sagst! Und wem du es sagst. Sonst wirst du Block niemals beerben!«

Lenzen nahm einen tiefen Zug aus der Pfeife. »Lass das meine Sorge sein.«

»Allein schon aus diesem Grunde sollten wir auf den Ball gehen! Die Blocks werden sich lieb Kind beim Kaiser machen. Und wir?«

Nun fuhr der Hofrat aus seinem Armstuhl. »Ich würde vor

Scham im Boden versinken! Das Recht ist auf meiner Seite! Block hat ausgedient. Da kann er noch so viel katzbuckeln! Und was hat Emilie dort zu suchen? Sie ist verlobt. Am Ende kommt sie noch ins Gerede!«

»Wir kommen ins Gerede – wenn wir nicht hingehen!«

Das Gesicht seiner Gattin nahm einen verschlagenen Ausdruck an. »Man wird Schlüsse ziehen. Es gibt wenige in Dresden, die so viel Hass gegen die Franzosen im Herzen tragen wie du. Und wenn du auch gegen Block angehen kannst, gegen Napoleon kannst du es nicht.«

»Ach was, Napoleon wird an seiner Gier eingehen. Genau wie Block!«

Seine Frau kam näher und fuhr ihm mit der Hand um den Bart. »Mein ehrgeiziger, zorniger Max, recht so. Aber warum willst du Block, dem Franzosenfreund, das Tanzparkett überlassen?«

Lenzen starrte an seiner Frau vorbei in die Flammen. »Auf dem Boden gekrochen ist er vor ihm. Widerwärtig!«

»Er hat keine Ehre im Leib«, pflichtete sie ihm bei.

»Was er nur an dem Kerlchen findet?«

»Die Küchenmädchen erzählen sich, er habe ein Miniaturporträt des Kaisers in seinem Sekretär. Das schaue er heimlich an, wenn ihn niemand beobachtet ...«

»Block ist nicht nur ein Kauz, er ist ein Verbrecher. Nicht viel, und ich kann es beweisen! Höre: Wenn mir etwas zustoßen sollte ...«

»Befinden wir uns denn in Gefahr?« Veronika Lenzen hatte die Hände im Schoß gefaltet. Sonst deutete nichts auf irgendeine Besorgnis hin. Sie hatte sich in der Gewalt.

»Nein«, beruhigte Lenzen sie. »Noch nicht. Aber wenn ich ernsthaft gegen Block vorgehe ...«

»Der Franzosenkaiser wird seine Hand über ihn halten.«

»Ach was. Ein sächsischer Speichellecker wird ihm keinen Federstrich wert sein.«

Mit einem leisen Zischeln zog die Gattin seine These in Zweifel. »Nichts schätzen Herrscher mehr als die Speichelleckerei!«

Verärgert zog Lenzen an der Pfeife. Natürlich wusste er, dass seine

Frau recht hatte. Er stieß Rauch aus und starrte den Wölkchen hinterher.

Veronika schickte sich an, das Kaminzimmer zu verlassen. Doch an der Tür wandte sie sich noch einmal um. »Block ist mir unheimlich. Er hat mehr Geheimnisse, als wir vermuten. Unternimm nichts, bevor du dir nicht ganz sicher bist!«

Erleichtert stellte Lenzen fest, dass sie die Hoffnung auf den Ball aufgegeben hatte. Er ließ ihre Bemerkung unbeantwortet, und nach einem Zögern ging sie hinaus. Dann zog er fluchend die Füße an. Die Hitze unter den Filzsohlen war zu stark geworden.

Am folgenden Tag ging es Mischa besser. Dennoch fühlte sie sich schlecht. Der Hunger hatte sich in ihre Eingeweide gefressen. Der Kopf schmerzte, doch das konnte auch vom Hunger herrühren. Sie beschwerte sich nicht, sondern schwieg, um den Ehemann nicht zu stören. Seit dem frühen Morgen saß er am Schreibtisch, vor sich hin summend wie immer, wenn er eine Musik rezensierte. Sie beobachtete seinen tief über das Blatt gekrümmten Rücken und schlief darüber ein.

Am späten Vormittag – der Artikel war vollendet und musste nur noch abgeschrieben werden – wollte Hoffmann die Ereignisse der letzten Tage in sein Tagebuch eintragen. Da die sich aber in der Rückschau so verheerend ausnahmen, dass selbst die Tinte zäh und unwillig von der Feder floss, brach er das Schreiben ab. Wäre es nicht viel besser, bei »Eichelkraut« einzukehren und die Qualität der hiesigen Weine zu prüfen? Längst hatte er noch nicht alle probiert. Er sah sich nach Mischa um, sie war eingeschlafen. Recht so, das gute Kind, das war die wohlfeilste Kur!

In seiner frisch gekürten Lieblingswirtschaft war auf Geheimwegen eine Ladung Rum von den Inseln angelangt, eine gute Gelegenheit, auch von diesem zu probieren! Wann war man schon in der Lage, frisch angelandeten Jamaica Rum aus dem Fass zu verkosten? Aus einem Becher wurden mehrere, und als Hoffmann in die Kreuzgasse aufbrach, war sein Gang krumm und sein Geist benebelt.

Nachdem er zunächst am falschen Ende der Straße gesucht hatte, traf er eine halbe Stunde nach der verabredeten Zeit im Hause derer von Block ein. Die Bedienstete empfing ihn an der Eingangspforte wortlos und mit gerümpfter Nase. Er wusste nicht, ob dies ihre gewöhnliche Haltung Fremden gegenüber war, oder ob sein Zustand ihr Missfallen erregte. Während die um die Hüften sehr ausladende Person den Hausherrn herbeiholte, leckte sich Hoffmann die Handteller und fuhr damit über seine Schläfen. Bedauerlicherweise waren die widerspenstigen Borsten seiner Haare nur auf Zeit zu bändigen.

Da eilte Block schon herbei. »Mein lieber Hoffmann, wie schön, dass Sie es einrichten konnten«, rief er von weitem. »Kommen Sie rasch herein, ich muss Ihnen etwas Extraordinäres vorführen!«

Block trat dicht an ihn heran, um dann sofort wieder Abstand zu gewinnen. Sicherlich hatte er die Fahne gerochen. Hoffmann fühlte sich am Arm eingehakt und herumgeführt. Nach wenigen Schritten waren sie im Salon angelangt. Dort ging der Baron zielsicher auf ein Holzkästchen zu, das auf der Anrichte lag. Es war etwas kleiner als dasjenige, das beim letzten Besuch den Ekel der Damen erregt hatte.

Block öffnete es mit spitzen Fingern. »Schauen Sie! Das konnte ich gestern erstehen. Blasrohrpfeile aus Malabar, von den dortigen Wilden.« Er berührte vorsichtig die Spitze des Pfeiles. »Man sagte mir, es handele sich um vergiftete Geschosse!«

Hoffmann starrte auf die Waffen und war verwundert von der Selbstverständlichkeit, mit der Block dieses Teufelszeug berührte. Nun nahm der Baron einen der Pfeile aus dem Kästchen und drehte ihn im Licht. »Ist das nicht eine wunderbare Arbeit! So roh und doch so kunstfertig.«

Hoffmann konnte dem Stück wenig abgewinnen. Ein Holzpfeil mit Federschaft, nichts weiter. Was wusste er schon, wo Malabar lag? Allein die Leidenschaft, mit der Block dafür schwärmte, beeindruckte ihn. Waren es Gefühle ähnlich denen, die ihn bewegten, wenn eine Ladung Rheinwein eingetroffen war? Oder wenn er eine gelungene Komposition zum ersten Mal hörte? Er seufzte. »Wo ist meine Schülerin? Ich würde den Unterricht gerne beginnen. Meine zahlreichen Verpflichtungen, Sie wissen …«

»Sicher, sicher.« Ohne auf Hoffmanns Frage einzugehen, legte Block den Pfeil ins Kästchen zurück und geleitete ihn an die Wand zwischen den Fenstern, die zur Straßenseite hinausgingen. Schwarz und mächtig verbaute der Seitenportikus der Kreuzkirche die Aussicht. Er war zum Greifen nahe.

»Schauen Sie, dieser Kriegerschild.« Hoffmann löste den Blick von der Kirche und wandte sie dem länglichen Gegenstand zu, groß wie ein Teetisch, der an der Wand hing.

»Aus Amerika«, erläuterte Block. »Ein Schmuckstück. Sehen Sie diese Muschelintarsien? Dieses edle Spiel von Schwarz und Weiß?« Er strich zärtlich über den Schild. »So etwas bringen Völker hervor, die für primitiv gelten! Finden Sie nicht, dass unsere Welt allzu schnell ist im Urteilen? Und zuweilen ungerecht?«

Amerika! Genauso gut hätte er aus Arkadien stammen können. Hoffmann hatte keinerlei Vorstellungen von Amerika. Auch nicht von Java oder Japan. Für den Baron schienen diese Gegenden gleich nebenan zu liegen.

»Wie gelangen diese Gegenstände zu Ihnen?«, erkundigte sich Hoffmann höflich.

»Nun, häufig schickt mein holländischer Schokoladenhändler Stücke, von denen er weiß, dass sie mich interessieren.«

»Schokolade, gewiss.« Hoffmann verachtete das Edelgetränk. Nicht genug, dass man sich daran den Mund verbrennen konnte, es schmeckte auch noch scheußlich, als könnte es sich nicht entscheiden, ob bitter oder süß. Um wie viel ehrlicher war da der Branntwein?

»Haben Sie schon einmal davon gekostet?«

Hoffmann verzog den Mund.

»Vielleicht war es stümperhaft zubereitet. Möchten Sie von meiner Sorte probieren?«

»Nein!« Hoffmann schüttelte sich allein bei dem Gedanken. »Ich würde jetzt gern mit dem Unterricht ...«

Der Baron schwieg lange und musterte ihn versonnen. »Wissen Sie, es gibt ein Problem. Meine Tochter ist ... unpässlich.« Block sah zu Boden und betrachtete seine Schuhspitzen.

Hoffmann erblasste. »Unpässlich? Warum haben Sie mir keine Nachricht geschickt?«

»Nun ja, sie ist es erst seit kurzem.«

Hoffmann atmete tief durch. In Gedanken formulierte er schon den Bettelbrief an den unseligen Seconda: Sofortiger Vorschuss auf die Gage der nächsten vier Wochen. Auch Härtel konnte er um eine Remesse angehen. Kunzen? Nein, der hatte ihm erst jüngst ausgeholfen! Verzweifelt meldete er Widerspruch an: »Aber ich habe mir eigens Zeit genommen, mich darauf eingestellt«, und wagte sich weit vor: »Ich musste andere Verpflichtungen ablehnen …« Die Not heiligte die Mittel!

Block beschwichtigte ihn mit einer Geste. »Gewiss, gewiss. Ich werde Ihnen selbstverständlich die Gesangs- und Klavierstunde bezahlen. Und bitte, kommen Sie nächste Woche wieder. Ich denke, bis dahin ist Arianes Gesundheit wiederhergestellt.«

Hoffmann runzelte die Stirn. Es behagte ihm nicht, Mischas Wohl auf die Gesundheit einer höheren Tochter zu bauen. Der Gedanke an ihre Situation rief Bilder seiner lieben, duldsamen Frau hervor: Finger, deren Knöchel die blasse Haut spannten; eingefallene Wangen. Der Hunger, der ihr, so klaglos sie ihn auch ertrug, aus den Augen schrie. Hoffmann wurde das Herz schwer. Erst als Block ihn mit einer Münze versah, hellte sich seine Laune ein wenig auf. Er ließ sich zur Tür schieben. Da erklang eine helle Stimme. »Gehen Sie nicht!«

Auch Block fuhr überrascht herum. »Ariane!«

Mit majestätischer Anmut bewegte sie sich auf die Männer zu. Die Haare trug sie offen, durch ein Stoffband kaum gezähmt. Strähnen standen wild ab. Ihre Augen waren munter, und auf den Wangen bildeten sich längliche Grübchen, wenn sie schmunzelte. »Wie soll ich denn einen Ehemann finden, wenn ich quake wie ein Frosch!«

»Aber ich dachte, du seiest krank«, stammelte der Vater.

Sie reichte Hoffmann die Hand zum Kuss. »Tatsächlich? Nun, so scheint mich der Gedanke an meinen berühmten Lehrer wieder gesund gemacht zu haben.«

»Sie spotten, Mademoiselle!«

»Ich habe mich erkundigt«, gestand sie ihm mit einem Augenaufschlag.

»So? Und was haben Sie erfahren?«

Ihre Augen blitzten. »In Bamberg waren Sie Musikdirektor eines glücklosen Theaterherrn.«

Hoffmann breitete die Hände aus. »Dies scheint mein ständiges Schicksal zu sein.«

Ariane fuhr fort. »Sie schreiben regelmäßig für die ›Allgemeine Musikalische‹ und die ›Zeitung für die elegante Welt‹. Und Sie komponieren Lieder, planen gar eine Oper zu schreiben. Nach einem Libretto des Baron de la Motte-Fouqué …«

Hoffmann tat die Aufzählung seiner Verdienste gut. Er hob die Augenbrauen. »Sie verfügen über beste Auskünfte.«

Die junge Frau winkte geschmeichelt ab. »Ich lese die einschlägigen Blätter. Und habe ein offenes Ohr für das Gerede, das mir meine getreue Bettine übermittelt. Andere Abwechslungen sind selten in diesem Haus.« Ariane seufzte, und Hoffmann spürte, dass das Bedauern von Herzen kam. Kein Zweifel, hier hatte er es mit einer tiefen Seele zu tun, die sicher überaus dankbar für musische Beschäftigung war.

Ihr Schmachtblick ruhte auf ihm. Ein Stein, wer davon nicht berührt wurde. Er trat auf sie zu und reichte ihr den Arm. »Es wird mir eine Ehre sein, Sie in den Künsten des Klavierspiels und Gesangs zu unterrichten.«

Ariane verstand den Wink und hakte sich ein. Am verblüfften Vater vorbei schritten sie Arm in Arm auf das Klavier zu – feierlich wie ein Hochzeitspaar auf dem Weg zum Altar. Block schickte den beiden eine gestrenge Bemerkung hinterher: »Ich werde sehr penibel auf den Erfolg achten, werter Herr Hoffmann.«

Mit liebreizendem Lächeln wandte dieser sich um. »Glauben Sie mir, ich werde Ihrer Tochter Töne entlocken, die Sie nie zuvor gehört haben!«

Als er sich nach dem Unterricht von ihr verabschiedete, beugte sie sich an sein Ohr. Mit liebreizendem Lächeln raunte sie ihm zu: »Und merken Sie sich eines – das nächste Mal, wenn Sie mich besuchen, erscheinen Sie nüchtern!«

3

»Er heiße Peter Ludwig Heinrich von Block, glaube, 53 Jahr alt zu seyn, sey römisch katholisch und von Dresden gebürtig.«

Aus den Gerichtsprotokollen des Verfahrens ›Gegen Block und Consorten‹, Fol. 19b, Vol. I

Beinahe zärtlich ließ Françoise du Barry ihren Zeigefinger über die Flakons gleiten, in denen die Wohlgerüche – in Alkohol gelöst – aufbewahrt waren. Düfte, die sie über geheime Wege aus Paris bezog. Paris – wie das klang …

Kölnisch Wasser war leichter zu beschaffen. Doch *Eau de Cologne* war für jeden Tag. Dieser Abend verlangte nach etwas Besonderem. Es war nicht irgendein Ball, sondern ein *Bal aux Masques* zu Ehren Napoleons, des selbsternannten Kaisers der Franzosen. Françoise du Barry öffnete den Glaspfropfen eines Flakons und atmete den Duft. Es war ein Aroma, das in die Nase fuhr, nicht lang schmeichelte, sondern gleich aufs Ganze ging. Ein Hauch Zitrone auf Lavendel, frisch und aufdringlich – der richtige Duft für heute!

Françoise du Barry schwenkte das Fläschchen. Die Flüssigkeit benetzte die Wände und den Stempel des Pfropfens. Sie legte den Kopf in den Nacken, so dass sich die Haut über ihrem Hals straffte. Wie die Sehne eines gespannten Bogens zeichnete sich die Kehle ab. Ein schöner Hals, der lediglich am Übergang zum Dekolleté eine Ahnung von Falten erkennen ließ. Und nur durch puren Zufall von der Guillotine verschont geblieben war.

Mit leisem Klirren glitt der Pfropfen aus der Öffnung. Madame du Barry schloss die Augen, während sie sich mit dem Glasstempel über die Kehle fuhr. Ein Strich rechts, ein Strich links. Das Parfüm ließ eine glänzende Spur zurück, nass wie das Blut eines Schnitts … Ein Schauer überrollte sie, als die Erinnerung heraufschoss. Man hatte sie schon auf das Brett geschnallt, das schmierig war vom Blut. Acht vor ihr. Zuletzt die Cousine, Comtesse d'Anjou – siebzehn Jahre alt. Auch deren Tränen hatten das Brett getränkt. Dann ihr Blut. Die Angstschreie hatte Françoise aus der Erinnerung verbannt, sie waren nicht zu ertragen. Acht verstümmelte Rümpfe türmten sich hinter der Maschine. Der ihre würde obenauf zu liegen kommen.

Françoise du Barry presste die flatternden Augenlider zusammen. Immer mehr Bilder und Töne schossen herauf, ihr Schädel wollte schier zerplatzen. Der Jubel des Volkes, wenn ein Kopf in den Korb stürzte. Wenn der Henker das Haupt beim Schopf fasste und das vorzeigte, was die Prozedur übrig gelassen hatte: Kleie an den blutverklebten Wangen, die Augen vor Angst aus den Höhlen quellend. Oder die Lippen zerbissen.

Françoise wollte sie abschütteln, doch immer neue Gesichte fluteten in ihr Hirn. Ein breiter Strom des Hinschlachtens. Das harte Pochen von Metall auf Holz. Das zischelnde Singen der Schneide, wenn sie durch den Hals des Delinquenten fuhr. Dann der harte Aufprall, hölzern. Ein unschuldiges Geräusch, das das Ende eines Lebens bezeichnete. Dumpfes Poltern, wenn der Schädel in den kleiegepolsterten Korb traf. Acht Mal hörte sie es mit an, bevor der Henker im Todesreigen ihr Handgelenk packte. Metall. Holz. Ein helles Klacken, wenn der Riegel der Schneide gelöst wurde. Dann konnte man, sofern einen das Denken nicht verlassen hatte, die letzte Spanne irdischen Lebens abzählen. Wer schnell genug war, gelangte bis zur Zwei. Dann der gedämpfte Ton des Aufschlags. Klack. Tock. Der Takt des Todes.

Sie zitterte am ganzen Körper, konnte keinen Schritt tun, als man sie holte. Ihre bloßen, nackten Knie schabten über das Pflaster, die Haut wurde in Fetzen abgeschürft. Ihre Unterröcke waren schon im Kerker abhanden gekommen …

Die Schindknechte ergriffen sie unter den Achseln, zerrten sie auf das Gerüst. Schnallten sie fest. Legten ihren Nacken frei, damit die Klinge ungehindert hineinfahren konnte. Ihr die Haare zu scheren, war keine Zeit mehr gewesen. Der Tod hatte es eilig in diesen Tagen. Sie spürte warme Tropfen auf der Haut zerspringen. Blut, das von der Schneide herunter in ihren Nacken fiel. Von der Cousine. Oder der Mutter. Die Tropfen zeichneten ihr Genick, beschrieben wie ein Vorhang den Weg, den die Schneide nehmen würde –

Ein Klopfen auf Holz. Ihr wurde schwarz vor Augen.

»Madame? Ist Ihnen gut?«

Es pochte wieder. Dieses Geräusch war nicht dem Tagtraum entsprungen – Natalie! »Die Portechaise steht bereit. Ist Ihnen gut?«, erkundigte sich das Dienstmädchen besorgt.

»Alles ist gut«, rief Françoise durch die Tür. Ihre Finger krampften sich um die Knäufe des Lehnstuhls. Ihr Herz flog. Wie immer, wenn sie den Tod geschaut hatte. Endlich gelang es ihr, die Lider zu öffnen, doch ihr Blick fand keinen Halt in der Wirklichkeit. Sie starrte durch die Möbel hindurch, durch die Mauern ihrer Wohnung, hinaus in die hereinbrechende Nacht. Ihr Bewusstsein überwand Berge und Flüsse und Ebenen, verweilte einen Augenblick auf dem vollen, runden Mond, dem kalten Tröster, brach dann durch eine dichte Wolkendecke bis hinunter auf die *Place de la Révolution*, wo das Blutgerüst stand, bis zum heutigen Tag. Sie schlug die Hände vors Gesicht und schüttelte das Fantasiebild ab.

Ihr Kleid raschelte, als sie es glatt strich. Ein Sammetkostüm, besteckt mit schwarzblauen Rabenfedern. Es schien ihr angemessen für diesen Tag. Auch auf der Todesmaschine hatten Raben gehockt, um ihre Schnäbel in dampfendes Fleisch zu schlagen. Sie hatte den Toten einen Schwur geleistet und würde ihn erfüllen!

Als Françoise sich erhob, spürte sie die Spitze ihres Dolches auf der nackten Haut. Wie stets trug sie ihn am Schenkel, unter den Kleidern verborgen. Man konnte nie wissen.

Vor dem Haus stellten die Träger die Mietsänfte sachte auf den Boden. Ächzend drückten sie das Rückgrat durch. Françoise du Barry stutzte. Warum trugen sie so schwer an einer leeren Chaise? Das ungute Gefühl hätte sie warnen sollen, ihr sonst so sicherer Instinkt ließ sie diesmal im Stich. Mit einem Bein schon in dem schmalen Aufbau, durchfuhr es sie eiskalt. Sie erblickte Füße in Schnallenschuhen und weiß bestrumpfte Waden, die mit einem Ruck zurückgezogen wurden. Schon wollte sie nach dem Dolch greifen, da ertönte eine ruhige, tiefe Stimme aus dem Dunkel, die sie augenblicklich gefangen nahm. »Steigen Sie nur ein, Madame …«, hörte sie auf Französisch. Akzentfrei, nicht das sächsische Hoffranzösisch, das ihre Muttersprache so kunstvoll verstümmelte. Zweifellos saß ihr ein Landsmann gegenüber. »Nun ist der Kaiser also nach Dresden zurückgekehrt«, eröffnete er seine Rede. Es klang wenig euphorisch.

Ohne Anzeichen von Erregung, wie eine mechanische Puppe, nahm Françoise auf dem Polster Platz. Sie raffte den Rock, um die Hand an den Schenkel zu legen, wo das kalte Eisen wartete. Der Fremde zog den Schlag zu und schob den Innenriegel vor.

»Das habe ich bemerkt«, erwiderte Françoise. »Wer schickt Sie?«

Ein Ruck durchfuhr die Chaise, als sie an den Holmen gepackt und in die Höhe gehievt wurde. Die Träger schonten die Insassen wenig. Von draußen hörte sie Rufe, dann setzte sich der Kasten ruckend in Bewegung. Es dauerte einige Schritte, bis die Trageknechte einen Rhythmus gefunden hatten.

Auch ihr Gegenüber wurde durchgeschüttelt. Sie bemerkte, dass ihm die langen, gelockten Haare natürlich gewachsen waren. Eine edel geschnittene Nase saß im länglichen, im Ausdruck ein wenig hochmütigen Gesicht. Sie hatte diesen Mann nie zuvor gesehen. »In wessen Auftrag sprechen Sie?«, fragte sie erneut.

Der feine, schmallippige Mund verzog sich zu einem Lächeln. »Im Auftrag seiner Exzellenz, des Herzogs von Otranto.«

Die unzähligen Titel der bedeutenden und weniger bedeutenden Herren des Kaiserreichs kannte Françoise auswendig. Es empfahl sich. Dieser hier zählte zu den bedeutenden, aber auch gefährlichsten: Herzog von Otranto, das war der Kunsttitel Joseph Fouchés. Einst eine Stütze der Macht, dann in Ungnade gefallen und aus Napoleons engster Umgebung verbannt. Doch immer noch ein Herr mit eigenen Interessen. Der Kaiser hatte ihn abgeschoben, als er ihm zu mächtig wurde. Napoleon hatte stets einen Riecher bewiesen für gefährliche Ambitionen. Und um sich seines Instinkts zu vergewissern, unterhielt er ein Heer von Spionen, die sich auf ihre Sache verstanden.

Doch welches Spiel trieb der mächtige Fouché ausgerechnet hier, in Sachsen, weit abseits seiner Lieblingsbühne Paris? So wie die Dinge lagen, konnte es nur zu Napoleons Schaden sein!

»Ich stehe seit langem in den Diensten Monsieur Talleyrands«, stellte Françoise du Barry richtig. Es war wichtig, gleich die Fronten zu klären. Und als Mitglied der französischen Gesandtschaft in Dresden war der Außenminister ihr Dienstherr. Die tödliche Rivalität von Fouché und Talleyrand war ein offenes Geheimnis, der Kaiser hatte es stets verstanden, seine Höflinge gegeneinander in Stellung zu bringen.

Der Fremde, der es offenbar nicht der Mühe wert erachtete, sich vorzustellen, beugte sich vor. »Wir müssen uns zusammentun! Sie wissen selbst, wie bitter nötig der *empereur* im Augenblick Unterstützung und Treue hat. Jeder Verlust an Gefolgschaft macht seine Lage hoffnungsloser.« Während er sprach, beäugte er sie forschend. Françoise hielt dem Blick stand. Sie witterte eine Falle. Lang genug schon bewegte sie sich auf dem Parkett der Schattendiplomatie. Da sie sich in der Enge der Chaise nicht vorbeugen konnte, ohne mit ihrem Gegenüber zusammenzustoßen, vollführte sie eine ergebene Geste mit der Hand. »Ich diene meinem Vaterland.« Sie atmete tief durch und fügte dann hinzu: »Wer immer es verkörpert.« Damit hatte sie sich weit vorgewagt. Sehr weit.

Der Fremde lehnte sich zufrieden in die Polster der Chaise zurück. »Gut.« Am Tonfall erkannte sie den Emporkömmling aus der Provinz, den die Revolution auf seinen Platz gespült hatte. Ein kleiner Anwalt vielleicht, oder ein Tierarzt. Den Hinrichtungen pflegten solche Leute auf der Ehrentribüne beizuwohnen. Schrien am lautesten, wenn ein Kopf in den Korb fiel. Und erkundigten sich sogleich nach der Lage der Güter. Außerdem parfümierte er sich zu stark. Françoise rümpfte die Nase. Ekel stieg in ihr auf. Spürte der Fremde ihre plötzliche Ablehnung? Als habe er mit einem Mal den Grund für ihre Unterredung vergessen, zog er den Vorhang zur Seite und betrachtete die nächtliche Stadt durch das schmale Rechteck.

»Welches Anliegen hat der Herzog von Otranto?«, drängte sie.

Bald würden sie ihr Ziel, das königliche Residenzschloss, erreicht haben.

Der Fremde maß sie eine Weile schweigend, bevor er antwortete: »Die Sachsen machen Anstalten, dem Kaiser von der Fahne zu gehen …« Sein Blick wurde lauernd, die Lider schmal. »Und ein jeder von uns sollte sich überlegen, ob man sie dabei unterstützt …«

Ein Verräter, nun war es heraus! Was war von Fouché anderes zu erwarten? Doch in die Verachtung seiner Person mischte sich Hoffnung. Womöglich einte sie ein gemeinsames Ziel – der Sturz des Kaisers!

Françoise wagte keine Bewegung. Das Messer saß an seinem Platz. War dies eine Probe? Oder wollte der Generalintrigant tatsächlich an ihre royalistische Gesinnung appellieren? Und wenn es doch eine Falle war? Wenn der Kaiser ihre Verlässlichkeit prüfen wollte, jetzt, da es galt, die Truppen zu sammeln? Françoise du Barry hatte gelernt, niemandem zu trauen. Ungewollt entfuhr ihr ein Seufzen. Ihre Hände schwitzten, sie war im Begriff, die Kontrolle zu verlieren. Waren sie nicht endlich am Ziel?

Der Fremde beugte sich vor und senkte die Stimme. Die Wände des Kastens waren dünn. »Bringen Sie in Erfahrung, wer am Dresdner Hofe die sächsische Absatzbewegung unterstützt. Drei Großmächte gegen sich – das wird der korsische Korporal nicht überstehen. Man sollte nicht versäumen, rechtzeitig die Seiten zu wechseln.«

Den Wert ihrer Haut hatte Madame du Barry schätzen gelernt, sie würde sie teuer verkaufen! Sorgfältig wog sie jedes Wort ab, bevor sie es in die muffige Enge der Chaise entließ: »Wie steht denn der Herzog von Otranto zu meiner Rückkehr nach Frankreich? Sie ist mir von Talleyrand längst versprochen. Bislang besaß er allerdings nicht die Güte, sein Versprechen einzulösen …«

Der Fremde sog geräuschvoll Luft in die schmale Nase. »Als getreue Dienerin des Vaterlands werden Sie sich dorthin begeben, wo Sie am nützlichsten sind!« Er hatte die Worte mit Geringschätzung gesprochen. Der Affekt traf Françoise tiefer als die Drohung. Sie musterte ihn und konnte nicht verhindern, dass sich Verachtung in ihren Blick schlich. Nein, diese Gesellen kannten keine Sehnsucht.

Ehrgeiz war ihr Antrieb! Sie sprachen von Loyalität und meinten Interessen. Sie allein wusste, was Treue war!

Der Unbekannte schien ihre Unzufriedenheit zu bemerken und räusperte sich. »Wenn der Herzog einen schlagkräftigen Beweis Ihrer Treue erhielte, so würde er sich sicherlich gern gewogen zeigen. Sie von der Liste der unerwünschten Personen streichen. Einen Pass auszustellen ist ihm ein Leichtes.«

»Geben Sie mir ein Zeichen, dass dies keine Falle ist!«

»Ich gebe Ihnen mein Wort.«

»Das genügt mir nicht. Ich kenne nicht einmal Ihren Namen! Auf wen soll ich mich berufen?«

»Nennen Sie mich Bürger Jacques«, erklärte er mit einem tiefgründigen Lächeln. Sie erwiderte es gefühllos, konnte sie doch sicher sein, dass dies nicht sein richtiger Name war. Ein alter Jakobiner, der die große Abrechnung überstanden hatte. Einer von denen, die ihre Familie und die Hälfte ihrer Standesgenossen auf das Blutgerüst gepöbelt hatten.

Die Tragechaise geriet in Schieflage, Madame du Barry stützte sich an der tapezierten Wand des Kastens ab. »Bürger Jacques« verzog keine Miene. Ein Ruck erschütterte ihre Körper, als die Stützen auf das Pflaster trafen. Sie waren am Ziel angelangt.

»Berufen Sie sich auf Seine Exzellenz Joseph Fouché. Er wird im neu zu errichtenden Königreich eine wichtige Rolle spielen. Versäumen Sie keine Zeit! Napoleon war nie Ihr Kaiser!«, zischte Bürger Jacques maliziös.

»Schweigen Sie!« Er schien sich ihrer vollkommen sicher zu sein – dabei war sie es selbst nicht.

Der Agent beugte sich weit vor, und sein Parfüm wurde noch aufdringlicher. »Ich brauche Namen.«

»Ich werde sehen, was sich tun lässt.« Es war ein Zugeständnis, keine Zusage. Kein Überlaufen mit wehenden Fahnen. »Aber ich benötige einen Beweis Ihrer Aufrichtigkeit, eine Probe Ihrer Gesinnung.«

Bürger Jacques begegnete ihr mit einer Herablassung, die Françoise bislang nur von Adligen kannte. Er verzog die Mundwinkel zu einem diabolischen Ausdruck. »Wenn Sie durchaus danach verlangen …«

Françoise fühlte sich unbehaglich. Es gab keinen Grund, länger in der Gegenwart dieses Menschen zuzubringen. Sie nahm eine gefiederte Maske aus der Tasche. Die künstlichen Augenhöhlen waren mit Katzengold betont, der Pappmachéschnabel bog sich in weitem Haken. Auf Wangenhöhe war ein schwarzseidenes Tuch befestigt, das die Mundpartie bis zum Kinn verbarg. Bevor sie die Tür öffnete, setzte sie die Rabenmaske auf. Sie verzichtete darauf, ihm ihre Hand zum Abschiedskuss darzubieten und stieg grußlos aus der Sänfte. Als sie Atem holen wollte, presste sich der seidene Stoff auf ihre Lippen und schnitt ihr die Luft ab. Der Saum des Kleides fiel schwer aufs Pflaster. Mit weichen Knien ging sie auf das Residenzschloss zu.

Ariane hatte ein Fenster geöffnet und sich aufs Brett geschwungen. Der rechte Fuß lag bereits in der Öffnung, links berührte die Schuhspitze noch die Dielenbretter. Sie warf einen kurzen Blick in den gepflasterten Innenhof, aber in der Dunkelheit war der Boden kaum auszumachen. Duftschwaden aus Pferdemist und Küchenabfällen waberten herauf. Sie unterdrückte einen Würgereiz, richtete den Blick starr nach vorn auf den Holzrahmen. Ihre Finger krampften sich unter den Fenstersims, eine Hand draußen, eine drinnen.

Bettine schrie auf: »Ariane, dein Kleid! Sei doch vernünftig!«

Arianes Atem flog. Über dem Kostüm des Gärtnermädchens trug sie ein Cape, am rechten Handgelenk baumelte das Täschchen schon über dem Abgrund. Sie überwand ihre Angst, löste die Hand vom Fensterbrett und tastete nach einer Ranke wilden Weines, der die Hauswand mit kräftigen, weit verzweigten Ästen überzog.

»Ich werde vernünftig, sobald du mich gehen lässt! Durch die Tür!«

Händeringend trat Bettine näher. »Ariane!«

Ariane schwang den Fuß ganz hinaus und ließ ihn über den Rand baumeln. Umso fester krallten sich ihre Finger. »Keinen Schritt weiter!«

Bettine warf sich auf die Knie, dass die Dielen krachten. Im

Schein der Küchenlaterne konnte Ariane auf den Wangen der alten Amme dicke, kullernde Tränen ausmachen. Sie fühlte einen Moment lang Schwäche. Doch dann straffte sie sich. Mitleid war ihrem Plan hinderlich …

»Du wirst mir den Hausschlüssel geben!«

»Der Herr Baron hat's verboten!«

»Er hat kein Recht, mich einzusperren!« Tief spürte Ariane die Empörung über das gebrochene Versprechen. Hatte sie nicht alle Bedingungen erfüllt? Und dennoch war es der Mutter gelungen, den Vater auf ihre Seite zu ziehen! Ein gegen sie gerichtetes Komplott der Eltern, mit dem Ziel, ihr die Freiheit zu rauben! Wahrlich, das Recht war auf ihrer Seite! »Bin ich seine Tochter oder seine Gefangene?«

Bettine richtete sich auf. »Töchter müssen gehorsam sein!«

»Gott bewahre! Deine Ansichten sind so verstaubt wie unsere Besenkammer«, entgegnete Ariane.

»Du vergisst dich!«

Ohne sich weiter hinauszuwagen – schließlich wollte sie nicht zerschmettert auf dem Pflaster des Hinterhofs enden! –, blinzelte Ariane in die laue Nachtluft. Ein Windzug hatte den Gestank für kurze Zeit niedergedrückt. Ariane spürte Mut. Auf der anderen Seite des Hofes wurden Fenster geöffnet, Blendlaternen in die Dunkelheit geschwenkt. »Was ist da los?«

Ariane schaute ins Zimmer und zischte mit gesenkter Stimme: »Gib mir den Schlüssel! Sonst steig ich am Wein hinunter!« Um der Drohung Nachdruck zu verleihen, hob sie das zweite Bein aufs Brett. Sie schloss die Augen und lehnte den Hinterkopf gegen den Fensterrahmen. Ihre Brust wurde eng, obwohl sie tief und gleichmäßig Atem holte. Erneut tastete sie mit der rechten Hand nach der Ranke. Trocken und knorrig lag der Ast in ihrer Hand. Sie griff fest zu und rutschte auf die vorderste Kante. »Ich steige jetzt … hinab«, drohte sie mit bebender Stimme.

Bettine schluchzte auf und klaubte den Schlüssel umständlich aus der Schürze. Erleichtert hüpfte Ariane zurück aufs Parkett und schnappte ihn, kaum dass er draußen war, der Dienerin aus der Hand. Der Bluff war geglückt!

»Tu mir den einen Gefallen, geh zum Chaisenhaus und nimm dir Träger!«, flehte die Bedienstete mit leidgeprüfter Miene.

»Wie denn? Ich hab doch kein Geld«, gestand Ariane.

Bettine stöhnte auf. »Du willst zu Fuß durch die Stadt? Wo an jeder Ecke Soldaten lungern, die um ein paar Groschen jeden niederstechen? Ein Madämchen wie du kostet die einen Wimpernschlag und husch, bist du tot!«

Ariane lachte sie aus. »Du glaubst auch jede Mordgeschichte, die du vom Markt heimträgst!«

»Keine Geschichte! Die Sperber'sche Magd hat die Leiche selbst gesehen! Die Augen standen ihr, als wollte sie in den eigenen Schädel glotzen. So ...« Bettine verdrehte die Augäpfel eindrucksvoll. »Sagt die Sperber'sche ...«

Schon lief Ariane die Holzstiege hinunter, die Eingangstür ächzte in den Angeln. »Bin bald zurück!«, rief sie noch ins Stiegenhaus hinein. Bettine griff einen Zipfel ihrer Schürze, wischte die Tränen von den Wangen und schnäuzte sich ausgiebig. Mit einem letzten Schluchzer schloss sie die Tür.

Ariane rannte, so schnell sie ihre Füße trugen. Wie sie den Eltern ihr Erscheinen erklären sollte, war ihr keinen Gedanken wert. Sie wollte nur eines: Napoleon sehen!

Der Saum der Pelerine umspielte ihre Gelenke. Die Sandalen des Gärtnermädchens waren flach, unter der dünnen Ledersohle spürte sie jeden Stein. Als sie den gepflasterten Platz überquerte, verlangsamte sie ihren Lauf. Mächtig erhob sich zur Rechten die Silhouette der Frauenkirche. Die hoch aufschießenden Barockfassaden des Neumarkts waren unregelmäßig um das wuchtige Gotteshaus gestaffelt, das Napoleon – so erzählte man sich – »die fette Madame« getauft hatte. In den Nischen der Prachtportale und Torbögen gab es dankbare Verstecke für Spitzbuben. Ob sie es wollte oder nicht – Bettines Worten klangen ihr noch im Ohr. Plötzlich wurde der Atem knapp, Ariane musste anhalten und verschnaufen. Ein Stechen in der Seite – so etwas hatte sie noch nie gespürt. Der Mond warf ein fahles Licht. Irgendwo wurde eine Tür geöffnet, weinseliger Gesang drang heraus. Dann fiel sie wieder zu, und die Stimmen verstummten. Die Stille war bedrückender als zuvor, und mit einem Mal hatte Ariane die sichere Ahnung, dass sie nicht mehr allein auf dem Platz war. Sie tastete nach ihrer Tasche, zog die Maske heraus, und stülpte sie sich – ohne dass sie gewusst hätte, warum – über ihr Gesicht. Um die Schlaufe am Hinterkopf schließen zu können, musste sie die Kapuze abstreifen. Ein kalter Windzug fuhr ihr in die Haare. Und obwohl sie nur das Haupt entblößt hatte, fühlte sie sich schrecklich nackt. Vielleicht war es doch keine gute Idee gewesen, das Verbot der Eltern in den Wind zu schlagen – und Bettines Warnungen gleich dazu?

Erst als alles wieder an Ort und Stelle saß, atmete sie ruhiger. Ihr Gesicht war nun von allen Seiten verborgen. Mit schnellen Schritten setzte sie ihren Weg fort. Man musste schließlich nicht mehr Aufmerksamkeit als notwendig auf sich ziehen!

Etwas entfernt ertönte ein Grölen aus Männerkehlen. Zwei Soldaten bogen um einen der gewaltigen Eckpfeiler der Kirche. Sie lagen sich in den Armen und sangen mit schweren Lippen ein französisches Lied. Vielleicht war es doch besser zu rennen? Schon hatten sie Ariane entdeckt und pfiffen anzüglich herüber. Erdreisteten sich, sie in grobem Tonfall anzurufen! Hatten sie denn keine Scham?

Im Laufschritt strebte Ariane auf die Gasse zu, die zum Schloss führte. Zum Ball, rasch – mochte sie sich auch die Fußsohlen blau laufen! Kopflos, sich immer wieder umschauend, bog sie um die Ecke und sah den Schatten nicht, der am Boden kauerte. Ein Schrei aus zwei Kehlen. Ariane stolperte, strauchelte, fing sich jedoch wieder, bevor ihre Knie auf das Pflaster schlugen. Allein die Maske hatte sich gelöst und schlitterte über die Steine.

Das Bettelweib schimpfte mit schmerzverzerrtem Gesicht aus zahnlosem Mund: »Dummes Ding! Das ist ein Bein und kein Kotabstreifer!«

Ariane konnte das, worüber sie gestolpert war, nicht lange betrachten. Es bot – übersät von offenen Geschwüren – keinen guten Anblick. Wispernd um Verzeihung bittend, wandte sie sich ab. Dabei tat sie ein paar Schritte rückwärts, bückte sich und hob die Maske auf.

Die Alte wischte Arianes Entschuldigung grob beiseite. »Hast du ein paar Groschen einstecken?«, fragte sie. »Das ist das beste Bedauern!«

Ariane suchte auf dem Grund ihres Handgelenkbeutels, wohlwissend, dass da nichts war. Ausflüchte stammelnd, entfernte sie sich – rückwärts, ohne das Bettelweib aus den Augen zu lassen. Die Alte wurde unruhig und packte ihr versehrtes Bein mit beiden Händen. Einen Moment lang dachte Ariane, sie wollte aufstehen. Da bogen die Soldaten um die Ecke. Das Weib witterte seine Chance. »Haltet sie, sie hat mich betrogen!«

Bevor die Soldaten auch nur begreifen konnten, was die Alte von ihnen wollte, hatte Ariane sich umgedreht und lief um die Reinheit ihrer Seele. Das Weib schrie ihr hinterher: »Verfluchtes Ding! Die Maske soll dir auf dem Gesicht festwachsen!«

Dort hinten, am Ende der Gasse, war Rettung! Kutschen hielten, Pferde trippelten, Geschirre klirrten. Aus dem Schlund des Schlosses drangen Licht, Musik, Wohlgerüche. Ariane flog über das Pflaster. Mit schmerzender Brust und brennenden Füßen erreichte sie das Tor. Musik und freundliches Raunen kündeten von einer Menschenmenge, in der niemand darauf aus war, sie zu erdolchen.

Ariane hielt sich abseits, um Atem zu schöpfen. Doch der königliche Lakai hatte sie längst bemerkt und musterte sie in einer Mischung aus Neugier und Skepsis. Der Schweiß auf ihrer Stirn war nicht sehr kleidsam. Sie fuhr mit der Hand darüber. Natürlich hatte sie den Puder vergessen, und ihre Gesichtsfarbe war vermutlich indiskutabel. Doch zurück? Allein durch die Gassen? Niemals! Sie musste hinein.

Endlich ließen die Augen des Bediensteten von ihr ab, denn eine Equipage fuhr vor. Die knirschenden, eisenbeschlagenen Räder waren noch nicht zum Stehen gekommen, da drehte er schon am Türknauf. In einer raschen, über die Jahre perfektionierten Folge von Bewegungen öffnete er den Schlag, klappte das Trittbrett herunter und sank in eine Verbeugung. Ein Herr in Galauniform sowie eine

Dame in gebauschter, blau-weiß-roter Seide entstiegen dem Aufbau. Ariane zog die Maske über. Dicht hinter dem Paar schritt sie die Stufen hinauf, doch der Hoflakai ließ sich nicht übertölpeln. Er trat zwischen Ariane und das fremde Paar und zog erwartungsvoll die Augenbrauen hoch. Seufzend lupfte sie die Maske. »Ariane von Block, Tochter des ehrenwerten Inspectors des Grünen Gewölbes, Mitglied des Hofstaats der Kurfürstenwitwe …«

»Ihro Wohlgeboren, Herr Baron und Frau Baronin von Block sind längst eingetroffen!« Sein Tonfall verlangte nach Erklärung.

»Ich wollte Luft schnappen. Deshalb bin ich ein paar Schritte zu Fuß gegangen.« Sie senkte den Kopf und bat insgeheim um Verzeihung für den Schwindel.

»Nun treten Sie schon ein, Mademoiselle«, sagte er nach einer angemessenen Pause. Ariane knickste dankbar und huschte vorüber – bevor der Bedienstete es sich anders überlegen konnte. Erhobenen Hauptes schritt sie die Treppe hinauf. Musik klang aus dem großen Saal, und je näher sie kam, desto dichter wurde das Gedränge. Einem zweiten Lakaien reichte sie die Pelerine und prüfte mit einem Griff, ob die Maske richtig saß. Dann atmete sie tief durch und betrat, unter einem Emblem mit goldenem »N« hindurch, den Festsaal.

Betäubt von der Überfülle hielt sie inne. Die Menschenmenge wogte im Takt der Musik, die von irgendwoher klang, gespielt von einem gut verborgenen Orchester. Wie Meereswogen wallten Farben und Stoffe durch den Saal, bildeten in der Mitte einen Strudel, während sie zu den Rändern hin in Ruhe und Stillstand austrudelten. Wie unsichtbare Gischt tanzten Wohlgerüche über den Hüten und Hauben. Von allen Wänden prangte das goldene napoleonische Emblem, verbunden durch eine umlaufende grüne Ranke, so dass die ganze Festgesellschaft umwoben war von der Güte und Größe des Kaisers. Nur gelegentlich – und ungleich kleiner – war das »FAR«, das Signum des amtierenden sächsischen Königs, zu entdecken.

Wenn auch der Anlass des Festes ein politischer war, dachte hier niemand an die Politik. Nach der Anspannung der letzten Wochen war die Sehnsucht nach Freude und Ausgelassenheit groß. Die Damen waren maskiert und geschmückt, parfümiert und geschminkt. Die Putzmacherinnen hatten fleißige Tage hinter sich. Im Magen spürte Ariane ein wohliges Kribbeln, denn sie war stolz darauf, zum schönen Geschlecht zu zählen. Allein das Weibliche füllte den Raum mit Leichtigkeit und Lebhaftigkeit, mit Charme und Schönheit, während die Herren sich vor allem steif und würdig verhielten. Selbst unter der Maske des Harlekins vermochten sie die Ernsthaftigkeit nicht abzustreifen.

Ariane trat einen Schritt vor, als wollte sie sich dem Sog der Tanzenden überlassen. Da traf sie ein Blick. Natürlich! Den sie am meisten fürchtete, dem begegnete sie zuerst! An der weißen Maske aus Papiermaché mit der überlangen Nase in Gestalt eines Pestrüssels hatte sie ihn erkannt. Der Vater trug sie stets zum *Bal aux Masques*, er besaß keine andere. Auf dem Kopf den Ehrenhut eines Doktors der Medizin.

Ariane stand wie versteinert. Er musste das Gärtnermädchen doch erkennen! Doch längst hatte der Vater sich wieder abgewandt und sich, in der Deckung eines Pfeilers, erneut in sein Gespräch vertieft. Sie trat ein paar Schritte zur Seite, um das Gegenüber des Vaters sehen zu können. Die Mutter war es nicht, obwohl es sich um eine Frau handelte. Sie spürte einen bitteren Geschmack auf der Zunge. Der Vater im innigen Gespräch mit einer Maskierten, verborgen vor neugierigen Blicken! Die Umstehenden kümmerten sich nicht um das Paar, von allen abgewandt, bildeten sie eine Einheit in dieser wogenden Menschenmenge, eine Insel im Meer. Und wo war die Mutter?

Die Unbekannte trug eine Vogelmaske mit gebogenem Schnabel und blauschwarz schimmernden Rabenfedern. Auch ihr schwarzes Cape war am Saum mit Daunen gespickt. Während der Vater auf sie einredete, beobachtete die Dame die vorbeiströmenden Gäste. Dabei blieb ihr Blick an Ariane hängen, die unwillkürlich in die Knie ging und Schutz hinter einem Paar suchte. Doch die Maskierte starrte sie weiterhin an. Ariane fühlte sich entdeckt. Ob sie auch erkannt war?

Sie hatte nicht die leiseste Idee, wer die Dame im Rabenkostüm sein konnte.

In dem Moment, wo die Unbekannte den Vater auf Ariane aufmerksam machen wollte, wurde sie – wie alle Besucher – abgelenkt. Die Musik war mitten im Takt abgebrochen, das Drehen der Tanzenden kam abrupt zum Stillstand, und selbst das Geraune erstarb. Stattdessen erhob sich vereinzelter Jubel. Schwerfällig, beinahe widerwillig schwoll das Geräusch an. *Vive l'Empereur! Vive Napoléon!* Es pflanzte sich durch die Gänge fort, lief dem Herrscher voraus. Die Begeisterung schwappte in den Saal, noch bevor der Kaiser ihn erreicht hatte. Auch Ariane wurde von ihr erfasst. »*Vive l'Empereur!*«, schrie sie.

Das Orchester stimmte die Marseillaise an. Einige Gäste, vor allem die Franzosen unter ihnen, sangen aus vollem Hals. Die meisten aber blieben stumm. Ariane spürte, wie die Heiterkeit des Kostümfestes wich und einem betretenen Ernst Platz machte. Doch die Musik spielte laut, und die französische Gesandtschaft brachte genug Stimmen auf, um den Saal zu füllen. Auch die Gesprächspartnerin des Vaters hatte die Hand auf die Brust gelegt. Der Stoff der Maske vor ihrem Mund wallte und verriet, dass sie mitsang. Eine Französin also! Sieh einer an!

Auch Ariane hatte sich dem Herrn zugewandt, der nun in den Saal trat. Sein Anblick empörte sie sogleich. Trotzig presste sie die Lippen zusammen und verbot sich weitere Hochrufe. All die Aufregung um einen kleinen Mann in grauem Mantel. Nicht einmal Epauletten auf seinen Schultern! Den bekannten schwarzen Dreispitz, dessen einziger Schmuck die Kokarde in den Farben der Republik war, hatte er unter den Arm geklemmt. Ein Säbel klirrte an der Hüfte. Wie ungehörig, in dieser Aufmachung einen Ball zu besuchen! Musste er nicht unglaublich schwitzen in diesem schweren Mantel?

Daneben stand, etwas betreten, Friedrich August I., König von Napoleons Gnaden, genannt ›der Gerechte‹, unmaskiert auch er. Größer als der Franzosenkaiser war er, in prachtvoller weißer Galauniform mit roter Schärpe und straff zum Zopf gebundener Perücke, dem Anlass entsprechend gekleidet. Doch neben Napoleon, der sein schwarzes Haar kurz und ungepudert trug und vor Energie strotzte, wirkte Friedrich August wie eine Puppe aus dem letzten Jahrhundert.

Ariane schmerzte es zu sehen, dass ihr König wie ein Flügeladjutant neben Napoleon stand. Wegen dieses kleinen Mannes war sie ausgerissen? Ach, wäre sie doch zu Hause geblieben! Immerhin, nun konnte sie mitreden, wenn es beim nächsten Teetisch um Napoleon, den Franzosenkaiser, ging. Sie hatte ihn gesehen, Emilies Neid war ihr sicher!

Die runde Gesichtsform, die starke, beinahe griechische Nase, den energischen Mund – Ariane war bemüht, sich die Züge des Weltenfressers genau einzuprägen. Die Wangen waren eingefallen und nicht mehr so kindlich, wie man sie von den Gemälden her kannte. Die Niederlagen hatten ihn sichtlich ausgezehrt. Sein Teint glänzte wie von einer fiebrigen Krankheit, doch angesichts des Mantels konnte das nicht verwundern.

Der, von dem alle Welt sprach, grüßte steif und linkisch in die Runde. Dann wandte er sich zur Empore über dem Eingangsportal, wo das Orchester saß, von einer hohen Balustrade verborgen. Mit einer Handbewegung verlangte er, das Spiel fortzusetzen. Der Kapellmeister beeilte sich, den Einsatz zu geben. Kein Zweifel, wer hier über die Musik gebot.

Der König der Sachsen versuchte, eine gute Miene zu der Demütigung zu machen, die es bedeutete, zweiter Herr im eigenen Haus zu sein. Oder erster Diener.

Irgendwer brachte ein deutsches »Hurra« auf die Herrscher aus. Das Orchester spielte einen Defiliermarsch, zu dessen Klängen sich Kaiser und König weiter in den Saal bewegten. Hinter ihnen ihr Gefolge, die Offiziere und Ordonnanzen des Stabes. »Da ist Savary, Napoleons Minister des Innern und Nachfolger des großen Fouché«, raunten sich Arianes Nachbarn zu.

Als wäre eine Schranke gefallen, drängelte man den Zelebritäten entgegen. Jeder wollte der Erste sein, der die Honneurs machte, und bald war der kleine Mann im grauen Mantel von der Menge verschluckt.

Ariane löste den Blick vom Pulk und suchte erneut nach dem Vater – vergeblich. Nie hatte sie so viele Menschen in einem Raum gesehen. Eines Stuhles hätte man bedurft, um den Saal ganz zu überblicken! Vorsichtig arbeitete sie sich durch die Leiber, kam jedoch nur langsam voran. Irgendwo musste er doch sein, zusammen mit der schwarz gefiederten Dame. Nachdem sie den Saal in ganzer Länge erfolglos durchpflügt hatte, betrat sie die Wandelgänge. Hier wurde das Gedränge lichter, Schritte erlangten ihr Geräusch zurück, die Musik war gedämpft.

Sie bog um die erste Ecke und wich gleich wieder zurück. Da, in einer der Fensternischen auf der Hofseite stand er, der Doktor der Medizin mit dem albernen Pestrüssel. Noch immer im Gespräch mit der Räbin!

Ariane stand so nahe, dass sie das Parfüm der Unbekannten riechen konnte. Darin tat sich ein scharfer, stechender Zug hervor. Sie drückte sich seitlich hinter einen Pfeiler und spitzte die Ohren. Die beiden wisperten vertraut miteinander, Ariane vermeinte, französische Wörter zu erkennen. Sie lugte um den Säulenschaft. Nun ergriff der Vater die nackten Finger der Unbekannten. Lässig zusammengeknüllt hielt sie die Handschuhe in ihrer Linken. Die Rechte war blank und bloß, und Block – wie unerhört! – küsste nackte Haut. Viel länger als notwendig schwebte sein Haupt über der Hand der Dame.

Ariane stockte der Atem. Bereits der Gedanke war ein Skandal, aber angesichts dieser Schamlosigkeiten konnte es keinen Zweifel geben: Der Vater hatte eine Affäre mit einer Französin! Wo war die Mutter?

Eben, als sie allen Mut zusammennehmen und hinübergehen wollte, um den Vater zur Rede zu stellen, hier am Hof, vor aller Augen, da drängte sich ein Pulk an ihr vorbei. Es war der Kaiser selbst, nebst Gefolge. Ariane wollte sich schon abwenden, da hielt der Zug eben da, wo der Vater und die skandalöse Madame innig beieinander standen. Er trat auf ihn zu – Napoleon auf ihren Vater, den Hofrat! – und ergriff ihn wie einen alten Freund bei den Schultern. Schüttelte ihn sogar ein wenig, ganz so, als seien sie Seite an Seite in die Schlacht geritten. Ariane blieb die Luft weg. Der Vater, ein Ehebrecher und – nicht nur Verehrer, sondern Freund des Weltenfressers! Das war zu viel!

Sie wechselten einige Worte. Der Franzosenkaiser grüßte die Schwarzgefiederte, ohne sich lange mit ihr abzugeben. Man konnte sogar meinen, er behandele sie, anders als Block, mit Geringschätzung.

Dann setzte sich der Tross wieder in Bewegung. Zurück blieb der Vater, allein, in der Fensternische. Ohne die fremde Madame, tief in Gedanken versunken. Woran mochte er denken, wenn nicht an sie?

Plötzlich war Arianes Herz übervoll. Stark und erschütternd erfasste sie eine Sehnsucht. Oh wie beneidete sie jede, die geliebt wurde! Wenn doch einer käme, ihre, Arianes, Hand zu küssen, so innig und schmachtend, wie sie es beobachtet hatte?

Sie fuhr zusammen, als sie jemand an der Schulter fasste. Mit verklärtem Blick wandte sie sich um und blickte geradewegs in das Gesicht der Mutter.

Es war nicht das vertraute, milde. Eine Zornesfalte stand auf Anna-Louises Stirn, sie, die zarte, blasse, konnte nur mühsam ihre Wut im Zaum halten. »Was tust du hier?«

»Madame Mère«, setzte Ariane an, dann geriet sie ins Stammeln. Mit scharfer Geste schnitt ihr die Mutter jedes weitere Wort ab. Sie packte die Tochter beim Handgelenk und zog sie mit sich fort.

Wie ein wasserscheues Kind zum Waschzuber wurde Ariane von der Mutter durch die Säle und Gänge gezerrt. Am liebsten wäre sie in Ohnmacht gefallen, doch der Furor der Mutter ließ keine Gelegenheit dazu. Anna-Louise schritt so wütend aus, dass Ariane nur in Trippelschritten folgen konnte. Man starrte sie an, manche belustigt, manche mitleidig, alle neugierig. Jetzt war sie dankbar für die Maskerade.

Wie durch Spießruten gelangten sie zum Ausgang. Der Hoflakai am Empfang schaute dezent beiseite und ließ sich seine Meinung nicht anmerken. Womöglich tat es ihm leid, Ariane eingelassen zu haben.

Erst als sie draußen standen und auf die nächste Mietdroschke oder Chaise warteten, konnte Ariane das Wort an die Mutter richten: »Madame, ich bin im Recht! Ich habe mich an meinen Teil des Handels gehalten! *Sie* sind es, die wortbrüchig geworden ist!«

Die Mutter ließ sich nicht auf Diskussionen ein. »Sofort scherst du dich nach Hause, unglückliches Geschöpf!«

Ariane zog die Maske ab. »Sie tun mir Unrecht! Besser täten Sie daran, nach Ihrem Gatten zu schauen, der hinter Ihrem Rücken untreu ist ...«

»Schweig! Du ungehorsames Ding! Reicht es nicht, wenn du ein Verbot der Eltern missachtest? Musst du auch noch deinen Vater anschwärzen!«

»Aber Madame ...« Anscheinend konnte die Mutter nicht begreifen, dass Ariane nur ihr Bestes wollte! Doch anstatt die Tochter erklären zu lassen, schnitt sie ihr mit einer Geste das Wort ab. Zugleich winkte sie mit der anderen Hand eine Portechaise herbei, die soeben ihre menschliche Fracht vor dem Schlossportal abgesetzt hatte. Dem Träger drückte sie eine Münze in die Hand. »Sorgen Sie dafür, dass diese junge Dame in die Kreuzgasse, gegenüber der Kirche expediert wird. Warten Sie dort, bis sie das Haus betreten hat! Auf keinen Fall dürfen Sie sich vorher entfernen!«

Die Hofrätin zog Ariane heran, öffnete den Schlag und puffte die Tochter mit groben Stößen hinein.

»Madame ...«, setzte Ariane kleinlaut an. Doch die Mutter war nicht zu erweichen. »Kein Wort! Ab ins Bett! Wir sprechen uns morgen!« Der hintere Träger war so unvorsichtig zu schmunzeln. Als sich die Chaise in Bewegung setzte, packte ihn die Hofrätin beim Halstuch und zog ihn zu sich heran. »Bedienstete haben mich nicht auszulachen!«, keifte sie ihm ins Gesicht. Es fehlte nicht viel, und die Ohrfeige, die eigentlich für Ariane bestimmt war, hätte seine Wange getroffen. Sie stieß ihn von sich, und der Gemaßregelte, beide Hände an die Holme gefesselt, beeilte sich zu entkommen.

Die Glocke des Schlossturms schlug elf. Madame von Block stieg von der einen Seite in die Kutsche, der Hofrat von der anderen.

Man traf sich auf der Mitte des Polsters, nur um sogleich wieder voneinander abzurücken.

Der Kutscher gab dem Pferd die Peitsche, ruckend fuhr der Wagen an. Ohne seine Frau auch nur anzuschauen, sagte der Hofrat in das Dunkel der Kutsche: »Ich dachte, ein sehr vertrautes Gärtnermädchen auf dem Ball gesehen zu haben. Sollte unsere Tochter das Verbot unterlaufen haben?«

»Sie ist nicht die Einzige in unserer Familie, die sich nicht an die guten Sitten hält!« Eine Drohung schwang mit, und Block sank tiefer in die Polster. Er wagte nicht nachzufragen. Auch ohne dies sah Anna-Louise sich bemüßigt, präziser zu werden. »Der Anstand muss gewahrt bleiben – auch in Kriegszeiten. Wo kämen wir denn hin, wenn wir alle Manieren fahren ließen, nur weil man sich vor den Toren Kugeln um die Köpfe jagt?«

»Alles leidet unter dem Krieg. Sogar das Schokoladenpulver wird allmählich knapp!«, wich Block aus.

»Die Schokolade. So, so.« Der Ton ließ nichts Gutes erahnen. »Denken Sie nicht, auch ich hätte Grund, mich zu beschweren?« Die unpersönliche Anrede, obwohl sie unter sich waren!

»Ich weiß nicht, worauf Sie anspielen …«

Die Gattin rückte noch weiter von ihm ab. Doch dann fuhr sie herum. »Ich habe nichts dagegen, wenn man sich amüsiert. Trinken Sie von der Schokolade, so viel Sie wollen. Aber hüten Sie sich, das Ansehen der Familie aufs Spiel zu setzen!«

Block rutschte beunruhigt hin und her. »Ist dies schon die Anklage – oder erst die Vernehmung?«

»Keines von beiden. Eine Warnung. Aber womöglich steht Ihnen Schlimmeres bevor«, erklärte seine Frau düster.

»Verzeihen Sie, aber ich verstehe Ihre Andeutungen nicht«, flüchtete Block sich in Einfalt.

»Sie verstehen schon. Untreue ist eine ernste Angelegenheit und zieht harte Strafen nach sich!«

»Untreue? Was zum Teufel bringt Sie zu dieser Unterstellung?« Block konnte seine Verärgerung nicht länger unterdrücken.

»Nun, ich sah Sie im vertrauten Umgang mit einer Krähe!«

»Eine Krähe?« Das Lachen blieb ihm im Halse stecken.

»Zumindest trug sie das Kleid einer Krähe. Doch darunter steckte gewiss eine dumme Gans.«

»Werte Gattin, ich kann mir schwerlich einen Reim auf Ihre Worte machen …«

»Nun, da wir von Respekt sprachen … Halten Sie sich von Krähen fern. Oder ich mache einen Hahnrei aus Ihnen!«

Block lief rot an, doch das Dunkel der Kutsche verbarg seine Scham. »Ich werde tun, was ich für richtig halte. Es bedarf Ihrer Ratschläge nicht, Madame!«

»Wie es Ihnen beliebt. Aber beschmutzen Sie unseren Namen nicht! Nicht ehe Ariane unter der Haube ist!«

Der Kutscher klopfte an die Scheibe, um anzuzeigen, dass sie ans Ziel gelangt waren.

»Gute Nacht, Madame!«, wünschte der Hofrat kühl, als die Gattin vor ihm aus dem Schlag stieg. Der Wunsch blieb unerwidert. Block entlohnte den Mietkutscher und folgte ihr dann in das nachtdunkle Treppenhaus.

4

»Hofr. Block. Edelsteine geschliffen, krystallisirt.«

J.W. von Goethe, Tagebucheintrag vom 25.9.1810,
nach seinem Besuch bei Block

Blocks Inspectorenstube war in jenem Flügel des Dresdner Residenzschlosses untergebracht, der unter dem Kurfürsten August erbaut worden und seitdem Sitz der königlich-sächsischen Kunst- und Preziosensammlungen war.

Als er an diesem Morgen seine karge Amtsstube betrat, nahm er einen fremden Geruch wahr. Den eines süßlichen Parfüms. Schwach, aber unverkennbar. Er wollte dem Geruch nachgehen, doch bald hatte sich jede Spur verflüchtigt.

Block legte seine Aktenmappe auf dem Schreibtisch ab und hängte seinen Rock an den Garderobenhaken. Seine erste Amtstätigkeit an jedem Morgen war, eine Kanne heißer Schokolade aufzubrühen. Die Prozedur war für ihn das, was für andere die Lektüre der Briefe und Zeitungen: ein unverzichtbarer Bestandteil des Tageslaufs. Der Hofrat bereitete das Getränk selbst zu, mit Wasser und einem geringen Teil Milch. Eine Prise Piment und eine Messerspitze Zimt gaben dem Geschmack Schärfe. Für die Milde zwei – wenn Block gut gelaunt war, gerne auch drei – Löffel Rohrzucker. Heute allerdings verzichtete er darauf, denn seit der Nacht plagten ihn schlimme Zahnschmerzen. Zudem ging ihm der Nachhall des Gesprächs mit seiner Gattin im Kopf umher und verursachte Migräne. Am liebsten wäre er daheim geblieben. Doch am Morgen hatte es eine erneute Auseinandersetzung wegen des unerlaubten Ballbesuchs gegeben, der Block – in seinem Zustand ohnehin nicht satisfaktionsfähig – glücklich entfliehen konnte. Außerdem trieb ihn ein

Gefühl der Unruhe ins Schloss. Irgendetwas ging vor sich, Unheil dräute, und Block wollte am rechten Ort sein, um Schlimmeres zu verhindern!

Nur die Schmach der zur Vorratskammer erniedrigten Räume des Gewölbes wollte er sich ersparen! So war er gleich in die Amtsstube geeilt, die ihm nur die Überflüssigkeit und Leere seines Daseins vor Augen hielt. Wenigstens konnte er sich hier das Nichtstun versüßen.

Um den bitteren Geschmack, der der Schokolade nun einmal innewohnte, zu übertünchen, tat Block an diesem Tag statt des Zuckers einen Löffel Honig hinzu. Dann wurde das Gebräu so lange aufgekocht, bis es dicke, braune Blasen warf, die in allen Farben des Regenbogens schillerten. Fertig war die Schokolade, wenn sie am Boden leicht angebacken war, das verlieh dem Gebräu ein würziges Aroma.

Blocks Schokolade war berüchtigt bei den Mitarbeitern der königlichen Kunstsammlungen, denn er schenkte aus, was die Silberkanne hergab. Nicht jedem mundete der schwere Sud. Gebrüht wurde auf dem Kanonenofen in der Ecke, der ein Plateau besaß, auf dem die verschiedenartigsten Behältnisse erwärmt werden konnten. Sogar eine Bettflasche, die sich der Hofrat im tiefen Winter gestattete, um die Füße zu erwärmen. Die Verwaltungsräume des Museums waren im Erdgeschoss untergebracht, zur Hofseite hin. Die lichtdurchflutete Seite, dem Theaterplatz zugewandt, war den Kunstschätzen vorbehalten.

Blocks Schokolade begann zu brodeln. Der Hofrat angelte gerade die Kanne am langen Griff von den Ofenringen, als Lenzen in die Amtsstube trat. Er trug seine wohlbekannte Liste in der Hand, nun als handliche Papierrolle. Blocks Miene verfinsterte sich. Die Verbeugung, die der hochgewachsene Lenzen seinem Vorgesetzten als Gruß entbot, fiel knapp aus. Eher Ausdruck der Ungeduld als der Ehrerbietung. »Euer Wohlgeboren«, hob er ohne Umschweife an, »wie ich hörte, haben Sie gestern zu Napoleons Ehren getanzt? Haben Sie auch ein Hoch ausgebracht? Ich hoffe, nicht auf unseren König, denn das müsste ihm falsch in den Ohren geklungen haben!« Block war der Rechtfertigungen überdrüssig. Er wandte sich seiner Schokolade zu und goss einen Teil des sämig-braunschwarzen Inhalts der Kanne in eine Tasse. Es konnte Lenzen nicht entgehen, dass Block zitterte. »Sie sind so wütend, Lenzen – warum nur?«

Lenzens Miene blieb eisig. »Hier habe ich eine detaillierte Aufstellung der vermissten Stücke …«

»Nun seien Sie doch nicht albern«, unterbrach Block den Stellvertreter unwirsch, »der König befindet sich im Krieg und zählt Patronen statt Perlen!«

»Ich werde keinen weiteren Aufschub dulden. Notfalls wende ich mich persönlich an Seine Majestät. Doch bedenken Sie, welchen Eindruck das macht! Der Inspector der Sammlung – nicht interessiert am Verbleib der Stücke.«

»Schweigen Sie! Ich mag den König nicht mit Lappalien behelligen.«

Lenzen nahm Haltung an. »Nichts sollte dem König in diesen Zeiten so wichtig sein wie … Treue.«

Block verzog unwillig das Gesicht. »Treue, die Sie zu besitzen meinen, im Gegensatz zu mir? Ist es das, was Sie andeuten?«

Energisch verschloss Block den Deckel des Honigtopfs. Der Stellvertreter folgte seinen Handbewegungen aufmerksam, während er sprach. »Der Abgleich der Inventare ergab eine Differenz von nicht weniger als dreihundert Einzelstücken! Wollen Sie immer noch von einer Lappalie reden?«

Block stellte den Honigtopf beiseite, seine Hände zitterten zu stark. Er verschränkte sie hinter dem Rücken. Dann sah er mit einem Blick, der Flammenzungen schleuderte, zu Lenzen auf. »Falls nach diesem Krieg noch etwas von dieser Stadt übrig ist, und falls es dann noch Könige oder Kaiser gibt, bringen Sie Ihre Entdeckungen zur Anzeige. Bis dahin schweigen Sie, behalten Sie's für sich – zum Wohle des Vaterlands, Lenzen, ich beschwöre Sie!«

Der Stellvertreter zog die Stirn kraus. »Es gibt Beweise für ein Verbrechen gegen das Königshaus. Und Sie wollen dessen Verfolgung unterdrücken? Das ist, mit Verlaub, Verrat!«

Block zitterte am ganzen Leib. »Wem würde Aufklärung nützen? Jetzt, in diesem Augenblick? Wem würde auch nur eine Anklage helfen – in dieser Lage? Ich sage es Ihnen: niemandem!« Blocks Stimme wurde leiser, brach. »Niemandem.« Er suchte an dem Tischchen, das hinter ihm stand, nach Halt.

Lenzen tat einen Schritt auf ihn zu und kniff die Lider zusammen. »Ich weiß nur, wem die Verschleppung der Aufklärung nützt: dem Dieb. Und nun frage ich mich, warum Sie dem Dieb so erkennbar Unterstützung leisten wollen? Vielleicht, weil Sie mit ihm im Bunde sind?«

Nun konnte Block nicht mehr an sich halten. »Hinaus!«, schrie er mit schriller Stimme. »Sie vergessen sich! Solche Anschuldigungen! Mir, Ihrem Vorgesetzten gegenüber! *Ich* werde diesen Fall zur Anzeige bringen. Ein grober Akt von Verleumdung! Hinaus!«

Lenzen erduldete die Schimpftirade mit hochrotem Kopf. Erst als Block geendet hatte, holte er Luft zu einer Entgegnung. »Empörung allein ist keine Verteidigung. Ich werde mit meinen Erkenntnissen verfahren, wie Gewissen und Vaterlandstreue es mir gebieten. Mit der Ihren ist es ja bekanntermaßen nicht weit her …«

»Hinaus!«, schrie Block erneut, und diesmal leistete Lenzen ohne zu zögern Gehorsam.

Hofrat Block hatte sich an seinem Schreibtisch niedergelassen und an der bereits erkalteten Schokolade genippt, als ihn Reue beschlich. Er fragte sich, ob es einen Weg gab, den Stellvertreter versöhnlich zu stimmen. Dass diese Angelegenheit über kurz oder lang verfolgt werden musste, war nicht zu bestreiten. Also füllte er eine zweite Tasse mit der braunen Essenz. Er gab zwei, nein, drei Löffel Zucker hinein und rührte um. War es nicht Süße, die Lenzens Leben ermangelte? Könnte nicht ein wenig Lieblichkeit und Genuss seinen Sorgen abhelfen?

Block verließ die Wärme seines Ofens, eilte hinaus, überquerte den Gang. Er klopfte und betrat, nach einem markigen ›Herein‹, die Schreibkammer des Untergebenen. Die Tasse Schokolade hielt er vor sich wie einen Schutzschild.

»Was wollen Sie noch? Es langt mit Ihren Beleidigungen! Einer von uns wird weichen müssen«, empfing ihn der Vertreter.

Block trat einen Schritt näher. »Mein lieber Lenzen. Lassen Sie uns wie vernünftige Leute reden. Ihre Erkenntnisse sind wichtig und …«

»Jetzt geben Sie zu, dass es sich um Erkenntnisse handelt! Neulich sprachen Sie noch von Hirngespinsten«, fiel ihm Lenzen ins Wort.

Block ging vor bis an die Schreibtischkante. Mit Blicken suchte er die weite Platte nach der Liste ab. Beiläufig schob er die Tasse darauf. »Ich wollte Sie bitten, eine Schokolade auf unser beider Wohl zu leeren. Das Getränk beruhigt ungemein. Danach wollen wir das Ganze mit kühlem Kopf von neuem bereden. Einverstanden?«

Lenzen schaute auf das Gebräu, unternahm aber keinerlei Anstalten, sich von seinem Stuhl zu erheben. Er sah den Vorgesetzten von unten herauf an. »Ihre plötzliche Kratzfüßigkeit macht die Sache nur noch mysteriöser!«

Der Kerl wollte einfach nicht aufhören, ihn in Verlegenheit zu setzen! Zornig rückte Block die Tasse noch ein Stück nach vorn. Das Porzellan klirrte, die braune Brühe schwappte über den Rand. »Trinken Sie! Es wird Ihnen guttun!« Dieses verdammte Schriftstück ließ sich auf dem ganzen, geschmacklosen Monstrum mit seinen goldenen Lorbeerranken und geschnitzten Pilastern nicht finden!

Nach einem letzten Blick wandte Block sich ab und verließ resigniert den Raum. Eine Ahnung nahen Unheils lastete auf ihm. Er bewegte sich schwerfällig, sein Körper schien wie mit zähem Metall ausgegossen. Als er die eigene Stube betrat, mochte Block den Ort nicht mehr leiden. Er zog seinen Rock vom Haken und eilte nach Hause.

Bettine nahm ihm den Überrock aus der Hand und erkundigte sich in aller Unschuld: »So früh zurück, Euer Wohlgeboren? Soll ich die werte Gattin benachrichtigen?«

Wortlos schritt Block an ihr vorüber, ohne Umschweife auf sein Ziel zu. Er spürte wie Bettine ihm von der Tür her nachgaffte, den Rock immer noch in der Hand. Doch es machte ihm nichts aus.

Mit zitternder Hand zückte er den Schlüssel zum Kabinett. Auch seine Knie schlotterten. Lenzen in seinem unerträglichen Eifer war eine Gefahr! Was konnte er nur unternehmen?

Er sank auf den Sessel, doch bald bedrückten ihn Kälte und Dunkelheit. Das einzige Fenster der Kammer war mit schwarzem Stoff verhangen. Block nahm einen Zunder und tastete sich hinüber zum Kachelofen. Einen großen Teil der gestrigen Nacht hatte er hier verbracht, ein Glutnest müsste noch zu finden sein. Er blies so lange auf die Asche, bis der Schwefelfaden entzündet war. Eine blaue Flamme loderte auf, die nach einer Weile rot wurde. Ihr Licht flackerte auf die Wand aus Schüben und Fächern.

Block hatte die Stücke nach einem durchdachten System untergebracht. Die wertvollsten waren so angeordnet, dass die Kästchen auf der Wand ein großes *»MOI«* ergaben, hoch wie die Wand. Der Mohr aus Ebenholz mit dem Perlenkopf. Die chinesische Miniatur auf Seidenpapier. Der Schmuckdolch, in Silber getrieben, mit Rubinen und Topasen besetzt. In den anderen Fächern lagerten Kuriositäten aus fernen Erdteilen. Dann, sorgfältig eingeschlossen, die Perlen und Edelsteine im Schreibtisch. Auf dem Möbel lag – sein Blick fiel geradewegs darauf – die Schachtel, die er Hoffmann gezeigt hatte. Indianische Pfeilspitzen. Vergiftet.

Gift!

Ohne dass Block sich dagegen wehren konnte, war der Gedanke heraufgezuckt. Doch er verdrängte ihn sogleich wieder. Nein, zum Mord würde er sich nicht treiben lassen! Nicht durch noch so finstere Vorwürfe. Er hatte seine Ehre!

Sein Magen krampfte, die Luft wurde knapp. Welche Mühen hatte es gekostet, diese Sammlung zusammenzutragen, welche Entbehrungen und Ängste? Kostete es heute noch! Niemand konnte dies ermessen, geschweige denn würdigen. Er hatte ein Recht auf den Besitz dieser Stücke!

Block schrie leise auf, als die Flamme seine Fingerspitzen erreichte, und wedelte den Zunder, um ihn zu löschen. Da ihn die schweifenden Gedanken abgehalten hatten, die Laterne zu entzünden, fiel der Raum zurück ins Dunkel. Block tastete nach seinem Stuhl. Und versank in dumpfes Brüten.

Am nächsten Tag erschien der Klavierlehrer pünktlich und nüchtern zum Unterricht. Sein brauner Rock war gebürstet, die Haare lagen – für Hoffmanns Verhältnisse – geordnet am Schädel. Ariane empfing ihn mit langem Gesicht und bat ihn herein.

»Ich muss Sie sprechen!« Seite an Seite gingen sie zum Klavierhocker. Er nahm Platz, während sie unentschlossen stehen blieb. Sie legte eine Hand auf den Klavierdeckel und setzte zu einer Ansprache an. »Schauen Sie, Herr Hoffmann, ich nehme nur Ihnen zuliebe am Unterricht teil. Meine Eltern haben mich hintergangen. Ich möchte, dass Sie das wissen. Das tue ich nicht, um meinen Teil der Verabredung zu erfüllen. Ich tue es allein deshalb, weil ich mich glücklich schätzen kann, einen Lehrer wie Sie gefunden zu haben! So, nun wissen Sie es.« Die junge Dame senkte den Kopf. Hoffmann verstand nicht, was sie zu der Ansprache bewegt haben mochte, verstand keine ihrer Anspielungen. Dann, obgleich er nicht wusste, wie es zustandegekommen war, dankte er mit einem Kopfnicken für das Kompliment.

Um weiteren Ausführungen zu entgehen, begann er Kadenzen zu spielen. Mit wacher Auffassungsgabe erkannte Ariane den Sinn der Übung und fiel mit belegter Stimme ein. Hoffmann brach ab und zeigte ihr, wie sie mit einem kräftigen Räuspern die Stimmbänder befreien konnte. Danach ging es besser. Mit jedem Ton wurde ihr Ausdruck klarer, und der Schatten eines Lächelns fiel auf Hoffmanns Gesicht. Mit der nötigen Übung und Disziplin konnte man hier eine leidliche Sängerin formen!

Nachdem sie die Töne gefestigt hatten und zu leichten Liedern übergegangen waren – die Turmuhr der Kreuzkirche zeigte halb zwölf –, wurde der Unterricht auf unangenehme Weise gestört. Von der Wohnungstür her vernahmen sie schwere Schritte und ein Pochen. So laut und beunruhigend, dass beide mit Gesang und Spiel innehielten. Jemand schlug mit der Faust gegen die Tür. »Aufmachen!«

Ariane sprang vom Hocker und rannte in den Flur. Als sie öffnete, erblickte sie einen Soldaten der Stadtwache. Seine Augen waren traurig, Tränensäcke lagen wie Mondsicheln darunter. Die

Schulterstücke wiesen ihn als Hauptmann aus. Daneben – Ariane bemerkte ihn erst auf den zweiten Blick – ein Zivilist, der sich als Oberamtmann Häbig vorstellte. Klein von Gestalt, mit schmalen Augen, das dunkle, schüttere Haar mit Pomade an den Schädel geklebt.

Der Soldat starrte teilnahmslos vor sich hin, während sich der Jurist nicht mit Höflichkeiten aufhielt. »Wo finde ich den Herrn Baron Peter Ludwig Heinrich von Block?«, fragte er mit hoher, ein wenig näselnder Stimme.

Ariane wollte antworten, da erklang schon die Stimme des Vaters. »Hier bin ich. Was wünschen Sie?«

»Folgen Sie mir. Ich habe Befehl, Sie in Arrest zu nehmen!«

Block suchte Halt am Türrahmen. »Wie denn? Was denn?«, stammelte er.

Ariane begriff nicht, was vor sich ging. Der traurige Hauptmann trat ein und fasste ihren Vater beim Oberarm. Reflexartig wollte der sich entziehen, da drückte der Wachsoldat zu, so hart, dass Block einen Schmerzenslaut ausstieß. Man beschuldige ihn, führte Häbig, nachdem das Gerangel beendet war, mit schnarrender Stimme aus, seinen Stellvertreter, Hofrat Maximilian Lenzen, vergiftet zu haben.

Ariane schrie auf und schlug die Hand vor den Mund. Emilies Vater, tot? Und ihr Vater sollte Schuld daran tragen? Eine Unglaublichkeit!

Nun war – alarmiert von Bettine – auch die Mutter herbeigeeilt. Streng befragte sie Häbig nach seinen Absichten. Als dieser sich einer Dame gegenübersah, wurde sein Ausdruck weicher. Die Schultern fielen nach vorn, die ganze Statur schien sich zu krümmen. Sein Anliegen aber wiederholte er mit derselben Bestimmtheit: Er wolle Block in Arrest setzen. Unverzüglich. Wegen Mordverdachts.

Kraftlos war Block auf die Knie gefallen. Der Büttel zog ihn wieder hoch. Vermutlich befürchtete er weitere Scherereien, deshalb schob er ihn gleich in den Hausflur hinaus.

»Aber das muss ein Missverständnis sein!« Anna-Louise war leichenblass. Immer wieder schüttelte sie den Kopf, als wollte sie ein Traumbild loswerden.

Schon führte der Büttel den Vater zur Treppe. Häbig empfahl Madame von Block, sie solle persönliche Dinge, derer ihr Mann bedurfte, auf das städtische Arresthaus bringen lassen, wohin man ihn unverzüglich expedieren werde. Dann wandte er sich zum Gehen und hinterließ eine fassungslose Familie, ihres Oberhaupts beraubt.

Ich habe Lenzen nicht ermordet!, wollte Block schreien. Laut heraus, damit alle es hören konnten! Doch nur ein Röcheln kam über seine Lippen.

Als man ihn hinaus auf die Gasse zog, wünschte er für einen Moment, es wäre wahr und er wirklich Lenzens Mörder. Dann hätte die Schmach, das Spalier der gaffenden Nachbarn, die Passanten vom Markt, die herbeischwirrten wie die Fliegen zum Schlachtblock, das Klettern in das Fuhrwerk mit dem vergitterten Kasten, das Reißen der Hosen, das Wundstoßen der Knie, das Auskugeln des Armes, als der Büttel ihn mit Gewalt wieder hochriss, all dies hätte einen Sinn gehabt. Dann wäre dies alles Teil eines höheren Plans, der mit seiner Hinrichtung den gebotenen Abschluss fand. In der Tat, wenn die Anschuldigungen richtig wären, sähe alles anders aus. Doch sie waren es nicht, konnten es gar nicht sein!

Gewiss, der verbrecherische Gedanke hatte sein Hirn heimgesucht. Aber war denn die Idee mit der Ausführung gleichzusetzen? Oder hatte er sie unbewusst bewirkt?

Block kannte Fetischglaube und Magie, er verfügte selbst über einige zaubrische Utensilien in seiner Sammlung. Aber konnten die – gegen seinen Willen! – einen Gedankenblitz in die Wirklichkeit transferieren? Niemals! Block war sich ganz sicher: Er hatte Lenzen seit ihrer Auseinandersetzung zwei Tage zuvor nicht gesehen. Wie konnte er ihn also ermordet haben?

Erst als der Holzschlag des Gefangenenkastens krachend ins Schloss flog, der eiserne Riegel zuschnappte und er die vertrauten Straßenzüge, die schmucken Fassaden des Altmarkts durch die harten Vertikalen der Gitterstäbe zerteilt sah, da erst erwachte seine Gier nach Freiheit. In blinder Wut trat er gegen Tür und Holzwände. Es musste sich um einen Albtraum handeln. Ja, er hatte Schuld auf sich geladen, eine Bestrafung für seine Verbrechen war nur gerecht. Aber nicht der Tod, der nicht!

Er ließ sich auf einen Haufen fauligen Strohs fallen und zog die Beine eng an den Körper. Nur den ausgekugelten Arm konnte er nicht bewegen.

Die Demütigung ihres Vaters, der zwar eigensinnig, aber gewiss kein schlechter Mensch war, raubte Ariane jede innere Festigkeit. Ihre Würde, ihre Erwartungen an die Zukunft, kurzum, ihr ganzes Dasein war auf Ansehen und Stand des Vaters gebaut. Alles verloren? Das konnte nicht sein! Arianes Brustkorb wurde eng – als zöge ein Herkules an den Strippen ihres Korsetts. Die Luft wurde knapp. Als sie auf die Dielen schlug, war sie schon nicht mehr bei Sinnen.

In Hoffmanns Armen kam sie wieder zu sich. Doch schon der erste Gedanke brachte das Unheil zurück: Der Vater – verhaftet! Als Mörder! Als Mörder des Vaters ihrer besten Freundin! Ihre Blicke suchten nach der Mutter. »Was hat das zu bedeuten?«

Die Hofrätin war blass, aber gefasst. »Das würde ich auch zu gerne wissen!«

Ariane sah den Musiker an, der weniger erschrocken als neugierig schien. »Bitte, Herr Hoffmann, helfen Sie uns!«

»Das kann ich nicht.« Hoffmann rückte von ihr ab.

Ariane ließ nicht locker. »Die Beschuldigungen sind grundlos. Es kann nicht anders sein! Ich schwöre es!«

Hoffmann zog ein bedauerndes Gesicht. »Schwören Sie es dem Gerichtsactuar, das hilft vielleicht.«

»Bitte!«, flehte Ariane mit zitternden Lidern.

»Was soll's?« Die Mutter faltete die Hände vor dem Bauch. »Wir werden es schon erfahren. Vorläufig müssen wir uns ohne ihn einrichten!«

Es klang, als habe sie den Verlust bereits verschmerzt. Gereizt fuhr Ariane sie an: »Einrichten? Vater sitzt im Gefängnis, und Sie wollen sich einrichten? Es liegt doch auf der Hand, dass er unschuldig ist!«

»Glauben Sie mir«, mischte sich Hoffmann ein, »ich war lange Jahre bei Gericht. Man wird aus den unterschiedlichsten Gründen eingesperrt. Aber unschuldig sind die wenigsten.«

Ariane warf sich in die Brust. »Schweigen Sie! Wie können Sie das nur denken?«

»Es wird ihn schon nicht zu arg treffen«, wiegelte die Mutter ab. »Er ist kein Dummkopf! Wenn er unschuldig ist, wird er sich herauswinden. Wenn nicht …«

Offenbar zog die Mutter das Undenkbare durchaus in Betracht: Der Gatte ein Mörder! Arianes Atem beschleunigte sich. »Wie können Sie nur so unbeteiligt tun? Es hat uns alle getroffen, die ganze Familie. Selbst die brave Bettine!« Die Gleichgültigkeit der Mutter ließ Ariane schier verzweifeln. »Bin ich denn umringt von kalten Herzen?«

»Du liest zu viele Romane«, bemerkte die Mutter trocken.

Hilfe suchend sah Ariane auf Hoffmann: »Könnten nicht Sie uns beistehen, als Mann mit Erfahrung in gerichtlichen Belangen?«

Der Musiker zuckte mit den Schultern. »Es tut mir leid, ich fürchte, ich kann Ihnen nicht helfen, Fräulein von Block.«

Ariane lief mit hochrotem Kopf hinaus.

Betreten sahen sich die beiden Zurückgebliebenen an. Es lag wenig Sympathie in ihren Blicken. »Unter diesen Bedingungen glaube ich kaum, dass ich morgen wiederkommen sollte«, mutmaßte Hoffmann laut.

Die Hofrätin musterte den Musiklehrer kühl. »In der Tat. Ich bezweifle, dass meine Tochter zum Singen aufgelegt sein wird.«

Ohne sich vor der Dame des Hauses zu verbeugen, drehte sich Hoffmann um und ging.

Das Publikum feixte, Hoffmann war in seinem Element. Selbst Eichelkraut, der die Aufführung des Gastes zunächst skeptisch beäugt hatte, lächelte nachsichtig. Die weinseligen Tischgenossen aber forderten »*da capo!*«, zum zigsten Male. So, genau so, waren die besten Bamberger Abende gewesen!

Inmitten der Tische und Stühle improvisierte Hoffmann die Verhaftung, indem er alle Beteiligten in einer Person darstellte. Blocks Gesichtsausdruck, seinen Kniefall. Der dramatische Augenaufschlag zum Himmel, einer Pietà Michelangelos würdig. Hoffmann hatte die Lacher auf seiner Seite, als er stammelte: »Ich bin kein Mörder! Wenn ich lüge, soll mich auf der Stelle der Blitz erschlagen!« Gut, der Wortlaut war nicht exakt nach der Natur. Doch die Wirkung der Szene war entscheidend verbessert. Das Gelächter gab ihm Recht.

Routiniert spulte Hoffmann die Szene ab bis zu Arianes Ohnmacht. Mit den Worten: »Ich habe nicht nur meinen Vater verloren, sondern auch meine Ehre!« sank er zu Boden. Richtete sich im Sitzen wieder auf, seufzte in höchster Tonlage, verdrehte die Augen und kippte endgültig nach hinten. Die Reaktion war grandios. Hoffmann hielt die Augen geschlossen, um den Beifall zu genießen und die Ohnmacht recht glaubwürdig zu machen. Als er sie wieder öffnete, schaute er in ein wutverzerrtes Gesicht. Hoffmann erkannte die Block'sche Hausdienerin und erschrak. Das Gelächter verebbte allmählich. Mit den Händen in den Hüften, beugte sie sich zu ihm hinunter. »Wenn Sie auch nur einen Funken Anstand im Leib haben, stehen Sie auf und folgen mir hinaus.«

Nicht, dass ihm die Sache peinlich gewesen wäre. Allein der Tonfall hatte ihn überzeugt. Und eine Spur schlechten Gewissens, aus dem Unglück anderer eine Farce gemacht zu haben.

Hoffmann zog sich den Rock glatt und empfahl sich der unbekannten Tischgesellschaft, die innerhalb kürzester Zeit seine Verehrer geworden waren.

Bevor er die Tür erreichte, trat ihm Eichelkraut in den Weg.

»Ich bin gleich zurück, dann geht der Spaß weiter«, vertröstete ihn Hoffmann, und der Wirt ließ ihn mit einem Schmunzeln passieren. Kurzweil erhält Kredit, es war überall dasselbe.

Kaum war er vor die Tür getreten, spürte er, wie ein schlanker Arm sich unter den seinen schob. Es war Ariane. »Kommen Sie, wir statten der Familie Lenzen einen Kondolenzbesuch ab.« Eine Haube schmückte ihr Haar, ihre Miene war wild entschlossen. Hoffmann fühlte sich überrumpelt. Wollte die Wärme und das Hochgefühl der Weinstube nicht aufgeben. Er sah Ariane unverwandt an.

Sie lachte auf. »Bilden Sie sich nichts darauf ein, Herr Hoffmann. Ohne Herrengeleit geht es nun einmal nicht!«

»Und ihre Mutter hat tatsächlich eingewilligt, dass ich …?«

»Lassen Sie das meine Sorge sein«, beruhigte ihn Ariane und zog ihn sanft voran.

Hoffmanns ahnte, dass in dieser Affäre nichts als Ärger lauerte. Es wäre klüger abzulehnen. Andrerseits trieb ihn die Neugier. Immerhin galt zu entdecken, ob Block, dieser liebenswerte Kauz, eine zweite, verborgene Natur besaß – eine Mördernatur!

Familie Lenzen bewohnte ein Haus in der Nähe der alten Stadtmauer. Dies hatte zur Folge, dass sie in Belagerungszeiten aufs Land fliehen mussten, denn einem Beschuss von der Seite des Großen Gartens her war das Gebäude wehrlos ausgesetzt.

Vor der Haustür stand ein schwarzer Wagen, ein Fuhrknecht ordnete die Riemen und schnallte den Gäulen Hafersäcke unter die Mäuler. Wollte man den Toten bereits abholen?

Ariane und Hoffmann betraten den Hausflur Arm in Arm. Lenzens wohnten im ersten Obergeschoss. Doch schon auf der Treppe empfingen sie feindselige Blicke. Man raunte sich Bemerkungen zu, wich vor ihnen aus.

Ariane war perplex. Mit offenem Hass hatte sie nicht gerechnet.

Die Wohnung war noch nicht erreicht, da schoss Emilie über die Türschwelle. Als wolle sie Ariane anfallen, geiferte sie: »Dass du die Dreistigkeit besitzt, hier zu erscheinen! Verschwinde! Ich mag dich nicht mehr sehen!« Die Tränen erstickten ihre Stimme, die Trauer linderte die Angriffslust.

Ariane entzog Hoffmann den Arm, um die Freundin zu beschwichtigen. »Emilie! Ich bitte dich!«, rief sie ihr zu. »Das kannst du doch nicht glauben! Mein guter Vater! Warum sollte er so etwas tun?«

Emilie schluchzte auf. »Ich weiß doch auch nicht!« Tränen rannen über ihre Nasenflügel und tropften auf die steinernen Stufen.

»Wenn niemand einen Grund angeben kann, weshalb wurde er

dann verhaftet? Das ist doch absurd!« Auch Arianes Stimme war brüchig geworden.

Emilie sammelte sich, um Antwort zu geben: »Er hat es selbst gesagt. Es waren seine letzten Worte.«

»Wessen Worte?«, fragte Ariane.

»Vaters letzte Worte.« Emilie atmete tief durch. »›Block hat mich vergiftet!‹, hat er gesagt. Dann sank sein Kopf aufs Kissen, und er war nicht mehr. Einen ganzen langen Tag hat sein Todeskampf gedauert!«

»Vergiftet. Aber wie kann das sein? Und warum?«

Emilie hatte ihre Augen mit einem bestickten Spitzentaschentuch getrocknet. Ariane kannte es. Vor nicht allzu langer Zeit war es Emilies dienstägliche Handarbeit gewesen. Da hatten sie noch freundschaftlich vereint auf dem Sofa gesessen, scherzend. Arianes Herz schmerzte bei dem Gedanken.

»Ich weiß es nicht«, klagte Emilie resigniert und starrte ins Leere. »Warum passiert, was passiert? Vorgestern war er noch voller Kraft. Und heute liegt er tot auf dem Sofa!« Sie wurde von einem Weinkrampf geschüttelt.

»Emilie«, beschwor Ariane die Freundin, »Mein Vater ist kein Apotheker, er weiß gar nicht mit Gift umzugehen!« Hilfe suchend sah sie sich nach Hoffmann um und bemerkte die tiefe Sorgenfalte auf seiner Stirn.

Emilies Taschentuch war völlig durchnässt. Ariane reichte ihr ihres, doch Emilie lehnte ab. »Die Schokolade«, stieß sie stockend hervor. »Es war die Schokolade! Er kehrte aus dem Schloss zurück und fühlte sich elend. Er litt unter furchtbaren Krämpfen … Dann musste er sich auch schon erbrechen … der Gestank … Nein.« Emilie brach ab, denn von der Wohnung her war ein Schimpfen zu hören. »Besitzt dieses Volk tatsächlich die Unverschämtheit, hier zu erscheinen?« Energisch näherte sich Madame Lenzen. Emilie trat zurück. Ariane wollte ihren Arm ergreifen, doch es misslang. Im Laufen hatte Emilies Mutter einen Sonnenschirm vom Haken geangelt.

Hoffmann wurde die Sache zu heikel. Er wollte Ariane fortziehen, doch die blieb standhaft. »Dieses Heuchlerpack!«, schimpfte

Madame Lenzen und hob den Schirm. »Wollen wohl nachschauen, ob der Coup auch geglückt ist!«

»Besser, wir gehen«, wisperte Hoffmann seiner Begleiterin ins Ohr und wandte sich ab.

»Nein!« Ariane tat einen Schritt auf Madame Lenzen zu, wollte nichts unversucht lassen, den furchtbaren Irrtum aufzuklären. »Madame, es tut mir so unendlich leid!« Da musste sie zur Seite treten, sonst hätte der Schirm sie mit voller Wucht getroffen. Emilie versuchte noch, der Mutter in den Arm zu fallen, doch die stieß wie eine Furie auf Ariane zu, immer wieder.

Endlich sah sie ein, dass es besser war zu weichen. Während drei kräftige Männer, die den Trauerkatafalk aufrichten sollten, Madame Lenzen zurückhielten, entflohen Ariane und Hoffmann über die Treppe.

Vor der Tür blieb Ariane stehen. »Wie kann er so etwas behaupten? Mein Vater habe ihn vergiftet? Und offenbar scheinen es alle zu glauben!«

Sie erwartete Widerspruch, doch Hoffmann schwieg.

»Sie etwa auch?«

Als er immer noch nichts sagte, bedrängte Ariane ihn: »Sie zogen vorhin so ein Gesicht. Warum?«

Zögernd rückte er mit seinen Bedenken heraus: »Sie sagten, Ihr Herr Vater könne mit Gift nicht umgehen …«

»Ja. Ich könnte es beschwören!«

»Das mag schon sein. Fest steht aber, dass er über Gift verfügt.«

»Was sagen Sie da?«

»Er zeigte mir Pfeile … indianische …«

»Was? Aber … Nein! Die sind Teil seiner Sammlung.«

Hoffmann breitete die Arme aus. »Wie auch immer. Sie werden den schweren Verdacht, der auf ihm liegt, erhärten. Wenn man sie findet.« Er hielt inne. »Falls … man sie findet.«

Schweigend ruhte ihr Blick auf ihm. Was war es, das sie zueinander hinzog? Die Kraft war spürbar, denn beide wurden verlegen. War das Liebe? Um Gottes willen, dachte Ariane, wie könnte sie dieses krumme Männlein lieben? Um die peinliche Situation zu beenden, hakte sie sich ein. »Herr Hoffmann, würden Sie mich bitte nach Hause geleiten?«

Als sie vor der Tür in der Kreuzgasse standen, wurden sie erneut von Verlegenheit ergriffen. Wie sollten sie geeignete Abschiedsworte finden, wenn sie sich nicht verabschieden wollten? Ariane warf ihm einen Augenaufschlag zu. »Herr Hoffmann, helfen Sie uns nun, zu beweisen, dass mein Vater kein Mörder ist?«

Hoffmann wand sich. »Nun ja. Soweit es in meiner Macht steht. Aber erhoffen Sie sich nicht zu viel. Ich bin nur ein armer Musiker …«

»… und Jurist«, lächelte Ariane wissend.

»Auch Jurist, ja«, gab Hoffmann widerwillig zu.

»Da sehen Sie doch, wie sehr Sie uns behilflich sein können!«

Es war angebracht, ihrem Enthusiasmus Grenzen aufzuzeigen. »Verzeihen Sie, aber ich habe meine kranke Frau zu erhalten.«

»Herr Hoffmann, Sie können auf meine Hilfe zählen, wenn ich auf die Ihre zählen kann!«, bedrängte sie ihn.

Hoffmann ließ den Kopf sinken. Was konnte er schon versprechen? Einen schwer belasteten Mörder zu retten? Niemals!

Da geschah etwas Unerhörtes: Dieses jugendliche Wesen warf sich in einer Gefühlswallung an seinen Hals. Er fand sich von ihren Armen umschlungen, eingehüllt in ihren betörenden Duft. »Bitte, helfen Sie mir!«, wisperte sie dicht an seinem Ohr. Er wusste kaum, wo er seine Hände lassen sollte. Einen sinnlichen Moment lang schloss er die Augen. Dann fuhr die Mutter dazwischen. Die schallende Ohrfeige, die sie der Tochter versetzte, hallte in Hoffmanns Kopf wider. Er wollte das Mädchen wieder an sich ziehen, es vor der Wut der Mutter in Sicherheit bringen, doch da war es schon aus dem Zimmer. Einen letzten verstörten Augenaufschlag hatte er erhaschen können. Und den roten Fleck auf Arianes Wange.

Frau von Block ergriff seine Hand und drückte ihm eine Münze hinein. »Lassen Sie's gut sein.« Ihre Gefasstheit stand in vollkommenem Gegensatz zur Zerrüttung der Tochter. »Gehen Sie Ihrer Wege und lassen Sie uns in Ruhe! Auf immer!«

Die Hofrätin schob ihn von der Schwelle und schloss die Tür. So stand denn der Musiker im Treppenhaus und drehte die Münze in den Fingern. Wie hübsch sie funkelte! Kein großer Betrag, aber einer, der das Leben erträglicher machte. Wäre es nicht ein guter Beginn für den nun folgenden Rest des Lebens, ein Becherchen auf die Zukunft zu leeren? In der Tat, dies würde zur fatalen Lage passen! Hoffmann begann, »*Sul margine d'un rio*« zu trällern, ein einfältiges Liedchen, das man derzeit an allen Ecken der Stadt hörte. Dann bemerkte er, wie unangebracht das war. Und setzte, mitten im Takt, aus. Ei der Daus, schon begann einem dieses hübsche Ding die Sinne zu verwirren!

Als Hoffmann sich spät am Abend in die Herberge stehlen wollte, fing ihn die Wirtin in der schmalen Eingangshalle ab. »Mein Herr, Sie schulden mir immer noch eine Miete, wöchentlich im Voraus zu bezahlen!«

Ohne sie zu beachten, schritt er die Treppe hinauf. Sie wollte ihn am Ärmel zurückhalten, doch Hoffmann schüttelte sie ab. Die Wirtin rief ihm hinterher: »Das Haus sitzt voller Soldaten, die freie Kost und Logis haben. Mittellose Künstler kann ich mir nicht auch noch leisten. Ich bin kein Armenasyl!«

Hoffmann ging schweigend weiter. Die Wirtin fuhr noch lauter fort: »Wenn Sie nicht mitsamt Ihrer polnischen Katze bis zum Abend mein Haus verlassen haben, lasse ich die Wachen holen! Haben Sie mich verstanden, mein Herr?«

Auf halber Treppe wandte sich der Musiker um. »Man hat heute meinen Gönner verhaftet, Madame! Sie sind nicht die Einzige, die um ihren Lohn geprellt wird!«

Die Wirtin prustete. »Eine bessere Ausrede fällt Ihnen wohl nicht ein? Ich dachte, Sie sind Dichter!«

»Musiker!«

»Ob Dichter oder Musiker, scheren Sie sich zum Teufel!«, zischte die Wirtin.

Hoffmann zog galant einen Hut, den er nicht trug, und verbeugte sich tief. »Ganz meinerseits.«

5

»Früh ausgezogen zu Madame Vetter auf dem Altmarkt – kleines Künstlerlogis vier Treppen hoch.«

E.T.A. Hoffmann, Tagebucheintrag im Mai 1813

Madame du Barry besuchte die katholische Hofkirche regelmäßig am späten Nachmittag. Hauptzweck dieses Besuches war nicht, mit dem Herrgott ins Reine zu kommen, sondern eine gute Tat an einem Mitmenschen zu üben. Der Bettler, der auf der Freitreppe, am Fuße des Kirchenportals, seinen Platz hatte, erwartete täglich ihre Gabe. Ein französischer Grenadier, der den gloriosen Sieg bei Jena und Auerstedt mit dem Verlust beider Beine bezahlt hatte. Im Bataillon ihres Ehemanns, des Herzogs du Barry hatte er gedient. Hier in Dresden hatte man den schwer Verwundeten zum Krüppel gemacht, und hier war er seitdem geblieben.

Die vornehme Dame trat auf die unterste Stufe der Freitreppe und hielt den Groschen schon in der Faust, als sie sich zu ihm hinabbeugte. Sie legte ihr parfümiertes Taschentuch vor den Mund und sprach ihn durch den Stoff an: »Nun, was gibt's?«

»Gottes Lohn ist Ihnen sicher, Madame«, murmelte der Krüppel. Und dann, die Stimme noch tiefer gesenkt: »Heut Vormittag haben sie den Baron von Block verhaftet.«

Ohne sich etwas anmerken zu lassen, ließ die du Barry den Groschen in die Mütze fallen, die ihr der Beinlose entgegenhielt. »Weshalb?«, flüsterte sie auf Französisch.

»Man legt ihm den Tod seines Stellvertreters zur Last.«

Die du Barry schritt an ihm vorbei, die Stufen hinauf. Allzu lange durfte sie sich nicht mit dem Krüppel befassen, die Stadt hatte viele Augen. Sie öffnete das schwere Portal und betrat den Kirchenraum.

Die Weite des Mittelschiffes empfing sie, ein Geruch von kühlem Sandstein und Weihrauch. Erst hier, im geschützten Raum, ließ sie ein Ächzen über ihre Lippen. Block! Das war ein harter Schlag.

Françoise du Barry machte einen Knicks, bevor sie in die Kirchenbank trat und in ihre abendliche Andacht versank. Ihr Mund tat, als spräche sie ein Gebet. Doch in Gedanken hing sie dem Zwischenfall nach. Verhaftet! Wie konnte das geschehen?

Ein schwarz gekleideter Kirchendiener durchquerte den Chor. Er warf der Betenden einen Seitenblick zu. Sie war hier allabendlich Gast und erregte bestimmt keinen Verdacht. Jeder wusste, daheim in Frankreich hatte sie eine strenge katholische Erziehung genossen. In einem fernen Märchenland, zu einer Märchenzeit.

Während ihre Lippen eine stumme Litanei herunterleierten, versuchte Françoise ihre Gedanken zu ordnen. Warum gerade jetzt? Block war seit langem als Anhänger Napoleons bekannt! Sie witterte *intrigue* – dafür hatte sie eine gute Nase. Es konnte eine Warnung sein, eine ihrer besten Quellen auszuschalten. Es konnte … ach, der Möglichkeiten gab es viele. Kopfzerbrechen führte zu nichts. Die weiteren Ereignisse würden zeigen, woher der Wind wehte. Doch Block war verloren, so viel war sicher, seine Feinde waren zu mächtig!

Françoise du Barry bekreuzigte sich und rückte aus der Bank. Sie war allein im weiten Kirchenschiff, der Küster war verschwunden. Im Angesicht des Kruzifixes beugte sie erneut das Knie und wandte dann dem Bildnis des leidenden Christus den Rücken zu. In dem Moment, da sie sich umdrehte, lugte der Kirchendiener hinter einem Pfeiler hervor. Und zog sich rasch wieder zurück. Doch sie hatte ihn bemerkt.

Als sie vor die Tür trat, geblendet vom abendlichen Glitzern der Elbe, die nur einen Steinwurf entfernt vorüberfloss, sprangen französische und sächsische Grenadiere in heller Aufregung umher. Am jenseitigen Ufer, unterhalb der königlichen Bibliothek, waren Kosaken aufgetaucht. Für eine kleine, berittene Rotte war der Fluss kein Hindernis. Den Pferden reichte das Wasser bis zur Brust.

Die Mittelbögen der alten Elbbrücke waren nach ihrer vorsorglichen Sprengung im März noch nicht wieder aufgerichtet. Französische Sapeure mussten nun reparieren, was französische Mineure zwei Monate zuvor zerlegt hatten. Eine Handvoll sächsischer Steinmetze, die unter den Augen der Obristen arbeiteten, waren bei Erscheinen der russischen Reiter weggerannt. Totschießen ließ man sich nicht für die Besatzer!

Vom linken Brückenstumpf her nahmen die Franzosen die Angreifer unter Beschuss. Françoises Herz schlug schnell, sie wäre besser zurückgewichen, in die schützende Kirche hinein. Doch das Kriegsschauspiel, das sich vor ihren Augen entwickelte, schlug sie in den Bann. Wahrlich, es stand schlecht um Napoleon, wenn man nicht einmal in der Lage war, die Stadt gegen russische Übergriffe zu sichern!

Die Franzosen zielten unter den Schirmen der Tschakos hindurch. Pulverdampf aus Gewehrläufen, die Husaren antworteten aus bellenden Pistolen, während die Tiere im Wasser standen. Bald entfernten sie sich, bald kamen sie wieder heran. Trieben tolldreistes Spiel mit den kaiserlichen Garden – unfassbar!

Erst als einer der Reiter leblos in den Fluss stürzte, und von der Neustädter Seite ein Trupp Sachsen mit aufgepflanzten Bajonetten anrückte, suchten die Angreifer das Weite. Im fliegenden Galopp preschten sie durch das Ufergewässer, in Schussweite an der Bastion vorüber, es war herrlich anzusehen!

Da zuckte Françoise zusammen. Mit spitzem Pfeifen war eine Kugel neben ihr in das Gemäuer geplatzt. Sie war sich sicher, dass es kein Querschläger war. Die Russen waren schon zu weit entfernt! Nein, diese Kugel hatte ihr gegolten – und war nicht schlecht gezielt! Eine Handbreit neben ihrem Kopf klaffte ein Krater im schwarzen Mauerwerk, hell und nackt. Sie wollte schon geduckt die Stufen hinab, als sich der Krüppel an sie hängte. »Madame«, flehte er.

»Ich gab dir bereits, als ich die Kirche betrat!«, rief sie laut und wütend. Mit aller Kraft zog er sich an ihrem Arm hinauf, um ihrem Ohr näher zu sein. Und hinderte sie so an der Flucht. »Man weiß über den Hofrat Bescheid!«, flüsterte er ihr zu.

»Was weiß man? Wer denn?«

Der Versehrte ließ ihren Arm los und plumpste mit einem Aufschrei zu Boden. Ein sächsischer Wachoffizier näherte sich, ergriff sie grob und zog sie von der Treppe. »Madame, feindliches Feuer ist nichts für Frauenzimmer«, sagte er auf Französisch – also wusste er, wer sie war!

Mit bitterer Miene ließ sich die du Barry in Sicherheit bringen. Vom Schlossplatz aus warf sie noch einen Blick zurück. Zwei sächsische Wachen hatten den Krüppel unter den Armen gepackt und schleppten ihn davon. Sein Protest in einem Kauderwelsch aus Deutsch und Französisch drang noch an ihr Ohr. Nachdem er hinter die Kathedrale gebracht und damit aus ihrem Blickfeld verschwunden war, hörte sie nichts mehr. Mit schmalen Lippen dankte sie dem Wachoffizier für seine Fürsorge. Dann schüttelte sie ihn ab und setzte ihren Weg allein fort.

Schon Blocks erste Nacht in Gefangenschaft hatte ihn mürbe gemacht. Eine Zeit lang konnte er sich mit den Schönheiten trösten, deren Abglanz er im Schatzkästlein seines Kopfes aufbewahrte. Am längsten hielt das Bild der Françoise du Barry der Umgebung stand. In Gedanken drehte und wendete er ihre Gestalt, schritt um sie herum. Roch an ihrem Nacken, ließ seine Nasenspitze durch ihr Haar fahren, spürte ihre Haut unter seinen Lippen. Doch bald wurden Kälte und Feuchtigkeit so übermächtig, dass sie sich nicht mehr wegfantasieren ließen. Er fiel in tiefe Verzweiflung, bis ihn gnädiger Schlaf umfing.

Umso grausamer war das Erwachen. Block fühlte sich dreckig und fremd im eigenen, schmerzenden Leib. Mit dem Rücken gegen die rohe Bruchsteinwand gelehnt hatte er geschlafen. Eine Nacht auf dem malabarischen Nagelbrett seiner Sammlung hätte nicht schlimmer sein können!

Das Wasser, das man ihm am Morgen zum Waschen reichte, war trüb und roch faulig. Er verzichtete darauf, sich mit der stinkenden Brühe zu benetzen. Ohne ihm die Gnade eines Frühstücks zu gewähren, holten sie ihn zu einem ersten Verhör.

Ein niedriger, dreifüßiger Hocker – mehr stand einem Beschuldigten nicht zu. Es war mehr ein Kauern als ein Sitzen. Block fuhr sich mit der flachen Hand durchs Stoppelhaar. Nun, da es galt, Eindruck zu schinden, Stand und Würde glaubhaft zu machen, hätte er seine Perücke gut gebrauchen können. Doch auch ohne dieses Accessoire blieb er ein Freiherr, ein Baron und Hofrat zudem! Was erlaubte man sich eigentlich?

Er richtete sich auf dem Hocker auf und sah sich um. Hinter ihm stand eine Wache, seitlich ein Gerichtsschreiber am Stehpult, tief über die Feder gebeugt, die er mit einem Messer anspitzte.

Als ein würdiger älterer Herr gemessen eintrat, sprang Block auf. Es war Amts- und Vizelandgerichtsrat von Mückritz, Block kannte ihn flüchtig. Als einer der städtischen Honoratioren gehörte er nicht zum Hofstaat. Eine schwelende Rivalität zwischen sächsischen Höflingen und den Angehörigen der Dresdner Institutionen war in der Residenz allgegenwärtig – bis hinein in die Gefängniszellen.

Block wollte zuerst gegen die Behandlung protestieren. Doch angesichts des Richters, der ohne besonderes Zutun Respekt heischte, änderte er seine Taktik und verlegte sich auf Willfährigkeit.

»Peter Ludwig Heinrich von Block?« Ächzend ließ sich der Rat auf der anderen Seite des Tisches nieder. Mückritz war korpulent, die Beine kurz. Von den wenigen Stufen, die er in das Kellergewölbe hatte hinabsteigen müssen, flog sein Atem. Block nickte. Über einen Kneifer hinweg sah Mückritz ihn streng an. »Antworten Sie mir laut und deutlich – und zwar mit ›Ja‹ oder ›Nein‹.«

Schon stieg die Galle in Block. So durfte niemand mit ihm reden! »Ja.«

»Sie können sich setzen«, forderte ihn der Gerichtsrat mit einem nachlässigen Wink auf.

Block nahm wieder auf dem Schemel Platz. Genauso gut hätte er auf dem Boden sitzen können. Wie von einem Feldherrenhügel schaute der Gerichtsrat auf ihn herab. Von hinten, aus dem Schatten, trat eine Person, die Block zuvor nicht bemerkt hatte. Ein schmächtiger, blasser Mann, dessen schwarze, dünne Haare fest am Schädel klebten. Über dessen Schulter hinweg reichte er dem Gerichtsrat einen beschriebenen Bogen. Mückritz nickte dankend, glättete das Papier und kniff die Augen zusammen, um besser lesen zu können. Der Subalterne trat wieder in den Schatten zurück. Mückritz räusperte sich und begann: »Nach Maßgabe der von Seiner Majestät König Friedrich August von Sachsen gegebenen *Generalis* vom 30ten April 1783 etc. pp. ermahne ich ihn, Respondenten, zu einem aufrichtigen Geständnis der Wahrheit. Anderweit wird er die Untersuchung erschweren, die Unkosten häufen, den Arrest verlängern, und sich am Ende eine härtere Strafe zuziehen. Er, Respondent Peter Ludwig Heinrich von Block wird beschuldigt, seinen Stellvertreter im Amt des ersten Inspectors Friedrich Maximilian Lenzen gewaltsam zum Tode gebracht zu haben. Was haben Sie dem zu entgegnen?«

Block stieß Luft durch die Nase. »Das ist absurd!«

»Haben Sie ihm nicht etwa von der Schokolade verabreicht, die Sie zuvor zubereitet hatten?«

»Schon, aber …«

»Und ist er nicht nach Genuss ebendieser Schokolade verschieden?«

»Ja, aber …«

»Schreiber, notieren Sie«, der Rat neigte den Kopf zur Seite, »der Angeklagte gibt zu, das vergiftete Getränk zubereitet zu haben.«

»Keineswegs!«

»Herr Hofrat!« Mückritz neigte sich weit über den Tisch und sah Block von oben herab an. »Ein Mann von Ihrem Stande, in Ihrem Amte weiß sich auszudrücken. Weiß, ein Ja von einem Nein zu unterscheiden. Wenn er es nicht tut, so ist es reine Verstellung. Also, was nun? Ja oder Nein?«

Fieberhaft suchte Block in den Winkeln der Erinnerung nach Beweisen für seine Unschuld. Doch da war nichts. Außer, dass er sich nicht erinnern konnte, dieser Schokolade jemals etwas anderes beigemischt zu haben, als das, was hineingehörte!

»Ja, ich habe es zubereitet. Doch ein Gift tat ich nicht hinein!«

Mückritz runzelte die Stirn. » So, so. Was taten Sie denn hinein?«

Block überlegte. »Schokolade. Piment. Zimt. Auch etwas Pfeffer. Und vor allem Zucker!«

Die Feder des Schreibers kratzte übers Papier. Der Gerichtsrat lehnte sich zurück. »Davon ist noch niemand gestorben!«

»Eben drum. Also kann auch Lenzen nicht davon gestorben sein!«

Mückritz rückte sich ungeduldig auf seinem Stuhl zurecht. »Das müssen Sie uns erst beweisen!«

»Das kann ich! Denn ich habe selbst davon getrunken! Und ich lebe, sonst säße ich wohl nicht vor Ihnen, nicht wahr?«

Der Rat ließ einen langen Blick auf ihm ruhen. Dann nickte er wissend. »Dann werden Sie das Gift nachträglich hinzugefügt haben!«

»Nein!«, schrie Block. Ihm war bewusst geworden, dass man fest von seiner Schuld überzeugt war.

»Wissen Sie, Herr Baron, dass Lenzen Sie beschuldigt hat, bevor er verschied?«

Blocks Hände wurden feucht. Beschuldigt. Er tupfte sich mit dem blauen Tuch den Schweiß von der Stirn.

»Herr Hofrat!«, ermahnte ihn der Gerichtsrat ungeduldig.

»Ja, doch! Ich muss meine Gedanken ordnen!« Blocks Erwiderung war lauter ausgefallen als beabsichtigt. Mückritz warf ihm einen strengen Blick zu. »Schreiber, notieren Sie: ›Der Angeklagte befleißigt sich eines unverschämten Tones.‹«

Block sackte in sich zusammen und stieß röchelnd hervor: »In letzter Zeit kam es häufiger zu Differenzen.«

»Und dabei ging es um …?«

Block suchte nach einer unverfänglichen Antwort. »Um unsere Amtsgeschäfte. Genauer gesagt, um meine Amtsführung.«

»Ja, hatte denn Lenzen Anlass zur Unzufriedenheit?«, hakte Mückritz sogleich nach.

Block verstummte. Eine fatale Hilflosigkeit hatte ihn befallen. Man wollte ihn an den Strang bringen, so viel war sicher! Die schnarrende Stimme des Rates riss ihn aus den Gedanken. »Weiteres haben Sie der Feststellung, das Getränk zubereitet zu haben, das Herrn Hofrat Lenzen vom Leben zum Tode beförderte, nicht hinzuzufügen?«

»Nein.« Besser er schwieg, als sich immer tiefer in die Schuld hineinzureden. Was konnte er schon anderes liefern als ein glasklares Motiv für den Mord? Die Feder des Schreibers kratzte übers Papier. Mückritz faltete die Hände vor dem Bauch und wartete ab, bis das Kratzen endigte. Dann schloss er zufrieden: »Nichts anderes habe ich erwartet. Protokoll, Unterschrift.«

Ohne Zeit zu verlieren, erhob sich der Gerichtsrat von seinem Stuhl und winkte dem Schreiber zu, der hastig Tintenfass und Bögen zusammenraffte. Zögernd trat der Dritte aus dem Schatten. Er schien nicht einverstanden mit dem Vorgehen. »Aber wir sind doch noch gar nicht …?«

Mückritz packte ihn mit vertraulicher Geste am Ärmel und zog ihn mit sich. Der Untergebene schien überrascht, wollte erneut protestieren, doch Mückritz fuhr ihm über den Mund. »Schweigen Sie jetzt endlich, Häbig!«

Sie verließen das Gewölbe. Sogar die Wache wurde abgezogen. Das überstürzte Verschwinden des Tribunals ließ Block ratlos zurück. War das Verhör schon beendet? Er hatte wenig Erfahrung in derartigen Geschäften, doch seine Aussage erschien ihm allzu lückenhaft. Oder hatte der Richter womöglich nur zur Mittagspause abgebrochen?

Da trat ein prächtig Uniformierter ein, ein Greis zwar, aber drahtig, und von guter, militärischer Haltung. Eine respektvolle Erscheinung mit Tressen, Epauletten, und einem gewaltigen Wangenbart. Auch diesen Herrn kannte Block – vom Hofe. Es handelte sich um General von Haldensleben, Mitglied des Geheimen Rates Seiner Majestät. Block sank auf seinen Schemel zurück. Er konnte sich nicht erklären, was ein Militär bei dieser Untersuchung zu tun hatte!

Der Uniformierte verzichtete darauf, sich vorzustellen und nahm auch nicht auf dem Richterstuhl Platz. Stattdessen eröffnete er unverzüglich das Gespräch. Der ruhige, sonore Tonfall flößte Block gleich Vertrauen ein. »Sicherlich erahnen Sie nach dieser Nacht die Beschwernisse, die einer langen Haft innewohnen.« Es war nicht als Frage formuliert.

»Ich bin unschuldig«, beteuerte Block erneut und fühlte sich einfältig, da er nichts anderes zu sagen wusste.

»Umso besser. Denn es gibt einen Weg, wie Sie heute noch freikommen können.«

Block hob ungläubig den Kopf. »Ach? Welchen denn?«

Der General räusperte sich. »Sie verfügen über ausgezeichnete, ich möchte beinahe sagen familiäre Beziehungen zu einer Französin, die sich ›Françoise du Barry‹ nennt?«

Haldensleben schwieg voller Erwartung. Block stimmte nicht zu, widersprach aber auch nicht.

»Welcher Art sind Ihre Beziehungen zu dieser Dame?«, hakte Haldensleben nach.

»Das geht niemanden etwas an! Und es hat ganz gewiss nichts mit dem Mord zu tun.« Block war das Blut ins Gesicht geschossen.

»Ach, nun reden Sie selbst von einem Mord?« Ein eisiger Blick. Block schwieg schuldbewusst, und der General fuhr fort: »Es geht mich sehr wohl an, da es in meiner Hand liegt, Sie freizulassen. Aber falls Sie kein Interesse haben …« Er machte auf dem Absatz kehrt und gab sich den Anschein, als wollte er das Kerkergewölbe verlassen. Block sprang auf, dass der Schemel umfiel. »Warten Sie!« Bloß nicht noch eine Nacht in diesem Gemäuer! »Madame du Barry ist Mitglied der französischen Gesandtschaft. Sie ist Diplomatin im Dienste Napoleons. All dies ist bekannt!«

Der General lächelte vieldeutig. »Weniger bekannt ist, was Sie als Mitglied des Hofstaates mit dieser Dame zu schaffen haben. Ob sie Ihnen Fragen stellt über den sächsischen Hof. Und vor allem: ob Sie ihr Antworten geben.«

»Niemals! Wie kommen Sie darauf? Mein Interesse an dieser Dame ist«, Block stutzte und errötete erneut wie ein Backfisch, »rein privater Natur.«

Verächtlich musterte ihn Haldensleben. »Der französische Kaiser zeigt sich ausgesprochen gut informiert über die sächsischen Verhältnisse. Wir fragen uns, ob er nicht – sagen wir – heimliche Verbündete in den Reihen unserer Untertanen hat.«

»Tatsächlich?«

»Und da uns Ihre Sympathien für Bonaparte hinlänglich bekannt sind …«

»Ich verehre ihn. Doch das tut meiner Treue gegenüber Seiner Königlichen Majestät Friedrich August keinen Abbruch.« Block hatte sich mehr als notwendig in die Brust geworfen. Über Haldenslebens Gesicht fuhr ein nachsichtiges Lächeln. »Nun, verehrter Baron! Versetzen Sie sich doch bitte in unsere Lage. Wäre es so unwahrscheinlich, dass Sie im Überschwang Ihrer Begeisterung der französischen Dame – vielleicht unbeabsichtigt – das eine oder andere mitgeteilt hätten?«

»Verehrter Herr, Sie vergessen, wen Sie vor sich haben! Den Hüter der Kunst- und Preziosensammlung! Was kann ich schon verraten?«

»Nun, Baron, ich will Sie nicht blindlings beschuldigen. Die Vorwürfe wiegen schon jetzt schwer genug, nicht wahr?« General von Haldensleben lächelte hinterhältig. »Es wäre schade um Sie! Aber anstatt Sie auf das Schafott zu bringen, läge es vielmehr in unserem und damit auch in Ihrem Interesse, Näheres über die Dame zu erfahren. Welches ihre genauen Absichten sind, mit wem sie Korrespondenz führt, derlei Dinge. Hören Sie«, Haldensleben beugte sich tief zu ihm herab und senkte die Stimme, »diese Dame, die Sie so innig verehren, ist der Dreh- und Angelpunkt einer Handvoll sächsischer Spione in Napoleons Diensten. Und unabhängig davon, ob Sie zu diesen Verrätern gehören oder nicht – die Nähe zu dieser Dame macht Sie allenthalben verdächtig! Und«, sein von der Ruhe und Gelassenheit des Alters gezeichnetes Gesicht zeigte plötzlich eine überraschende Entschlossenheit. »Lassen Sie sich eines gesagt sein: Wir werden diesen Ring zerschlagen!« Haldensleben hatte die Fäuste geballt.

Auch Block konnte nicht ruhig sitzen bleiben. Er sprang auf. »Ich kann Ihnen nicht dienen!«, antwortete er aus tiefster Überzeugung. »Nicht auf diese niederträchtige Weise!«

Haldensleben hob die Augenbrauen. »Sind Sie ganz sicher?«

»Ja!« Block hatte sich zu voller Größe aufgerichtet. Der Fremde hob bedauernd die Schultern. »Dann werden Sie noch einige Zeit hier zubringen müssen. Bis man Sie zum Tode verurteilt. Mord ist eine ernste Sache …« Haldensleben schickte sich an, das Gewölbe zu verlassen. Block hörte das Rascheln einer Ratte, irgendwo in der Dunkelheit. Schweiß perlte in seinem Nacken. Er zitterte am ganzen Körper. »Nein! Halt! Warten Sie!«

»Sie müssen Hoffmann sein!«

Bevor der Musiker seine Tischgenossen mit einem neuen Scherz oder einer losen Rede auf den Franzosenkaiser erheitern konnte, hatte ihn der Herr mit hohem Hut, einem edlen schwarzen Rock und verschmitzter, fast verschlagener Miene angesprochen. Hoffmann erhob sich umständlich und wandte sich dem neuen Gast zu. »Höchstpersönlich und in eigener, unverfälschter Gestalt.« Er verbeugte sich, als stünde er auf großer Bühne. Seine Rede war so beschwingt, dass sie keinen Zweifel an Hoffmanns Verfassung ließ.

Der neue Gast zog den Hut und klemmte ihn unter den Arm. »Seconda. Franz Seconda.«

Diese Pointe saß! Mit offenem Mund sank Hoffmann auf den Schemel nieder. »Woher kommen Sie denn plötzlich?«

Die Verblüffung des Musikers zwang ein Lächeln auf das Gesicht des Mannes. »Woher soll ich kommen? Von meiner Wohnung auf der Moritzstraße.«

»Wie? Sie logieren in Dresden?« Hoffmann fuhr sich durch die Haare. Die Tischgesellschaft verlor das Interesse an der Privatunterhaltung und zerstreute sich. Seconda zog einen Schemel heran. Der Musiker tat einen tiefen Schluck aus dem Becher und sah sein Gegenüber aus glasigen Augen an.

»Ich bin Franz Seconda, Josephs Bruder. Von diesem soll ich Ihnen eine Nachricht überbringen: Sie möchten sich unverzüglich nach Leipzig verfügen. Man erwartet Sie dort. Längst.« Der Vorwurf war unüberhörbar.

Hoffmann nahm einen weiteren Schluck und verzog das Gesicht. Der Wein war ihm sauer geworden. »Verzeihen Sie bitte die Umstände! Aber meine Frau ist krank, die Reise war die Hölle. Wir können von Glück reden, dass wir angekommen sind. Man gab mir falsche Auskunft, so dass ich nicht damit gerechnet habe Sie – oder vielmehr Ihren Bruder – anzutreffen ...« Die Ausflüchte waren zahlreich und berechtigt, doch Hoffmann bereute sie, sobald er sie aussprach, denn sie klangen dürftig. Tatsächlich hatte er aufgrund eines inneren Widerstandes die Suche nach seiner Schauspieltruppe nicht ernsthaft genug betrieben. Gewiss, er hätte sich nur nach Leipzig begeben müssen, aber wäre es sicher gewesen, sie dort anzutreffen? Und hatte es denn nicht hier genug zu tun gegeben?

Secondas Miene, bislang nicht unfreundlich, gefror. »Da haben Sie lieber eine zweite Anstellung im Hause Block angenommen, anstatt weiter zu reisen. Verstehe.«

Hoffmann drehte den Becher in den Fingern und sah auf die schwappende, trübe Flüssigkeit. Dann fuhr er fort: »Meine Frau hat auf der Herreise eine Kopfverletzung erlitten. Sie konnte unmöglich eine neue Fahrt antreten! Und kann es noch nicht.«

Seconda hieb mit der Handkante auf die Tischplatte. »So reisen Sie allein. Lassen Sie Ihre Frau zurück. Ich werde mich um sie kümmern. In Leipzig wartet eine ganze Kapelle auf Sie. Hervorragende Kräfte sind darunter. Wir geben jeden Abend Singspiele, auch Opern. Aber ohne Kapellmeister. Denn der sitzt in Dresden, verzecht sein Reisegeld und sucht sein Publikum in den Schenken. Aber mein Bruder hätte es ahnen müssen. Ihr Leumund hatte nicht übertrieben!«

Hoffmann stierte düster vor sich hin. Statt eines schlechten Gewissens wuchs seine Abneigung gegen die Seconda'sche Unternehmung. Gegen den Mann, der ihm gegenüber saß, ebenso wie gegen dessen Bruder. Bevor er Joseph Seconda auch nur begegnet war, hatte sich ein Misston über ihr Verhältnis gelegt.

Hoffmann fuhr sich durch die Haare. »Ich werde morgen abreisen.« Es lag keine Begeisterung in seinen Worten.

»So ist's recht«, bekräftigte Seconda altväterlich.

Der Wirt erschien am Tisch, um den neuen Gast nach seinen Wünschen zu befragen. Doch Seconda winkte ab und deutete auf Hoffmann. »Der Herr möchte zahlen.«

Hoffmann drehte sich ganz zu ihm um und präsentierte ihm leere Hände. »Die Herfahrt hat mein Vermögen aufgezehrt. Nun verlangen Sie eine weitere kostspielige Reise, mein Herr …«

Unwillig zog Seconda eine Geldkatze aus der Rocktasche. Klaubte zwei Münzen heraus und warf sie Hoffmann zu. »Damit kommen Sie bis Leipzig. Das ist der letzte Lohn, der Ihnen auf Versprechen und Beteuerungen ausgezahlt wird. Von heut an wird allein Arbeit honoriert!«

Seconda zog den Hut mit beiden Händen auf den Kopf und empfahl sich. »Spätestens übermorgen stehen Sie vor Ihrer Kapelle – und zwar nüchtern!«

Hoffmanns graublaue Augen funkelten angriffslustig. Ihm lag eine Bemerkung auf der Zunge. Aber – ganz gegen seine Art – behielt er sie für sich.

Nun bin ich glücklich in dieser gepriesenen Stadt angelangt, dachte Hoffmann auf dem Nachhauseweg, und kann ihre Schönheiten nicht einmal genießen! Nicht die Gemäldegalerie besuchen, denn sie ist geschlossen. Auch nicht das Hoftheater, denn der Spielplan ist ausgesetzt. Nur die Schenken habe ich gesehen. Auf was für eine erbärmliche Existenz bin ich zurückgesunken!, dachte er voller Selbsthass.

Wie immer, wenn ihn dieses Gefühl plagte, nahm er sich vor, sein Leben auf neue Beine zu stellen. Am besten in Leipzig. Endlich die Oper zu vollenden, die er begonnen hatte, »Undine«, nach einem Märchen des Baron de la Motte-Fouqué. Zweifellos würde sie seinen Weltruhm begründen und ihn endlich dieser jämmerlichen Alltäglichkeit entreißen. In Leipzig, unbelastet von Weib und Alltagssorgen, würde er endlich schreiben und komponieren können!

Von derartigen Plänen beseelt, stieß Hoffmann die Tür zur Dachkammer auf, in der festen Absicht, Mischa zu herzen, wie er es lange nicht getan hatte. Doch kaum war er über die Schwelle, glaubte er, seinen Augen nicht zu trauen. Derselbe junge Herr, den er schon einmal aus der Kammer seiner Frau verscheucht hatte, kniete wieder an der Bettstatt! Und – Gipfel der Schamlosigkeit! – diesmal gab er sich nicht mit dem Rücken zufrieden! Unter Mischas Röcke war seine Hand gefahren und befühlte ihren Bauch. Das Kleid warf Falten, die wie Wellen in einem Brunnen bald hierhin, bald dorthin wanderten.

Und als wäre dies nicht genug, schien er sich durch das Erscheinen des Ehemanns nicht im Geringsten gestört zu fühlen. Wie ein Schlag fuhr Hoffmann die Wut in den Leib. »Was tun Sie da?«

»Still, Theo. Nicht aufregen!«

Hoffmann war fassungslos. »Was betasten Sie den Bauch meiner Frau? Die Verletzung befindet sich am Kopf! Sollten Ihre Anatomiekenntnisse Sie derart im Stich lassen?«

Der junge Arzt beachtete ihn nicht. Er zog seine Hand zurück und strich das Kleid glatt, wie um die Berührung ungeschehen zu machen. Er vermied es, jemanden anzusehen: »Es gibt keinerlei Anzeichen ...«

Mischa ließ ihren Kopf in das Kissen sinken. »Gott sei Dank!«

»Gehen Sie zum Apotheker«, fuhr der Arzt fort, »lassen Sie sich einen Tee mischen, der den Monatsfluss befördert.«

»Mein Herr. Wie reden Sie mit meiner Frau?«, drängte sich Hoffmann in die Unterhaltung.

»Lass gut sein! Ich dachte, ich bin schwanger«, beschwichtigte Mischa. »Herr Carus kennt sich aus! Mein Bauch ist nicht der erste, den er inspiziert ...«

Der junge Arzt lächelte verlegen. Hoffmann fühlte, wie ihm die Knie wegsackten. Er tastete nach dem Schemel und setzte sich nieder. Schwanger!

»Keine Sorge. Ich bin es nicht.«

Hoffmann stierte vor sich hin. Allein der Gedanke an diese Möglichkeit lähmte ihn.

Der Arzt hatte sich von der Bettkante erhoben und krempelte die Hemdsärmel hinunter. »Ihre Frau hat ein hochinteressantes Becken ...«, bemerkte er beiläufig.

Hoffmann wandte dem Arzt den Kopf zu, ohne ihn anzusehen. Er hatte ihn nicht verstanden. Wollte ihn nicht verstehen.

»Ein Wunder, dass sie überhaupt entbinden konnte«, fügte er ebenso beiläufig hinzu.

Nun sprang der Musiker auf. Er ergriff den Schmächtigen und schob ihn zur Tür. »Verschwinden Sie! Hinaus! Sie glauben, Sie könnten uns beleidigen – bloß weil wir arm sind!«

»Theo!«, versuchte Mischa ihn zurückzuhalten. »Lass doch die Eifersucht. Er ist ein guter Arzt!« Doch Hoffmann war derart in Rage, dass er den schamlosen Hänfling am liebsten mit einem Tritt nach draußen befördert hätte.

»Nichts für ungut, ich kann Ihrer Frau ohnehin nicht mehr helfen!«

»Was? So schlecht steht es?«

»Nein. Alles zum Besten. Aber ich werde nicht mehr kommen, da ich abreise.«

Hoffmann hatte ihn schon zur Tür gedrängt. »Oh, ich werde Ihnen keine Träne nachweinen!«

Der Arzt war schon auf der Treppe. »Was mein Honorar anbelangt …« Da fiel die Tür ins Schloss. »… vergessen Sie's«, beendete Carus den Satz. Er tastete nach dem Handlauf. Dann schritt er, Stufe um Stufe, die enge, dunkle Stiege hinunter. Auf halbem Weg drängte sich die Wirtin an ihm vorbei nach oben. Sie warf ihm einen abschätzigen Blick zu, doch der Arzt machte sich nichts daraus.

»Wie kannst du mich derart demütigen?« Hoffmann musste seinem Unmut Luft machen. Mischa blieb liegen und wich seinem Blick aus. Ohne hinzusehen, tastete sie auf dem Nachttisch nach einem Umschlag. Sie fand ihn und reichte ihn Hoffmann. »Spar dir deine Eifersucht. Hätte ich nicht mehr Grund dazu?«

Er drehte den Brief in den Händen, ein starker Parfümgeruch ging von ihm aus. Unter Mischas misstrauischen Blicken schloss Hoffmann die Augen. Der Duft rief ihm zuverlässig ein Bild vor Augen: Ariane.

In diesem Moment klopfte es. Ohne dass er Einlass gewährt hätte, stand die Wirtin im Zimmer. »Ihr beide zieht noch heute aus. Belästigt das Straßenpflaster mit eurem Besuch! Ich muss schon Soldaten freihalten. Ihr habt mir gerade noch gefehlt!«

Hoffmann deutete auf seine Frau: »Wollen Sie uns in diesem Zustand auf die Straße setzen wie Hunde?«

»Ihr seid wie Hunde!«

»Lieber ein Hund als ein Unmensch!«

Mischa fand, dass es an der Zeit sei, sich versöhnlich einzumischen: »Liebe, gute Frau, haben Sie ein Herz! Handeln Sie wie eine Christin!« Sie umfasste das Kreuz, das an ihrem Hals baumelte.

»Ich habe genug Herz bewiesen«, sagte die Wirtin barsch. »Meine Geduld ist erschöpft.«

Hoffmann widmete sich dem Briefumschlag, um zu zeigen, dass er das Gespräch für beendet hielt. Er erbrach das Siegel, entfaltete den Bogen und überflog die Zeilen. Seine Miene hellte sich auf, ein zaghaftes Lächeln schlich sich in die Mundwinkel. »Frau Wirtin, Sie sind uns los!«

Ungläubig sah Mischa ihren Mann von der Seite an.

»Man wird für uns sorgen. Alles wird ein gutes Ende nehmen.«

Die Wirtin stand unschlüssig in der Kammer, sie traute dem Frieden nicht. »Für mich wäre es ein gutes Ende, wenn der überfällige Mietzins in meinem Geldbeutel klingen würde.«

»Morgen. Morgen werde ich alles zahlen. Glauben Sie mir.« Hoffmann führte sie hinaus. In der Hand den Brief, der seine Stimmung so gehoben hatte. Die Wirtin versuchte einen Blick darauf zu erhaschen. Kurzerhand schob er ihr die Tür vor der Nase zu.

»Mischa«, eröffnete er seiner Frau ohne Umschweife. »Ich werde morgen nach Leipzig abreisen. Doch vorher ziehen wir um.«

»Umziehen? Aber wohin denn? Es ist Abend!«

»Meine Freundin hat uns eine Kammer auf dem Altmarkt besorgt – ganz in der Nähe!«

»Deine … Freundin?«

»Freundin, Schülerin, Schicksalsgöttin – was du willst. Die Miete ist für einen Monat im Voraus beglichen. Einen Monat!«

»Ich dachte, du hattest den Dienst bei Block quittiert?«

Hoffmann seufzte. »Dann werde ich ihn wieder aufnehmen …«

»Was willst du nun: Morgen nach Leipzig fahren? Oder in Dresden Klavierunterricht erteilen?«

Hoffmann ließ die Hand, die den Brief hielt, sinken. »Du kannst einem auch die herrlichste Stimmung zum Teufel jagen!«

»Ich versuche nur, in der Wirklichkeit zu leben – und nicht in einem Tagtraum!«

»Wo ist da der Unterschied?« Hoffmann hatte versonnen vor sich hin geschaut. Nun ließ er sich auf der Bettkante nieder und strich ihr über die Wange.

»Was ist mit deiner Oper? Du hast lange nicht daran gearbeitet.«

Hoffmann tippte sich gegen die Stirn. »Ich arbeite ständig daran.«

»Solange sie nur in deinem Kopf ist, hilft sie nicht, das Leben zu bestreiten.«

Mischa presste die Lippen aufeinander. Hoffmann tätschelte ihre Hand. »Ich werde nach Leipzig fahren. Morgen. Und du hast eine warme – bezahlte – Kammer. Das ist ein guter Anfang.«

»Nur wieder einer deiner Träume!« Mischa lehnte ihren Kopf an seine Schulter. Hoffmann spürte die Schwere, ließ sie aber eine Weile gewähren. Dann schob er sie von sich. Sie versuchte, seine Hände zu ergreifen, um ihn bei sich zu behalten, da hatte er sich schon erhoben.

Sergent-major Legrand hatte alle Mitglieder der Block'schen Haushaltung in den Salon rufen lassen. Bettine stand, wie gewohnt, mit vor der Schürze gefalteten Händen. Mutter und Tochter hatten auf dem Canapé Platz genommen.

Mit glänzenden Augen musterte Ariane den Uniformierten, mit klopfendem Herzen hörte sie die Botschaft, die er, den Hut unter eine Achsel geklemmt, zu verkünden hatte: Vom Regimentskommandeur Durosnel selbst sei ihm befohlen worden, in dieser Wohnung Quartier zu nehmen. Ein Zimmer müsse ihm, dem Befehl des Kaisers und der Einquartierungsverordnung entsprechend, geräumt werden; ein weiteres für seinen Adjutanten und den Burschen. Alles in allem werde er also nicht mehr als zwei Zimmer beanspruchen. Sie nähmen an den Mahlzeiten teil, und dabei obliege es der Familie, die vorgegebenen Mengen an Speisen und Tischwein zu beschaffen. *Vive l'Empereur!*

Obwohl es keines weiteren Beweises bedurfte, legte der Offizier den Einquartierungszettel vor. Gestempelt und beglaubigt vom Rat der Stadt. Die Damen traten vor und beäugten das Papier. So kam man sich näher.

Legrand sprach ausnehmend gut Deutsch, beinahe ohne Akzent. Doch Ariane hatte seiner kleinen Ansprache wenig Aufmerksamkeit geschenkt. Allein sein Äußeres hatte sie ganz gefangen genommen. Während Legrand deklamierte, beobachtete sie die Spitzen seines Schnurrbarts, die munter auf und ab hüpften. Sein Haar war von dunklem, fast schwarzem Ton und gewellt. Waren die Locken mit dem Brennstab gelegt? Franzosen war in modischen Dingen einfach alles zuzutrauen.

Zwei kraftvolle Muskelstränge wuchsen unter dem Kragenspiegel hervor bis hinauf zum Haaransatz. Arianes Gedanken, die seit dem Eintritt des Offiziers unablässig Kapriolen schlugen, richteten sich mehr und mehr auf die Vorstellung, wie sich dieser Hals anfühlen mochte, wenn man ihn mit beiden Händen umfasste.

Ihr Gesicht glühte, als säße sie vor einem Ofen. Der Blick des Offiziers, der sich als Bertrand Legrand vorgestellt hatte, streifte sie und hielt irritiert inne. Ariane schlug die Augen nieder und versuchte, die Herrschaft über ihre Gedanken zurückzuerlangen. Doch die tollten immer noch umher wie Lämmer auf der Frühlingswiese.

»Sind wir nicht gestraft genug, indem man mir meinen Mann verschleppt hat?«, vernahm sie die Stimme der Mutter.

Die Stirn des Offiziers Legrand umwölkte sich. »Ihren Ehemann verschleppt? Pardon, aber davon wusste ich nichts!«

Die Mutter winkte ab. Es wäre unklug, die Geschichte zu vertiefen. »Vielleicht ist es gut, wieder einen Mann im Haus zu haben …«, steuerte sie mit einem Seufzer in eine andere Richtung. »Doch ich weiß nicht, wie ich die zwei geforderten Kammern erübrigen soll. Der Platz reicht gerade für uns!«

»Wenn Ihnen das Zusammenleben mit uns zu beschwerlich ist, ist es Ihnen gestattet, sich in Ihr Sommerhaus zurückzuziehen. Nur die Bedienstete müsste zu unserer Verfügung am Ort bleiben …«

Mutter und Tochter sahen Bettine an. Die war blass geworden und schickte einen flehenden Blick zurück. Ariane, der der Gedanke, dass der Offizier nebst Gefolge in ihrer Wohnung biwakierte, nicht unangenehm war, sprang vom Sofa auf. »Wenn ich bei

Ihnen nächtige, Frau Mutter, kann der Monsieur Offizier in meiner Kammer …«

Auf einen unmissverständlichen Wink hin war Ariane verstummt. Der Offizier zog seinen Dreispitz unter dem Arm hervor, drückte ihn fest auf den Kopf und verbeugte sich zum Abschied. »Wie Sie es auch anstellen, Befehl ist Befehl, und ich werde heute Abend hier einziehen.« Er machte auf dem Absatz kehrt. Noch bevor er hinaus war, sprang Ariane entzückt auf. Sie konnte kaum an sich halten, um nicht vor Freude in die Hände zu klatschen.

»Rasch, du musst deine Kammer räumen«, trieb die Mutter ihr die Flausen aus. »Wenn wir zwei Stunden haben, ist es viel. Bettine, geh Ariane zur Hand!«

»Aber Madame! Französische Soldaten in unserer Wohnung? Ich wollte ihnen nicht einmal auf der Straße begegnen!«

»Es hilft kein Jammern, wir sind lange verschont geblieben.«

»Ich habe nichts dagegen, meine Kammer für den Herrn Offizier zu räumen. Aber welche geben wir dem Burschen?« Ariane zog die Stirn kraus.

»Ich werde nicht aus meiner Dachstube weichen«, erklärte Bettine. Ariane musste schmunzeln, die Dienstbotenkammer würde ihr gewiss niemand streitig machen.

Madame von Block hob die Sofakissen auf und schüttelte sie aus. Ariane sah, dass ihre schmalen Hände zitterten. Was war bloß mit der Mutter? Hatte sie nicht Mut bewiesen? Warum jetzt diese Hilflosigkeit?

Anna-Louise sah der Tochter ins Gesicht. »Bursche und Adjutant müssen in Blocks Kabinett unterkommen. Wir werden zwei Sofas hineinschieben.«

Vor Schreck fiel Ariane die Kinnlade herunter. »Vater wird uns in Stücke reißen!«

»Wir brauchen den Platz!« Der Tonfall der Mutter ließ keinen Widerspruch zu.

»Das wird er uns nie verzeihen!«

»Es wird ihm nichts anderes übrig bleiben.« Fast war die Mutter schon aus dem Zimmer, als sie den Gedanken aussprach, den bis dahin niemand zu denken wagte: »Wenn er überhaupt je zurückkehrt.« Und hinaus war sie.

Nicht, dass Ernst Theodor Wilhelm Hoffmann, der allein aus Verehrung für seinen Lieblingskomponisten den »Wilhelm« gegen den »Amadeus« eingetauscht hatte, leichten Herzens aus Dresden abreiste. Zwar war den Postkutschen freies Geleit zugesichert worden und die Kampfhandlungen hatten sich auf böhmisches Gebiet verlagert, doch seine liebe Frau war nicht nur körperlich, sondern auch seelisch zerrüttet. Derart niedergeschlagen hatte er sie seit dem Tod ihres Töchterchens nicht gesehen. Kaum, dass sie zu ihm aufgeblickt hatte, als er sich verabschiedete. »Ich schicke Geld, sobald es mir möglich ist!« Mischa war so blass, dass ihr Gesicht sich kaum gegen das Leinenzeug abhob. Tapfer presste sie die Lippen zusammen. Das, was sie ihm verschwieg, hatte sie ohne es zu wollen längst gesagt. Mischa sprach oft im Schlaf, und Hoffmann kannte den Zustand ihrer Seele besser, als ihr lieb sein konnte. Auch in dieser Nacht hatte Hoffmann gearbeitet. Musik für seine Oper komponiert. Doch immer, wenn er die Feder beiseite gelegt und sich über die schmerzenden Augen gewischt hatte, war seine Aufmerksamkeit abgeschweift, kreisten seine Gedanken um das, was ihn in Leipzig erwartete.

Als er am frühen Morgen seine Habseligkeiten zusammenraffte, war Mischa erwacht. Anders als in der Nacht, wo ihn Bedenken umtrieben, schaute er nun ruhig und schicksalsergeben dem neuen Tag entgegen. Nichtsdestoweniger verfolgte sie die Bewegungen des Gatten aufmerksam. Neben dem Frack für die Vorstellungen waren Papier, Feder und Tinte sein wichtigstes Gepäck. Hatte sich doch in dieser unruhigen Nacht eine Geschichte in seinem Kopf formiert, die er demnächst aufzuschreiben gedachte. Sobald die Oper vollendet war …

Er drückte ihr einen Kuss auf die Stirn und riss sich los. Zu Fuß eilte er durch die Gassen bis vor den Herzoginnengarten, wo, seitdem die Augustusbrücke nicht mehr passierbar war, die Extrapost nach Leipzig abfuhr.

Nur eine Handvoll Reisender wartete, während der Kutscher die mageren Gäule mit einem Scheffel Hafer aufpäppelte. Alle kräftigen Tiere waren längst vor Geschützlafetten und Munitionsfuhrwerke gespannt.

Hoffmanns Herz trug noch schwer am Abschied, als ein Stoß hineinfuhr. Neben der Kutsche vertrat sich ein junger, schmächtiger Bursche mit falbem Haar die Beine, der ihm nur allzu gut bekannt war. Auch er trug nur eine Reisetasche. Als sich ihre Blicke trafen, war es Hoffmann (der sich für kaum etwas schämte), der errötete und sich abwandte. Auch der junge Herr wich seinem Blick aus. Erst als das Horn zum Aufbruch geblasen wurde und sie im Kutschschlag nebeneinander zu sitzen kamen, konnten sie einander nicht länger meiden. Der Arzt brach das Schweigen zuerst: »Nun, da das Schicksal uns erneut zusammengeführt hat, sollten wir Frieden schließen.« Der Jüngling reichte ihm die Hand. Hoffmann zögerte. Dann schlug er ein. »Es tut mir leid, dass ich Sie neulich so anfuhr. Aber Sie müssen verstehen, dass die Art, wie Sie mit Frauenzimmern verfahren, Misstrauen erregt.«

Die Mitreisenden spitzten schon die Ohren, was Hoffmann nicht unangenehm war. Carus zuckte mit den Schultern. »Ich kenne das. Glauben Sie mir, es ist besser, wenn die Männer nichts davon wissen.«

Gegenüber saßen drei Frauenzimmer unterschiedlichen Alters: eine Matrone in Trauer, ein Dienstmädchen, das kaum dem Kindesalter entwachsen war und nervös auf dem Polster hin und her rutschte, und schließlich eine elegant gekleidete, gepuderte und parfümierte Dame, die dem Adel zuzurechnen war. Alle gaben sich den Anschein wegzuhören. Obwohl es rein gar nichts zu sehen gab – die Kutsche stand noch –, lugten sie angestrengt aus den Fenstern.

»Was führt Sie nach Leipzig?« Die Matrone hatte, da das Gespräch der Männer ins Stocken geraten war, die Frage in die Runde gestellt. Hoffmann verkroch sich so gut es ging in die Ecke, es verlangte ihn nicht nach belangloser Konversation. Alle übrigen ließen sich brav verhören, bis die Reihe an ihn gelangte. Es nützte nichts, dass er die Augen geschlossen hielt und sich schlafend stellte. »Und Sie?« Um ihm zweifelsfrei anzuzeigen, wer gemeint war, stupste sie sein Knie an. Hoffmann kniff die Augen fester zusammen. Die Neugierige ließ jede Scham fahren und rüttelte an seinem Bein.

Hoffmann schlug erst ein Auge auf, dann das zweite. Er registrierte den provokanten Blick der Matrone. Bevor er antwortete, rollte er genüsslich die Lippen. »Ich reise nach Leipzig, um meine Erbtante zu ertränken. Sie müsste grad in Ihrem Alter sein. Leider bin ich vollkommen mittellos, und dies ist mein letzter Ausweg.« Dann rollte er sich wieder zur Seite und schloss die Augen. Carus prustete los, auch das Dienstmädchen gluckste. Nur die Adlige starrte mit erhobenem Kinn gegen die Decke. »Das ist doch …«, empörte sie sich.

»Glauben Sie ihm kein Wort«, empfahl Carus, »er wollte Sie nur schockieren.«

»Das ist ihm gelungen!« Verlegenes Schweigen. Doch bald beugte sich die Matrone wieder vor und fragte lüstern: »Apropos: Haben Sie gehört, der alte Block hat seinen Stellvertreter umgebracht?« Im nächsten Augenblick verfielen die Matrone und das Dienstmädchen in aufgeregtes Geschnatter. Die Kutsche füllte sich bis unter das Dach mit immer wilderen Gerüchten. Selbst die Hofdame mischte sich nun ein: »Block ist ohnehin ein Mann niederer Gesinnung! Man sagt, er habe eine Affäre mit einer Französin!«

Da rollte die Kutsche ruckend an. Die Frauenzimmer hoben die Stimmen, um das Gepolter der Räder, das Knarren der Achsen, die Rufe des Postillons, das Schmirgeln der Lederaufhängung und Quietschen der Naben zu übertönen. Sie redeten sich in Rage, und wäre Block in ihrer Mitte gewesen, sie hätten ihn ohne zu zögern an einer Strebe des Wagendachs aufgeknüpft.

Hellwach hatte Hoffmann nun doch begonnen, der Unterhaltung zu folgen. Um dann, in das erste Schweigen hinein, die Augen aufzureißen und seinen Hieb anzubringen, allein um dessen Wirkung auszuprobieren: »Block ist unschuldig!«

Nach einer Schrecksekunde schwoll Protest an. Nur Carus saß schweigend, doch aufmerksam neben ihm. Er hatte die Beine übergeschlagen, und beide Hände auf sein Knie gelegt.

Hoffmann wartete ab, bis sich der erste Sturm gelegt hatte. Dann brachte er seine Argumente vor: »Welchen Gewinn hätte Block aus diesem Mord? Und welcher Grund sollte ihn dazu getrieben haben?« Die Damen verstummten. Hoffmann setzte fort: »Ich kenne den Hofrat persönlich. Er ist ein fühlender, kluger Mann. Ein Mörder ist er nicht.«

»Er liebt die Franzosen!«, beharrte die Hofdame stupide auf ihrer Meinung. »Lenzen dagegen war ein treuer Freund des Vaterlands, ein wahrer Franzosenfresser!«

»Davon gibt es viele. Da hätte Block zu tun, wollte er sie alle ermorden!«, grummelte Hoffmann, gekränkt darüber, dass sich niemand seiner Meinung anschließen wollte.

Carus, der bis dahin ruhig geblieben war, ergriff das Wort. »Meine bescheidene Meinung: Block ist schuldig.«

Hoffmann richtete sich auf und maß seinen Nebenmann. Wie konnte der Hänfling es wagen, seiner Einschätzung zu widersprechen? Sicherlich nur, um ihn zu reizen! »Nun«, höhnte Hoffmann, »was führt Sie zu dieser Ansicht? Steht er Ihnen auch zu sehr auf der Seite des Kaisers?«

Carus strich die Haare zurück und beugte sich vor. »Rein zufällig war ich Gast des Stadtphysikus just in dem Moment, als die Nachricht von Lenzens Tod eintraf. Von Amts wegen wurde er zur Leiche gerufen, um sie zu begutachten und den Totenschein auszustellen. Da ich anwesend war, bat er mich, ihn zu begleiten und meine Meinung als Arzt kundzutun.«

An diesem Punkt der Schilderung angekommen, war sämtliches Gespräch im Inneren der Kutsche verstummt. Es traf sich, dass das Gefährt eben auf sandigen Grund gelangte, so dass sie beinahe ohne Fahrgeräusche dahinrollten. Die Hofdame hatte begonnen, sich mit ihrem Fächer Luft zuzuwedeln. Carus senkte die Stimme, er flüsterte fast: »Ich sollte eigentlich schweigen. Aber, um Streit zu vermeiden, denn die Fahrt ist noch weit, kann ich dies zu Ihrer Aufklärung beitragen: Alles deutet auf eine Vergiftung hin. Lenzen hatte dies kurz vor seinem Tod selbst ausgesprochen. Am Aufschlag seines Rockes fanden wir Spuren eines weißen Pulvers. Ich habe mir erlaubt, Proben zu nehmen. In Leipzig werde ich sie einem Apotheker vorstellen.«

Ein allgemeiner Aufschrei in der Kutsche. »Gift!«, rief die Matrone aus und gebärdete sich, als sei sie einer Ohnmacht nahe.

Hoffmanns Atem beschleunigte sich, doch äußerlich blieb er ruhig.

Carus fuhr fort: »Der kalte Schweiß auf Lenzens Haut, das mehrfache Erbrechen vor seinem Dahinscheiden, der fliegende Atem, all dies sind sichere Hinweise darauf, dass tatsächlich ein Gift Ursache seines Todes war. Vermutlich handelt es sich um Arsenik.«

»Aber wie konnte Block es ihm einflößen?« Die Matrone hatte die Frage gestellt.

Carus lächelte versonnen. »Sehen Sie, und gerade dies ist es, was Block eindeutig überführen wird: Er hat es ihm in seiner Schokolade kredenzt.«

Ein neuerlicher Aufschrei, diesmal vor Verblüffung. »Seine Vorliebe für dieses Getränk ist bekannt!«, ergänzte die Hofdame. Das Dienstmädchen drückte sich blass in die Polster. Neben ihr fächelte die Adlige, dass die Haarsträhnen, die unter ihrer Haube hervorlugten, flatterten. Die Matrone nickte versonnen. Alle warteten mit angehaltenem Atem ab, ob Carus noch etwas hinzuzufügen hätte. Doch so einfach wollte Hoffmann dem jungen Sitznachbarn das Feld nicht überlassen. »Das klingt mir zu simpel!« Er beugte sich vor. »Block ist kein Dummkopf.«

Carus setzte sich steif auf. »Hass – und überhaupt starke Gefühle – treiben die Menschen oft zu unbedachtem Handeln.« Zustimmendes Raunen vonseiten der Damen. Der Arzt hatte ihre Sympathien restlos errungen.

Hoffmann senkte die Stimme. »Meines Wissens wirkt Arsenik nur in großen Mengen rasch tödlich. In kleinen wird es sogar als Arznei benutzt …«

»In einer Kanne Schokolade lässt sich eine ausreichende Menge bequem unterbringen«, gab Carus zu bedenken.

Hoffmann lehnte sich in die Polster zurück. »Aber es hinterlässt einen bitteren Geschmack. Ich kenne Menschen, die jahrelang Arsen einnehmen mussten – es kostet Überwindung. Wenn Lenzen ein oder zwei Schlucke davon zu sich genommen hat, wird er gemerkt haben, dass etwas nicht stimmt. Und dann soll er den Rest der Kanne bis zur Neige ausgetrunken haben?«

»Vielleicht dachte er, das Bittere sei dem Geschmack der Schokolade eigen?«, hielt Carus halbherzig dagegen. Man merkte ihm an, dass er an den eigenen Worten zweifelte.

»Nein, nein. Etwas an dieser Sache stimmt nicht«, schloss Hoffmann. Zu seinem eigenen Erstaunen hatte die Diskussion sein Interesse an dem Fall angefacht.

Die anwesenden Damen wussten nicht mehr, zu wem sie halten sollten. Ihnen war anzusehen, dass sie Block nur zu gern verurteilt hätten. Doch Hoffmann hatte den Zweifel gründlich geweckt.

Etwas störrisch fügte Carus hinzu. »Ich werde das Pulver in Leipzig analysieren lassen. Und es würde mich sehr überraschen, wenn es sich nicht um Arsenik handeln sollte!«

Hoffmanns Augen blitzten auf. Er hatte ein letztes Argument aufgetan, das die Waagschale vollends zu seinen Gunsten neigen würde.

»Wenn aber Block«, und er konnte sich Zeit nehmen, die rechte Formulierung zu finden, denn die Aufmerksamkeit war ihm sicher, »das Gift in die Schokolade gemischt hat ...« Alle im Wagen, Carus eingeschlossen, hingen an seinen Lippen, »... wie konnten dann Spuren des Pulvers an Lenzens Rockaufschlag gelangen?«

»Er könnte beim Trinken einige Tropfen verschüttet haben«, wagte das Dienstmädchen zu spekulieren. Mit hochrotem Kopf verstummte sie gleich wieder.

»Dann hätte Doktor Carus«, Hoffmann neigte seinen Kopf in Richtung des Sitznachbarn, »das Pulver nicht so leicht aus dem Kragen extrahieren können.«

»Nein, in der Tat«, bestätigte dieser. »Es war vollkommen trocken. Und kein Schokoladenfleck weit und breit.«

Hoffmann rekelte sich zufrieden. »Sollte das Gift etwa aus der Flüssigkeit gehüpft sein?«

Darauf konnte selbst Carus nichts entgegnen. Die Zuhörer, die sich nach vorn gebeugt hatten, um Hoffmann besser verstehen zu können, fuhren enttäuscht auseinander. Man glaubte ihm nicht gern, obschon er alle Argumente auf seiner Seite hatte. Wie gern hätte man den ungeliebten Hofrat stehenden Fußes verurteilt!

Hoffmann konnte nicht verhindern, dass ein triumphierendes Zucken über seine Wangen lief. Dann holte er zum Schlag aus. »Halten Sie es angesichts dieser Überlegungen nicht für verfrüht, die Frage von Schuld oder Unschuld zu klären?«

Carus drehte den Kopf zur Seite, sah Hoffmann direkt ins Gesicht. »Dies wird das Gericht klären. Ich habe nur übermittelt, was ich gesehen. Überhaupt haben wir schon zu viel darüber geredet!« Seine Miene ließ keinen Zweifel an seiner Absicht, von nun an zu schweigen.

Protest regte sich, am lautesten klagte die Matrone. »Wir wollen auch wissen, wie es weitergeht!«

Hoffmann zweifelte nicht daran: Sobald man die Kutsche verlassen hatte, würde alles, was hier besprochen worden war, aufgebauscht und ausgeschmückt nach Dresden übermittelt werden. Teekränzchen, Nähzirkel und Singkreise würden das Thema dankbar aufgreifen. »Block gehört hingerichtet!«, machte die Matrone ihrem Unmut Luft – entgegen aller Einzelheiten, die sie soeben erfahren hatte. »Sobald man ihm ein gescheites Motiv nachweist, ist er geliefert!«

Beifälliges Gemurmel. Hoffmann beschloss, dass es vergebliche Mühe war, die Reisegesellschaft überzeugen zu wollen. Doch seine Neugier an der Wahrheit war erwacht. Die Affäre wollte ihm nicht mehr aus dem Kopf.

Sechzehn Stunden später, in Leipzig angekommen, als das Gepäck abgeladen wurde und die Reisegesellschaft im Begriff war, sich zu verlaufen, zog Hoffmann Carus beiseite. »Lassen Sie mich wissen, was Sie beim Apotheker in Erfahrung bringen können«, bat er ihn. »Und falls Sie Interesse an der ›Zauberflöte‹ haben … Ein bezauberndes Werk mit einer Musik voller Magie, das ich sobald als möglich auf die Bühne bringen möchte.« Es war ein Friedensangebot, das ihn Überwindung gekostet hatte. Doch Carus blieb abweisend. »Ich gehe nicht viel ins Theater.«

»Wie bedauerlich!«

Arzt und Künstler verbeugten sich knapp, aber respektvoll voreinander. Dann ging jeder seiner Wege. Hoffmann eilte, Seconda aufzusuchen, der ihn sicherlich schon ungeduldig erwartete.

6

»Sind bei einer Einquartierung nicht alle Bewohner des Hauses betroffen worden, so wird das nächste Mal bei demjenigen fortgefahren, welchen nunmehr die Reihe trifft.«

Aus den Einquartierungsbestimmungen vom 21. April 1813

Als der Offizier der französischen Besatzungstruppen, ein alter General der Garde, sich über die engen Kieswege des Friedhofs näherte, wandte sie sich rasch wieder dem Grabe zu. Doch der kurze Blick, den Françoise du Barry erhaschen konnte, reichte aus, um ihm den Unmut vom Gesicht abzulesen. Mit Damen ihres Schlages durfte ein Offizier von Ehre nicht allzu oft gesehen werden! Ihr Kampf unterschied sich von dem seinen in wesentlichen Punkten des Anstands und der Ehre, auch wenn sie beide zumeist das gleiche Ziel hatten. Die Arbeit der Spione und Agenten war eine Notwendigkeit – aber eine ärgerliche.

Einen Freund ihres Gatten an dessen Grabstätte zu bestellen, entbehrte nicht eines gewissen Hintersinns. Er konnte es schlechterdings nicht ablehnen, ihrem verstorbenen Mann die Ehre zu erweisen. Und zugleich mahnte es ihn an seine Verpflichtungen der Witwe eines Freundes gegenüber, der, weil er stets treu zum Vaterland gestanden hatte, in fremder Erde bestattet lag.

Ein trauernder Engel aus Stein beschattete das Grab. Wenn man genauer hinsah, konnte man Françoise in den erstarrten Gesichtszügen erkennen.

Der General hatte sich gründlich umgesehen, bevor er an die Grabstätte trat. Aufmerksam hatte er zwei Totengräber beobachtet, die an der äußersten Ecke des Gevierts eine Grube aushoben. Doch da sie stur ihrer Aufgabe nachgingen, ohne die Friedhofsbesucher auch nur eines Blickes zu würdigen, war er beruhigt.

»Sie wünschten mich zu sehen, Madame?«, empfing er sie kühl.

Françoise du Barry verbot sich jede Umschweife. »Verzeihen Sie, mein Freund, wenn ich Sie in Verlegenheit bringe. Aber wie Sie sicher gehört haben, wurde Hofrat von Block verhaftet. Das ist ein großer Verlust für mich, und ich bin unsicher, was es zu bedeuten hat ...«

Madame du Barry verschwieg ihre schlimmste Vermutung: Dass es sich beim Schlag gegen Block um einen Streich handelte, der eigentlich sie treffen sollte!

Der General, der Zugang zu Informationen des Stabs hatte, strich sich über den Schnurrbart. »Block wurde verhaftet, ja – und bereits wieder freigelassen. Dabei beunruhigt mich Letzteres mehr als Ersteres.«

Vor Überraschung hätte Madame du Barry sich ihm beinahe ganz zugewandt. Doch da dies gegen die Regeln solcher Zusammenkünfte verstieß, zwang sie ihren Blick wieder nach vorn, auf die Grabskulptur, ihr steinernes Abbild. »Warum hat man ihn so rasch wieder freigelassen? Gab es Fürsprecher?«

Der Kommandant musterte seine Stiefelspitzen. »Wir waren es jedenfalls nicht«, erklärte er. »Und wir wissen auch nicht, wer es war. Das ist es, was mich misstrauisch macht. Denkbar, dass Block sich verbündet hat, um seinen Kopf zu retten.«

»Das würde er niemals tun! Block nicht!«, wandte die du Barry ein. »Er ist einer meiner treuesten Verehrer! Niemals würde er es wagen, mich zu hintergehen!«

»Sie überschätzen die Kraft der Liebe, Madame«, sagte er gefühllos. »Nicht alles lässt sich damit richten.«

Sein Blick ruhte auf der Grabskulptur. War nicht gerade sie Beweis für das Gegenteil? Ihr Mann hatte sie abgöttisch geliebt – über den Tod hinaus.

»Ich spreche nicht von Liebe. Ich spreche von Verehrung. Und Gleichklang der Interessen. Block verehrt den Kaiser beinahe mehr als ich!«

»Nun, das sollte keine Kunst sein«, bemerkte der General sarkastisch.

Die du Barry wollte etwas entgegnen, doch ihre Aufmerksamkeit wurde auf eine Menschenmenge gezogen, die am Eingangstor des Friedhofs zusammenlief. Der Offizier sah sich nervös um. Nun war auch Pferdegetrappel zu hören, und jenseits der Mauer schwankte schon der schwarze Aufbau eines Trauerwagens.

Die du Barry spürte die Unruhe, die sich des Generals bemächtigte. Nervös drehte er den Hut in den Händen. »Sehen Sie, in was für eine missliche Lage Sie mich bringen, Madame!«

»Monsieur, behalten Sie nur die Ruhe, niemand wird Sie erkennen, wenn Sie der Trauergesellschaft den Rücken zukehren.«

Françoise du Barry hatte wenig Vertrauen in die eigenen Worte, er trug seine Rang- und Ehrenabzeichen allzu deutlich. Doch der Trauerzug, der sich am Eingang des kleinen Friedhofs formierte, schenkte ihnen keine Aufmerksamkeit. Bald verlor er sich auf der anderen Seite des Gevierts. Die Totengräber standen abseits, auf die Stiele ihrer Schaufeln gelehnt.

»Ich rate Ihnen, Madame, bringen Sie mich nie wieder in eine solche Verlegenheit! Sie laufen Gefahr, alte Freundschaften überzustrapazieren, mit Verlaub!«

Françoise du Barry hielt den Kopf gesenkt. Sie hatte einen Fehler begangen. Weitere sollten vermieden werden! Doch sie musste in Erfahrung bringen, unter welchen Bedingungen Block freigelassen worden war. Dass man ihn für unschuldig hielt, war kaum denkbar – bei dieser Beweislage! Irgendetwas an diesem Mord beunruhigte Françoise zutiefst. Nur was? Die Antworten auf diese Fragen würden über ihr Schicksal entscheiden. In ihrer Lage war Unwissenheit lebensgefährlich.

Ohne ein Wort des Abschieds hatte sich der Offizier den Hut auf den Kopf gestülpt und den Platz an ihrer Seite verlassen. Obwohl es windstill und warm war, ging er mit hochgeschlagenem Mantelkragen über den Friedhof. Die du Barry beobachtete, wie ihm einige aus der Trauergemeinde nachschauten. Doch die Neugier war schnell befriedigt, schnell wandten sie ihre Aufmerksamkeit wieder dem Sarg zu. Niemand folgte, niemand schien ihn erkannt zu haben. Die du Barry bekreuzigte sich und senkte den Kopf. Vor seinem Ableben hatte sie ihrem Mann versprochen, ihn dereinst in heimischer Erde zu begraben. Doch bislang war sie ihm das schuldig geblieben.

In der Wohnung auf der Kreuzgasse herrschte seit dem Mittag ein Aufruhr, als wäre die Revolution ausgebrochen. Möbel wurden gerückt, Federbetten und Laken hin- und hergetragen. Dielen mussten geschrubbt werden, da die verschobenen Kommoden und Schränke wahre Staubwüsten preisgaben. Obwohl Bettine ohne Unterlass den Feudel schwang, trieb der Dreck in dicken Flocken übers Parkett. Haarsträhnen hingen ihr ins Gesicht. Der gewöhnlich fest über dem Nacken geknüpfte Knoten war in Auflösung begriffen.

Am frühen Nachmittag hatten die eintreffenden Soldaten den Tumult noch vermehrt. Zunächst erschien Lucien, der Adjutant des Offiziers Legrand, als Quartiermeister, begleitet von dessen Burschen, der auf den simplen Namen »Petit« hörte. Anweisungen wurden nun in militärischer Lautstärke gebrüllt – und handelte es sich auch nur darum, die frisch gewienerten Stiefel nicht gegen die Tapete zu lehnen.

Im größten Tohuwabohu ließ sich Ariane angelegen sein, Klavier zu üben. Sie zog sich in den Salon zurück und begleitete das Rufen, Knarren und Schieben mit holpernden Melodien.

Anna-Louise hatte sich kundig gemacht. An allen öffentlichen Plätzen hatte der Stadtrat unter Führung des ehrwürdigen Bürgermeisters Johann August Beck durch Anschlag verlautbart, was und wie viel Dresdens Bewohner den Gästen der *Grand Armée* an Speis und Trank zu verabreichen hatten. Für einen Offizier, vom Hauptmann bis hinab zum Leutnant, war des Morgens eine Portion Kaffee mit Semmeln, mittags eine Suppe, dazu Fleisch und Gemüse, Braten mit Salat, Kompott, Brot, Butter und Käse sowie eine Flasche Wein vorzuhalten. Für den Abend war warmes Essen angeordnet oder aber kalter Braten und wieder eine halbe Flasche Wein. Je höher der Rang, desto zahlreicher die bereitzustellenden Weinflaschen. Offenbar verließ man sich darauf, dass mit dem Dienstrang auch der Grad der Selbstbeherrschung wuchs. Hätte man sächsischen Mannschaften derartige Mengen verabreicht, wäre man alsbald Befehlshaber über ein Heer von Trunkenbolden.

Das erste Abendessen mit den ungebetenen Gästen verlief gesittet. Anna-Louise wollte sich keinen Geiz nachsagen lassen und hatte die Anordnungen des Stadtrates übererfüllt.

Ariane ließ den Offizier Bertrand Legrand während der Mahlzeit nicht aus den Augen. Der Schnurrbart hüpfte beim Kauen ebenso munter wie beim Reden. Da sie ihn unter strenger Beobachtung hielt, blieb ihr nicht verborgen, dass der Sergeant-major – so lautete der korrekte Dienstrang – bei jeder sich nur bietenden Gelegenheit der Mutter ein Lächeln zuwarf. Eines, das auch weniger unschuldige Naturen als Ariane als ein äußerst direktes aufgefasst hätten. Und die Mutter? Schlug die Augen nieder, um dann, nach einem Anstandszögern, umso frecher zurückzulächeln!

Öfter als notwendig fragte Anna-Louise den Offizier, ob es ihm munde. Und so überschwänglich, dass es sich nur um Übertreibung handeln konnte, versicherte er, dass er noch niemals in seinem Leben solche Köstlichkeiten serviert bekommen habe!

Tatsächlich hätte das Lob Bettine gebührt, doch die hatte als Aufwärterin für sechs Personen nicht die Muße, artigen Komplimenten mit artigen Repliken zu begegnen. Fassungslos sah Ariane zu, wie Offizier Legrand sich in jeder Beziehung als Hausherr gerierte und der Mutter den Hof machte. Die Tochter dagegen übersah er geflissentlich!

Lucien, dem Adjutanten des Offiziers, der Ariane gegenüber saß und immer wieder versuchte, mit den wenigen Brocken Deutsch, die er beherrschte, die Tochter des Hauses in ein Gespräch zu verwickeln, zeigte sie allein aus Wut die kalte Schulter. Sie strafte den Untergebenen für die Impertinenz seines Herrn.

Den Burschen »Petit«, einen Halbwüchsigen von höchstens 17 Jahren, konnte gar nichts treffen. Er hatte den Kopf über den Teller gebeugt und war einzig und allein damit beschäftigt, die herbeigetragenen Speisen zu verschlingen, als wäre dies seine letzte Mahlzeit vor dem Winter. Als er sich unbeobachtet glaubte, tunkte er alle Finger einer Hand in die Bratensoße und steckte sie sich in den Rachen. Ariane starrte mit großen Augen aufs Tischtuch, um nicht laut herauszulachen.

Alles in allem verlief das erste Abendessen mit Militär in gelöster Atmosphäre; auch dank des guten Weines, den Bettine aus Blocks Keller hervorgeholt hatte.

Nach dem Mahle ließ Anna-Louise Zigarren reichen – als handelte es sich bei den Gästen um alte Freunde! Ariane verschlug es fast die Sprache, als der Offizier, während er noch aus vollen Backen paffte, Anna-Louise einen Spaziergang antrug.

Seite an Seite mit einem französischen Soldaten, während der rechtmäßige Gatte im Gefängnis saß – das Gerede allein! Arianes Augen schleuderten Flammendolche, doch die Mutter ignorierte sie und nahm das Angebot an. Allerdings weigerte sie sich, in den entbotenen Arm einzuhaken. Es war schon frech genug, mit dem Besatzer zu promenieren.

Lachend und parlierend verließen die beiden die Wohnung, und Bettine ließ sich entkräftet auf das Canapé nieder, während Lucien und Petit sich in der Küche über die Reste hermachten. Ariane wollte in ihr Zimmer fliehen, um mit ihren Gedanken allein zu sein. Erst vor der Tür gewahrte sie, dass sie kein eigenes Zimmer mehr besaß, sondern nur eines gemeinsam mit der Mutter, der Schamlosen, Treulosen! Sie würde ihr den Kopf schon zurechtsetzen! War es nicht ihre Aufgabe als Tochter, die Ehre der Mutter zu bewahren?

Fürs Erste nahm sie sich vor, Emilie ein Kondolenzschreiben zu senden. Um der Freundschaft wieder auf die Beine zu helfen. Sie musste doch einsehen, dass ihr Vater unschuldig war! Zum ersten Mal seit Beginn der Verwicklungen erwachte in Ariane Mitgefühl für das Los der Freundin, wurde das Selbstmitleid überstrahlt von der Erkenntnis, dass auch diese einen Vater verloren hatte – unwiederbringlich.

Als Bettine von dem Botengang zurückkehrte, war die Dunkelheit schon hereingebrochen. Mit besorgter Miene drückte sie Ariane den schwarz umrandeten Umschlag wieder in die Hand. »Mademoiselle, es tut mir leid, sie wollte ihn nicht annehmen!«

Ariane drehte ihn ratlos in den Händen. »Es waren doch nur Trauergrüße darin …«

»Sie hat ihn nicht einmal geöffnet.« Die Bedienstete beugte sich vor. »Ehrlich gesagt, fehlte nicht viel, und sie hätte mich geohrfeigt.« Ariane zog Bettine, die ihre Stola immer noch ängstlich vor der Brust gerafft hielt, auf das Sofa im Salon. »Erzähle mir alles! Jede Kleinigkeit!«

Die Lust am Klatsch ließ sie rasch atmen, die Augen blitzten auf. Bettine rückte heran und senkte die Stimme. »Ich habe den Hofrat gesehen. Von der Tür aus. Seine Leiche, mein ich. Es war schrecklich! Gott sei seiner Seele gnädig. Er lag im Wohnzimmer. Auf einem … Kastra … Karta …«

»Katafalk«, half Ariane aus.

Bettine nickte. »Rechts und links Kerzen, dick wie Arme. Wachstropfen fielen aufs Parkett. Gnade Gott der, die das wegwischen darf! Ich konnte nicht anders, ich musste immer an Blut denken. Dabei hat er doch gar nicht geblutet, nicht wahr, wenn er doch vergiftet wurde? Aber was die Fantasie einem immer so vorstellt …«

Ariane ergriff ihre Hände. »Schweif nicht ab! Wie sah er aus?«

Bettine rollte die Augen. »Grauenhaft. Sein Kopf lag auf einem Samtkissen. Das Gesicht konnte ich gut erkennen. Es glänzte, als hätte man es mit Speck eingerieben. Nur nicht die Lippen, die waren blass und trocken. Und die Wangen … so!« Sie sog die Wangen nach innen, um darzustellen, was sie mit Worten nicht auszudrücken vermochte. Ariane betrachtete die Todesgrimasse und schüttelte sich. Bettine legte die Hand auf die Stirn und wandte sich ab, so als könne sie nicht mehr weitererzählen. Ariane wusste, dass es nur einer Aufforderung bedurfte, um die Quelle weiter sprudeln zu lassen. »Der Tod ist immer ein erschütternder Anblick.«

»Nicht der Tod. Sein Gesicht war es!«

»Gott, Bettine, so rede doch!«

Bettine ging zum Flüstern über. »Der Mund war nur ein schmaler Strich. Aber er ging schräg übers Gesicht.« Bettine zog mit dem Finger eine Linie von der Wange bis ans Kinn. »Aber das Schlimmste: Es war grün. Tief und kräftig – beinahe wie Moos. So eine Haut hab ich meinen Lebtag nicht gesehen! Dabei hab ich am eignen Leibe schon etliche Krankheiten durch!«

Ariane rückte von ihr ab, als könnte sie dadurch den Schrecken mindern. »Warum?«

Bettines Mundwinkel zuckten lustvoll. »Das Gift!«

»So stimmt es also!«

Die Bedienstete nickte, als sei ihr der Kopf zu schwer. »Und was das Schlimmste ist: Sie sind vollkommen überzeugt davon, dass dein werter Herr Vater derjenige war, der es ihm verabreicht hat!«

Die Röte schoss Ariane ins Gesicht. »Darf man so etwas ungestraft behaupten? Man muss es ihnen verbieten!«

Ariane wollte sich erheben, um der Empörung Luft zu verschaffen. Doch Bettine hielt sie am Arm und zog sie zurück auf die Polster. »Hör, was mir die Lenzen'sche Magd erzählt hat: Ein Gerichtsbüttel sei erschienen, gleich nach dem Mord.«

Ariane fuhr Bettine an: »So glaubst du es also auch?!«

Die Bedienstete verdrehte die Augen und berichtigte sich: »Am Tage des unglücklichen Todesfalles. Madame Lenzen habe ihm von Listen erzählt. Listen, die Lenzen im Auftrag des Königs geführt habe. Und – ich hoffe, du sitzt bequem – Listen, die deinen werten Herrn Vater, Seine Wohlgeboren Baron von Block, als … gemeinen Dieb entlarven!« Bettine schlug die Hand vors Gesicht.

Ariane blieb der Mund offen stehen. Sie stammelte: »Wie kann es …? Was braucht es …?« Die Sätze blieben unvollendet. Ihre Gedanken schossen durcheinander wie Webfäden, die aus der Kette geraten waren.

»Fräulein Ariane«, fuhr Bettine fort, diesmal unaufgefordert, »erschien dir dein Vater nicht auch manchmal merkwürdig? Findest du nicht, dass er oft geheimnisvoll tat?«

Nichts hielt Ariane mehr auf dem Sofa. Fort von dieser Lästerzunge! »Mein Vater ist ein ehrbarer Mann«, erklärte sie, während sie aufsprang. »Wie kannst du, als Mitglied seines Hausstandes, solche Beleidigungen dulden? Mehr noch, sie wiederholen?«

Bettine senkte den Kopf. »Wo Rauch ist, ist auch Feuer«, fügte sie trotzig hinzu.

Ariane konnte nicht mehr an sich halten. »Ich kann dir auch sagen, welches: das der Unterstellung, der üblen Nachrede! Ich verspreche dir, dieses Feuer werde ich ersticken!«

Bettine faltete die Hände im Schoß. Von unten herauf sah sie Ariane an. Mitleid sprach aus ihrem Blick. »Kann ich jetzt gehen?«

Ariane war irritiert. Sie wollte jetzt alles klären, wollte das schiefe Bild wieder zurechtrücken, dem Vater die Ehre retten. Doch mit ein paar beschwörenden Worten, auch mit Drohungen, das sah sie nun ein, war es nicht getan. Sie musste beweisen, dass ihr Vater nicht das war, wofür ihn offenbar alle Welt hielt: ein gemeiner Verbrecher, ein Mörder! Ariane fühlte Beklemmung. Da kam ihr ein Gedanke. »Ich werde dich morgen auf den Markt begleiten«, eröffnete sie Bettine. »Wann ist die Lenzen'sche Magd dort zu erwarten?«

»Was hast du vor?«

Ariane rang sich ein Lächeln ab. »Ich habe vor, mit dir gemeinsam Gemüse zu kaufen.«

Bettine musterte sie misstrauisch. »Du stehst unter Hausarrest, hast du das vergessen?«

Ariane stampfte mit dem Fuß auf. »Der kann nicht ewig andauern. Um wie viel Uhr sagtest du, ist die Lenzen'sche für gewöhnlich dort?«

Bettine schüttelte den Kopf. Und ließ sich doch hinreißen: »Nachdem das Frühstücksgeschirr gewaschen und in die Schränke gestapelt ist. Meist gegen zehn.«

»So werden wir um drei viertel zehn dort sein. Ich rede mit Mutter. Sie kann mich nicht hier einsperren, ich werde noch verrückt!«

Bettine legte die Stirn in Falten. Doch sie schwieg.

Als Anna-Louise zurückkehrte, lag Ariane bereits im Bett, auf der Seite, wo für gewöhnlich ihr Vater lag. Sie hatte die Lampe in der Schlafkammer noch nicht gelöscht, den Docht aber so weit heruntergedreht, dass alles in ein weiches, warmes Licht getaucht war.

Der samtene Schimmer fiel auf Anna-Louises Antlitz, und sie sah die Mutter auf seltsame Weise wie durch die Augen des Vaters. Ariane konnte eine tiefe Zufriedenheit in ihren Zügen ausmachen.

Sie waren vollkommen entspannt und gelöst. Ohne die Öllampe heller zu drehen, nahm Anna-Louise am Frisiertisch Platz. Sie löste ihr Haarnetz und breitete es sorgfältig über die Perücke, die auf einem gesichtslosen Holzkopf für besondere Anlässe bereitlag. Das Haar fiel ihr weich über die Schultern, die Strähnen glänzten im Lichtschein. Um die Ohrstecker zu lösen, neigte die Mutter den Kopf erst zur einen, dann zur anderen Seite. Ein leises, erhabenes Wiegen, allabendlich erprobt, eine Alltagsgeste, doch voller Würde und Eleganz. So schien es Ariane. Sie selbst kam sich meist vor wie der mechanische Mensch, den sie einst in der Kunstsammlung des Königs bewundert hatte, mit linkischen, abrupten Bewegungen. Das weibliche Fließen der Glieder, die weichen Gesten, all dies musste sie noch lernen. Doch wie? Geschah es von allein oder musste man es einüben? Niemand wollte es ihr verraten!

Als handele es sich um nicht weniger als ein Zepter, nahm Anna-Louise eine Bürste von der Konsole und begann, sich die Haare mit langen, ruhigen Strichen zu bürsten. Wohl hatte sie sich dem Spiegel zugewandt, doch ihr Blick fiel nicht auf ihr Ebenbild. Vielmehr schaute sie in eine weite, unbestimmte Ferne, jenseits der Spiegelung. Was sah sie dort? Den Vater? Oder Legrand?

Ariane beobachtete die Mutter, ohne sich unter der Bettdecke zu rühren. Nachdem das Bürsten beendet war, knöpfte sie unter grazilen Verrenkungen das Oberkleid am Rücken auf und legte es über die offene Schranktür. Dann zog sie die Knoten des Korsetts auf. Sie tat dies so geschickt, dass sie keinerlei Hilfe benötigte. Indem sich die Mutter Stück für Stück entblätterte, wurde Ariane von einer zunehmenden Unruhe erfasst. Anna-Louise war so in Gedanken und Wohlsein versunken, dass sie die Anwesenheit der Tochter nicht bemerkt zu haben schien. Noch nie hatte Ariane die Mutter bar aller Kleidung gesehen! Es war ein Tabu, und Ariane wollte nicht zulassen, dass es unfreiwillig gebrochen wurde. Auch spürte sie eine vage Angst vor dem Anblick. Die einzigen Damen, die sie jemals nackt gesehen hatte, waren die Nymphen, Amazonen und Dianen in der Kunstsammlung. Doch die waren ja aus Papier und Farbe, allenfalls aus Marmor!

»Ich bin hier«, sagte Ariane mit trockener Kehle, bevor sich die Mutter vollends entblößte.

»Ich weiß.«

Ariane spürte Hitzewallungen. War dies alles nur ein Schauspiel, eine Darbietung für die Tochter? Nein, sie musste sich doch entkleiden – und tat es gewiss jeden Abend genau so, auf diese Weise!

Als das Korsett geöffnet war, hielt Anna-Louise es mit beiden Händen am Busen, bis sie hinter dem Türflügel des Kleiderschranks verschwunden war. Schon hing das Unterkleid über der Tür. Den Blick auf einen nackten Arm, nackte Waden konnte Ariane erhaschen. Sonst war alles nur Rascheln von Stoff und Tapsen von Fußsohlen auf den Dielen. Dann trat Anna-Louise wieder hervor. Sie sah bezaubernd aus. Das Nachtkleid verlieh der reifen Frau eine mädchenhafte Unschuld. Das sorgfältige Abmessen der Bewegungen, die strenge Eleganz der Ausgehkleider war gebrochen, allein durch die Leichtigkeit des Stoffes. Wie wandelbar war ihre Weiblichkeit, und blieb doch stets anbetungswürdig!

Erst nachdem Anna-Louise das Licht vollends gelöscht hatte und die Kammer in Dunkelheit getaucht war, getraute sich Ariane, die Vorwürfe auszusprechen, die sie seit dem frühen Abend auf den Lippen trug. Wortlos schlüpfte die Mutter auf der anderen Seite in das Daunenbett. Die Federn knarrten. Unwillkürlich rückte Ariane ab.

»Du weißt gar nicht, wie verlassen ich bin«, entgegnete Anna-Louise endlich, ohne auf die Tochter einzugehen.

So viel Leid und Schmerz schwang in ihren Worten mit, dass Ariane nicht zu widersprechen wagte.

»Es gibt nicht viele«, fuhr stattdessen die Mutter fort, »die ich noch um Schutz bitten kann.«

»Aber musst du dich gleich dem ersten Besten an die Brust werfen?« Ariane hatte die Stimme mehr als notwendig erhoben. Allmählich gewöhnten sich ihre Augen an die Dunkelheit . Sie sah die Silhouette der Mutter unter dem Bettzeug. Diese lag auf dem Rücken, das Gesicht zur Decke. So bewegte sie die Lippen und schien nicht mit der Tochter zu sprechen, sondern – mit wem?

»Legrand ist nun einmal da. Das ist mehr, als ich von meinem

Gatten behaupten kann. Und er hat die Macht, uns zu beschützen. Das ist mir wichtiger als das Geschwätz der Leute. Schwätzen tun sie ohnehin. Wir sollten uns besser angewöhnen, nicht darauf zu achten.«

So, wie Mutter es darstellte, klang alles so logisch, so einsehbar, so unverrückbar. Dennoch sagten Arianes Gefühle etwas anderes. Um sich nicht weiter überzeugen zu lassen, wechselte sie das Thema. »Ich werde morgen mit Bettine auf den Markt gehen. Der Einkauf für solch einen großen Hausstand ist zu viel für ihre alten Knochen …«

Ohne sich auch nur zu ihr umzuwenden, sagte die Mutter: »Gut.«

Gut. So leicht konnte es sein! »Du bist nicht mehr wütend wegen des Balles?«

»Oh doch, ich bin wütend. Und ich hebe die Strafe nur aus Rücksicht auf Bettine auf. Wie kommst du auf die Idee, ich täte es dir zuliebe?«

Ariane zog die Bettdecke bis unter das Kinn. »Aus welchem Grund ist mir egal. Hauptsache, du lässt mich gehen.«

Anna-Louise hob den Oberkörper aus den Kissen. Ganz langsam rückte sie näher und beugte sich zu Ariane herüber. Die Nähe war kaum zu ertragen! Ariane spürte Haarspitzen der Mutter über ihr Gesicht streifen. Dann drückte sie ihr einen Kuss auf die Stirn. Am liebsten hätte Ariane laut geheult. Doch zitternd und bebend behielt sie sich in der Gewalt.

»Du bist zu streng mit den Menschen«, sagte Anna-Louise, langsam, während sie sich wieder in die Kissen sinken ließ. »Es geht nicht immer auf Leben und Tod.«

»Für Vater schon.«

»Abwarten.« Anna-Louise schwieg. Dann fuhr sie nach einem leisen Auflachen fort: »Aber so ist die Jugend. Das gibt sich mit der Zeit, glaube mir. Gelassenheit ist eine Frage des Alters.«

Und wieder fühlte Ariane sich nicht wie eine Frau behandelt, sondern wie ein Kind. Wann würde die Mutter es endlich begreifen? Trotzig drehte sie sich um und gab vor, zu schlafen. Doch die aufgewühlten Gedanken ließen es lange nicht zu.

Bettine und Ariane standen bereits einige Zeit im kurzen Schatten des Marktkreuzes. Aus dem Brunnen plätscherte Wasser, und die Sonne stand hoch über dem Platz. Ariane schwitzte in ihrer Leinenbluse. Vor allem am Hals, wo die Rüschen eng anlagen, schien der Stoff schon durchweicht. Sie hatte die Stufen erklommen, um die Menge besser überblicken zu können und musterte jeden, der von der Wilsdruffer Gasse her den Platz betrat. Endlich, Ariane wollte schon aufgeben, erschien Franca, die Küchenmagd der Familie Lenzen. An der Linken baumelte ein Korb, auf dem Gesicht trug sie Züge ehrlicher Einfalt. Bettine zupfte Ariane am Ärmel. »Das ist sie!«

In Zeiten, als das Verhältnis zwischen Block und seinem Stellvertreter noch unverdorben war, war Ariane oft im Hause Lenzen zu Gast gewesen. Als Kinder durften Emilie und sie nach dem Essen in der Küche herumstreunen und die Bediensteten zur Weißglut treiben. Sie erinnerte sich an das bäurisch breite Gesicht der Magd, das sich im Zustand des Zornes so wunderbar verformen konnte. Nichts gegen die brave Bettine, aber Ariane hatte sich schon damals gefragt, warum man sich im Hause Lenzen einen ganzen Stab Bediensteter leisten konnte, während bei ihnen alles an der armen Amme hing. Obwohl sie die Frage auch laut gestellt hatte – eine Antwort hatte sie bis heute nicht erhalten. Womöglich hing es damit zusammen, dass Block all diese nutzlosen Gegenstände zusammentrug? Ariane hüpfte die wenigen Stufen vom Brunnenpostament herunter.

»Lassen Sie mich nur machen«, rief Bettine noch. Aber da hatte Ariane der Küchenmagd schon den Zeigefinger vor die Brust gestoßen. »Was muss ich für Lügengeschichten aus eurem Hause erfahren?«

Die Magd, kaum dass sie realisiert hatte, wer die junge Furie war, wich zurück. »Lassen Sie mich, verehrtes Fräulein! Madame hat jeden Kontakt zu einem Mitglied Ihrer Familie untersagt.«

»So!«, stieß Ariane empört aus. »Sind wir denn geächtet in dieser Stadt?«

»Wenn Ihr Herr Vater erst einmal hingerichtet ist …«

Die Lenzen'sche Magd unterbrach ihre Rede und starrte erschrocken in Arianes Gesicht. Sie musste grauenhaft aussehen, so sehr erschütterte sie der Gedanke. Hingerichtet? So weit war man allerdings noch nicht! Ariane verbot sich jeden Gedanken daran! Dennoch begannen ihre Beine zu zittern. Sie tastete nach Bettine und musste sich auf sie stützen. Da es Ariane den Atem verschlagen hatte, übernahm die Bedienstete das Gespräch.

»Aber warum zum Teufel sollte der ehrenwerte Hofrat Block den ehrenwerten Hofrat Lenzen umbringen wollen?«

»Er hat es selbst gesagt. Mehrfach! Vor seinem Tod. Gott, es war grässlich! Er kam durch die Tür und war wie von Sinnen. ›Block will mich umbringen!‹ Dies waren seine Worte! Wenige Stunden später verschied er. Nachdem er sich die Seele aus dem Leib gespuckt hatte!«

»Behaupten lässt sich vieles. Hat er denn einen Grund angegeben?«

Die Küchenmagd kräuselte die Nase und spitzte die Lippen. »Weil er beweisen konnte, dass Ihr Herr Vater ein Dieb ist!« Sie wiederholte die Behauptung mehrmals laut und mit großer Genugtuung, so dass die Umstehenden aufmerksam wurden.

Ariane holte aus, um der impertinenten Magd eine Maulschelle zu verpassen. Die kreischte auf und duckte sich, Bettine fiel Ariane in den Arm. Nicht auszudenken, wenn sich zu den schlimmen Gerüchten noch weiterer Skandalstoff gesellte! Schon waren einige Passanten näher gerückt und hatten einen Pulk um die Streitenden gebildet.

Noch nie hatte Ariane solchen Zorn gefühlt. »Ich kenne meinen Vater. Er ist ein feinsinniger Menschenfreund. Er liebt das Schöne. Nie im Traum kann er jemanden töten! Und ich verbiete dir und deiner Herrin, es aller Welt zu erzählen!« Ariane hatte die Magd mit beiden Händen an den Ellenbogen gefasst. Sie schüttelte sie, als wollte sie ihr den Kopf zurechtsetzen.

Die Augen der Magd glühten. Bettine wollte Arianes Griff lösen, doch die hielt die Lenzen'sche fest umklammert. Franca keifte der Peinigerin ins Gesicht: »Es gibt Beweise für den Diebstahl. Und für den Mord werden sie sich finden lassen! Das liegt doch auf der Hand!«

»Ach! Und wo sind diese Beweise?«

»Im Sekretär meines verstorbenen Herrn. Fein versiegelt, wenn Ihr's wissen wollt. Und nur der König darf das Siegel öffnen – das hat mein verstorbener Herr, Gott sei seiner Seele gnädig, in seinem letzten Willen verfügt. Und der Schlüssel liegt auf dem Kaminsims hinter der …« Franca verstummte. So dumm war sie nicht, dass ihr entging, wie aufmerksam man ihren Worten plötzlich lauschte! Mit einer überraschenden Verrenkung wollte sie sich Arianes Griff entwinden, doch es misslang. »Lasst mich los! Was habt Ihr vor?«

Endlich entließ Ariane die Magd. Franca rieb sich die Ellenbogen. »Ihr werdet schon sehen, Herr von Block ist schuldig!«

»Solange nichts bewiesen ist, solltet Ihr nicht herumlaufen und es behaupten! Das ist Rufmord!«

Franca warf ihnen einen letzten, hasserfüllten Blick zu, bevor sie im Getümmel des Markttags verschwand. Einige Passanten blieben noch stehen und begafften Ariane wie eine Kuh mit zwei Köpfen. Doch allmählich zerstreuten sich auch die letzten Neugierigen. Ariane zwinkerte Bettine zufrieden zu. »Im Sekretär also. Und der Schlüssel liegt auf dem Kaminsims. Wenn diese Listen so entscheidend sind …«

Bettine unterbrach sie unwirsch: »Im Sekretär des Hauses Lenzen«, betonte sie, »also eine Welt entfernt. Wer sollte uns da einlassen?«

»Und wenn wir nun einen Schlüssel hätten?«, fragte Ariane so arglos wie möglich. Bettine verstand augenblicklich, worauf sie hinauswollte, und hob die Hände. »Nein. Ganz entschieden: nein. Ich lasse mich nicht zur Komplizin eines Einbruchs machen. Nein! Wenn ich auch im Haushalt eines Verbrechers leben sollte, bin ich selbst noch lange keiner!«

Ariane verzog das Gesicht. »Nun stellst du dich also auch gegen uns?«

Bettine senkte den Kopf. Mit einem wütenden Ruck schob sich Ariane den leeren Korb in die Armbeuge. »Was sollte es doch gleich zu Mittag geben?«

Bettine hatte gerade begonnen, das *déjeuner* für sechs Personen zuzubereiten – neben den übrig gebliebenen Bewohnern des Haushalts der Offizier Legrand, dessen Adjutant Lucien und der Bursche Petit –, als es an der Eingangstür klopfte. Da sie die Glocke, die man über ein System von Schnüren von der Haustür aus anschlagen konnte, nicht gehört hatte, nahm sie an, dass es sich um einen Hausbewohner handelte. Sicherlich wollte der sich wegen des Lärms beklagen, den sechs Personen nun einmal entfalteten.

In der Tat war es ein Bewohner des Hauses, der vor der Tür stand, auch wenn Bettine ihn beinahe nicht erkannt hätte. Er war blass und unrasiert, das graue Stoppelhaar stand auf seinem Kopf wie ein Weizenfeld nach dem Gewitter. Seiner Kleidung entstieg ein moderiger Geruch, an manchen Stellen waren Flecken von Erde und Staub zu sehen. Auch wenn er sich kaum ähnlich sah – es war der Hofrat von Block in Person.

»Gnädiger Herr!«, stammelte Bettine, um sogleich wieder zu verstummen. Wie konnte man Worte finden angesichts dieser Jammergestalt? Mit vorgerecktem Kopf stürmte Block in die Wohnung. Mit einem Blick übersah er die Unordnung, machte auf dem Absatz kehrt und schoss erneut auf Bettine zu. »Was hat das zu bedeuten? Wo ist meine Frau?«

Das holprige Klavierspiel aus dem Salon verstummte, am anderen Ende des Korridors wurde eine Tür geöffnet. Tochter und Gattin standen vor ihm, Erschrecken und Verblüffung auf ihren Gesichtern. »Ludwig!« – »Vater!«

Der Heimgekehrte lockerte sich den schmutzigen Kragen. »Was ist hier los?«

Offizier Legrand zeigte sich ohne Stiefel, nur in Strümpfen in der Tür zum Kabinett. »Ich kann es Ihnen erklären, Monsieur!« Kaum hatte er auf sich aufmerksam gemacht, schoss Block auf ihn zu. »Was haben Sie in diesem Zimmer zu suchen?« Er schrie, außer sich vor Wut, obwohl der Franzose ihn um einen Kopf überragte. Niemand in diesem Hause hatte ihn jemals derart fassungslos erlebt.

»Auf Befehl des Kaisers und Oberbefehlshabers, des ersten Napoleon, soll es Angehörigen der ruhmreichen Armeen zum Aufenthalt dienen.«

Die Nennung des Herrschernamens entfaltete eine beruhigende Wirkung. Blocks Blick wurde mild, beinahe weinerlich. »Ich werde gern mein Schlafzimmer für Sie räumen, Monsieur General. Meinen Platz im Ehebett, meinetwegen. Aber nicht diese Kammer!«

Ariane sah den Vater erschrocken von der Seite an. Dieser lapidare Satz – er konnte ihn nicht ernst gemeint haben! Sie vermied es, ihrer Mutter einen Blick zuzuwerfen. Den Triumph darin hätte sie nicht ertragen.

Bebend stand Block vor dem strumpfsockigen Soldaten. Dann trat er einen Schritt vor, um das Kabinett zu betreten. Der Offizier versperrte ihm den Weg und hob das Kinn. »Seien Sie doch froh, dass Sie Angehörige der glorreichen französischen Armee aufnehmen dürfen! Andere müssen Italiener, Spanier, oder gar illyrische Söldner beherbergen …«

»Treten Sie zur Seite! Augenblicklich! Lassen Sie mich hinein!« Block war hysterisch. »Diese Kammer enthält alles, was mir auf Erden lieb ist!«, schrie er.

»Sie haben mein Wort, dass ich nichts, was nicht mir gehört, antasten werde.« Legrand betrachtete Madame von Block und deren Tochter. »Das Liebste steht doch neben Ihnen«, formulierte er vorsichtig.

Ariane war rot angelaufen. Block übersah Frau und Tochter weiterhin und faltete die Hände. »Ich beschwöre Sie. Nicht diese Kammer. Sie können mir alles nehmen, nur nicht das!«

Zwischen Daumen und Zeigefinger zwirbelte Legrand seine Schnurrbartspitzen und überlegte. »Bedaure«, befand er dann knapp, wandte sich um und verschloss das Block'sche Kunstkabinett von innen.

Der Hofrat ließ den Kopf sinken, seine Schultern fielen nach vorn, die ganze Gestalt sackte in sich zusammen. Es fehlte nicht viel, und Block wäre vor der verschlossenen Tür in die Knie gegangen.

Ariane eilte auf ihn zu. »Vater, Sie wurden freigelassen! Alles andere ist unwichtig!«

Bevor sie ihn umarmen konnte, hatte er sich abgewandt und war schon wieder zur Wohnungstür hinaus.

»Er wird immer komischer!«, bemerkte Anna-Louise kopfschüttelnd.

Ariane spürte das Bedürfnis, ihn zu verteidigen. »Ist es denn verwunderlich, dass ihn die Ereignisse verwirren? Dass er sich um seine Sammlung sorgt?«

Dem konnte die Mutter nicht zustimmen. »In diesen Zeiten sollte man zuerst Sorge um seine Familie haben. Als hätte er damit nicht genug zu tun! Aber er sieht immer nur sich selbst.« Anna-Louise wandte sich ab und ging in die Küche, um Bettine Anweisungen zu geben. In dem Durcheinander gelang es Ariane, durch die Tür zu entschlüpfen.

Sie musste nicht lange nach dem Vater suchen, denn in der Eile und Empörung hatte er seinen Hut vergessen. Während er den Altmarkt überquerte, leuchtete das aschgraue Stoppelhaar im Licht des späten Nachmittags. Schon befürchtete Ariane, er strebe auf das Chaisenhaus zu. Doch ohne sie anzusprechen, ging der Vater an den Trägern vorüber, die Pfeife rauchend die Frühjahrssonne genossen. Betrat die schmale Seegasse, die um diese Tageszeit gänzlich im Schatten lag. Lediglich an den Einmündungen und Kreuzungen flossen schmale Streifen Sonnenlicht hinein. Ariane huschte am »Anker« vorbei, aus dessen Schankraum bereits zu dieser Tageszeit Grobheiten ertönten. Ohne sich umzuschauen, bog der Vater in die nächste Gasse, und als die Tochter die Einmündung erreichte, war er schon verschwunden. Nun erst ergriff sie ein Gefühl von Scham. Was war sie nur für eine Tochter, die ihrem Vater heimlich nachspionierte? Doch die Gewissensbisse hielten nicht lange an. Da sie nun schon einmal hier war, konnte sie auch die Augen aufsperren …

Unsicher betrat sie die Gasse. Vorsicht war geboten, womöglich hatte er doch bemerkt, dass ihm jemand folgte. Einige Häuser verfügten über Durchfahrten zum Hof – ausgezeichnete Verstecke! Sie spähte um die Ecke. Und erst wenn sie niemanden in den Torgewölben erblickte, lief sie vorbei. Schon am dritten Tor zuckte sie rasch wieder zurück. In der Mitte des Gewölbes, auf halber Strecke zum Hof, stand der Vater am Fuße eines Treppenabsatzes, offenbar der Eingang zum Haus. Er wartete in stiller Demut, nur sein Haar leuchtete. Lautlos glitt Ariane zurück in den Schutz der Hauswand. Was hatte der Vater hier zu schaffen?

Ariane versuchte, die Geräusche der Gasse – das Rumpeln eines Wagens, das Geschrei von Kindern, die mit einem alten Fassreifen spielten, auch das Gegacker der Hühner – zu überhören, und ihre ganze Aufmerksamkeit auf das zu richten, was im Durchgang vor sich ging. Sehen konnte sie ihn nun nicht mehr. Sie meinte, eine weibliche Stimme zu hören. Dann die des Vaters. Es schien Widerstand zu geben, denn der Wortwechsel dauerte länger, als man gemeinhin brauchte, um eingelassen zu werden. Dann, deutlich von den Straßengeräuschen zu unterscheiden, eine Pforte, die ins Schloss fiel. Ein Riegel wurde vorgeschoben. Entweder war der Vater empfangen worden, oder man hatte ihm die Tür gewiesen. Das war anhand der Geräusche nicht zu entscheiden. Ariane wartete ab. Falls ihm der Einlass verwehrt worden war, würde er vermutlich in wenigen Augenblicken um die Ecke biegen. Mit angehaltenem Atem presste sich Ariane gegen die Hauswand. Fliehen konnte sie nicht mehr. In heller Panik malte sie sich aus, was passieren würde: Zuerst würde seine Nase erscheinen. Dann sein gerötetes Gesicht. Er würde den Kopf zur Seite wenden, der Seegasse zu, denn in diese Richtung würde er seinen Weg fortsetzen.

»Ariane«, würde er ausrufen, »was machst du denn hier?«

Schritte. Jemand kam aus der Durchfahrt. Weglaufen! Sie stand wie angewurzelt. Eine Nasenspitze erschien, dann ein Gesicht. Doch es war nicht spitz und blass, sondern breit und rot geädert. Nicht Block, sondern ein Mann in Lederschürze trat heraus, einen Holzbock über der Schulter: ein Zimmermann offenbar.

Ariane trat erleichtert auf ihn zu. »Verzeihen Sie, der Herr.« Mit einem Seitenblick war die Durchfahrt geprüft, der Vater nicht zu sehen. Der Zimmermann sah sie aus glasigen Augen an, Alkoholgeruch schlug ihr entgegen. Ariane ließ sich nicht beirren. »Wohnt in diesem Haus eine französische Dame?« Sie folgte einer Intuition.

Der Zimmermann musterte sie misstrauisch. »Wozu wolln Se das wissen?«, polterte er grantig und in tiefstem Dialekt.

Ariane zuckte mit den Achseln und überlegte fieberhaft. »Ich bin auf der Suche nach einer Lehrerin.« Eine Eingebung. Der Zimmermann drehte den Kopf zur Seite und spuckte aus. »Ach, die tut unterrichten? Nurr, jetz versteh ich, warum die Madame du Barry so viel Besuch hat.«

»Aus Paris kommt sie also?« Ariane hatte *›du Paris‹* verstanden.

»Woher se kommt, weiß ich nicht. So heißen tut se je'nfalls.«

Ariane jubelte innerlich: Sie kannte ihren Namen! »Wer kommt sie denn besuchen?«, fragte sie weiter.

»Na, Schüler wie du doch, denk ich. Auch wenn's meist Kerle sind.« Und ungefragt fügte er hinzu: »Wie kann man Französisch sprechen, wenn man Ehre im Leib hat?« Er spie erneut aus und sah sie aus schmalen Augen an. »Mach, dass du fort kommst, Mädel. Ni' mehr lang' und wir wer'n die Franzosen aus der Stadt treiben. Und denen, die bleiben, wer'n wir 'ne Lunte in den Allerwertesten stecken und sie einzeln in die Luft jagen!«

Ariane wich zurück und gab einen erschrockenen Laut von sich. Der Zimmermann lachte mit zurückgelegtem Kopf und ging seiner Wege.

Sie hatte genug erfahren. Dass die französische Madame dieselbe war, die der Vater auf dem Hofball umschwärmt hatte, lag auf der Hand. Sie war sich sicher, wie es nur eine Siebzehnjährige sein konnte: Der Vater unterhielt eine Liebschaft! Nur ein paar Häuserecken vom Familiendomizil entfernt. Und die Mutter promenierte Arm in Arm mit einem französischen Offizier! Sie hätte heulen mögen: Das Glück, das ihre Welt bislang mit breiten, goldenen Bändern umwoben hatte, war fadenscheinig geworden.

Kaum hatte Françoise du Barry den Salon betreten, überschüttete sie den Gast mit Vorwürfen. »Monsieur, was fällt Ihnen ein, mich am helllichten Tag und unangemeldet aufzusuchen?«

Block versuchte, sie mit einem Handkuss zu beschwichtigen. Doch die du Barry entzog sich ihm.

»Ich hätte uns nicht in Gefahr gebracht, wenn es sich nicht um eine äußerst dringende Botschaft handeln würde«, erklärte er sich umständlich.

Françoise du Barry hatte sich abgewandt und beobachtete durch die Fenster die Gasse. Sie schien nervös zu sein. »Man hat Sie verhaftet? Das weiß ich längst. Man beschuldigt Sie des Mordes an Lenzen? Auch das ist mir bekannt.« Plötzlich nahm sie ihn ins Auge und sah ihn durchdringend an: »Und? Waren Sie es?«

»Ich bitte Sie, Madame, das ist lächerlich!«

»Wenn Sie es nicht waren, wer dann?«

Block schüttelte ratlos den Kopf. »Ich weiß es nicht.«

»Die ganze Stadt hält Sie für den Mörder!«

»Und doch war ich es nicht! Ich schwöre es!«

Sie umkreiste ihn mit abgemessenen Schritten, der Stoff ihres Kleides glitt über das Holz. »Warum aber, frage ich mich, hat man Sie denn freigelassen? Wenn niemand den Mörder kennt, Sie aber allen Grund hätten, Lenzen aus dem Weg zu schaffen?«

Block hatte es die Sprache verschlagen. Die Frage war mit so glasklarer Klugheit formuliert, dass er ahnte, er würde sie nie hintergehen können. Selbst wenn ihm nicht das Mindeste an ihr gelegen hätte!

Françoise du Barry war so nahe an ihn herangetreten, dass er ihr Parfüm riechen konnte. Es besaß einen harten, aufreizenden Zug. Auch das Aroma ihrer Haut, das dezent darunter verborgen lag, nahm Block wahr. Es fuhr ihm unter die Haarspitzen, brachte sein Blut in Wallung, wie dies schon lange kein Frauenzimmer mehr vermocht hatte. Françoise war eine vollkommene Schönheit. Allein dafür konnte sie sich Blocks Verehrung sicher sein. Wie gern hätte er sich mit ihr aufs Sofa gesetzt, einen Tee genommen, ein galantes, leichtfüßiges Gespräch geknüpft. Und dabei ganz beiläufig seine Hand auf ihren Arm gelegt. Sie stand vor ihm und musterte ihn argwöhnisch. Das, was er ihr zu gestehen hatte, würde sie nicht gerade für ihn einnehmen! Block zögerte, doch je länger sein Schweigen andauerte, desto verdächtiger musste es wirken. Er atmete tief durch und rang sich zu dem Geständnis durch. »Man hat mir einen Handel vorgeschlagen.« Schuldbewusst schlug er den Blick nieder.

Die Miene der du Barry wurde eisig. Sie starrte ihn an, als wollte sie bis auf den Grund seiner Seele hinabschauen. Block begann zu schwitzen und lockerte sein Halstuch.

Madame du Barry legte lasziv die Kuppen ihrer schlanken Finger zusammen, stützte ihr hübsches Kinn darauf und betrachtete sein Leiden. »Nun sprechen Sie schon!« Der Ton war scharf.

»Ich soll Sie beobachten!« Nun war es heraus. »Und dem Kriegsrat alles melden, was ich über Sie in Erfahrung bringen kann! Über Sie und die französischen Absichten!« Mit einem Ächzen entließ Block die Luft aus seinen Lungen.

Françoise du Barry lehnte sich zurück. Sie sah keineswegs beunruhigt aus.

»Nun, warum dieses Interesse an meiner Person?«

Block musste sich räuspern, um es herauszubringen. »Man betrachtet Sie als eine der gefährlichsten und einflussreichsten Spione Napoleons am sächsischen Hof!«

Sie zog ihre Augenbrauen in die Stirn. »Was beunruhigt Sie dabei? Sind Sie nicht auch ein großer Verehrer des Kaisers? Ist nicht Seine Majestät, Ihr König von Sachsen, einer der treuesten Verbündeten?«

Überrascht, wie leicht sie die Sache nahm, fragte Block freimütig: »Sind Sie denn eine Spionin, Madame?«

Françoise sah ihm tief in die Augen. »Ich stehe treu zu meinem Herrn. Wie halten Sie es damit?«

Block sank auf die Knie. »Ich stehe treu zu Ihnen.«

Ein Lächeln umspielte ihre Mundwinkel. »Nun, dann sind doch die Fronten geklärt.«

Auf Knien rutschte er auf sie zu. »Was soll ich denn über Sie vermelden, Madame? Man wird bald Bericht von mir erwarten.«

Die du Barry betupfte mit dem Zeigefinger ihre Unterlippe. »Das«, ließ sie nach einer Weile vernehmen, »werden wir uns ganz genau überlegen.«

Françoise hatte sich erhoben, und auch Block richtete sich auf. »Muss ich lügen, Madame? Ich habe mein Wort gegeben ...«

»Wir werden sehen.« Mit einem wiegenden Schritt trat sie auf ihn zu. »Womöglich reicht es aus, wenn Sie ihnen berichten, was sie ohnehin schon wissen.« Sachte ließ sie den Rücken einer Hand über seine Wange streichen. Block schloss die Augen. »Madame!« Mehr brachte er nicht über die Lippen.

»Wichtig ist nur, dass Sie mir gegenüber aufrichtig und ehrlich sind!« Sie hatte die Stimme gesenkt. Wie das Gurren einer Taube. Block lief ein Schauer über den Rücken.

»Madame! Eher würde ich sterben, als Sie zu hintergehen!«

Eine Weile ließ sie ihren Blick auf ihm ruhen, dann wandte sie sich ab und trat ans Fenster. »Zweifellos ist man Ihnen gefolgt, Monsieur! Man traut Ihnen nicht. Wen wundert's? Wer einen Herrn hintergeht, hintergeht auch einen zweiten.«

Block trat an ihre Seite. Er stand dicht hinter ihr, roch den Puder in ihrem Haar. Wie gern hätte er seine Hände um ihre Taille gelegt – doch er wagte es nicht. »Trauen Sie mir?«

Sie sah ihn von der Seite an. »Das habe ich noch nicht entschieden.« Da ergriff sie seine Hand und drückte sie sachte. Block durchfuhr es wie ein Schlag. »Zeigen Sie mir, dass ich es kann«, flüsterte sie gurrend. Schon hatten sich ihre Finger wieder gelöst. Block schloss erneut die Augen. Er beugte sich zu ihr hinab, versank in ihrem Duft. Doch just, als er ihr den Kuss auf die Lippen drücken wollte, sprang Françoise du Barry ans Fenster. »Da! Da ist er ja!« Ihre Augen glommen auf vor Jagdlust.

»Wer?«

»Ihr Verfolger!« Block drängte sich an ihre Seite, um besser sehen zu können. »Wenn ich mich beeile, erwische ich ihn!« Er wollte Entschlusskraft zeigen, vor ihr aufschneiden. »Falls mir wirklich jemand gefolgt ist, werde ich ihn zur Rede stellen«, ereiferte er sich.

»Machen Sie rasch!«

Folgsam eilte Block die Treppen hinunter. Doch als er vor die Toreinfahrt trat, war niemand zu sehen, der nicht in diese Gasse gehörte. Falls Madame tatsächlich jemanden entdeckt hatte, war derjenige längst entschwunden. Doch nun, da er ihrem betörenden Aroma entronnen und wieder nüchtern war, schloss er nicht aus, dass die plötzliche Entdeckung eine Finte war, um ihn loszuwerden. Oh, wie grausam sie mit ihm spielte! Aber gerade das machte ihn rasend! Sicherlich wusste sie um diese Wirkung, war am Ende alles Kalkül. Und doch, niemals hatte er sich ihr näher gefühlt. Sie teilten ein Geheimnis. Selbst wenn sie eine Spionin war, er würde ihr spionieren helfen! Sie handelten nach einem Plan, den nur sie beide kannten. Beflügelt und zufrieden begab er sich auf den Heimweg. Selbst die Schmach der Einquartierung konnte ihm nun nichts mehr anhaben!

Zu glauben, ihr Verschwinden sei unentdeckt geblieben, erwies sich als fromme Hoffnung. Als Ariane das verabredete Klopfzeichen pochte, war es nicht Bettine, die öffnete. Stattdessen blickte sie in das wutentstellte Gesicht der Mutter. »Wo warst du?«

Ariane ergriff Anna-Louises Handgelenke, wie um Handgreiflichkeiten zu verhindern. Noch nie hatte die Mutter die Hand gegen sie erhoben, doch ihre Miene ließ das Schlimmste befürchten. »Mutter …«, setzte sie an.

»Wo bist du gewesen?«, wiederholte Anna-Louise die Frage, und ihre Stimme drohte zu kippen. »Jetzt, wo ich dich am dringendsten brauche!« Sie befreite sich aus Arianes Griff.

Die Tochter wagte nicht, ihr offen in die Augen zu blicken. »Ich bin Vater gefolgt.«

»Du bist … was?«

In dem Moment trat Lucien zwischen die Streitenden. Er war nicht groß und besaß knabenhafte Gesichtszüge, obwohl er gewiss über zwanzig war. Seine Haut war glatt, ohne die Spuren, die ein langjähriger Bartwuchs ins Gesicht gräbt.

»*Pardonnez-moi* …«, bat er entschuldigend. Der Flur bot nicht viel Platz, und er zwängte sich zwischen den Frauen hindurch. Hinter dem Rücken der Mutter konnte er Ariane ein Augenzwinkern zuwerfen, das sie mehr ermutigte, als sie sich eingestehen wollte.

Anna-Louise winkte sie mit dem Zeigefinger in den Salon. Schweigend, mit gesenktem Kopf, schritt Ariane der Strafpredigt entgegen. Zu gern hätte sie von ihren Entdeckungen, ihren Vermutungen erzählt. Aber zuerst würde sie die mütterliche Wut ertragen müssen.

Anna-Louise ließ sich auf dem Canapé nieder und breitete ihr Kleid um sich aus. Da Ariane nicht aufgefordert wurde, Platz zu nehmen, blieb sie stehen. Dann prasselte die Tirade auf sie nieder: »Du hast das Haus nicht ohne meine Zustimmung zu verlassen! Zum zweiten Mal innerhalb weniger Tage widersetzt du dich meinen Anordnungen! Ich kann nicht zulassen, dass meine Worte in diesem Haus ausgerechnet von meiner Tochter infrage gestellt werden! Nicht jetzt, da meine Autorität das Einzige ist, was die Soldaten im Zaume halten kann. Nicht jetzt, da dein Vater die Familie sich selbst überlässt! Weißt du, was du mir damit antust?«

Ariane hatte den Kopf tief gesenkt, ihr Kinn ruhte beinahe auf dem Brusttuch. »Du wirst verstehen, dass ich dich unter diesen Umständen nicht mehr unbeaufsichtigt lassen kann«, fuhr Anna-Louise fort. »Du wirst dich entweder in unserer Schlafkammer oder in meiner Nähe aufhalten. Den heutigen Tag wirst du zur Strafe ganz in der Stube verbringen!«

Ariane war empört. War es denn nicht die Mutter, die für diese Unordnung gesorgt hatte? Hatte nicht sie die losesten Sitten an den Tag gelegt? War es nicht ihr Gatte, der sich lieber in die Arme einer anderen warf? Was berechtigte sie, Standpauken zu halten, während das eigene Lebenshaus in sich zusammenfiel?

Ariane wusste, dass sie gut daran tat, wenn sie diese Gedanken für sich behielt. Deshalb bat sie, sobald die Mutter eine Atempause einlegte, darum, sich zurückziehen zu dürfen. Anna-Louise entließ sie mit einer fahrigen Handbewegung, und Ariane entfloh schnell in die Kammer, die sie mit der Mutter bewohnte.

Dort warf sie sich aufs Bett und überließ sich ihren Tränen. Dass es das Ehebett der Eltern war, hatte zur Folge, dass der Duft der Mutter sie augenblicklich umfing. Wie Lava stieg erneut der Zorn in ihrem Herzen auf. Nie hatte sie sich unglücklicher gefühlt. Am liebsten hätte sie sich, wie der arme Werther, dem Tod in die Arme geworfen – nur, freilich, aus anderem Anlass. War es nicht hier wie dort die Herzenskälte der anderen, die die Not einer waidwunden Seele nicht fühlen wollten?

Eine lange Zeit lag Ariane so. Als sie die Tür in den Angeln quietschen hörte, hielt sie den Atem an und versuchte, die letzten Tränen hinunterzuschlucken. Sie erwartete die reumütige Mutter, die kam, um sich zu entschuldigen. Wer sonst sollte es wagen, die Kammer zu betreten?

Ja, es konnte nur die Mutter sein, denn nun setzte sie sich aufs Bett. Legte ihre Hand auf Arianes Hinterkopf, ließ sie eine Weile dort und begann dann mit sachten, gleichmäßigen Bewegungen, ihr übers Haar zu streichen. Die Anspannung löste sich, Ariane atmete tief ein. Doch da bemerkte sie einen ganz unerwarteten Geruch. Ein Aroma von Leder und Schweiß. Von Pulverdampf und Heringen. Eigentlich das genaue Gegenteil des Rosenöls, mit dem die Mutter sich zu salben pflegte. Erschrocken fuhr sie aus den Kissen. Da saß doch tatsächlich der kleine Adjutant! Voller Empörung sprang sie auf die Füße. »Verlassen Sie sofort diese Kammer! Was erlauben Sie sich, mein Herr?«

Lucien verzog den Mund zu einem Lächeln, nicht herablassend oder spöttisch, nicht siegesgewiss und auch nicht albern. Es war von einer Verunsicherung, die der Situation die Schärfe nahm und Ariane gefiel. Mit einem Male war sie ihm nur noch halb so böse. Schüchtern bemerkte sie: »Wenn meine Mutter eintritt, prügelt sie mich grün und blau.«

Lucien machte eine beschwichtigende Geste. »Sie ist nicht da.« Seine Aussprache war weich und ein wenig näselnd. Ariane spürte, wie ihre Scham verflog und die Hitze nachließ. »Sie müssen meine Kammer verlassen, mein Herr, ich bitt Sie! Sie kompromittieren mich!«

Der junge Mann zuckte mit den Schultern. »Ich habe gesehen, dass Mademoiselle traurig sind. Wie kann ich anders, als Sie zu trösten?«

Verlegen fuhr Ariane mit den Fingern an den Falten ihres Kleides entlang. Die Stille lastete im Raum. Der Adjutant legte die Hände an die Hosennaht und machte eine Verbeugung. »Wenn Sie nicht mehr traurig sind, kann ich gehen.«

Nun, da er schon einmal hier war, hätte Ariane gern mit ihm geplaudert. Aber es schickte sich nicht, er musste verschwinden! Voller Bedauern nickte sie, und Lucien zog sich mit einer neuerlichen Verbeugung zurück. Als er draußen war, legte Ariane eine Hand auf ihr Brusttuch, um ihren Herzschlag zu beruhigen. Dann betastete sie ihr Haar. Da, wo die Hand des jungen Herrn sie berührt hatte, fühlte es sich warm an.

Carl Gustav Carus war es nicht eilig damit, die Qualität des Pulvers zu ermitteln, das er aus dem Rock des Hofrats Lenzen geborgen hatte. Doch eines Maiabends, nach Beendigung seiner Studien – die Luft war wie parfümiert vom Flieder –, führten ihn seine Wege doch zum alten Ommer, den Apotheker, der ihn schon als zarten Knaben in die Geheimnisse der Substanzen und Essenzen eingeweiht hatte. Carus war nicht tief in diese Wissenschaft eingedrungen, doch für medizinische Zwecke reichte es. Das Gift trug er in einen Papierumschlag gefaltet in der Rocktasche. Er hoffte, die Menge reichte aus. Gewiss würde es schwierig werden, es in Flüssigkeiten zu lösen und seinen Charakter zu bestimmen.

Als Carus die Apotheke betrat, hatte Ommer sich, in Berechnungen versunken, über sein Stehpult gebeugt. Seine Lippen bewegten sich, sein Kinnbart berührte fast das Papier. Als er jemanden eintreten hörte, hob er den Kopf und nahm die Brille ab. Er erkannte den jungen Arzt, und seine Miene hellte sich auf. Um das Pult herum eilen, Carus am Arm fassen und in den rückwärtigen Raum der Apotheke führen, war eine einzige Bewegung. Dort ließen sie sich an einem Tisch nieder, der mit Tiegeln und Töpfen, Mörsern und Glaskolben überreich gefüllt war. Der Apotheker schob ein paar Gefäße beiseite, um sich aufstützen zu können. »Was verschafft uns die Ehre Ihres Besuchs, werter Freund?«

Carus zog den Umschlag aus der Rocktasche. »Womöglich ist Ihnen zu Ohren gekommen, dass es in Dresden einen außergewöhnlichen Todesfall gegeben hat?«

Ommer zog die buschiggrauen Augenbrauen in die Stirn. »Irgendein Hofrat. Gott sei Dank, dass wir in Leipzig von diesen Gecken und Bücklingen verschont bleiben. Sollen sie sich nur in Dresden gegenseitig entleiben.«

Carus enthielt sich einer Meinung und faltete den Umschlag mit Bedacht auseinander, um nichts zu verschütten. Eine Messerspitze der Substanz, mehr hatte er nicht retten können. Er präsentierte Ommer die Probe. Der nahm sie vorsichtig, beäugte sie und führte sie dicht unter seiner Nase vorbei.

»Ein geruchloses, weißes Pulver«, dozierte er, als hielte er vor Studenten einen Vortrag, »in sehr geringer Menge.«

»Worum könnte es sich handeln?«

Der Apotheker kniff die Augen zusammen. »Wie viel davon benötigen Sie noch?«

Carus machte eine abschlägige Handbewegung. »Wenn Sie herausbekommen können, worum es sich handelt, benötige ich nichts mehr.«

Ehe Carus Einspruch erheben konnte, hatte Ommer seinen Zeigefinger befeuchtet, war damit in die Substanz gefahren und hatte sich die bestäubte Fingerkuppe in den Mund gesteckt.

Carus sprang auf: »Was tun Sie da!«

Ommer verzog den Mund, kniff die Augen zusammen und rollte die Lippen in Kaubewegungen. »Ah. Ah!«, ließ er hören. Dann sprang er auf, eilte zum Ofen, wo eine Kanne Wasser bereitstand und goss sich einen Becher ein. Nachdem er den ersten Schluck in die Zimmerecke gespuckt hatte, trank er den Becher in einem Zug aus. »Ein sehr bitterer, durchdringender Geschmack. Kein Zweifel, es handelt sich um Arsenik«, befand er, und setzte das Gefäß geräuschvoll ab. Ommer sah Carus die Bestürzung an und lächelte. »Bei dieser kleinen Menge ist die Selbstprobe die sicherste Analysemethode. Der Geschmack des Arseniks ist seine charakteristischste Eigenschaft …«

Als er sah, dass der Apotheker sich wohl befand, hatte Carus wieder Platz genommen. »Welche Menge ist notwendig, um einen Menschen innerhalb eines Tages umzubringen?«

Ommer stützte nachdenklich den Kopf auf seine Faust. »Es ist wie mit jedem Gift. Je größer die Dosis, desto rascher wirkt es.« Er trat an ein Regal und zog einen Glasbehälter hervor; ferner aus den Bataillonen von Instrumenten und Gefäßen auf dem Tisch eine Waage. Mit einem Löffel entnahm er dem Glas ein Pulver und füllte die Schale, bis sie sich senkte.

»Diese Menge reicht aus, um eine normalgewichtige, erwachsene Person innerhalb weniger Stunden zu töten.«

Carus starrte auf den Haufen. Ommer hatte zwei Löffel reichlich gefüllt, um den Haufen zustande zu bringen, eine erkleckliche Menge. Sie passte in eine Tasse, zweifellos – musste aber Verdacht erregen.

»Kann man das Gift in Wasser lösen?«

»Schwerlich«, antwortete der Apotheker. Er goss erneut seinen Becher voll und gab etwas Arsenik hinein. Mit einem Rührstab schlug er das Gemisch, bis es Blasen warf. Carus sah hinein. Es blieb ein weißlich trübes Gebräu.

»Es wird ein mehliges Gefühl im Mund zurücklassen. Ganz zu schweigen von dem bitteren Geschmack.«

Schleunigst nahm Carus dem Apotheker den Becher aus der Hand und goss ihn in den Spülstein.

»Auch Schokolade ist von mehliger, sämiger Konsistenz.« Er hatte laut nachgedacht.

»In der Tat. Vermischt mit Trinkschokolade fällt das Mehlige nicht auf. Doch der üble Geschmack übertönt alles!«

Nein, so dumm konnte Lenzen nicht gewesen sein!

»Und Sie sind sicher, dass nicht schon eine kleinere Menge …?«, fragte Carus noch einmal nach, obwohl er die Antwort bereits kannte.

Der Apotheker hob lachend die Hände. »Sehen Sie mich an! Mir geht es blendend! Sie wissen doch bestimmt, dass Arsenik in kleinen Mengen als Arznei eingesetzt wird …«

Carus nickte versonnen. Der Apotheker hielt ihm die Reste des Pulvers auf dem offenen Papierumschlag hin. »Hier, nehmen Sie doch! Dann können Sie beim nächsten Mal selbst …«

Erschrocken wehrte Carus ab. Ohne den Umschlag, doch ausgestattet mit einer herzlichen Umarmung und guten Wünschen, verließ er die Apotheke. Noch am selben Abend würde er an den Dresdner Stadtphysikus schreiben.

Das Treffen mit dem Musiker war Carus unangenehm. Doch nachdem Hoffmann ihm wiederholt Billetts mit der Aufforderung geschickt hatte, sich eine Vorstellung der »Zauberflöte« unter seiner, Ernst Theodor Amadeus Hoffmanns Leitung anzuschauen, konnte er nicht mehr ausweichen. Und als man sich nach dem Theater in »Auerbachs Keller« traf, war Carus noch ganz erfüllt von der wunderbaren Musik, die Hoffmann ihm geschenkt hatte. Die Dankbarkeit machte ihn empfänglich für dessen Neugierde. Halbherzig versuchte der Musiker, dem überschwänglichen Lob entgegenzutreten. »Es sind nur wenige gute Kräfte. Keller singt ganz passabel. Fräulein Kindler ist in den Höhen stark. Doch das Orchester fabriziert durchweg Katzenmusik.«

»So suchen Sie sich Bessere! In Leipzig müssten doch passable Musiker zu finden sein.«

»Auch solche, die für Secondas Hungerlöhne spielen?«

Carus hob die Hände. Er war klug genug, nicht über Dinge zu sprechen, von denen er nichts verstand, und wartete ab, bis Hoffmann den Weinkelch abgesetzt hatte. Dann begann er unvermittelt: »Es ist, wie ich vermutet hatte: Hofrat Lenzen wurde durch Arsenik vom Leben zum Tode befördert. Die Probe war eindeutig.«

Hoffmann zeigte sich für einen Moment überrumpelt, dann hatte er den Gedankensprung von der Musik zur Chemie ebenfalls vollzogen. »So scheint Hofrat von Block also ein Mörder zu sein?«

Carus nippte an seinem Becher. »Er scheint es nicht nur, er ist es.«

»Mein Herr, ich kenne Block«, setzte Hoffmann an, doch Carus fiel ihm mit einer unwilligen Geste ins Wort. »Niemand kennt den anderen, mein Herr. Denn immer ist das Ich der Ausgangspunkt, von dem aus wir den Mitmenschen erkunden. Nicht viel mehr als das, was wir in uns selbst entdecken, können wir auch im anderen finden. Glauben Sie mir, die Menschen sind komplizierter, als man vermutet!«

Hoffmann lehnte sich zurück. Carus spürte, dass der Musiker beleidigt war. Und er hatte allen Grund! Welcher reife Mann ließ sich gern von einem viel jüngeren schulmeistern? Carus schätzte den Altersunterschied auf gut zehn Jahre.

Doch Hoffmanns Neugier war stärker als der Groll. »Nun gut. Dann gehen wir es von einer anderen Seite an: Wenn Block das Gift mitsamt der Schokolade kredenzt haben sollte …«

»… was Lenzen vor seinem Tode behauptet hat«, fiel Carus Hoffmann ins Wort, doch der ließ sich nicht beirren: »… so gibt es immer noch keine Erklärung dafür, wie das Pulver trocken auf Lenzens Rockaufschlag gelangt ist. Denn nur dort konnten Sie es nachweisen, nicht wahr?«

»Die Trinkschokolade konnten wir nicht analysieren«, gestand Carus zerknirscht ein.

»Haben Sie sich denn nicht an den Ort des Verbrechens begeben?«

»Der Stadtphysikus hat in Begleitung eines Gerichtsbüttels die Lenzen'sche Schreibstube besichtigt. Sie haben die Tasse gefunden, aus der er das Gift vermutlich getrunken hat. Sie war gereinigt.«

»Gereinigt? Sollte Lenzen, der sich so erbärmlich fühlte, noch die Tasse gespült haben?«

Carus spürte, dass etwas nicht stimmen konnte. »Nein. Sicherlich nicht. Vielleicht war es ein Bediensteter? Einer der Aufwärter?«

Hoffmann lehnte sich zurück und steckte die Daumen in die Westentaschen. »Ich sage Ihnen, wer es war: Es war der Mörder!«

»Man sollte die Kanne suchen!«, fiel Carus ein.

Hoffmann hatte glänzende Augen. »Sobald ich wieder in Dresden bin, werde ich Blocks Amtsstube inspizieren!«

»Wird man Sie einlassen?«

»Ich handle im Auftrag der Tochter.«

»Tatsächlich? Sie scheinen viele Herren zu haben!«

Carus musste zugeben, dass ihn der Eifer des Musikers mitriss, doch er spürte, dass dessen Absichten nicht nur edel waren. Hoffmann schien es zu gelingen, einen satten Kern Niedertracht und Heimtücke mit Charme zu umspinnen.

»Ich bin mein eigener Herr«, widersprach jener stolz.

Carus musste schmunzeln. »Glücklich, wer das von sich behaupten kann. Aber was wird die Tochter sagen, wenn Sie die Schuld des Vaters beweisen und ihn aufs Schafott bringen?«

Hoffmann zog eine blasierte Miene. »Nicht seine Schuld werde ich beweisen, sondern seine Unschuld!«

»Na dann, viel Glück! Hoffentlich treffen Sie zeitig genug in Dresden ein, um seine Hinrichtung zu verhindern.«

Erschrocken beugte sich Hoffmann über den Tisch. »Haben Sie denn Nachrichten aus Dresden?«

»Das nicht. Aber nach allem, was ich gehört habe, war man sich einig über Blocks Schuld.«

Hoffmann erhob sich. »Ich werde Seconda bitten, so rasch wie möglich aufzubrechen. Er wollte ohnehin in die Residenz ziehen! Das Leipziger Publikum ist erschöpft.«

Ohne weiteren Gruß war der Musiker zur Tür hinaus. Erst als es ans Zahlen ging, bemerkte Carus, dass Hoffmann seine Zeche schuldig geblieben war.

7

»Selbstverständlich besaß ich in allen Ständen besoldete Spione, und zwar beiderlei Geschlechts, die je nach ihrer Wichtigkeit und ihren Dienstleistungen mit tausend bis zweitausend Franken monatlich bezahlt wurden.«

Joseph Fouché, ehemaliger Polizeiminister Napoleons, in seinen »Memoires«

Am Abend des 29. Mai 1813 rumpelte die Extra-Diligence des »Herzogs von Otranto« durch den Dippoldiswalder Schlag in die Stadt Dresden hinein. Die Kutsche passierte im schnellen Trab, ohne dass eine der Torwachen versucht hätte, sie aufzuhalten, denn das Gefährt Joseph Fouchés, eines der mächtigsten Männer des nachrevolutionären Frankreich, war avisiert. Im Weichbild der Stadt war Ruhe eingekehrt. Fouché hatte auf seinem Weg zwar etliche Biwakfeuer ausmachen können, doch feindliche Soldaten hatten sich nicht blicken lassen. Auch Schüsse waren nicht zu hören. Offenbar waren die Verhandlungen um einen Waffenstillstand weit gediehen. Der Herzog saß allein im Inneren des Wagens, so aufrecht, als könnte ihm das Gerumpel nichts anhaben, als schwebte er in einer anderen, für die Dürftigkeit des Weges unerreichbaren Sphäre. Seine hagere Gestalt mit den eingefallenen Wangen und den vorquellenden Augen war so starr wie eine Puppe. Nur der gelegentliche Lidschlag hätte einem Beobachter verraten, dass sich der Herzog am Leben befand.

In seinem Kopf aber war alles in Bewegung, sein Hirn arbeitete schnell und präzise. In Gedanken hatte Fouché den Staatsbesuch, die diplomatische Mission, die er in Dresden zu absolvieren beabsichtigte, längst vollzogen, bevor er auch nur einen Fuß in die Stadt gesetzt hatte. Der ehemalige Polizeiminister beugte sich nicht vor, als die ersten Hütten, die Gärten der Vorstädte zu sehen waren. Was interessierten ihn Hütten, wenn es um Staaten ging? Napoleon hatte ihn nach Dresden geladen, um sich Probleme vom Hals zu schaffen. Das galt es zu verhindern. Schließlich war Fouché daran gelegen, Napoleons Probleme zu vermehren, nicht, sie zu vermindern!

Das Hufgetrappel der Pferde lag den Schlagwächtern noch in den Ohren, da löste sich aus dem Wachthäuschen eine Gestalt, schlug im Laufschritt exakt denselben Weg ein, den die Kutsche genommen hatte, holte sie binnen Kurzem ein und ließ sie schließlich weit hinter sich. Nur wenig später meldete der letzte Läufer der Kurierstafette dem Kaiser, dass Joseph Fouché, Herzog von Otranto, in Dresden eingetroffen sei. Mit dem Ausdruck äußerster Zufriedenheit verlangte Napoleon eine weitere Portion Hecht. Nachdem der Vorkoster seine Pflicht getan hatte, wurde ihm das Tablett durch ein Dutzend Hände weitergereicht. Eile war nicht geboten. Nach einem letzten Blick auf den Vorkoster, der sich bester Gesundheit erfreute, schlug der Weltenverzehrer seine Zähne in das weiße Fleisch.

Der Hecht war noch nicht ganz verspeist, da vermeldete man dem *empereur*, dass der Herzog von Otranto entgegen Napoleons Befehl im Hôtel de Saxe Quartier genommen habe und keinerlei Anstalten mache, sich – wie befohlen – zum Kaiser zu verfügen. Napoleon lächelte kühl, als er die Botschaft entgegennahm. Er beendete die Mahlzeit und zog sich in seine Privatgemächer zurück. So viel war nun sicher: Fouché würde nicht vor dem morgigen Frühstück erscheinen. Dem Kaiser war das durchaus genehm.

Der Herzog von Otranto war einer der Menschen, die durch eine lange Reise nicht erschöpft wurden. Voller Tatendrang stieg er aus der Kutsche, denn er wusste, in der Zimmerflucht des Hôtels de Saxe, die für ihn reserviert war, wartete einer seiner unzähligen Gewährsleute. Fouché hatte dessen wirklichen Namen vergessen, doch der war unerheblich. Als Referenz an seine jakobinische Vergangenheit nannte er sich »Bürger Jacques«. Fouché selbst war an dem Blutgericht, in dem die Herrschaft der Jakobiner untergegangen war, nicht unschuldig. Das hinderte ihn jedoch nicht, sich von Zeit zu Zeit mit einem der übrig gebliebenen Radikalen zu verbünden, wenn es seinen Absichten entgegenkam. Und dieser hier war einer seiner treuesten Diener.

Schon auf dem Korridor umfing ihn das etwas zu süßliche Eau de Cologne. Daraufhin wies er den Fuhrknecht an, das Gepäck in die Eingangshalle zu stapeln. Er wollte allein sein mit »Jacques«.

Kaum hatte Fouché die Tür zum Flur geschlossen, warf sich der Spion ihm zu Füßen. Er bedeckte die Hand seines Auftraggebers mit Küssen. »O mein Herzog, mein Vater, mein Lebensretter, welche Freude, Sie wohlbehalten zu sehen.«

Der Herzog von Otranto rang sich ein Lächeln ab. Gefühlsüberschwang ekelte ihn. Er versuchte sich zu erinnern, warum dieser Mann, der sein Sohn hätte sein können, ausgerechnet ihn liebte. Ja, natürlich, er hatte ihm das Leben gerettet! Die Soldaten hatten schon auf ihn angelegt, da war Fouché am Schauplatz, irgendeinem Dorf in der Nähe Lyons, erschienen und hatte, einer Laune gehorchend, gefragt, aus welchem Grunde denn dieser prächtige junge Kerl auf einem schäbigen Anger füsiliert werden solle? An die Antwort erinnerte er sich nicht, nur so viel, dass es eine Lappalie gewesen war. Der Kommandant, der das Standrecht walten lassen wollte, trug die Beschuldigungen derart stockend vor, dass Fouché sofort gegen ihn eingenommen war. Er ließ ihn stehen und ging stattdessen auf den schlotternden Delinquenten zu, um ihn zu fragen, welchen Beruf er erlernt habe. Dabei musste er sich allerdings ein parfümiertes Taschentuch vor die Nase pressen, denn im Angesicht des Todes hatte jener bereits alles von sich gegeben, was man auf dem Weg in die Ewigkeit nicht benötigte. Tierarzt, das war die Antwort gewesen.

Fouché hatte daraufhin dem Kommandanten eine Standpauke gehalten, welche Verschwendung es sei, junge Leute, die einen ehrbaren und nützlichen Beruf erlernt hätten, aus einer Laune heraus ins Jenseits zu befördern!

In der Angst, nun womöglich vor das eigene Erschießungskommando zu geraten – Fouché war für schnelle Todesurteile nur allzu bekannt –, akzeptierte der Kommandant die Begnadigung unter der Bedingung, den jungen Delinquenten umgehend laufen zu lassen. Fouché erinnerte sich gern an das Gefühl tiefster Befriedigung, das ihn jedes Mal durchschauerte, wenn er mit einem Wort über Leben oder Tod geboten hatte. So musste sich Gott fühlen.

Fouché hatte den Geretteten beiseite gezogen, ihm neue Kleidung beschaffen lassen und ihm alsdann im lausigen Dorfkrug eine Mahlzeit spendiert, damit er wieder zu Kräften kam. Zu sich nehmen konnte der junge Mann wenig, aber mehrfach versprach er bei den Seelen seiner Mutter und seines Vaters dem Retter Treue bis in den Tod. Und hatte ihn bislang nicht enttäuscht.

»Nun? Wer ist auf unserer Seite?«

Fouché hatte auf einem Sessel Platz genommen. Der Mann, der sich »Jacques« nannte, kniete nicht mehr, wagte aber auch nicht, sich zu setzen. Er zuckte bedauernd mit den Schultern. »Nicht viele. Ein Offizier, der durch den Kaiser degradiert wurde.«

»Dienstrang?«

»Lieutenant. Er kommandiert ein Eskadron.«

Fouchés Blick ließ keinen Rückschluss zu, ob er die Nachricht guthieß. »Weiter.«

»Ein Armeegeistlicher, der dem Kaiser gelegentlich die Beichte abnahm. Und eine exilierte Adlige, sehr zuverlässig, seit vielen Jahren hier am Ort, kennt den Hof in- und auswendig. Leider war sie bislang für Talleyrand tätig.« Er senkte den Kopf. »Um sie zu gewinnen, musste ich allerdings –«

Fouché hob die Hand. »Erspare mir die Einzelheiten. Du sagst, sie hat für unseren Lieblingsfeind gearbeitet. Können wir uns denn auf sie verlassen?«

»Absolut.« Jacques' Lider flatterten unwillkürlich, und im selben Moment wusste Fouché, dass dies eine Lüge war. Er seufzte. Musste man sich denn um alles selbst kümmern?

»Gibt es eine Möglichkeit, der Dame von Angesicht zu Angesicht zu begegnen?«

»Natürlich. Außerhalb der Stadt sollte es …«

»Keinesfalls«, fuhr ihm Fouché ins Wort. »Niemand kann ein Stadttor passieren, ohne dass Bonaparte es erfährt. Ist sie katholisch?«

»Ja.«

»Gut. Dann werden wir morgen der Messe beiwohnen. Ist sie gut besucht?«

»Für gewöhnlich schon.«

»Gut, dann hoffen wir, dass morgen ein gewöhnlicher Tag ist. Danach werde ich beim Kaiser vorstellig werden.«

»Danach …?«

»Herr Bonaparte kann warten.« Bürger Jacques wurde blass, aber Fouchés Mundwinkel zuckten vor Vergnügen angesichts dieser Herabsetzung des Kaisers. Doch sogleich hatte er sich wieder unter Kontrolle und seine Züge gefroren. »Gibt es sonst noch etwas, das ich wissen sollte?« Er hielt das Gespräch für beendet und wollte sich schon erheben, um das Gepäck hereinzubefehlen. Wichtige Korrespondenzen waren zu erledigen.

»Die Dame«, ergänzte Jacques verkniffen, »verlangt eine Gegenleistung.«

Unwillig schnalzte Fouché mit der Zunge und ließ sich in den Sessel zurückfallen. »Welche?«

»Sie steht auf der Liste der unerwünschten Personen, verzehrt sich jedoch danach, in die Heimat zurückzukehren.«

»Nun«, der Politiker rieb sich das Kinn, »dann soll sie mich selbst darum bitten!«

»So werde ich sie auffordern, morgen zur Messe zu erscheinen.« Jacques machte eine Verbeugung.

Kaum merklich hob Fouché eine Augenbraue. »Besucht sie denn die Messe nicht regelmäßig?«

»Sehr sporadisch!«, ereiferte sich Jacques.

Fouché verzog das Gesicht. »Wenn sie ihrem Gott nicht treu ist, wie soll sie uns dann treu sein?«

Jacques blieb die Antwort schuldig und zog es vor, sich zu empfehlen. Als er hinaus war, musste Fouché lachen. Wie drollig doch manche Existenzen waren! Und wie kinderleicht sie sich einschüchtern ließen.

Madame du Barry war empört über die Plumpheit dieses obersten aller Intriganten. Wie konnte er ein Geheimtreffen unter den Augen des gesamten sächsischen Hofes arrangieren? Auch Fouché schien die Undurchführbarkeit rechtzeitig eingesehen zu haben. Die Messe war beinahe vorüber, ohne dass sie einen Herrn entdeckt hätte, der dem, den sie von Stichen und Gemälden her zu kennen meinte, auch nur entfernt ähnlich sah. Sein hagerer, voluminöser Schädel mit den großen Augen und den strähnigen, eng an das Haupt gelegten Haaren war markant genug.

Die du Barry hatte die Kommunion als eine der Ersten – nach den Mitgliedern des Königshauses – empfangen. Dieser Teil der Liturgie eignete sich wie kaum ein zweiter, die Besucher eines katholischen Gottesdienstes zu identifizieren. Mussten doch alle einzeln vortreten, die Damen sogar den Schleier lupfen, um den Leib Christi zu empfangen.

Die du Barry kniete in der Bank, die Hände vors Gesicht geschlagen. In dieser demütigen Geste verharrend, konnte sie durch die Finger bequem beobachten, wer am Hofdiakon vorbeidefilierte. Der gesamte sächsische Hofstaat einschließlich des Königs war zugegen. Selbst Marie Louise zeigte sich, die Gattin des Kaisers, die, von allen ob ihrer Schönheit und Jugend bewundert, für einige Tage in Dresden weilte. Nur der Erwartete ließ sich nicht blicken.

Schon vermutete Françoise eine Finte. Die letzten Gläubigen hatten die Kommunion empfangen und sich zum Beten in die Kirchenbänke zurückgezogen. Françoise schlug das Kreuz über der Brust und wollte sich, um ihre Knie zu schonen, setzen. Bevor sie sich jedoch niederließ, strich sie das Kleid am Gesäß glatt. Dabei stieß sie auf ein Stück Papier auf dem Sitzpolster. Um keinen Verdacht zu erregen, setzte sie sich darauf. Sie beäugte ihre Nachbarn aus den Augenwinkeln, wer von ihnen den Kassiber deponiert haben könnte – doch die schauten unbeteiligt. So wartete sie das Ende des Gottesdienstes ab.

Als sich die Kirchenbänke lichteten, lupfte sie ihren *derrière* und zog den Zettel hervor. Sie entfaltete ihn und las auf Französisch die Empfehlung: »Sündige Seelen sollten die Möglichkeit zur Beichte nutzen.«

Sie sah sich nach den Beichtstühlen um. Bodenlange Vorhänge

verschlossen die Portale, es war nicht zu erkennen, ob jemand darin wartete. Doch zweifelte sie nun nicht mehr daran. Fouché war brillant. Brillant wie die Nachricht, die eine gut verpackte Drohung enthielt.

Sie ergriff ihren Sonnenschirm, trat aus der Bank, machte einen Knicks vor dem Ebenbild des Gekreuzigten und ließ sich mit der Menge forttragen. Die Beichtstühle waren unter der Orgelempore gelegen, dicht bei den Ausgängen, sie musste ohnehin an ihnen vorüber. Hatte er vorausgesehen, dass sie auf der äußeren Seite Platz nehmen würde? Ein Leichtes, beiseite zu treten, den schweren, nach Weihrauch duftenden Vorhang zur Seite zu schlagen und hindurchzuschlüpfen. Der Geruch trockenen Holzes umfing sie, als sie den Stoff zurückfallen ließ. Und Dunkelheit. Die Beichtstühle besaßen schmale Luftschlitze unterhalb der Kastendecke, durch die nur wenig Licht und noch weniger Luft drang. Von der anderen Seite des Gitters her empfing sie ein »Bonjour Madame«. Es war nicht geflüstert, sondern im Konversationston gesprochen, und kündete von unverwüstlicher Selbstsicherheit.

Françoise du Barry beugte sich vor und versuchte, ihr unsichtbares Gegenüber durch die Löcher zu erkennen. Doch auch auf der anderen Seite war es dunkel. Nur die Schemen einer riesigen Nase konnte sie ausmachen, die unter einer Kapuze hervorlugte. »Mit wem spreche ich?«, fragte sie auf Französisch.

»Joseph ist mein Name und bin stets treuer Diener meines Herrn gewesen.«

»Sind Sie in der Lage, mir Zusagen zu machen? Zusagen, die eingehalten werden?«

»Teilen Sie mir Ihre Sünden mit, dann kann ich Ihnen mitteilen, ob die Absolution möglich ist, Und welche Buße dafür getan werden muss!«

Dieses Spiel war ihr doch zu albern. »Ich habe mir nichts zuschulden kommen lassen. Niemand kann mich daran hindern, meinem Land und meinem König die Treue zu halten!«

»Ihrem Land, gut. Ihrem König, auch gut. Wie halten Sie es mit dem Kaiser?«

»Exzellenz«, wich sie aus, »die Zeiten sind nicht so, dass unsereins ein langes Leben erwarten kann. In Leipzig grassiert schon der Typhus, in Dresden hat die Cholera erste Opfer gefordert. Die Einquartierungen werden ein Übriges tun, die Krankheiten zu verbreiten. Ich sehne mich danach, die Heimat wiederzusehen und nach einem Flecken Erde Ausschau zu halten, wo man sein Alter, so es einem vergönnt ist, verleben kann. Sie kennen das Schicksal meines armen Gatten?«

»So, so, Sie wollen sich also zurückziehen? Das soll ich einer Frau glauben, die kaum vier Jahrzehnte zählt, und eines der mutigsten Geschöpfe ist, die das Kaiserreich kennt?«

»Exzellenz, die letzten Jahre zählen doppelt. Es sind beinahe zwei Jahrzehnte, da wir fliehen mussten!«

»Eine schreckliche Zeit, gewiss. Aber auch sie ist vergangen.«

Sein Tonfall war sentimental geworden, doch Françoise du Barry zweifelte, dass Fouché in der Lage war, Mitgefühl zu empfinden. Sie hielt den Atem an, denn der in Ungnade gefallene Minister schien sich auf ihr Anliegen einlassen zu wollen. »In welcher Region unseres Vaterlands liegt der Flecken, den Sie zu Ihrem – mit Verlaub – Alterssitz erkoren haben?«

»Euer Exzellenz, meine Liebe gilt seit jeher Paris.«

Françoise du Barry vernahm ein demonstratives Seufzen, sie konnte förmlich spüren, wie er auf der anderen Seite des Gitters ein Gesicht zog.

»Nun. Paris ist eine diffizile Angelegenheit. Niemand zweifelt daran, dass es Schauplatz neuer Kämpfe sein wird. Sie verstehen, was ich meine?«

Françoise verstand. Fouché sprach von Umsturz, von der Beseitigung aller revolutionären Errungenschaften und der Wiedererrichtung des Königtums. *Eh bien*, ihr sollte es recht sein! Es war nicht ihre Revolution! »Monsieur … Exzellenz«, sie richtete sich auf, »ich glaube, ich könnte mich in diesen Kämpfen bewähren!«

Lange schwieg Fouché, bevor er sich räusperte. »Wollen Sie sich nicht etwas Ruhigeres suchen, ein Örtchen außerhalb, in der Provinz?«

»Exzellenz«, Françoise konnte ihren Unmut schwerlich unterdrücken, »ich habe meinem Vaterland gedient, über Jahre hinweg. Es wird Zeit, dass mir der Lohn zuteil wird!«

»Wem haben Sie gedient? Mir? Nicht dass ich wüsste!«, versetzte Fouché nicht ohne Schärfe. Doch nach einem langen Schweigen war sein Tonfall verändert. Scheinbar erschüttert sagte er: »Ihre Seele klingt gebrochen. Das hätte ich nicht erwartet.«

»Ja. Das ist sie: gebrochen. Ich verzehre mich nach der Heimat!« Ihr Ton war schrill geworden, ohne dass sie es beabsichtigt hätte. Françoise rang um Fassung. Er hatte sie bezwungen. Dieser Teufel!

»Ehrenwerte Françoise«, säuselte Fouché nun, da ihre Verzweiflung offen zutage lag, »nur allzu gern würde ich Ihnen helfen. Allerdings – das werden Sie ahnen – verlange ich einen Treuebeweis.«

Françoise erzitterte. Er hatte sie so weit gebracht, dass sie ihren letzten Trumpf ausspielte: »Exzellenz, einer meiner Gewährsleute verfügt über beste Kontakte zu den sächsischen Generälen. Sie halten ihn für einen zuverlässigen Informanten. Doch in Wahrheit steht er fest zu mir!«

Fouché schnaubte. »Sie bieten mir einen Doppelagenten? Einen, der die Treulosigkeit zum Prinzip erhoben hat? Bleiben Sie mir damit vom Leib! Ich will allein Ihr Versprechen!«

»Aber Monsieur, dieser Kanal könnte nützlich sein, Informationen direkt in das Herz des Generalstabs zu tragen. Vorbei an Talleyrand, ohne dass die Quelle bekannt wird!«

»Ihre Treue, oder keine!«

Françoise senkte den Kopf. »Einverstanden«, flüsterte sie kaum hörbar.

In Fouchés Stimme trat ein triumphierender Ton. »Hören Sie: Noch ist der sächsische König nicht von Napoleons Niederlage überzeugt. Die verbleibende Frist, die Seiten zu wechseln, ist knapp. Doch früher oder später muss er es tun, da niemand gegen eine Allianz der Preußen, Österreicher und Russen bestehen kann! Niemand! Also füttern Sie den Sachsenkönig und seinen Hofstaat mit Informationen, die die Schlagkraft der französischen Truppen in Zweifel ziehen. Erschüttern Sie sein Vertrauen in den Kaiser! Rauben Sie Napoleon seine Anhänger, stärken Sie seine Feinde! Wenn wir ihn auf diesem Feld schlagen, wird auch Paris bald unser sein!«

»Unser?«

»Sobald wir das Ziel erreicht haben, lasse ich Sie von der Liste der unerwünschten Personen streichen.«

»Auf wen kann ich mich berufen?«

»Der heilige Joseph ist Ihr Fürsprecher. Beten Sie zwölf Vaterunser für ihn und zwölf Ave-Maria. Tun Sie Buße. Wenn Ihre Werke gottgefällig sind, werden Sie Eingang ins Paradies finden. Ego te absolvo.« Der Teufel selbst hatte die Formel gesprochen.

»Amen.«

Sie trat aus dem Beichtstuhl und kam allmählich zur Besinnung. Die Kirche war verwaist. Sie ließ sich auf derselben Bank nieder, die sie kurz zuvor verlassen hatte, und sank in die geforderten Gebete. Ihre Lippen bewegten sich stumm. Sie hörte, wie ein Dielenbrett des Beichtstuhls knarrte. Als sie sich umwandte, sah sie eine Gestalt im Gewand der Jesuitenpatres zum Portal hinausschlüpfen. Dann hörte sie ein schleifendes Geräusch vom Altarraum her. Hinter einer Säule war ein Kaplan hervorgetreten. Er behielt den Eingang im Auge. Dann streifte er sie mit strengem Blick. Schließlich wandte er sich ab, um in die Sakristei zu entschwinden. Françoise senkte den Kopf und setzte ihre Gebete fort.

Eine halbe Umrundung noch trennte den Zeiger von der Zwölf, da begab sich Joseph Fouché in die Dresdner Friedrichsvorstadt und fuhr vor dem Palais Marcolinis vor, um sich dem Kaiser annoncieren zu lassen. Der Springbrunnen im Atrium plätscherte freundlich, doch Napoleon empfing seinen geschassten Minister und Lieblingsrivalen mit umwölkter Stirn. »Sie kommen spät, mein Herzog.«

Fouché zog seine Uhr aus der Westentasche und warf einen Blick darauf. »Nicht zu spät für ein kräftiges Frühstück.« Seine Gesichtszüge blieben unbewegt, während die des Kaisers vor Wut zuckten. Napoleon rutschte auf die Vorderkante seines Thronsessels. »Monsieur, ich hatte Sie gebeten, sich umgehend nach Ihrem Eintreffen hier einzufinden. Stattdessen treiben Sie albernes Versteckspiel. Und was für ein unwürdiger Mummenschanz ist das?« Napoleon deutete auf Fouchés braune Kutte.

Der Gescholtene verzog keine Miene. »Wie Euer Kaiserliche Hoheit wissen, bin ich jesuitisch erzogen. Ich pflege den Gottesdienst in schlichter Kleidung zu besuchen.«

»Von mir aus. Aber als Mönch müssen Sie sich nicht ausgeben. Oder geschah es etwa, um eine gewisse Dame zu beeindrucken?«

Fouché gab sich den Anschein von Zerknirschung. Innerlich aber triumphierte er: Napoleon, der Weltenherrscher, war ihm wieder einmal auf den Leim gegangen! Wähnte sich auf einer heißen Spur, die nur ins Leere führte. Die du Barry war ohnehin erledigt. Zu häufig schon hatte sie den Herrn gewechselt! Sie arbeitete für alle und niemanden – keiner, der ihren Angaben noch Glauben schenkte.

Fouché ließ den Kaiser den Sieg spüren, aber nicht zu sehr, um nicht sein Misstrauen zu erregen. »Jedermann braucht Menschen, die ihm Dinge mitteilen«, führte er in geheuchelter Zerknirschung aus. »Sonst bleibt man ein Narr, der unwissend durch die Welt torkelt.«

Napoleon stemmte sich hoch, um sich weit vorbeugen zu können. »Gleichwohl haben Sie meinen Befehl ignoriert, sich gleich nach Ihrer Ankunft zu mir zu verfügen«, sprach er beinahe tonlos, mit blitzendem Blick.

Fouchés Lächeln war eine Bühnengrimasse. »Ich sagte bereits, ich wollte Euer Majestät nicht ahnungslos und unwissend gegenübertreten. Man tut gut daran, sich einen Überblick der Lage zu verschaffen. Wer blind Befehle ausführt, erweist seinem Herrn einen schlechten Dienst. Aber wem erzähle ich das …?«

Napoleon lehnte sich zurück. Der Anflug eines Schmunzelns zog über sein Gesicht wie ein Wolkenschatten über eine Frühlingswiese. »Zutiefst bedauerlich, dass Sie auf der falschen Seite kämpfen, mein Herzog.«

Fouché deutete eine Verbeugung an. »Sie wissen, Euer Kaiserliche Majestät, dass es keine falsche Seite gibt. Es gibt nur meine Seite und die Seite der anderen. Schätzen Sie sich glücklich, dass wir eine Weile lang auf derselben Seite kämpften. Doch diese Zeiten sind vorbei.«

Napoleon sprang auf die Beine angesichts dieser Unverschämtheit. »Ihre Selbstverliebtheit hat Sie weit gebracht, Herzog.« Der Kaiser schrie fast. »Nun sind Sie Prätendent auf den preußischen Thron. Wie gefällt Ihnen das?«

Fouché verzog keine Miene. »Der preußische Thron ist, soweit ich weiß, nicht vakant. Und Blücher macht keine Anstalten, unsere Truppen in sein Land zu lassen. Im Gegenteil, er setzt uns ordentlich zu.«

Der *empereur* rieb sich nervös die Hände. »Da haben Sie allerdings recht, mein Herzog. Womöglich werden wir den preußischen Thron nicht mit Ihro Exzellenz besetzen können. Und doch wären Sie mir allemal lieber gewesen als dieser Preußenlaffe Friedrich Wilhelm, der zu Verhandlungen seine zweifellos charmante Gattin vorschickt. Wenn der den Blücher nicht hätte!«

Fouché hütete sich davor, das Wüten des Kaisers zu unterbrechen. Er witterte den Schlag, zu dem er ausholte. Zweifellos hatte Napoleon bereits neue Absichten mit ihm. Noch war niemand in der Lage, gegen den Korsen aufzubegehren. Noch nicht!

Rasch stieß der Feldherr hervor: »Ich werde dem Staatsrat stattdessen vorschlagen, Sie zum Statthalter von Illyrien zu machen.« Alle Freundlichkeit war gewichen. Napoleon presste die Lippen zusammen und musterte Fouché eisig. Dies war sein Schachzug. Kein Geplänkel mehr, keine Galanterie. Allein für diese neuerliche Demütigung hatte er ihn die Reise von eintausend Meilen unternehmen lassen. Ihm ein neues, lästiges Operettenamt aufzubürden, das nur dazu diente, ihn von seinen Umsturzplänen abzulenken und von Paris fernzuhalten. Der Herrscher lächelte maliziös.

Fouché verzichtete auf Widerstand. Die Miene des Kaisers verurteilte ihn von vornherein zum Scheitern. Illyrien! Ein Kunstgebilde aus den Flicken Kärntens, Friauls, Triests, Dalmatiens und Istriens. Ergebnis eines Siegfriedens, geschneidert nach den Maßen des *empereurs*. Mit der Jahrmarktshauptstadt Laibach. Weit weg von Paris! In dieser bäuerlichen Provinz war schon General Junot dem Wahnsinn verfallen. Aus diesem Grund war der Posten zu haben. Doch war es nicht auch das Eingeständnis einer Niederlage? Hatte der Eroberer damit nicht die Hoffnung aufgegeben, Preußen seinem Reich einverleiben zu können? Ja, in der Tat, und das war die gute Nachricht! Wie groß musste Napoleons Angst vor Niederlage und Verschwörungen sein, wenn er ihn jetzt an den östlichen Rand seines Reiches verbannte? Der Kaiser zitterte um seine Herrschaft! Zitterte so sehr, dass man es bis Paris spüren konnte. Er war noch nicht daran gewöhnt zu verlieren. Das hatte Fouché ihm voraus!

Gewiss plagten den Kaiser Albträume, dass er eines Tages aufwachte und niemandem mehr Befehle erteilen konnte. Fouchés Schlaf war ruhig, denn er hatte mehr als einmal alles verloren. »Wann wünschen Euer Majestät, dass ich abreise?«, fragte Fouché unbewegt. Nur der Mund war etwas trocken, die schmalen Lippen klebten aufeinander. Napoleon machte keinerlei Anstalten, seinem neuen illyrischen Statthalter etwas zu trinken anzubieten.

»Da Sie sich sicherlich wie gewohnt noch vor Ort informieren wollen, bevor Sie Ihr Amt antreten: Heute!«

Fouché zuckte nicht einmal. Er ertrug die Schläge, denn er wusste, die Hand, die sie austeilte, wurde allmählich lahm. »Und der Beschluss des Staatsrats ...?«

»Wird zweifellos morgen ergehen. Urkunde und Siegel werde ich Ihnen mit dem flinkesten Boten, der sich in Dresden auftreiben lässt, nachschicken.«

Fouché empfahl sich. Immerhin hatte seine Reise einen Nutzen gezeitigt. Die Aufmerksamkeit der Feinde war auf eine nutzlose Verbündete gerichtet – und Talleyrand wurde geschwächt. Niemals hatte Fouché den Kaiser so reizbar erlebt. Auch dies war ein Zeichen von Schwäche!

Die Anweisungen, die Fouché vor seiner Abreise dem Bürger Jacques gab, waren knapp und präzise: sicherzustellen, dass seine Kundschaften an den preußischen Generalstab besser waren als die Talleyrands. Fouché wollte sich gut stellen mit den Preußen. Denn Blücher, das stand außer Frage, würde über kurz oder lang in Paris einmarschieren. Damit wäre der schwächliche preußische König derjenige, der das Fell des erlegten französischen Bären verteilen durfte! Und die Schwäche des anderen war immer gut für den Starken. Eingenommen von diesen Gedanken und damit beschäftigt, die nächsten Züge der Partie vorauszuberechnen, rumpelte er am Abend zum Pirnaischen Tore hinaus. Längst hatten seine Mittelsmänner Kontakte zu den Österreichern geknüpft, die ihn anstandslos durch ihre Linien schlüpfen ließen. Ein gutes Verhältnis zum zukünftigen Statthalter von Illyrien musste ihnen am Herzen liegen.

Ohne Umwege fuhr die Kutsche nach Triest, denn Fouché war sich sicher, dass der Kaiser ihn verfolgen ließ. Sein Ziel aber war Paris. Und wenn er es im Gefolge preußischer oder österreichischer Truppen erreichen sollte.

Die Arresttage im Haus verflossen zäh wie Honig. Viel Zeit hatte Ariane damit verbracht, auf die Habseligkeiten im Zimmer ihrer Mutter zu starren. Den Scherenschnitt Ludwig Tiecks an der Wand, die Haarlocke von Arianes eigenem Schopf, als sie vierzehn war. Der schmale Sekretär, in dem Schreibzeug und Briefe aufbewahrt wurden. Sie kramte eine ältere, aber noch nicht gebundene Ausgabe des »Morgenblatts für die gebildeten Stände« hervor und blätterte lustlos darin herum. Wie sollte sie nur ihre Tage verbringen, ohne die geringste Aussicht auf eine Abwechslung? Sie schlug die Zeitschrift zu. Das Klavier! Das Spiel würde sie aufmuntern.

Als sie den Korridor zum Salon durchquerte, wurde der Türklopfer betätigt. Ariane zögerte. Die Soldaten waren außer Haus. Mochten eine Parade abhalten, oder ein Wettschießen, womit auch immer sie sich die Zeit vertrieben.

Bettine unterhielt sich in der Küche mit einem Boten, lauthals, dass man es bis in den Korridor hörte. Und die Mutter war nicht auffindbar. Es pochte erneut, aber schwächer als beim ersten Mal. Ariane horchte auf. Für gewöhnlich wurden Besucher, die man nicht einließ, ungeduldig. Dieser hier wurde zaghaft! Schon hörte sie vor der Tür Schritte, die sich entfernten. Da entschloss sie sich zu öffnen – und bereute es nicht. Vor ihr stand ein kleiner Kerl mit langen Koteletten, wirren Haaren, einer gewaltigen Nase und einem frech vorspringenden Kinn. Ariane entfuhr ein Freudenschrei: »Hoffmann! Da sind Sie ja endlich!«

Der Musiker lächelte schief, verunsichert von dem überschwänglichen Empfang. Ariane hatte die Hände wie zur Umarmung erhoben, doch er wiegelte ab, indem er zu Boden sah. »Bedaure, dass ich mich Hals über Kopf nach Leipzig verfügen musste.« Sein verwachsener Leib straffte sich. »Doch nun bin ich hier, um Sie zur Vorstellung auf dem Linkeschen Bad zu laden. Wir haben das königliche Privileg, in Dresden Theater zu spielen. Am Sonntag sogar auf Morettis Hoftheater! An der ›Zauberflöte‹ wird geprobt, die wir auch in Leipzig im Repertoire hatten. Kurzum: Es gibt Arbeit für mich, aber wenig Zeit …«

»Papperlapapp ›Zauberflöte‹«, unterbrach sie trotzig. »Wir müssen die Unschuld meines Vaters beweisen! Ich zähle auf Sie, denn Sie kennen ihn doch. Glauben Sie wirklich, er könnte einen Menschen umbringen?«

Hoffmanns Miene wurde ernst. »Niemand schaut bis auf den Grund der Seele eines Menschen. Nicht einmal er selbst. Am wenigsten aber diejenigen, die ihn lieben. Ist das Urteil schon gesprochen?«

Ariane schüttelte den Kopf. »Vater ist längst wieder frei. Umso impertinenter von dieser Person, weiterhin diese Gerüchte zu verbreiten!«

Hoffmann war sichtlich überrascht. »Frei? Wie das? Seit wann? Und das Gift?«

»Welches Gift? Glauben Sie etwa auch daran!«

»Man hat es auf Lenzens Rock gefunden. Arsenik.«

Ariane starrte ihn entsetzt an. »Aber – davon weiß ich nichts!«

»Ich muss unbedingt mit Ihrem Herrn Vater sprechen.«

»Er ist nicht hier.«

»Wo ist er denn?«

Ariane zuckte mit den Schultern. »Ausgegangen? Ich weiß nicht. Was wollen Sie von ihm?«

»Mit ihm sprechen.«

Ariane verzog den Mund. »Wir brauchen diese Listen. Darin liegt der Schlüssel. Und ich weiß, wie wir sie beschaffen können, jetzt, da Sie wieder da sind.«

Aufmunternd klopfte sie ihm mit der flachen Hand aufs Revers.

»Welche Listen?« Hoffmann hatte eine Augenbraue hochgezogen.

»Verwahrt im Sekretär von Hofrat Lenzen. Sie sollen der Grund für dessen Tod sein. Das behauptet jedenfalls seine Frau.«

Hoffmann schwieg. Dann meinte er nachdenklich: »Nun, wenn man Ihren Herrn Vater freigelassen hat, gibt es doch nichts weiter zu tun?«

»O doch!«, wehrte Ariane ab. »Ich muss wissen, was es damit auf sich hat, ob die Gerüchte stimmen, er sei ein Dieb. Ich muss die Wahrheit über ihn herausfinden, denn ich habe immer weniger das Gefühl, ihn zu kennen! Es gibt anscheinend eine dunkle Seite seiner Seele. Die möchte ich ergründen!«

Der Musiker betrachtete sie lange, bevor er sich zu einem Entschluss durchrang. »Bis die Damen Aktricen sich häuslich eingerichtet haben und die Bühnenproben beginnen, könnte ich Madame Lenzen einen Besuch abstatten und fragen, ob sie mir – als neutraler Person – Einblick in diese ominösen Verzeichnisse gewährt ...«

Vor Freude klatschte Ariane in die Hände. »Der Schlüssel zum Sekretär liegt auf dem Kaminsims.« Ihre Augen funkelten unternehmungslustig. Hoffmann hob die Hand und bemühte sich um einen gestrengen Blick. »Immer langsam! Ich werde mich nicht zum Dieb machen lassen. Ich werde lediglich um Einsicht bitten.«

Ariane strich ihm sanft über den Arm. »Wir wollen doch die Wahrheit ans Licht bringen, nicht wahr?«

»Wahrheit?« Hoffmann blinzelte sie an. »Die gibt es nicht. Es gibt nur mehr oder minder glaubwürdige Erklärungen.« In diesem Augenblick fiel am anderen Ende des Korridors eine Tür ins Schloss. Ariane wirbelte herum. Es war die Mutter, die sich mit raschen Schritten näherte. Ariane wollte den Musiker hinausdrängeln, doch die Mutter hatte ihn schon erkannt. »Unsere Verhältnisse haben sich in keiner Weise verbessert«, rief sie schon von weitem. »Ich kann mir den Unterricht nicht leisten. Fremde Soldaten sind zu verköstigen. Wir müssen abwarten, bis sich der Sturm der Geschichte gelegt hat. Dann wird wieder Zeit und Gelegenheit sein für das Klavierspiel.«

Hoffmann winkte ab. »Gerade aus dem Grunde war ich hier. Auch ich kann es nicht mehr einrichten. Die theatralischen Verpflichtungen ...«

»Nun, dann sind wir uns ja einig. Wie erstaunlich.« Eine peinliche Pause trat ein. Anna-Louise musterte ihre Tochter. »Steht Ihr schon lange in der Tür? Warum hast du den jungen Mann nicht hereingebeten?« Ariane suchte nach Worten.

»Ich wollte mich ohnehin gerade verabschieden«, kam Hoffmann ihr zuvor und war schon auf den Stufen.

»Vergessen Sie den Sekretär nicht!«, rief Ariane ihm hinterher. Hoffmann drehte sich nicht einmal um. Ariane presste ihre Hand auf die Brust und schloss die Augen, um ihm eine stille Bitte hinterherzuschicken.

»Ein Hallodri«, hörte sie die Mutter sagen, »man braucht ihn nur anzusehen, dann weiß man Bescheid!«

Angetrieben durch eine kaum zu ertragende Neugier, begab sich Hoffmann zunächst zum königlichen Residenzschloss. Er wollte den Mann sehen, über den er in den letzten Wochen so häufig nachgedacht, um dessen Tun und Wesen sich seine Gedanken so unablässig drehten. Es war beileibe nur eine Vermutung, dass Block sich im Schloss befinden könnte, doch etwas Besseres fiel ihm nicht ein.

Am Eingang zur Geheimen Verwahrung des Grünen Gewölbes herrschte ein Treiben wie vor einem Bienenstock. Hoffmann wollte sich unter die Soldaten und Lakaien mengen, die unablässig Bündel und Packen hinein- und heraustrugen. Doch bevor er eintreten konnte, versperrte ihm ein Wächter der Garde den Weg. »Was wünschen Sie?«

Hoffmann antwortete mit Bestimmtheit: »Ich bitte darum, zu Herrn Baron von Block vorgelassen werden!«

Der Soldat runzelte die Stirn, trat jedoch nach kurzem Zögern zur Seite. Hoffmann konnte sein Glück kaum fassen. »Wo finde ich ihn denn?«, fiel ihm nach einer peinlichen Pause zu fragen ein. Der Gardist erklärte ihm den Weg, und mit unsicheren, aber dann, vom

Triumph beflügelt, immer fester werdenden Schritten bewegte Hoffmann sich durch das königliche Schloss.

Er fand Block schreibend in seinem Bureau. Vor Überraschung blieb dem Hofrat der Mund offen. Dann legte er die Feder neben das Tintenfass und schob den Bogen, ohne ihn zu löschen, in die Schublade. Schon hatte Hoffmann sich umgesehen. Eine Decke auf dem Sofa legte die Vermutung nahe, dass der Hofrat die Nacht hier verbracht hatte.

»Was wollen Sie? Woher wissen Sie …?«, stammelte Block.

Hoffmann überlegte, welche Erklärung taugen würde. Er entschloss sich zur Wahrheit. »Ich möchte Ihre Unschuld beweisen. Möchte beweisen, dass Sie kein Mörder sind.«

Block sah ihn an wie ein Gespenst. »Sie wollen … was?«

Hoffmann wehrte ab. »Ich verlange keinen Dank, ich tue es Ihrer Tochter zuliebe.«

Hinter seinem Schreibtisch erhob sich Block zu voller Größe. Er hatte die Fäuste auf die Schreibunterlage gestemmt, sein Kopf war rot angelaufen. »Was mischen Sie sich in Angelegenheiten, die nicht die Ihren sind?«

Hoffmann fand sich undankbar behandelt. »Herr Baron, ich verfüge über Kenntnisse in der Juristerei. Ich kann Ihnen behilflich sein …«

»Ich benötige Ihre Hilfe nicht!« Block schrie fast.

»Sind Sie sicher? Es scheint, als wollten die Gerüchte nicht verstummen.«

»Gerüchte gibt es immer. Wie wollen Sie dagegen angehen? Das Reden verbieten?«

»Allein durch Beweise. Wer hat zum Beispiel die Tasse gereinigt, aus der Lenzen die Schokolade zu sich nahm? Und wie verhält es sich mit den Listen, auf die er seine Vorwürfe gegründet hatte? Sobald diese Fragen schlüssig geklärt sind, wird man Sie mit Leichtigkeit von aller Mutmaßung reinwaschen können!«

Block schien zu platzen. »Scheren Sie sich zum Teufel!« Dann ließ er sich erschöpft auf den Stuhl fallen.

Offenbar wollte sich der Hofrat nicht helfen lassen. Doch warum nicht? Hoffmanns Neugier war nicht gestillt, sondern gewachsen. Ariane hatte richtig vermutet: Ein Geheimnis ruhte in Blocks Seele!

Grußlos ließ Hoffmann den Hofrat an seinem Schreibtisch zurück. Als er vor die Tür trat, mahnte ihn ein Blick auf die Uhr am Schlossturm an den Beginn der Orchesterprobe. Der Besuch bei Lenzens duldete Aufschub, der gestrenge Seconda duldete ihn nicht!

Gleich nach dem Musendienst auf dem Linkeschen Bad begab Hoffmann sich erneut auf die Altstädter Seite. Die Orchesterprobe war auf das Peinlichste missraten. Wenn Hoffmann nur daran dachte, verkrampften sich seine Gedärme. Secondas Kapelle war elend. Die Blechbläser spielten Fortissimo, ganz gleich, was in der Partitur stand. Dafür waren die Streicher kaum hörbar und die Holzbläser besoffen. Kurzum, man war in der Lage, jede Oper kunstgerecht zu verstümmeln. Doch was sollte er tun? Der Kontrakt als Musikdirektor war seine einzig verlässliche Einnahmequelle. Wie viele Klavierstunden hätte er geben müssen, um dieses monatliche Salär aufzuwiegen? Wie viele Rezensionen schreiben?

Und doch, war es nicht ehrenhafter, Musiker zu unterrichten, als schlechte Musik vorzutragen? Durfte er sich herausnehmen, in der Morgenzeitung große Werke zu kritisieren, wenn er sie am Abend vor Publikum verhunzte?

Mit derlei trüben Gedanken war er bis vor die Lenzen'sche Wohnung gelangt. Den Türklopfer vor Augen, fragte er sich, was er hier zu suchen hatte. Er starrte den Messingring in Form einer Lorbeerranke an. Er, der gewesene Justizrat, verdingte sich für eine verwöhnte Göre vom Hofe? Und zwar gegen den Willen ihres Vaters, der womöglich ein ausgemachter Schuft war? Dabei wusste seine Frau nicht einmal, wovon sie Brot beschaffen sollte! Hoffmanns Magen knurrte, schlimmer noch als sein Gewissen. Er wollte sich umdrehen, den Ort fliehen, so schnell es ging. Doch da wurde die Tür geöffnet, obwohl er sich nicht erinnern konnte, geklopft zu haben.

Das Schicksal selbst stand vor ihm – in Gestalt einer Dame, die ihn um anderthalb Köpfe überragte. Die Haare trug sie aufgetürmt, zwei Lockensträhnen wendelten sich an den Schläfen hinab, ›*à la grècque*‹, wie es der Mode entsprach. Ihr Gesicht war blass, die Augen verweint.

»Madame Lenzen«, stieß Hoffmann hervor. Es war keine Frage.

»Ah, da sind Sie«, empfing sie ihn, als habe sie ihn sehnlichst erwartet. Sie trat zur Seite und bat ihn herein. »Herr Gerichtsassessor. Ich hatte noch nicht mit Ihnen gerechnet. Waren wir nicht in einer halben Stunde verabredet?«

Hoffmanns Hirn arbeitete fieberhaft. Sie verwechselte ihn! Wollte er sich nicht aller Chancen berauben, die ihm das Schicksal in die Hände gespielt hatte, musste er sich darauf einlassen! Mit wenigen Schritten war er an der Dame des Hauses vorbei. Sie schickte ihn voraus in den Salon, versprach, bald zu folgen. Welche Gelegenheit! Sich fortwährend umschauend, trat er in eine gediegene Bibliothek, in der zwar keine Musikinstrumente standen, dafür aber eine Unmenge Bücher. Und da war auch schon der Kaminsims, alles am bezeichneten Ort. Madame Lenzen war immer noch nicht erschienen. Er hörte ihre Stimme von ferne, anscheinend hatte sie eine Absprache in der Küche zu erledigen. Wenn das Schicksal ihn förmlich zwang, durfte er sich doch nicht verweigern!

Er tastete auf dem Marmorgesims entlang. Der Kamin war gewaltig, die Ablage durch eine barocke Zierleiste seinen Blicken entzogen. Niemand in der Nähe, er war vollkommen unbeobachtet! Wäre es nicht sträflich, diese Möglichkeit nicht zu nutzen? War er nicht der Wahrheit auf der Spur?

Er betastete den Fuß eines Kerzenleuchters, Bilderrahmen mit Scherenschnitten, einen Pokal aus Alabaster sowie ein silbernes Trinkhorn. Schlüssel zu einem Sekretär fand er nicht. Hoffmann atmete auf. Die Glückssträhne war vorüber – Gott sei Dank! Er würde sich ehrenhaft zurückziehen können – mit einer guten Ausrede, nach einem wackeren Versuch. Erschöpft ließ er sich in einen Ledersessel fallen.

Als Madame Lenzen endlich zu ihrem Gast zurückkehrte und ihn erblickte, trat ihr erneut Wasser in die Augen. »Das war sein allerliebster Platz. Dort am Kamin!«

Wie gestochen schoss Hoffmann aus dem Möbel. »Verzeihen Sie, Madame. Ich wollte nicht …«

Die Lenzen'sche winkte ab. »Ich werde mich daran gewöhnen müssen, andere darin zu finden.« Sie verbarg ihr Gesicht in den Händen, und ihr Leib wurde durch stilles Schluchzen erschüttert. Hoffmann wurde immer unbehaglicher zumute, gern hätte er sich verabschiedet. »Madame, ich …«

»Sie haben ja so recht, Sie kamen nicht, um einer Witwe beim Weinen zuzusehen.«

»So wollte ich das nun auch wieder nicht …«

»Hier, nehmen Sie! Deshalb sind Sie doch gekommen.«

Hoffmann schaute auf ihre langen, feingliedrigen Finger. Sie umschlossen ein gerolltes Papier und Hoffmann wusste im selben Moment, worum es sich handelte. Wieder nahm ihn das Schicksal bei der Hand. Allmählich wurde es ein lästiger Gefährte!

»Das wäre doch wirklich nicht nötig gewesen«, entfuhr es ihm. Schon langte er danach. Die Papierrolle wurde von einer Lederschnur zusammengehalten.

»Ich weiß, wie es zugeht«, erklärte Madame Lenzen. »So etwas kann leicht verschwinden. Wohin man auch schaut, alles versinkt im Chaos.«

Hoffmann wusste nicht, worauf sie anspielte. Sicherlich gab es kein größeres Chaos als das in seinem Hirn. Doch was wusste sie schon davon? Er spürte das Papier in seiner Hand.

»Behalten Sie es ruhig, solange Sie wollen.«

Das war zu viel. »Nein, auf keinen Fall werde ich es mitnehmen!«

Zur Bekräftigung legte Madame Lenzen ihre Hand auf die Seine. Gutmütig schloss sie die Lider. »Wenigstens so lange, bis die Untersuchungen abgeschlossen sind. Es ist eine getreue Abschrift der ersten, die ich Ihnen gab.«

Während Hoffmann das Lederbändchen entknotete, versuchte er weiterhin, sich ihrer Großzügigkeit zu erwehren. Das Papier entrollte sich vor seinen Augen. Das Schicksal selbst wollte, dass er es ansah.

Lenzen besaß eine ordentliche Handschrift. Auch sonst war alles in guter Ordnung. Er hatte die Stücke nummeriert, die Liste war akribisch angelegt.

»59 Stücke Straußeneier, gold- und silbergefasst – 19 davon fehlen« stand hinter der ersten Ziffer. »Ein Perlmutterschälchen, das Mundstück zackig vergoldet – fehlt« hinter der zweiten. Hoffmann ließ das Papier durch die Finger gleiten. »Rubin, taubeneigroß – fehlt.« Er versuchte, sich so viel als möglich zu merken. »Muffschnalle zur Smaragdgarnitur – fehlt.«

Madame Lenzen schniefte nur noch hin und wieder. Dann ließ sie sich zu einer Bemerkung hinreißen. »Das hätte Block vor Gericht gebracht! Mein Mann war sein Henker, und diese Liste war sein Beil! Doch Block ist ihm zuvorgekommen!« Hass blitzte auf in ihren Augen.

»Das Henkersbeil darf allein der Henker in die Hand nehmen, Madame!« Hoffmann biss sich auf die Zunge. Teufel auch, dass er in diesem Moment moralisieren musste! Madame Lenzens Blick wurde giftig. »Wer kann Zweifel an Blocks Schuld haben, wenn man das liest?«

»Dass die Stücke fehlen, bedeutet nicht zwangsläufig, dass Block sie genommen hat.«

So durfte man ihr nicht kommen. Mit gerunzelter Stirn unterzog sie ihn einer gründlichen Musterung. »Ich hoffe, dass Sie bei Ihren Untersuchungen gesunden Menschenverstand walten lassen. Vor aller Welt hat er mit seiner Edelsteinsammlung geprahlt, aber sehen durften sie die wenigsten. Nun wissen wir, warum!«

Hoffmann war nicht mehr wohl in ihrer Gegenwart. Er huschte über die letzte Zeile: »Zierstock, Weißgold, mit Smaragden und Rubinen besetzt – großer Diamant am Knauf – fehlt«. Dann wollte er Madame Lenzen die Liste zurückgeben. »Danke. Das genügt mir.«

Ihre Hände waren zu Fäusten geballt. »Nehmen Sie sie mit. Sie werden sie brauchen, um diesen Mörder zu verurteilen!«

Hoffmann krampfte die Finger um das Papier, dass es knisterte. Sofort lockerte er den Griff. Nein, zerstören durfte er es nicht! Doch er musste es loswerden! Sicherlich blieb er nicht der Einzige, der danach fragte.

»Gehen Sie«, forderte ihn die Witwe auf. »Tun Sie Ihre Arbeit! Auf dass Gerechtigkeit walte!«

Offenbar war eine höhere Gewalt zugange, die ihm partout keine Wahl ließ! »Sie haben recht!« Er steckte das Corpus Delicti in die Tasche seines Rockes. »Ich werde tun, was in meiner Macht steht, um die Wahrheit in ihr Recht zu setzen!« Dann ging er kopfschüttelnd davon.

Eine halbe Stunde war noch nicht vergangen, da fiel der Türklopfer erneut auf das Holz. Madame Lenzen öffnete selbst. Vor ihr stand ein Mann, beinahe kahl, die wenigen verbliebenen Haare mit Pomade an den Schädel geklebt, die Augen wässrig. Das Gesicht blass, aber von einem kräftigen Bartschatten umrahmt. Seine Gestalt war klein und der Bauch etwas rundlicher als der des vorhergehenden Besuchers.

»Gestatten, Oberamtmann Häbig«, stellte er sich vor. Er sprach das Sächsische breit, ausgefallene Zähne zogen es noch breiter. Madame Lenzen war froh, ihn abweisen zu können. »Die Liste habe ich bereits Ihrem Kollegen übergeben.«

»Meinem Kollegen?« Das graue Männlein schüttelte den Kopf. »Ich habe keine Kollegen.«

Nun war es an ihr, verdutzt zu sein.

»Ich bin der Einzige, der mit dem mysteriösen Ableben Ihres Mannes betraut ist. Und ich bin gekommen, die Liste zu holen.«

»Aber die hat der andere mitgenommen!« Madame Lenzen war ehrlich konsterniert. Die Augen des Amtmanns verengten sich zu Schlitzen. Wie stets, wenn er Unrecht und Verrat witterte. »Wie konnten Sie dieses wichtige Indiz fortgeben?« Der kleine graue Mann war in den Korridor getreten. Sein langer Zeigefinger hieb Attacken in die Luft, seine Lippen bebten vor Enttäuschung. Madame Lenzen fühlte sich schuldig, war doch der vorherige Besucher in mancherlei Hinsicht suspekt gewesen. Allzu leichtfertig hatte sie ihm vertraut! Doch Häbig war ihr so unsympathisch, dass sie ihm gegenüber den Fehler nicht eingestehen wollte. »Sie hätten sich anmelden können. Namentlich. Dann hätte ich nicht jedem dahergelaufenen ...«

»Warten Sie!«, fiel er ihr ins Wort.

Das graue Männlein ließ den Zeigefinger endlich in der Luft verharren. »Wenn jemand ein Interesse daran hat, dieses Beweisstück verschwinden zu lassen, dann ist es doch ...«

»... Block!«, ergänzte Madame Lenzen. Doch sogleich winkte sie ab. »Er war es nicht. Es war ein Subjekt, das ich nie zuvor gesehen ... glaube ich wenigstens.«

»Natürlich ist er nicht so dumm, selbst zu kommen«, unterbrach Häbig sie erneut. »Er wird einen Vertrauten geschickt haben.«

»Jemanden, der sich mit einem Mörder gemein macht?«

»Es gibt viele, die sich verdingen. Für Geld. Für Versprechungen.«

»Impertinent!«

»Solche wie Block schrecken vor nichts zurück!«

»Sie werden ihn doch bestrafen?« Madame Lenzen war ihm nahe gekommen, näher, als sie es für möglich gehalten hätte. Der Rachedurst minderte ihre Abscheu.

Häbig wand sich. »Zunächst müssen wir ihm etwas nachweisen können. Aber wenn wir die Liste bei ihm fänden ...«

»Suchen Sie! Aber nicht sofort. Wir müssen dem Mittelsmann Zeit geben, sie ihm zu übergeben!« Wie selbstverständlich hatte Madame Lenzen das Kommando übernommen.

»Ich werde einige Tage verstreichen lassen. Und Block dann einen Besuch abstatten«, liebdienerte Häbig.

»Statten Sie«, befahl Madame Lenzen. »Statten Sie nur! Meinen Segen haben Sie!«

8

»Noch jetzt, wenn ich die Augen schließe, kann ich genau den Ort, wo der Kaiser stand, und wie er stand, mir visionsartig hervorrufen.«

C.G. Carus in seinen Lebenserinnerungen über die Begegnung mit Napoleon

Die Gerüchte, Napoleon sei bei Bautzen gefallen, wollten nicht verstummen. Dass keiner der zurückkehrenden Soldaten ihn gesehen haben wollte, weder tot noch lebendig, mochte niemand glauben.

Ein Kammerdiener des *empereurs* traf ein – allein. Man nahm ihn im Schloss auf, es hieß, er sei krank. Auf den Gassen wurde das anders ausgelegt: Ein Kammerdiener verließ seinen Herrn nicht, auch nicht bei Krankheit. Das gab den Gerüchten neue Nahrung.

Peter Ludwig Heinrich von Block rannte in diesen Tagen umher wie ein herrenloser Hund. Solange er den Leichnam des Idols nicht mit eigenen Augen gesehen hatte, solange lebte Napoleon! Und wie ein Hund nach Knochen schnappte er nach jeder Neuigkeit.

Der Hofrat hatte sich angewöhnt, einen Zettel im Ärmelaufschlag mit sich zu führen. Mithilfe eines Kohlestifts notierte er alles, was ihm auffiel. Er entwickelte eine wahre Wut im Zählen und Notieren, im Sammeln von Informationen.

Plötzlich war die Luft erfüllt von gewaltigem Dröhnen. Aus unbekanntem Anlass hatten die Glocken der Stadt zu schlagen begonnen. Das tiefe und machtvolle Geläut der Kreuzkirche hatte den Anfang gemacht, dann stimmten Annen- und Sophienkirche mit ein, dann die Frauenkirche. Sogar die Dreikönigskirche tönte vom jenseitigen Flussufer herüber.

War das die erwartete Schreckensnachricht? War Napoleon wirklich tot? Block lehnte sich an eine Hauswand. Ringsumher steckte man die Köpfe zusammen, um die Neuigkeit auszutauschen. Niemals würde er sich mit Fremden gemein machen, nur um ein Gerücht zu erbetteln. Aber er musste es doch wissen! Also griff er sich einen der Burschen, den er eben bei einer der Gruppen gesehen hatte und der nun eilte, seinem Herrn die Nachricht für ein gutes Trinkgeld zu überbringen. Block hielt ihn am Ärmel fest. »Sprich, Kerl, was hat das Geläute zu bedeuten?«

Der Junge wollte sich losmachen, doch Block hatte ihn fest im Griff. Atemlos erstattete er Bericht: »Napoleon zieht zum Schwarzen Tor herein! Ein Waffenstillstand ist beschlossen. Bis zum Fünfzehnten des Monats August soll der Krieg ruhen!«

»Bist du sicher, dass es der Kaiser selbst ist?«

»So erzählt man sich, ja, Herr.«

Block entließ den Jungen, der augenblicklich Fersengeld gab. Dann machte er sich auf den Weg – so schnell ihn die Beine trugen, denn Chaisen waren nicht mehr aufzutreiben. Über die wiedererrichtete Brücke lief er hinüber auf die rechte Seite der Elbe, auf den Neustädter Markt und die Hauptstraße. Schon waren hoch aufragende Helme zu sehen, Soldaten der Alten Garde schoben die Menge auseinander, um eine Gasse zu bahnen. Block fand sich nach links gedrängt, auf das Stadthaus zu, da begann das Volk schon, Hüte und Mützen zu ziehen und den Offizieren zuzuwinken, die zu Pferde den Zug eröffneten. Dann sah man blitzende Bajonette, das Hufgetrappel der Kavallerie wurde durch den rhythmischen Tritt genagelter Sohlen ersetzt: die Infanterie.

Block überschlug im Geiste die Zahl der Soldaten und errechnete nicht weniger als fünftausend Mann. Dann erneut Pferde, Wagen, der Generalstab. Und dann, Block erschauerte, der *empereur* selbst!

Seit ihrer letzten Begegnung waren Napoleons Wangen eingefallen. Sein Blick war düster, die Stirn von Sorge umwölkt. Mehr ertrug er die Huldigungen der Menge, als dass er sie genoss. Musste er doch wissen, dass die, die ihm heute zujubelten, ihn morgen am liebsten aus der Stadt jagen würden.

Block war anders, das musste der Herrscher doch spüren! Block liebte und verehrte den kleinen Korsen, machtvoll empfand er ihre

Seelenverwandtschaft! Und tatsächlich, als sie auf gleicher Höhe waren, drehte der Kaiser den Kopf, nur ein wenig, und schaute ihn aus trüben Augen an. Ihn, Peter Ludwig Heinrich von Block! Ihm schenkte der *empereur* einen Blick! Ein Zeichen des Wiedererkennens und der Dankbarkeit. Block war erschüttert, so sehr, dass er alle Zahlen und Notizen vergaß. Er warf seinen Hut und rief: »*Vive l'Empereur! Vive Napoléon!*«

Seine Stimme überschlug sich, er schrie, bis er fast heiser war, und einige, die vor ihm standen, drehten sich verwundert zu ihm um.

Hoffmann befand sich nicht weit vom Hofrat entfernt, aber auf der anderen Seite der Allee, in die sich der Heereszug unter klingendem Spiel ergoss. Der Musiker stimmte nicht ein in den Jubel, zog auch nicht seinen Zylinder. Als er des Tyrannen ansichtig wurde, wandte er sich ab. Hoffmann war im Herzen Preuße, auch wenn er dem Dienst am Staat entsagt hatte. Er war ein freier Mann und ein Mann der Freiheit, deshalb verachtete er Napoleon. Der Usurpator versprach *liberté* – und brachte Unterdrückung in Gestalt von Bajonetten und Geheimpolizei. Wären nicht so viele Menschen um ihn herumgestanden, Hoffmann hätte ausgespien.

Gleich zu Beginn, als er mit der rasch anwachsenden Menschenmasse auf den Markt geschwemmt worden war, hatte er den Hofrat entdeckt. Hoffmann war nicht besonders stämmig, die Menge warf ihn bald hierhin, bald dorthin. Als er das weiße Stoppelhaar unter dem himmelblauen Hut leuchten sah, wusste er, wen er vor sich hatte. Doch vor dem Markt wurden sie getrennt und fanden sich schließlich auf verschiedenen Seiten des Zuges wieder. Hoffmann stieg auf einen Randstein, der ihm die nötige Höhe verschaffte, um über die Menge hinwegzublicken. Und da hatte er Block auch schon ausgemacht, ihm direkt gegenüber, nur getrennt durch Bärenfellhelme und blinkende Waffen.

Hoffmann hatte keine Augen für den Heereszug, Block faszinierte ihn ungleich mehr. Wie er die Soldaten maß, konzentriert, die Stirn in Falten gelegt. Und unablässig bewegte sich sein Mund, wie bei einem Schwachsinnigen, der mit sich selbst redet. Doch er führte keine Selbstgespräche. Hoffmanns scharfer Verstand brauchte nicht lange, um zu begreifen, was dieses Lippenspiel bedeutete: Block zählte. Anders, als die Menschen, die um ihn herum standen, ließ er sich nicht durch das Schauspiel von Macht und Gewalt blenden. Block registrierte und rechnete. Wozu? Das Einzige, was es zu zählen gab, waren doch Soldaten und Waffen?

Als der Kaiser vorüberritt und Hoffmann sich einer grimmigen Miene befleißigte, hörte er den Hofrat jubeln. War dieser Mensch ein Mörder? Steckte unter der Fassade des selbst- wie kunstverliebten Exzentrikers einer, der mit Gift hantierte? Der Menschenleben auslöschte, wie man Kerzen ausblies?

Hoffmann wollte hinter diese geputzte und gezierte Fassade schauen. Er tastete nach der Liste in seiner Rocktasche, wo sie sicher wie in einem Tresor ruhte. War sie der Schlüssel zur Seele dieses Menschen?

Als Block, noch im Hochgefühl der Begegnung mit dem Kaiser, die Tür aufschloss, empfingen ihn ungewohnte Geräusche: Es wurde lauthals gesungen. Doch nicht die helle, klare Stimme seiner Tochter klang ihm entgegen, sondern Gegröle aus Männerkehlen. Die Geräusche – von Musik konnte keine Rede sein – kamen aus dem Salon.

Mit wenigen Schritten durchquerte Block den Korridor und öffnete beidhändig die Türflügel. Der Anblick ließ ihn vor Wut erzittern. Die Uniformröcke lagen über das Canapé gebreitet, die Hemden waren schon aufgeschnürt, überall standen und lagen leere Flaschen. Weinpfützen glitzerten auf dem Parkett. Den kostbaren Südseeschild hatten sie von der Wand genommen und Flaschen darauf gestapelt, vermutlich diente er dazu, sie aus dem Keller heraufzubringen. Block erblasste, die Empörung verschlug ihm die Sprache. Schon taumelte der Ältere, mit halbvoller *bouteille* dem Hausherrn zuprostend, durch den Raum, lallte von *»victoire«* und schickte sich an, ihn zu umarmen. Doch bevor er seinen Plan ausführen konnte, war er gegen den Saufkumpan geprallt und gestürzt. Wild purzelten sie übereinander und schütteten sich aus vor Lachen.

Block floh aus dem Salon und suchte nach den Frauen. Er fand sie in der Küche, mit langen Gesichtern um den Tisch herum geschart wie um ein Totenlager. Ariane schnäuzte sich in ein Küchentuch.

»Was hat das zu bedeuten?«, fragte Block. »Drinnen wird gefeiert und hier …?«

Ariane schluchzte auf. Sie ließ das Tuch sinken und Block konnte einen Blick auf ihre geröteten Augenlider werfen.

»Lucien …«, setzte Anna-Louise an. Dann machte sie eine dramatische Pause, ehe sie fortfuhr: »… hat versucht Ariane zu küssen!«

Block schnappte nach Luft. »Zu … was?« Ariane blickte zu Boden. »Auf den …?« Das Unaussprechliche war nicht herauszubringen. Anna-Louise nickte.

»Vater, glauben Sie mir, niemals hätte ich es ihm gestattet!«

Block schnaufte empört. Er drehte sich zur Tür, doch Anna-Louise hatte flugs den Tisch umrundet und versperrte ihm den Weg. Zur Sicherheit hielt sie ihn am Rock zurück. »Du wirst sie in Ruhe lassen! In diesem Zustand bringen sie es fertig und rammen dir ein Messer in die Rippen! Lass sie nur feiern. Morgen werden sie wieder nüchtern sein!«

Block schrie: »Ich werde nicht dulden, dass meine Tochter im eigenen Haus entehrt wird!«

»Na, na, wollen wir mal die Kirche im Dorf lassen. Er war betrunken und hat nicht einmal sein Ziel getroffen.«

»In meinem Haus wird nicht gesoffen! Und geküsst wird überhaupt nicht. Ich werde ihnen Manieren beibringen!«

»Nichts wirst du. Oder willst du wieder festgesetzt werden?«

»Niemals würde der Kaiser so etwas zulassen!« Resigniert ließ er sich auf einen Küchenstuhl sinken.

Anna-Louise schüttelte den Kopf. »Der Kaiser trägt die Schuld an diesem Krieg, ob du es wahrhaben willst oder nicht!«

»Ich kann nicht glauben, dass er saufende Soldaten duldet!«

»Soldaten saufen immer, anders ist dies Leben nicht zu ertragen!«

»Was weißt du denn schon?«

Anna-Louise legte ihrem Gatten eine Hand auf den Arm. »Morgen werden sie ihren Kater ausgeschlafen haben und anders über die Sache denken. Dann ist immer noch Zeit für eine Entschuldigung. Beschwere dich bei Legrand, der ist vernünftig und ein Ehrenmann! Auf welche Händel willst du dich mit betrunkenen Halbwüchsigen einlassen?«

Block beruhigte sich, die Worte seiner Frau zeigten Wirkung. Auch Ariane schluchzte verhaltener. Zaghaft trat Bettine neben ihn. »Soll ich dem Herrn Hofrat eine Schokolade aufbrühen?«

Der Angesprochene betrachtete die Bedienstete versonnen, sie hatte ihn auf eine Idee gebracht. Das Kabinett war, da die Soldaten im Salon feierten, verwaist. Eine exzellente Gelegenheit, einen Blick auf seine Lieblingsstücke zu werfen!

»Bring mir die Kanne ins Kabinett«, befahl er, schon auf dem Sprung.

»Aber es ist dir verboten, es zu betreten!«, erinnerte ihn die Gattin.

»Wer sollte mich daran hindern? Die beiden Trunkenbolde, die nicht oben von unten und nicht hinten von vorne unterscheiden können?«

»Was, wenn Legrand zurückkehrt?«, fragte Anna-Louise mit besorgter Miene.

»Dann wird doch wohl jemand den Mut haben, mich zu warnen!«

Ohne dass ihn jemand hätte aufhalten können, stürmte Block über den Korridor. Die Tür stand offen. Die Soldaten besaßen nicht einmal den Anstand, sie sicher zu verschließen! Ihr Benehmen war ein einziger Skandal, wenn das der Kaiser wüsste! Block entschloss sich, dafür zu sorgen, dass er es erfuhr. Er würde sich an ihn wenden, höchstpersönlich!

Block roch die Schokolade, lange bevor es klopfte. Umgehend gewährte er Einlass. Doch es war nicht Bettine, die eintrat, es war seine Tochter. Steif und vorsichtig näherte sich Ariane, die Augen immer noch gerötet, ein zartes Lächeln auf dem Antlitz. Aus welchem Grunde hatte sie wohl das Servieren übernommen?

Er winkte sie heran. Sogar einen Blick auf die Lade, wo funkelnde

Steine auf schwarzem Samt ausgebreitet lagen, ließ er sie erhaschen. Arianes Augen schienen wie gefesselt. Sollte sie Gefallen an den Preziosen gefunden haben? Wie konnte eine junge Frau dieser Faszination nicht erliegen? Block hätte sie zu gern eingeweiht in die Geheimnisse der Steinkunst. Wenn sie doch nur Neigung zeigen wollte ...

»Ihre Schokolade«, vermeldete Ariane mit stockender Stimme. Sie stellte das Tablett auf den Schreibtisch, dicht neben ihn. Das Vermischen der Ingredienzen, das abschließende Süßen würde er wie stets von eigener Hand besorgen. Während Block die Prozedur mit dem Silberbesteck vornahm, beobachtete ihn Ariane. Löffel um Löffel fügte er Zucker hinzu. Sie starrte auf seine Hände, Schweiß brach ihr aus.

»Was ist denn?«, erkundigte sich Block.

Ariane musste sich fassen. »Vater. Haben Sie ... haben Sie sich etwas zuschulden kommen lassen?«

»Was meinst du?«, fragte er unbefangen zurück. Es schien, als konzentrierte er sich auf die Zubereitung der Schokolade.

»Man munkelt in der Stadt, dass Sie ...«

Block lachte gequält und fiel ihr ins Wort: »Was? Was munkelt man?«

Ariane schwieg. Mit einem Male erschienen ihr die Vorwürfe haltlos.

»Madame Lenzen behauptet, ich hätte Stücke aus der königlichen Sammlung entwendet, meinst du das?«, kam er ihr zuvor. »Glaubst du, man hätte mich freigelassen, wenn es Beweise für irgendeine Art von Schuld gäbe?« Block atmete tief durch.

Mit der Fingerkuppe strich Ariane über das schwarze Holz des Schreibtischs. »Das ist es ja gerade«, sagte sie. »Es gibt keine Beweise, weil Lenzen tot ist!« Ein vorwurfsvoller Ton lag nun in ihrer Rede, ein Anflug von Zweifel.

Block konnte seine Erschütterung nicht verbergen. »So, so. Jetzt habe ich also nicht nur Soldaten im Haus, sondern auch Verräter!« Seine Augen schwommen, Ariane wandte sich ab. »Verzeihen Sie, Vater. Ich möchte doch nur wissen, dass Sie unschuldig sind!«

Statt einer Antwort seufzte Block.

Ariane sah ihm tief in die Augen. »Man behauptet, die Schokolade sei vergiftet gewesen!«

»Unmöglich, ich habe auch davon getrunken!«

»Er hat dieselbe Schokolade getrunken wie Sie? Absolut identisch?«

Block wollte schon zustimmen, da hielt er plötzlich inne. Sein Stutzen ließ Ariane aufhorchen.

»Also nicht?«

»Nein. Tatsächlich nicht. Es gab einen Unterschied. Seine Schokolade war gezuckert. Die meine nicht. Denn an jenem verhängnisvollen Morgen litt ich an Zahnschmerzen.«

Ariane war die Erregung anzumerken. »Das heißt, das Gift könnte sich im Zucker befunden haben?«

Block überlegte. Tatsächlich, das war die wahrscheinlichste Lösung. Doch wer hatte es hineingetan? Egal, wie er es drehte und wendete, der Verdacht blieb an ihm haften. »Das wäre eine Möglichkeit«, bestätigte er nachdenklich.

Die Last der Wahrheit lag im Raum und ließ sie beide verstummen.

Da polterten schwere Stiefeltritte im Treppenhaus. Soldatenstiefel. Von außen wurde gegen die Tür gepocht, und Bettine zischte, dass Legrand im Anmarsch sei. In Eile schob Block Schuber und Laden an ihre Plätze. Steine purzelten durcheinander, einer fiel sogar zu Boden, Ariane vor die Füße. Die Tochter musterte ihren Vater von der Seite. Vom Verstauen und Verstecken in Beschlag genommen, hatte er den Schwund nicht bemerkt. Sie bückte sich und hob den Stein auf. Es war ein außergewöhnlich großer, leuchtender Topas, gefasst in einen goldenen Ring. Ariane ließ ihn in den Falten ihres Kleides verschwinden. Der Vater verschloss die Schübe, und gemeinsam traten sie, in Erwartung einer Standpauke, aus dem Kabinett.

Doch mit großer Umsicht hatte Anna-Louise Legrand schon beiseitegenommen. »Monsieur, ich muss mich über das Verhalten Ihres Untergebenen beschweren!« Mit vertraulicher Geste führte sie ihn am Ärmel in entgegengesetzter Richtung fort.

Vater und Tochter tauschten erleichterte Blicke. Block ging noch einmal hinein, um alles zu ordnen. Ariane wartete einen Moment, bis Legrand mit der Mutter im Salon verschwunden war. Dann, als die Gefahr vorüber schien, wollte sie in ihr Zimmer entschlüpfen.

Doch als Ariane über den Korridor eilte, erklang aus dem Salon Klavierspiel. Am Anschlag erkannte sie die Mutter. Mit einer gelassenen Leichtigkeit, die Ariane niemals erreichen würde, wanderten ihre Finger über die Tasten. Ihr eigenes Spiel war, trotz langjährigen Studiums, ungelenk und mechanisch. Wenn Anna-Louise improvisierte oder eine Etüde klimperte, lag tiefe Zärtlichkeit darin.

Erfüllt von Dankbarkeit und Liebe, öffnete sie die Tür zum Salon – und prallte zurück. Sie vermeinte, ihren Augen nicht zu trauen: Hinter der Mutter lehnte Legrand, so nah, dass sein Degengehänge die vor ihm Sitzende an der Seite berührte. Doch das, was den Skandal vollendete, war seine rechte Hand: Die ruhte auf der Schulter der Mutter!

Arianes Atem ging flatternd. Sie spürte Schwindel, sah schwarze Schleier. Der Offizier wandte sich zu ihr um. Sein Lächeln verriet alles: Es war das Lächeln des Eroberers.

Dann, wohl um dem Anstand zu genügen, ließ er seine Hand langsam über das Schulterblatt herunter gleiten. Endlich löste er die Berührung und die Hand fiel, als sei alle Kraft aus ihr gewichen, zurück an seine Hosennaht.

Als Anna-Louise sich zu Ariane umwandte, leuchteten ihre Wangen von feinem Rot, der Mund der Mutter war leicht geöffnet, die Lippen voll und ihr Lächeln strahlend wie lange nicht. Das, was Ariane diesem Gesicht ablesen konnte, war Glück in seiner reinsten Form. Sie spürte noch, wie ihr die Knie wegsackten. Dann glitt sie willig hinüber in das Reich der Ohnmacht.

Als Ariane wieder zu sich kam, fiel ihr Blick auf die Person, die sie am wenigsten zu sehen wünschte. Die Mutter saß auf dem Rand des großen Bettes und hielt ihre Hand. Sofort entriss sie sie ihr. »Ich hasse dich!«

Anna-Louise packte die Tochter bei den Unterarmen und zwang sie zu sich herum. »Schau mich an – dein Vater tut es längst nicht mehr! Lieber starrt er auf seine Steine, kalt und glatt. Aber ich sehne mich nach Feuer! Nach der Hitze, die ein begehrlicher Blick entfachen kann, verstehst du?«

Während die Mutter sprach, stiegen Ariane Tränen in die Augen. Leise, aber energisch hielt sie dagegen: »Du wirfst ihm vor, kalt zu sein? Du selbst bist es! Wenn du die Glut der Liebe nicht bewahren kannst, sondern sie immer nur auf dem Feuer der ersten Leidenschaft aufkochst – *dann* bist du kalt.«

»Wie kannst du so daherreden?«, lachte die Mutter spitz auf. »Kennst du die Mühsal, die es braucht, eine Liebe über Jahre glühen, sie nicht im Einerlei der alltäglichen Begegnung ersterben, sie über faulende Zähne, über Runzeln, graue Haare und dicke Adern hinwegsehen zu lassen? Woher nur hast du deine Erfahrungen, dass du so reden kannst, Tochter?«

Ohne abzuwarten, gab die Mutter selbst die Antwort: »Aus deinen Büchern! Aus sentimentalen Romanen! Das ist nicht mehr wert als ein Rascheln im Gebüsch.«

Ariane schlug die Hände vors Gesicht. »Du beleidigst alles, was mir lieb ist. Warum? Willst du mir wehtun?«

Der Zorn schwand aus dem Blick der Mutter, er wurde milde, reumütig sogar. Anna-Louise strich ihrer Tochter übers Haar, und Ariane ließ es sich gefallen.

»Niemand will dir wehtun, Liebes«, erklärte sie zärtlich. »Aber die Gefühle führen uns mitunter in die Irre. Immer tiefer taumelst du hinein wie in eine Hecke wilder Rosen, berauscht vom Aroma, von der üppigen Natur um dich herum. Und irgendwann kommt man zur Besinnung und stellt fest, dass man nicht mehr herausfindet. Glücklich, wenn du ein Schwert zu führen weißt, um dir den Weg freizuhauen. Wenn nicht, zerkratzen dich die Dornen bis auf die Knochen.«

Ariane schwieg. Sie spürte die Wahrheit der Worte, konnte sie aber nicht annehmen. Stattdessen bewahrte sie sie in ihrem Herzen, für später. Mit einem letzten Streicheln über Arianes Haar erhob sich die Mutter und verließ die Kammer.

Am Vorabend hatte Hoffmann Georges Talma auf den Brettern gesehen. Was für ein Erlebnis! Napoleons Lieblingsschauspieler verwandelte sich nicht in eine Bühnenfigur, er gebar sie aus der Tiefe seiner Seele. Als intriganter Krüppel Richard III. spielte Talma nicht Boshaftigkeit, er war die Boshaftigkeit in Person. Er spielte nicht Trauer, er war sie. Innerhalb weniger Augenblicke vermochte er sich Gemütszustände anzuverwandeln, die im wirklichen Leben Tage zur Entwicklung brauchten. Und die Ringe unter den Augen waren nicht geschminkt. Kurzum, Talmas Spiel grenzte an Hexerei.

Als *artiste allemand* hatte man dem Musiker freien Eintritt gewährt und ihm somit vier Groschen (auf der Galerie) oder sechzehn Groschen (im Parkett) erspart. Im Verlauf der Vorstellung aber wuchs die Ahnung, man habe die deutschen Künstler nur geladen, um ihnen ihre Bedeutungslosigkeit vor Augen zu führen. Hoffmann sank immer tiefer in seinen Sitz. Mit jedem Satz, jeder Geste der Franzosen wurde die Armseligkeit der Seconda'schen Truppe offenkundig.

Nach dem zweiten Akt war Hoffmann zu »Cagiorgi« entflohen, dem Wirtshaus, das sich neben »Eichelkraut« zu seiner Hauptspielstätte gemausert hatte. Um die Demütigung zu verwinden, hatte er sein rasch anwachsendes Publikum mit Parodien ergötzt: der Sachsenkönig Friedrich August, Napoleon, sogar den Metternich gab er, den er nicht einmal aus eigener Anschauung kannte. Man bog sich vor Lachen, selbst an den Nebentischen, und Hoffmanns Seelenwunde schmerzte nicht mehr so arg. Die Getränke taten ein Übriges.

Als er weit nach Mitternacht neben Mischa in die Kissen fiel, war die Block'sche Liste vergessen. So vergessen, dass sie die Nacht – ebenso wie Hoffmann – in seinem Rock verbrachte.

Am nächsten Morgen stieg er aus dem Bett, wie er sich hineingelegt hatte, und drückte Mischa einen Kuss auf die Stirn. Sie ließ ihn gewähren, drehte dann aber den Kopf weg.

»Ich muss zur Probe. ›Orpheus und Eurydike‹. Sie beginnt Schlag elf.«

»Und jetzt haben wir …?«

»Eben hat's halb zehn geläutet.« Hoffmann klatschte vor Freude in die Hände. »Da bleibt Zeit, bei Eichelkraut nach dem Rechten zu sehen.«

»Trink nicht so viel!«, forderte Mischa mürrisch.

»Ich trinke nicht, ich helfe ihm, seine Lieferungen zu verkosten.«

»Am Ende willst du die Sauferei noch Arbeit nennen?«

»Arbeit nicht, aber eine nützliche Beschäftigung. Man lernt viel dabei, hört so einiges ...«

»Hört man auch, dass der Kapellmeister Hoffmann sein mageres Salär gleich wieder durchbringt?«

Hoffmann wollte Mischa über die Wange streichen, doch sie wich ihm aus.

»Keine Sorge, ich habe einige musikalische Rezensionen verfasst und an Haertel abgeschickt. Sobald Lohn eintrifft, werden wir uns eine größere Wohnung nehmen. Vor den Toren der Stadt.«

Schnurrend warf sich Mischa an seine Brust. »Oh, Theo, bitte, damit würdest du mich glücklich machen. Lass uns vor die Mauern ziehen ... Die Stadt ist vollgestopft mit Soldaten. Das macht mir Angst.«

Hoffmann nahm ihre Ellenbogen in die Hände und schob sie sanft von sich. »Es ist Zeit zu gehen. Wir werden eine Wohnung vor der Stadt haben – bald.«

Mischa überwand seine Abwehr und presste die Lippen auf seinen Mund. Ihre Hüften drängten sich ihm entgegen, ihre Hände schlüpften auf die Innenseite des Hosenbundes und dann an seiner Haut hinab.

Block ließ den Federhalter fallen und sah auf seine schwarzfleckigen Finger. Er hatte alles niedergeschrieben, was er wusste. Nicht zu Hause, in seinem Kabinett, sondern in seiner Schreibstube im Schloss. In die Kreuzgasse zog es ihn nicht mehr. Der Anblick seiner Frau, die mit französischen Offizieren kokettierte, sollte ihm, wenn es ihn auch recht kalt ließ, erspart bleiben. Eine Bettstatt besaß er dort ohnehin nicht mehr.

Block hatte die Aufzeichnungen gefaltet und in einen Papierbogen gelegt, den er als Umschlag benutzte. Dann zog er eine Stange Siegelwachs aus einer Lade, erhob sich und trat hinüber zum Leuchter, um das Ende zu erhitzen. Als das Wachs weich genug war, strich er es auf dem Bogen ab und drückte den Petschaft darauf. Er betrachtete das Siegel. Ein Quadrat, durchschnitten von den Linien eines Dreiecks. Strenge Linien, wie die eines mit Könnerschaft geschliffenen Edelsteins.

Er schwenkte den gesiegelten Umschlag im Licht des Leuchters, so lange, bis das Wachs nicht mehr glänzte. Dann erhob er sich, löschte das Licht, hängte seinen Überrock über den Arm, drückte den Hut aufs Haupt und trat auf den Flur. Der war menschenleer.

Als der Hofrat ins Freie trat und sich umsah, entdeckte er ein vertrautes Geschöpf. Es war eine Frau mit schwarzem Haar, von dem nur vorn, in der Stirn, ein paar Strähnen unter dem Stricktuch hervorlugten. Ihr Gesicht war länglich, aber nicht unhübsch, ihre Augen dunkel und groß. Sobald sie Blocks Blick aufgefangen hatte, wandte sie sich ab und verließ den Ort. Offenbar hatte sie ihn erwartet. Es war Natalie, das Mädchen der du Barry. Block folgte ihr. Er war sich sicher, dass sie ihn zu ihrer Herrin führte.

Natalie schlug den Weg über den Theaterplatz ein. Gleich hinter dem Bühnenhaus, zwischen Zwinger und Packhof, begann das Terrain unübersichtlich zu werden. War der Platz zwischen Schloss und Hofbühne noch voller Betriebsamkeit, so taten sich hier auf der Rückseite, gegen die zerfallenden Mauern der vormaligen Bastion hin, Büsche und Baumgruppen auf. Sogar Theaterkulissen standen zwischen Remisen offen herum, platzsparend geschichtet.

Natalie vergewisserte sich nicht, ob Block ihr noch folgte. Die leuchtend rote Strickstola, die das Mädchen um Kopf und Schulter gelegt hatte, erfüllte ihren Zweck. Der Hofrat konnte sie nicht aus den Augen verlieren. Entlang der Mauer suchte sie ihren Weg, bis sie hinter einem Schuppen verschwand. Block ging um das grob gezimmerte Gebäude herum. Die Tür stand einen Spalt weit offen. Schon als er sie weiter öffnete – im Inneren war es vollkommen düster –, roch er das Parfüm, frisch und aufreizend. Er fragte in die Dunkelheit hinein: »Madame? Sind Sie da?«

Die Wartende trat einen Schritt vor, und Natalie entfernte sich mit einem Knicks. Einen Moment lang fiel der Lichtschein der halb offenen Tür auf die Französin. Block erschien sie überirdisch schön. Natalie schloss von außen die Tür, so dass es mit einem Mal vollkommen dunkel im Schuppen war. Blocks Kopfhaut kribbelte. Hier stand er nun, allein mit dieser Frau, umgeben von finsterster Nacht, und alle Welt, alle Moral war draußen. Er streckte seine Hand aus, griff jedoch ins Nichts. Erst als die Madame ihn ansprach, gewahrte er, wie weit sie von ihm entfernt war.

»Mein verehrter Hofrat, ich kann Ihnen doch weiterhin vertrauen?«, eröffnete sie das Gespräch.

Block machte eine ergebene Geste, ehe ihm aufging, dass sie ihn nicht sehen konnte. »Sicher. Ich habe alles bei mir. Alles, was ich in Erfahrung bringen konnte. Für den Kaiser!«

Sie schwieg lange. Er konnte sie atmen hören. Warum sagte sie nichts?

»Gut«, begann sie endlich. »Ich muss mich nämlich in dieser Angelegenheit ganz auf Sie verlassen können. *Du tout!*«

Ihr Akzent war anbetungswürdig. Er schwieg, um ihre Worte nachhallen zu lassen. Doch sie fuhr fort: »Es geht darum, falsche Informationen direkt in das Herz des Generalstabs zu tragen! Der Waffenstillstand ist nur die Vorbereitung auf die große Entscheidungsschlacht. Schon werden die Truppen gesammelt. Wir müssen dafür sorgen, dass Napoleons Feinde über seine wahre Stärke im Unklaren sind! »

Block nutzte die Pause, um auszuatmen. »Alles, was dem Kaiser nützt!«

»Ich werde Ihnen in den nächsten Tagen durch Natalie einen Umschlag zukommen lassen. Er enthält gefälschte Angaben über die französischen Kompaniestärken. Geben Sie vor, es hätte Ihnen große Mühe bereitet, sie zu beschaffen! Behaupten Sie, Sie hätten mir die Papiere entwendet. Bringen Sie General Haldensleben diesen Umschlag!«

Block war verdutzt. »Sachsen und Frankreich sind verbündet. Warum sollten sie falschen Zahlen Glauben schenken?«

»Tun Sie, was ich Ihnen sage. Alles hat seine Richtigkeit, vertrauen Sie mir! Für den Kaiser!«

Block nahm Haltung an. Der Befehlston ließ keinen Widerspruch zu, er würde tun, wonach sie verlangte. Alles! Seine Gefühle überwältigten ihn, just in dem Moment, da sie nur eine Ahnung in der Dunkelheit des Schuppens war. Er schloss die Augen, obwohl er ohnehin nichts sah. »Madame«, setzte er entschlossen an, um dann doch zu zögern. »Würden Sie mir die Ehre antun, mich zu Ihrem Geliebten zu machen?«

Die du Barry schwieg lange. »Wir werden sehen«, brachte sie endlich hervor – und dies war nichts anderes als ein Nein, nicht einmal höflich formuliert. Block wollte ihr etwas entgegnen, doch seine Kehle war ausgedörrt. Gern hätte er sich bei ihr beklagt, dass sie seine Gefühle nicht ernst genug nahm, aber er verkniff es sich. »Ich werde Sie nicht enttäuschen«, presste er noch hervor, bevor er den Schuppen verließ.

Vor der Tür bemerkte er, dass er den Hut nicht abgenommen hatte. Kein Wunder, dass ich ihr nicht genüge, habe ich doch die Sitten eines Barbaren, bezichtigte er sich selbst.

Natalie, die auf ihn zukam, merkte ihm die Erschütterung an. Das Lederportefeuille mit seinen Aufzeichnungen fest unter den Arm geklemmt, suchte er das Weite.

Als Natalie in den Schuppen trat, sah sie die Madame wie eine Gliederpuppe, in unnatürlicher Körperhaltung, zwischen den Holzstößen stehen. »Was ist passiert?«, fragte sie ihre Herrin auf Französisch. »Hat er Sie verletzt?«

Die Madame winkte ab. »Nein. Es ist nichts. Ich bin nur … von mir selbst enttäuscht.«

Natalie schloss die Tür, so dass es vollkommen dunkel im Schuppen war. Im nächsten Moment tat Madame du Barry etwas Unerhörtes: Sie fiel Natalie um den Hals und weinte sich an ihrer Schulter aus. Und das Mädchen tat nichts weiter, als stillzuhalten.

Obwohl die Frist bis zum Probenbeginn arg geschrumpft war, versäumte Hoffmann nicht, bei »Eichelkraut« einzukehren. Er war im

Hemd. Der Rock, den Mischa ihm von den Schultern geschält hatte, während ihre Zunge seinen Mund eroberte, war unter ihre Leidenschaft geraten. Sie hatten ihn zuschanden geliebt. Schlechten Gewissens bot sich Mischa an, das Stück wieder ausgehfertig zu machen. Doch der Tag war warm, von Wolken keine Spur, also ging Hoffmann kurzentschlossen in Hemd und Hose. Zwar würde Seconda fluchen, wenn der Kapellmeister wie ein Strauchdieb gewandet zur Probe erschien, denn der Prinzipal hielt etwas auf den guten Leumund seiner Truppe. Aber Hoffmann hatte sich schon eine Entgegnung zurechtgelegt. Er wusste, dass auch Seconda sich die Gelegenheit nicht hatte entgehen lassen, auch er hatte Talma gesehen! Hoffmann hatte ihn ausgemacht, wie er, verborgen im Halbdunkel des königlichen Hoftheaters, mit glänzenden Augen an den Gebärden des *acteurs* gehangen hatte. Und mussten ihn nicht ähnliche Gefühle beschlichen haben wie Hoffmann?

Gerade leerte er den zweiten Becher Gedankenschmiere, als ein Dienstweib vor ihm stand, an dessen Gesichtszüge er sich dunkel erinnerte.

»Ich bin gekommen, Herr, Sie an Ihre Pflichten zu erinnern.« Die Bedienstete rümpfte die Nase.

Hoffmann musterte sie über den Becherrand hinweg. »Haben wir den Unterricht nicht eingestellt?«

»Meine junge Herrin verlangt dringend danach, Herr.«

»Wenn es eine junge Herrin danach verlangt, darf man nicht zögern«, rief einer vom Nebentisch.

Hoffmann setzte den Becher an die Lippen und kippte ihn in einem Zug hinunter. »Sicher, dass sie mich sehen möchte?«

Das Block'sche Faktotum nickte. »Ganz sicher. Meine Herrin hat derzeit keinen anderen Lehrer – leider.«

Im Vorbeigehen warf Hoffmann eine Münze auf den Tresen, der Wirt strich sie ein.

»Ich habe nicht genügend Zeit, eine Unterrichtsstunde abzuhalten.«

Bettines Miene wurde zornig, und bevor sie ihm vor aller Augen eine Szene machen konnte, schob er sie aus dem Lokal. Vor der Tür machte sich die Bedienstete mit einem Ruck frei. »Sie sind ein liederliches Subjekt«, schimpfte sie. »Ich weiß nicht, was meine junge Dame an Ihnen findet!«

»Fünf Minuten, länger habe ich nicht.« Hoffmann vermied es sie anzusehen, aber er ging mit ihr.

»Ja, haben Sie mich denn ganz vergessen?«, empfing ihn Ariane, als er mit schweren Schritten die Treppe hinaufschlurfte.

Keuchend blieb Hoffmann auf dem Absatz stehen. Sein Hemd war in den Achselhöhlen durchnässt. Er bereute nicht, den Rock zurückgelassen zu haben. »Ich kann Ihnen jetzt keinen Unterricht geben.«

Ariane wischte den Einwand mit einer Handbewegung beiseite. »Ach was, Unterricht. Die Liste. Haben Sie sie?«

Hoffmann starrte vor sich hin, als wüsste er nicht, wovon die Rede sei.

»Falls Sie sie an sich bringen konnten, geben Sie sie mir. Ich habe ein Recht darauf!« Sie streckte ihm die Hand entgegen. Ihre Miene war erregt, das Gesicht gerötet. So gefiel sie ihm. Und als ihm endlich einleuchtete, wo er die Papiere zurückgelassen hatte, musste er schmunzeln. »Ich habe sie nicht bei mir.« Sie steckten in dem, was vom Rock noch übrig war. »Die Liste ist daheim. Ich muss sie erst holen.«

Die junge Frau stampfte mit dem Fuß auf. »Holen Sie sie! Ich werde noch wahnsinnig, ich komme hier nicht raus!«

Was für ein Energiebündel, dachte Hoffmann. »Ich muss zur Probe. Die Pflicht ruft.«

Bettine stieß verächtlich Luft durch die Zähne.

Hoffmann schenkte ihr keine Beachtung und wandte sich zum Gehen. Doch auf diese Weise ließ sich Ariane nicht abspeisen. »Dann kommen Sie eben zu spät zur Probe. Sie haben mich lange genug warten lassen, Herr! Ich wollte es nicht glauben, doch es stimmt, was man sich über Sie erzählt: Sie sind ein Hallodri! Warum habe ich Ihnen nur vertraut?«

Sie war laut geworden. Bettine versuchte zu besänftigen. Nicht mehr lange und das ganze Haus wäre Zeuge ihrer Unterhaltung …

Hoffmann war nicht in der Laune, sich beschimpfen zu lassen.

Ohne Ariane eines Wortes zu würdigen, ging er die Treppen hinunter. »Ich werde Sie aus Ihrer Wohnung scheuchen lassen!«, keifte Ariane ihm hinterher. Hoffmann winkte ab.

Als er ins Freie trat, dachte er einen Moment daran, im Haus am Altmarkt vorbeizulaufen, um das Beweisstück zu holen. Doch dann verwarf er den Gedanken. Man durfte nicht jeder ihrer Launen nachgeben.

Blocks Augen schmerzten. Was hatte er nicht in den letzten Tagen mit ansehen müssen! Verwundete, denen Gliedmaßen gekürzt, Tote, denen die Lider zugedrückt wurden. Schanzarbeiten, zu denen man Gefangene mit Bajonetten trieb. Musterungen. Lange Reihen junger Männer standen mit nacktem Oberkörper an, um sich inspizieren zu lassen. Mit der Reitgerte wurden ihnen die Arme angehoben, die Zähne begutachtet wie auf dem Rossmarkt. Allein um herauszufinden, ob sie eine hübsche Leiche abgeben würden. Selbst vor dem Geschlecht machte die Neugier der Musterungsoffiziere nicht Halt. Es war ein offenes Geheimnis, dass in der französischen Armee die Syphilis grassierte.

Block hatte alles mit angesehen, denn es fand auf offener Straße statt, nur durch einen Vorhang von Sackleinen vom Alltagstreiben gesondert.

Auch Weiber hatte er gesehen, die sich um Brot prügelten. Das Heer sog alle Erzeugnisse – Fleisch, Brot, Milch – der umliegenden Dörfer auf. Für das wenige, was übrig blieb, wurden horrende Preise gezahlt. Die Ärmsten konnten zusehen, wo sie blieben. Schon hungerten auch die Familien der Handwerker und Kleinhändler. Dabei stand die Hauptmasse des Heeres nicht in der Stadt, sondern nordöstlich davon, in der Lausitz. Wie es dort zuging, mochte Block sich nicht ausmalen.

Allen Trübsinn eines Krieges hatte er gesehen, musste er sehen, denn er hatte eine Mission zu erfüllen. Gesehen und aufgeschrieben. Für den Kaiser. Schon füllten die Notizen mehrere Schubladen. Doch nun spürte er eine tiefe Sehnsucht nach Schönheit, nach den Stücken, die er in seinem Kabinett verwahrte, ihrem Strahlen, dem Glanz, der weder Wunden noch Tod kannte. Befanden sie sich überhaupt noch in den Schüben? Oder hatte der Offizier sie versetzt? Wem konnte man trauen?

Block spürte, dass er zu seinen Steinen musste, nur ihr Funkeln würde den Schmerz lindern!

Stockendes Klavierspiel drang an sein Ohr, schon im Stiegenhaus. Wenigstens Ariane ging den schönen Pflichten nach, die den Menschen vom Tier unterschieden. Wie leicht konnte man sie vergessen in diesen Zeiten.

Schnurstracks strebte er seinem Kabinett zu, entschlossen einzutreten, niemand würde ihn aufhalten. Schon streckte er die Hand nach der Klinke aus, als er von hinten ein Ziehen spürte. Er drehte sich um, da ließ Bettine die Rockschöße los. »Herr Hofrat, gehen Sie nicht hinein, ich flehe Sie an!«

Block musterte sie streng. »Warum willst du mich daran hindern, mein Kabinett zu betreten?«

»Es ist nicht recht. Legrand hat es verboten.«

»Ist er im Hause?«

Bettine schlug die Augen nieder. »Ja.«

»Schau mich an, Bettine, wenn ich mit dir rede. Warum sollte ich ihn fragen? Wenn er ein Mensch von Gesittung und Gesinnung ist, wird er es mir gestatten. Wenn nicht, gebe ich mich nicht mit ihm ab. Ich muss meine Stücke sehen!«

Bettine konnte den Kopf nicht heben. Ihre Stimme war belegt. »Herr, ich flehe Sie an, treten Sie nicht ein.« Sie hatte laut gesprochen, lauter als notwendig.

»Willst du jemanden warnen? Paktierst du mit Fremden in meinem Hause?«

Bettine schwieg. Durch den Tumult alarmiert, war auch Ariane herbeigelaufen. Das Klavierspiel hatte ein jähes Ende gefunden. »Was wollen Sie von Legrand, Vater?«

»Nichts von ihm. Ich will nur meine Steine ansehen. Und«, fügte er rasch und entschlossen hinzu, »niemand wird mich daran hindern!« Er hatte die Hand erhoben, um den Knöchel gegen das Holz pochen zu lassen, doch da öffnete sich die Tür bereits.

Legrand stand in der Türfüllung, Block versuchte an ihm vorbei ins Dunkel zu spähen, als könnte er einen Blick erhaschen. Dabei lag doch alles verstaut in Schüben und Kästen.

»Sie wünschen?«, fragte der Offizier auf Französisch, indem er ihm die Sicht verstellte.

»Ich würde gern einen Blick hineinwerfen. Diese Kammer birgt das Liebste, was ich habe.« Block beherrschte die Sprache Napoleons fließend.

Legrand strich sich verlegen über den Schnurrbart und wich nicht von der Stelle.

Block insistierte: »Ich bitte Sie, Herr, im Namen des Kaisers, den wir beide verehren: Lassen Sie mich hinein. Gewähren Sie mir nur einen Moment, dann sind Sie mich los, Monsieur.«

Der Offizier schaute verwirrt. »Nur einen Blick?«

Block nickte. »Ich empfehle alles Ihrer Gnade, nur lassen Sie sie mich ansehen!«

Legrand zögerte. Es schien, als verstünde er nicht ganz.

Hinter ihm raschelte etwas. Der Soldat wandte sich um und trat zur Seite. Bettine stieß einen Schrei aus und schlug die Hand vor den Mund, Arianes Augen weiteten sich vor Entsetzen. Endlich erkannte auch Block sie.

Anna-Louise trat aus der Kammer. Im Gehen ordnete sie ihr Haar. Ihre Wangen waren gerötet, ihr Atem ging rasch, die Lippen waren voll und rot wie selten.

»*Maman!*«, rief Ariane entsetzt aus. »Was tun Sie dort?«

»Ariane, geh! Ich habe mit deinem Vater zu reden.«

Der Offizier war offenbar der Ansicht, dass er sich entschuldigen müsste. Block begriff allmählich. »So ist das also«, stellte er mit zitternder Stimme fest.

»Ich kann gut verstehen, wenn Sie sich mit mir schlagen wollen.« Legrand straffte sich. »Ich werde jede Forderung Ihrerseits annehmen, Monsieur!«

Block lachte. »Schlagen? Wozu? Ich will nur meine Steine sehen. Darf ich hinein?«

Der Soldat war zu verdutzt, um nicht beiseite zu treten. Zwischen ihm und seiner Gattin hindurch schob sich Block in die Kammer. »Ich danke Ihnen, Monsieur«, sagte er noch, dann ließ er die verdatterte Gruppe draußen stehen und schloss die Tür hinter sich.

Legrand und Madame von Block vermieden es, sich anzusehen.

Ariane schnappte nach Luft. »*Maman*, wie können Sie in Ihrem eigenen Hause Ihre Ehre … unseren Namen … so … beschmutzen? Und du?«, sie wandte sich an Bettine, »du deckst sie dabei!«

Bettine versuchte, Ariane aus dem Salon zu drängen. Doch Anna-Louise wollte die Tochter beschwichtigen und tastete nach ihr.

»Lassen Sie mich in Ruhe. Sie haben nicht das Recht, mich anzufassen. Ebenso wenig, mir Ratschläge zu erteilen. Sie haben alles Mutterrecht verwirkt!«

Ariane zog sich erhobenen Hauptes zurück. Verloren standen die beiden älteren Frauen neben Legrand, dem alles sichtlich peinlich war. »Es tut mir so leid«, stammelte er. Anna-Louise winkte ab. »Nichts muss Ihnen leidtun, Monsieur. Es war an der Zeit.« Damit ließ sie ihn stehen.

Wie gewohnt war Hoffmann die Stiege hinaufgeschlichen und hatte geräuschlos die Tür geöffnet. Mischa stand über den Waschzuber gebeugt. Sie hatte sich der Bluse entledigt, trug nur ihr Mieder, dessen oberste Schnüre waren gelockert. Mit einem nassen Lappen betupfte sie ihre Kopfwunde. Dabei verzog sie das Gesicht. Die Wunde riss immer wieder auf. Ohne sich umzuwenden, richtete sie das Wort an ihn.

»Du kommst spät. Warst du bei »Eichelkraut«?«

»Nein.«

»Das ist gut.«

»Ich war bei ›Cagiorgi‹. Da ist der Wein besser.«

»Du Teufel!« Sie stützte die Hände auf den Rand des Zubers. Den Kopf ließ sie hängen, dass die Spitzen ihrer langen, schwarzen Haare auf der Wasseroberfläche schwammen. Wie ein Tautropfen hing Blut an einer Strähne. Langsam perlte er hinunter, dem Wasser zu. Hoffmann trat hinter sie, legte seine Hände wie Muschelschalen auf ihre Brüste und bedeckte ihre nackten Schultern mit Küssen. Sie hob den Kopf, und Wasser troff auf seine Hände. »Du riechst nach Schnaps!«

Hoffmann flüsterte dicht an ihrer Wange: »Das Fenster ist mit Weinlaub umrankt. Da ist auch Spalierobst, das man pflücken kann, wenn man sich hinauslehnt. Vor den Augen, zum Greifen nah, hat man den freundlichen Spiegel der Elbe. Und wenn man den Kopf nach links wendet, und es ist ein klarer Tag, dann kann man den Königstein sehen …«

Mischa wiegte sich in den Hüften vor Wonne. »Wovon sprichst du, Theo? Vom Paradies?«

»Ja. Vom Paradies.«

»Ich will aber noch nicht sterben.«

»Du wirst es erleben, in ein paar Tagen. Im Schatten der Pappeln geht man zum Linkeschen Bade hinaus. Man lässt das Tor und die Stadt und alle Sorgen hinter sich und gelangt ans Flussufer. Da sieht man es schon. Ein kleines Häuschen mit einer Veranda zur Elbseite hin …«

Mischa seufzte mit geschlossenen Augen. »Wir können es uns nicht leisten, Theo.«

»Wir können. Die Musikalische Zeitung hat angewiesen. Seconda hat auf zwei Monate im Voraus bezahlt, da ich sonst hingeschmissen hätte. Wir streiten uns täglich, und dieses Vergnügen lass ich mir teuer vergelten! Ach und ja: Es ist billiger als in der Stadt.«

Mischa drehte sich um und umarmte ihn. »O mein Lieber!«

»Und wenn der Waffenstillstand vorüber ist, werden sie nicht von dieser Seite her kommen. Die Bastionen nach Norden hinaus sind massiv und stark. Ich habe fünfzig Geschütze allein am Schwarzen Tor gezählt! Nein, nicht hier, auf der anderen Seite der Elbe werden sie vorrücken. Im Schutz des Großen Gartens kommt man bis fast in die Stadt hinein.«

»Alles, was du sagst, ich glaube dir.«

»Das freut mich. Denn ich glaube mir selbst wenig.«

Mischa boxte ihn scherzhaft vor die Brust. »Hör auf, mich bange zu machen.«

»Ich würde es zu gern, glaub mir. Soll ich dir helfen?«

Die Binden schwammen in der Schüssel, ein dünner, roter Blutfaden schwebte darüber. Mit dem Finger stieß Mischa in das Wasser und wirbelte, bis er sich aufgelöst hatte. Sie fischte nach den Leinenwickeln und hob sie hinaus wie Darmschlingen aus dem Schlachttrog. Beim Auswringen benetzte das Wasser ihre Arme bis zum Ellenbogen, die Haut glänzte.

Hoffmann riss den Blick los und ließ ihn in der Kammer umherwandern. Er fiel auf den Rock, der geflickt und geglättet auf dem Bett lag. Zufrieden hob er ihn auf und zog ihn über. Unwillkürlich fuhr seine Hand in die Innentasche, um nach der Liste zu tasten. Doch die Tasche war leer. Mischa hielt ihm die Binden hin. »Soll ich mich aufs Bett setzen?«

Hoffmann sah sie entgeistert an. »Wo ist das Papier?«

»Papier? Welches …?« Schuldbewusstsein stand auf ihrem Gesicht. Sie legte den feuchten Haufen auf das Bett, trat an den Ofen, bückte sich, und holte etwas aus dem Reisigkorb. Es war zerknüllt, zerrissen und angebrannt.

»Was hast du getan?« Hoffmann schlug ihr die Überreste aus der Hand.

»Ich musste Wasser warm machen, dazu den Ofen feuern …«

»Aber doch nicht damit! Haben wir denn nicht genug Papier?«

»Ich wollte keines deiner Manuskripte …«

»Ach«, fuhr er ihr über den Mund. »Du Ahnungslose!«

Mischa wich verstört zurück. »War es denn so wichtig?«

»Wichtig? Was weißt denn du!« Mit energischen Griffen knöpfte er den Rock vor der Brust zu, steckte das, was von der Liste übrig war, in die Tasche und ließ Mischa auf dem Bett zurück. Zum Abschied schlug er die Tür.

Hoffmann machte sich nicht viel aus dem Zorn einer Hofratsgöre, wollte aber auch nicht als Trottel vor ihr stehen.

Bettine öffnete. Ihre Augen waren rot umrandet, das Gesicht leichenblass. Im ersten Reflex wollte sie die Tür gleich wieder schließen, doch Hoffmann sprang vor und stemmte die Hand gegen das Holz. »Jetzt ist keine Zeit für Klimperei«, beschied sie ihm.

»Ich trage etwas bei mir, das Ariane zu sehen wünscht«, rief Hoffmann.

»Was fällt Ihnen ein, das Fräulein beim Vornamen zu nennen?«

»Halten Sie mich bitte nicht mit Anstandsregeln auf. Sie benötigt es – dringend!«

»Das, was sie am dringendsten benötigt, ist Ruhe.«

»Ich will mich nicht aufdrängen.« Er klopfte mit der flachen Hand auf die Rocktasche. »Aber es gehört ihr. Sie hat ein Recht darauf. Ich möchte es ihr selbst geben.«

Eine Weile standen sie sich in bodenloser Abneigung gegenüber. Dann rümpfte Bettine die Nase, machte auf dem Absatz kehrt und watschelte in den Korridor hinein.

Nur einen Atemzug später erschien Ariane, verweint auch sie. Beinahe wäre sie ihm um den Hals gefallen. Doch er trat rechtzeitig zurück.

Am Rockärmel zog sie ihn in die Wohnung. »Herr Hoffmann, kommen Sie nur herein. Sie werden es nicht glauben, es ist so schrecklich. Am liebsten stürbe ich jetzt gleich. Haben Sie nicht eine Pistole dabei?«

Sie zog und zog ihn immerfort hinter sich her, durch den Flur, in den Salon, auf den Klavierhocker. Flüsternd begann sie zu sprechen, während ihre Hände wie von selbst in die Tasten griffen. »Meine Mutter hat eine – Gott, ich kann es kaum aussprechen – eine Tändelei mit Legrand! Und mein Vater scheint sich nicht das Geringste daraus zu machen. Vermutlich ist er selbst schon lange Zeit untreu. Ist das nicht furchtbar! Was soll ich bloß tun?« Ariane unterbrach das Spiel, um zu schluchzen. Sie zog ein Taschentuch aus dem Ärmel und trocknete sich die Nase; stopfte es zurück und begann ein anderes Stück.

Hoffmann beobachtete, wie ihre Finger über die Tasten liefen. »Sie haben heute einen allerliebsten Anschlag«, lobte er in ehrlicher Bewunderung.

Ariane brach das Lied ab und betrachtete ihre Fingerkuppen. »Tatsächlich?« Dann setzte sie ihr Spiel fort. »Haben Sie gehört, was ich sagte? Meine Eltern hintergehen sich, sobald sie einander den Rücken kehren! Wir haben meine Mutter mit dem Offizier … Legrand … *in flagranti* …« Die Röte schoss ihr ins Gesicht, sie konnte den Satz nicht zu Ende bringen.

Hoffmann seufzte. »Mademoiselle Block, die Liebe ist eine zutiefst verwickelte Angelegenheit. Man könnte sie sogar eine einzige Verwicklung nennen.«

»Sprechen Sie nicht so von oben herab! Ich bin kein Kind!«, fuhr sie ihn an.

Hoffmann musste schmunzeln. »Nicht umsonst ist die Liebe Gegenstand der Romane, denn ihre Facetten sind abertausendfach. Und da sich Menschen im Laufe ihres Lebens verändern, verändert sich auch ihre Liebe. Dass aber Ihre Eltern, Fräulein Block, nach Abwechslung suchen, kann, mit Verlaub, auf ganz anderen Gefühlen basieren: Vernachlässigung, Neid, Langeweile, auch Hass ist denkbar.«

Ariane setzte mit dem Klavierspiel aus, rutschte auf dem Hocker herum und sah Hoffmann in die Augen. »Vielen Dank für die Unterweisung! Mein Elternhaus fällt auseinander. Das Einzige, was es noch zusammenhalten könnte, ist die Liebe. Wenn sie nicht mehr ist …« Sie sprach den Gedanken nicht aus.

Hoffmanns Augen blitzten kampfeslustig. »Wenn doch aber Ihr Vater ein ausgemachter Gauner ist, wäre es nicht zu viel von der Mutter verlangt, ihn zu lieben?«

»Was hat denn das damit zu tun? Selbst wenn er ein Mörder wäre …«

» … würden Sie von Ihrer Mutter verlangen, ihn zu lieben?«, kehrte er den Satz in eine Frage um.

Arianes Gesicht war schmal geworden, ihre Augen traurig, die Stimme stockte. »Wenn die Liebe eine so launische Angelegenheit ist, dann möchte ich mich nicht in ihre Hände begeben!« Eine Träne fiel auf die Tasten.

»Ich fürchte, das werden Sie nicht verhindern können. Man ist ihr ausgeliefert.«

Ariane schloss sachte den Deckel. »Ich weiß.«

Hoffmann wollte sich schon entfernen, da fragte sie unvermittelt: »Haben Sie die Liste?«

Er holte das Papier heraus und reichte es ihr wortlos. Arianes Gesicht hellte sich auf. Dann sah sie den Riss, der sich durch das Papier zog, entdeckte die Brandflecken. »Was ist damit passiert?«

Hoffmann wollte die Erklärung liefern, doch Ariane hatte das Papier schon entfaltet und überflog die Zeilen. »Sie ist unvollständig«, sagte er nur.

»Was macht es für einen Unterschied«, erwiderte sie, ohne ihre Augen abzuwenden, »ob sich ein oder zwei oder zehn Stücke in seiner Sammlung befinden? Ein einziges nur macht ihn zum Dieb.« Sie seufzte und ließ das Blatt sinken. Ihr Blick ging an ihm vorbei ins Leere. »Wenn es wahr ist ...«, sie stockte, ihre Stimme war belegt. »... weiß ich nicht, ob ich ihn noch als Vater betrachten kann!«

Hoffmann reichte ihr beide Hände. Sie erhob sich vom Hocker. »Ich muss fort. Meine Frau erwartet mich. Sie wissen, wo Sie mich finden können.«

»Warten Sie noch!« Sie hielt ihn am Ärmel zurück. »Sie müssen einen weiteren Gang für mich tun.«

»Was denn nun schon wieder?«, ächzte Hoffmann.

Ariane war eingeschnappt. »Gut. Wenn es Ihnen zu viel ist, will ich Sie nicht behelligen ...«

»Nun sagen Sie schon!«

Bevor Ariane mit der Antwort herausrückte, holte sie tief Luft. »Ich weiß, wo sich das Gift befunden haben könnte, bevor es Lenzen verabreicht wurde. Ich vermute es wenigstens.«

Plötzlich war Hoffmann wieder mit allen Sinnen bei ihr. »Wo?«

»Im Zucker. Vermutlich. Denn Vater hat Lenzens Schokolade gezuckert, während er die seine mit Honig süßte. Behauptet er wenigstens.«

Die Stichhaltigkeit der Vermutung musste man nicht lange überprüfen. Es lag auf der Hand und klang logisch. »Und welchen Gang verlangen Sie nun von mir?«

»Suchen Sie die Amtsstube meines Vaters auf. Sagen Sie, Sie hätten den Auftrag, etwas zu holen. Das ist noch nicht einmal eine

Lüge! Schauen Sie, ob Sie die Zuckerschale finden und bringen Sie sie her. Es sollten sich Spuren des Giftes daran finden lassen. Falls uns nicht jemand zuvorgekommen ist.«

Hoffmann rang mit sich. »Gut. Diesen Wunsch werde ich Ihnen noch erfüllen.«

Dankbar drückte Ariane seine Hand. Er entzog sich ihr, wollte sie verlassen, doch ihr Blick war so melancholisch und liebreizend zugleich, dass es ihn rührte.

»Lieben Sie Ihre Frau, Hoffmann?«, fragte sie unvermittelt.

Obwohl er sich just in diesem Moment in Arianes Augen verliebt hatte, zögerte er keinen Moment: »Ja.«

Arianes ganze Aufmerksamkeit ruhte auf ihm. »Wenn die Antwort ja sein kann. Oder nein. Und nur ja und nur nein, warum ist es dann so vertrackt mit der Liebe?«

Hoffmann wollte zu einer Erklärung ansetzen. Doch dann sah er ein, dass es unerklärbar war.

Françoise du Barry half Natalie, den Umschlag unter einem breiten, blauen Stoffband zu verstauen, am Rücken, verborgen durch das Cape. »Ich werde jetzt das Haus verlassen«, instruierte sie ihr Mädchen. »Dann werde ich die Aufmerksamkeit auf mich lenken. Du wartest einige Minuten, dann gehst du hinaus. Du gibst den Umschlag dort ab, wo wir es verabredet haben. Verstanden?« Natalie nickte.

Die du Barry nahm ein Lederportefeuille von der Kommode. Sie trug eine Pelerine, doch die Kapuze hing ihr über die Schultern. Man sollte sie erkennen. Zum Abschied drückte Françoise ihr einen Kuss auf beide Wangen. »*Bonne chance!*« Wenn sie allein waren, unterhielten sie sich stets in der Muttersprache.

Natalie zitterte vor Aufregung und Abenteuerlust. Die Herrin fasste ihr Mädchen bei den Schultern, drückte sie aufmunternd, ging dann zur Tür und auf die Hofdurchfahrt hinaus.

Der Sonntag war günstig für ihr Vorhaben. Auf den Straßen war nicht viel Betrieb, ein Verfolger hätte gute Bedingungen. Vor der Durchfahrt lag Pferdemist. Der kam ihr gerade recht. Sie tat geschäftig, trat mitten hinein und machte ein mordsmäßiges Geschrei: Dass ihr das widerfahre, ausgerechnet, die besten Stiefel, ihr schönstes Kleid, alles stinke nach Mist! Und das zum sonntäglichen Gebet! Solle sie etwa nach Jauche riechend dem Herrn unter die Augen treten? Dem nächsten Fuhrwerker – ob schuldig oder nicht – machte sie Vorwürfe, wie er die Tiere mitten auf die Straße koten lassen könne. Unter Gezeter säuberte sie sich umständlich die Stiefel. Dann, endlich, nachdem niemand auf der Straße sie übersehen haben konnte, nahm sie ihren Weg auf. Sie schlenderte durch die in Feiertagsruhe versunkene Stadt, ohne Eile, drehte sich nicht um, und war sich dennoch sicher, dass ihr jemand folgte. Nur einmal, als sie in die Kreuzgasse einbog, wagte sie einen Blick über die Schulter. Und tatsächlich huschte ein Schatten in den Schutz eines Regenrohrs. Ein Lächeln schlich sich auf ihr Gesicht, als sie ihren Weg fortsetzte.

Natalie hatte die Herrin durch das Fenster beobachtet und erregt registriert, wie sich von der beschatteten Fassade der gegenüberliegenden Häuserfront eine Gestalt in dunklem Sonntagsstaat löste. Sie wartete ab, bis Herrin und Verfolger außer Sichtweite waren. Dann machte sie sich ohne Hast ausgehfertig.

Anders als die Herrin hielt sich Natalie nicht lange in der Durchfahrt auf, trat aus dem Schutz des Hauses und beschleunigte den Schritt. Vor allem verzichtete sie darauf, jemanden auf sich aufmerksam zu machen. Beschwingt schritt sie voran und war sich nun vollkommen sicher, dass der Verfolger ihrer Herrin auf den Fersen war und sie selbst unbehelligt ihr Ziel anstreben könne. Sie schaute sich nicht einmal um.

Sobald Ariane die verstümmelte Liste in den Händen hielt, entbrannte ein Widerstreit der Wünsche. Der eine war: unverzüglich in das Kabinett des Vaters eindringen, die Laden und Schübe herausziehen und sämtliche Stücke mit den auf der Liste aufgeführten vergleichen. Der andere Impuls: das Corpus Delicti zerreißen und dem Schicksal die Erkenntnis überlassen, ob der Vater ein unschuldig Verfolgter oder ein gemeiner Schurke war.

Doch sobald sie sich auf Herz und Nieren prüfte, wusste sie, dass sie die auf ewig unerfüllte Neugier niemals würde ertragen können. Sie wollte es wissen, gleichgültig, wie schmerzhaft die Erkenntnis war.

Zunächst eilte sie in die Schlafkammer, öffnete das schmale Türchen ihrer Waschkommode, tastete innen an der Rückwand, im Dunkel des Schranks entlang, bis sie den Stoff eines seidenen Taschentuchs fühlte. Sie nahm das Bündel heraus, setzte sich aufs Bett, entrollte die Liste – vielmehr das, was davon übrig war –, strich sie glatt, atmete tief durch und öffnete dann das Seidentuch. Noch bevor sie den letzten hauchdünnen Lappen zurückgeschlagen hatte, funkelte ihr der Topas entgegen. Überschwemmte ihre Augen mit seinem stolzen Schimmer.

Arianes Atem stockte. Mit einem Mal empfand sie die Schönheit, die von diesem Glitzern ausging, verstand das Wunder der Natur, die dieses Mineral so vollkommen gestaltet und unter den gewöhnlichen Substanzen geadelt hatte. Zum ersten Mal begriff sie auch die Obsession ihres Vaters für diese wahrhaft edlen Steine. Sie begriff sie mit dem Herzen.

Arianes Puls raste. Sie ließ den Zeigefinger über die Reste der Liste fahren, auf der Suche nach einem passenden Vermerk. ›Topas, groß wie ein Taubenei, vermutlich aus der Garnitur König Augusts. Neu gefasst in einem goldnen Ring.‹

Topas. Taubeneigroß. Goldgefasst. Das konnte er sein. Das musste er sein! Wie viele taubeneigroße Topase gab es in Dresden? Konnten es zwei sein? Oder war es genau dieser eine, den der Vater in seiner privaten Schatulle aufbewahrte, dieser eine, aus der Sammlung des Königs, aufgelistet von Lenzen als fehlendes Stück? Sie brauchte Gewissheit. Ob und wann. Diebstahl. Kaum zu leugnen. Aber war es möglich?

Ariane wickelte den Stein wieder ein. Sie sprang auf, eilte aus dem Zimmer, und trat über den Korridor. Dann pochte sie mit Nachdruck gegen die Tür. Wenn niemand darinnen wäre, würde sie den Zweitschlüssel zum Einsatz bringen. Doch die Schatzkammer öffnete sich wie von Zauberhand. In der Türfüllung stand Lucien und grinste sie an. Er war in Hose und Hemd, die Bänder bis zur Brust gelöst. Eine Strähne seines stumpfen, schwarzen Haares fiel ihm in die Stirn. Als er Ariane erblickte, wurde sein Grinsen breiter. Sie wollte sich schon abwenden.

Doch dann beherrschte sie sich und erkundigte sich auf Französisch, ob sie eintreten dürfe. Er forderte sie auf, ihn beim Vornamen zu nennen. »*Je m'appelle Lucien, s'il te plaît …*« Ariane wurde rot, ignorierte seine Bitte und wiederholte ihre Frage. Natürlich verlangte er nach einer Gegenleistung. Welche das sein solle? Natürlich ahnte sie es längst …

Den Kuss, den sie ihm jüngst versagt hatte, forderte er mit frechem Grinsen.

Naturellement!

Ariane zögerte. Sie war entschlossen, sich nicht in die charakterlichen Niederungen ihrer Mutter zu begeben. Doch die Neugier überwältigte sie. Die Tür stand offen, nur dieser kleine, freche Soldat zwischen ihr und der Wahrheit!

Sie prüfte sich und kam zu dem Schluss, dass der Preis gerade noch vereinbar sei mit ihrem Schamgefühl. Denn sie empfand nichts, rein gar nichts für Lucien. Nein, wirklich nicht. Und ein Kuss, der nicht mit Gefühlen verbunden war, würde gewiss nicht zur Gefahr werden.

Sie reichte ihm die Hand, als gehörte sie nicht zu ihr. Lucien ließ sich nicht lang bitten. Mit hartem Griff fasste er zu, zog sie heran und drückte seine Lippen stärker, als es der Anstand gebot, nein, nicht auf ihren Handrücken, sondern auf ihr Gelenk! So dass sein Atemhauch schon in die Rüschen am Saum fuhr. Dabei fiel ihm eine weitere Strähne in die Stirn, und als er sich wieder aufrichtete, hatte seine Miene etwas Verwegenes. Das Blut schoss Ariane in den Kopf, ihr wurde schwindlig. Sie wagte es nicht, ihm in die Augen zu sehen, da sie fürchtete, ohnmächtig zu werden.

»*Merci!*« Um ein zuvorkommender Gastgeber zu sein, bot Lucien Ariane einen Platz auf dem Canapé seines Herrn an. Ariane sah sich um. Nicht, dass es wie auf einem Schlachtfeld aussah in der Kunstkammer ihres Vaters, die sonst mit penibler Ordnung geführt wurde. Aber doch beinahe. Allerhand militärisches Zeug lag herum. Degen und Degengehänge über Stühle gebreitet. Auf dem Schreibtisch gehäuft die Mantelsäcke der Bewohner. Dem gegenüber eine schmale Pritsche aus einem Metallrahmen und einer Stoffbespannung, auf der Lucien wohl die Nächte verbrachte. Vor der Wand mit den Schüben war ein Seil gespannt, woran Garderobe hing. Das Bett war zwar gemacht, aber Wäsche lag darauf.

Ariane tat einen Schritt hinein, wollte sich aber nicht setzen. Sie bat Lucien, sie für einige Minuten allein zu lassen. Statt eine Antwort zu geben, legte er seinen Zeigefinger auf die Lippen. Sie waren voll und rot. Die Oberlippe war sinnlich geschwungen, so dass er sie nur leicht schürzen musste, um einen Kussmund zu machen. Ariane wandte den Kopf ab.

Mit schelmischem Ausdruck gab er zu erkennen, dass er gewillt sei, Ariane die Kammer für eine kurze Zeit zu überlassen. So lange werde er vor der Tür Wache halten. Und falls sein Offizier durch Zufall erscheinen sollte, müsse sie so rasch wie möglich fliehen.

Ariane nickte zu allem. Sie wollte nur allein sein, damit sie endlich Gewissheit bekam. Doch Lucien verstand zu verhandeln. Mit einem Handkuss wäre diese Gefälligkeit nicht abgegolten. Die Wange musste herhalten. Er verlangte tatsächlich, sie auf das Gesicht zu küssen!

Begleitet wurde die bodenlose Dreistigkeit von einem so atemberaubenden Lächeln, dass Ariane sich nicht lang überwinden musste. Sie gestattete es – und wunderte sich im nächsten Moment über sich selbst. Doch zum Bedauern blieb keine Zeit, schon schritt Lucien zur Tat. Er war etwas kleiner als Ariane, deshalb stellte er sich auf die Zehenspitzen. Um das Gleichgewicht nicht zu verlieren, lehnte er sich gegen sie. Ariane fühlte sich bedrängt, wich nach hinten aus, doch Lucien setzte ihr nicht nur nach, er tat etwas ganz und gar Unerhörtes: Er ergriff ihr Kinn, zog es herunter und presste seine Lippen auf die ihren!

Eine Welle, die ihren Ursprung im Bauch hatte, durchflutete sie. Als habe sie, ohne es zu wissen, seit jeher eine warme Quelle in ihrem Unterleib getragen. Nun war der Pfropfen gelöst, und eine erregende Hitze ergoss sich in sie.

Das Zurückweichen hatte sie schnell aufgegeben. Stattdessen drängte sie sich Lucien entgegen. Um die Hitze, die sie wieder und wieder erfüllte, ein wenig zu lindern, öffnete sie den Mund. Sogleich spürte sie etwas Fremdes – und im nächsten Moment schon Vertrautes – hineinschlüpfen. Es war warm und feucht und fest und suchte sich seinen Weg, bis ihre Zungenspitzen sich berührten. Da fuhren sie beide erschrocken auseinander. Ariane schickte dem Eindringling ein Seufzen hinterher, als sich ihre Lippen trennten. Doch Lucien hatte sich schon abgewandt und rannte zum Zimmer hinaus.

Empfindungen wirbelten durcheinander wie Herbstlaub. Ihr Atem wollte sich einfach nicht beruhigen, und immer noch strömte Hitze aus der unbekannten Quelle in ihren Bauch. Sie hielt den Leib mit beiden Händen fest, wankte an den Schreibtisch, wischte benommen die Mantelsäcke beiseite, und ließ sich auf dem Sessel nieder. Sie suchte nicht einmal nach einer bequemen Position.

Ohne nachzudenken tastete Ariane den versteckten Schlüssel hervor, strich die Liste glatt, öffnete Schübe, holte die Laden heraus. Der Seidenstoff des Futters glänzte im Schein der Kerzen. Sie fuhr mit dem Finger über die Liste, verglich die Notizen mit dem Inhalt der Laden, las und schaute, und statt Klarheit stellte sich nur noch größere Verwirrung ein. Je weiter sie kam, desto mehr schwemmte Schwärze in ihre Gedanken, Trauer und Wut. Bis sie schließlich von finsterer Nacht umgeben war. Den Aufprall ihres Kopfes auf dem Boden spürte sie schon nicht mehr.

Luciens Gesicht war dem ihren sehr nah, als sie die Augen aufschlug. Ein Traum? Eine Antwort auf ihre Sehnsucht! In seinem Blick lag Verwunderung – und Besorgnis. Vermutlich hatte es mit ihrem Zustand zu tun. Sie lag auf dem Boden, und der Kopf schmerzte. Dann wandte sich Lucien ab, um sie sogleich wieder anzuschauen. Doch jetzt war sein Blick verändert: »Was hat das zu bedeuten?«, fragte er auf Deutsch, angesichts der Laden voller Edelsteine und Preziosen. Ariane spürte Übelkeit. Wie ihm erklären, was sie selbst nicht verstand? Nur so viel wusste sie: Dass das, was man sich erzählte, die reine Wahrheit war. Der Vater war ein Dieb. Und womöglich ein Mörder. Wenn er das eine war, musste man ihm das andere zutrauen!

Welche Konsequenzen dies für ihr Leben hatte? Ariane wollte es sich nicht ausmalen. Was konnte sie Lucien erzählen? »Mein Vater ist Sammler. Seine Kollektion ist bedeutend. Sogar Goethe hat sie einst gesehen!«, rang sie sich ab, und es klang fad. Unwahrscheinlich, dass dieser kleine Soldat wusste, wer Goethe war.

Bitternis quoll herauf, Ariane begann zu schluchzen und brach schließlich in Tränen aus. Lucien strich ihr übers Haar. Sanft flüsterte er ihr ins Ohr. »Mein Herr kehrt bald zurück. Wir müssen alles in Ordnung bringen.«

Ariane setzte sich auf und sah sich im Zimmer um. Die Schreibtischschübe standen offen. Auch einige an der Wand, halb verborgen von der Wäsche. Der Stuhl war umgestürzt. Edle Steine lagen auf dem Boden, glanzlos und unscheinbar wie Kiesel. Zögernd hob Lucien sie auf, doch Ariane nahm sie ihm wieder ab. Er hob die Hände. »Schon gut, schon gut. Ich bin kein Dieb.«

Dies Wort brachte Ariane erst recht in Rage. »Das will ich dir geraten haben!«, fuhr sie ihn an. Sie war erbost über die Schwäche und Dummheit, diesen dahergelaufenen Kerl in ihre Geheimnisse eingeweiht zu haben. Und Schlimmeres. Sie wurde rot. »Hinaus!«

Diesmal wagte Lucien nicht, einen Gegendienst zu verlangen.

»Mein Herr kann jeden Augenblick kommen«, gab er nur zu bedenken. Eine Zornesfalte klaffte zwischen den Haarsträhnen.

»Ich werde nicht lange benötigen.«

Als Lucien draußen war, räumte Ariane mit flinken Fingern ein und schloss ab. Sie entschied sich, den Schlüssel an sich zu nehmen, ebenso wie die Liste. Dem Vater würden die Soldaten ohnehin keinen Zutritt gewähren. Bei ihr war alles sicher aufgehoben.

Es war ein Leichtes, in Blocks Schreibkammer im Schloss einzudringen. Leichter, als Hoffmann vermutet hatte. Schwieriger schon, den Wachhabenden, der ihm Einlass gewährt hatte, abzuschütteln. Pflichtbewusst folgte er dem Musiker bis in die Amtsstube. »Was genau suchen Sie denn, mein Herr?«, fragte der ihn.

Hoffmann wusste, dass die Antwort lächerlich klingen würde. »Eine Zuckerdose.«

Der Wachhabende griente. »Sind Sie etwa auch der Meinung, das Gift wäre im Zucker gewesen?«

Hoffmann konnte die Enttäuschung nicht verbergen. Die Handvoll Erkenntnis, die er und Ariane sich mühsam zusammengeklaubt hatten, war offenbar eine Generalzutat der Gerüchteküche. »Hat sich denn schon jemand nach der Zuckerdose umgesehen?«, fragte er zerknirscht.

Der Wachhabende strich sich wissend über den Schnurrbart. »Natürlich. Alles wurde untersucht, wie es sich gehört. Zuerst vom Stadtphysikus persönlich. Und dann war da ein kleines Männlein mit schwarzen Haaren, ein Büttel des Amts- und Vizelandrichters, der hat sich alles genau angeschaut. Aber nichts gefunden.«

»Gar nichts?«

»Kein Gift. Die Zuckerschale ist leer.«

»Gestatten Sie, dass ich dennoch einen Blick darauf werfe?«

Statt einer Antwort wies der Soldat Hoffmann den Weg. Die Schokoladengarnitur stand säuberlich angeordnet auf einem Silbertablett. Die Kanne, die Silberlöffel – und die Zuckerschale aus Meißner Porzellan.

Hoffmann nahm sie in die Hand und besah sie sich von allen Seiten. Zweifelsohne war sie gereinigt worden. Entweder weil es gewissenhafte Bedienstete gab, oder weil jemand Spuren verwischen wollte.

»Abgesehen vom Stadtphysikus und dem Gerichtsbüttel – hat sich sonst noch jemand hier zu schaffen gemacht?«

Der wachhabende Gardist musste nicht lange überlegen. »Doch. Natürlich. Der Hofrat selbst.«

»Block?«

»Ja«, antwortete der Wachhabende mit großer Selbstverständlichkeit.

»Er versieht regelmäßig seinen Dienst?«

»Dienst? Nein. Er übernachtet hier.« Mit einem Kopfnicken wies er auf das Sofa. Eine Decke lag darauf. »Manchmal kommt er für ein paar Stunden und schreibt«, fuhr er fort. »Mehr hat er doch nicht zu tun. Die Sammlung ist auf dem Königstein, die Gewölbe dienen zur Lagerung von Vorräten. Was bleibt ihm übrig, als Petitionen und Inventare zu kritzeln? Lenzen tat auch nichts anderes!« Der Gesichtsausdruck des Gardisten ließ keinen Zweifel daran, was er vom Dienst eines Hofrats hielt.

Hoffmann trat an die lederne Schreibunterlage. Frische Tintenflecken befanden sich darauf. Nicht gerade typisch für den Hofrat. Die Schreibgarnitur stand akkurat daneben, der Federhalter in der Kehle, das Tintenfass in der Halterung. Es war nicht zu erkennen, ob sie gestern noch benutzt worden war, oder vor einer Woche.

Hoffmann wog die nichtssagende Porzellanschale in seiner Hand. Er wollte sie schon zurück auf das Tablett stellen, da bestürmte ihn ein Gedanke. Harmlos wie ein Lamm fragte er: »Wenn der Zucker aufgebraucht war, wurde er doch wieder aufgefüllt?«

Der Wachhabende zuckte mit den Schultern. »Ich bin hier zur Bewachung eingeteilt, nicht zur Beobachtung.«

Schon sah Hoffmann sich in der Stube um und entdeckte ein Bord, das sich in der Ofenecke dicht unter der Decke an der Wand entlang zog. Diverse Gefäße und Blechdosen standen dort aufgereiht.

Hoffmann versuchte gar nicht erst, mit dem Arm danach zu angeln. Er zog sich einen Stuhl heran und stieg hinauf.

Der Wachhabende beobachtete ihn amüsiert. »Auf die Idee ist noch niemand gekommen!«

Hoffmann schöpfte Hoffnung. Wie es sich für den Hofrat schickte, war die Dose beschriftet: »Zukker.«

Schon als er sie in der Hand hielt, wusste er, dass sie leer war. »Im Schloss scheint ein außerordentlicher Mangel an Zucker zu herrschen«, ließ Hoffmann sich in sarkastischem Ton vernehmen.

Der Gardist tat verwundert. »Der Herr Hofrat hatte stets zur rechten Zeit für die Auffrischung der Bestände gesorgt …«

»Dennoch ist diese Dose leer«, Hoffmann hatte den Deckel abgezogen und hielt dem Wachsoldaten das leere Gefäß vor die Nase. Und allein dieser Geste war es zu verdanken, dass er etwas entdeckte: An der Unterseite der Dose, an den Rändern vor allem, klebte ein feiner, weißer Staub.

»Es gibt Mäuse im Schloss, wie an jedem anderen Ort der Stadt«, bemerkte der Soldat noch gleichgültig.

Doch Hoffmann achtete kaum auf seine Worte. Er stellte sich auf die Zehenspitzen, um besser auf das Bord schauen zu können. Und tatsächlich: Dort, wo die Zuckerdose gestanden hatte, befand sich eine kreisrunde Spur, die exakt den Boden des Gefäßes umriss. Offenbar hatte der Giftmischer sich nicht die Mühe gemacht, das Behältnis vom Bord zu nehmen. Vermutlich denselben Stuhl benutzend, auf dem Hoffmann gerade stand, hatte er dort oben die tödliche Substanz hineingeschüttet. Dass dabei etwas über den Rand gegangen war, hatte er, bei aller Sorgfalt, übersehen. Der Gerichtsbüttel aber, der vor Hoffmann am Ort gewesen war, hatte die Möglichkeit nicht einmal in Betracht gezogen.

»Ja«, sagte Hoffmann süffisant. »Mäuse scheint es freilich zu geben. Aber es ist fraglich, ob man der Plage mit Gift Herr werden kann.«

»Was meinen Sie damit? Haben Sie etwas entdeckt?«

Hoffmann schüttelte den Kopf. »Nichts von Belang.«

Seelenruhig strich er mit der Handkante den weißen Staub in die Zuckerdose. Er vermied es, die Hand am Rock abzuwischen, um keinen Verdacht zu erregen. Auf dem braunen Stoff hätte sich das Gift so deutlich abgezeichnet wie Kreide auf einer Tafel. Dann verschloss er den Deckel. »Haben Sie etwas dagegen, wenn ich dieses Behältnis mitnehme?«

Der Wachhabende wusste nicht so recht. »Es gehört dem Herrn Hofrat.«

»Genau aus diesem Grunde werde ich es ihm bringen. Er wird sich sehr darüber freuen!«

»Meinen Sie?«, fragte der Gardist. Hoffmanns Lächeln schien ihn zu verunsichern.

»Davon bin ich überzeugt.« Hoffmann stieg vom Stuhl und zog ihn wieder neben den Ofen, dass die Beine über die Dielen kratzten.

»Warum sind Sie so zufrieden?«, fragte der Soldat. Er wurde immer misstrauischer. Hoffmann beschloss, dass es an der Zeit war, sich zu entfernen.

»Vermutlich liegt's am Zucker.« Er klemmte sich mit solcher Selbstverständlichkeit die Dose unter den Arm, dass der Soldat jeden Einspruch fallen ließ. Argwöhnisch begleitete er Hoffmann zum Tor, doch dort ließ er ihn gehen.

Als er außer Sichtweite war, wagte Hoffmann an seiner Handkante zu schnuppern. Die Substanz war vollkommen geruchlos, wie ein harmloses Puder. Doch bei nächster Gelegenheit wusch sich Hoffmann den zweifelhaften Begleiter von der Hand.

Als das Mädchen die Tür aufschloss und in den Salon schlüpfte, stand Madame du Barry hinter den schweren Vorhängen. Natalie wusste, was ihre Herrin dort zu tun pflegte: Sie beobachtete die Gasse.

Mit einem schüchternen Gruß trat sie näher. Noch schimmerte draußen ein letztes Abendlicht, während der Raum schon im Dunkel lag. Die Madame schien in Gedanken versunken, ihre Erwiderung war kaum hörbar. Sie konnte den Blick nicht von der Straße abwenden.

»Ich habe alles so getan, wie mir aufgetragen war.«

Madame du Barry brummelte, statt eine Antwort zu geben.

»Den Umschlag unter der Tür durchgeschoben. Nicht in den Briefschlitz. Wie Sie mir befohlen hatten«, beteuerte sie.

»Einerlei«, ließ sich die du Barry mürrisch vernehmen.

Natalie wurde mulmig zumute. »Gab ich Anlass zur Unzufriedenheit?«

Françoise zog sie mit hartem Griff zum Fenster, nahm ihr Kinn und drehte es in eine bestimmte Richtung. Natalie musste nicht lange schauen. Sie sah den Schatten. Er war halb hinter einem bleiernen Regenrohr verborgen, das in ein mannshohes, morsches Fass mündete. Was den Beobachter untrüglich verriet: Er hatte sich eine Pfeife entzündet, die Glut war deutlich zu sehen.

»Gut! So ist Ihr Plan also aufgegangen, dass man Ihren Gang zu Block verfolgt«, bemerkte Natalie gut gelaunt.

Sie sah der Madame ins Gesicht. Es war zur Maske erstarrt. Die Herrin schüttelte den Kopf. »Es ist nicht mein Verfolger, der da steht.«

»Nicht?«

»Nein. Er kam mit dir.«

»Sie meinen, auch mir ist jemand gefolgt?« Natalie spürte ein Kribbeln im Nacken. Die Herrin nickte. »Ganz recht. Sie wissen nicht nur, dass ich bei Block, sondern auch, dass du bei Jacques warst. Unser Spiel ist durchschaut. Und wer weiß, wie lange schon.«

Natalie wurde blass. »Was hat das zu bedeuten?«

Die Herrin sah ihr in die Augen. Tiefe Beunruhigung lag darin. Françoise du Barry zögerte nicht mit der Antwort. »Dass unsere Gegner mehr über uns wissen, als uns lieb sein kann.«

Natalie schwieg lange. Dann stellte sie die Frage, die sie die ganze Zeit schon bewegte: »Sind wir in Gefahr?«

Nun lächelte die du Barry, und Natalie war ihr dankbar dafür, denn sogleich fühlte sie sich sicher und geborgen. Allein das Wort flößte ihr Angst ein: »Ja.«

9

»Ich fahre morgen Abend nach Dresden und werde vierundzwanzig Stunden bleiben. Diese vierundzwanzig Stunden werden zu den schwersten meines Lebens gehören – sie werden den Lauf der Welt bestimmen.«

Metternich in einem Brief an seine Frau Eleonore am 24. Juni 1813

Ariane saß auf dem Sofa in der guten Stube und ließ den »Werther« – seit Jahr und Tag ihre Lieblingslektüre – auf den Schoß sinken. Versonnen sah sie in die Ferne, um den Nachhall der Worte still zu genießen. Dies war ein Zeugnis der reinsten, tiefsten Gefühle, nach denen Ariane sich so sehr sehnte. Gefühle so mächtig, dass sie einem das Leben streitig machten. War sie überhaupt fähig, so tief zu empfinden?

Ein zweites und auch ein drittes Mal hatte sie sich in das Kabinett ihres Vaters geschlichen, um zu schauen. Mit den Augen sah sie, dass der Vater ein Dieb war, doch sie fühlte nichts mehr dabei.

Stets ließ sie sich von Lucien in die Kammer schmuggeln, stets mit dem Sehnen nach einem weiteren, innigen Kuss, doch ohne ihm Gelegenheit zu geben. Sobald sich die Lippen ihrem Mund näherten, entzog sie sich ihm. Und er respektierte die von ihr gezogene Grenzlinie.

Ja, sie mochte diesen Kerl mit dem rabenschwarzen Haar, mochte ihn sehr. Ließ es sich gefallen, dass er über die Haut ihrer Arme fuhr, so, dass sich der feine rötliche Flaum aufstellte. Ihre Finger barg er in seiner Hand wie in einer Höhle, flüsterte Worte, die ihr Herz trafen. Doch wie himmelweit war diese Liebe vom Werther entfernt! Von einer Liebe, die verzweifeln ließ, die einen den Kopf kostete und in den Wahnsinn trieb.

Nun, da sie nachgelesen hatte, erkannte sie: Dieses reine, unschuldige Gefühl war in dem Moment verraten, da sie es aus Berechnung eingesetzt hatte. Und jedes Mal, wenn sie seine Zuneigung missbrauchte, um in die Kammer zu gelangen, verriet sie es wieder.

Und war es nicht besser so? War eine Liebe zu einem französischen Soldaten nicht zum Scheitern verurteilt? Was, wenn er fortzog? Wenn er fiel? Ariane schreckte vor dem Schmerz zurück, den eine tiefe Liebe bereithielt. Sie war kein Werther. Aber könnte sie nicht einen Werther zum Verehrer haben?

Bettine mochte das Pochen überhört haben, jedenfalls machte sie keine Anstalten zu öffnen. Also legte Ariane das Buch zur Seite, sprang auf und rannte zur Tür. Davor stand ein Mann, den sie nicht kannte. Er war blass, und die dünnen, schwarzen Haare klebten am Schädel. Seinen Hut hielt er in den Händen. Als er Ariane erblickte, verbeugte er sich knapp. »Mein Name ist Häbig. Oberamtmann Häbig. Ich bin betraut mit der Untersuchung zum Ableben von Hofrat Maximilian Lenzen.«

Ariane machte keine Anstalten, ihn herein zu bitten. »Mein Vater ist nicht da.« Es fiel ihr schwer, die passenden Worte zu finden, so geläufig sie sein mochten.

»Das macht nichts. Ich verfüge über ein Rescript des wohlgeborenen Amts- und Vizelandrichters von Mückritz, das mir gestattet, seine Angelegenheiten auch in Abwesenheit des Herrn Hofrat zu durchsuchen.«

Ariane wich keinen Schritt zur Seite, als könne sie so das Schicksal aufhalten.

»Darf ich eintreten?«

Ariane hörte, dass sich die Mutter von der Küche her näherte. »Was gibt's denn?«, fragte sie schon von weitem.

In weinerlichem Ton, der ihn sogleich in Arianes Achtung sinken ließ, sagte der Fremde: »Ihre Tochter will mich nicht einlassen!«

»Recht so. Wir kennen Sie doch nicht.«

»Ich habe Befehl, die Papiere Ihres Herrn Gatten zu durchsuchen.«

»Tatsächlich? Mein Mann ist nicht da.«

»Ich darf es dennoch.«

»Er hat schriftliche *ordres*«, erläuterte Ariane. Häbig suchte in seinem Portefeuille und präsentierte schließlich das Schriftstück. Die Mutter studierte es mit gekräuselter Stirn. »Was gibt es denn noch zu untersuchen? Mein Mann ist doch längst wieder frei.«

Oberamtmann Häbig zog eine grimmige Miene. »Man hat ihn unter Auflagen freigelassen. Das heißt nicht, dass er unschuldig ist. Es wird einen ordentlichen Prozess geben. Sobald die Zeiten sich beruhigt haben.«

Die Frauen sahen sich an. Diese Tatsache war ihnen völlig fremd.

»Wo befindet sich denn die Schreibstube Ihres Mannes?« Häbig tat einen Schritt nach vorn. Offenbar war er nicht länger gewillt, sich an der Türschwelle abspeisen zu lassen. Ariane trat zur Seite, und Anna-Louise winkte ihn herein. »Da entlang«, sagte sie und führte ihn auf die Tür des Kabinetts zu. Sie klopfte, und Lucien öffnete.

Auf durch die sächsische Mundart entstelltem Französisch legte der Amtmann dem Soldaten sein Anliegen dar. Lucien war so beeindruckt, dass er dem Fremden ohne Umschweife gewährte, worum er mit Ariane so hartnäckig zu feilschen pflegte: den Zugang zum Kabinett.

Häbig schritt geradewegs auf den Schreibtisch zu. Die Frauen drängten hinter ihm ins Zimmer, während Lucien verdutzt auf der Bettpritsche Platz nahm. Der Amtmann strich über die Unterlage, hob sie an und ließ die Hand darunter gleiten. Er schien zu wissen, wonach er suchte. Tintenfass, Schreibfeder, Lupe, Leuchter, kurz, alldem, was obenauf lag, schenkte er nicht die geringste Beachtung. Ariane begann zu ahnen, wonach er suchte. Dann versuchte er rüttelnd, eine der Laden zu öffnen. Sie war verschlossen, wie alle. »Wer hat den Schlüssel?«

Ariane zuckte unmerklich zusammen.

»Mein Mann. Und der ist Gott weiß wo«, gab Anna-Louise nach bestem Wissen Auskunft.

»Gibt es keinen Zweitschlüssel im Haus?«

Die Dame des Hauses schüttelte den Kopf.

Häbig seufzte. »Dann werde ich wohl die Schübe aufbrechen lassen müssen …«

Ariane trat vor. »Nein, das ist nicht nötig.«

Der Oberamtmann zog die Augenbrauen hoch. Auch Anna-Louise war erstaunt.

Schon war Ariane aus dem Kabinett gelaufen. Binnen kurzem kehrte sie zurück und übergab Häbig den Schlüssel. Der quittierte den Empfang mit einem zufriedenen Grunzen. Am ganzen Leib bebend, trat Ariane zurück und verschränkte die Finger, damit niemand sah, wie sie zitterten. Wenn Häbig suchte, was sie vermutete, würde er es in den Schüben ohnehin nicht finden.

Der Oberamtmann drehte den Schlüssel im Schloss der obersten Schublade. Es knirschte metallisch, das Geräusch fuhr allen ins Gemüt. Ariane spürte, wie die Blicke der Mutter auf ihr ruhten, anstatt den Handlungen des Justizbediensteten zu folgen. Doch als die erste Lade herausgezogen wurde, musste auch Anna-Louise die Augen der funkelnden Pracht zuwenden. Häbig pfiff durch die Zähne. »Das ist zweifellos etwas, wofür es sich zu morden lohnt!«

»Bitte unterlassen Sie Ihre Verdächtigungen«, warf sich die Mutter ins Zeug. »Mein Mann hat diese Edelsteinsammlung in vielen Jahrzehnten zusammengetragen. Niemand ist dafür ermordet worden, nur seine Familie musste dafür bluten. Sie glauben nicht, auf welche Entbehrungen diese Sammlung gebaut ist!«

Ariane tat es gut zu hören, wie sich die Mutter für den Vater einsetzte. Doch der Amtmann wollte sich nicht überzeugen lassen. »Mit Entbehrungen allein ist ein solcher Schatz nicht anzuhäufen!«

Er öffnete weitere Futterale, ließ Steine herauskullern, betastete Seiten und Böden der Laden, und mit jedem neuen Fach wurde seine Miene ernster. Schwerlich konnte er seine Enttäuschung verbergen, offenbar hatte er nicht gefunden, wonach er suchte. Mit der einer Amtsperson eigenen Akribie verschloss er alle Schränke und konfiszierte den Schlüssel. Zuletzt versiegelte er die Schübe. »Dass sich niemand erdreistet, die Siegel zu erbrechen«, drohte er in die Runde, und selbst Lucien verstand den Sinn seiner Worte.

Ariane freute sich im Stillen. Die schlechte Laune des Justizbediensteten bedeutete Morgenröte für den Vater. Offenbar existierte kein weiteres Exemplar der Liste, und der einzige schriftliche

Beweis für dessen Schuld lag in ihrer Kommode. Häbig würde gewiss nicht auf den Gedanken kommen, dort zu suchen. Oder etwa doch?

Der Amtmann wollte sich schon zum Gehen wenden, da fiel sein Blick auf die Wandfächer, die durch die aufgehängte Wäsche fast verborgen waren. Er schob die Hemden und Uniformröcke beiseite und zog einen Schub auf. Als er hineinblickte, entglitt ihm die siegreiche Miene. Mit spitzen Fingern und angewidertem Ausdruck zog er einen seidenen Damenschuh aus China aus dem Fach. »Und was ist das?«

Ariane und Anna-Louise zuckten gleichermaßen mit den Schultern. Häbig ließ den Schuh wieder zurückfallen. Zog ein weiteres Fach heraus. Darin lagen ein Bündel Hanf und Schalen von der Kokosnuss. Ratlos betrachtete Häbig die Gegenstände, und Ariane musste kichern. Anna-Louise erklärte geduldig: »Das Interesse meines Mannes beschränkt sich nicht auf Steine. Er hat eine Leidenschaft für sämtliche Dinge exotischer Herkunft.«

»Das kann man wohl sagen«, polterte Häbig mit der Grobheit, die bei Männern oft mit Ratlosigkeit einhergeht. Ohne die offenen Laden wieder zu schließen, machte er auf dem Absatz kehrt und verließ die Block'sche Wohnung.

Der Gerichtsdiener war kaum fort, da stand Hoffmann in der Tür und zog seinen Hut. Seit ihrer ersten Begegnung hatte sich sein Erscheinungsbild entscheidend verbessert. Ariane musste sogar zugeben, dass er inzwischen recht schmuck aussah. Den geflickten braunen Rock hatte er durch ein neues Stück ersetzt, offenbar nach dem Vorbild des alten gefertigt. Die widerborstigen Haare waren gekürzt, und sogar eine Rasur hatte scheint's zu seiner Morgentoilette gehört, denn ein Wohlgeruch von Seife hüllte ihn ein.

So sorgfältig er sich offenbar auf den Besuch vorbereitet hatte, so rasch fiel er mit der Tür ins Haus. »Ich habe Ihnen eine überaus wichtige Entdeckung mitzuteilen!«, erklärte er feierlich.

Er fand kaum Zeit, Bettine den Hut zu reichen, da hatte Ariane ihn schon in den Salon gezogen. Aus Gewohnheit nahmen sie beide auf dem Klavierhocker Platz. »Ich weiß nun –«, setzte Hoffmann an, doch Ariane kam ihm zuvor:

»Es ist wahr. Er hat es getan!«

»Nein. Durchaus nicht!«

In stummer Verblüffung sahen sie sich an. Ariane bedeckte ihre Stirn mit der Hand. »Wo steht mir nur der Kopf? Schon sind sie hinter ihm her. Just vor Ihnen war ein Gerichtsdiener hier …«

Hoffmann nahm Arianes Arm, um sie zu beruhigen. »Jetzt hören Sie mir doch zu, Mademoiselle!«

»Ich kann nicht. Es ist zu schrecklich!«

»Ist es nicht, Fräulein Block, denn ich habe das Gift, das Lenzen getötet hat, gefunden – zumindest Spuren davon.«

Dies war stark genug, ihre Aufmerksamkeit zu fesseln. »Wo?«

Er lehnte sich zurück und genoss ihre Anspannung, bevor er damit herausrückte: »In der Amtsstube Ihres Herrn Vaters.«

»Und das nennen Sie eine gute Nachricht?« Sie wollte aufspringen, doch Hoffmann hielt sie fest und zwang sie zurück auf den Hocker.

»Sie ist es. Denn der Ort, an dem ich das Gift gefunden habe, entlastet ihn.«

Stumm starrte sie ihn an und Hoffmann konnte fortfahren. »Der Mörder hat sämtliche Spuren sorgfältig beseitigt. Er hat die Zuckerschale gereinigt und die Zuckerdose ausgeleert. Doch eines hat er übersehen …«

»Die Zuckerdose?«

Hoffmann lächelte. »In der Tat, die Zuckerdose. Der Gegenstand, der beweist, dass Ihr Herr Vater nicht der Mörder sein kann, sondern vielmehr das eigentliche Opfer dieses Anschlags war!«

Ariane bemühte sich, seinen Gedankengängen zu folgen. »Warum?«, fragte sie schließlich.

»Nun, rein logisch betrachtet: Wenn Ihr Herr Vater jemanden mit der Schokolade umbringen wollte, würde er das Gift gezielt in dessen Tasse platzieren, nicht wahr? Wenn er, wie in diesem Fall, das Getränk selbst zubereitet, ist das leicht zu bewerkstelligen. Doch hier verhält es sich offenbar anders: Der Mörder hatte den ganzen Zucker vergiftet, einschließlich des Vorrats auf dem Bord. Und dies bedeutet …«

Hoffmann machte eine erwartungsvolle Pause, und Ariane nahm den Faden auf: »Es bedeutet, dass der Mörder es auf denjenigen abgesehen hatte, der für gewöhnlich diese Schokolade trinkt.«

Hoffmann lächelte breit. »Also Ihren Herrn Vater. Und niemanden sonst!«

Ariane sah ihn in einer Mischung aus Erleichterung und Entsetzen an. »Das stimmt. Vater hätte – wenn er es denn gewesen wäre – nicht mehr Spuren gelegt als notwendig.«

»Exakt«, bestätigte Hoffmann zufrieden. »Der Mordanschlag mithilfe des Arseniks richtete sich also gegen ihn. Dass Lenzen getroffen wurde, ist der reine Zufall!«

»Ist es nicht. Kann es nicht sein!«

Nun war die Verblüffung aufseiten Hoffmanns. Ariane fuhr fort: »Die Liste ist der eindeutige Beweis dafür, dass Lenzen wusste, welche Stücke mein Vater aus dem Grünen Gewölbe …«, sie senkte den Kopf, denn das Wort kam ihr schwer über die Lippen, »… gestohlen hat. Er wusste, dass mein Vater ein Dieb ist und hat ihm mit Entdeckung gedroht. Was Lenzen auf dem Sterbebett behauptet hat, ist wahr! Zumindest, was die Veruntreuung anbelangt.«

Hätte Hoffmann nicht bereits gesessen, er wäre in die Knie gegangen. »Teufel auch! Der Hofrat hätte allen Grund gehabt, Lenzen zu …«

Ariane schluchzte schweigend und Hoffmann verschluckte den Rest des Satzes. »Was für ein Zufall!«, rief er stattdessen aus.

»Es verwundert nicht, dass niemand ihm glauben wollte«, sagte sie mit tränenerstickter Stimme.

»Glauben Sie mir, das Leben birgt derartige Zufälle!«

Ariane hob den Kopf und sah ihm in die Augen. »Aber wenn es ein Anschlag auf meinen Vater war, wer sollte ihm nach dem Leben trachten?«

Hoffmann dachte schweigend nach.

»Oh, halt, warten Sie!« Sie stützte ihre Hand auf Hoffmanns Arm. »Nein, das ist zu stark. Aber doch, Gift. Es muss so sein!«

»Ich verstehe kein Wort. Bitte erklären Sie sich, Mademoiselle!«

Ariane senkte die Stimme. »Mein Vater«, sie errötete, »unterhält Kontakte zu dieser zwielichtigen Französin – Françoise du Barry.«

»Eine französische Adlige?«

Ariane nickte. »Was, wenn ein anderer Verehrer Block ihre Gunst nicht gönnte? Wenn alles Intrige ist? Wenn jemand den Anschein erwecken wollte, mein Vater habe Lenzen ermordet? Ja, ich bin fast sicher, es hängt mit dieser Madame zusammen! Vielleicht war sie es selbst. Gift ist eine Frauenwaffe!«

»Haben Sie irgendwelche Hinweise für Ihre Verdächtigungen, Mademoiselle?«

»Noch nicht. Aber Sie werden mir doch bei der Suche helfen?«

Hoffmann nahm Abstand. »Das alles klingt haarsträubend. Was passt, kann nicht sein, und das Unpassende scheint am glaubhaftesten. Und dann das Arsenik auf dem Rockaufschlag. Wie ist es dorthin gekommen, wenn es sich doch längst in der Schokolade befand?«

Ariane schwieg.

»Ich finde dafür nur zwei mögliche Erklärungen«, fuhr Hoffmann fort. »Die erste: Dass der Mörder ihn mit dem Gift regelrecht fütterte.«

Ariane legte die Hand auf die Augen, um die grässliche Vorstellung zu bannen. Doch lauschte sie seinen Worten umso aufmerksamer. »Die zweite: Lenzen hat sich das Gift selbst verabreicht und dabei etwas verschüttet.«

Ariane schüttelte den Kopf. »Beides klingt gleichermaßen absurd!«

»Und in beiden Fällen wäre das Vergiften der Schokolade überflüssig«, stimmte Hoffmann ihr zu.

»Und zwei Anschläge mit derselben Substanz …«, setzte Ariane an, doch Hoffmann schüttelte schon den Kopf.

»Unwahrscheinlich.« Er erhob sich. »Das reime sich zusammen, wer will!«

Ariane hakte sich unter seinen Arm und hielt ihn fest. »Interessiert Sie denn gar nicht, wie es in Wahrheit zusammenhängt?«

Hoffmann nahm zögernd wieder Platz, und Ariane wusste, dass

sie ihm nur noch die Honigrute reichen musste. »Die geheime Verwahrung des Grünen Gewölbes ist einer der bestbewachten Orte des Landes«, führte sie mit genüsslich gespitzten Lippen aus. »Niemand kommt ungesehen hinein oder heraus. Der Giftbote muss gesehen worden sein, hat womöglich Verdacht erregt …«

»Es sei denn, es handelt sich um jemanden, der regelmäßig dort ein und aus geht …«, schränkte Hoffmann ein.

»Um Antwort zu erlangen, Monsieur, müssen Sie sich nur dorthin begeben. Sprechen Sie mit dem Wachhabenden, mit den Aufwärtern. Es sollte mich wundern, wenn ihnen nicht jemand aufgefallen ist. Fragen Sie insbesondere nach Madame du Barry.«

»Wie kann ich mich nach ihr erkundigen? Ich kenne sie nicht einmal.«

»Nichts leichter als das. Ich weiß, wo sie wohnt. Lauern Sie ihr auf, schauen Sie sich die Dame an. Dann können Sie sie jedem beschreiben.«

Unwillig verzog Hoffmann den Mund. »Mademoiselle, bei aller Neugier, allem Interesse, ich habe eine kranke Frau, ich stehe in Lohn und Brot, vernachlässige ohnehin schon mein Schreiben, mein Komponieren für diese Untersuchung! Eben erst haben wir eine neue Wohnung bezogen …«

Ariane sah ihn verwundert an. »Ach, Sie wohnen nicht mehr bei Madame Vetter?«

Hoffmann schüttelte den Kopf. »Meine Frau und ich sind aufs Land gezogen, auf den Sand vor dem Schwarzen Tor.«

»Auf die Neustädter Seite?« Ariane erhob die Stimme. »Wie können Sie mich derart im Stich lassen? Was, wenn der Krieg neu aufflammt? Wie leicht könnten Sie von mir abgeschnitten werden!«

»Meine Zeit ist kostbar, Mademoiselle«, antwortete Hoffmann lakonisch.

Ariane wandte sich ab. Ohne ihn noch eines Blickes zu würdigen, trat sie an den Sekretär und zog einen Bogen Papier und die Schreibgarnitur zu sich heran. Die Turmuhr hatte noch nicht vier geschlagen, da hielt Hoffmann einen Wechsel über zehn Taler Konventionsmünze in den Händen. »Jeder Bankier der Stadt wird Ihnen darauf die genannte Summe auszahlen.« Hoffmann nahm den Zettel, faltete ihn sorgfältig und steckte ihn in die Brusttasche. So einfach konnte das Leben sein.

Trotz der vielen tausend Soldaten ging der Sommer in Dresden unerwartet friedlich dahin. Keine Schankwirtschaft, in der nicht Abend für Abend gesungen wurde, keine noch so kleine Bühne, die nicht bespielt wurde. Ohne Eile ging man daran, die Kriegsschäden zu beseitigen.

Die Augustusbrücke war durch ein Holzgerüst so weit ausgebessert, dass sogar Fuhrwerke sie wieder überqueren konnten. Doch da das hölzerne Ersatzkonstrukt schmaler als das steinerne Original war, bildeten sich Schlagen bis hinunter auf die Brückenrampen. Hoffmann reihte sich in den Pulk der Wartenden ein. Selbst hier fielen niemals böse oder auch nur ungeduldige Worte. Die Sonne brannte auf die nur langsam vorrückenden Reihen der Passanten, und dennoch hörte man ausschließlich Scherzworte. Selbst die französischen Sapeure, die Hand in Hand mit sächsischen Handwerkern die Sandsteinbögen wieder aufführten, wurden mit Späßen bedacht.

Sonst war man den Franzosen wenig gewogen. Napoleons Truppen wurden, allein durch die stetig wachsende Menge der Soldaten, zunehmend als Besatzer empfunden.

Als Hoffmann endlich auf die Neustädter Seite gelangte, klebte Staub in seiner Kehle. Was lag näher, als sie, mit dem Wechsel in der Tasche, etwas anzufeuchten?

»Cagiorgi« war eine anständige Weinhandlung, wo man, wie bei »Eichelkraut«, die neuesten Lieferungen verkosten durfte, bevor man sie sich auf Flaschen ziehen ließ. Das Lokal lag innerhalb der Mauern, aber unweit des Schwarzen Schlages, so dass Hoffmann es ohnehin passieren musste.

Als geschickter Kontorist hatte Domenico Cagiorgi längst begriffen, dass der Kapellmeister sich zu einem seiner besten Kunden mausern würde. Noch freundlicher wurde seine Miene, als Hoffmann den Wechsel aus der Tasche zog und die Absicht bekundete, darauf einige Kisten Weines zu ordern. Und man tat gut daran, sie mit Bedacht auszuwählen.

Cagiorgi schmunzelte, wischte sich die Hände ab und wandte sich seinen Fässern zu. Er polierte ein Glas mit dem Schürzenzipfel, zog den Pfropfen aus einem Fass, und schon plätscherte honiggelber Göttertrunk hinein. Der Musiker lobte den einen Tropfen mehr als den anderen, forderte zum Vergleich einen dritten, ermunterte den Händler hurtig nachzuschenken, auch von denjenigen Weinen, die nur die besten Kunden zu sehen bekamen, denn mit 10 Talern Konvention in der Tasche konnte man wahrlich für einen guten Kunden gelten! Und, ja, ein Fässchen Rum könne auch nicht schaden, denn der Winter käme so sicher wie der Krieg, und beides wollte überstanden sein. Verschenktes Leben, wenn man nicht von allen guten und kostbaren Tropfen dieser Welt ein Gläschen probiert, und wie plötzlich einen Gevatter Tod in diesen Tagen am Schlafittchen hatte, das sehe man an dem armen Lenzen …

Hoffmann gelangte in gemütliche Stimmung und fühlte sich daheim. Doch als er gerade ein frisch gefülltes Gläschen an die Lippen setzen wollte, fiel ihm eine Hand schwer auf die Schulter. Er wandte den Kopf – behutsam, denn dessen Inhalt war durch die Wirkung des Alkohols in beste Ordnung gebracht – und sah in ein vertrautes Gesicht: Vor ihm stand Theodor Gottlieb von Hippel, der Jugendfreund und Leidensgefährte preußischer Juristenzucht. Der tiefblaue Rock mit vergoldeten Knöpfen, keck gespannt durch die Wölbung eines Bäuchleins, war sichtbares Zeichen, dass Hippel es in dieser Kunst weit gebracht hatte. Hoffmann umarmte ihn herzlich, denn er hatte den Freund in Berlin vermutet, und das war eine Welt entfernt.

Doch Hippel schien die überschwängliche Begrüßung mehr zu ertragen als zu genießen, blickte ernst und verzog am Ende gar das Gesicht, als er Hoffmanns Fahne gewahrte. »Du trinkst zu viel«, bemerkte er tonlos.

Hoffmann nahm die Schultern des Freundes in beide Hände und besah ihn sich. »Was für eine langweilige Begrüßung! Wird man so, wenn man in preußischen Staatsdiensten ergraut?«

Hippels Haare waren nicht nur aschfarben geworden, sondern auch schütter. Er schaute ernst und moralisch, wie es sich für den Spross eines Vaters gehörte, der Bücher mit Titeln wie »Über die bürgerliche Verbesserung des Weibes« schrieb. Sein Gesicht war blass, die Anspannung war ihm anzusehen. Hoffmann war nicht alkoholisiert genug, um sein Gespür für die Gemütslage eines Menschen zu verlieren. Der Jugendfreund wich dem Blick aus. »Ich habe dich gesucht, draußen auf dem Sand. Deine Frau wartet auf dich. Sie ist ganz verzweifelt.«

»Tatsächlich? Welchen Grund könnte sie denn dazu haben?«

Hippel machte keinen Hehl daraus, dass er Hoffmanns unbeschwerten Ton für deplatziert hielt. »Du hast recht, sie ist nicht verzweifelt. Sie ist krank vor Gram«, verbesserte er sich. Doch hätte es des Vorwurfs nicht bedurft, allein der Gedanke an Mischa stach Hoffmann heiß ins Herz. Schnell schüttelte er ihn ab.

Hippel hatte Hoffmann untergehakt und versuchte, ihn vom Tresen weg zu ziehen. »Ich musste ihr versprechen, dich nach Hause zu bringen, sobald ich dich gefunden habe.«

Hoffmann riss sich los. »Gemach, gemach. Ich muss die Zeche zahlen.«

Domenico Cagiorgi hatte die Schuldverschreibung bereits vorbereitet. Der Wechsel auf das Vermögen der Mademoiselle Block war längst aufgezehrt. Mit rascher Hand, ohne einen Blick auf die Summe zu werfen, kritzelte Hoffmann seinen Namen darunter.

Als sie vor der Tür standen, sog der Musiker gierig Luft ein. »Wohin gehen wir jetzt?« Er versuchte, die Verwegenheit in den Augen des Freundes zu entdecken, die er aus Studienzeiten kannte. Ein Gran Bereitschaft, sich verführen zu lassen. Aber da war nichts als Besorgnis und Verstand.

»Bah«, rief Hoffmann aus, »was bist du doch für ein Amtsschimmel geworden!«

»Treibe mich nicht dahin, über deinen Zustand zu urteilen!«

Hoffmann riss sich los und suchte ohne Unterstützung seinen nicht ganz geraden Weg. In einigem Abstand ging Hippel neben ihm her.

»Ich bin zufrieden, mein Lieber«, schwadronierte Hoffmann. »Ich stehe einer Kapelle vor, die Musik für eine Aneinanderreihung aufdringlicher Geräusche hält. Wir führen Arien auf mit Schauspielern, die so tun, als seien sie Schauspieler – und singen können sie noch weniger. Für ein Publikum, das nur darauf wartet, dass einer der Darsteller vom Podium fällt. Nebenbei rezensiere ich Musiken, die himmelweit besser sind als das, was wir hier jeden Tag auf die Bühne befördern. Und, ach ja, eine brave Oper habe ich in die Welt gesetzt, eine, die Mozart nacheifert, ohne dessen Genie zu atmen. Sind das nicht gute Gründe zufrieden zu sein?«

Der Freund ging neben ihm her, den Blick starr auf den Sand geheftet, der auf dieser Seite der Elbe den Lehmboden ablöste. Sie näherten sich dem Tor. Hippel zeigte ein Dokument vor. Hoffmann war den Wachen bekannt, man ließ ihn passieren und belächelte ihn hinter seinem Rücken. Er wusste, wie sie über ihn dachten.

Als sie außer Hörweite waren, blieb Hippel stehen und richtete Worte an Hoffmann, die er offenbar die ganze Zeit über ausgebrütet hatte: »Mein lieber Kamerad. Ich habe Einfluss. Wenn du dich nach einem geordneten Leben sehnst, kann ich mich für dich verwenden. Der preußische Staat wird bald viele fleißige Beamten brauchen!«

Hoffmann wurde hellhörig. »Was willst du damit sagen?«

Hippel sah sich nach allen Seiten um. Sie waren weit genug von den Wachen entfernt. »Ich will damit sagen, dass der kleine korsische Korporal das große Spiel verloren hat. Daher wird es demnächst gelten, einige Territorien neu aufzuteilen. Und Preußen wird zweifellos zu den Gewinnern zählen.«

Vor ihnen ragte das Fort Imperial auf, eine steinerne Bastion, die vor dem Schwarzen Tore aus dem Sand gestampft worden war, gegen einen von Norden anrückenden, mutmaßlich preußischen Feind. Unzählige Soldaten und Handwerker waren damit beschäftigt, die Wälle aufzustocken, die Mauern zu verstärken. Mit Seilwinden wurden behauene Blöcke nach oben gehievt, um die Krone zu erhöhen.

Erst jetzt ging Hoffmann auf, welche Ungeheuerlichkeit sich vor seinen Augen zutrug: Ein hoher preußischer Beamter war soeben durch das Tor einer umkämpften Stadt geschritten, ohne das mindeste Aufsehen zu verursachen; ohne auch nur angehalten zu werden. Ein Feind, der unbehelligt die Verteidigungsanlagen des Gegners besichtigte? Hoffmanns Verstand arbeitete. Es konnte nicht anders sein, als dass Hippel sich mit Wissen und Billigung der sächsischen Regierung in der Stadt aufhielt!

»Aus welchem Grunde bist du eigentlich hier?«, fragte er scharf und ließ den Freund nicht aus den Augen.

»Um dich nach Hause zu bringen«, antwortete Hippel arglos.

Hoffmann lachte ihn aus, und die Miene des Freundes verfinsterte sich. »Nun gut. Ich kann dich nicht hinters Licht führen, mein kluger Freund. Bedauerlich, dass du deinen Verstand nicht nützlicher einsetzt. Aber du musst mir versprechen, Stillschweigen zu bewahren!«

Hoffmann legte die Hand wie zum Schwur aufs Herz. Und konnte sich eines Grinsens nicht erwehren. Seufzend fuhr Hippel fort: »Der sächsische König laviert. Er lässt erkunden, unter welchen Bedingungen ein Ausscheren aus dem Bündnis möglich wäre.«

»Er will Napoleon die Gefolgschaft aufkündigen, während seine Residenz von zigtausend französischen Soldaten bewohnt wird?«, fragte Hoffmann ungläubig.

Hippel nickte. »Genau das ist das Problem. Und das weiß auch der Korse. Solange seine Armee ungeschlagen in Sachsen steht, wird Friedrich August Treue beweisen. Doch glaube mir, innerlich hat er Bonaparte längst abgeschworen. Er wartet nur auf den richtigen Augenblick ...«

»Sobald die französischen Truppen Dresden und Sachsen verlassen haben.«

»Genau. Und weil Bonaparte dies weiß – oder es sich wenigstens ausrechnen kann –, wird er hier ausharren bis zur Niederlage.«

»Was euch nur recht sein kann!« Hoffmanns Augen blitzten vor Vergnügen. Was für ein Genuss, eingeweiht zu sein! Allmählich verstand er den Jugendfreund.

»Gut geschlossen!«, lobte Hippel Hoffmanns Scharfsinn. »Denn je später Friedrich August die Seiten wechselt, desto größer wird der preußische Landhunger sein.« In Hippels Augenwinkeln zeigten sich fröhliche Fältchen, allein aus bübischer Freude darüber, Hoffmann an den Spieltisch der Mächtigen gebeten zu haben, um ihnen in die Karten zu schauen.

»Eine feine Zwickmühle für den armen, gerechten Mann«, schloss Hoffmann mit schlecht geheucheltem Bedauern.

»Unser Mitleid hält sich in Grenzen. Wir haben Jena und Auerstedt nicht vergessen.«

»Und welchen Auftrag erfüllst du dabei?«

»Wir zeigen dem Sachsenkönig die Instrumente. Er soll wissen, was ihm blüht, wenn er nicht ausschert! Ich habe Karten im Gepäck, die ihm die Reste seines verstümmelten Königreichs anschaulich machen. Dies allein führt mich nach Dresden.«

Sie hatten den Weg fortgesetzt. Die Pappeln links und rechts der Bautzner Straße spendeten Schatten – eine Wohltat an diesem Tag im späten Juni. Hoffmann musterte den Jugendfreund von der Seite. Harmlos wie ein Käfer während des Studiums, doch nun, gesäugt am Busen der Macht, spielte er sich zum Generalstrategen auf. Und konnte doch durch einen Federstrich wieder in die Bedeutungslosigkeit geworfen werden. Nein, gegen dieses Schicksal am Gängelband mochte er das Seine nicht eintauschen. »Ich werde fein abwarten, wie sich die Sache entwickelt«, beschied er dem Freund. »Ob Korsenkaiser oder Preußenfritz, mir ist ziemlich gleichgültig, unter wem ich meine Töne setze. In meinem Orchester schlage ich den Takt!«

»Glaub nur nicht, dass es so friedlich bleibt«, warnte Hippel. »Der Waffenstillstand garantiert Frieden bis Mitte August. Nach dieser Frist werden gewaltige Schlachten entbrennen. Und Dresden wird aller Voraussicht nach ihr Mittelpunkt sein. Bis dahin solltest du das Weite gesucht haben, mein Freund!«

Hoffmann wollte nicht einsehen, dass die Idylle ein Ende haben sollte. »Seconda ist kein Narr, er weiß, was gespielt wird. Auch er hat seine Kanäle und Schlupflöcher.«

Hippel lächelte bitter. »Folge du deinem Seconda, ich folge meinem König.« Die Verachtung des Theaterlebens war nicht zu überhören.

»Wenn du deinem König so nahestehst«, neckte Hoffmann, »warum bist du dann so weit von ihm entfernt?«

»Man kann auch aus der Ferne treu sein. Ich bin Teil einer Gesandtschaft. Die hohen Herren verhandeln persönlich!«, platzte Hippel heraus.

»Der preußische König ist in Dresden?«

Erschrocken winkte der Diplomat ab. »Nicht Friedrich Wilhelm, nein, Metternich ist hier. Als Vermittler. Noch ist Österreich neutral. Doch insgeheim steht er längst auf unserer Seite. Ich reise in seiner Gefolgschaft. Da staunst du, was?«

Trotz der großen Namen konnte Hoffmann der Lebensführung seines Studienkameraden wenig abgewinnen. »Um Schurken zu begegnen, musst du nicht so hoch klettern, mein Freund. Ich habe einen gefunden, der ist nur Hofrat …«

»Und was macht ihn in deinen Augen zum Schurken?«

»Nicht der Rede wert. Er hat nur seinen König bestohlen. Und wird beschuldigt, einen Mord begangen zu haben. Aber er kann es nicht gewesen sein, denn …«

»Dein Hofrat heißt nicht zufällig Block?« Hippel hatte die Stirn gerunzelt.

Nun war Hoffmann doch beeindruckt. »Was weißt du davon?«

»Der Name ist mir zu Ohren gekommen, der Fall hat Kreise gezogen.«

»Ein wunderbarer Kauz«, schwärmte Hoffmann mehr, als ihm angebracht schien. »Und seine Tochter ist noch mal so verrückt. Sie fantasiert sich zurecht, er sei mit einer Französin liiert. Dabei hat er solche Beine …« Hoffmann krümmte sie anschaulich.

»Richtig, richtig. Mit der Madame du Barry, hab ich recht?«

Hoffmann betrachtete den Freund erstaunt. »Woher weißt du?«

»Wir sind angekommen«, wich ihm Hippel aus.

Hoffmann hatte keine Eile, das kleine Fachwerkhaus mit den niedrigen Decken zu betreten, das schon einen langen Schatten über den Vorgarten warf. »Komm doch mit hinein.«

Hippel winkte ab. »O nein. Ich denke, deine Frau braucht dich nun.« Er räusperte sich. »Ich schwatze sowieso schon zu lange mit dir. Und zu viel.«

»Was weißt du über diese du Barry?«

»Dieselbe Frage wollte ich dir gerade stellen!« Hippel sah ihm forschend in die Augen, dann senkte er den Blick. »Nein, ich darf nicht darüber sprechen.«

»Aber du hast mir doch schon verraten, dass Napoleons Erzfeind in der Stadt ist.«

»Still jetzt.« Hippel lief rot an, schämte sich offenbar im Nachhinein der eigenen Geschwätzigkeit. »Du solltest wissen, mein Lieber, dass es sich um Staatsgeheimnisse handelt!«

»Ach, das bisschen Reden kann nicht schaden. Hin und wieder muss man sein Gewissen zur Ader lassen.« Hoffmann konnte nicht umhin, den Freund zu necken. »Wäre es nicht ein bisschen feig, mir nichts, dir nichts den Rock des Siegers anzuziehen?«

Hippel verneinte entschieden. »Noch haben wir nicht gewonnen. Noch ist es ehrenvoll, die Seiten zu wechseln. Wir benötigen jeden Mann von Verstand. Die Rheinprovinzen, Schlesien, Napoleons ganze Hinterlassenschaft will verwaltet werden!«

Hoffmann ließ ihn stehen, ließ den Freund voller weltpolitischer Gedanken am Gartentor zurück. Auf der Schwelle angelangt, warf er Hippel noch einen Gruß zu. »Ich werde die Sache bedenken. Doch gerade jetzt ist mir das Schreiberglück fürchterlich hold. Ich habe justament gar keine Lust, meine Tinte an Akten zu verschwenden!«

Kopfschüttelnd wandte sich Hippel zum Gehen.

Hoffmann öffnete die Tür, trat in den Flur und machte sich auf einen Streit mit Mischa gefasst. Doch die floh nur mit verweinten Augen in ihr Zimmer. Seine erste Regung war, ihr zu folgen. Sie zu umarmen und um Verzeihung zu bitten. Doch das Gespräch mit dem Freund hatte seine Gedanken so aufgeklart wie sonst nur guter Burgunder. Also eilte er an den kleinen, klapprigen Sekretär, der beim Schreiben unter seinen Ellenbogen knarzte wie ein Spinnrad, und zog Papier und Feder hervor.

Weniger noch als für Hoffmann war es für Oberamtmann Häbig eine Kunst, sich Zugang zu Blocks Schreibstube zu verschaffen. Der Wachhabende führte ihn bis an die Tür, ließ ihn dort allein, und Häbig konnte eintreten, ohne dass ihn jemand beobachtete. Das Erste, was er bemerkte, war ein würziger Geruch. Auch wenn Häbig ihn noch nicht oft in der Nase gehabt hatte, es bestand kein Zweifel, was es war: Schokolade. Der Gerichtsdiener lächelte still vor sich hin. Es waren Blocks Obsessionen, die ihn zu Fall brachten! Häbig war ein Asket. Solche, die von Leidenschaften getrieben waren, verachtete er. Man musste sich doch im Griff haben!

Er prüfte den Ofen, es war Glut darin. In dieser heißen Juniwoche konnte das nur bedeuten, dass darauf gekocht worden war. Er öffnete die Kanne, sie war nicht ausgewaschen, die Schokolade angetrocknet. Das wollte zwar nicht recht zu Blocks Akkuratesse passen, doch es ließ ein Bild erahnen: Der Hofrat kehrte regelmäßig in seine Schreibstube zurück. Warum? Arbeitete er? Das war verwunderlich, denn es gab doch nichts zu arbeiten!

Häbig trat an den Sekretär. Mit der Hand fuhr er über die Schreibunterlage. Feine Sandkörnchen waren zu spüren – Löschsand. Er nahm die Feder aus dem Halter und besah sich die Spitze. Die Tinte war eingetrocknet. Häbig führte sie an die Nase. Da war ein feines, bitteres Aroma. Es war so kräftig, dass es nicht lange her sein konnte, dass die Feder benutzt worden war. Was aber schrieb Block? Begehrlich fielen seine Blicke auf die Schubladen des Schreibtisches. Die Schlösser waren nicht zu übersehen. Wo würde Block die Schlüssel aufbewahren?

Als Genusssüchtiger war er bestimmt ein bequemer Mensch. Häbig nahm Platz und rückte an den Schreibtisch, als wollte er mit der Arbeit beginnen. Was war in Reichweite? Die Federgarnitur! Er hob sie an, nichts war darunter. Die Streubüchse, Silberblech. Er schüttelte sie, Sand raschelte. Kein Klirren. Er warf noch einen Blick unter das Lederpolster, obwohl er eine Unebenheit schon beim Darüberfahren hätte spüren müssen. Nichts. In der Tasse aus Meißner Porzellan hätte Block den Schlüssel gewiss nicht versteckt. Auch der rote Siegelwachs, der in Stangen an der schmalen Seite säuberlich aufgestapelt lag, war unverdächtig.

Häbig rückte etwas ab. Sein Blick fiel auf die Zierleiste, die die Tischkante unten umlief. Sie zeigte geschnitzte Pflanzengirlanden, die Schlingen teils durchbrochen. Häbig schmunzelte. Er ließ seine Hand auf der Innenseite der Leiste entlangfahren. Sie war glatt und besaß eine Hohlkehle. Endlich stießen seine Finger auf einen kleinen Gegenstand aus Metall. Er musste nicht lange tasten, um zu wissen, dass es der Schlüssel war.

Ihn hervorziehen und in die Schlösser stecken war eine Bewegung. Bald standen die Schübe offen, und Papier quoll daraus hervor. Fast alle Bögen waren beschrieben, die meisten von ihnen mit Zahlenkolonnen. Dahinter Abkürzungen, die Häbig nicht vor ein Rätsel stellten: »*Drag. – Kür. – Hus.*« Kein Zweifel: Dragoner, Kürassiere, Husaren. Das, was Block notiert hatte, waren Truppenstärken. Die Zahlen addierten sich zu beeindruckenden Summen. Da Blocks Aktionsradius auf die Stadt beschränkt war, musste es sich um die Stärke der Dresdner Besatzung handeln. Also um die Verteidigungsarmee!

Ungläubig ließ Häbig die Bögen durch seine Finger gleiten. Und doch konnte es keinen Zweifel geben: Block spionierte. Das war etwas, das in Kriegszeiten den Kopf kostete: Hochverrat. Häbig verstaute – bis auf wenige Bögen, die er zu Beweiszwecken mitnahm – die Papiere wieder in den Schüben. Einige Proben würden schon ausreichen, Blocks Schuld zu belegen. Endlich hatte er ihn am Schlafittchen! Mit diesen Beweisen konnte ihn niemand mehr ignorieren!

Nichts hielt Block mehr in Dresden. Seine Frau schenkte ihre Blicke – und nicht nur die – einem französischen Offizier. Seine schönsten Stücke lagen auf dem Königstein. Den Kniefall würde er vor seinem Kaiser tun und darum bitten, in das Heimatland der Freiheit auswandern zu dürfen. Er würde seine Verdienste herausstellen, seine Zwangslage, und zweifelte nicht daran, dass Napoleon Verständnis hätte und seinem Anliegen geneigt wäre. Doch, er war fest entschlossen, sich an den Kaiser selbst zu wenden und sich seinem höchsten Willen zu unterwerfen. Sofort!

Block eilte über den Platz, herrschte einen Träger an, der sich, an die Wand des Chaisenhauses gelehnt, gerade ein Pfeifchen entzündete, und ließ sich im Tragekasten aus der Stadt expedieren, über das Flüsschen Weißeritz hinweg in die Friedrich-Vorstadt. Dort, im Marcolini'schen Palais, hatte Napoleon sein Lager aufgeschlagen.

Schon als er sich näherte und den Vorhang zur Seite schlug, bemerkte Block, dass es nicht das geschäftige Treiben der allabendlichen Verrichtungen war, das über dem Hauptquartier des Feldherrn lag, sondern gespannte Aufregung. Der Garten des Palais erstrahlte im Schein hunderter Fackeln, die in doppelten Reihen in den Boden gerammt waren, so dass sich eine Allee aus Lichtern vom Gebäude bis zum prächtigen, vergoldeten Tor hinzog. Über dem Tor prangte, ebenfalls vergoldet, die Biene, Napoleons Wappentier. Im Garten, abseits der Fackeln, standen Offiziere in Gruppen umher, nicht nur Franzosen, sondern, zu Blocks größter Überraschung, auch Österreicher in weißer Uniform mit goldenen Epauletten. Man bewegte sich kaum, parlierte in gedämpftem Ton, alles verharrte in Erwartung.

Block entlohnte die Chaisenträger und trat an das Tor, das von zwei gut gewachsenen Kerlen der kaiserlichen Garde bewacht wurde. Immer wieder richteten sich die Blicke der Umstehenden auf die Gartentür des Schlösschens und die Terrasse davor. Offenbar erwartete man, dass der Kaiser heraustrat und sich zeigte. Noch schien es nicht an der Zeit, denn hin und wieder hörte man von drinnen wütendes Geschrei. Jedes Mal verstummten die Gespräche im Garten vollends, und ein erschrockenes Schweigen legte sich über die Wartenden.

Block schüchterte die Atmosphäre stärker ein, als er zugegeben hätte. Vor dem Tor auf der Straße war ein Feuer entzündet; er trat in den Lichtschein und sprach die Wachhabenden auf Französisch an. Als er um Einlass ansuchte, lachte man ihn aus. »Der *empereur* hat heut hohen Besuch. Da werden Sie zurückstehen müssen, Monsieur. Seien Sie dankbar dafür, seine Laune ist heut – wie man hört – nicht die beste!«

Wie zum Beweis hallte der Ehrenhof erneut von einem kaiserlichen Zornesausbruch wider. Die Worte waren verständlich, doch dem schnell hervorgestoßenen Französisch konnte Block kaum folgen. Auch hatte es den Anschein, dass jemand mit einem starken Akzent sprach. »Wer um Gottes willen ist denn Opfer solch einer Tirade?«

Die Wachhabenden zuckten mit den Schultern. In ihren Augen las Block, dass sie es wussten.

Der sächsische Hofrat war nicht vermessen. Er sah ein, dass dies eine schlechte Gelegenheit war, dem Kaiser seine Bitte vorzutragen. Doch das Schicksal hatte ihn nun einmal hergeführt – warum nicht bleiben, bis er wusste, weshalb man ihn abwies? Information war die Währung, in der er seine Schuld abtrug.

Block schlug die Rockaufschläge hoch. Nicht, weil ihn fror, sondern, weil er sich schämte. Nichts war ihm in den vergangenen Wochen mehr zuwider geworden, als Menschen auszuspionieren. Schon zeitigte die tiefe Abneigung körperliche Folgen: Ob Einbildung oder nicht, mit jedem Tag, den er Soldaten, Geschütze und Schanzen zählte, sah Block schlechter. Und ohne die regelmäßige Linderung, die das Betrachten seiner Steine gewährte, begannen seine Augen immer früher zu triefen und zu schmerzen.

Wie ein Strauchdieb drückte sich Block an Marcolinis Gitterzaun entlang. Schon wollte er den Rückzug antreten, nach einer Chaise oder Mietdroschke Ausschau halten, als plötzlich, vom Gartensaal her, Vivat-Rufe an sein Ohr drangen. Rasch eilte er zurück zur Pforte. Da erblickte er schon den Kaiser, von ferne, ohne Hut, das mondrunde Gesicht glänzte im Widerschein der Fackeln. Seine Gesichtszüge waren entspannt, doch seiner Körperhaltung war die vorangegangene Anstrengung anzumerken. Die Offiziere, die sich der Terrasse näherten, zogen ihre Hüte und stießen sie unter Jubelrufen mehrmals in die Luft.

Napoleon war nicht allein. Galant wandte er sich seinem Nebenmann zu, der hager und einen guten Kopf größer war. Block beneidete den Fremden nicht, denn allem Anschein nach war jener Zeuge und womöglich Anlass des Wutausbruchs gewesen. Der Unbekannte trug eine Hofuniform, die Block weder dem sächsischen noch dem napoleonischen Zeremoniell zuordnen konnte. Aber die Anwesenheit Dutzender Offiziere in Weiß ließ auf einen Österreicher schließen.

Block fuhr zusammen, als eine vierspännige Staatskarosse im Galopp heranpreschte. Die Geschirre klirrten wie kleine Glocken, die Hufe der schweren Kutschpferde ließen den Boden erzittern.

Block wandte seine Aufmerksamkeit wieder der Gartenterrasse zu. Der Gast hatte sich bereits verabschiedet. Er zog den Hut auf – einen hohen Dreispitz, wie ihn die kaiserlichen Offiziere trugen – und durchmaß den Garten mit raschen Schritten. Block stand wie festgemauert, obwohl der hohe Herr direkt auf ihn zu schritt. Die in Weiß und Gold gekleideten Offiziere umgaben ihn in einer Traube, während die Franzosen zurückwichen.

War es Joseph, der österreichische Kaiser? Nein, das wäre Block zu Ohren gekommen. Auch war jener für den Herrscher, den man von Stichen her kannte, zu schlank und hochgewachsen. Es musste ein Gesandter sein.

Block rührte sich nicht. Die Karosse wartete hinter ihm, er konnte hören, wie die Trittbretter ausgeklappt wurden. Der Unbekannte legte einen energischen Schritt vor, der Tross folgte mit Mühe. Lief direkt auf Block zu, als wollte er ihn umrennen. Da spürte der Zaungast einen Gewehrkolben in der Seite und wich endlich. Der Pulk huschte an ihm vorüber, ohne ihn eines Blickes zu würdigen.

Block rieb sich die Hüfte. Schnell war der Schmerz verflogen, denn er hatte einen Blick auf den hohen Herrn erhaschen können und ihn erkannt. Die hohe Stirn, die getürmten Locken, die kräftigschwarzen, buschigen Augenbrauen, die lange, beinahe bis auf die Oberlippe hinabragende Nase – all das traf nur auf den Fürsten Metternich, den österreichischen Außenminister zu.

Niemand in Dresden hatte von dessen Anwesenheit auch nur ein Wort erfahren. Womöglich wusste nicht einmal der sächsische

Hof, dass er hier war! Nur er, Block – und der napoleonische Generalstab.

Der Kutschschlag fiel ins Schloss, und der Habsburger Doppeladler stach ins Auge. Selbstverständlich reiste Metternich in der Staatskarosse. Doch wie konnte seine Reise dann geheim bleiben?

Kaum stand der Lakai auf dem hinteren Tritt, ließ der Kutscher die Riemen auf die Rücken der Pferde klatschen. Block überlegte nicht lange und nahm – zu Fuß – die Verfolgung auf.

Als hätte der Kutscher Gnade mit dem Verfolger, schlug er eine langsame Gangart an. Die Pferde trabten gemächlich. Dennoch kam Block, der ungern ritt, aber in diesem Moment einen Teil seiner Sammlung für ein Pferd gegeben hätte, gehörig ins Schnaufen.

Einer der Offiziere, der die Karosse eskortierte, sah sich immer wieder nach ihm um. Doch Block machte sich nichts daraus. Er musste in Erfahrung bringen, wo in Dresden der österreichische Minister Quartier bezogen hatte. Auch im Sammeln von Wissen war er unerbittlich.

Als die Kutsche die Stadt erreichte, war Block durchgeschwitzt. Dann schlug sie – unglaublich, aber nicht zu verkennen! – den Weg zum Schloss ein. Der österreichische Außenminister wagte tatsächlich, Napoleons Verbündetem einen separaten Besuch abzustatten. Dabei lag es auf der Hand, dass der Spielraum des Sachsenkönigs denkbar gering war. Warum mit ihm verhandeln, wenn er doch Napoleon getroffen hatte? Ein Affront gegen den Kaiser!

Unter dem Georgentor machte die Staatskarosse halt. Schon war der Diplomat ins Schloss gehuscht. Block rieb sich keuchend die Seite. Seinen Lebtag war er nicht so gerannt! Gerade noch bei Besinnung, nahm er kaum wahr, wie ihn der Offizier der Eskorte, der ihn die ganze Zeit über misstrauisch beäugt hatte, am Ärmel zu sich zog. »Berichte deinem Herrn, dass der österreichische Minister verhandelt, mit wem es ihm beliebt, verstanden?«, beschied er Block in rüdem Tonfall.

Block war zu verdutzt, um irgendetwas zu entgegnen. Offenbar hielt man ihn für einen französischen Spion. Doch wenn man so freimütig seine Absichten bekannte, wenn sich Metternich ohne

Umwege vom französischen Kaiser zum sächsischen König begab, bedeutete das nicht, dass man Napoleon provozieren wollte?

Es musste wahrlich schlecht um ihn stehen. Ein Grund mehr, zu fliehen – so lang es noch möglich war. Block wartete ab, bis die Uhr am Hausmannsturm elf geschlagen hatte. Dann begab auch er sich – durch den Nebeneingang – ins Schloss, um das Behelfslager zu beziehen. Lange konnte er nicht einschlafen, denn nur ein paar Zimmerfluchten weiter wurde, das wusste er, über den Lauf der Welt entschieden.

Der Freund sah übernächtigt aus, als er am Morgen an der niedrigen Pforte des Kapellmeisters klopfte. Hoffmann bat ihn nicht herein, sondern zog sich nur das Halstuch glatt und schloss dann die Tür hinter sich, als habe er etwas zu verbergen. »Lass uns einen Spaziergang unternehmen«, sagte er und führte Hippel am Arm zum Fluss.

Der Freund hustete, zog ein Taschentuch heraus und spuckte hinein. Er hatte dunkle Ringe unter den Augen. »Ich habe die halbe Nacht gesessen, ein Spaziergang wird mir guttun.«

Auch Hoffmann war blass, roch aber nicht nach Alkohol. In der Tat hatte er noch nichts getrunken, aber das machte ihn nicht ruhiger – im Gegenteil. Seine Finger spielten an der Knopfleiste der Weste oder mit der Uhrenkette.

Sie bogen um die Ecke und die Elbe breitete sich vor ihnen aus. Flussaufwärts, über der anderen Seite stand die Sonne klar am Himmel und tauchte den Strom in gleißendes Licht. Ein frischer Wind blies ihnen entgegen und warf das Wasser zu unzähligen Wellen auf, deren Kronen funkelten. Die Elbauen zogen hier ein breites, grünes Band zwischen die Schifferbuden der linken und die Garten- und Weinhäuschen der rechten Seite – ein Band, mitten durch das Herz der Stadt.

Sie schlugen den Treidelpfad entlang des Flusses ein, den ersten Anhöhen der Weinberge entgegen. Gemächlich gingen sie dahin, bis Hippel das Wort ergriff: »Ich muss dich bald wieder verlassen. Man verhandelt dieser Tage ohne Unterlass. Und dennoch zweifelt niemand daran, dass es wieder Krieg geben wird.«

»Ein alter Löwe lässt sich nicht die Zähne ziehen, ohne Krallen zu zeigen«, bemerkte Hoffmann, ohne seinen Freund dabei anzuschauen.

Hippel lächelte versonnen. »Wohl wahr!«

»Aber welche Rolle spielen nun mein Hofrat und seine französische Madame bei alledem?«

Hippel schaute den Künstlerfreund ernst von der Seite an. »Wo bist du da nur wieder hineingeraten, mein Lieber?«

»Ich habe mich«, gab Hoffmann achselzuckend zu, »dem Willen einer hübschen jungen Dame gebeugt. Und, frei heraus gesprochen, meinen miserablen Verhältnissen.«

Hippel schüttelte den Kopf und schnalzte mit der Zunge. Offenbar wog er ab, was er erzählen konnte und was er verschweigen musste.

»Nun rede schon. Wo bin ich hineingeraten?«

»Deine französische Freundin ...«

»Sie ist nicht meine Freundin!«

»Egal, was sie für dich ist, für unsere Geheimpolizei ist sie eine der fleißigsten Zuträgerinnen Napoleons, was das Leben und die Gerüchte des sächsischen Hofes anbelangt.«

»Eine Agentin Napoleons?«

»Genau das.« Hippel nickte. »Oder, noch genauer gesagt, Talleyrands. Doch ihre Rolle ist dem sächsischen Hof bekannt. Man misstraut ihr. Also muss sie sich Verbündete suchen, und Block ist einer davon. Das ist es zumindest, was man uns berichtet.«

Hoffmann sah auf die funkelnde Elbe hinaus. »Und nun, da sich das Verhältnis zwischen dem sächsischen Hof und Napoleon zuspitzt ...«

»... befindet sich die Madame in einer Zwickmühle. Man misstraut ihr immer mehr, auf beiden Seiten, da sich die Seiten misstrauen.«

Hoffmann blieb stehen, das Gehörte hatte ihn tiefer beunruhigt, als er zeigen wollte. Hippel trat dicht an den Jugendfreund heran. »Theo, ich bitte dich, entledige dich dieser Sache! Die Geheimdiplomatie war nie dein Feld!«

»Wohl wahr, ich eigne mich nur zu ihrem Opfer. So war es in Warschau!«

Hippel nickte: »Allerdings. Du hast in dieser Affäre keine gute Figur abgegeben!«

»Und doch hatte ich sie jederzeit in der Hand. Hier verhält es sich anders.« Hoffmann seufzte. »Es ist faszinierend, hinter die Fassade dieser Familie zu sehen. Wie unter dem Stuck und Blattgold eine völlig andere Welt emporsteigt! Eine Welt der Halbwahrheiten und Lügen. Wie muss sich dieser Hofrat verstellen, wie tief muss seine Seele sein, um all diese Lügen darin zu versenken?«

»Um sich zu verstellen, bedarf es keiner tiefen Seele.«

»Block hat sie!«

Hippel zog seine Uhr aus der Westentasche. Routiniert setzte er einen abweisenden Gesichtsausdruck auf. »Wir sitzen heute noch mit Metternich zu Tisch.«

»Hurtig, hurtig, der Weltgeist ruft!«

»In der Tat. Österreich wird in den Krieg eintreten, bald schon. Aber für uns ist das bereits Vergangenheit, längst debattieren wir über die Zeit nach Napoleon!«

Hoffmann lachte spitz auf. »Ihr seid der Welt voraus. Hoffentlich folgt sie euch!«

Hippel sah beleidigt drein. »Mach dich nicht darüber lustig, auch du wirst dich einzuordnen haben in diese neue, von uns entworfene Welt.«

»Was bleibt mir denn außer Spott, wenn ich nicht an eurer Tafel Platz nehmen möchte? Landkarten sind mir eine allzu dröge Kost.« Hoffmann grinste und Hippel runzelte die Stirn. »Nicht wahr, mein Freund, du wirst niemandem verraten, wer dir diese Auskünfte erteilt hat?«

»Ist das Misstrauen oder Angst?«

»Weder noch. In meiner Stellung regieren Vorsicht und Verstand.«

»Alles, was ich weiß, weiß ich von diesem Holunderbusch dort.« Willkürlich wies Hoffmann auf eine der Pflanzen, die ihre Zweige und Blätter über sie neigte. Just in diesem Moment fuhr eine Windböe in den Strauch. »Hörst du?« Hoffmann legte den Finger auf die Lippen und riss die Augen weit auf. »Hörst du ihn flüstern, den Weltgeist?«

»Du bist verrückt!«

Ohne jeden Gruß ging der preußische Beamte davon.

Obwohl der Weg vom Elbufer bis auf die Altstädter Seite ebenso weit wie beschwerlich war, trieb Hoffmann die Neugier hinüber, über den Altmarkt hinweg, bis auf die Breite Gasse. Er wollte die Frau sehen, von der man nur hinter vorgehaltener Hand sprach, das Person gewordene Weltgeheimnis, ein Wesen ohne Gesicht, aber mit einem Dutzend Masken: eine veritable Spionin!

Er ließ sich treiben von dem Menschenstrom, der sich, blau gefärbt vom Uniformtuch, von der Brücke aus in die Gassen der Residenz ergoss, bis an die Pforte des bezeichneten Hauses. Und tatsächlich, er war beileibe nicht der Einzige, der Interesse für die auf dem ersten Stock gelegene Wohnung zeigte. Nur ein Dutzend Schritte von ihm entfernt stand ein Kerl im zerschlissenen Mantel, ein Tagelöhner hätte er vermutet, wenn er es nicht besser gewusst hätte.

Hoffmann musste ihn nicht lange beobachten, um zu bemerken, dass der Mantelträger einem anderen, der neben der Toreinfahrt kauerte und den Hut in den Straßenstaub gelegt hatte, Zeichen zuwarf! Jener kauerte am Boden, seine Krücken standen gegen die Wand gelehnt. Dort, wo gesunde Menschen ihre Wade haben, lugte ein Holzstock unter der zerschlissenen Hose hervor. Sein löchriger Strohhut besaß eine breite Krempe, er hatte sie tief ins Gesicht gezogen. Doch aus dem Schatten heraus, unter dem Hut hervor, hatte er alles genau im Blick.

Beinahe hätte Hoffmann laut herausgelacht, so unwirklich war die Szene, so ausstaffiert der Bettler – wie auf einer Bühne. Die Welt besaß tatsächlich einen doppelten Boden, einen venezianischen Spiegel! Hoffmanns Herz schlug schneller. Für den Moment wurden ihm die Marionettenfäden der Diplomatie sichtbar und greifbar. In Reichweite standen die niedrigsten Chargen der Könige und Kanzler, und er hatte sie mit einem Blick identifiziert! Wenn er wollte, könnte er sie in Verlegenheit bringen, ihnen ihr Geheimnis rauben, sie herauszerren aus ihrer Spiegelwelt in die Wirklichkeit. Hoffmann juckte der Schalk, es zu tun. Doch wozu? War es nicht der größere Genuss, sie nur zu betrachten? Sie, die sich sicher wähnten vor jeder Entdeckung, weil sie selbst Geheimnis waren?

Seinerseits fühlte Hoffmann sich vollständig sicher, denn ihre ganze Aufmerksamkeit war auf das gerichtet, was sich an ihnen vorüberschob, auf die Bewegung und nicht auf das, was stillstand.

Hoffmann hatte es sich eingerichtet in der Nische unter der Traufe. Um sein Verharren zu rechtfertigen, hatte er eine Tonpfeife aus der Rocktasche gezogen und machte sich mit einem kleinen Messerchen daran, den Pfeifenkopf auszuschaben. So war er selbst Teil des Hintergrundprospekts geworden, hatte die unsichtbare Wand durchschritten, die die Alltagswelt von der geheimen trennte.

Kaum eine Pfeifenlänge hatte er zugewartet, als Block in die Gasse einbog, hurtigen Schrittes, etwas schneller als die Menge der Fußgänger, ungeduldig eine Gans aus dem Weg scheuchend und daher leicht auszumachen. Doch es war nicht der Block, den Hoffmann kannte, nicht ein Mensch unter Menschen. Der Hofrat war verwandelt, in einen, der nur vorgab, ein Leben zu haben wie wir alle. Tatsächlich war jeder seiner Schritte unberechenbar, denn er bewegte sich nicht nur in der unseren, sondern zugleich in der Geheimwelt, in der Menschen verschwanden oder erpresst wurden, Verrat übten oder mordeten, ohne dass man jemals in dieser Welt davon erfuhr. Ja, Hoffmann traute ihm jetzt zu, Lenzen vergiftet zu haben, denn für ihn galten keine der alltäglichen Kategorien und Regeln! Wenn seine Taten in unserer Welt keinen Sinn ergaben, dann vielleicht nur deshalb, weil der wahre Sinn in den Erfordernissen und Notwendigkeiten der Nebenwelt lag.

Hoffmann hatte Block lange vor den beiden Agenten entdeckt, doch schließlich erkannten auch sie ihn. Der erste gab dem vermeintlichen Bettler ein Handzeichen.

Als der Hofrat vorübereilte, besaß der Krüppel die Dreistigkeit, ihn um eine Gabe zu bitten, doch Block beachtete ihn nicht. Ohne Umschweife strebte er in das Torgewölbe und blieb ungeduldig am

Treppenabsatz vor der Pforte stehen. Mehrmals hintereinander zog er den Klingeldraht.

Der feine Glockenton drang bis an Hoffmanns Ohr. Eine Dienstmagd öffnete, Block rannte sie fast um. Ahnte er, dass man ihn beobachtete? Wusste er es?

Hoffmann ließ die beiden Spione nicht aus den Augen. Sie hatten sich mit Blicken verständigt, unternahmen jedoch nichts. Vielleicht war dies ihre einzige Aufgabe: zu registrieren, wer kam und ging. Wenn zutraf, was Hippel behauptete, dann war Block nicht der einzige Informant der Madame du Barry. Und gab es noch irgendeinen Anlass, Hippels Auskünfte zu bezweifeln? Nein, der Jugendfreund hatte Hoffmann die Augen erschreckend weit geöffnet.

Die beiden Beobachter warteten ab, und auch Hoffmann blieb nichts anderes übrig. Selbst wenn er alle seine Sinne, all sein Denken auf das ausrichtete, was sich im Innern des Hauses zutrug, konnte er nichts in Erfahrung bringen. Hoffmann verstand, wie deprimierend das Leben in der geheimen Welt sein konnte.

Er blies den gehöhlten Pfeifenkopf aus; roter Staub wirbelte auf und kitzelte ihn in der Nase. Dann nahm er das tönerne Mundstück zwischen die Lippen und ging ohne Eile davon. Zum Abschied machte er sich den Spaß, die beiden Geheimen zu grüßen. Im Vorbeigehen lupfte er den Hut und erntete Staunen. Ernst Theodor Amadeus schob die Pfeife von einem Mundwinkel in den anderen und griente vor sich hin. Der Madame würde er zu einem späteren Zeitpunkt seine Aufwartung machen. Er schlug den Weg zum Schloss ein. Immerhin konnte er nun sicher sein, Block nicht im Grünen Gewölbe anzutreffen.

Als der Hofrat in den Salon trat, bestürmte Françoise du Barry ihn: »Allmählich muss ich glauben, dass Sie dem Feind in die Hände arbeiten, Monsieur!«

Block erstarrte. »Aber Madame …«

»Sie halten sich nicht an unsere Abmachungen!«

»Ich habe die Aufzeichnungen wie verabredet weitergeleitet …« Block schien verwirrt.

»Sie erscheinen unangekündigt in meiner Wohnung!«

»Madame, *pardon*, aber ungeheuerliche Dinge gehen vor sich.«

Françoise du Barry war so erregt, dass sie nicht still stehen konnte. Ohne Unterlass ließ sie ihren Fächer auf und zu schnappen. »Das passiert jeden Tag. Doch wenn man dieser Dinge Herr werden will, bleibt man besonnen.«

»Ich kann nicht ruhig bleiben, wenn mein geliebter Kaiser, *mon cher empereur*, hintergangen wird!« Madame du Barry sah ihn misstrauisch von der Seite an. Block hatte mit Inbrunst gesprochen.

Ihr Blick war ihm unangenehm, er räusperte sich. »Darf ich berichten?«

Als Zeichen der Zustimmung tippte sie mit dem Fächer gegen seine Brust. Block platzte heraus: »Metternich ist in Dresden. Er verhandelt mit dem König. Ich habe ihn gesehen!«

Madame du Barry setzte eine blasierte Miene auf. »Und das ist Ihre ungeheuerliche Nachricht?«

Block war entwaffnet. »Ist es das etwa nicht?«

»Mein Lieber, was Sie mir da bedeutungsschwanger zutragen, weiß längst die halbe Stadt. Oder glauben Sie etwa, Metternich könnte ohne Billigung Napoleons die Verteidigungsringe überwinden? Teuerster Block«, die du Barry sprach mit ihm, wie mit einem Kind, »es ist doch nur ein Spiel: Metternich droht dem Kaiser mit seiner umfassenden Allianz. Napoleon zeigt Stärke, indem er ihn gewähren lässt. Er weiß, dass die Bedingungen eines Seitenwechsels für den Sachsenkönig völlig inakzeptabel wären. Und wie könnte er denn überlaufen – mit Napoleons Truppen in der Stadt und auf jeder Scholle seines kleinen Königreichs? Das Urteil über Friedrich August, den Ihr den ›Gerechten‹ nennt, ist gesprochen: Egal, was er tut, er wird verlieren.«

Block brauchte einen Moment, um die Aspekte, die die du Barry so einleuchtend vor ihm ausbreitete, zu ordnen. Dann warf er sich vor ihr auf die Knie: »Madame, ich spüre, dass sich die Schlinge enger zieht. Wenn alles so durchschaubar ist, warum nicht auch unser Spiel? Und wenn es erst einmal durchschaut ist, können wir nicht ausharren. Was geschehen wird, wenn Napoleon unterliegt, mag ich mir gar nicht ausmalen!«

Angewidert beobachtete Françoise du Barry den Hofrat, der sich vor ihr die Knie wund scheuerte. Längst war ihr klar geworden, dass Block in seiner Verfassung gefährlich wurde. Ein Agent, der für mehrere Herren arbeitete, benötigte starke Nerven.

»Madame«, fuhr er fort zu jammern, »fliehen wir nach Frankreich. Wenn auch Napoleon Europa verliert, Frankreich wird er niemals verlieren!«

»Wie können Sie da so sicher sein?« Madame du Barry biss sich auf die Lippen. Sie hatte mehr gesagt, als ihr lieb war. Block war geschwätzig wie ein Fuhrknecht, eine brennende Lunte. Man musste sie kappen. Doch wie?

Sie schlug einen gestrengen Tonfall an: »Vergessen Sie Ihre Hasenfußgedanken. Wir sind Soldaten in der Armee des Kaisers, auch wenn wir keine Uniform tragen.«

Block erhob sich und zupfte den Stoff über den Knien glatt.

»Wir werden nicht von der Fahne gehen. Die entscheidenden Schlachten sind noch zu schlagen«, deklamierte Françoise. »Geflohen wird erst, wenn es keinen Ausweg mehr gibt!« In ihren eigenen Ohren klang die Rede hohl.

»Dann, Madame«, Block war blass geworden, »wird es zu spät sein!« Unschlüssig stand er vor ihr. Wie ein Verhungernder nach Brot gierte er nach einer Aufmunterung, einem Wort der Liebe, oder nur der Zärtlichkeit. Eines nur! Er wartete mit angehaltenem Atem. Doch sie ließ sich nicht dazu herab, und Block spürte, dass er nie weiter davon entfernt war, von ihr geliebt zu werden.

Der Geheime Kriegsrat General von Haldensleben saß an seinem Schreibtisch und mochte seinen Augen nicht trauen. Vor ihm lag ein Stapel militärischer Unterlagen, übermittelt von den Unterhändlern der Preußen als Vertrauensvorschuss, um die Sachsen durch bloße Fakten von den Vorzügen eines Bündniswechsels zu überzeugen. Haldensleben stöberte durch die Papiere und verglich die Angaben über Truppenstärken, stellte die preußischen Zahlen gegen die der eigenen Agenten, alles, was irgendwie vermeldet worden war: Geschütze, Fuhrwerke, Lafetten, Befestigungen, Verwundete, Kranke, in Waffen stehende, geschätztes Alter, Zahl und Rang der Offiziere. Die Summe all dessen ergab ein Bild, das zu lesen verstand, wer in den Zahlen Möglichkeiten und Strategien erkannte. Und erst aus den Nachrichten vieler Kundschafter rundete es sich. Manches wich ab, doch das meiste deutete in dieselbe Richtung: Napoleon zog Truppen in weitem Bogen um Dresden zusammen, quartierte jedoch nur den kleineren Teil in der Stadt ein. Die Meldungen umfassten viele hundert Bögen und Billetts, die über den Tisch verstreut lagen. Haldensleben machte sich daran, alles zu ordnen und wieder zu verschnüren. Bald hatte er vier knisternde Packen beisammen.

Zwei der Bögen hatte er allerdings beiseite gelegt. Diese beiden Schriftstücke stachen in besonderer Weise heraus: Die Bögen waren von gleicher Farbe, und von gleicher Hand beschrieben, von ein und demselben Spion. Zwei beinahe identische Briefe mit gänzlich unterschiedlichen Zahlen. Das konnte nur eines bedeuten: doppeltes Spiel! Das schwache Parfümaroma deutete darauf hin, dass die Person, die beide Seiten mit unterschiedlichen Zahlen versorgte, eine Dame war.

Der handschriftliche Vermerk auf der Ecke des Bogens verriet, dass es sich bei dem ersten der Bögen um die Unterlagen handelte, die er von Block erhalten hatte. Die Stärken der französischen Kompanien nach den Angaben der du Barry. Die Weibsperson erdreistete sich, den Preußen korrekte Zahlen zu liefern, während sie sie für die Sachsen deutlich nach unten manipulierte!

Haldensleben dachte nach. Die du Barry war als Agentin Napoleons bekannt. Und dennoch landeten ihre Billetts – die korrekten Zahlen! – beim preußischen Generalstab. Dafür konnte es nur eine Erklärung geben: Diese Staatsdienerin arbeitete nicht nur für einen Herren. Denn Napoleon selbst gab sich größte Mühe, dem Feind die Zahl seiner Truppen zu verbergen. Nur dessen Feinde hatten ein Interesse, den Preußen die richtigen Angaben zu übermitteln. Also arbeitete die du Barry den Feinden ihres Kaisers in die Hände.

Haldensleben hatte bislang keinen Grund gehabt, daran zu zweifeln, dass Block reibungslos und willfährig zutrug. Vermutlich hatte er sich unwissend zum Instrument der Französin machen lassen. Verliebtheit ist ein schlechter Stand für einen Spion, er hätte es wissen müssen! Block schien keine Ahnung vom doppelten Spiel der französischen Madame zu haben. Und ebenso wenig schien die du Barry zu wissen, dass die Verhandlungen zwischen Preußen und Sachsen weit gediehen waren. So weit, dass man Erkenntnisse austauschte. Allein diese Tatsache hatte unterschiedliche Zahlen auf ein und denselben Schreibtisch flattern lassen.

Haldensleben presste die Fingerkuppen gegeneinander und sonnte sich in der Gunst des Zufalls. Block war nutzlos geworden, da er seinen Gefühlen unterlag. Für Haldensleben gab es keine Niederlagen, nur neue Konstellationen. Und aus neuen Konstellationen ließ sich neuer Gewinn schlagen. Und sei es, eine gefährliche Agentin unschädlich zu machen. Er würde Block für seine Dummheit büßen lassen!

Auch vor dem Eingang des Schlosses hatte Hoffmann – nun schon routiniert – einige Zeit als Kundschafter zugebracht. Hier waren keine Spione zu sehen, obwohl er sich sicher war, dass es sie gab. Bedauerlicherweise war auch der Gardist, der ihm bei seinem letzten Besuch so nützlich gewesen war, nicht auszumachen. Also wandte er sich mit seiner Bitte um Einlass an den Wachhabenden, der sich vor der Pforte die Beine vertrat. Jener war strenger und widerspenstiger als der erste, wollte Hoffmann nicht in die Stube des Hofrats begleiten, ihn aber auch nicht allein hineingehen lassen. Das Einzige, wozu er sich beschwatzen ließ, war, einen der Aufwärter herbeizuholen.

Der Mann namens Otto begrüßte ihn mit ernster, verschlossener Miene. Hoffmann schilderte ihm, dass der Hofrat wichtige Unterlagen vergessen und ihn gebeten habe, sie, da er verhindert sei, für ihn abzuholen. Nach einigem Widerstand wurde er schließlich den bekannten Weg durch die Gewölbe des Schlosses hindurch in Blocks Bureau geführt. Währenddessen überlegte er fieberhaft, wie er die Sprache unverfänglich auf den Tag des Mordes lenken konnte. »Eine schreckliche Angelegenheit, dieser Todesfall«, hub Hoffmann an, »doch Block ist unschuldig.«

Statt der erhofften Stellungnahme brummte Otto nur vor sich hin. Er öffnete ihm die Tür zur Schreibstube und wartete, bis Hoffmann einige unbeschriebene Bögen, die zufällig auf dem Schreibtisch lagen, an sich genommen hatte. Dann äußerte Otto durch nachdrückliches Räuspern die Erwartung, dass Hoffmann sich nun, da er gefunden hatte, was er suchte, wieder entfernen würde. Bevor der Aufwärter ihn hinausgeleiten konnte, musste er handeln. In Ermangelung einer List schritt Hoffmann unmittelbar auf sein Ziel los: »Haben Sie eine Ihnen unbekannte Person im Grünen Gewölbe gesehen, ein oder zwei Tage vor dem traurigen Zwischenfall?«

Otto sah ihn aus großen Augen an. Langsam verzogen sich seine Mundwinkel zu einem Grinsen. »Sie belieben zu scherzen?«

Hoffmann begriff nicht. »Das Grüne Gewölbe«, erläuterte Otto, »beherbergt die Vorräte des Generalstabs. Seitdem gehen ständig Fremde ein und aus. Niemand weiß mehr, wer hierher gehört und wer nicht. Unglaublich, wenn man bedenkt, dass dies ein königliches Schloss ist!«

Hoffmann musste Otto beipflichten: Wahrlich empörend! Jeder hätte in Blocks Stube eindringen können. Jeder! Keinem unerhörten Zufall war es zu verdanken, dass er so leicht Zutritt erlangte, nein, es war die Regel! »Waren auch Frauen darunter?«

Otto sah ihn schwerfällig an. Dann schüttelte er den Kopf. »Ich habe keine Frauen gesehen. Nur Soldaten. Aber gelegentlich finden Marktweiber den Weg zu uns …«

Die du Barry war beileibe nicht mit einem Marktweib zu verwechseln. Sie wäre aufgefallen. Doch vielleicht hatte sie sich maskiert? War einer Spionin nicht jeder Schlich, jede List zuzutrauen? Andererseits, würde sie eine Angelegenheit wie das Deponieren eines Giftes selbst erledigen? Würde sie das nicht einem ihrer zahlreichen Gehilfen überlassen? Und lag es überhaupt im Interesse der Französin, Block umzubringen?

Hoffmann starrte nachdenklich auf den Ofen mit dem Schokoladengeschirr. Wie kam er eigentlich dazu, den Gedankengängen Arianes zu folgen, die so sprunghaft waren wie ein junges Reh? Was hatte er hier zu schaffen? War sein Platz nicht daheim, am Schreibpult?

Otto scharrte ungeduldig mit den Füßen. »Mein Herr, ich muss …«, begann er in klagendem Ton, doch Hoffmann wollte noch nicht aufgeben. »Können Sie sich noch an Lenzens Todestag erinnern?«

Einen Moment lang beäugte Otto Hoffmann so misstrauisch, dass er schon fürchtete, zu weit gegangen zu sein. Sollte er nicht Ariane die leeren Blätter bringen und sich dann auf immer von ihr verabschieden?

Doch dann begann Otto zu reden, und mit jedem Wort wuchs Hoffmanns Zuversicht. »Die beiden hatten sich gestritten. Es war nicht zu überhören und geschah häufig in letzter Zeit. Dann verließ Lenzen Blocks Bureau, und wenig später ist der Herr Baron mitsamt seiner Schokolade in Lenzens Stube gegangen.«

»Sie haben das gesehen? Er trug die Schokolade zu Lenzen?«

»Ja. Auf einem Tablett. Ich war verwundert, dass er es selbst tat. Dabei gehört es doch zu meinen Aufgaben.« Pikiert schob er die Unterlippe vor.

»Seien Sie froh, dass er Sie nicht um den Dienst bat. Sonst würde nun ein Mordverdacht auf Ihnen lasten!«

Otto brummte ungläubig.

»Und zurück ging er ohne das Tablett?«

»Ganz recht. Es ist mir aufgefallen. Ich hatte mir nämlich vorgenommen, die Schokoladengarnitur wieder abzuräumen – später. Allerdings …« Otto stutzte.

»Was denn?« Hoffmann war wieder ganz bei der Sache.

»Das war schon merkwürdig. Der Herr Baron hatte das Schloss gerade verlassen, da hörte ich Türengeklapper. Ich trat auf den Gang und sah Lenzen in Blocks Stube verschwinden. Fein, dachte ich bei mir, dann brauchst du das Geschirr nicht zurückzutragen. Doch als ich dann später bei Lenzen nachsah, stand alles noch dort.«

»Was heißt alles?« Hoffmann witterte eine Neuigkeit.

»Die Tasse, die Zuckerschale, Löffel, alles auf dem Tablett.«

»Lenzen ging also, nachdem Block verschwunden war, noch einmal hinüber in dessen Kammer? Ohne bestimmbaren Anlass?«, resümierte Hoffmann.

»Ja. Und zwar sehr schnell. Er lief beinahe. Wollte den Streit neu anfachen, was weiß ich ... Doch Block war ja schon weg.«

»Und wie lange blieb Lenzen in Blocks Stube?«

»Länger jedenfalls, als notwendig ist, um zu bemerken, dass sich niemand darin befindet. Ich weiß noch genau, dass mir das merkwürdig vorkam!«

»Und wissen Sie, worum es in diesen Streitigkeiten zwischen Block und Lenzen ging?«

Otto sah Hoffmann an, als wundere er sich über die Einfalt dieser Frage. »Natürlich. Es war immer dasselbe. Stets ging es darum, dass Lenzen behauptete, Block habe Kostbarkeiten aus der Königlichen Sammlung veruntreut.«

Hoffmann hatte genug gehört, er wandte sich zum Gehen. Otto folgte ihm auf dem Fuße. Aus bloßer Höflichkeit erkundigte sich Hoffmann noch: »Sind Sie der einzige Aufwärter im Grünen Gewölbe?«

Otto schüttelte den Kopf. »Es gibt noch Anton Vettermann. Wir teilen uns in die Pflichten.«

»Und weiter gibt es keine Bediensteten?«

»Nein, nur wir zwei«, bestätigte Otto.

»Hat Vettermann an jenem Tag ähnlich Merkwürdiges beobachtet?«

Otto schüttelte den Kopf. »Kann er doch nicht, hatte keinen Dienst. Wenn ich hier bin, hat er frei, und umgekehrt.«

Zum Abschied klopfte Hoffmann dem Aufwärter auf die Schulter. »Ich danke Ihnen.«

Misstrauen zeichnete sich auf Ottos Gesicht. »Wofür?«

»Dafür, dass Sie mir so nützliche Dinge erzählt haben.«

»Wissen Sie, was mich wirklich wundert?«, bemerkte Otto nachdenklich.

»Was?«

»Dass Block auf freiem Fuß ist. Das wundert mich wirklich!« Der Aufwärter schaute vor sich hin, und Hoffmann klopfte ihm noch einmal auf die Schulter. »Es wird schon seine Richtigkeit haben«, erklärte er. Doch Hoffmann wusste, dass es nicht überzeugend klang. Deshalb fügte er hinzu: »Es gibt nur eine Erklärung: Er ist unschuldig.«

Ein spöttisches Lachen. »Unschuldig? Der? Nie! Dass er Steine und Gold hortet, wussten alle. Fragen Sie nur den Hofjuwelier Globig!«

An der Pforte verabschiedete sich Hoffmann hastig und ging davon. Globig, der Hofjuwelier. Noch ein Verhör? Er war des Fragens überdrüssig. Er wollte endlich Antworten geben.

10

»Hohe Geldnot – infam gestimmt. Schlechtes Orchester.
Unangenehmer Auftritt mit Seconda, der mir Schuld gab,
dass es nicht besser ginge. Er ist ein grober Esel.
Sich fort in die Welt gewünscht.«

E.T.A. Hoffmann, Tagebucheintrag im Juni 1813

Amts- und Vizelandgerichtsrat von Mückritz war ein Dienstherr nach Häbigs Geschmack. Ein Mann aus altem Adel, der wusste, wie man sich den Bart stutzte. Stets war seine Uniform gebürstet, nicht nur in Zeiten wie diesen, da Epauletten und soldatisches Tuch den Wert eines Menschen ausmachten.

Seine Wangen waren rosig, nicht bleich und kränklich wie die Häbigs. Sicherlich unternahm er schon am Morgen, kurz nach Sonnenaufgang, einen Ritt vor die Tore, durch den Großen Garten etwa. Das sähe ihm gleich: Ein greiser sächsischer Veteran, Offizier der Reserve, reitet allmorgendlich unter den Gewehrmündungen der russischen Vortrupps spazieren. Weithin sichtbar mit seinen schlohweißen Haaren. Braucht es mehr, um vom Mut eines Sachsen zu künden?

Oberamtmann Häbig bog sich die Welt gern nach seinen Überzeugungen zurecht. So war er denn auch überzeugt davon, dass Gerichtsrat von Mückritz ein Held war. Unglücklich der Umstand, dass ein Richter wenig Gelegenheit hatte, sein Heldentum unter Beweis zu stellen. Doch einem Geringeren als einem Helden hätte Häbig sich nur schwerlich untergeordnet.

Häbig hatte den Vorgesetzten in der Schreibstube des Amts- und Landgerichts nicht angetroffen. Daher hatte er seinen Weg schnurstracks zum Mückritz'schen Domizil fortgesetzt. Der Gerichtsrat residierte jenseits der Elbe, in der Nähe der Schießplätze, wie es sich gehörte für einen alten Haudegen, der sich lieber von Kartätschendonner als vom Hahnenschrei wecken ließ.

Obwohl der Oberamtmann Häbig eifrig buckelnd, den Hut in den Händen, näher trat, war der Empfang ungnädig. Mückritz hatte es nicht einmal für nötig befunden, den Uniformrock überzustreifen. Im Hemd saß er vor Häbig, die Hände lässig über die Lehnen des Stuhls gelegt, und bot ihm nicht einmal einen Sitz an.

»Häbig, Häbig, was tun Sie bloß«, war seine Begrüßung. »Wenn ich Sie ermuntere, rasch in einer Untersuchung fortzufahren, dauert es Wochen, bis ich etwas von Ihnen höre. Wenn ich Sie bitte, sich Zeit zu lassen, rennen Sie mir am nächsten Tag die Türe ein! Immer gerade das Gegenteil dessen, was ich von Ihnen verlange.«

»Ehrwürdiger Gerichtsrat, es handelt sich um eine Affäre von großer Bedeutung«, führte er gestelzt und von einem weiteren Bückling begleitet aus. »Es geht um Neuigkeiten, die den Fall Block in einem gänzlich anderen Licht erscheinen lassen.«

Mückritz begann, mit den Handflächen über die Lehne zu streichen. Er warf dem Untergebenen einen sorgenvollen Blick zu. »Nun reden Sie nicht um den heißen Brei herum, Mann, sondern sagen Sie, worum es sich handelt!«

Häbig blies seine Wangen auf. Die Luft, die er für zwei, drei vorbereitende Sätze benötigte, bevor er mit der Sensation herausrücken wollte. Doch er überlegte es sich eines Besseren, ließ sie geräuschvoll entweichen und kam gleich auf den Punkt: »Ich bin im Besitz stichhaltiger Beweise dafür, dass der ehrwürdige königlich-sächsische Hofrat Peter Ludwig Heinrich von Block für den Feind spioniert!«

Die Gesichtszüge des Gerichtsrates erstarrten, sogar die rosigen Wangen entfärbten sich für kurze Zeit. Der Vorgesetzte beugte sich vor. »Was reden Sie da, Mann?«

Häbigs Handteller wurden feucht. Das war nicht, was er sich erhofft hatte. Ein wenig mehr Lob und Anerkennung wären seiner Meinung nach angebracht gewesen!

Vermutlich war der Vorwurf zu überraschend, er musste ihn nur durch Fakten untermauern, dann würde Mückritz rasch den Wert seiner Beobachtung erkennen. »Ich habe Aufzeichnungen bei ihm gefunden«, fuhr Häbig also fort. »Block scheint alle Truppenbewegungen, die der Verteidigung der Stadt dienen, säuberlich zu dokumentieren. Er legt sie schriftlich nieder und – davon gehe ich aus, denn was sollte er anderes damit tun? – übermittelt sie dem Feind.«

Mückritz' Miene hatte sich mit dem Fortgang der Rede weiter verfinstert. Als Häbig merkte, dass er sich auf das dünne Eis der Spekulation vorgewagt hatte, wurde seine Stimme brüchig, und er beschloss zu schweigen.

Mit einem Ruck stieß sich Gerichtsrat von Mückritz aus dem Sessel. Häbig schreckte zusammen. Die Wangen des Rates waren nun wieder rot. Röter als je zuvor. Er hob die Hand, als wollte er dem Untergebenen eine Maulschelle verpassen. »Welche Aufgabe hatte ich Ihnen in der Angelegenheit Block anvertraut?«

»Ich sollte Beweise für die Veruntreuung finden.«

»Und? Haben Sie die?«

Häbig ächzte. Ihm war, als müsste sich die Erde unter ihm auftun und ihn verschlingen. Eine Standpauke durch seinen Vorgesetzten. Und unberechtigt! »Ich dachte, diese wichtige Erkenntnis …«, stammelte er.

»Wichtige Erkenntnis? Weil Sie im Kern der Angelegenheit nicht weiterkommen, schnüffeln Sie sinnlos herum!«

Häbig schluckte und schwieg.

»Ich bat Sie, Beweise zu finden. Und Sie tischen mir Spekulationen auf! Spionage!« Mückritz stieß Luft zwischen den Zähnen hervor.

»Ich habe die Notizen mit eigenen Augen gesehen!« Ein weinerlicher Ton schlich sich in Häbigs Verteidigung.

»Wir haben nicht einmal Beweise dafür, dass er einen Mord begangen hat. Und Sie wollen ihm Landesverrat vorwerfen?«

»Vielleicht hängt das eine mit dem anderen zusammen?« Häbig wusste, das waren abenteuerliche Vermutungen.

Der Gerichtsrat hatte nur ein hämisches Lächeln für ihn übrig. »Sicherlich hat Block die Juwelen im Auftrag des preußischen Königs veruntreut, nicht war? Und den Lenzen hat er ermordet, weil er ein Anhänger Napoleons war? Und außerdem war er für den Brand der Kreuzkirche anno 1760 verantwortlich und den Tod des französischen Gesandten in St. Petersburg. Und bei der Sintflut hatte er vermutlich auch die Finger im Spiel, nicht wahr?«

Häbig schwieg zerknirscht.

»Darf ich Ihnen einen guten Rat geben?« Der Gerichtsrat hatte bedrohlich die Stimme gesenkt.

»Ich bitte darum.«

»Beweisen Sie, dass Block Stücke aus der königlichen Sammlung in sein Privatkabinett überführt hat. Das ist der erste Schritt. Alles andere lassen Sie Sorge des Geheimen Kriegskonziliums sein.«

»Aber die Liste ...«

Ein Blick von Mückritz reichte aus, Häbig zum Schweigen zu verdammen. Ja, der Untergebene war feige und biegsam, dumm war er nicht. Der Geheime Kriegsrat! Offenbar gab es etwas in dieser Affäre, das weiter hinaufreichte, bis in die Zuständigkeit der Generäle, womöglich gar des Königs. Also war Block doch ein Spion! Und Mückritz wollte Häbig vor seiner eigenen Erkenntnis schützen! Unversehens hellte sich Häbigs Miene auf. Auch der Gerichtsrat hatte schon bemerkt, dass er ein Wort zu viel gesagt hatte. Die Irritation war ihm anzusehen.

Als Mückritz sich gefasst hatte, nahm er Häbig fest ins Auge. »Nun verfügen Sie sich endlich!« Der Ton war streng, doch die Strenge verbarg ein Eingeständnis: Mückritz leugnete nicht länger. Er wollte, dass Block überführt wurde, er gab ihm freie Hand!

Als Häbig das Haus verließ, war seine Zuversicht zurückgekehrt. Doch sein Hass auf Block war größer denn je!

Der Weg zu Ariane war zu lang, um ihn ohne Stärkung zurückzulegen. Eichelkrauts Wirtschaft befand sich auf dem Weg, Hoffmann kehrte für eine Denkpause ein, und während er die Affäre zu ordnen versuchte – das, was sicher und bewiesen war, von dem, was im Ungewissen lag –, rutschten seine Gedanken ab, verschütteten jede Erkenntnis, weil alles, was fest gefügt, sich als lockeres Geröll erwies. Und je mehr er die Sache zu fassen versuchte, desto mehr geriet alles in Bewegung. Selbst der Alkohol half nicht mehr, das Chaos in seinem Kopf zu bändigen.

Als er die Zeche hatte anschreiben lassen und sich auf den Weg machte, war die Nacht hereingebrochen. Einem ersten Impuls folgend, wollte er sich auf den Heimweg begeben, bevor die Tore geschlossen wurden. Doch das Gekreuch in seinem Kopf musste hinaus, er würde Ariane – so geordnet, wie er es nur vermochte – Bericht erstatten.

So stand er denn bald auf der Schwelle und klingelte energisch. Als Bettine die Tür aufriss, fuhr sich Hoffmann mit der Hand durchs Haar: »Ich muss das junge Fräulein sprechen.«

Bettine zog eine Grimasse. »Sie ist bereits zu Bett gegangen.«

Hoffmann beugte sich vor, die Bedienstete fuhr vor dem scharfen Atemhauch zurück und seine Augen blitzten angriffslustig. »Es ist wichtig!«, sagte er eindringlich.

Nach einem Zögern wandte sich Bettine ab. Die Tür ließ sie offen stehen.

Kurz darauf erschien Ariane, noch nicht zur Nacht angetan, aber in einem bezaubernden Frisiermantel, einem dünnen, leichten Überwurf. Das Haar trug sie offen, die rötlichbraunen Wellen fielen über die Schultern. Hoffmann betrachtete sie schweigend. Dann winkte er sie auf den Flur hinaus, weit genug von der Wohnungstür entfernt, um nicht belauscht zu werden.

Ariane stand mit dem Rücken an der Wand. Hoffmann unternahm gar nicht erst den Versuch, seine Rede zu strukturieren. Er stieß heraus, was ihm gerade in den Sinn kam: »Alles ist Verschwörung. Die Madame du Barry eine Agentin Napoleons. Und der Kaiser wird fallen. Alles schon abgemacht. Die Sachsen laufen über zu den Preußen. Und Ihr Herr Vater steckt tief in Kumpaneien mit der französischen Madame. Sie wird beobachtet, Tag und Nacht. Wenn Block mit ihr im Bunde ist, wird er bald bei den Verlierern sein. Intrige!«

Ariane fasste sich an die Stirn. »*Attendez!* Was sagen Sie da?«

»Diese Madame du Barry ist eine Handlangerin im großen Spiel der Mächte, eine Agentin Napoleons.«

»Und was hat mein Vater damit zu tun?« Wie um sich zu schützen, ließ sie die Hand auf ihren Brustausschnitt sinken.

»Wenn er sie regelmäßig trifft, bedeutet das, dass er für sie spioniert.«

»Das heißt, es ist gar keine Liebesaffäre?« Arianes Augen blitzten hoffnungsfroh.

Hoffmann stutzte. Konnte man sich dessen sicher sein? »Vermutlich nicht! Zumindest nicht von ihrer Seite. Womöglich steckt sie gar hinter dem Anschlag auf Ihren Vater. Französische Soldaten hatten mehr oder minder freien Zutritt zu seinem Bureau.«

»Aber warum sollte sie ihn umbringen wollen? Er verehrt Napoleon!«

Hoffmann stieß, da er nichts zu sagen wusste, Luft zwischen den Zähnen hervor. Ariane schüttelte den Kopf. »Nein, nein. Ich habe gesehen, wie sie beisammen standen. Wie sie ihn betörte und er vor ihr in die Knie ging. Es ist Verliebtheit im Spiel. Ganz ohne Zweifel! Es muss einen Rivalen geben, einen alten Verehrer …«

Hoffmann trat einen Schritt zur Seite. »Denken Sie, was Sie wollen. Ich bin gewarnt worden. Es geht um Größeres als um Ihren Vater. Es geht um das Schicksal unseres Kontinents!«

Diese Worte, begleitet von Hoffmanns leuchtendem Blick, blieben nicht ohne Eindruck. Ariane dachte nach. Die napoleonische Gesinnung ihres Vaters war bekannt. Was, wenn er die Madame tatsächlich nur informierte, anstatt sie zu begehren? Wenn ihr Verhältnis bloß zweckgerichtet oder ein Vorwand war? Dann gab es noch eine Chance für die Liebe ihrer Eltern! Ja, wenn man es recht bedachte, waren es gute Nachrichten, die Hoffmann überbracht hatte.

Ariane berührte Hoffmanns Arm sachte mit den Fingerspitzen. »Ich danke Ihnen für die Neuigkeiten, Hoffmann. Sind Sie so freundlich und erteilen mir morgen Klavierunterricht? Versprechen Sie mir das?«

Hoffmanns Blick huschte ziellos über die Wände. Wie konnte das Fräulein jetzt ans Klavier denken? Er musste doch zusehen, wie das Leben zu bewältigen war. Die Waffenruhe ging zu Ende – hatte sie denn gar keine Angst?

Andrerseits tröstete ihn die Sorglosigkeit des jungen Mädchens, ließ ihn die eigenen Sorgen vergessen. Also willigte er ein. Klavier. Bis es von Trommelfeuer übertönt wurde. Das Aufleuchten ihres Gesichts belohnte ihn für die Überwindung. Wie lange hatte er nicht in ein Antlitz geblickt, das so frei von Vorwurf, von jedem Schatten war? Ohne dass seine Gedanken wesentlich geordneter waren, wandte er sich ab und machte sich auf den Heimweg.

Als Hoffmann auf den Altmarkt trat, läuteten die Glocken zur Nacht. Im nächsten Moment begriff er, was das bedeutete: Die Schläge wurden geschlossen. Selbst wenn er die Neustädter Seite noch erreichte, wäre er innerhalb der Befestigung gefangen. Die Wachsoldaten waren strengstens angewiesen, die Schließzeiten zu befolgen. Und die Garden machten die Runde, um die Einhaltung des Befehls zu gewährleisten. Mischa würde sich ängstigen, wenn er nicht nach Hause zurückkehrte. Die Gefahr des Krieges, der sie zu überrennen drohte, setzte ihr schwer zu. Immer wenn sie nicht durch die Verrichtungen des Alltags beansprucht waren, zitterten ihre Hände.

Die Elbe führte niedriges Wasser. Es wäre ein Leichtes, dachte Hoffmann, an geeigneter Stelle in den Fluss zu steigen, hindurchzuwaten und ein Stück oberhalb, jenseits der Mauern und vor der Bastion auf die andere Seite zu gelangen.

Also schritt er mutig aus und erreichte am Fuße von Brühls Garten den Fluss. Auf dem Weg war er einer Patrouille begegnet, doch das Ufer schien unbewacht. Also entledigte er sich seiner Schuhe, stopfte Strümpfe und Gamaschen hinein, band die Senkel zusammen, um sie über die Schulter zu legen, und tauchte eine Zehe in die Fluten. Dann den ganzen Fuß. Das Wasser war nicht sonderlich kalt, die Luft lau. Hätte sich nicht zwischen den rund gewaschenen Kieseln der ein oder andere spitze Stein verborgen, es wäre ein angenehmer Feiertagsausflug gewesen. Wie ein Sonntagsspaziergänger watete er – mit aufgekrempelten Hosenbeinen – elbaufwärts.

Auf der gegenüberliegenden Seite leuchteten Wachtfeuer. Er fand eine geeignete Stelle und schritt geradewegs in die Fluten, wohl wissend, dass die Strömung zur Mitte hin stärker wurde. Es war reiner Wagemut, denn schwimmen konnte er nicht. Oft genug hatte er die Elbfischer die Netze auswerfen sehen, das Wasser nur bis zu den Hüften.

Schon bewegte sich Hoffmann munter umstrudelt auf die Flussmitte zu, als er Rufe hörte. Es stand zu vermuten, dass sie ihm galten. Er beschleunigte den Schritt, so gut es ging, schaufelte sich mit den Händen durchs Wasser, wie er es bei Schwimmern gesehen hatte. Die Fußsohlen machten nun immer öfter Bekanntschaft mit scharfen Steinen und schmerzten. Er stemmte sich gegen die Fluten, das Wasser strömte ihm gegen Hüften und Bauch, das Vorwärtskommen wurde hart. Die nasse Kleidung zog an ihm, die Schuhe schlugen gegen das Kinn, wenn er stolperte.

Doch schon hatte er die tiefste Stelle überwunden, Hoffmann schöpfte Mut. Da hörte er einen Schrei, heiser und aufgeregt. Unwillkürlich blieb er stehen. Im nächsten Moment schon vernahm er den Knall, dann ein Pfeifen, ein scharfes Klatschen, als das Geschoss ins Wasser schlug. Heiß fuhr ihm der Gedanke in den Schädel: Man schießt auf mich!

Schon krachte es erneut, und diesmal konnte Hoffmann das Mündungsfeuer am Ufer auflodern sehen. Instinktiv ging er in die Knie, suchte Deckung im Strom. Das Wasser stand ihm unter dem Kinn. Erneutes Krachen aus einer Flinte. Sein Kopf war immer noch Ziel genug! In Todesangst holte Hoffmann Atem und tauchte unter. Seine Finger gruben sich in den Grund des Flusses, die Nägel brachen, die Knie schmerzten vom Kies. Wie ein Hund zog und schob er sich auf allen vieren vorwärts über den Elbgrund. Weitere Schüsse peitschten ins Wasser. Hoffmann versuchte, den Boden nicht unter Händen und Füßen zu verlieren. Bald wurde der Atem knapp, er schnappte nach Luft, um gleich wieder unterzutauchen. So paddelte er lange, scheinbar eine Ewigkeit, bis er auch die äußersten Bastionen auf der rechten Elbseite passiert hatte. Er blieb noch im Wasser, obwohl er vor Kälte schnatterte. Oder doch vor Angst?

Allmählich wagte er, den Kopf aus den Fluten zu heben, und sah eine Patrouille im Laufschritt mit Fackeln am Ufer ausschwärmen. Wie klug war es gewesen, den Ausstieg zu verzögern!

Hoffmann wusste nicht, wie lange er gewartet hatte, doch mittlerweile zitterte er wie ein Pinscher. Das Wasser um ihn herum schlug kleine Wellen, nass troff es aus dem Stoppelhaar, der Wind frischte auf. Endlich wurde zum Sammeln geblasen, und die Patrouille strebte unverrichteter Dinge zum Tor zurück.

Dann lag die Nacht wieder ruhig und schwarz über dem Ufer, und Hoffmann wagte sich heraus. Die Nässe lief an ihm herab, er schlug die Arme um die Brust, was das Zittern nicht lindern konnte. Niemals in seinem nicht unbewegten Leben hatte er solche Angst gehabt! Er war durch den Fluss gegangen und ein anderer geworden.

In der darauffolgenden Nacht hatte es den Musiker aus dem Bett getrieben, hinüber an den Sekretär, um zu schreiben. Im rußigen Schein eines schlechten Talglichts saß er, tief über das Papier gebeugt. Mischa hatte ihn vom Bett aus dabei beobachtet. Obwohl die Julinächte heiß waren, auch hier vor der Stadt, fror Hoffmann bald wieder. Sein ganzer Körper erbebte unter Schauern, doch er schien es nicht zu bemerken. Unverdrossen schrieb er und schrieb. Mischa konnte die Feder kratzen hören. Ein leises Klirren, wenn der Griffel gegen den Rand des Tintenglases stieß. Mischa lag auf dem Rücken und lauschte den Geräuschen seines Tuns. Immer wenn er arbeitete, tat er es selbstversunken und mit hartnäckiger Begeisterung. Aber dass er des Nachts aufstand, war ihr neu. Auch dass er wie im Fieber schrieb, zitternd. Als er nach einer unfassbar langen Zeitspanne – mochten es zwei Stunden gewesen sein, drei? – wieder zu ihr ins Bett stieg, war ihr, als gesellte sich ein Fremder zu ihr. Sie wollte von ihm abrücken, doch da legte er schon einen Arm um sie, und Mischa spannte ihre Muskeln. Er wurde nicht zudringlich, lag einfach da, den Arm auf ihrem Bauch. Nach einer Weile wandte er sich ab und wälzte sich fortan von einer Seite auf die andere, bis der Morgen graute. Als die Spinnweben im Fensterwinkel schon im Sonnenlicht schimmerten, ging sein Atem endlich ruhiger. Er war eingeschlafen. Wie zerschlagen erhob sich Mischa, um ihr Tagwerk zu beginnen.

Als Hoffmann einige Zeit später mit verquollenen Augen in die Küche trat, gab Mischa ihm einen kalten Kuss. Hoffmann spürte, dass etwas zwischen sie getreten war.

»Gestern ist ein Schreiben für dich angekommen«, eröffnete sie ihm und tat geschäftig, obwohl sie viel zu angespannt war, um eine Arbeit konzentriert zu verrichten.

Hoffmann zog die Stirn kraus und schwieg.

»Von deinem Freund – wie heißt er doch gleich? Schnippel?«

Sie sah, wie ihn Unruhe erfasste. »Wo ist es?«

Mischa wies mit dem Kinn hinüber. »Auf dem Sekretär. Du hättest es eigentlich heut Nacht sehen müssen.« Sie biss sich auf die Lippen.

Hoffmann reagierte nicht auf das unfreiwillige Eingeständnis, sondern eilte in den Nebenraum. Mischa folgte ihm. Sie wollte sich erklären, ihm sagen, dass er ihr fremd erschiene in letzter Zeit, und wie unsagbar traurig dieser Umstand sie mache. Ob sie es über sich brächte zu fragen, ob er eine Geliebte habe, wusste sie noch nicht.

Doch Hoffmann hatte ohnehin nur Augen für das Schreiben. Er fuhr durch die Papiere und Bögen, die auf dem Sekretär lagen und riss den Umschlag an sich. Das Siegel war rasch erbrochen. Hoffmann überflog die Zeilen. Seine Augen weiteten sich. Dann ließ er den Brief wieder fallen, um sich mit stierem Blick anzukleiden.

»Was ist denn? Schlechte Neuigkeiten?«

Hoffmann streifte sie mit leerem Blick und zog sich schweigend die Schuhe über. Sie waren durchnässt, hinterließen dunkle Flecken auf dem Boden.

»Wohin gehst du? Theo, ich fürchte mich, wenn du nichts sagst!«

Ohne sich die Riemen zu binden, stürzte er hinaus.

Zuerst wollte Hoffmann an der Elbe entlang, die Ruhe des Flusses atmen, doch die vergangene Nacht hatte sie ihm verleidet. Also nahm er die Allee durch die Vorstadt, die vor dem Tore sachte anstieg, und in gemächlichem Bogen oberhalb des Flusses in die Heide hinaus führte. Er musste laufen, fort, sich bewegen. Musste sich zusammenreißen, um nicht die Essenz des Briefes laut hinaus zu schreien: Die ganze Welt war bloß Kulisse für die Intrigen der Mächtigen. Der Sandboden unter seinen Schuhsohlen, die Schwalben, die sirrend über ihn hinweg flogen? Trugbilder offenbar, um ihn in Sicherheit zu wiegen!

Allesamt waren sie Marionetten eines Schicksals, das höhere Mächte bestimmten, und die Schnüre, an denen man sie führte, scheuerten an seinen Nerven. Urplötzlich streckte er die Arme aus und zog sie wieder zusammen, in der Erwartung, Widerstand zu spüren. Doch da war nichts.

Er flatterte wie ein Schmetterling, sprang dabei in die Luft und schon blieben Passanten stehen, um diese rätselhafte Gymnastik zu beobachten. Nein, die Glieder und Gelenke fühlten sich ungebunden an, als sei es allein sein Wille, der ihre Bewegungen bestimmte. Was für ein Trugschluss!

»Lieber Freund«, sprach sich Hoffmann den Wortlaut des Briefes vor, als er sich unbelauscht fühlte. »Es ist, wie ich vermutete, und schlimmer noch. B. dient vielen Herren zugleich. Auch dem meinen! Lass dich nicht in seine Geschäfte ziehen! Du kannst nicht unbeschadet herauskommen. Im Übrigen: Auch er nicht! Dein H.«

Hippel hatte Mischa den Brief eigenhändig überbracht, obwohl er seine Abreise vorbereitete. Der Gebrauch der Abkürzungen ließ darauf schließen, dass der Freund in echter Furcht geschrieben hatte. Gefährliche Informationen, die sie austauschten! Mitten hinein in die Konspiration war er geraten, hinter den Spiegel getreten!

Warum eigentlich? Hoffmann hatte in diesem Krieg nichts zu schaffen! Dieser Block und seine Tochter zogen ihn in eine verwirrende Welt des Scheins und der Illusionen – und um wie viel gefährlicher als die Theaterwelt! Verbrannt werden musste der verräterische Brief, so hatte Hippel es in einem Nachsatz gefordert. Niemals würde Hoffmann etwas schreiben, das nur zum Verbrennen taugte!

Der Musiker rammte die Absätze in den Sand, um sich den steiler werdenden Hang hinaufzuarbeiten. Nie wieder würde er über die Block'sche Schwelle treten! Zu schwarz der Schatten, den der Hofrat über sein Leben warf! Hoffmann seufzte. Nein, einmal noch musste er vorstellig werden, um Ariane zu warnen und sich zu verabschieden. Und dann nie wieder!

Hoffmann trat an den Wegesrand und blickte in das Elbtal hinab. Die Stadt lag im wärmsten Licht, in die Flusswindung geschmiegt.

So friedlich. So trügerisch. Er würde diese Stadt verlassen. Der Kontrakt mit Seconda sollte gelöst werden, so bald wie möglich. Er musste weg von hier!

Haldensleben hatte Block bis in das Vorzimmer eskortieren und dann warten lassen. Eine Stunde. Zwei Stunden. Durch die Tür konnte er hören, dass der Einbestellte auf und ab ging. Je größer Blocks Unruhe wurde, desto mehr ließ sich Haldensleben Zeit, die beiden Schriftstücke zu studieren und sich seine Worte zurechtzulegen. Er roch an den papiernen Bögen. Der Parfümgeruch war noch nicht verflogen. Françoise du Barry! Wie hochmütig hatte sie ihn einst abblitzen lassen, wo sie doch sonst jeden Uniformträger empfing, um ihn auszuhorchen. Vermutlich hatte sie geahnt, dass sie bei ihm auf Granit beißen würde. Er wäre ihren Verführungskünsten gewiss nicht erlegen. Und doch, wäre sie damals auf seine Annäherungen eingegangen … wer weiß?

Nun hielt er nicht nur ihre Briefe in den Händen, den einen, der ihn durch Block erreicht hatte, und den anderen, der ihm durch die Preußen zugespielt worden war. Nein, die Madame selbst hielt er in seinen Händen, ein Faustpfand auf ihr Schicksal. Wüsste sie von seiner Macht, sie würde ihn nicht ein zweites Mal abweisen! Doch für eine gemeine Erpressung war er zu stolz. Er würde sich ihr nicht mehr aussetzen. Der untreue Hofrat war ein geeignetes Instrument. Man musste ihn nur noch mürbe und gefügig machen!

Haldensleben schwoll die Brust im Bewusstsein seiner Überlegenheit. Nur, wenn man, so wie er, in den geheimen Zirkeln der Weltgeschichte zu Gast war, verstand man. Für gewöhnliche Menschen waren die Zeitläufte wie das Wetter, man musste sie hinnehmen, wie sie kamen. Hier aber, in seinem verschwiegenen Vorstadtpalais wurde das geboren, was spätere Generationen Geschichte nennen würden. Block würde es zu spüren bekommen!

Haldensleben hatte eine Aufgabe übernommen, die selbst dem König zu heikel war. Der Herrscher musste Bündnistreue beweisen, durfte den Franzosenkaiser nicht verraten. Aber er, Haldensleben, durfte. War er nicht Preuße von Geburt? Niemanden sollte es verwundern, dass er zu seiner alten Heimat hielt. Verkehrte er nicht im Haus des preußischen Gesandten, als wäre er ein Mitglied der Familie? Nichts war erstaunlich, wenn man wusste. Haldensleben wusste viel und staunte wenig. Er war einer in der Handvoll Personen, die wussten, dass der Übertritt des sächsischen Königs in die anti-napoleonische Allianz unmittelbar bevorstand. Es war an der Zeit, das Visier zu öffnen!

Der Geheime Rat ließ den Deckel der Taschenuhr aufschnappen und musste schmunzeln. Block schmachtete seit zwei Stunden und vierzehn Minuten auf dem Gang. Er war mürbe gekocht, man konnte ihn eintreten lassen! Haldensleben trat auf die Schwelle zum Vorzimmer. Aus den Augenwinkeln sah er Block vom Sofa aufspringen. Doch er nahm ihn nicht zur Kenntnis, sondern schaute geradewegs an ihm vorbei zur nächsten Tür. Befahl dem Diensthabenden, der davor wartete, mit lautem Rufen, Block hereinzuschaffen. Dann wandte er sich um, ließ die Tür offen stehen und postierte sich hinter dem Schreibtisch. Auf der Tischkante, für den Eintretenden gut sichtbar, hatte er die verräterischen Aufzeichnungen platziert. Ein warmes Gefühl machte sich in der Magengegend breit. Die Vorfreude darauf, Macht ausüben zu können, ließ ihn erzittern.

Er weidete sich an Blocks Gesichtsausdruck: schwerlich gebändigte Wut nach dieser Wartezeit. Der Hofrat wollte schon zur Beschwerde ansetzen, die in langen Stunden zurechtgelegten Worte, geboren im trüben Dämmerlicht des Vorzimmers aussprechen, doch da verflog plötzlich der Zorn aus Blocks Miene und bodenlose Überraschung machte sich breit. Der Metamorphose des Gesichts folgte die Wandlung des übrigen Körpers, Anspannung und Dynamik der Wut wichen völliger Weichheit und Schicksalsergebenheit. Hätte er keinen Stuhl gefunden, Block wäre zu Boden geflossen. Haldensleben notierte innerlich, dass er für die nächste derartige Gelegenheit auf den Stuhl verzichten würde. Er wollte den Gegner am Boden sehen.

Block kauerte vor ihm, zusammengesunken, das Gesicht blass und eingefallen. Die Perücke, die er offenbar zu Ehren des hohen Gastgebers aufgesetzt hatte, ließ ihn noch blasser erscheinen. Sie war nachlässig toupiert, weiße, spitzige Strähnen stachen rechts und links an die Schläfen. Haldensleben schwieg lange, um seinen Triumph auszukosten. Dann erst stellte er die Frage, die Block vollends vernichten musste, da sie alle Schuld auf seine Schultern lud: »Kennen Sie diese Handschrift?«

Block hob stumm und leidvoll den Blick zur Decke.

»Sie müssen sich nicht erklären. Ich habe Sie beim Eintreten beobachtet. Sie haben sie gleich erkannt! Es ist die Handschrift der Françoise du Barry.«

Mehrfach setzte Block zu einer Verteidigungsrede an, aber seinem Mund entfuhren nur Laute ohne Zusammenhang. Wie sollte er sich auch verteidigen? Selbst Haldensleben wäre nichts eingefallen. Er hielt ihm die beiden Schriftstücke unter die Nase. »Schauen Sie genau hin: Dieses hier, das haben Sie uns übergeben. Grandios falsche Zahlen! Aber dieses hier«, Haldensleben wedelte mit dem anderen Papier, »das haben wir über Mittelsmänner von den Preußen erhalten. Ja, die Preußen, denn auch unsere Spione arbeiten fleißig!«

Block verglich die Zahlen flüchtig. Er war starr vor Schreck.

»Wussten Sie«, fragte Haldensleben, »dass Ihre verehrte Madame für die Preußen spioniert?«

»Für die Preußen? Unmöglich!« Und doch musste Block es glauben, denn er sank in sich zusammen.

»Hiermit ist es bewiesen!« Haldensleben gewährte ihm einen letzten Blick auf die Dokumente, dann drehte er sich um und legte sie auf dem Schreibtisch ab. Er wandte sich wieder Block zu. »Die Truppenstärken, die Sie uns im Auftrag der Madame du Barry zugestellt haben – freundlicherweise«, Haldensleben lächelte mit Häme, »diese Zahlen sind erheblich nach unten manipuliert. Den Preußen jedoch lieferte besagte Dame korrekte Zahlen.«

»Aber warum?« Block war ehrlich ratlos, es war ihm anzusehen.

»Weil sie uns den Preußen in die Arme treiben will! Es gibt nur diese Erklärung: Ihre Madame arbeitet nicht für Napoleon, sondern gegen ihn! Sie kämpft auf der Seite seiner Gegner!«

Den Gedanken, der ihn am meisten beunruhigte, sprach Haldensleben nicht aus: Dass die du Barry genau wissen musste, wie gefährdet das Bündnis zwischen Sachsen und dem Kaiser war. Nicht wissen konnte sie allerdings, wie weit sich die Sachsen bereits der Allianz angenähert hatten.

Block stierte immer noch vor sich hin.

»Nun wird es Zeit«, holte Haldensleben aus, »dass Sie sich für die eine oder andre Seite entscheiden. Ob Sie mit der du Barry untergehen, oder zu Ihrem Vaterland stehen und dem König die Treue beweisen wollen, die Sie bisher vermissen ließen!«

»Untergehen?« Zielsicher hatte Block das bedrohlichste Wort der Tirade herausgehört. »Was meinen Sie damit?«

Haldensleben vermied es, ihm in die Augen zu sehen. »Nun, die Dame hat uns mehrfach verraten. Ich betrachte die du Barry als vogelfrei.«

Block starrte Haldensleben aus schreckensweiten Augen an. »Sie wollen sie …?«

Haldensleben wirbelte herum: »Es geht nicht um die du Barry, es geht um Sie! Auf welcher Seite stehen Sie?«

Block schwieg beharrlich. Haldensleben schäumte vor Wut. »Glauben Sie, wir lassen zu, dass Sie uns ein weiteres Mal hintergehen? Ich muss Ihnen Ihre Vergehen nicht erst herunterbeten: Untreue, Mord – darf ich nun Vaterlandsverrat hinzurechnen? Wenn Sie so weitermachen, landen Sie am Galgen, Block! Entscheiden Sie sich!«

Block hatte seinen Hut unablässig in den Händen gedreht. Nun setzte er ihn auf. »Ich werde tun, was Sie von mir verlangen«, versprach er tonlos. Schweiß troff unter der Perücke hervor und lief an seinen Schläfen hinunter.

Ein erlöstes Lächeln schlich sich auf Haldenslebens Gesicht. »Halten Sie sich zu unserer Verfügung! Und nun packen Sie sich!«

Ohne auch nur ein Wort zu entgegnen, erhob sich der Gedemütigte und wankte hinaus. Er hatte nicht die Kraft, die Tür zu schließen.

In vollendeter Zufriedenheit strich sich Haldensleben über die Brust. Das Schicksal der du Barry lag nicht allein in seiner Hand, da hatten die Preußen mitzureden. Aber Block – Block war seine Kreatur! Mit dem hatte er noch einen ganz besonderen Plan.

Françoise du Barry zitterte immer noch, als Natalie ihr den Arm um die Schultern legte. Ihr Nachthemd war schweißnass. Das Mädchen murmelte beruhigend und stellte den Leuchter auf den Hocker neben das Bett. Es nahm dicht neben der Herrin Platz und strich ihr sanft über die Schulterblätter. Die lehnte sich dankbar an die Bedienstete. »Madame, mit Verlaub, Sie haben so sehr geschrien.«

Die du Barry fuhr sich mit dem Handrücken über die Stirn, um die letzten Schleier des Albtraums beiseite zu wischen.

»So schlimm war es noch nie«, gestand sie. »Konnte man es draußen hören?«

Das Mädchen senkte den Kopf. »Ich fürchte, ich habe die Läden zu spät geschlossen.«

Françoise du Barry verbarg ihr Gesicht im Bettzeug. Mit dem Leinen tupfte sie sich den Schweiß von der Haut.

»War es wieder der Traum?«, wollte Natalie wissen.

Madame hob den Kopf und drehte ihn langsam zu ihr herum. Doch ihr Blick war nach innen gerichtet, die Gesichtsmuskeln begannen zu zucken. »Ich habe die Schneide an meinem Hals gespürt! Das ist mehr denn je …«, sie konnte nicht weiter.

Natalie wollte etwas entgegnen, doch ihre Kehle war trocken.

Die Madame kreischte auf, ihr Oberkörper kippte nach vorn und sie schlug mit der flachen Hand in die Bettwäsche. »Wir müssen fort!«, schrie sie. »Fort!«

»Nichts lieber als das, Madame«, versicherte Natalie erschrocken.

»Sie müssen mich gehen lassen!« Madame du Barry ergriff das Mädchen bei den Ellenbogen. »Nicht wahr, sie müssen uns gehen lassen? Wir haben genug gelitten!«

»Wie Sie meinen, Madame!«

Die du Barry fiel Natalie um den Hals. Zuerst war dem Mädchen die Nähe unangenehm, doch dann erwiderte es die Umarmung.

Mit jedem Schritt wurden Hoffmanns Beine schwerer. Obwohl er erleichtert war, dass er ein Ende machen konnte, würde er die junge, impulsive Frau vermissen. Doch was war schon ihr aufgewecktes Wesen gegen die Zeit, die sie ihm stahl?

Stark wie nie fühlte Hoffmann im Schreiben seine eigentliche Berufung. Nur erzählerisch konnte er die Ideen, die seinen Kopf belagerten, zur Wirkung bringen. Allein im Schreiben war die Wirklichkeit zu beherrschen – und das, was dahinter lag.

Auf den letzten Stufen spürte er schon die Unruhe, die die Block'sche Haushaltung erfasst hatte. Möbel wurden gerückt, Anweisungen gebrüllt, Schritte trampelten, als exerziere eine ganze Kompanie durch die Wohnung. Die Tür stand offen. Als er eintreten wollte, kamen ihm französische Grenadiere entgegen, einfache Kerle, die eine Truhe schleppten. Hoffmann ließ sie passieren. Unter Flüchen wurden die Habseligkeiten des Offiziers an ihm vorbei spediert. Die Franzosen rückten ab! Sprachlos sah Hoffmann auf das Treiben.

Jenseits der Schwelle traf er den Hofrat an, der jeden Handgriff verfolgte. Seine Laune war freundlich. »Hoffmann!«, rief er und trat auf ihn zu. »Sie kommen sicherlich, um meine Tochter zu unterrichten. Ja, die schönen Künste sind das, woran man sich in diesen Zeiten halten sollte.«

Hoffmann druckste herum und versuchte, sich der Herzlichkeit zu entziehen. Ein Gefühl hatte sich zwischen ihn und den Hofrat gedrängt, das er sich ungern eingestand: Angst. Der Mann war nicht so harmlos, wie es schien!

»Kommen Sie, mein Bester, ich muss Ihnen etwas zeigen: Ich habe bei einem französischen Feldarzt eine einmalige Eroberung gemacht!«

Hoffmann wehrte ab. »Eigentlich kam ich Ihrer Tochter zuliebe.«

»Zieren Sie sich nicht, so etwas haben Sie noch nie gesehen!«

Block hatte ihn untergefasst und mit sich gezogen. Hoffmann sträubte sich, doch schon hielt der Hofrat eine hölzerne Schachtel in der Hand. Er öffnete den Deckel und schlug den Stoff zurück. Hoffmann erbebte. Zuerst hatte er geglaubt, Glasmurmeln zu sehen. Doch die Murmeln besaßen Pupillen, eine Iris. Ein Dutzend Augen glotzten ihn an! Der Hofrat rüttelte die Schachtel, die Augen kullerten umeinander.

»Ist das nicht allerliebst? Von echten kaum zu unterscheiden! Wunderbare Arbeiten eines großen Künstlers.« Mit spitzen Fingern nahm er eines und richtete es geradewegs auf Hoffmann. Der konnte nicht anders als hineinzustarren. Und plötzlich erkannte er: Das Auge, das Block in den Händen hielt, war lebendig. Und stattdessen – es war so grässlich, dass er es kaum denken konnte – waren die Augen des Hofrats aus Glas! Kalt und gefühllos starrten sie ihn an, ohne ihn zu sehen. Hoffmann entfuhr ein jämmerlicher Laut, er musste sich abstützen.

»Was ist Ihnen?«, fragte der Hofrat. Er hatte das Auge zurück in die Schachtel gelegt und tätschelte Hoffmann besorgt den Arm.

»Nichts, es ist nichts.«

»Aber Sie sind so blass!«

»Es ist nur wegen der Soldaten«, log Hoffmann, um von sich abzulenken.

»Ist das nicht wunderbar?«, schwärmte Block. »In die Sache kommt Bewegung. Napoleon wirft sich den Preußen entgegen. Einen Gegner nach dem andern nimmt er sich vor. Die Weltgeschichte schreitet voran.« Verträumt schaute Block in eine unbestimmte Ferne.

Hoffmann musterte den kuriosen Mann, der nur wenig größer war als er selbst. »Woher wissen Sie das?«

Block lächelte verkniffen. »Gerüchte sind manchmal besser als ihr Ruf.«

Wie gut er doch seine Gesichtsmuskeln unter Kontrolle hatte! Eine Maske war dieses Antlitz. Wie sehr hatte er diesen Mann unterschätzt!

Hoffmann wollte sich erneut nach Ariane erkundigen, da fiel sein Blick auf die Hofrätin, die am anderen Ende des Korridors stand, in trautem Gespräch mit Legrand. Immer wieder zuckte ihre Hand vor, doch mit einem Seitenblick auf den Ehemann schreckte sie vor der Berührung zurück.

Block hatte ihnen den Rücken zugewandt. Er neigte sich vor und zischte: »Möge er an der nächsten Kugel verrecken!«

Da war er, der grausame, der verräterische Block! Doch schon im nächsten Moment konnte er wieder jovial sein, »Kommen Sie, Hoffmann« säuseln und ihn in den Salon führen, als ginge es aufs Tanzparkett.

Ariane lag auf dem Canapé, die Augen verweint. Als sie die Männer eintreten sah, versuchte sie sich zu fassen. Block lächelte schief. »Dein Lehrer, Ariane.«

Umständlich setzte sich die Tochter auf. Hoffmann deutete eine Verbeugung an. »Ich komme in wichtiger Angelegenheit«, sagte er unter vieldeutigem Stirnrunzeln.

Block schien es nicht zu bemerken. »Gewähren Sie mir die Güte und lassen Sie mich dem Unterricht folgen. Ich lausche so gern der Musik!«, bat er, bettelte fast.

Hoffmann postierte sich neben dem Instrument. Ohne ihn anzusehen, nahm Ariane auf dem Hocker Platz. Hoffmann sah, wie ihre Finger zitternd über den Tasten schwebten. Dann schlug sie zaghaft die ersten Töne an. Zufrieden nickte Hoffmann, denn mit jedem Takt wurde die Schülerin sicherer. Block schloss die Augen, bereit, sich der stockenden Musik hinzugeben.

Da wurde angeklopft, und er riss sie zornig wieder auf.

Die unglückliche Bettine vermeldete, dass sich der französische Offizier zu verabschieden wünsche. Block schnaubte, atmete mehrmals heftig ein und aus, bevor er in bitterem Tonfall Antwort gab: Ein Gast, der sich unangemeldet eingestellt habe, besäße kein Recht auf eine Verabschiedung!

Bettine bat ihn händeringend. Die Angst vor dem Eklat, so kurz vor dem Ende der Beschwerungen, ließ ihr die Augen voll Wasser laufen.

Block blieb stur. »Wenn es darum ginge, würde ich ihn mit einem Fußtritt aus dem Haus jagen!« Erzürnt hatte er die Stimme erhoben. Bettine wäre auf die Knie gefallen, um ihn zum Einlenken zu bewegen.

Da brach Ariane ihr Spiel ab. Sie wandte sich um und bat ihren

Vater mit einem Augenaufschlag, dem niemand widerstehen konnte. Mit einem Seufzer gab Block nach und ging hinaus.

Ariane wartete ab, bis sich die Tür geschlossen hatte. Dann winkte sie Hoffmann heran und klopfte auf das Polster, damit er sich neben sie setze. »Nun berichten Sie schon!«

Hoffmann zögerte nur einen Augenblick. Dann beugte er sich an ihr Ohr und offenbarte ihr alles, was er wusste. Umriss grob den Inhalt der Briefe seines Freundes Hippel, dessen Enthüllungen, dessen Warnungen. Dass ihr Vater allem Anschein nach ein Agent war, der für mehrere Seiten arbeitete. Für die Franzosen, für die Preußen, weiß der Teufel, für wen noch. Und dass seine Chance, sich unbehelligt aus all diesen Verwicklungen zu winden, immer geringer wurde.

Er hatte noch nicht geendet, da sackte Ariane ohnmächtig auf dem Hocker zusammen. Hoffmann packte geistesgegenwärtig zu, doch nun hielt er sie umklammert und wusste nicht weiter. Aufstehen konnte er nicht, mit der Last in den Armen. Schon wollte er um Hilfe rufen, da begannen ihre Lider zu flattern. Doch in diesem Augenblick flog die Tür auf, und Block stand im Raum. In dem Moment, da der Hofrat die Situation erfasst zu haben schien, begriff Hoffmann, dass man sie nur missverstehen konnte. Die bewusstlose Frau in seinen Armen kompromittierte den Musiker hoffnungslos. Als er wieder aufsah, blickte er in Blocks wutverzerrtes Gesicht. »Hinaus mit Ihnen!«

Hoffmann unternahm einen zaghaften Versuch, sich zu verteidigen. »Ihre Tochter ist in Ohnmacht gefallen. Sollte ich sie zu Boden stürzen lassen?«

»Der eine Verführer ist gerade durch die Vordertür hinaus, da schlüpft der nächste durch die Hintertür herein!«, donnerte Block erbarmungslos. Hoffmann schwitzte unter seinem Kragen. Wie gern hätte er sich entfernt, dem Zorn eines Mörders und Giftmischers wollte er sich nicht aussetzen!

»Nie wieder möchte ich Sie in meinem Hause sehen!«

Hoffmann versuchte, Arianes Körper anzuheben, um zu zeigen, was allein ihn am Gehen hinderte. »Aber verstehen Sie doch …«

»Wenn Sie sich nicht augenblicks verfügen, lasse ich Sie einkerkern!« Nun schrie der Hofrat.

Hoffmann wuchtete Arianes Leib so sacht es ging vom Hocker und ließ ihn zu Boden gleiten. Mit leisem Ächzen kam sie auf dem Parkett zu liegen. Die Behandlung schien sie geweckt zu haben, Leben kehrte in ihre Glieder zurück. Hoffmann schöpfte Hoffnung, dass sie das Missverständnis umgehend aufklären würde.

»Worauf warten Sie noch, mein Herr?« Die Stimme des Hofrats überschlug sich, seine Hände waren zu Fäusten geballt. Zögernd schlich sich Hoffmann an ihm vorüber. Vermutlich war es das Beste, einfach und auf immer zu verschwinden. Manche Dinge ließen sich nicht erklären.

Unterdessen wurde Ariane munter. »Was ist geschehen?«, stammelte sie. Und dann, als sie begriff, dass Hoffmann sich entfernte: »Wohin wollen Sie?«

»Es gibt nichts mehr zu sagen«, formulierte sein Mund, und seine Augen flehten: Lassen Sie mich gehen!

»Nein! Warten Sie!« Sie versuchte sich aufzurichten, war aber noch zu schwach. »Hoffmann!«

Der Künstler setzte seinen Zylinder auf und ging hinaus. Man musste der Sache ein Ende machen, lieber früher als später!

Als er auf die Straße gelangte, fiel alle Sorge von ihm ab. Mit den Blocks hatte er nichts mehr zu schaffen. Nun musste er nur noch mit Seconda ins Reine kommen, dann wäre er frei! Ein Seufzer entwich seiner Brust. Dann überquerte er beschwingten Schrittes den Platz vor der Kreuzkirche und ging auf das Chaisenhaus zu.

Nur kurze Zeit später nahm Baron Peter Ludwig Heinrich von Block denselben Weg. Doch da war Hoffmann schon verschwunden.

Kaum hatte Natalie den Hofrat in den Salon gebeten, schoss die du Barry wütend auf ihn zu. »Monsieur, wie oft muss ich Ihnen noch sagen, dass Sie mich nicht in meinen Privatgemächern aufsuchen sollen?«

Block presste die Lippen zusammen. Mit schmalem Mund stieß er hervor: »Madame. Mehrfach und mit Nachdruck bat ich Sie um ein Treffen. Sie haben alle meine Nachrichten in den Wind geschlagen. Ich wusste mir keinen anderen Rat.«

Madame du Barry verschränkte die Arme. »Nun, was haben Sie mir denn so Dringendes zu berichten?«

Block irritierte, dass sie ihm nicht einmal einen Platz anbot. Also fuhr er im Stehen fort: »Der Kaiser verlässt die Stadt. Alles ist verloren!«

Die du Barry stieß Luft durch die Nase. »Mehr haben Sie nicht zu berichten?«

Sie schien keineswegs überrascht von der Neuigkeit. Er zögerte einen Moment, dann beichtete er ihr: »Man präsentierte mir Dokumente von Ihrer Hand. Zwei geheime Billetts, die völlig unterschiedliche Informationen zu demselben Gegenstand enthielten.«

Madame du Barry erblasste. »Wer hat sie Ihnen präsentiert?«

»General von Haldensleben.«

Nun ließ sie sich doch aufs Sofa sinken. Block blieb demonstrativ stehen. »Madame«, zog er seinen Schluss, »irgendjemand muss Ihre Kundschaften dem Feind zugespielt haben.«

In rascher Folge wechselten Blässe und Röte auf ihrem Gesicht. Block stockte der Atem. Die Erregung machte sie schöner denn je. Er sank vor ihr auf die Knie. »Madame. Ich weiß nicht, welches Spiel Sie spielen. Aber ich verehre Sie. Lassen Sie uns zusammen nach Frankreich gehen, Sie werden es nicht bereuen!«

Françoise du Barry sah ihn unverwandt an. Dann legte sie die Hand auf die Stirn und tat, als dächte sie angestrengt nach – eine unendliche Zeitspanne lang. Block verharrte mit gesenktem Kopf.

»Fliehen? Mit Ihnen?«, sagte sie endlich. »Wie soll ich Ihnen vertrauen? Sie haben mich verraten!«

Auf Knien rutschte Block an sie heran. »Ich habe nur zugegeben, was nicht mehr zu leugnen war. Mehr noch: Indem ich Sie warne, setze ich mein Leben aufs Spiel. Man beobachtet mich. Niemand glaubt mir mehr.«

»Das wundert mich nicht«, stieß die du Barry hervor.

»Verachten Sie mich nicht, Madame! Mir war immer um ihr Wohl zu tun!«

»Mein Wohl?« Sie zuckte mit den Schultern. »Ist Ihnen jemand gefolgt?«

Block war erstaunt, darauf hatte er nicht geachtet. »Was tut das zur Sache? Man weiß ohnehin um unser … Verhältnis.«

Françoise musterte ihn schweigend. Block ergriff ihre Hand. Sie wollte sie zurückziehen, doch dann ließ sie ihn gewähren.

»Madame! Ich kann unsere Sicherheit garantieren.«

Für einen kurzen Moment schien sie sich dem verlockenden Gedanken hinzugeben. »Ich habe Paris als junges Mädchen verlassen … Wir werden Wochen benötigen, bis wir uns durchgeschlagen haben!«

»Ich werde Vorsorge treffen. Ich bin kein armer Mann. Wir werden uns die Extrapost leisten können, Madame.«

Sie betrachtete ihn, und plötzlich schwand alle Wärme und Milde aus ihrem Gesicht. Wie auf einen Fremden sah sie auf ihn. »Sie wollen fliehen, da sich die Schlinge um Ihren Hals zuzieht! Nicht um meinen!«

Block ließ ihre Hand los. »Ist es nicht dieselbe Schlinge?«

Sie ging nicht darauf ein. »Was haben sie Ihnen versprochen, Baron? Welchen Dienst sollen Sie verrichten? Mich zur Flucht überreden?«

»Madame!«

»Wem also werden Sie in Zukunft Folge leisten? Dem Befehl Ihres Generals, oder dem meinen?«

Sie maßen sich mit Blicken. Madame du Barry war voller Stolz. Nicht einmal seine Steine konnten Block stärker rühren als diese dunklen Augen voller Anmut. »Ein Wort nur, Madame, und ich sterbe für Sie!«, keuchte er.

Mit einem Ruck wandte sie sich ab. »Ich glaube Ihnen nicht. Verschwinden Sie!«

»Madame, ich bete Sie an!«

Die du Barry rief nach dem Mädchen. Im nächsten Moment stand Natalie im Raum. »Sie wünschen?«

»Führen Sie Herrn Baron von Block hinaus.«

Der erhob sich schwerfällig und klopfte sich die Kniebeulen aus der Hose. Als er sich aufrichtete, war seine Miene so ernst, dass sie erschrak. »Madame, ich habe vieles für Sie getan, und ich werde Weiteres, ja alles für Sie tun, wenn ich weiß, dass Sie mich lieben! Nur ein Wort, und ich gehöre Ihnen!«

Seine Offenheit verschlug ihr die Sprache. Schweigend standen sie sich gegenüber. Block bebte vor Erwartung, doch das Wort kam ihr nicht über die Lippen. Da kniff er den Mund zusammen, verbeugte sich knapp und machte auf dem Absatz kehrt. Natalie brachte ihn nach draußen.

Als das Mädchen in den Salon zurückkehrte, stand Françoise am Vorhang des Fensters, das zur Straße hinausging. Sie schob ihn zur Seite und beobachtete Block, wie er über die Gasse hastete. Dann erblickte sie den zerlumpten Tagelöhner, der ihm auf dem Fuße folgte. »Das Blut tropft schon von der Klinge«, murmelte sie vor sich hin.

»Wie meinen?«, fragte Natalie besorgt.

»Nichts«, beruhigte sie das Mädchen. »Es ist nichts.«

Häufiger als notwendig sah sich die du Barry um, nachdem sie die Kathedrale betreten hatte. Das breite, hohe Kirchenschiff war – so weit sie es überblicken konnte – verwaist. Und dennoch wurde sie ihrer inneren Unruhe nicht Herr. Draußen, vor den Kirchenportalen, strömte unter klingendem Spiel die französische Armee Zug um Zug aus der Stadt. Über die notdürftig wiederhergestellte Brücke, die Hauptstraße entlang, dann vorüber am Fort Imperial und in nordöstlicher Richtung aus der Stadt hinaus. Die Gerüchte besagten, dass das Hauptheer bei Görlitz gesammelt werde. Durch die sandsteinernen Mauern erklangen gedämpft Fanfarenstöße und Trommelschlag. Die du Barry war dankbar für die Musik. Jedes Öffnen der Tür wurde ihr dadurch verraten.

Sie hatte den Beichtstuhl noch nicht betreten, da roch sie schon sein süßliches Parfüm. Sobald sie in den Holzkasten trat, überschüttete sie ihr Gegenüber mit Vorwürfen: »Was tun Sie denn hier? Ich hatte um ein Treffen mit Fouché gebeten! Mit Ihnen kann ich beim besten Willen nicht um mein Leben verhandeln!«

Madame du Barry versuchte gar nicht erst, den »Bürger Jacques«

durch das Holzgitter zu erspähen. Sein Geruch stach derart in die Nase, dass selbst das parfümierte Taschentuch nicht half. Seine Stimme dagegen war sanft und unaufdringlich: »Der Herzog von Otranto hat sich auf Befehl Napoleons nach Triest zurückgezogen. Er ist nicht in der Lage, die Anweisungen des *empereurs* zu ignorieren. Noch nicht. Darf ich Sie untertänigst bitten, mit mir vorlieb zu nehmen? Sie kennen meine Macht. Sie haben sie kennengelernt!«

Der Unterton beunruhigte sie, ohne dass sie wusste, warum. Einen Anflug von Übelkeit unterdrückend, beugte sie sich vor. »Die Rückkehr nach Paris war mir versprochen. Ich habe einen gefährlichen Auftrag wie befohlen ausgeführt, und nun möchte ich meinen Nutzen daraus ziehen!« Die du Barry stützte sich auf das schmale Bord, das als Ablage für Gebetbücher diente.

»Hier sind Sie nützlicher!« Die Ablehnung duldete keinen Widerspruch, Françoise du Barry wagte ihn dennoch. »Ich werde verfolgt. Man weiß um meine Rolle. Vom Hofleben bin ich abgeschirmt. Meine Berichte sind die Tinte nicht wert, mit der sie verfasst sind ...«

»Lassen Sie das unsere Sorge sein!«, fiel ihr Bürger Jacques ins Wort.

»Bitte, lassen Sie mich gehen! Ich muss um mein Leben fürchten!«

»Wer lebt und wer stirbt, das entscheide ich!«, antwortete er zischelnd.

Françoise fuhr zurück. Ihr Gegenüber musste irre sein! Offenbar hatte er jeden Respekt vor den Regeln der Wirklichkeit verloren, lebte nur noch in der geheimen Gegenwelt – nach deren Regeln. Sie wollte das Wort an ihn richten, ihn bitten, anflehen, doch die Angst lähmte ihre Kehle.

In diesem Moment drang die Militärmusik ungedämpft an ihr Ohr. Die Tür war geöffnet worden, jemand hatte den Kirchenraum betreten. Schritte schlurften über den Sandstein. Ihr Gegenüber verfiel in lateinisches Gemurmel. Sie verstand kein Wort. Der Eingetretene näherte sich dem Beichtstuhl. Bürger Jacques beschleunigte seine Litanei und endete mit der Absolutionsformel.

Françoise hielt den Atem an. Der Eingetretene stand direkt vor dem Gehäuse, unter dem Vorhang hindurch konnte sie seine Stiefel erkennen. Es waren Militärstiefel mit Gamaschen. Französische Militärstiefel. Wer den heiligen Bezirk der Kirche nicht respektierte, macht auch vor diesem Holzkasten nicht halt, zuckte es durch ihren Kopf.

Von der anderen Seite des Gitters her knarrte Holz. Der falsche Priester verließ seinen Platz. In stillem Einverständnis, ohne ein Wort zu wechseln, ging der Mann, der sich Jacques nannte, mit dem unbekannten Begleiter davon. War er abgeführt worden? Oder abgeholt? Françoise wusste es nicht. Verzweifelt wenig wusste sie! Wieder klang die Musik laut von draußen. Die Verschwörer hatten das Kirchenschiff verlassen.

Françoise du Barry war nicht in der Lage, sich zu rühren. Wie Bienen in ihrem Stock schwirrten die Gedanken durcheinander. War sie einer Finte aufgesessen? Hatte Jacques sie in eine Falle gelockt? Wollte Fouché Napoleon womöglich gar nicht stürzen, sondern nur die Zuverlässigkeit seiner Verbündeten prüfen? In dessen Auftrag? Zu viele Fragen, um einen überlegenen Plan auszuhecken! Françoise spürte Schwäche. Sie wollte das Gefühl überwinden, sich hochstemmen und das Gestühl verlassen, doch sie vermochte es nicht. Sie sank zurück auf die Kirchenbank und gab sich den Tränen hin.

Da erklang vor dem Vorhang eine sanfte Männerstimme. »Verzeihen Sie?«

Madame du Barry betupfte sich die Wangen und schob den Vorhang zurück. Ein Geistlicher stand vor ihr, ein junger Kaplan, den sie hier noch nie gesehen hatte. Als sie mit geröteten Augen zu ihm aufsah, wich er zurück.

»Meine Dame, es ist jetzt kein Priester verfügbar, um Ihre Beichte abzunehmen – aber falls Sie es wünschen, kann ich …«

Sie stemmte sich aus dem Gestühl. »Nein. Nicht nötig. Es geht schon wieder.«

Sie strebte dem Ausgang zu und spürte die Verwunderung des jungen Mannes. Bevor sie die Tür öffnete, wandte sie sich noch einmal um. Der Kaplan machte sich am Altartuch zu schaffen. Erleichtert entbot sie dem Gekreuzigten einen Knicks und dankte Gott für den Entschluss, den sie gefasst hatte: Von nun an würde sie ausschließlich den eigenen Zielen dienen!

Nachdem die letzten Töne des »Don Juan« verklungen waren, tupfte sich Hoffmann den Schweiß von der Stirn. Eilig gingen die Musiker daran, ihre Instrumente zu verpacken. Die Sonne brannte auf das Sommertheater im Linkeschen Bad. Der Tag war noch jung, man wollte rasch davon, um die Stunden, die noch bis zur Vorstellung blieben, zu nutzen. Als Hoffmann das Heft mit der Partitur zuschlug, erklang aus der letzten Stuhlreihe ein vereinzeltes Klatschen. Der Kapellmeister blickte über den Rand seiner Brille und erspähte das unheilvolle Grinsen Joseph Secondas. Ohne von Hoffmann bemerkt zu werden, hatte der Prinzipal die Proben verfolgt. Mit der Geste eines Generalfeldmarschalls winkte er seinen Musikdirektor zu sich.

Der folgte der Aufforderung widerwillig. Fast die ganze Nacht hatte er gearbeitet. An der »Undine« zuerst, dann am Märchen. Auch geschlafen, allerdings erst in den frühen Morgenstunden. Um die Proben durchzustehen, hatte er vor Dienstantritt eine halbe Flasche Rum geleert.

Es beunruhigte ihn keineswegs, dem Patron übermüdet und angetrunken unter die Augen zu treten. In letzter Zeit war ohnehin jede ihrer Begegnungen zuverlässig in Gezänk ausgeartet. Immer hatte der Prinzipal etwas zu kritteln! Dabei besaß er allein Mittel und Möglichkeiten, bessere Kräfte für sein Orchester zu dingen. Wer die Musiker auf der Straße auflas, durfte sich über Katzenmusik nicht wundern! Und doch gab er beständig Hoffmann die Schuld. Bedaure, der Herr, mein Taktstab ist kein Zauberstab! Lästig war dieser Disput, weiter nichts. Vielleicht ergäbe sich eine gute Gelegenheit, die Anstellung loszuwerden.

Provozierend langsam und gemächlich schritt er die Stuhlreihen entlang, die mit Wachstuch überzogen waren, um Gewitterregen zu trotzen. Solange das sommerliche Wetter anhielt, wurde unter freiem Himmel gespielt. Die Vorstellungen waren jeden Abend gut verkauft. Nun, da der Krieg Atem holte, wollte sich jedermann amüsieren. So lange es noch ging, bis Feuer und Eisen wieder über das Land wehten.

Seconda hatte die Arme über die Stuhllehnen rechts und links seines Sitzes gebreitet. Er saß auf dem Wachstuch, um das Polster zu schonen. Seconda war ein Pfennigfuchser. Das machte das Arbeiten mit ihm noch unersprießlicher. Als Hoffmann vor ihm stand, erhob er sich weder, noch bot er ihm Platz an. Demonstrativ blieb der Kapellmeister stehen. Seconda lächelte, doch sein Gesicht war eine erzwungene Maske. »Mein lieber Hoffmann«, begann er feierlich. »Sie hetzen durch die Probe, als würde daheim der Braten kalt. Dabei ernähren Sie sich doch in der Hauptsache von Getränken.«

Hoffmanns Magen zog sich zusammen. Von dieser Art waren alle Unterredungen mit dem Prinzipal. Offenbar hielt er es für Hoffmanns Dienstpflicht, sich verspotten zu lassen.

Der Kapellmeister stützte sich auf eine der Stuhllehnen. »Es ist Probe. Die Musiker sitzen ungeschützt in der Sonne. Ich werde nicht mehr Zeit als nötig beanspruchen.«

»Doch das Menuett im zweiten Akt war gotterbärmlich. Ich an Ihrer Stelle hätte den ganzen Akt noch einmal durchspielen lassen.«

»Sie an meiner Stelle würden einiges anders machen. Doch seien Sie versichert: ich an Ihrer auch.«

Hoffmanns Tonfall ließ keinen Zweifel daran, wie lästig ihm die Unterredung war. Seconda verstand sofort. »Sehen Sie, das mag ich nicht an Ihnen. Sobald man Ihre Arbeit kritisiert, werden Sie itzig!«

»Darf ich gehen?«

»Sie dürfen, sobald ich Sie entlasse.«

Hoffmann atmete tief durch. Er hätte sich einen anderen Zeitpunkt gewählt, doch Seconda wollte es offenbar so, baute ihm eine Brücke, die er beschreiten konnte. »Darf ich bei dieser Gelegenheit um meine Entlassung nachsuchen?«

Mit derartiger Bestürzung hatte Hoffmann nicht gerechnet! Die Gesichtsfarbe des Prinzipals, sonst von einem bacchantischen Rot, schlug in Totenblässe um.

»So hatte ich es nun auch wieder nicht gemeint«, wiegelte er ab.

»Ich schon.«

»Mein lieber, verehrter …«, schlug er einen versöhnlichen Tonfall an, als wollte er die Hoffmann'sche Bitte ungeschehen machen.

Doch Hoffmann ließ sich nicht darauf ein. »Meine Entscheidung ist nicht umzustoßen. Der Krieg kehrt bald zurück. Ich werde mit meiner Frau fliehen, solange es noch möglich ist.«

Ein überlegenes Lächeln kehrte auf Secondas Gesicht zurück. »Ach, das ist es. Sie haben Angst. Nun, seien Sie versichert, auch ich möchte mich nicht totschießen lassen. Sobald der Waffenstillstand beendet ist, werden wir uns gen Leipzig zurückziehen.«

»Leipzig?«

»Nach Leipzig wird der Krieg nicht kommen. Dresden wird im Mittelpunkt der Kämpfe stehen.«

»Leipzig ist nur einen Tagesmarsch entfernt. Mit Verlaub, Napoleon ist bis nach Moskau marschiert! Nein, ich werde nach Berlin zurückkehren. Zu Freunden. Hier habe ich keine gefunden.«

Hoffmann sah Seconda aus engen Augenschlitzen an. Der Theaterunternehmer erhob sich seufzend. Ob seine Niedergeschlagenheit aufrichtig war? Hoffmann wusste es nicht zu sagen. Groß war er nicht, aber eine stattliche Erscheinung, ein Mann, der sich im Glanz seines Metiers sonnte. Versöhnlich breitete er die Arme aus, dass das kleine Schmerbäuchlein vorsprang. »Herr Kapellmeister. Wir stehen unter Kontrakt!«

»Wann kann ich gehen?«

»Nach den Buchstaben unseres Vertrages in zwölf Wochen. Aber nur, wenn Sie es mir noch heute verkünden.«

»Dann sei es hiermit gesagt und abgemacht. Zwölf Wochen also.«

Seconda, der listige Fuchs, tat so, als sei er bereit einzuwilligen. Hoffmann wollte aufatmen. Doch dann, als sich der Musiker schon abgewandt hatte, zückte der Theatermann seine schärfste Waffe. »Ich verdopple Ihr Salär, wenn Sie bis zum Ende des Krieges aushalten.«

Hoffmann wankte, es verschlug ihm den Atem. Das Gehalt, das – im Lichte der derzeitigen Situation besehen – nicht das schlechteste war, schlichtweg verdoppelt!

Voller Zufriedenheit beobachtete Seconda die Wirkung seiner

Worte. Ja, er kannte seine Künstler, sie gingen zuverlässig nach dem Brot. »Die Leute werden täglich verrückter auf Theater. Wir werden Erfolge einheimsen!«

»Trotz des Krieges?«

»Nein, Hoffmann, wegen des Krieges. Es heißt, Napoleon verlasse Dresden. Soll er doch! Und mit ihm seine französischen Schauspieler! Was bleibt, ist das deutsche Theater. Wir!« Seconda schnippte gegen den erlesenen Stoff seiner Weste.

»Und falls sich die Lage dennoch zuspitzt ...?«

»... werden wir nach Leipzig ausweichen.« Seconda fasste Hoffmann unter. Mit geheuchelter Jovialität führte er ihn an den Stuhlreihen entlang, auf das Podium zu. »Sehen Sie, mein Bester, ich kann Sie genauso wenig ausstehen wie Sie mich«, gestand er in liebenswürdigstem Tonfall. »Es sind wohl kaum je zwei unterschiedlichere Menschen aufeinander getroffen!«

Hoffmann unternahm nicht einmal einen Versuch zu widersprechen. Offenherzig sah ihn der Prinzipal an. »Wen kann ich unter diesen Bedingungen in die Stadt locken – außer jemanden, der schon hier ist?« Seconda hielt ihm die Hand hin. Hoffmann zögerte nur einen Moment, dann schlug er ein. Er wurde kräftig durchgeschüttelt.

Doch dann verfinsterte sich Secondas Miene schlagartig. Die Hand hielt er weiter, der Griff wurde härter. Hoffmann wollte sich entziehen und zum Gehen wenden. Doch der Theaterunternehmer ließ ihn nicht. »Bleiben Sie nur. Ich werde meinen Burschen ausschicken und die Musiker wieder herbeiholen lassen. Noch heute Nachmittag werden wir eine weitere Probe ansetzen.«

»Noch eine Probe?«

»Und zwar das ganze Stück«, nickte Seconda. »Es ist nicht nur das Menuett, das mir missfällt.«

»Es liegt nicht am Proben. Es liegt an den Kräften«, zischte Hoffmann in unterdrücktem Zorn. Endlich bekam er seine Hand frei. Seconda lächelte bösartig.

»Wie belieben?«

Hoffmann biss die Zähne zusammen und schwieg.

»Ich bezahle Sie fürs Dirigieren – nicht fürs Kritisieren!«

Hoffmann stieß die Fäuste in seine Rocktaschen. Unter diesen Bedingungen konnte er sich nur wünschen, der Krieg werde recht bald nach Dresden zurückkehren!

Zum Abschied ließ Napoleon nochmals in das »Große Gehege« blasen, auf die Wiesen nahe der Elbe. Dort paradierte die »Alte Garde«, seine Elitetruppe. Auch sächsische Regimenter waren darunter, in aller Eile ausgehoben, junge Männer allesamt, die kaum Flaum im Gesicht trugen. Für die Franzosen allein wären Jubel und Hochrufe ungleich zaghafter ausgefallen.

Während der Parade ließ Ariane ihren Vater nicht aus den Augen. Er folgte der Zeremonie stumm, mit verschlossener Miene, ohne auch nur ein Wort, eine Höflichkeit mit irgendjemandem zu wechseln. Nur als Napoleon auf seinem edlen Rotschimmel vorüberritt, riss ihn die Begeisterung mit. Er schrie und warf die Arme, winkte mit dem Hut.

Stimmte es, was Hoffmann über ihn erzählt hatte? Konnte dieser kleine, harmlos wirkende Mann mit dem großen Sinn für die schönen Dinge, konnte der so gefährlich sein, wie man behauptete? Kein Mörder wohl, aber ein Dieb und Verräter? Einer, der keinen Begriff von Treue hatte? Doch, sie musste es ihm zutrauen, denn nur ein Narr würde es noch abstreiten!

Nichts unterschied den Vater von der Menge. Neugierig wie alle schien er dem Schauspiel zu folgen. Und doch, vielleicht war es etwas mehr als Neugier, Anspannung womöglich?

Die Mutter rammte ihr den Ellenbogen in die Seite und riss sie so aus ihren Betrachtungen. Mit der Spitze des Sonnenschirms deutete Anna-Louise auf einen Soldaten, der in Rufweite vorüberdefilierte. Der den Hut gezogen hatte und eifrig damit winkte. Es war Lucien. Ariane schlug errötend den Blick nieder, schämte sich vor allen anderen, die noch hier standen, denn jeder musste doch sofort erkennen, dass er sie und keine andere meinte! Wie konnte er sie so brüskieren?

»Nun wink schon zurück!« Die Mundwinkel der Mutter zuckten

amüsiert. »Sieh doch, wie verzweifelt er ist! Jetzt hüpft er auf und nieder wie ein Apfeldieb, nur um dich auf sich aufmerksam zu machen!«

Ariane wagte nicht hinüberzuschauen. Erst als sie durch die ohrenbetäubende Marschmusik hindurch ihren Namen rufen hörte, als selbst die halbwüchsige Tribünennachbarin sich zu winken getraute – gleichviel, ob Lucien oder sonst wem –, hob Ariane zaghaft die Hand. Sobald ihre Blicke sich trafen, spitzte Lucien die Lippen und deutete einen Kuss an. Ariane wandte sich ab. Sie fasste ihre Mutter unter. »Lassen Sie uns gehen. Ich mag ihn nicht mehr sehen!«

»Schau ihn dir nur ganz genau an! Es wird das letzte Mal sein.«

Ariane blickte erschrocken und floh von der Tribüne. Unten wühlte sie sich durch die Leiber bis an die Schranke heran, die den Exerzierplatz begrenzte. Sie versuchte, Lucien in dem Meer aus Tschakos, Pelzmützen und Bajonetten zu erspähen. Doch er war von der Menge verschluckt.

Anna-Louise saß an ihrem Sekretär und betrachtete die Kirche vor ihrem Fenster, ohne sie zu sehen. Über die Anfangszeile eines Briefes – auf Französisch – war sie nicht hinaus gekommen. Schon nach der Anrede, als sie, ohne allzu sentimental zu werden, ihr Leiden in Worte zu fassen versuchte, hatte sie die Trauer übermannt. Sie weinte ohne Tränen.

So traf Ariane die Mutter an. Anna-Louise hatte das Klopfen überhört. Also hatte die Tochter, ohne die Erlaubnis abzuwarten, die Tür geöffnet. Anna-Louise unterbrach ihr Starren nur kurz, um gleich darauf wieder den Blick nach draußen schweifen zu lassen. Die Nachmittagssonne erhellte den Bau der Kreuzkirche, einzelne Wolken trieben ihre Schatten über die Fassade.

»*Madame Mère*«, sprach Ariane ihre Mutter respektvoll an. »Geht es Ihnen gut?«

»Nein.«

»Ich ahne, wie sehr Sie ihn vermissen.«

Die Mutter drehte sich halb herum, damit sie der Tochter in die Augen schauen konnte. »Das kannst du nicht.«

Ariane verzog den Mund. »Auch ich habe einen lieben Menschen davonziehen sehen!«

Die Mutter schüttelte langsam, aber bestimmt den Kopf. »Du weißt nicht, was Liebe ist.«

Ariane wollte protestieren, doch die Mutter hob die Hand. In diesem Punkt duldete sie keinen Widerspruch. »Ich spreche von Liebe. Nicht von Liebelei.«

»Ich kenne das Gefühl.« Es klang trotzig, kindisch, und Ariane ärgerte sich darüber.

»Ich hoffe, nur aus deinen Romanen. Das hoffe ich sehr. Du bist zu jung dafür.«

»Mutter!«

»Lass mich ausreden!« Anna-Louise bemühte sich um Strenge und Ernsthaftigkeit, die Worte sollten Arianes Herz erreichen. »Du bist jung und ungestüm. Die Liebe aber verlangt Reife und Ausdauer.«

»Wenn du meinst«. Ariane war nicht in der Stimmung zu streiten. Gemeinsam, doch jede für sich, schauten sie zum Fenster hinaus. Ariane hatte ihre Hand auf die Stuhllehne gelegt. Mit einem Seufzen brach die Tochter erneut das Schweigen. »Ich mache mir Sorgen um Vater.«

Die Mutter horchte kaum auf. »Ja?«

»Die Gerüchte und Erkenntnisse werden immer wilder.« Ariane lauerte auf die Reaktion der Mutter. Doch Anna-Louise schien völlig gleichgültig. Also gab sie noch mehr preis. »Es heißt, er spioniere für die Franzosen. Oder für die Preußen. Vielleicht beides.«

Endlich schenkte ihr die Mutter einen Gedanken. Sie schüttelte den Kopf und stieß Luft durch die Zähne. »Unsinn. Was könnte er schon ausplaudern? Niemals hatte er Zugang zu den Zirkeln der Macht.«

»Aber was, wenn es stimmt? Überall sagt man, dass es zu Ende geht mit der Herrlichkeit des korsischen Kaisers. Nun zieht er seine Truppen ab … Was wird aus Vater, wenn der politische Wind dreht?«

Anna-Louise war offenbar nicht gewillt, sich Sorgen um das Schicksal ihres Gatten zu machen. »Block wird seinen Kopf schon aus der Schlinge ziehen. Das ist ihm bislang immer gelungen.«

Diesmal tat es Ariane besonders weh, sie in der dritten Person von ihm reden zu hören. Sie empfand die Distanz zwischen den Eltern und faltete beschwörend die Hände. »*Maman*, wir sollten wissen, was vor sich geht. Allein, um uns zu schützen.«

»Was soll ich denn tun?«, entgegnete Anna-Louise zorniger als notwendig. »Was glaubst du? Ich kann nichts tun. Ich bin nur seine Ehefrau!«

»Nun, das ist doch etwas.«

Anna-Louise presste die Lippen aufeinander. »Ehefrau? Meine Liebe, das ist fast nichts!«

Ariane legte die Hand auf die Schulter der Mutter. Die fuhr bei der Berührung zusammen. »Weil du es nicht sein willst!« Sie hatte die harten Worte gewählt, um die Mutter aufzurütteln. Es war ihr gelungen. Anna-Louise wandte sich jetzt ganz ihrer Tochter zu, in ihrem Blick lag Erstaunen.

Ariane bemühte sich, alle Kraft in ihre flehentliche Bitte zu legen: »Versuche, wieder seine Gattin zu werden, mir zuliebe! Mit dem Kopf und mit dem Herzen. Legrand ist fort und wird nicht zurückkehren. Ich will nicht, dass wir auseinanderbrechen in diesen Zeiten! Wir haben doch nur uns!«

Die Mutter schwieg lange, währenddessen tätschelte sie Arianes Hand. »Ich fürchte, meine Tochter, es ist zu spät. Mein Herz ist mit den Soldaten fortgezogen.«

Leidenschaftlich funkelten Arianes Augen. »Nein. Dein Herz ist hier, in deiner Brust. Du weißt es. Es schlägt für dich und für mich, und es wird den General vergessen. Das war eine Romanliebe! Nichts Reelles!«

Die Mutter schaute überrascht.

»Ist es Töchtern verboten, die Worte ihrer Mütter zu benutzen?«, fragte Ariane verschmitzt. Da musste auch die Mutter lächeln. »Du bist wirklich reifer geworden.«

Ariane senkte den Kopf und errötete. Dann hob sie ihn trotzig wieder und zog einen Schmollmund. »Ich habe Lucien längst vergessen!«

Die Mutter lachte und sah ihr in die Augen. »Allein, dass du nun von ihm anfängst, beweist das Gegenteil!«

Ariane schwieg, und die Mutter wechselte rücksichtsvoll das Thema. »Und Block sollte wirklich ein Spion sein?«, fragte sie ungläubig.

Schon wollte Ariane Antwort geben, da flog die Tür auf. Der Hofrat stand auf der Schwelle. Unter dem Arm trug er eine Ledermappe. »Ich muss fort. Erwartet mich nicht zum Abend.« Er wandte sich gleich wieder ab, die Antwort der Damen schien ihn nicht zu interessieren. Vielleicht befürchtete er auch Fragen. Als er die Tür von außen geschlossen hatte, rollte Ariane bedeutungsvoll die Augen.

»Sicherlich steckten lauter Geheimpläne darin!«, versuchte die Mutter einen zaghaften Spaß. Doch er misslang. Keiner von beiden war zum Lachen zumute.

11

»In Dresden bin ich am 10ten, Nachmittags um 3 Uhr, beym schönsten Wetter, glücklich angelangt, noch zeitig genug, um einen Theil des Napol. Festes, das auf diesen Tag verlegt war, mit anzusehen.«

Johann Wolfgang von Goethe am 11.8.1813 an seine Frau

Kompanie um Kompanie, Train um Train waren aus der Stadt marschiert, tagelang. Bis auf eine kleine Besatzung unter dem Kommando Marschall Durosnels waren die Dresdner die ungebetenen Gäste los, man getraute sich wieder auf die Gassen, sogar in Begleitung der Töchter. Die Lazarette leerten sich so rasch, dass auch die schwer und hoffnungslos Verwundeten wieder untergebracht werden und in »Würde« – also in sauberer Wäsche und mit dem Sakrament versehen – sterben konnten. Wie der Mond die Flut hatte der Kaiser seine Heerscharen mit sich gezogen, und plötzlich war wieder Luft in der Stadt.

Umso erschrockener war Bettine, als erneut ein Offizier in Uniform vor der Tür stand. Doch diesmal war es keine französische, sondern der Rock der sächsischen Dragoner, goldbetresst mit großen Epauletten. Der dazugehörige Herr, imposant und grauhaarig, bediente sich eines Gehstocks mit goldenem Knauf, einem Utensil, das Bettine Respekt einflößte. Sie trat einen Schritt zurück.

»Baron von Haldensleben«, stellte sich der Offizier vor. »Ist Madame von Block zugegen?«

»Madame ist da«, beeilte Bettine sich zu versichern. »Monsieur ist allerdings vor kurzem aus dem Haus gegangen.«

Haldensleben unterdrückte ein Lächeln. Bettine wusste die Miene nicht recht zu deuten, schließlich konnte sie nicht ahnen, dass der Besucher geduldig gewartet hatte, bis Block außer Haus war. Sie eilte, ihre Herrin zu holen.

»Darf ich einstweilen eintreten?«, rief ihr der Baron hinterher.

»Gewiss doch. Verzeihen Sie.«

Baron von Haldensleben trat nicht nur ein, er eroberte Terrain. Den Salon nahm er im Sturm, als wäre er seinen Lebtag hier Teegast gewesen. Bislang war der Fall Block ein gewöhnlicher, doch allmählich wurde ihm die Sache vergnüglich!

Als Madame von Block den Salon betrat, hatte er den gewünschten Effekt erreicht. Sie war verärgert, vor allem aber verunsichert. »Baron von Haldensleben?«, fragte sie tastend. »Kennen wir uns?«

Der Baron verbeugte sich und ergriff ihre Hand zum Kuss. Angesichts dieser nicht zu beanstandenden Begrüßung wurde sie ruhiger.

»Wir sind einander noch nie vorgestellt worden. Doch ich beobachte Sie schon eine geraume Zeit. Aus der Ferne, zugegeben.« Haldensleben setzte ein hintergründiges Lächeln auf, das er an anderer Stelle schon erfolgreich erprobt hatte.

Madame von Blocks Verunsicherung wollte nicht schwinden. »Tatsächlich.«

»Ja, denn Sie sind eine mutige Frau.«

»Was Sie nicht sagen!« Mit einem Wink bat sie den Gast, sich zu setzen. Er folgte der Aufforderung, indem er den Paradedegen so auf dem Sofa drapierte, dass der Griff gegen Madame von Block zeigte. Dann legte er beide Hände auf den Knauf seines Stockes und nahm die Dame des Hauses fest in den Blick. »Die Art und Weise, wie Sie mit dem furchtbaren Unglück umgehen, das Ihr Gatte in die Familie getragen hat, nötigt mir Respekt ab.«

Die Attacke, als Kompliment maskiert, saß! Zufrieden beobachtete Haldensleben, wie die schlanken, langen Finger der Madame über das Teetischchen strichen. Ihr Zittern verriet ihm, dass sie begriffen hatte.

»Wünschen Sie Tee?«, fragte sie den Baron. Ohne seine Antwort abzuwarten, rief sie nach Bettine. »Früher einmal tranken wir jeden Dienstag Tee«, sprach sie versonnen ins Leere.

»Danke«, ließ sich der Baron vernehmen und wartete ab, bis die Hausherrin die notwendigen *ordres* erteilt hatte.

Als die Bedienstete wieder verschwunden war, faltete Anna-

Louise die Hände im Schoß, betrachtete selbstversunken ihr Fingerspiel, dann hob sie plötzlich wieder den Kopf. »Es war mir nicht bewusst, dass es ein so furchtbares Unglück ist.«

Diese Antwort forderte eine Erklärung. Haldensleben rückte so weit an den Rand des Polsters, bis er beinahe auf der Kante saß, und neigte sich vor. »Glauben Sie mir, der Hofrat steht im Begriff, sich und seine Familie vollends ins Verderben zu stürzen.«

In diesem Moment öffnete sich in der Nähe des Pianofortes eine Tapetentür. Haldensleben hatte sie längst entdeckt. Er zweifelte nicht daran, dass die Eintretende gelauscht hatte. Womöglich alarmiert durch die Bedienstete? Er runzelte die Stirn. Womöglich steckten sie alle unter einer Decke, man musste Umsicht walten lassen.

»*Maman?*«, fragte die junge Frau. Sie schien gar nicht verbergen zu wollen, dass sie ohne Anlass eingetreten war. Entweder war sie dumm, unvorsichtig – oder ihrer Sache sehr sicher.

Madame von Block stellte Ariane dem Baron in aller Form vor. Er erhob sich, um auch deren Hand zu küssen. Abwartend sah er die Hofrätin an.

»Ich hoffe, Sie haben nichts dagegen, dass meine Tochter unserem Gespräch beiwohnt?«, erkundigte sie sich.

Gleichwohl hatte Ariane sich bereits neben der Mutter niedergelassen. Nun denn, man konnte eine schärfere Gangart einschlagen. »Ich bin gekommen, Sie zu bitten, ein Auge auf Ihren Gatten zu haben.« Mutter und Tochter warfen sich Blicke zu. Haldensleben stutzte, dann fuhr er fort: »Er steht im Begriff, sich unmöglich zu machen.«

»Nicht wahr!« Ariane nickte eifrig.

Haldensleben verzog das Gesicht. »Mesdames, ich möchte Ihnen seine Verfehlungen gegen unser Vaterland nicht im Einzelnen darlegen. Aber es langt, ihn für den Rest seines Lebens auf den Königstein zu schließen.«

Madame von Blocks Miene wurde eisig. Nur die Tochter schien nicht erschrocken, sie wurde nur noch lebhafter. »Es hat mit dieser verruchten du Barry zu tun!«

»Kennen Sie etwa diese Person?«

Ariane zuckte zusammen. Aus Unachtsamkeit hatte sie sich verraten. Sie überlegte eine Weile, bevor sie antwortete: »Kennen ist zu viel gesagt. Ich bin ihr ein- oder zweimal begegnet. Auf Bällen …«

»Und wie bringen Sie sie mit Ihrem Vater in Verbindung?«

Blut schoss Ariane in den Kopf. Die Hofrätin hielt den Zeitpunkt für geeignet, einzuschreiten. »Entschuldigen Sie, Baron, diese Angelegenheiten von einiger Privatheit sollten hier nicht erörtert werden!«

Haldensleben lächelte verkniffen. »Verstehe.« Die beiden Damen senkten ihre Köpfe. Er witterte eine Möglichkeit, Boden gutzumachen und Vertrauen zu erringen. »Glauben Sie mir, Mesdames, diese Person, von der Sie sprachen, becirct viele Männer. Ich an Ihrer Stelle würde mir keine Sorgen machen.«

Madame von Block wirkte unruhig. Die Unbekümmertheit, mit der er über derart delikate Dinge sprach, setzte ihr anscheinend zu. »Baron«, sagte sie jetzt, »Sie sind doch nicht hier, um mit uns ein Schwätzchen zu halten? Kommen Sie endlich zum eigentlichen Anlass Ihres Besuchs!«

Nun denn, wenn sie es partout verlangte! Haldensleben straffte sich, um zur Attacke auszuholen. »Meine Damen, Ihr Herr Gatte und Vater hat sich derart verstrickt, dass eine Flucht aus dieser Stadt und all den misslichen Umständen nicht auszuschließen ist. Es steht sogar zu befürchten, dass er sich seiner Strafe durch Selbstentleibung entzieht!«

Ariane entfuhr ein erschrockener Laut. Ungerührt fuhr Haldensleben fort: »Ich mag nicht die Wohnung durchsuchen. Ich möchte Sie nur bitten, ein Auge auf Ihren Gatten zu haben. Wir können nicht zulassen, auch um das Ansehen Ihrer Majestäten willen, dass er sich aus seiner Verantwortung stiehlt!«

Aus den Augenwinkeln beobachtete Haldensleben, wie Madame von Block sich immer weiter in die Polster zurückzog. Ariane hingegen beugte sich vor, hing an seinen Lippen. In ihr musste er die Verbündete suchen! Ein Backfisch, nun ja, aber wenn es sonst niemanden gab … Die Mutter war jedenfalls zu durchtrieben. Und offenbar verfolgte sie eigene Interessen.

»Und was sollen wir Ihrer Meinung nach tun?«, fragte sie nun.

»Bitte benachrichtigen Sie mich umgehend, sobald Ihr Gatte und Vater Vorbereitungen zur Flucht trifft. Verhindern Sie, dass er sich allein mit einer Waffe einschließt. Falls etwas Derartiges eintreten sollte, falls Sie auch nur den Verdacht haben, es könnte geschehen, schicken Sie Ihre Bedienstete unverzüglich zu dieser Adresse.« Er streckte ihr ein vorbereitetes Billett entgegen. »Wir werden dann so rasch wie möglich einschreiten.« Ariane ergriff das Papier, die Mutter verzog den Mund. »Wir? Wer ist wir?« Madame von Block erhob sich zu voller Größe. »Sie erwarten von mir, dass ich meinem Gatten wie ein Hund hinterherschnüffle? Wer kann so etwas verlangen?«

Die Schärfe ihres Tons ließ Haldensleben zusammenfahren. Er sah ein, dass er es schwer haben würde mit ihr. Zum Glück gab es die Tochter! Ergeben breitete er die Arme aus. »Es tut mir leid. Ich weiß mir keinen anderen Rat. Ich will doch nur das Beste für Ihren Gatten!« Sein Blick war auf die Mutter, die Worte aber an die Tochter gerichtet. Mit der Madame würde es nichts werden, das sah er nun ein. Allein, die Tochter war gefügig!

Madame von Block ließ ihren Fächer in die flache Hand schnappen. »Monsieur. Sie werden verstehen, dass ich unser Gespräch an dieser Stelle beende. Egal, was geschehen ist, ich habe die Pflicht, meinem Gatten beizustehen, und nicht, ihn auszuhorchen. So tief sind wir noch nicht gesunken, mit Verlaub!«

Angesichts ihrer Wut fand der Baron es angebracht, sich zu empfehlen. Der Anschein einer Niederlage musste vermieden werden, sonst würde er auch im Ansehen der Tochter sinken und seine letzte Verbündete verlieren. Er verbeugte sich kurz. »Mesdames ...«

Doch die Hofrätin war noch nicht am Ende ihrer Rede angelangt: »Soll das gute sächsische Art sein, dass Frauen ihre Ehemänner aushorchen? Das kann ich nicht glauben! Wer schickt Sie?«

Haldensleben beantwortete ihre Frage nicht, sondern wandte sich zum Gehen. Eine letzte Bemerkung allerdings konnte er sich nicht verkneifen: »Madame, es ist Krieg, wir müssen mit allem kämpfen, was wir haben. Allzu empfindsame Moral ist dabei nur hinderlich! Selbst Napoleon teilt das Bett mit einer Spionin.«

Damit war er an die Falsche geraten. »Ja, das sind die Sitten der Revolution«, entrüstete sich die Baroness. »Niemand ist mehr vor dem andern sicher! Keiner hat noch Achtung vor Stand und Namen! Ich habe geahnt, dass so etwas im Gefolge des Operettenkaisers bei uns Einzug hält! Soll er sich zum Teufel scheren mitsamt seinem Spitzelpack!«

»*Maman!*« Ariane war erschrocken aufgesprungen. »Sie vergessen sich!«

»Dieser Herr soll unsere Wohnung verlassen – augenblicklich!«, schimpfte Anna-Louise. Auch sie hatte sich in der Erregung erhoben. »Bei uns wird niemand bonapartistische Methoden einführen, pfui!«

Haldensleben zog eine saure Miene. Der Block'sche Haushalt schien ein Widerstandsnest zu sein. Ohne weiteren Gruß verließ er das Haus.

Ariane wollte die Mutter beschwichtigen und schob sie sanft zum Sofa. Doch die wehrte sich. Einen Moment lang standen sie Auge in Auge, rangen einander mit Blicken nieder. Kaum zu glauben, wie viel Energie in dem schmächtigen Leib der Mutter steckte! »*Maman*«, brach Ariane schließlich das gespannte Schweigen, »wie können Sie nur einen Abgesandten des Hofes, einen General noch dazu, derart bloßstellen?«

»Meine Liebe, du willst mir von Ehe und Treue erzählen? Und bist bereit, deinen Vater an jeden dahergelaufenen Oberkammerschrat zu verraten?«

Die Röte schoss Ariane ins Gesicht. Doch bevor sie sich rechtfertigen konnte, stürzte Bettine in den Salon. »Bravo, Madame!« Sie hatte die Faust geballt und boxte sie in die eigene Hand. »Dem haben Sie's gezeigt! Konnte ihn schon nicht leiden, als er so tschingderassabumm hereinmarschiert kam. Lackaffe! Einen gesalzenen Tritt in den Hochwohlgeborenen, das hat er verdient!«

»Bettine!« Eine strenge, kurze Ermahnung. »Du erdreistest dich zu lauschen?« Der scharfe Ton ließ selbst Ariane zusammenzucken. Schuldbewusst zog sich die Bedienstete zurück.

Als Mutter und Tochter wieder unter sich waren, machte sich erneut peinliches Schweigen breit, bis die Hofrätin schloss: »Block scheint in ernsthaften Schwierigkeiten zu stecken.«

Seufzend verschränkte Ariane die Hände. War dies der richtige Zeitpunkt für ein Geständnis? Sie sah der Mutter geradewegs in die Augen und brachte ohne eine Pause alles heraus, was sie über die Verstrickungen des Vaters wusste. Was sie von Hoffmann gehört hatte, was sie selbst beobachten konnte.

Die Mutter lauschte aufmerksam. An einigen Passagen der Schilderung wanderte ein Schatten über ihre Stirn, dann wieder hellte sich ihre Miene auf. Gelegentlich schmunzelte sie sogar. Nur einmal, als sie hörte, wie Ariane sich Zutritt zum Kabinett verschafft hatte, schüttelte sie den Kopf. Als die Tochter geendet hatte, gab sich die Mutter kämpferisch. »Block ist ein Besessener! Oh, ich weiß, wie sehr er entflammen kann! Bedauerlich, dass er es nicht mehr für mich tut.«

Ariane wollte widersprechen, doch die Mutter brachte sie mit einer Geste energisch zum Schweigen. »Dass er Schuld auf sich geladen hat, steht fest. Ist es nicht unsere Aufgabe, zu ihm zu halten?«

»Ein Mörder ist er nicht, niemals!«, Ariane wollte es beschreien.

»Daran habe ich keinen Augenblick gezweifelt.«

»Du liebst ihn also immer noch?«

Die Mutter zögerte. »Nennen wir es Verbundenheit. Die Nähe einer langen Gemeinschaft. Liebe ist ein hohes Wort, man sollte sparsam damit umgehen!«

Ariane drückte der Mutter einen Kuss auf die Wange. »Ich danke dir, *Maman*!« Anna-Louise bedeckte die geküsste Stelle mit der Hand und barg sie darin wie einen Schatz. Dann sanken sich die beiden in die Arme und weinten ausgiebig.

Blocks Augen schmerzten und tränten. Der kurze Weg von seiner Wohnung auf der Kreuzgasse zum städtischen Pfandleihhaus war seine *via dolorosa*. Schwer wog die Fracht in seiner Tasche; noch schwerer wog sein Herz, denn dort saß das Leid, das ihm die Trennung von den geliebten Stücken bereitete. Krämpfe durchzogen seine Brust, und sein Atem ging rasch.

Dabei hatte er zunächst all jene Stücke aussortiert, von denen zu trennen ihm leicht fiel. Die beschädigten, die ausgebrochenen, diejenigen, deren Schönheit einen – auch noch so geringen – Makel hatte. Leichter hätte er sich von den naturkundlichen, den kuriosen Objekten getrennt. Von den Versteinerungen und den Speerspitzen, den chinesischen Seidenschuhen oder den Glasaugen. Doch die Steine waren nun einmal diejenigen Kostbarkeiten, die den höchsten Gewinn versprachen. Die Reisekasse musste gefüllt werden. Block fühlte, dass die du Barry auf sein Angebot zurückkommen würde. Ihr Nein war halbherzig gewesen, das flüsterte ihm die Ahnung des Liebenden ein. Ausdruck eines schamhaften Zauderns, weil sie sich vor dem letzten Schritt fürchtete.

Wenn ihre Furcht überwunden war, dann stünde er bereit! Einen Fingerzeig nur, und er würde die Karosse vorpreschen lassen, bespannt mit sechs kräftigen Pferden, die sie in Windeseile an jedes Ziel der europäischen Landmasse bringen würden. Es bedurfte nur eines einzigen Wortes von ihr – und er wäre reisefertig! Was hatte es bedeutet, einen Amtseid zu brechen, ein Amtssiegel zu missachten? Einen Lidschlag, mehr nicht. Niemand konnte sich ihm in den Weg stellen! Block fühlte sich stark und jung wie nie. Schon stieß er die Tür zum Leihhaus auf. Etwas im Blick des Pfandleihers stieß Block ab: der Geschäftssinn. Diesem Menschen waren die Steine nicht unsterbliche Schönheit, nicht Lichtgenuss und schimmernde Paradiespforte, ihm standen sie für einen Wert in Talern, Groschen und Pfennigen. Beäugen würde er sie von allen Seiten, sie wiegen, ihre Mängel bekritteln, die Qualität des Schliffs anzweifeln. Der Schätzblick eines Kontoristen. Block ekelte es, seine Steine diesem Taxator auszuliefern. Und doch war der Entschluss gefasst. Alles Notwendige würde er durchstehen, es war der Preis der Liebe.

Mit Schwung warf er das Lederportefeuille auf den Tresen. Vom Aufprall sprang die Lasche auf, und einige Steine kullerten heraus. Der Pfandleiher zog die Augenbrauen hoch, als begrüßte er langjährige Bekannte: »Ja, was haben wir denn da?« Und mit einem Handgriff hatte er seine Goldwaage herangezogen.

Als man dem Baron von Haldensleben den Amts- und Landgerichtsrat von Mückritz in Begleitung des Oberamtmanns Häbig meldete, nieste dieser seine Schnupftabakprise gleich wieder aus. Diese Herren hatten ihm gerade noch gefehlt! Haldensleben fingerte die Kettenuhr aus der Westentasche, Viertel vor zwei, in einer Viertelstunde würde Block hier erscheinen! Dennoch ließ er sie hereinbitten.

Als sie eintraten, unterzog er sich nicht der Mühe, das gewaltige Möbel zu umrunden, sondern streckte Mückritz über die Tischplatte hinweg die Hand entgegen. Der Gerichtsrat ergriff sie. Häbig, der einen Schritt hinter seinem Vorgesetzten den Raum betreten hatte, würdigte Haldensleben keines Blickes. »Ich habe nicht viel Zeit«, erklärte er gleich. »Als wir zuletzt das Vergnügen hatten«, fuhr er fort, »belästigten Sie mich mit der Affäre Block.«

Mückritz schoss das Blut in den Kopf. Häbig dagegen schien die rüde Abfuhr als Ermunterung aufzufassen. Beherzt trat er vor und räusperte sich. »Um genau diese Angelegenheit geht es …« Mit Feuereifer wollte er fortfahren, doch Haldensleben unterbrach ihn. »Waren wir bei unserer letzten Zusammenkunft nicht übereingekommen, dass Sie von Ihrer Seite aus diesen Fall ruhen lassen?« Es war ein Vorwurf an Mückritz' Adresse.

Der Zurechtgewiesene hob die Schultern. Schon wollte er zur Gegenrede ansetzen, da kam ihm Häbig erneut zuvor. »Ich habe mir erlaubt, Blocks Visitation fortzusetzen. Dabei waren sehr interessante Entwicklungen zu beobachten!«

Haldensleben ignorierte Häbig weiterhin. Streng fixierte er dessen Vorgesetzten. Mückritz, dem zusehends unwohl in seiner Haut wurde, wartete, bis Häbig geendet hatte, um ihm dann in den Rücken zu fallen: »Verzeihen Sie, er hat sich über meine Weisungen hinweggesetzt. Eine strenge Behandlung des Vorfalls ist ihm sicher. Allerdings, werter Geheimer Rat, Sie sollten sich vorher anhören, was er zu sagen hat. Es scheint mir von Bedeutung.«

Voller Ungnade fiel Haldenslebens Blick auf den Subalternen. Dessen blasses Gesicht hatte einen feuchten Glanz angenommen, so sehr ereiferte er sich.

»Nun?«

»Block scheint seine Flucht vorzubereiten. Aus Dresden, womöglich gar aus dem Lande!« Es war heraus. Häbigs Schultern fielen nach vorn.

Haldensleben ließ den Untergebenen nicht aus den Augen. »Tatsächlich? Woraus schließen Sie das?«

Häbig richtete sich wieder auf. Man sah, dass er den Kern seiner Erkenntnis noch einen Moment für sich behalten wollte. Doch dann hielt er es nicht länger aus. »Er veräußert Stücke aus seiner Sammlung!«

Nun war Haldensleben doch überrascht. »Tatsächlich?«, ließ er sich nach einem Zögern vernehmen. Häbig schmunzelte zufrieden, und auch Mückritz atmete auf.

»Hier finden Sie eine Liste der im Pfandhaus versetzten Stücke nebst Ertrag.« Häbig streckte einen eng beschriebenen Bogen vor. »Herr Baron, Sie werden sehen, die Summe reicht aus, um einige Zeit sorglos zuzubringen. An welchem Ort auch immer.«

Haldensleben nahm das Schriftstück an sich, raffgieriger, als er beabsichtigt hatte. Es missfiel ihm, einem Subjekt wie Häbig dankbar sein zu müssen. Doch es war nicht zu leugnen, dass der Übereifrige etwas herausgefunden hatte, das den eigenen Leuten verborgen geblieben war. Der Baron hatte es nicht für nötig befunden, Block – wie die du Barry – unausgesetzt überwachen zu lassen. Der Hofrat schien ihm willfährig zu sein, solange man Stärke zeigte. Sollte er sich in ihm getäuscht haben?

Haldensleben hielt den Bogen mit geheucheltem Desinteresse in der Hand. »Haben Sie mir sonst noch etwas mitzuteilen?«

Hilfe suchend schaute sich Häbig nach Mückritz um, doch dessen Miene war verschlossen.

»Was werden Sie gegen Block unternehmen? Werden Sie versuchen, ihn an der Flucht zu hindern?«, erdreistete sich Häbig zu fragen.

Unwillig zog Haldensleben die Augenbrauen zusammen. »Zunächst einmal werde ich mir erlauben, Ihre Informationen zu überprüfen.« Einen Dank brachte er nicht heraus. »Falls Ihre Angaben zutreffen, werde ich davon absehen, Ihren Ungehorsam gegenüber dem Befehl eines Vorgesetzten zu ahnden.«

Häbig schnappte nach Luft.

»Wenn dem so ist«, fuhr Haldensleben ungerührt fort, »werde ich geeignete Schritte unternehmen, Blocks Flucht zu unterbinden.«

Ungelesen faltete der Geheime Rat den Bogen zusammen. Häbig schien in diesem Moment bewusst zu werden, dass er sich zu billig verkauft hatte. Er beugte sich über den Schreibtisch, als wollte er den Zettel wieder an sich reißen, doch der steckte schon sicher verwahrt in Haldenslebens Tasche.

»Gehen wir!«, pfiff Mückritz seinen Büttel zurück. Man verabschiedete sich knapp und förmlich, dann zog der Gerichtsrat den Untergebenen mit sich.

Sobald sie vor der Tür standen, riss sich Häbig los. »Er hätte sich wenigstens für den Hinweis bedanken können, finden Sie nicht?«

Mückritz ließ alle Höflichkeit fahren und herrschte ihn an. »Er kann Sie und Ihren Übereifer nicht ausstehen, verstehen Sie das nicht, Mann?«

Die Gesichtsmuskeln des Zurechtgewiesenen zuckten, die Kiefer mahlten angesichts der rüden Behandlung. Mückritz fasste sich und murmelte eine flüchtige Entschuldigung. Dann fügte er in ruhigerem Ton hinzu: »Der Herr Baron steht gegen Napoleon im Krieg, verstehen Sie? Seine Gegner sind Metternich und Fouché, Blücher und Wellington. Was zählt da ein Block?«

Häbig war ruhiger geworden, sein Antlitz zeigte wieder die übliche Blässe. »Wenn aber Block der Schlüssel zu Napoleons Niedergang ist?«

Ungläubig sah Mückritz ihn von der Seite an. »Das denken Sie doch nicht im Ernst, Mann!«

In geheuchelter Beiläufigkeit wandte Häbig sich ab und sah in die Ferne. »Was, wenn der Giftanschlag nicht Lenzen galt, sondern Block selbst?«

»Unsinn.«

Häbig ließ sich nicht beirren. »Ich werde der Sache auf der Spur bleiben.«

»Das werden Sie nicht! Sie sind ab sofort beurlaubt, Herr Oberamtmann! Ihre Hirngespinste sind krankhaft. Ruhen Sie sich aus. Wagen Sie ja nicht, weiter in der Sache tätig zu werden! Ich möchte unser Verhältnis zum Kriegsrat nicht noch mehr belasten.«

»Wie kann es eine Belastung sein, Informationen zu erlangen, die den Krieg gewinnen helfen?«

Als befalle ihn plötzliche Atemnot, hakte Mückritz einen Zeigefinger in den Kragen und lockerte ihn. »Sie überschätzen sich! Was wissen Sie schon vom großen Ganzen?« Der Gerichtsrat hatte die Stimme erhoben. Schon sahen sich Passanten nach ihnen um. In leiserem Ton fuhr er fort. »Unterlassen Sie das in Zukunft, sonst sind Sie für eine Arbeit in meiner Behörde ungeeignet!« Grußlos schritt der Richter von dannen. Es schien eine Flucht zu sein, kein Abschied.

Eine Weile blieb Häbig unschlüssig stehen. Dann murmelte er vor sich hin: »Wenn man einem Mann eine Waffe in die Hand drückt, dann darf er sie auch benutzen.«

Vor ihm machten zwei Chaisenträger halt. Sie stellten den Kasten auf das Pflaster, um dem Passagier einen bequemen Ausstieg zu ermöglichen. Häbig verspürte eine innere Unruhe, wusste aber nicht, warum. Die Tür öffnete sich, und heraus stieg ein Mann in altmodischer Perücke und tiefblauem Rock. Häbig erkannte ihn sofort.

Ohne den Beobachter eines Blickes zu würdigen, ohne ihn auch nur wahrzunehmen, entlohnte Block die Träger und hastete an Häbig vorüber. Der Oberamtmann stand wie angepflockt. Er fasste sich an die Stirn und erkannte, dass er dem falschen Mann Vertrauen geschenkt hatte.

»Sind Sie jemandem begegnet?«, fragte Haldensleben, kaum dass er ihn begrüßt hatte.

Block drehte seinen Hut in den Händen. »Was meinen Sie? Draußen ist heller Tag. Natürlich bin ich Leuten begegnet.«

»Jemandem, den Sie erkannt haben? Der Sie womöglich erkannt hat?«

Die Furcht, die aus Haldenslebens Fragen sprach, verunsicherte Block. »Nicht dass ich wüsste.«

Der Offizier atmete sichtbar auf. Dann fasste er sich, stützte die Hände auf die Schreibtischplatte und nahm den Hofrat fest in den Blick. »Sie werden keine Dummheiten machen, Block, nicht wahr?«

»Wie meinen, Monsieur?«

»Ich meine, dass Sie uns nicht ein weiteres Mal hintergehen werden?«

Blocks Handflächen wurden feucht. »Was wünschen Sie von mir?«

Da sah Haldensleben ein, wie unsinnig es war, Treueschwüre von Block zu fordern. Einen Eid hatte er schon gebrochen und würde gewiss nicht zögern, weitere zu brechen. Haldensleben zieh sich innerlich wegen seiner Gutgläubigkeit. Block, das sah er jetzt klarer als je zuvor, war ein Mensch, der immer nur sich selbst dienen würde. Der General verlegte sich aufs Drohen. »Block, mit einem Bein stehen Sie auf dem Schafott! Ich zweifle nicht daran, dass der König jedes, aber auch jedes Urteil gegen Sie unterschreiben wird, wenn endlich wieder ruhige und normale Zeiten eingekehrt sind. Dann wird es mir eine wahre Freude sein, dem Richter die Anklagepunkte in die Feder zu diktieren.«

Block war leichenblass. Zum Zeichen seiner Ergebenheit präsentierte er die leeren Hände. Befriedigt nahm Haldensleben es zur Kenntnis. »Allerdings können Sie die Härte des Urteils abmildern, wenn Sie nun endlich mit uns kooperieren. Vorbehaltlos. Meinen Sie, dass Sie dazu in der Lage sind?«

Ohne aufgefordert worden zu sein, ließ Block sich auf den Stuhl vor dem Schreibtisch nieder. Haldensleben war verwirrt. Er blieb stehen. »Nun?«

Block war zusammengesunken. Nur den Kopf hob er an, um Haldensleben anzusehen. »Ich werde nicht in etwas einwilligen, das ich nicht kenne«, murmelte er tonlos. »Verraten Sie mir Ihren Plan, dann kann ich Ihnen sagen, ob ich zustimme.«

»Sie haben keine Wahl mehr, Block!«, wies Haldensleben ihn erregt zurecht. »Diesmal werden Sie sich nicht herauswinden. Entweder Sie tun, was ich von Ihnen verlange, oder ich lasse Sie *stante pede* verhaften!«

Mit den Fingerspitzen trommelte er auf die Tischplatte. Blocks Antwort blieb aus, und Haldensleben betrachtete dies als Einverständnis. Er ging zum Fenster und öffnete es. Von draußen klangen die Geräusche der Straße herein, Hufgetrappel, Räderknirschen. Er schloss es wieder. Haldensleben trat neben den Delinquenten und legte ihm eine Hand auf die Schulter. Apathisch ließ Block es geschehen. Drehte nicht einmal den Kopf.

»Sie werden uns helfen, eine Schlinge um Françoise du Barry zu knüpfen«, erläuterte Haldensleben. »Zuziehen werden wir. Doch Sie«, er machte eine unheilvolle Pause, »Sie werden sie auslegen.«

Blocks Atem ging keuchend.

»Sie werden etwas bei ihr deponieren«, fuhr der Geheime Rat unbeirrt fort, »das uns einen Vorwand liefert, sie in Gewahrsam zu nehmen.«

Block hielt es nicht mehr auf dem Sitz. »Aber warum?« Schweiß perlte auf seiner Stirn.

Haldensleben lächelte unheilvoll. Endlich hatte er den schlüpfrigen Block in der Enge! Aus dieser Zwickmühle würde er sich nicht mehr befreien!

»Die du Barry ist immer noch Teil der Gesandtschaft«, führte er mit wachsender Ruhe aus. »Sie arbeitet für die ersten Männer des Kaiserreichs. Es würde unendliche diplomatische Verwicklungen mit sich bringen, wenn wir sie einfach in Ketten legen und auf den Königstein bringen ließen ... Wir benötigen einen Vorwand!«

»Und was wollen Sie ihr anhängen?« Blocks Gesicht war weißer als das Papier auf dem Schreibtisch.

Haldensleben ließ ihn nicht aus den Augen, als er die Worte aussprach: »Den Mord an Lenzen.«

Block sprang auf, um hinauszurennen. Doch an der Tür machte er kehrt und fuhr mit ausgestreckten Händen auf den Geheimen Rat zu, als wollte er ihn würgen. »Das können Sie nicht von mir verlangen!«

»Ich dachte, es wäre Ihnen nicht unrecht. Es würde Sie von jedem Verdacht reinwaschen.«

»Niemals!«

Haldensleben verzog keine Miene. »Dann werden wir Sie derselben Tat wegen vor Gericht stellen.«

»Aber ich war es nicht!«, brüllte Block.

Schulterzuckend wandte sich der Baron ab, trat zum Fenster und versicherte sich, dass es geschlossen war. Vorsichtshalber verriegelte er es. Ohne Block anzuschauen, begann er zu reden: »Es geht nicht darum, wer etwas getan hat und wer nicht. Es geht darum, uns ein Werkzeug zu verschaffen, mit dem wir Françoise du Barry unschädlich machen können. Die Madame wird uns ein wenig zu eigensinnig. Schwer zu sagen, auf welcher Seite sie im Moment steht. Aber die Ihre ist es vermutlich nicht ...« Haldensleben hatte freimütig gesprochen, freimütiger als beabsichtigt.

Block dankte es ihm mit Unterwürfigkeit: »Ich bitte Sie, lassen Sie das einen anderen erledigen!«

»Sie allein können es so arrangieren, dass es nicht auffällt.«

Block stöhnte auf. Der anzügliche Unterton war nicht zu überhören. Er war vollends durchschaut. Resigniert sank Block wieder auf den Stuhl. Sein Atem wurde ruhiger. Lange schwieg er, doch dann schien er zu einem Entschluss gekommen. »Was soll ich in ihrer Wohnung hinterlegen?«

Vom schnellen Sieg überrascht, wiegelte Haldensleben ab. »So rasch geht es nicht. Ich wollte mich erst Ihrer Zustimmung versichern ...«

»Das beruhigt mich.« Block schien ehrlich erleichtert. Dabei war es doch nur ein Aufschub. Welche Hoffnung konnte er sich machen?

»Hören Sie«, Haldensleben senkte die Stimme, »in den nächsten Tagen wird ein Bote mit einem Päckchen in Ihr Haus kommen. Zeigen Sie niemandem den Inhalt! Nicht einmal Ihrer Frau. Sie öffnen es erst, kurz bevor Sie besagter Madame Ihre Aufwartung machen. Sie nehmen den Inhalt und deponieren ihn in ihrer Wohnung, an einem Ort, der ihr eindeutig zuzuordnen ist. Damit keinerlei Zweifel aufkommen können! Mittels eines Billetts melden Sie uns Vollzug. Ich werde es nach dem Lesen vernichten, damit nicht der geringste Verdacht an Ihnen bleibt! Alles Weitere werden wir veranlassen. Keine Sorge, es wird rasch gehen.«

Block unterließ es zuzustimmen. Er nickte nicht einmal, beugte das Haupt nur, um seinen Hut aufzuziehen. Als er schon auf der Schwelle stand, wandte er sich noch einmal um: »Eine Frage hätte ich noch.«

Haldensleben gewährte sie mit großzügiger Handbewegung.

»Weshalb sollte denn Madame du Barry ein Interesse an Lenzens Tod gehabt haben?«

»Um Sie zu schützen. Er wollte Sie doch auffliegen lassen, nicht wahr?«, fügte er mit boshaftem Lächeln hinzu.

Resigniert wandte Block sich ab, drückte seinen Hut fest auf den Kopf und verließ grußlos den Geheimen Rat. Als er hinaus war, wischte sich Haldensleben über die Stirn.

Seit Tagen und Wochen waren die Dresdner Theater übervoll. Allerorten hatte man Behelfsbühnen aufgeschlagen, Bretter und Sitze nach draußen gestellt. Auch an diesem Abend zu Beginn des August, da es zum ersten Mal seit langer Zeit wieder geregnet hatte. Die Kühle war willkommen, doch die Feuchtigkeit griff die Instrumente an. Dennoch hatte Seconda darauf bestanden, dass im Freien gespielt wurde. Auf diese Weise konnten mehr Sitze aufgestellt, die Einnahmen in die Höhe getrieben werden. Für die Erhaltung der Instrumente war der Prinzipal nicht zuständig …

Hoffmann stand an seinem Pult und ordnete die Bögen der Partitur. Die meisten Musiker waren schon eingetroffen, um ihre Instrumente zu stimmen. Die hatten es bitter nötig! Hoffmann verzog das Gesicht angesichts der Töne, die man ihnen abrang. Eines seiner liebsten Stücke, die »Iphigenie auf Tauris« von Gluck stand auf dem Theaterzettel. Unter diesen Bedingungen würde eines der wunderbarsten Musiktheaterstücke ein weiteres Mal verhunzt werden!

Über den Rand seiner Nickelbrille hinweg taxierte der Kapellmeister das Publikum, das sich allmählich einfand. Genügend Banausen waren darunter, die nicht merken würden, wie man sie betrog. Die Mienen waren freundlich und gelöst, man genoss den Frieden, der nur ein Schemen war. Jeder wusste, dass er am Fünfzehnten des Monats, so sicher wie der Tod, zu Ende gehen würde. Tage nur noch.

Schon sprach man von frischen Truppen, von Stellungen, die wieder um Dresden herum gelegt wurden, obwohl die Armeen erst kürzlich mit klingendem Spiel aus der Stadt gezogen waren. Wie Märchen erzählte man sich die Meldungen und tat, als lebte man nicht im belagerten Dresden, sondern im Wolkenkuckucksheim. Ach, was würde er darum geben, so blind und unbeschwert dahinzuexistieren! Doch Hoffmann hatte hinter den Spiegel geblickt, niemals wieder würde er das Leben wie ein Kind sehen können.

In derart trübe Gedanken versunken, bemerkte Hoffmann lange nicht, dass der Prinzipal außerhalb der Schranken stand und ihm zuwinkte. Und als er ihn dann endlich erblickt hatte, den fuchtelnden Mann mit dem erzürnten Gesicht, da wandte er sich ab und widmete sich seinen Noten. Wenn Seconda eine Angelegenheit so dringend machte, konnte das nichts Gutes bedeuten!

Doch der Theaterunternehmer war offenbar nicht aufgelegt zu einem Katz-und-Maus-Spiel. Wütend überwand er die Schranke und drängelte sich durch die Zuschauer. Es war kaum ein Durchkommen. Sollte Seconda es ruhig einmal zu spüren bekommen, dass er sein Theater für Zwerge bestuhlt hatte!

Hoffmann hielt durch, blieb so lange in die Partitur vertieft, bis der Prinzipal ihm mit Wucht auf die Schulter hieb. »Mann, Sie wollen mich wohl nicht sehen?«

Nun erst blickte der Kapellmeister auf und tat überrascht. »Ah, mein Prinzipal! Was treibt Sie her? Ist der Paukist ausgefallen und Sie wollen ihn ersetzen, um eine Gage einzusparen? Glauben Sie bloß nicht, dass ich Ihnen ständig den Einsatz geben kann.«

Seconda lächelte süßlich. »Mit dem Paukisten ist alles in Ordnung. Sie, mein Herr, sind der Kranke von uns!«

Hoffmann zog die buschigen Brauen zusammen. »Heißt das, dass Sie mich für diesen Abend beurlauben?«

»Werter Herr Musikdirektor, lassen Sie uns den Rest der gemeinsamen Zeit in Frieden zubringen … Ich bitte Sie. Warum sollten wir uns jeden Tag zerfleischen?«

»Weil Sie uns, wo auch immer es geht, um unseren Vorteil prellen, werter Herr Theaterunternehmer!«

Seconda seufzte tief. »Da wir nun schon einmal dabei sind: Napoleon kehrt in die Stadt zurück. Er hat alle Theater und Orchester angewiesen, am 10ten August, da man die Festlichkeiten seines Geburtstags begehen wird, für jegliches Publikum frei zu spielen. Den ganzen Tag.«

»Den ganzen Tag?«, wiederholte Hoffmann gespreizt.

»Den ganzen Tag!«

»Und wer besorgt unsere Extra-Entlohnung für diesen Tag?«

Seconda wand sich. »Ich sagte doch, es soll für das Publikum frei sein. Anordnung des Königs. Und des Kaisers.«

»Sie wollen von uns verlangen, dass wir einen ganzen Tag lang Theater und Oper spielen – ohne Gage?«

»Wenn es doch zu Ehren Napoleons ist?«

Hoffmann hätte dem Theaterunternehmer gern vor die Stiefel gespuckt, doch er befürchtete, Zuschauer zu treffen. »Was hab ich mit Napoleon zu schaffen? Ich mag ihm keine Ehre erweisen! Und nun?«

Seconda zögerte. Dann gab er zähneknirschend nach. »Es wird eine Entlohnung geben. Napoleon hat den Entrepreneuren eine Gabe aus seiner Privatschatulle versprochen. Sie werden Ihre Zusatzgage bekommen. Aber ich bitte Sie: Verraten Sie den anderen nichts davon.«

Hoffmanns Miene ließ keinen Zweifel: Für den Prinzipal hatte er nur Verachtung übrig. Welcher Teufel hatte ihn nur geritten, sich nach Dresden locken zu lassen? Nun saß er hier! Erst am Vorabend, als er mit Mischa um das Herdfeuer gekauert und einmal mehr überlegt hatte, wie es weitergehen sollte, hatte sie eine Nachricht des getreuen Hippel erreicht. Die in Eile hingeworfenen Sätze waren nicht misszuverstehen: »Verlasst Dresden. Rasch! Der Krieg kommt.«

Ein gut gemeinter Rat. Doch wohin sollten sie – und wovon? Fliehen war eine kostspielige Angelegenheit, wollte man nicht alles zurücklassen. Und Hoffmann hatte alle Gagen und Honorare in flüssige Währung getauscht, die nur zum kleineren Teil noch im Keller lagerte …

»Darf ich auf Sie zählen?«, drängte Seconda seinen Kapellmeister. Der aber ließ sich Zeit, überlegte, ob die Zusatzgage für Napoleons Geburtstag ausreichen würde, die Flucht zu bewerkstelligen. Doch je gefährlicher die Lage wurde, desto teurer wurde die Sache auch. Nur eines war sicher: Die Einsiedelei draußen auf dem Sande, mit dem entzückenden Blick auf die Stadt, die würden sie aufgeben müssen, wenn ihnen das Leben lieb war.

Nachdem der letzte Ton der Taurischen Iphigenie verklungen war, und die Stuhlreihen sich schon leerten, klatschte Hoffmann in die Hände, um die Musiker nochmals um Aufmerksamkeit zu bitten. Zuvor hatte er sich versichert, dass der Prinzipal in Hörweite war. »*Attention s'il vous plaît!* Es wird Zusatzvorstellungen geben, an dem Tag, da Napoleons Geburtstag gefeiert werden wird. Das sei, so wird verlautbart, in diesem Jahr der zehnte August. Denn der hohe Herr ist nicht nur Kaiser von Frankreich, sondern auch König über den Kalender und sucht sich jedes Jahr einen ihm genehmen Ehrentag aus.«

Gelächter und vereinzelte Ausfälle gegen den Usurpator. Hoffmann entging nicht, dass Seconda die Galle ins Gesicht stieg. Grinsend holte er zum Todesstoß aus: »Unser ehrenwerter Prinzipal hat versprochen, an diesem besonderen Tag den Lohn für vermehrte Arbeitsmühen zu verdoppeln. Ein Hoch auf Herrn Seconda!« Hoffmann deutete auf den Theaterunternehmer, und die Musiker ließen ihn hochleben. Dem Überrumpelten blieb nichts übrig, als gute Miene zum bösen Spiel zu machen. Doch nachher, als die Musiker gegangen waren und Hoffmann immer noch damit zu tun hatte, die Partituren und Auszüge in seine Mappe zu verstauen, schoss Seconda wutschnaubend auf seinen Kapellmeister zu. »Mein Herr, ich verspreche Ihnen hiermit feierlich: Sobald sich auch nur eine Gelegenheit ergibt, werde ich mich Ihrer entledigen!«

»Ich bitte darum«, antwortete Hoffmann, klemmte sich die Mappe unter die Achsel und wandte sich zum Gehen.

Anna-Louise von Block hatte das Billett erst zur Hälfte überflogen, da wusste sie schon, dass sie ihm Folge leisten würde. Legrand verstand es, in wenigen kurzen Sätzen das Richtige zu sagen. Man sei sich einig, dass das Finale des Krieges bevorstand. Man harre nur noch des Ablaufs der Waffenstillstandsvereinbarung. Er habe ferner, so schrieb er, das sichere Gefühl, diesmal aus der Schlacht nicht lebend zurückzukehren. Deshalb wolle er sie ein letztes Mal sehen. Der Liebesschwüre am Fuße des Bogens hätte es nicht mehr bedurft, der Klang seines Namens reichte aus, ihre Sehnsucht zu wecken. Er bestellte sie an einen Ort vor dem Wilsdruffer Tor. Einen Hof, eine Mühle, eine Scheune – irgend so etwas, aber gewiss verschwiegen. Madame von Block war wenig erfahren in den Gepflogenheiten derartiger Rendezvous. Doch das beflügelte nur ihre Erregung.

Die Frist bis zum angegebenen Zeitpunkt am Nachmittag wurde ihr unerträglich. Immerfort musste sie auf die große Standuhr im Salon schauen, die sich einfach nicht beeilen wollte. Das Mittagessen quälte sie ohne Appetit hinunter.

Viel zu früh orderte sie eine Chaise und ließ sich bis an das Tor tragen. Dann setzte sie ihre Füße auf den brüchigen, von der Sommerhitze gehärteten Lehm. Die Wächter warfen ihr derbe Bemerkungen zu, denn eine Dame von Ruf ging nicht allein hinaus vor die Stadt – nicht durch diese Schranke!

Die Hofrätin überhörte die Anzüglichkeiten. Sie folgte den Anweisungen des Billetts, die sie auswendig gelernt hatte. »Fünfzig Schritte hinter dem Tor, unweit der Schenke finden Sie ein altes Gehöft. Es ist verlassen. Begeben Sie sich zur rückwärtigen Seite. Ich erwarte Sie in der Scheune.« Schon kam das Gehöft ins Blickfeld. Gewitterregen hatte den Boden durchweicht, dann hatte die Hitze ihn wiederum festgebacken. Mit Mühe stakste die Hofrätin über Krater und Furchen. Sie wagte nicht, die Spitze ihres Sonnenschirms in den Dreck zu setzen. Stattdessen trug sie ihn unter dem Arm.

Sie passierte die Schenke, aus der Musik und Frauenlachen klangen. In einem Teekreis würde niemand wagen, so zu lachen! Schamhaft lugte sie durch die Fenster und erkannte Uniformtuch; Männer, deren Hemden bis zum Nabel aufgeschnürt waren. Weiber, deren weiße Finger mit schwarzen Nägeln durch Brusthaar pflügten. Anna-Louise wollte nicht wissen, um welche Art Schenke es sich handelte. Beinahe wurde sie zornig, dass ihr Galan sie derartiger Anstößigkeit aussetzte. Wie eine Diebin musste sie sich aus der Stadt stehlen und mit den leichten Frauenzimmern gemein machen!

Mit Wut im Bauch, das Gelächter noch im Ohr, erreichte sie das verlassene Gehöft. Ein wahres Räuberhauptquartier, mit toten Fensterhöhlen und schadhaftem Dach. Auf der Tenne verfiel ein altes Fuhrwerk. Anna-Louise schritt um das Wohngebäude herum. Watete durch alten Pferdemist und fauliges Stroh. So gelangte sie an die Rückseite. Ihr Herz klopfte bis zur Halskrause. Wusste Legrand, an welchen Ort er sie gelockt hatte? Welches Gelichter sich hier verbarg?

Mit schwerem Flügelschlag flatterte eine Taube auf. Jeden Moment erwartete sie, dass jemand aus dem Zwielicht sprang, um sie zu erdolchen. Und als sie von hinten mit festem Griff umklammert wurde, sackten ihre Füße weg. Schon glaubte sie, eine Klinge an ihrer Kehle zu spüren, doch statt des kalten Eisens drückten sich Lippen auf ihren Hals. Der Schnurrbart kitzelte auf der Haut, und bevor er Liebesschwüre flüsterte, wusste sie, dass er es war. Sie unternahm nichts, um sein Verlangen zu dämpfen, gab sich dem Feuer hin, das ihren Leib sogleich erfasste.

Erst hielten seine Hände ihren Bauch, dann wanderten sie höher hinauf. Wie die Glieder eines vielbeinigen Insekts krabbelten seine Finger über den Stoff, bis sie das Brusttuch erreichten. Geschmeidig schob er seine Hand darunter. Als er sie streichelte, dann fester anfasste, mit beiden Händen, schloss sie die Augen. Sagen konnte sie nichts. Alles, was aus ihrem Mund strömte, war Verlangen.

Mit Geschick öffnete Legrand die Miederschnüre. Seine Finger waren schwielig vom Zügel seines Pferdes, schwarz von eingebrannten Pulverspuren, doch zärtlich strichen sie über ihre Haut, die rosig und glatt war, trotz des Alters. Ihre Brüste, klein und fest wie Äpfel, wurden noch fester unter seinen Händen.

Legrand war zudringlich, als gelte es, eine Bastion zu stürmen. Jeder Widerstand hätte seinen Eifer nur noch mehr angestachelt. Ihre Beine zitterten, sie wandte sich um und suchte Halt an seinen Hüften. Rieb ihre Waden an seiner Hose. Unter dem Stoff spürte sie die Muskelstränge. Er hob sie unter den Achseln hoch, trug sie vor sich her wie ein Vater sein ungehorsames Kind und setzte sie auf eine Leiter, die hinaufführte auf den Heuboden. Trocken und staubig fuhr ihr der Geruch in die Nase. Sommer! Leben!

Sie lehnte sich gegen die Sprossen, legte den Kopf zurück und versank in dem Aroma, das vom Dach herunterströmte. Legrand schob ihr die Röcke hoch. Sie machte sich lang, und als ihre Hände weit über ihrem Kopf eine Sprosse ertasteten, umklammerte sie sie. Dann erwartete sie den Eroberer. Sie ächzte, als er die Festung mit einem Streich in Besitz nahm.

Als sich ihre Körper wieder getrennt hatten, wollte keiner von beiden sprechen. Sie vermieden es auch, einander anzusehen. Wussten sie doch, dass dieses furiose Stück keine Ouvertüre gewesen war, sondern das Finale.

Legrand zog seine Uniformhose hoch und entfernte Halme. Ordnete seinen goldbetressten Rock, bevor er Anna-Louise half. Seine Höflichkeit war unerträglich. Zum Teufel mit den Manieren!

Sie weigerte sich, das scheuernde, kneifende Korsett der Anstandsregeln und Konventionen wieder anzulegen. Warum nicht immer so entfesselt sein wie eben noch!

Doch durfte man in der Menschenwelt herumwildern, blutrünstig wie eine Wölfin? Einen Mann reißen, wann immer er seinen Nacken bot? Nein, sittsam und schamhaft hatte eine Dame zu sein! Nützlich und gefügig wie ein Haustier. Glatt und leblos wie eine Maske.

Legrand verabschiedete sich formvollendet. Mit zitternder Stimme erklärte Anna-Louise, dass sie sich niemals wieder sehen dürften.

Zuzustimmen fiel ihm nicht schwer, da er ohnehin auf dem nächsten Schlachtfeld bleiben werde, wie er voller Überzeugung beteuerte. Sie gab ihm einen Kuss, als wollte sie ihm ihr Leben einhauchen. Dann wandte sie sich ab.

Als Madame von Block auf die Torschranke zuging, wurde sie von Spott- und Schmährufen empfangen. Man schimpfte sie »Franzosenliebchen« und Schlimmeres. Anna-Louise spannte ihren Schirm auf, doch nicht, um sich darunter zu verkriechen, sondern um größer zu erscheinen. Aufrecht stolzierte sie durchs Tor. Keinerlei Scham bedrängte sie. Nein, im Gegenteil, sie war stolz auf das, was sie getan hatte! Erst, als ihr einer ans Kleid ging, trat sie nach ihm. Sie fühlte sich stark, schritt weit und mutig aus. Dass sie die Chaise fortgeschickt hatte, bereute sie nicht. Die Luft tat ihr gut! Sie füllte die Lungen und war durchdrungen von Lebensdurst.

Mit Napoleons Geburtstag kehrte der Krieg zurück – wenn auch fürs Erste mit klingendem Spiel und Feuerwerk. Die Tatsache, dass der Feldherr die Feier vorverlegt hatte, ließ nichts Gutes ahnen. Die Lustbarkeiten, mit denen man das Volk überschüttete, schärften den Instinkt für die drohende Gefahr mehr, als dass sie ihn raubten.

Einmal noch strömte alles, was Beine hatte, aus der Stadt. Hinaus, solange es noch ging, vor die Schranken, die Napoleon mit Felsblöcken, Sandsäcken und Holzgattern hatte verstärken lassen. Auf der Ostrawiese fand man sich wie gewohnt zur Parade ein. Block wäre der Feier ferngeblieben, hätte ihn nicht ein Billett unmissverständlich dorthin befohlen. Es war die lang erwartete Nachricht von Haldensleben. Block hatte einen verschwiegenen Treffpunkt erwartet. Doch allmählich merkte er, dass nirgends eine Übergabe unauffälliger stattfinden konnte als in diesem unendlichen Gewimmel, wo man, ohne Aufsehen zu erregen, vom König bis zum Marktweib jeden treffen konnte. Blocks Nerven waren bis an die Grenze des Erträglichen gespannt. Jedes Gesicht musterte er, auf den einen Wink hoffend, den Fingerzeig, der ihm den geheimen Boten entlarven würde. Mehrmals wirbelte er herum, da er sich angesprochen fühlte. Doch der erwartete Kundschafter offenbarte sich nicht.

Auch der Hofstaat hielt Abstand, niemand machte ihm seine Aufwartung, die benachbarten Plätze auf der Tribüne blieben unbesetzt. Block fühlte sich wie mit Aussatz behaftet. Doch deswegen grämte er sich nicht, schließlich hatte er schon immer abseits gestanden, war als Sonderling verschrien, der Misstrauen weckte. Vermutlich hatten sie recht, ihn zu schneiden. Auch Françoise war unter den Schaulustigen. Er versuchte, ihren Blick zu erhaschen, doch sie übersah ihn so hartnäckig, dass sie ihn ganz sicher entdeckt haben musste. Block verfluchte sich innerlich für sein Schicksal, das ihm verbot, einfach neben die Frau zu treten, die er begehrte; sich unterzuhaken und aller Welt ihr Glück zu zeigen. Stattdessen musste er einem Plan gehorchen, der nicht der seine war. Musste, wenn auch nur zum Schein, seinen Auftrag ausführen, Haldensleben überlisten und mit Françoise fliehen, ohne sie in Gefahr zu bringen. Und sei es gegen ihren Willen! Keine leichte Aufgabe, doch Block hatte sich vorgenommen, sie zu meistern. Er hatte alles dafür geopfert.

Block ließ es sich nicht nehmen, dem Kaiser sein *»Vive l'Empereur!«* entgegenzuschleudern, aus Pflichtgefühl und Gewohnheit, aus vollem Herzen vermochte er es nicht mehr. So weit hatte man ihn getrieben, dass er sogar mit dem großen Bonaparte, dem Vollender der Weltgeschichte, haderte!

In langen Reihen postierten sich die Truppen, Korpswimpel und Feldzeichen flatterten im Wind. Der Kaiser schritt, eskortiert von Friedrich August, König der Sachsen, und Marschall Murat, König von Neapel, die Truppen ab: alte und junge Garde, Dragoner, Chausseure, Husaren, Tirailleurs, Lanciers, dazu sächsische und westfälische Infanterie, bergische und Schweizer Reiter, über 200 Kanonen, gezogen von Zweispännern. Sogar einige Minister aus Paris hatte Napoleon einbestellt, damit sie seine Größe und Schlagkraft bewundern konnten.

Das Salutschießen ließ Block zusammenfahren. Dann wiederholte sich das Defilee in umgekehrter Ordnung: Kaiser, Könige und Prinzen standen auf einem geschmückten Podest, und die Armee zog an ihnen vorüber. Während die Truppen in endloser Schlange von der Wiese marschierten und sich in die Schenken der Stadt verliefen, schlug man auf der Tribüne die Zeit damit tot, Mutmaßungen über die geplanten Divertissements anzustellen. Man munkelte von Freitischen, die sich, umrahmt von Orangen- und Zitronenbäumchen und mit den köstlichsten Speisen beladen, die Hauptstraße entlangzogen.

Block, der den Gerüchten nichts abgewinnen konnte, zitterte am ganzen Leib. Er fühlte sich fiebrig. Seine Mission war gescheitert. Dann – endlich – war die Heerschau beendet. Der Kaiser stieg vom

Podest, eilte durch das hundertfach niedergetrampelte Gras, geradewegs auf Block zu. Der vergaß Zittern und Erschöpfung und starrte ihm entgegen. Wollte er zu ihm? Plötzlich befiel ihn der Gedanke, man könnte ihn auf Befehl des Herrschers hierher beordert haben! Block nahm Haltung an. Der Kaiser schritt weit aus, bald würde er ihn erreicht haben. Doch was konnte er mit ihm, dem suspendierten Inspector der königlichen Preziosensammlung, schon zu bereden haben?

Der *empereur* war nur noch zwanzig Schritte entfernt, da fiel Blocks Blick auf den Hut. Napoleon trug die Kokarde gut sichtbar an der Krempe. Inmitten der Stoffrüsche prangte ein erlesener Stein, den Block sofort erkannte. Ein Brillant von feinstem Schliff, groß wie ein Taubenei. Es konnte keinen Zweifel geben: Er stammte aus seiner Sammlung! Auf rätselhafte Weise hatte eines seiner Stücke den Weg zum Franzosenkaiser gefunden und das mystische Band zwischen ihnen erneuert. In diesem Moment fiel ein Sonnenstrahl auf das Juwel und gleißendes Licht traf Block direkt ins Auge. Napoleon aber drehte, kurz bevor er die Tribüne erreicht hatte, ab und ging, ohne ihn noch eines Blickes zu würdigen, vorbei.

Block war zu Boden gesunken. Die Umstehenden beäugten ihn mit Bedauern, unternahmen aber nicht viel. Man beauftragte Diener, ihn nach Hause zu schaffen. Dort fiel er in einen Fieberschlaf und wurde von der Gattin gepflegt, die den Feierlichkeiten – aus welchen Gründen auch immer – ferngeblieben war. Das Salutschießen platzte fortwährend in seine Fieberträume.

Am Abend war Block schon so weit wiederhergestellt, dass er am Fenster seiner Wohnung das Feuerwerk bewundern konnte. Anna-Louise stand neben ihm, ohne sich daran zu erfreuen. Ihr Gesicht war blass und eingefallen. Eine einsame Träne glänzte auf ihrer Wange. Block wusste, dass sie nicht ihm galt. Doch er hatte jetzt nicht die Kraft, sich von ihr zurückzuziehen.

Das Sprühen und Gleißen und Wummern wollte kein Ende nehmen. Doch wer die Augen schloss und sich nicht blenden ließ, konnte am Abend des 10ten August nicht mehr genau sagen, ob es noch Feuerwerksraketen waren oder schon Kanonendonner.

Als Block am folgenden Tag ausgehen wollte und seinen Rock überwarf, fuhr seine Hand beiläufig in die Tasche. Dort stieß sie gegen ein ledernes Feldfläschchen. Block wusste nicht, wer das Gefäß in seine Tasche hatte gleiten lassen, wusste auch nicht, wann dies geschehen war. Doch er wusste, worum es sich handelte: Gift.

Ein einziges Licht nur hatte Block in der Kammer entzündet, um sich nicht zu verraten. Als er das Gefäß öffnete, verzog er das Gesicht: Das Gebräu stank wie ranziges Mandelöl. Wie konnte Baron von Haldensleben annehmen, Lenzen sei mit solch einer plumpen Essenz ermordet worden? Er hätte das Gift doch sofort gerochen und niemals, egal in welchem Getränk, zu sich genommen.

Ihm zitterte die Hand, als er im Schutz der Nacht und in der Verschwiegenheit seines Kabinetts den Inhalt des Lederschlauchs in ein Kristallfläschchen goss. Doch, er würde dem Befehl Folge leisten, das Gebräu am verlangten Ort deponieren. Allerdings in der festen Absicht, es so unterzubringen, dass es nicht entdeckt werden konnte. Er musste Zeit gewinnen, zwei, drei Tage wenigstens …

Das Herz schmerzte ihm bei dem Gedanken, er könnte Françoise durch bloßes Ungeschick verlieren. Nein, sein Plan war gut genug! Wenn er sie doch nur dazu bringen konnte, mit ihm gemeinsam zu fliehen! Und wenn er ihr verriet, was man plante, um sie zu Fall zu bringen? Nein, dann würde er das Wort brechen, das er dem General gegeben. Wie er es auch drehte und wendete, es war ein Dilemma.

Block seufzte. Längst wies der Spiegel seiner Liebe blinde Flecken der Enttäuschung auf. Warum stieg sie nicht einfach mit ihm in die Kutsche und suchte das Weite? Warum nur zögerte sie? Er war doch bereit!

Als Block die Flüssigkeit in den Flakon geschüttet hatte und den Schlauch vom Trichter nahm, fiel ein Tropfen auf seinen Daumen. Im ersten Reflex war er versucht, ihn abzulecken. Hätte das nicht alles erleichtert? Er wäre tot und die du Barry vorerst in Sicherheit? Nein, so selbstlos war seine Liebe nicht. Er wollte leben.

12

»Schon seit der Feier des Napoleonsfestes am 10ten waren täglich Truppen und Geschütz herausgegangen. Heute verließ der Kaiser mit den Garden die Stadt und zog fort auf der Straße nach Schlesien, man spricht von einer nahen, entscheidenden Schlacht.«

E.T.A. Hoffmann, Tagebucheintrag im August 1813

Auf dem Weg zu ihr war Block den Plan noch einmal durchgegangen, Schritt für Schritt. Er hielt ihn für nahezu perfekt. Nur wie er bis in ihr Schlafzimmer vordringen sollte – diesen heiligen Ort, der ihm bislang verschlossen gewesen war –, bedrückte ihn noch.

Er zog erneut die Klingel, doch niemand öffnete. Nicht ein einziger Schritt, nicht ein Schlurfen im Stiegenhaus. Er drückte die Klinke, die Tür war verriegelt. Bei aller Perfektion – dass er schon an der Haustür scheitern würde, damit hatte er nicht gerechnet! Warum wurde nicht geöffnet? Zumindest das Mädchen, Natalie, musste da sein! War Françoise schon verhaftet? Ins städtische Arresthaus geworfen? Aber wozu dann noch das Gift?

Block klingelte erneut. Dann begann er, mit der flachen Hand gegen die Tür zu hämmern. Man ließ ihn einfach nicht ein, ließ ihn wie einen Scherenschleifer vor der Tür stehen! Blocks Enttäuschung verwandelte sich in Wut. Er zerrte an der Klingelschnur, dass er den Galgen fast aus der Wand gerissen hätte. Endlich klapperten Schritte; Holzpantinen, wie Natalie sie im Haus zu tragen pflegte.

Blocks Verstand arbeitete fieberhaft. Unabsichtlich hatte die Madame ihm einen Anlass geliefert, bis in ihr heimlichstes Gemach vorzudringen … Er ballte die Fäuste, spürte die Schicksalsfäden in seiner Hand.

Natalie hatte kaum die Klinke gedrückt, da stieß Block die Tür auf und überrannte das Mädchen. Nur ein verdutztes »Nicht doch!« brachte es heraus, dann war er schon vorbei und auf der Stiege.

Françoise stand oben, am Treppenabsatz. Offenbar hatte sie hier oben lauschen wollen, wie er unten auf die Abfuhr reagierte. Bevor sie ihn beschimpfen konnte, war er schon in die Diele gelangt und stürmte weiter in die Richtung, wo er das Schlafgemach wusste.

Wie ein Besessener riss er die Tür auf und schoss auf das geräumige Bett zu, so sorgfältig zugedeckt, dass es nicht den geringsten Verdacht weckte. Hinter ihm kreischte die Madame, die ihm mit fliegendem Frisierkleid auf den Fersen war.

Er bot theatralisches Talent auf, zog die Tagesdecke herunter, warf Kissen durcheinander. Dabei geiferte er, scheinbar außer sich vor Zorn: »Heraus mit ihm! Wo steckt er, der feige Hund? Unter der Matratze?«

Block ging auf die Knie, um unter das Bett zu schauen. Er fand – wie nicht anders zu erwarten – Staub und Spinnweben. Sprang wieder auf die Beine, stürzte zur Frisierkommode, wo die Flakons aufgereiht standen. Alles sehr akkurat, dachte er beim Blick auf die Reihen, ich muss Durcheinander stiften! Er zog Schubladen heraus, durchwühlte die Unterröcke und Korsagen. »Wo hält er sich verborgen?«

Die du Barry hatte sich, scheinbar wieder ruhig, in den Türrahmen gelehnt. Nur ihr Atem ging rascher, als die Pose vermuten ließ. »Welcher Liebhaber, glauben Sie, passt in diese Schübe?«

Block machte einen schnellen Schritt auf den Schrank zu. »Wo haben Sie ihn? Sprechen Sie! Ich bringe ihn um!« Er riss die Türen auf und durchwühlte ihre Kleider.

Françoise trat neben ihn und hob beschwichtigend die Hände. »Nun halten Sie doch ein, Sie zerreißen mir noch die beste Garderobe! Es ist nicht, wie Sie denken. Nicht weil irgendein Kavalier versteckt werden musste, haben wir Sie warten lassen. Wir haben Sie warten lassen, weil wir erzürnt waren!« Verlegen wie ein junges Ding, das von der Welt nichts weiß, schaute sie auf ihre Schuhspitzen. Hinreißend sah sie aus, in ihrem dünnen, knöchellangen Frisierkleid. Block verliebte sich von Neuem und fühlte sich zugleich wie ein Schuft. Aber hatte er denn eine Wahl?

»Wir sagten doch schon beim letzten Mal, dass wir Sie nicht mehr einlassen!«

Françoise du Barry benutzte den Plural, als wollte sie die Last des Entschlusses auf mehrere Schultern verteilen. Zerknirscht erschien Natalie in der Tür. »Verzeihen Sie, Madame, ich konnte ihn nicht aufhalten.«

Françoise nickte wohlwollend und schickte sie mit einer Handbewegung hinaus. Das kam Blocks Absichten zupass. Er rannte zurück zur Kommode und lehnte sich mit dem Rücken dagegen. »Sie lügen! Er hat sich versteckt. Ihre Frisur ist derangiert!«

Françoise fuhr sich in die Haare. Sie war bestens frisiert, obwohl noch nicht ausgehfertig. Block steckte die rechte Hand in die Rocktasche und umfasste das Kristallgefäß. Es musste gelingen! Er wirbelte herum und erblickte sein Gesicht im Spiegel. Die Wut darin irritierte ihn und ließ ihn innehalten. Doch nur kurz, dann riss er sich vom eigenen Abbild los und sah hinunter auf die Glasplatte. Der Flakon würde sich nicht von den anderen unterscheiden. Er suchte nach Worten. »Wenn ich Ihren Duft nicht mehr riechen darf, soll es niemand!«

»Wer denn, um Himmels willen?«, schrie sie.

Mit einer einzigen Handbewegung fegte er einen Teil der Flakons hinweg. Einige kullerten auf den Boden, einige blieben klirrend auf der Seite liegen. Stopfen fielen heraus, Essenzen flossen ineinander.

Mit einem Schrei sprang Françoise hinzu. Flinker, als Block es erwartet hätte, richtete sie die Fläschchen wieder auf. Dabei schimpfte sie fortwährend: »Sie Unseliger! Ihre Eifersucht ist lächerlich! Ist es Ihre Art, das zu kränken, was Sie erobern wollen?«

Sie ging in die Knie, um die Scherben vom Boden aufzusammeln. Block warf einen Blick zur Tür, Natalie war nicht zu sehen. Behände zog er den präparierten Flakon aus der Tasche und stellte ihn unter die anderen auf die Glasplatte. Dann sortierte er die Gefäße neu, stellte sie um, fahrig, als wollte er sein Missgeschick ausbügeln.

Françoise richtete sich wieder auf, die Überbleibsel eines zerbrochenen Fläschchens auf dem Handteller, zart wie die Knochen einer Nachtigall. Aus feuchten Augen warf sie ihm einen Blick der Verdammnis zu. »Packen Sie sich, Unglücklicher!«

Dann brach sie in Tränen aus. Block sah ein, dass es besser war, ihrem Wunsch zu entsprechen. Eine halbherzige Entschuldigung murmelnd, ging er durch die Diele davon. Auf der Straße konnte auch Block zum ersten Mal seit langer Zeit wieder weinen. Seinen Augen tat es gut.

Am Abend saß Françoise an der Kommode und bürstete sich das Haar. Gierig sog sie die Gerüche der Wässerchen ein, die am Morgen zerflossen waren. Einige Tage noch würden sie ihr in der Nase liegen, bevor sie endgültig erstarben. Die besten Pariser Parfüms – verloren! Höchste Zeit, mit diesem Unglücksraben, der nicht verstehen wollte, zu brechen. Auf immer!

Sie betrachtete sich im Spiegel, folgte mit Blicken der Bürste, die raschelnd durch die Strähnen fuhr. Dann, das Frisieren war noch immer nicht beendet, ließ sie den Blick über die verbliebenen Fläschchen streifen. Die zerbrochenen lagen längst auf dem Schutthaufen im Hof. Zuvor hatte Natalie die Scherben in Wasser getaucht, jeden Duft in einer eigenen Schüssel, um den Geruch für ein paar weitere Tage zu bewahren. Doch Wasser war zu schwach, um so flüchtige Schätze auf Dauer zu binden. Bald schon würden sie nur noch Erinnerung sein.

Da fiel ihr Blick auf eine Flasche, die sie nie zuvor gesehen hatte. Ein Gefäß aus Kristallglas mit Pfropfen, den anderen zum Verwechseln ähnlich. Doch nicht für sie. Nichts in ihrem Haushalt kannte sie so gut wie ihre Parfüms! Und die Täuschung war plump wie ein Kuckucksei. Diese Flasche war neu hinzugekommen, und wie die Dinge nun einmal lagen, kamen für den Schmuggel nicht viele infrage. »Dieser Schuft!«, stieß sie hervor und knallte die Bürste auf die Kommode.

Sie nahm den Flakon dicht vor die Augen und drehte ihn in den Fingern. Nichts an seinem Äußeren war auffällig. Außer, dass sie ihn noch nie zuvor gesehen hatte.

Erst, als sie den Pfropfen geöffnet, vorsichtig daran gerochen und gleich wieder verschlossen hatte, traf sie der Schlag des Verrats mit ganzer Härte. Sie musste sich frische Luft zufächeln. »Dich bringe ich an den Galgen!«, schwor sie.

Auf den Straßen spürte man bereits die Angst. Jedermann beschleunigte seine Schritte, viele hasteten schwer beladen durch die Gassen der Stadt. Wer wusste schon, wie lange es noch Brot gab? Die Verknappung von Fleisch und Futtergetreide wurde drückend, seitdem die Truppen des Kaisers wieder in der Nähe der Stadt lagerten. Es war nicht der erste Beschuss, den Dresden erleben würde (und – weiß Gott – es würde kaum der letzte sein!). Die Dresdner kannten sich aus. Bald würde jeder, der nicht unbedingt auf die Straße musste, zu Hause bleiben, einen Tage, eine Woche, falls notwendig auch länger.

Gespräche auf offener Straße waren rar geworden. Kaum jemand hatte Geduld, stehen zu bleiben. Alle Gedanken waren nur auf eines gerichtet: Was ist noch zu tun, bevor das Chaos ausbricht?

Baron von Haldensleben war daher sicher, dass ihm kaum jemand Beachtung schenken würde. Man hatte ihm gemeldet, dass Block außer Haus war. Was lag näher, als die wenigen Schritte zur Kreuzgasse hinüberzueilen und Häbigs Angaben zu überprüfen? Falls es tatsächlich zutraf, dass der Hofrat die Flucht vorbereitete, würde diese Erkenntnis auch Madame von Block die Augen öffnen. Und er hätte endgültige Gewissheit, wie es um die Treue des Hofrats bestellt war – falls es überhaupt noch eines Beweises bedurfte.

Haldensleben begrüßte Mutter und Tochter so ausnehmend freundlich, als hätte er den Rauswurf vergessen. Ihre Neugier gewann er mit der banalen Bemerkung, er habe ihnen etwas zu zeigen, das sie gewiss interessieren werde. Widerstrebend ließ man ihn ein, führte ihn auf seine Bitte sogar bis in Blocks Kabinett. Als wäre es der eigene Schreibtisch, nahm der Baron den Schlüssel aus seinem Versteck. Mutter und Tochter war die Verwunderung vom Gesicht abzulesen, dass sich der Fremde in ihrem Hause bewegte, als seien nicht die Franzosen, sondern er hier einquartiert gewesen.

Er öffnete Läden und Schübe. Da die Leere in den Kästen nicht so vollständig war wie erwartet, begann er, sich zu erklären. »Uns ist zu Ohren gekommen, dass Ihr werter Gatte Stücke aus seiner Sammlung veräußert und verpfändet. Sie kennen ihn selbst gut genug, um zu wissen, dass er dies nur im äußersten Notfall tun würde.«

»Befinden wir uns nicht allesamt in einem äußersten Notfall?«, fragte Anna-Louise trotzig.

Mit Ablehnung und Widerstand hatte Haldensleben nicht gerechnet. Er wurde deutlich. »Wir haben Grund zu der Annahme, dass Ihr Gatte ummittelbar vor der Flucht steht …«

»Tatsächlich?« Madame von Blocks Gesichtsausdruck war spöttisch. »Glauben Sie nicht, dass, wenn er fliehen wollte, wir es zuerst bemerken würden? Und nicht Sie?«

Haldensleben merkte auf. Seit seinem letzten Besuch war die Baroness noch unnachgiebiger geworden. Warum nur? Wusste sie nicht, dass der Gatte sie betrog und belog?

»Schauen Sie, diese Lade ist vollständig ausgeräumt!« Er hatte einen Kasten herausgezogen und umgedreht. Dann einen zweiten. Wie Murmeln fielen Glasaugen heraus und kullerten über die Dielen. Haldensleben sah die Frauen erschrocken an.

»Was geht Sie das alles an?«, mischte sich Ariane ein, die bislang ruhig geblieben war.

Die Mutter sprang ihr bei: »Vielleicht haben Sie die Teuerung durch den Krieg schon bemerkt? Was glauben Sie, wie schwierig es auch für uns ist, die Güter des täglichen Lebens zu beschaffen? Nein, mein Herr, was Sie uns da einreden wollen, ist ausgemachter Humbug!«

Haldensleben stieß die Lade in das Fach zurück. Holz krachte gegen Holz. Die falschen Augen ließ er liegen, ausdruckslos glotzten sie in alle Richtungen. »Mesdames«, seine Wut war unverkennbar, »ich habe Sie vor den Machenschaften Ihres Gatten und Vaters gewarnt. Ich glaube, Baron von Block ist schuldiger, als Sie annehmen.«

»Nein!«, antworteten die Frauen wie aus einem Mund.

Stumm sah Haldensleben von einer zur anderen. Dann empfahl er sich.

Wieder hatte Hoffmann bis tief in die Nacht gearbeitet. Seine Augen schmerzten, denn für mehr als ein schlechtes Talglicht langte es nicht. Vor kurzem erst hatte er eine größere Lieferung Wein für seinen Keller erhalten – auf Kredit.

Hoffmann blätterte die Bögen durch, überflog den Text und war verwundert. Nicht eine Zeile vom Krieg; nichts von Not, nichts von Granaten und Kartätschen. Ein Märchen! Mit einer Tagseite wie aus einem Feentraum, die Nachtseite aber kam direkt aus der Hölle. Es war am Spiegel entlang geschrieben! Er konnte es selbst nicht begreifen. Und doch erfasste ihn ein unbändiges Glücksgefühl: Dies war zweifellos das Beste, was er seinen Lebtag hervorgebracht hatte! Eine Geschichte, die in Worte und Bilder fasste, was er in letzter Zeit immer stärker empfand: dass immer etwas hinter der Wirklichkeit lag. Und dieser doppelte Boden des Lebens war geheimnisvoll und rätselhaft – und verführerisch wie der Tod!

Mit rascher Feder setzte er darunter: »Dies schrieb ich auf die Nacht am 20ten August 1813.« Zufrieden lehnte er sich zurück und hob den Becher Wein an die Lippen. Er schloss die Augen und dankte still dem Göttertrunk. Hier, an diesem unscheinbaren Ort, in dieser Dachkammer, wo man zwischen den Dachsparren hindurch die Schindeln sehen konnte, war ihm etwas Ausgezeichnetes gelungen!

Er pustete über den Bogen, um die Tinte zu trocknen. Da hörte er es unten gegen die Tür donnern. Nicht mit der Faust, sondern mit einem massiven Werkzeug traktierte jemand das Holz. Mischa schlief schon, also eilte er selbst hinunter.

Als Hoffmann unten ankam, hatte der Hauswirt, der das Erdgeschoss bewohnte, bereits geöffnet. Ein französischer Soldat stand vor ihm, hochgewachsen, durch den Tschako auf dem Kopf wirkte er noch größer. Er stand in der Türfüllung und redete mit Händen und Füßen auf den Wirt ein.

Hoffmann blieb auf halber Treppe stehen, doch der Wirt hatte ihn schon am Knarren der Schritte erkannt. Er drehte sich um und rief ihm entgegen: »Wecken Sie Ihre Frau, Hoffmann. Draußen steht ein ganzes Regiment, das bekocht werden will. Hungrige Kerle, ohne Halt von weit her marschiert. Schaffen Sie alles, was wir haben, aus dem Keller herauf. Aber hurtig, bevor die Kerle sich holen, was sie brauchen!«

Hoffmann dachte an die Weinfässer und erblasste. Rasch, damit sie gar nicht erst auf den Gedanken kamen, den Keller zu durchsuchen!

Wie vom Teufel gejagt, stürzte Hoffmann die Stiege hinauf. Er hörte bereits Mischas Schritte in der Wohnung, doch er eilte weiter hinauf, schob die Dachluke auf und spähte hinaus. Für einen Moment glaubte er sich zurückgekehrt ins Reich der Fantasie: Die Elbwiesen brannten! Aber nicht flächig wie ein Stoppelbrand loderten die Flammen, sondern in hunderten kleiner Glutherde, als hätte ein Vulkan die Landschaft mit Lavabrocken gesprenkelt. So weit das Auge reichte, selbst den Hang hinauf, waren Lagerfeuer entzündet. Doch trotz der Menschenmassen, die als dunkle Schemen erkennbar waren, blieb es gespenstisch still. Nur vereinzelt war Pferdeschnauben zu hören.

Von unten rief der Wirt herauf. »Sputen Sie sich, Frau Hoffmann, die Herren werden ungeduldig!«

Der Musiker war wie gelähmt. Der Krieg! Bald schon würde sich diese tumbe, um die Feuer kauernde und um Nahrung bettelnde Masse in einen tödlichen Sturm verwandeln!

Als Hoffmann die Wohnung betrat, war Mischa bereits in ein Kleid geschlüpft. Mit nackten Waden wollte sie hinunter, doch Hoffmann hielt sie zurück. »Zieh dich ordentlich an, es sind Soldaten!«

»Was fehlt deiner Ansicht nach zu einem ordentlichen Anzug?«

Hoffmann warf einen Blick auf ihre Beine. »Strümpfe.«

»Ich besitze keine Strümpfe mehr.«

Sie ließ ihn stehen und lief, so wie sie war, hinunter.

Als ein Oberamtmann Häbig in Begleitung zweier Polizeibüttel im Haus auf der Breiten Gasse erschien, war Françoises Urteil über Block gefällt: Er wollte ihr den Mord an Lenzen in die Schuhe schieben!

Der Beamte musste sich nicht lang erklären. Bereitwillig trat die Dame des Hauses zur Seite und ließ zu, dass sich die Büttel an ihren Schränken zu schaffen machten. Sie hätte sie hindern können, noch war sie Mitglied der französischen Gesandtschaft! Hätte sich auf einen langen Disput mit ungewissem Ausgang einlassen können. Doch zog sie vor, keinen Widerstand zu leisten. Das triumphierende Blitzen in Häbigs Augen, als er seine Gehilfen ausschwärmen ließ, konterte sie mit einem kalten Lächeln.

»Was erwarten Sie zu finden, Monsieur?«, erkundigte sie sich liebenswürdig.

Häbig schnellte auf die Zehenspitzen, wie um größer zu erscheinen. »Madame, lassen Sie schon einmal einen Koffer mit dem Nötigsten packen. Das, was wir finden werden, wird es unumgänglich machen, dass Sie für einige Zeit Ihr Logis im städtischen Arresthaus nehmen.«

Das sagte er mit Häme und einem hässlichen Grinsen, das nur die sichere Erfolgsaussicht auf sein Gesicht zaubern konnte. Gelassen rief Françoise ihr Mädchen herbei und bat es, Häbig jede gewünschte Erfrischung zu kredenzen.

Der Oberamtmann verkrampfte. Gallig bemerkte er: »Wenn Sie glauben, Sie könnten mich auf irgendeine Weise für sich einnehmen, dann täuschen Sie sich!«

Nichts lag Françoise ferner als der Versuch, diesen Erfüllungsgehilfen zu umschmeicheln. Einen Platz in der Küche bot sie ihm nur an, weil sie sicher war, dass er ihn ausschlagen würde. Stattdessen verbrachte er die Wartezeit auf den Zehenspitzen wippend, bis ihm seine Gehilfen meldeten, was die Hausherrin längst wusste: »In der ganzen Wohnung ist nichts zu finden. Insbesondere nicht ›das‹.«

Häbig zitterte vor Wut. Weniger der Misserfolg brachte ihn auf, als vielmehr die Tatsache, dass die du Barry keinerlei Angst, ja nicht einmal Respekt zeigte. Schließlich begab er sich selbst auf Inspektionstour durch die Wohnung. Er suchte nur oberflächlich, um dem Schein zu genügen und seiner Wut Abhilfe zu schaffen, denn natürlich ahnte er, dass er einer Finte aufgesessen war. Wessen Schachzug war es diesmal, den er nicht vorhergesehen hatte? Falls sich herausstellte, dass Block es war, der ihn narrte, würde er ihn in der Luft zerreißen!

Als Häbig sich zerknirscht zum Gehen wandte, konnte sich die Madame eine Bosheit nicht verkneifen: »Darf ich den Koffer wieder auspacken?«

Er presste die Lippen zusammen. Es machte ihm Mühe, seine Empörung hinunterzuschlucken. Rasch verließ er die Wohnung.

Erleichtert rief Françoise ihm hinterher: »Und falls Sie die Absicht haben, mich erneut zu beehren, lassen Sie es mich vorher wissen.« Sie wollte eine Portion Ironie in den Satz legen, doch es gelang ihr nicht. Nachdenklich blieb sie in der Tür stehen.

»Madame?«, fragte Natalie vorsichtig, um sie aus ihren Gedanken zu reißen.

Mit verwirrtem Blick wandte sie sich um.

»Haben Sie einen Wunsch?«

Françoise zögerte einen Moment, bevor sie sagte: »Packe zwei Koffer mit dem Nötigsten. Es ist möglich, dass wir die Stadt Hals über Kopf verlassen müssen.«

»Aber wohin wollen Sie denn fliehen?«

Françoises Augen warfen Blitze. »Lass das meine Sorge sein!«

»Vater? Darf ich Sie sprechen?«

Der Hofrat saß in seinem Sessel und schnupperte gedankenverloren an der Kanne, die er früher zum Schokoladebrühen verwendet hatte. Wie lange schon musste er diesen Genuss entbehren! Die Vorräte waren aufgebraucht. Er winkte Ariane zu sich heran, sie näherte sich mit gesenktem Kopf. Doch dann sah sie ihm fest in die Augen und ließ alle Zurückhaltung fallen. »Warum haben Sie Ihre Sammlung versetzt, Vater? Wollen Sie uns verlassen?«

Block hielt immer noch die Kanne in der Hand, doch schien sie ihm nicht mehr zu gehorchen. Seine Gedanken waren plötzlich glasklar: Ariane wusste alles! Er starrte sie an. Presste seine Finger gegen das Silberblech, um die Hand am Zittern zu hindern. »Versetzt?«, brachte er endlich heraus. »Was soll das heißen?«

Ariane wich ihm aus, wollte nicht alles preisgeben. »Nun, das ist es, was man sich erzählt. Dass Stücke aus Ihrer Sammlung unter der Hand zum Verkauf angeboten werden.«

Block stellte die Kanne auf den Teetisch und legte die Fingerspitzen gegeneinander. »Tatsächlich? Das ist unerhört!«

»Wollen Sie damit sagen, Vater, es geschehe ohne Ihr Wissen?«

»Genau. Ich weiß nichts davon. Und ich glaube auch nicht, dass es wahr ist«, fügte er hastig hinzu.

»Sie glauben?«

»Ja.«

»Aber das lässt sich doch leicht überprüfen!« Ihr Blick war herausfordernd.

»Ach. Wie denn?«

Es lag auf der Hand, dass er nicht begreifen wollte. »Zum Beispiel«, schlug sie vor, »indem Sie einfach hinübergehen und nachschauen, ob alles da ist.«

Block schwieg lange. Dann sagte er: »In der Tat. Das ist eine glänzende Idee.« Und blieb doch in seinem Sessel sitzen.

»Nun?«

Der Vater rührte sich nicht.

»Warum tun Sie es nicht?«

Endlich stützte er seine Hände auf die Lehne und stemmte sich umständlich aus den Polstern. »Du hast völlig recht, ich sollte es tun.«

»Darf ich Sie begleiten?«

Nur einen einzigen verräterischen Moment zögerte er. »Gewiss doch. Ich habe keine Geheimnisse.«

Auf dem kurzen Weg blieb Ariane dicht hinter ihm. Auch als er die Tür zum Kabinett öffnete. Er entzündete die Laterne und ließ sich mit den steifen Bewegungen eines Greises an seinem Schreibtisch nieder. Er zog den Schlüssel hinter der Leiste hervor. Ariane sah ihm auf die Finger, sie zitterten. Dann drehte er den Schlüssel im Schloss herum. Die erste Lade sprang auf. Mit flinken Blicken prüfte er den Inhalt, um hastig zu bemerken: »Alles da. Nichts fehlt.« Er schob das Fach wieder hinein und schien die Durchsuchung als beendet anzusehen.

»Und die anderen?«, bohrte Ariane nach.

Er sah ihr schweigend ins Gesicht, und weiter durch sie hindurch, als wäre sie aus Glas. Dann nickte er. »Du hast recht. Wir wollen gründlich sein.« Der Vater stand auf und tat, als wüsste er nicht, wohin er sich wenden sollte. Dann trat er zögernd an die holzgetäfelte

Wand und zog zerstreut eine weitere Lade auf. »Alles da. Was die Gerüchte so behaupten …«

Doch so leicht ließ sich Ariane nicht überrumpeln. Sie zeigte auf den Schub, den Haldensleben geöffnet hatte. »Probieren Sie's doch einmal mit diesem!«

»Welchen meinst du?«

Ariane trat an die Wand und legte den Finger auf das Fach. »Dieser hier.«

»Warum interessiert dich gerade der?«

»Er interessiert mich eben.«

Langsam, Zoll für Zoll, zog er den Schub auf. Schon als er nur halb geöffnet war, sah Ariane die gähnende Leere. Triumphierend sagte sie: »Es steckt doch immer ein wahrer Kern in jedem Gerücht, nicht wahr, Vater?«

Eigenmächtig griff sie nach dem Schub daneben. Leer auch er.

Blocks Gesicht lief rot an. »Ich kann mir das nicht erklären«, stammelte er.

Ariane musterte ihn von der Seite. Seine Verblüffung schien ehrlich. Fast so, als habe er wirklich damit gerechnet, volle Fächer vorzufinden … Ach, wie gern hätte sie es geglaubt!

Block stieß Luft zwischen den Zähnen hervor. »Sicherlich war es dieses Soldatenpack …«

Arianes Groll wuchs, als sie Lucien beschuldigt sah. Damit konnte er bei ihr nicht ankommen! »Die Soldaten sind lange fort, Vater. In der Zwischenzeit hätten Sie einen Diebstahl längst entdeckt«, bemerkte sie mit einem mitleidigen Seufzer. Block schwieg.

Es war traurig, ihn so ratlos dastehen zu sehen. Wie einen Straßenjungen vor einer eingeworfenen Fensterscheibe! »Warum nur?«, fragte sie ihn beschwörend. »Warum haben Sie uns nicht erzählt, dass wir in Geldnöten sind?«

Überrascht wandte Block ihr den Kopf zu. Seine Miene hellte sich auf. »Ja. Gewiss. Das hätte ich tun sollen! Alles ist teuer geworden in diesen Zeiten. Und da ich gezwungen bin, die Hände in den Schoß zu legen …«

»Wie schwer muss es Ihnen gefallen sein, Vater!«

Ariane legte ihren Kopf an seine Schulter. Doch er schob sie sanft von sich. »Du kannst es nicht ermessen, Tochter!«

Sie ließ sich wegschieben und sah ihren Vater mitleidig an.

»Es ist noch nicht vorüber«, setzte er rasch hinzu.

In dem Moment klopfte Bettine an die Tür des Kabinetts. Sie öffnete sie, ohne Antwort abzuwarten. »Es tut mir leid, Herr Baron. Ein Gerichtsdiener fragt nach Euer Wohlgeboren!« Die Erschütterung war ihr anzusehen. »Er …«, stammelte sie, »er will Sie mitnehmen!«

Vater und Tochter warfen sich einen erschrockenen Blick zu. Dann schlug Ariane die Hände vors Gesicht. »Haben sie uns denn nicht genug gequält?«

General von Haldensleben war die Block'sche Angelegenheit leid. Erst recht nicht wollte er mit Häbig in Verbindung gebracht werden. Das gemeine Verbrechen widerte ihn an. Ihm war um das Schicksal der Völker zu tun! So befahl er denn dem Oberamtmann, in einem kleinen verschwiegenen Gelass der Amtsstube Platz zu nehmen, das eigens zum Zweck der heimlichen Belauschung eingerichtet war.

Häbig ließ sich nicht gern verstecken. Zur Strafe setzte er seine vielfach erprobte Vorwurfsmiene auf. Haldensleben ignorierte den Ausdruck, wie er am liebsten die ganze Person ignoriert hätte. Doch die Affäre schien aus dem Ruder zu laufen, ausgerechnet jetzt, da die große Entscheidung so nahe war! Was, wenn die Preußen und deren Verbündete die bevorstehende Schlacht gewannen? Es galt, jede Belastung der nicht allzu dicht geknüpften sächsisch-preußischen Fäden zu vermeiden, das Netz, das mit Sorgfalt um Napoleon herum gesponnen war, nicht zu zerreißen.

Als Häbig zögerte, das »Mauseloch«, wie Haldensleben das Gelass getauft hatte, zu besteigen, überhörte der Hausherr jeden Protest und schob ihn beidhändig hinein. Von einem Subalternen würde er sich den Erfolg nicht nehmen lassen!

Mit einer Miene, als sei er in einen Schweinekoben gesteckt worden, kauerte sich Häbig auf ein schmales Bänkchen, so niedrig, dass er das Kinn auf die Knie stützen konnte. Haldensleben schloss von außen die Klappe und verriegelte sie. Ach, wäre es doch ein Schweinekoben, dachte er insgeheim, Häbig hätte sich am rechten Ort befunden!

Dann ließ er Block vom Gerichtsdiener hereinführen und auf einem Stühlchen Platz nehmen. Haldensleben hingegen blieb stehen und sah mit unnahbarer Haltung auf den Hofrat hinab.

Der Vorgeladene ließ sich nicht einschüchtern, sondern ergoss Vorwürfe: »Was behelligen Sie mich schon wieder? Habe ich nicht getan, was Sie wollten?«

Haldensleben wurde milder, als er die Panik in Blocks Augen bemerkte. Ein gehetztes Wild konnte man leicht auf den gewünschten Pfad treiben: Man musste ihm nur einen Ausweg anbieten. Doch das wollte er sich für das Ende der Unterredung aufsparen. »Haben Sie tatsächlich getan, was verabredet war?«

»Natürlich«, antwortete Block. »Haarklein. Haben Sie das Gift nicht gefunden?«

Haldensleben ließ ihn nicht aus den Augen. Blocks Überraschung war geheuchelt, die Erleichterung deutlich sichtbar. Zweifellos trieb er ein doppeltes Spiel. Doch wenn er so erleichtert war, bedeutete dies auch, dass er das Gift deponiert hatte!

»Wo haben Sie denn das Schläuchlein versteckt?«

Block räkelte sich stolz. »Da, wo es am wenigsten auffällt. Madame du Barry hat eine Schwäche für Düfte. In ihrem Boudoir befinden sich ganze Batterien von Fläschchen und Flakons. Und mitten dorthinein habe ich das Gift platziert, gut getarnt!«

»Das nennen Sie eine gute Tarnung?«, Haldensleben verzog das Gesicht. »Sie hätte es auf den ersten Blick entdeckt.«

»Auf keinen Fall«, entgegnete Block verschmitzt, »denn ich habe mir zuvor erlaubt, die Substanz in einen Kristallflakon zu füllen, der den ihren verteufelt ähnlich sieht!«

Mit einem Schnalzen schüttelte Haldensleben den Kopf und wies Block zurecht: »Das war nicht verabredet! Auf diese Art konnten die Büttel das Corpus Delicti doch gar nicht finden!«

Unwillkürlich musste Block lächeln. Dies war exakt der Punkt, der den wunderbar ausgesponnenen Plan hatte scheitern lassen. Dann hatte er seine Mimik wieder in der Gewalt. »Euer Wohlgeboren unterschätzen Madame. Wenn man sie hereinlegen will, muss man es gewitzt anstellen. Und ein Lederschläuchlein, das die Madame im ganzen Haushalt nicht hat, wäre gar zu plump.«

»Sie unternehmen zu viel nach eigenem Gutdünken, Block«, brummte Haldensleben.

»Ich wollte nur, dass der Plan gelingt!« Die Freude über den Sieg ließ ihn beinahe aufjauchzen.

Haldensleben zog eine bittere Miene. »Das möchte ich bezweifeln. Sie ließen ihn absichtlich misslingen!«

»Ich habe mein Bestes getan«, beteuerte Block. »Wenn Ihre Leute zu dumm sind, ein Fläschchen Gift zu finden …« Block hielt inne. Er spürte, dass er zu weit gegangen war. Ein Laut hatte ihn aufhorchen lassen, als habe jemand gegen Holz getreten. Es klang sehr nah, wie aus dem Nebenzimmer? Haldensleben lockerte sich nervös den Kragen. Wurden sie etwa belauscht? Aber was tat das schon zur Sache?

Nun schnitt Block sogar ein wenig auf: »Soll ich Ihnen eine Karte malen? Oder einen Zettel über die Flasche kleben mit der Beschriftung: Hier ist das Gift! Nein, mein Herr, wir haben es mit einem äußerst gewieften Frauenzimmer zu tun!«

»Und ich möchte bezweifeln, dass Sie ihr gewachsen sind, Block! Aus jedem Ihrer Worte höre ich, dass Sie die Dame bewundern. Glauben Sie mir, Block, das macht alle Ihre Waffen stumpf!«

Block verstummte. Niemals würde er eine scharfe Waffe gegen die Geliebte richten. Sie musste doch nur begreifen, wie ernst die Bedrohung war!

»Nun, unser Plan ist gründlich missglückt«, schloss Haldensleben. »Wir werden sehen, ob wir es ein zweites Mal versuchen. Vorerst werden die Waffen sprechen. Das Schlachtfeld lechzt nach Blut. Kehren Sie zu Ihrer Familie zurück, Block, bringen Sie Ihre Angelegenheiten in Ordnung und sich selbst in Sicherheit!«

Damit war Block entlassen. Überrascht, so ungeschoren davonzukommen, entfernte er sich.

Kaum hatte sich die Tür hinter dem Hofrat geschlossen, da wurde von innen gegen die Klappe des Verschlags gestoßen. Haldensleben hatte den Riegel versperrt. Eine reine Vorsichtsmaßnahme. Als er heraustieg, hatte sich Häbigs Antlitz nur leicht verfärbt, doch innerlich schäumte er vor Wut. Er richtete sich zu voller Größe auf und warf sich in die Brust: »Was fällt diesem Mann ein, mich einen Dummkopf zu schimpfen! Wie kann ich etwas finden, wenn ich nicht weiß, wonach ich suchen muss? Er hat den Plan absichtlich scheitern lassen! Er schützt die Madame, steckt immer noch mit ihr unter einer Decke!«

Haldensleben gab Häbig nur ungern recht, doch in diesem Falle war es unvermeidlich. »Er hat den Plan ausgeführt, aber so, dass er scheitern musste. Block ist schlauer, als wir dachten!«

»Sie wollten ihn ja unbedingt freilassen! Wenn es nach mir gegangen wäre …«

»Weil er uns nützlich war«, unterbrach er Häbig. »Und kann es immer noch sein.«

»Nicht, wenn er nach seinen eigenen Plänen handelt.«

»Und die wären, Ihrer Meinung nach?«

»Monsieur, das liegt auf der Hand: Er bereitet seine Flucht vor. Wir sollten ihn in Gewahrsam nehmen!«

»Ich frage Sie aber nicht!« Zorniger als beabsichtigt hatte Haldensleben geantwortet. Es widerstrebte ihm zutiefst, sich mit Häbig zu verbünden. »Mein Herr, ich kann Ihnen nur raten, was ich auch Block geraten habe: Besorgen Sie Ihre privaten Dinge. Die Klingen sind geschliffen, die Pulverfässer gefüllt. Mehr als achttausend Geschütze stehen in Reichweite. Unterliegt Napoleon, wird sich die Lage völlig umkehren. Gewinnt er, müssen wir doppelt und dreifach Treue beweisen. Unsere preußischen und österreichischen Kontakte sind ihm gewiss nicht verborgen geblieben!«

Häbig hatte Haldensleben mit sichtbarem Erstaunen zugehört. Der Geheime Rat hatte sich zu einem Lagebericht hinreißen lassen, zu Einschätzungen, die die meisten Dresdner überrascht hätten.

»Bewahren Sie Stillschweigen!«, befahl Haldensleben, als er sich seiner Offenherzigkeit bewusst geworden war.

Häbig verbeugte sich akkurat. »Ich wüsste nicht, mit wem ich über derlei Dinge reden sollte.« Noch im Wiederaufrichten wandte er sich ab und verließ den Raum. Haldensleben hätte alles dafür getan, ihn niemals wiederzusehen. Er würde Mückritz bitten, den Amtmann von dem Fall abzuziehen. Mit dem ungetreuen Hofrat würde er schon fertig werden!

Auf dem Weg zum Altmarkt sah Block sächsische Jäger ausrücken. Sie hatten Bajonette aufgepflanzt und bewegten sich im Laufschritt zum Pirnaischen Tor. Er schnappte Parolen auf: Spähtrupps im Großen Garten und vor dem Seetor. In der Tat erklangen wenig später Gewehrsalven aus der Ferne. Zu dem unregelmäßigen Geprassel gesellte sich ein einzelner Kanonenschuss, der die Fensterscheiben erzittern ließ. Auch Block schreckte zusammen angesichts dieser plötzlich spürbaren Gewalt. Er eilte die Treppe zur Wohnung hinauf. Dort traf er die drei Frauen im Salon an. Sie beteten auf Knien. »Es ist so weit. Gott der Herr stehe uns bei«, rief Anna-Louise aus, als sie ihren Gatten sah.

»Ach, das sind Vorgeplänkel!« Block klang überzeugend, obwohl er in militärischen Belangen Dilettant war.

»Vater, beten Sie mit uns!« Ariane streckte die Hand nach ihm aus.

Block hatte wenig Laune, sich zu den Frauenzimmern zu gesellen. Aber tun musste man doch irgendetwas … »Anna, Ariane, ich bestelle eine Kutsche, ihr geht aufs Land zu Liebscher. Er wird euch gut unterbringen.«

Bettine war es, die ungefragt das Wort ergriff: »Unmöglich, die Tore sind verrammelt, ohne Uniform kommt niemand mehr herein oder hinaus!«

»Niemand?« Block lief auf und ab. »Aber etwas muss man doch tun!«

»Die Feldärzte suchen Freiwillige! Sie erwarten Tausende von Verwundeten, die gepflegt werden müssen.« Bettine, die noch am Morgen auf dem Markt gewesen war, wusste Bescheid.

Ariane sprang auf die Beine. »Ich laufe gleich, mich zu melden!«

»Niemals wird meine Tochter fremde Soldaten pflegen!« Block trat ihr in den Weg.

»Es sind die Soldaten Napoleons, Vater!«

»Ich begleite dich!«, schloss sich die Mutter an. Block wollte erneut protestieren, doch seine Frau fuhr ihm über den Mund: »Und wage bloß nicht, dich dagegen zu stemmen! Verkriech dich doch zu deiner *Madame Couchecouche*!«

Block schnappte nach Luft. In Anna-Louises Augen sah er Zorn und Eifersucht, scharf wie Klingen. Er trat zur Seite und ließ sie ziehen. Dann, als die Frauen längst verschwunden waren, folgte er ihnen nach draußen.

Gewehrknattern und Kanonendonner waren verhallt. Die Menschen liefen umher wie Hühner, wenn der Fuchs am Stall scharrt. Man versuchte, etwas über die Gefechte am Großen Garten in Erfahrung zu bringen. Mühte sich, wenigstens ein Stück weit in die Zukunft zu schauen, um den Schrecken der Ungewissheit zu lindern. Aber alle Wahrsager und Sterndeuter hatten die Stadt längst verlassen.

Am Tage ihres Umzugs, dem 22ten des Monats August im Jahre 1813, strömte der Hoffmann'schen Möbelfuhre unablässig Kriegszeug entgegen. Die Verteidiger hatten damit begonnen, Munition und Pulver in ein Schanzgewölbe vor dem Tor zu schaffen – sicheres Anzeichen für ein nahes Wiederaufflammen der Kämpfe. Mit jedem Pulverfass, jedem Flintenstock wuchs das Gefühl, wenigstens für dieses Mal das Richtige getan zu haben.

Die Wohnung, die Mischa und Ernst Theodor Amadeus Hoffmann nun bezogen, war teuer und klein. Doch sie besaß unleugbare Vorzüge: Das Haus befand sich auf der Moritzstraße, mitten in der Stadt, außerhalb der Reichweite der Gewehre und nicht dem Gutdünken marodierender Spähtrupps ausgesetzt. Es war ein wenig von der Gasse zurückgesetzt, das minderte das Risiko, von verirrten Kanonenkugeln getroffen zu werden.

Am Abend des 24ten wurde von den Wällen hinter dem Hoftheater Victoria geschossen. Bei Löwenberg war ein Sieg errungen, in dem die sächsischen Husaren, wie Ausrufer und Flugblätter überall in der Stadt verkündeten, schöne Angriffe geritten hatten. Im Laufe des darauffolgenden Tages, am dritten also seit Hoffmanns Umzug, fluteten französische Bataillone in die Stadt. Kein Flecken auf den Plätzen und Gassen, wo nicht Blauröcke lagerten. Wo immer es ihnen einfiel, stellten sie ihre Gewehre über Kreuz und ließen sich nieder. So verbrachten sie auch die Nacht. Uniformröcke und Mantelsäcke waren ihre Decken und Kissen.

Es schien, als hätte der anrückende Feind alles, was laufen konnte, in die Stadt getrieben. Das beliebteste Gerücht verriet, eine Feldschlacht solle vermieden werden. Stattdessen wurden die Schanzregimenter verstärkt, und alles sah danach aus, als richte man sich auf eine Belagerung ein.

Hoffmann hielt es nicht mehr im Haus. Ohne auf Mischas Verwünschungen zu achten, setzte er seinen speckigen Zylinder auf und streunte in der Stadt umher. Am Ende landete er doch an Cagiorgis Tresen. Dort fand er im Schauspieler Keller einen Gleichgesinnten. Sie tranken und prosteten sich zu, bis der Übermut ausreichte, das Dach eines Nebenhauses zu besteigen.

Kaum hatten sie die Köpfe durch die Luke gesteckt, bot sich ein erschütternder Anblick: Das Grün der Wiesen vor den Toren war kaum noch sichtbar, wie ein Augustschnee hatte sich das Weiß österreichischer Uniformen darüber gelegt. Nur zwischen der äußersten Schanze und den ersten feindlichen Spähtrupps lag eine Dreiviertel Meile – nichts. Dies war die Leere, die danach lechzte, von Tod und Verderben gefüllt zu werden.

Hoffmann stieg mit wackligen Beinen auf den First, schwang wie ein Reiter ein Bein hinüber und hob dem Feind den Becher entgegen. Noch bevor er einen Trinkspruch ausbringen konnte, pfiff ein gut gezielter Schuss an seinem Ohr vorbei. Mit einem Male war Hoffmann wieder nüchtern und sah zu, dass er aus der Schusslinie kam. Den durch das Dachfenster nachdrängenden Saufkumpan stieß er zurück. »Die wissen nicht, dass wir Verbündete sind!«

Er sehnte sich Hippel herbei, der immer wusste, was alles zu bedeuten hatte. Doch der saß sicher in einer preußischen Amtsstube – oder einem Armeezelt. Hoffmann wusste nicht, ob er neidisch sein sollte.

In der Nacht vom 25ten auf den 26ten August schrieb und komponierte Hoffmann ohne Unterlass. Er wollte seine Oper vollenden und danach das Märchen ausschreiben, das er in groben Zügen schon umrissen hatte. Die Zeit war mit einem Mal so kostbar geworden!

Auch Mischa konnte nicht schlafen. Mehrfach war sie hinter ihn getreten, hatte ihm die Schultern massiert und ihn aufgefordert, ins Bett zu kommen. Doch auf ihre Berührung hob Hoffmann kaum den Kopf. Seine Feder flog über das Papier und tupfte Regimenter von Notenköpfen darauf.

Um halb acht Uhr morgens, die Sonne tränkte das Elbtal schon in feuchtem Dunst, war Hoffmann erschöpft. Um Luft zu schnappen, stieg er erneut aufs Dach des Nachbarhauses. Und direkt vor seinen Augen entspann sich der Kampf: Von den Hügeln der Heide herab rückte russische Infanterie vor. Endlos wie die Terrassenmauern der Weinberge zogen sich die Reihen Uniformierter die Hänge entlang. Der ganze Berg schien abzurutschen. Doch kein lebloses Geröll, Menschen waren es, die sich einer Lawine gleich in die Ebene ergossen. Unerbittlich schritten sie gegen die Stadt vor. Schon waren sie unter Beschuss genommen, ohne dass sich die Reihen merklich lichteten. Denn vor den Mauertrümmern und Ruinen der Vorstädte, für Hoffmann unsichtbar, standen die französischen, italienischen und sächsischen Bataillone.

Plötzlich kam die Lawine zum Stillstand. Als nun auch die Russen anlegten, schlüpfte der Dichter und Musiker vom Dach. In der Kammer angelte er nach seinem Rock. »Drei Kaiserreiche rennen aufeinander, und das vor unserer Haustür!«

Mischa warf sich ihm an den Hals. »Du willst doch nicht etwa hinaus?«

Hoffmann drückte ihr einen Kuss auf die Nasenspitze. »Soll ich in der Stube sitzen, während draußen das Welttheater gastiert? Nein. Wozu hab ich Augen?!«

»Nicht, um sie dir ausschießen zu lassen!«

Unwillkürlich durchzuckte ihn die Erinnerung an die Glasaugen, und Hoffmann wurde mulmig zumute. Um munter und unbesorgt zu erscheinen, zwinkerte er Mischa zu. »Kaum anzunehmen, dass Gott sich schon mit mir abmühen mag. Wie alle wird er Angst davor haben, dass ich ihn parodiere ...« Damit rannte er hinaus.

Die Stadt war wie leer gefegt. Mit langen Strahlen bestrich die Vormittagssonne die Gassen. Alles, was Uniform trug, war vor der Befestigung; wer keine trug, hielt sich versteckt. Hoffmann fand, dass es das Beste wäre, erst einmal bei Cagiorgi nach dem Rechten zu sehen. Es wäre doch zu bedauerlich, wenn die Weinfässer in die Luft gesprengt würden, ohne dass er versucht hätte, den ein oder anderen Tropfen zu retten.

Als die Dämmerung hereinbrach, hatte man sich an das Wummern der Kanonen und Knattern der Gewehre gewöhnt. Wenige Detonationen kamen nahe heran. Hoffmann suchte schwankend seinen Heimweg. Ihm entgegen kamen Karren, auf denen stöhnende und schreiende Verwundete lagen. Zur Seevorstadt schaffte man sie herein, unterhalb der Dörfer Räcknitz und Zschertnitz schienen schwere Scharmützel entbrannt. Plötzlich schämte er sich, dass er gezecht hatte. Er starrte auf die, die um ihr Leben rangen, während er sich mit dem Schauspieler Keller in Wortgefechten erging. Wie widersprüchlich das Leben doch war!

Von hinten näherte sich ein pfeifendes Geräusch. Hoffmann blieb kaum Zeit, den Kopf einzuziehen, als die Granate schon zersplitterte. Die Wucht der Explosion warf den Wagen um. Als er sich wieder aufrichtete, lagen die Leiber wie blutige Lappen über die Straße verstreut. Doch für manche war es immer noch nicht vorüber. Schon regten sich Glieder, die den Schicksalsspruch nicht hinnehmen wollten. Arme und Beine, die sich wie Würmer aus den Kadavern wanden. Hoffmann grauste, er sah zu, dass er fortkam. Zu Hause angekommen, war er mehr als nüchtern. Aber die Bilder in seinem Kopf waren so übermächtig, dass er das Nachbarhaus, das einen Treffer erhalten hatte, kaum wahrnahm. Alle Bewohner hatten sich auf der Straße versammelt. Er wollte mit Mischa zanken, dass sie sich aus Neugier in Gefahr begebe, doch sie fiel ihm weinend um den Hals. »Was sollen wir bloß tun?«

»Auf keinen Fall zurück! Lass uns im Keller übernachten. Zwischen den Weinfässern – da befinden wir uns in bester Gesellschaft!«

Mischa trommelte mit ihren kleinen Fäusten gegen seinen Brustkorb. »Dass du immer alles veralbern musst! Nie kannst du ernsthaft sein!«

Hoffmann bemühte sich um einen seriösen Ausdruck. »Aber Liebes, der Keller ist der sicherste Ort des ganzen Hauses!«

»Er ist kalt und feucht!«

»Was doch der Höllenhitze eines Dachgeschossbrands vorzuziehen ist, nicht wahr?«

Die Wirtin schlug sich auf Hoffmanns Seite. »Er hat recht. Wir sollten die Nacht im Keller verbringen.«

So zog denn die ganze verbliebene Gesellschaft, die außer dem Ehepaar Hoffmann und den Hauswirten noch einen alten Diener umfasste, murrend in den feuchten Keller. In der Sommerhitze war dies beileibe kein schlechter Aufenthalt.

Gegen elf Uhr nachts wagte Hoffmann sich erneut aufs Dach. Die Silhouette der Stadt lag vor einem feuerroten Himmel. In manchen Vierteln waren Brände ausgebrochen. Aus der Entfernung sah das Flackern beängstigend schön aus. Doch Hoffmann konnte Leid und Elend ermessen, das das Schauspiel vor Ort begleitete.

Immerhin, das Schießen hatte aufgehört. Mit gemischten Gefühlen stieg er hinunter und überbrachte der Kellergesellschaft die Nachricht, dass man zum Schlafen in die Kammern zurückkehren könne. Alles andere verschwieg er.

Als er tief in der Nacht noch einmal vor die Tür trat, um ein Pfeifchen zu rauchen, zog eine schiere Höllenhorde an ihm vorbei. Es waren Gefangene, die mit Pfeifen und Trommeln – aber so abgerissen, wie man sie aufgegriffen hatte – auf das Schlachtfeld geführt wurden. Ein Regiment von Totengräbern, die Spaten geschultert, um wenigstens einen Teil der Kadaver unter die Erde zu bringen. Platz zu schaffen für die Leichen des nächsten Tages. Als Hoffmann die Pfeife ausklopfte, um ins Haus zurückzukehren, begann es zu regnen.

Die Schlacht bei Dresden, die sich über drei elende Tage hinzog, brachte nicht die erwartete Entscheidung. Und doch musste sie bald fallen! Nie zuvor hatte sich ein so gewaltiges Heer versammelt, nie zuvor waren sich alle Großmächte des Kontinents so einig gewesen, den selbsternannten Kaiser zu überwinden. Nicht nur Napoleons Schicksal hatte sich zu vollenden, auch das Schicksal Europas.

Wie wenig wog da ein Baron Peter Ludwig Heinrich von Block!

Wie Tausende andere lief der Hofrat, kaum dass er erste Gerüchte hörte, zum Freiberger Schlag, wo Napoleon, von Löbtau kommend, Einzug hielt. Dort, auf den Höhen von Löbtau und Dölzschen, wo ihr linker Flügel direkt gegen den Kaiser stand, hatten die Alliierten ihre größte Niederlage erlitten. Österreicher waren in Bataillonsstärke in Gefangenschaft geraten, mitsamt ihrem Befehlshaber, Feldmarschall Meczko.

Der Regen, der den Einsatz von Schusswaffen zuletzt unmöglich gemacht hatte, nahm noch zu und ertränkte die Freude am Schlachtenglück. Napoleon ritt mit finsterer Miene auf seinem Falben, der bis hoch auf die Kruppe mit Dreck und Blut bespritzt war. Schwer von Nässe hingen die Kleider herab, der graue Überrock troff. Sein Gesicht glänzte vom Regen. An der Seite des *empereurs* ritt Meczko, bar seines Degens, der gaffenden Schar stolz ins Auge schauend. Hätte man es nicht besser gewusst, man hätte Napoleon für den Unterlegenen gehalten. Block warf dem Herrscher ein einsames »*Vive l'Empereur!*« entgegen. Sogleich wurde er von der Menge niedergezischt. Der Kaiser verzog keine Miene, doch der Ingrimm war ihm anzusehen. Das Bedauern darüber, dass der blutig errungene Sieg nicht das Ende des Krieges bedeutete. Die Alliierten waren geschwächt, aber nicht niedergeworfen. Man raunte sich zu, dass am Rande des Tharandter Waldes immer noch über 10 000 Mann österreichische Reserve standen. Block sah auf die Stiefel des Kaisers. Es waren dieselben, die er beim Besuch des Gewölbes getragen hatte. Die Nässe ließ Blut und Schlamm ineinanderfließen. Block wusste nicht, wie es kam, doch nichts in diesen Tagen rührte ihn mehr als der Anblick dieser Stiefel! Er wandte sich ab und zog sein Schnupftuch heraus.

Als der Kaiser vom Regenschleier verschluckt war, wurden fünf eroberte Fahnen der Garde vorübergetragen. Dann folgte der älteste und treueste Trupp Napoleons. Auch dessen Soldaten waren durchgeweicht und dreckbesprenkelt, doch ihre Mienen waren zuversichtlicher als die ihres Feldherrn. Es gereichte ihnen vollkommen zum Glück, dass sie den Tag überlebt hatten.

Dann, die Militärmusik ersoff allmählich im Prasseln des Regens, folgten die gefangenen Österreicher. Eine halbe Stunde dauerte es, bis alle Abteilungen die Stelle passiert hatten. Die Menge hatte sich schon ins Trockene gebracht, nur Block stand noch da und starrte die Elenden an. Manche zitterten, von der Nässe bis auf die Knochen durchgefroren. Es schien nur eine Frage der Zeit, bis der Typhus in den Krieg eingreifen würde.

Wie viele Heere musste er noch niederringen, bis man ihn endlich in Ruhe ließ? Block fühlte ein tiefes Einverständnis mit dem französischen Kaiser, einem Emporkömmling, wie er selbst einer war! Von den Höfen Europas und deren altem Adel misstrauisch beäugt und gemieden, für jeden Fehler, jede Niederlage verhöhnt. Hatte der kleine Korse nicht gezeigt, dass jeder, auch der einfachste aus dem Volk, Kaiser werden konnte? Und war damit nicht das eherne Gerüst der Unterdrückung wirksamer zerlegt als durch tausend guillotinierte Fürsten?

Block war stolz auf den Kaiser, stolz darauf, dass er ihnen allen die Stirn bot, den Russen und Österreichern, den Metternichs und Blüchers und Schwarzenbergs und all denen, die sich der neuen Zeit entgegenstemmten. Man musste sich das Glück nehmen, wo es sich bot! »*Vive l'Empereur!*« schmetterte er und scherte sich nicht um die hasserfüllten Blicke der Gefangenen.

Am Morgen des 29ten, einem Sonntag, stieg Hoffmann erneut aufs Dach, wie es ihm in den letzten Tagen zur Gewohnheit geworden war. Es hatte aufgehört zu regnen, die Hänge vor der Stadt waren endlich wieder sichtbar, die Heerscharen hatten das Tal geräumt. Doch die Wiesen waren nicht grün an diesem Sommertag, sie waren braun von Kratern und rot von Blut. Dazwischen lagen die leichenweißen Leiber. Hoffmann hielt es nicht mehr zu Hause, er wollte das Schlachtfeld sehen!

Während er durch die Stadt lief, drangen erste Gerüchte an sein Ohr: Die Franzosen hätten überragend gekämpft, Moreau, der abtrünnige Marschall, sei auf russischer Seite gefallen, der Sieg für Napoleon sei vollständig und glorios.

Bei Dölzschen, so erzählte man sich, seien mehrere Bataillone Österreicher über die Felsen in den Plauenschen Grund gejagt worden. Den linken Flügel der Alliierten habe man unter dem Druck der französischen Infanterie vollständig aufgerieben. Napoleon setze der schlesischen Armee unter Blücher Richtung Berlin nach, um sie zu vernichten. Das russische Korps unter dem Fürsten Schwarzenberg sei auf dem Rückzug gen Teplitz. Österreichische Gefangene in Divisionsstärke sollten, nebst Fahnen, Geschützen, Munitionswagen, auf dem Platz vor dem Japanischen Palais lagern. Hoffmann gab nicht viel auf Gerüchte, aber diese Nachrichten drückten ihn vollends nieder. Sollte sich der *empereur* ausgerechnet hier neu kreieren, nachdem er halb tot aus Russland heimgekrochen war? Die Gesichter der französischen Soldaten, denen Hoffmann begegnete, waren vom Pulver geschwärzt und erschöpft, aber stolz. Sie kündeten von Sieg und Zuversicht – wahrhaft ein schlechtes Zeichen.

Auf dem Altmarkt waren Verwundete aufgebahrt. Reihe an Reihe, beinahe so, wie sie in die Schlacht marschiert waren. Nunmehr durchlöchert und verstümmelt. Hoffmann sah Frauenzimmer zwischen den Verwundeten umhereilen, um denen, die nach Wasser schrien, eine Schöpfkelle an den Mund zu setzen. Häufig mussten sie Köpfe abstützen, denn nur zu schreien hatten die Verwundeten noch die Kraft, die den Kopf anzuheben, schon nicht mehr.

Dresdner Damen, die sonst einem Mann die Hand nur zögernd zum Kuss reichten, griffen nun beherzt in verschwitztes Nackenhaar, wischten über bleiche Lippen, öffneten Kragen und lösten blutverklebtes Leinen von nackter Haut. Hoffmann schüttelte das Entsetzen ab und lief weiter, um dorthin zu gelangen, wo der Strom aus Versehrten und zerschmetterten Körpern seine Quelle hatte.

Als er zum Ziegelschlag hinaus und vor den Moszynskischen Garten trat, konnte er nur einen Teil des Grauens überblicken. Aber schon der war zu groß, ihn zu fassen. Kaum ein Flecken, der nicht von sterblichen Überresten bedeckt war, oder von Stofffetzen, die nichts Menschliches mehr bekleideten. Vereinzelt sah man Verletzte, die noch litten, Glieder, die sich noch rührten. Wer konnte, rief um Hilfe. Lazaretträger gab es, angesichts des endlosen Leidens, verschwindend wenige, und die wenigen hatten die ganze Nacht geschuftet. Die Totengräber dagegen waren zahlreich und flinker. Nicht auszuschließen, dass sie manchen in die Grube warfen, dessen Herz noch schlug.

Wer frisch und ahnungslos auf das Schlachtfeld kam, brauchte eine Weile, die Lähmung zu überwinden. Nur die Hartgesottenen beraubten die Toten, anstatt den Lebenden zu helfen. Leichen wurden entkleidet und durchsucht, während gleich daneben Verwundete um Erbarmen schrien. Die Bauern gingen betrübt umher und besichtigten, was von der Ernte übrig war. Es war weniger als nichts.

Obwohl es Hoffmann schauderte, musste er hinstarren auf all das, was sich vor ihm ausbreitete. Es war nicht in Worte zu fassen. Und doch war dies noch nicht das Weltgericht, sondern nur ein Zwischenspiel in der Abfolge grausiger Ereignisse, die sich Geschichte nannte.

Ganz in der Nähe hoben Totengräber eine Grube aus. Wie Butter klebte der Lehm an den Schippen, als weigerte sich die Erde, Platz herzugeben für Tausende von Leichen.

Bevor man die Kadaver hineinwarf, wurden sie entkleidet. Man benötigte jeden Fetzen Stoff für die, die das Gemetzel überlebt hatten. Das Weiß der Leichen nahm sich bizarr aus auf dem nassen, braunen Acker. Das Blut der Wunden war getrocknet und hatte die Färbung der Krume angenommen. Die in diesem Abschnitt lagen, waren Russen, die mit blankem Säbel gegen französische Kanonen angerannt waren. Ihre Gewehre waren im Regen untauglich geworden. Hoffmann sah einen, dem eine Kanonenkugel in der Sturmhaltung, die Klinge mit der Rechten über dem Kopf schwingend, die linke Schulter weggerissen hatte. So war er gestorben. Die Haltung war geblieben, nur sein Blick gebrochen.

Um mit der gewaltigen Aufgabe zurande zu kommen, hatte der Tod statt der Sense einen Pflug mit scharfen Scharen benutzt. Damit musste er in wilder Jagd durch die Heere gefahren sein. Wie ein umgebrochener Acker lagen die Menschen, das Innerste nach außen gekehrt.

Mittlerweile hatte Hoffmann sich übergeben, ihm zitterten die Glieder. Inmitten von Schlamm und Lehm ließ er sich auf den Boden nieder und merkte nicht, wie seine Hose allmählich durchweichte. Von der Seite hielt ihm jemand eine Feldflasche hin. Er dankte und setzte sie an die Lippen. Wasser. Wie nötig hätte er jetzt Branntwein gehabt! Dann sah er seinen Gönner an. Er trug russische Uniform. Was tat er hier auf dem Acker? Müsste er nicht mit den anderen in den Kirchen oder sonst wo lagern, wo man die Gefangenen zusammengetrieben hatte?

Der Russe lächelte. Er schien Hoffmanns Gedanken zu erraten und deutete auf seine Beine. »Kaputt!«

Nun sah der Musiker, dass dem Soldaten die Füße weggesprengt waren. Die Stümpfe waren schon abgebunden, er wartete auf den Abtransport. Unterhalb der Binden hingen Fetzen von Fleisch und Adern. »Kaputt«, bestätigte Hoffmann.

Der Russe lachte und schlug ihm herzhaft auf die Schulter. »Besser Füße kaputt als ganzer Mann!«

Hoffmann rang sich ein Lächeln ab. »Man braucht Füße im Leben.«

Vehement schüttelte der Russe den Kopf. »Ohne Füße nix marschieren!«

Als hätte es eines Beweises bedurft, näherten sich zwei Lazarettträger mit einer Trage. Der Verwundete lehnte sich zu Hoffmann hinüber und umarmte ihn. Unwillkürlich schob der Musiker einen Arm unter die Kniekehlen des Soldaten, den anderen unter die Achseln, und obwohl der Verwundete größer und schwerer war, hob er ihn hoch. Der Russe klopfte ihm auf die Schulter und küsste ihn auf die Wange. Hoffmann spürte das Kratzen der Bartstoppeln. Er legte ihn auf das Brett, die Träger mussten sich nicht einmal bücken. Als er sich entfernen wollte, klammerte sich der Russe an ihn und packte seinen Arm mit kräftigem Griff. Die Nähe war Hoffmann peinlich. »Ich kenne den Mann nicht«, erklärte er vorsorglich und schüttelte ihn ab. Im Trab jagten die Träger davon, als wäre der Morast mit Planken belegt. Offenbar waren sie frisch und ausgeruht. Hoffmann schaute ihnen nach, bis er bemerkte, dass er die Feldflasche noch in den Händen hielt. Er stolperte hinterher, begann zu laufen, doch die Träger setzten ihre Schritte geübter und geschickter – unmöglich, sie einzuholen. Erst vor dem Tor, wo ein französischer Offizier Nationalität, Waffengattung und Schwere der Verwundung abfragte, um das Leid des Einzelnen in eine lange Liste einzupassen, konnte er aufschließen. Hoffmann rang nach Luft, die Träger schwitzten nicht einmal. Der Russe küsste ihm die Hände. Er schien nicht zu verstehen, dass der Musiker ihm allein wegen der Flasche gefolgt war. Offenbar nahm er an, Hoffmann wollte ihn begleiten. Und freute sich so darüber, dass der Künstler nicht anders konnte, als zu bleiben.

Der Russe nahm die Flasche und prostete allen zu. Seine Miene war verklärt. Er trank gierig, als wäre es Wodka. Dabei war es nichts als brackiges, abgestandenes Wasser.

Bis in die Kreuzkirche folgte Hoffmann der Trage. Als sie das Gotteshaus betraten, bekreuzigte sich der Russe. Nichts war von der ruhigen Andacht zu spüren, die sonst an diesem Ort herrschte. Überall Schreie und Stöhnen, durch die hohen Gewölbe vervielfacht.

Hoffmann prallte zurück, als ein Feldscher mit blutgetränkter Schürze und einem Messer in der Faust an die Trage trat. Es war derselbe *chirurgus*, der Mischa um ein Haar den Kopf gestutzt hätte. Hoffmann starrte ihn an, als wäre er von den Toten auferstanden, dabei war er von allen Anwesenden der Lebendigste. Dann wich er zur Seite, um nicht vom glühenden Eisen, das ein Helfer herantrug, gezeichnet zu werden. Es zischte, als der Arzt die Wunde ausbrannte. Der Russe bewegte die Lippen im Gebet. Sein Blick floh hinauf ins Gewölbe der Kirche. Doch er schrie nicht. Hoffmann roch das verbrannte Fleisch, und ihm wurde mulmig.

Er wollte sich entfernen, doch der Russe hatte sich in seinen Unterarm gekrallt. Glied für Glied versuchte Hoffmann, die Umklammerung zu lösen, doch es war unmöglich. Unterdessen hatte der Wundarzt das Messer angesetzt und die Binden durchtrennt. Unverzüglich löste er das Fleisch und die hängenden Adern vom Knochen. Dann zog er die Säge hervor und widmete sich in aller Ruhe dem Wadenbein. Ein kräftiger Bursche war zum Festhalten herangetreten, damit der Schnitt sauber gelang. Das Geräusch ließ Hoffmann erschauern. Es war nicht wie das Sägen von Holz, es klang weicher. Das machte es nicht weniger grässlich.

Hoffmann spürte Schmerz am eigenen Bein. Hinsehen konnte er längst nicht mehr, Übelkeit und Schwindel erfassten ihn. Es zischte wieder, der Wundknecht hatte die Ränder ausgebrannt. Endlich ließ das Kneifen im Arm nach, der Russe war in Ohnmacht gefallen. Friedlich lag er auf der Trage, den Kopf zur Seite gekippt. Der Feldscher hielt ihm eine Daune vor den Mund. Die Fädchen wehten im Atemhauch. Hoffmann schickte ein kurzes, improvisiertes Dankgebet ins Gewölbe. Im Beten war er ungeübt, doch hier konnte man es lernen.

Man verzichtete darauf, den Amputierten aufzuwecken, legte ihn einfach in die lange Reihe Verwundeter auf den Boden und überließ ihn seinem Lebenswillen. Alle lagen auf dem nackten Stein, das Kreuz hoch über ihnen.

Der Nächste nahm sein Los nicht so gelassen. Schreie gellten durch den Kirchenraum, noch ehe das Messer angesetzt war. Man hielt ihm ein Beißholz hin. Verzweifelt schlug er die Zähne hinein, und die Schreie erstarben in einem Gurgeln.

Hoffmann wollte sich schleunigst entfernen, da fiel sein Blick auf einen mittelgroßen, schmächtigen Mann. Der Blonde mit dem schmalen Gesicht und dem schütteren Haarschopf huschte zwischen den Reihen der Operierten umher und gab Anweisungen, die Soldaten zu entkleiden. Nicht weit entfernt wurde Wasser in einem Kessel erhitzt. Dampf und Qualm erfüllten das Kirchenschiff, Leinentücher wurden zu Lappen geschnitten. Die Absicht lag auf der Hand: Die Verwundeten sollten gewaschen werden.

Eine Weile stand Hoffmann unschlüssig, ob er ihn ansprechen sollte. In dem Moment, da sich ihre Blicke zufällig trafen, war er erkannt.

Carus kam auf ihn zu. »Hoffmann! Was tun Sie denn hier?«

Ja, was tat er eigentlich hier? »Ich habe einen Soldaten begleitet, dem man die Füße weggeschossen hat. Und was tun Sie hier? Schneiden Sie auch Gliedmaßen ab?«

Carus lachte auf. »Jeder im Umkreis von 100 Meilen verfügbare Arzt ist hier. Wir zählen 40 000 Verwundete.«

»Es ist die Hölle.«

»Höllisch viel Arbeit«, pflichtete Carus bei. Sein Gesicht war von Anstrengung gezeichnet.

»Und Sie kurieren die Zerfetzten mit warmem Wasser?« Hoffmann hatte seine Ironie wiedergefunden, doch Carus war zu beschäftigt für Spitzfindigkeiten. »Wir befürchten eine Typhusepidemie.«

Das Lachen blieb Hoffmann im Halse stecken. Der Typhus machte keinen Unterschied zwischen Soldaten und Zivilisten …

Eine Matrone mit den Armen eines Waschweibs rief nach Carus. Bevor dieser sich entfernen konnte, hielt Hoffmann ihn am Arm fest. »Bitte, sobald es die Arbeit erlaubt, fragen Sie auf der Moritzstraße nach mir«, bat er.

Carus befreite sich unwirsch. »Sehen Sie denn nicht, dass ich zu tun habe?«

Hoffmann überhörte die Ablehnung. »Ich muss Sie sprechen! Unseren Block betreffend. Es ist wegen des Giftes …« In dem Moment wurde der Arzt erneut gerufen, und er empfahl sich. »Ich werde Sie aufsuchen. Sobald alle Verwundeten versorgt sind. Mein Gott, das kann dauern!« Carus wankte einen Augenblick angesichts der Größe seiner Aufgabe. Doch dann hatte er sich gefangen.

»Vergessen Sie mich nicht!«

Die Matrone zog Carus am Ärmel fort, hin zu dem Kessel, der eine Dampfwolke verströmte. Die richtige Entscheidung, solch ein Weib zu berufen, dachte Hoffmann. Bestimmt war sie nicht zimperlich, wenn es galt, zerstückelte Leiber zu waschen. Neben ihr nahm Carus sich aus wie ein Königskind, das sich im Wald verlaufen hatte. Doch an der Art, wie er Anweisungen gab, an der Miene, mit der er begutachtete, erkannte Hoffmann, dass der Arzt sehr genau wusste, was er tat.

13

»Was ich so oft im Traume gesehn ist mir erfüllet worden – auf furchtbare Weise – verstümmelte zerrissene Menschen!!«

E.T.A. Hoffmann, Tagebucheintrag vom 29. August 1813

Ariane trug die Eimer an einem Schulterjoch, Anna-Louise hielt die Schöpfkelle. Denen, die noch einen Becher besaßen und Kraft, ihn zu halten, befüllte sie ihn mit Wasser. Allen anderen gab sie aus der Kelle zu trinken. An der langen Seite des Altmarkts lagen, entlang der Hauswände aufgereiht, die Verwundeten. Viele lehnten mit dem Rücken am Putz und hatten die Beine angezogen. Falls es wieder zu regnen begänne, lägen sie wenigstens im Trockenen. Russen, Sachsen, Franzosen, Polen, Italiener, niemand bemühte sich, irgendeine Ordnung in die Reihen zu bringen. Nur die Säbel hatte man ihnen abgenommen, um sie fürs nächste Schlachtfeld zu wetzen. Die Zahl der Toten wuchs mit jedem Atemzug.

Wenn die Eimer leer waren, gingen Mutter und Tochter hinüber zur Pumpe. In deren Nähe lagerten die, die noch laufen konnten. Reihum standen sie auf und wuschen sich in dem Steintrog, wieder und wieder, als könnte man das Grauen der Schlacht abspülen. Dabei löste das kalte Wasser nicht einmal den Pulverschmauch.

Das Joch hatte Bettine beschafft. Zu mehr war sie nicht in der Lage gewesen. Beim Anblick der ersten Verwundeten wurde ihr so erbärmlich zumute, dass sie nach Hause zurückkehren musste.

Ariane und Anna-Louise hatten durchgeatmet und ihre Arbeit begonnen. Überkam eine von beiden eine Schwäche, trieb die andere sie an. Wenn beide Eimer gefüllt waren, halfen sie einander beim Tragen. Das Wasser schwappte, Arianes Strümpfe waren längst durchnässt und besudelt. Aus dem Haarnetz hingen Strähnen. Der

Regen hatte zwar Abkühlung gebracht, doch nun kroch die Sonne hinter den Wolken hervor und über den nach Blut, Kot und Verwesung stinkenden Platz legte sich schwärende Feuchtigkeit.

Mutter und Tochter arbeiteten mit verbissenem Eifer. Nicht lange, und Ariane hatte jede Zimperlichkeit verloren. Lag ihr ein Bein im Weg, schob sie es zur Seite. An den Wunden lernte sie vorbeizuschauen. Schmerzte die eine Schulter, so hob sie das Joch auf die andere. Nur wenn ihnen einer unter den Händen weggestorben war, legten sie das Gerät ab, knieten kurz nieder und sprachen ein Gebet. Ihr Einverständnis bedurfte keiner Worte. Und die Aufgabe nahm sie derart gefangen, dass sie nicht bemerkten, wie nahe sie sich kamen.

Von anderen, auch Nachbarn, ernteten sie abfällige Blicke. Nicht alle rührte das Elend, manche wandelten zwischen den Opfern umher, um sich am Grauen zu weiden. Einige Frauenzimmer warfen verstohlene Blicke auf entblößte Haut, mochte sie auch durch Einschüsse oder Säbelscharten verunstaltet sein.

Ariane und Anna-Louise hätten ihn beinahe übersehen, denn er hielt die Augen geschlossen, schien zu schlafen oder bereits auf dem Weg in jenes andere, friedliche Reich. Schon waren sie vorbei, da kam ein Ruf über seine Lippen: »Wasser!«

Er rief auf Deutsch, mit starkem Akzent. Zugleich streckte er ihnen zwei blutige Stümpfe entgegen, die Unterarme waren zerschossen. Dann erkannten sie ihn, Lucien, den frechen, lebensfrohen. Immer noch fielen ihm die Strähnen verwegen ins Gesicht, doch sein Blick war leer. Er kippte zurück an die Wand, dass der Kopf gegen den Putz krachte. »Wasser«, kam es noch einmal schwach von seinen Lippen.

Ariane ließ das Joch fallen, ein Eimer stürzte um. Sie ging auf die Knie nieder, versuchte, ihn mit sanftem Stupsen auf die Wange zu wecken. Doch seine Augen – einst so klar und munter – blieben geschlossen. Die Mutter war mit der Kelle zur Hand, Ariane legte sie ihm an die Lippen. Gierig schlürfte er, ohne die Lider zu heben. »*Lucien, c'est moi, Arienne!*« Sie streichelte ihn mit dem Klang ihrer Stimme. »Lucien?«

Endlich sah der Verwundete sie an. Aus eigener Kraft konnte er den Kopf nicht halten, Ariane nahm ihn in beide Hände. Ihre Handteller schmiegten sich an seine Wangen, Schweiß vermischte sich mit Blut. Endlich schien er sie zu erkennen. Es war wie ein Erwachen, sein Gesicht strahlte. »*Merci*«, seufzte er und fiel dann wieder in sich zusammen.

Die Mutter drängte sich heran. »*Ecoute*«, beschwor sie ihn, »wo ist Legrand?«

Als Lucien den Namen seines Herrn und Kameraden hörte, fand er neue Kraft. Sein Blick ging in eine unbestimmte Ferne. So eindringlich war sein Starren, dass Ariane erschrocken von ihm abrückte.

»Legrand?« Sein Gesicht verzog sich zur Grimasse. Er legte die blutigen Armstümpfe aneinander. Dann formte er mit gespitzten Lippen einen Laut, der Ariane erschauern ließ. »Bumm!«

Dabei stoben die Armstümpfe auseinander. Lucien schaute, als folgten seine Augen einem Schwarm Krähen, die von einem Acker aufflatterten und sich in der Weite des Sommerhimmels verloren. »Bumm.«

In diesem Moment konnte Ariane seine Finger sehen. Er hatte sie gespreizt, um die Wucht der Explosion zu verdeutlichen. Es waren dieselben Finger, die auf ihrer Haut entlanggewandert waren und ihr Inneres in Aufruhr versetzt hatten. Nun lagen sie in irgendeiner Furche, in irgendeinem Krater. Lucien ließ die Stümpfe erneut auseinanderfahren. Da sah Ariane auch die Explosion, den Feuerblitz, aufspritzende Erde. Bilder, von denen sie nichts wissen wollte.

»Bumm.«

Es war nur noch ein Flüstern.

Über die Schulter schaute Ariane nach der Mutter. Die war davongelaufen. Ertrug nicht, dass das Schicksal Bertrand Legrands durch einen einzigen Laut erklärt werden konnte. Ariane zögerte einen Moment. Dann ergriff sie, ohne nachzudenken, Luciens Armstümpfe, küsste sie da, wo sie unversehrt waren, und eilte schließlich der Mutter nach.

Lucien saß noch immer aufrecht. Die Bilder der Erinnerung

schienen seine Energien geweckt zu haben. »*Merci!*«, rief er Ariane hinterher.

Nach wenigen Schritten hatte sie die Mutter eingeholt. Legte ihr den Arm um die Schultern und streichelte sie sanft. Die Mutter besaß keine Tränen. Wie in Trance ging sie durch die Reihen der Leiber über den Markt. Erst als sie vor der Tür ihres Hauses angelangt waren, legte sie ihren Kopf an den Hals der Tochter und begann zu weinen. Ariane hielt sie nur fest. Mehr konnte sie nicht tun.

Später am Tag kehrte Ariane allein auf den Platz zurück. Er leerte sich zusehends, denn allmählich kamen die Karren mit der Unzahl Leichen zurande.

Beim Schultern des Jochs wollten ihr die Beine wegsacken. Doch als sie an den Brunnen trat, wusste sie, dass alles besser war, als zu Hause abzuwarten.

Sie füllte die Eimer zur Hälfte und wandte sich um, um ihre Arbeit zu beginnen. Da schaute sie in die blassgrünen Augen Emilies. Auch sie hatte eine Kittelschürze umgebunden, die Ärmel hochgekrempelt, und trug eine Schüssel blutiger Binden zum Brunnen.

Die Wucht des Zufalls lähmte beide für einen Moment. Sprechen konnten sie nicht. Nässe glänzte auf Emiliens Augen, doch zum Weinen war sie zu stolz. Sie presste die Lippen aufeinander.

»Du?«, fragte Ariane endlich, um das Schweigen zu brechen.

Emilie antwortete nicht, stattdessen musterte sie die Freundin. Ariane nahm an, dass man ihr alles ansah: die Trauer, die Schufterei, die Albträume. »Ich muss dich sprechen!«

Emilie schlug die Hand vors Gesicht und schüttelte den Kopf. Nun rollten doch Tränen.

»Bitte!« Ariane vermied es, die Vergangenheit heraufzubeschwören. Hier stehen und nicht voreinander weglaufen – das war kostbar genug.

»Nicht jetzt«, antwortete Emilie, und dies war eine Antwort, die Ariane Frieden gab. Sie rissen sich voneinander los, und jede wandte sich ihrer Aufgabe zu.

Ariane suchte nach Lucien. Nur ungefähr erinnerte sie sich, wo sie auf ihn gestoßen waren. Sie suchte dort, sie suchte auf dem ganzen Platz, schritt die Reihen ab, doch nirgends war er zu finden. So viele schrien nach Wasser und Mitleid, dass sie ihn bald vergaß.

Es war gegen Abend, als sie Emilie auf den Stufen des Kirchenportals hocken sah. Ihre Blicke trafen sich, und die Freundin winkte sie heran. Mit weichen Knien ging Ariane hinüber. Sie wusste nicht, woher das schlechte Gewissen rührte, da doch der Vater nichts für Lenzens Tod konnte. Und dennoch kam sie sich schuldig vor.

Ariane hockte sich neben die Freundin, und Emilie legte den Arm um sie. Beinahe ein halbes Jahr war seit dem Tod ihres Vaters vergangen. Endlich durften sie gemeinsam trauern.

Als sie sich wieder gefasst hatten, konnte Ariane nicht anders: »Ich bin mir sicher, dass Block es nicht gewesen sein kann.« Sie war überrascht, dass sie vom Vater wie von einem Fremden sprach. Es war die Ausdrucksweise der Mutter.

Emilie legte Ariane einen Finger auf die Lippen. »Bitte. Fang nicht davon an.«

Ariane schob ihre Hand beiseite. »Ich habe nicht geruht, die Wahrheit über diesen rätselhaften Tod herauszufinden. Und ich muss dir sagen …«

»Auch ich habe dir etwas zu sagen …«, unterbrach Emilie energisch. Groll hatte sich auf ihre Stimme gelegt. »Vater hat mir alles erzählt.«

»Du weißt, was passiert ist?«

»Ich kenne jeden Augenblick. Vater ist sehr lange gestorben. Und es kann keinen Zweifel geben, dass es wahr ist, denn Sterbende lügen nicht.«

»Ich muss es wissen!«, bedrängte Ariane die Freundin. Doch der war es zu viel, mit all dem Leid um sie herum. »Nicht jetzt, bitte!«

Ariane faltete die Hände über der Schürze und legte sie in den Schoß. Über ihren Knien spannte der grobe Stoff, wie eine Marktfrau saß sie da. Emilie musterte die Freundin von der Seite, und der Anflug eines Lächelns huschte über ihr Gesicht. »Ich erkenne dich kaum wieder, Ariane!«

Ariane hob den Kopf. »Ich erkenne mich selbst kaum.«

Zögernd blieb Carus am Eingang stehen und wusste gleich, dass er sich in dieser Atmosphäre nicht wohlfühlen konnte. »Eichelkraut« war nicht gerade für Ausgelassenheit berühmt, doch die Ereignisse der vergangenen Tage hatten die Seelen wund und leer gemacht. Nun wurde die Leere mit Alkohol und Grobheiten gefüllt.

Hoffmann saß still, ohne die übliche Schar von Bewunderern, in einer Ecke, vor sich einen Becher Rum. Er versuchte die Bilder abzuschütteln, die ihn auf dem Schlachtfeld befallen hatten. Auch wenn die Kanonen schwiegen, man konnte immer noch versehrt werden auf den Äckern vor der Stadt, wo Knochen wie Stoppeln aus der Erde ragten. Oder vom Typhus. Vielleicht trug sein Nachbar schon den Tod in sich?

Hoffmann schaute glasig drein. Es war nicht wie sonst, da der Alkohol seinen Gedanken Flügel verlieh. Heute legte er sich aufs Gemüt, eine Bleidecke, die doch nicht schwer genug war, den Schmerz zu bemänteln.

Bleich und verloren stand der Arzt da, bereit, diesen Ort gleich wieder zu verlassen, falls er den Gesuchten nicht entdeckte. Doch als Hoffmann ihn heranwinkte, schob sich Carus zwischen den rempelnden Trunkenbolden hindurch, den Maulhelden, die die Todesangst im Alkohol ertränken mussten, um nicht doch noch daran zugrunde zu gehen.

Als er bei Hoffmann war, atmete Carus auf. »Zum Glück wusste Ihre Frau, wo Sie stecken. Es geht ihr besser – so scheint es wenigstens.«

Hoffmann errötete und wandte den Blick ab. Er war seit zwei Tagen nicht bei ihr gewesen. Die letzte Nacht hatte er volltrunken auf dem Sofa des Schauspielers Keller verbracht.

»Ja«, stimmte er zögernd zu. Warum nur hatte er diesem Arzt gegenüber ein schlechtes Gewissen?

Carus vermied es ebenfalls, ihn anzusehen. Er legte die Unterarme auf den Tisch, als wollte er diesen Teil der Tischplatte umfrieden, ein Gehege für seine Sorgen. Man saß und stand so dicht in der Gaststube, dass ihnen zuweilen Ellenbogen ins Kreuz gerammt wurden.

Hoffmann hielt schon einen Becher Rum für Carus bereit. Er schob ihn hinüber. Carus roch daran und zuckte zurück. »So Starkes bin ich nicht gewöhnt.«

»So wenig wie ich an den Anblick zerschnittenen Fleisches und zersägter Knochen gewöhnt bin! Dennoch habe ich ihn heute geschluckt.«

Carus umfasste den Becher mit beiden Händen und gab damit sein Tischplattengeviert auf. Dann führte er das Gefäß an die Lippen und trank, indem er den Kopf weit in den Nacken legte. Sogleich schnellte er wieder nach vorn, keuchend und prustend. Hoffmann schmunzelte.

Doch schneller, als man es ihm zugetraut hätte, nahm Carus einen zweiten, vorsichtigeren Schluck und musterte den Musiker über den Becherrand hinweg.

Unvermittelt kam er auf den Punkt: »Verkehren Sie noch im Hause dieses Hofrats?«

Hoffmann spürte eine Verlegenheit, die er sich nicht erklären konnte. »Verkehren ist zu viel gesagt. Der Unterricht ist eingestellt. Wir haben uns, wenn man so sagen will, aus den Augen verloren.« Die blanke Wahrheit war, dass Hoffmann sich nicht mehr in Arianes Gesellschaft getraut hatte.

»Wie mir zu Ohren kam, hat man den Block zügig aus dem Arrest entlassen?«

Hoffmann nickte. »Vermutlich zu Unrecht. Ein zwielichtiger Gesell, betrügt Familie und Vaterland. Man sollte ihn nicht einsperren, man sollte ihn aufhängen!«

»Abwarten. Haben Sie die Probe bei sich?«

Hoffmann suchte in der Innentasche seines Rockes. Er fand den kleinen Umschlag und entfaltete ihn. Auch Carus hatte in seinen Rocktaschen gesucht. Er zog ein Döschen hervor und öffnete den Schraubverschluss.

»Das fand ich in Blocks Bureau, beim Zuckervorrat«, erläuterte Hoffmann.

Er legte das Papier, auf dem sich eine Prise des weißen Pulvers verlor, in die Mitte des Tisches. Carus hielt das geöffnete Döschen dagegen. Gemeinsam beugten sie sich darüber und beäugten es naserümpfend.

»Es scheint, als handele es sich um dieselbe Substanz«, schloss Carus.

Hoffmann stieß Luft durch die Nase. »Ja, wenn man nach dem Schein geht ...«

Carus wusste, dass eine Probe unabdingbar war. Und die sicherste für Arsenik war, wie er von Ommer gelernt hatte, die Geschmacksprobe. Also befeuchtete er, nach Manier des Apothekers, seinen Finger, tupfte damit auf das Papier und nahm die Krümel, die daran klebten, in den Mund. Er musste sie nicht lange auf der Zunge lassen, den bitteren Geschmack, wie Ommer ihn beschrieben hatte, erkannte er sofort.

»Was tun Sie da? Wollen Sie sich vergiften?«

Carus schüttelte den Kopf, nahm einen Schluck Rum, spülte seinen Mund aus und spuckte das Gemisch auf den Boden. »Es ist Arsenik, zweifellos.«

»Sie haben wirklich merkwürdige Methoden!«

»Es ist die einzig sichere.«

Allmählich beruhigte sich Hoffmann und dachte klarer. »Also gut. Das Gift, das ich in Blocks Schreibstube fand, ist das nämliche wie in der Schokolade.«

»Wie das auf Lenzens Kragen!«, präzisierte Carus, während er sein Döschen wieder verschraubte.

»Da ich das Gift an der Zuckerdose fand, steht zu vermuten, dass der Mörder es auf Block abgesehen hatte.«

»Wenn Block der Mörder wäre, hätte er gezielt Lenzens Tasse vergiftet und sich nicht selbst in Gefahr gebracht und weitere Spuren gelegt«, kombinierte Carus und nahm einen tiefen Schluck aus dem Becher.

»Er hat zugegeben, dass er an diesem Morgen keinen Zucker nahm, sondern nur Lenzen etwas in die Tasse gab. Weil er Zahnschmerzen hatte.«

»Das wiederum macht ihn verdächtig!«

»Nein«, wandte Hoffmann ein und erklärte: »Da Block Lenzens

Tasse in dessen Abwesenheit zubereitete, hätte es keiner Finte bedurft. Block löffelte das Gift hinein, das ein Unbekannter vorbereitet hatte, ohne dass er davon wusste. Er konnte es nicht wissen, weil es ihn selbst treffen sollte!«

»Also ist er unschuldig, und mit seiner Freilassung ist der Fall erledigt. Was wollen Sie mehr?«, schloss Carus und lehnte sich zufrieden zurück.

Hoffmann hob die Hände. »Was mich beunruhigt, ist, dass jemand frei herumläuft, der Block umbringen wollte. Womöglich will er es immer noch! Und das Gift auf dem Kragen will immer noch nicht ins Bild passen ...«

»Block sollte beunruhigt sein, nicht Sie!«

Hoffmann sah einen Weg, die Last der Verantwortung aufzuteilen. »Würden Sie mich begleiten, um Ihren Teil der Erkenntnisse beizusteuern?«

Carus zögerte. »Ich? Aber warum denn?«

»Wir sind der Familie doch eine Erklärung schuldig, nicht wahr? Und die Tochter des Hauses wird nicht eher ruhen, bis sie Antworten auf all ihre Fragen hat!«

»Wenn sie es partout wünscht, werde ich selbstverständlich das, was ich herausgefunden habe, ihr gegenüber wiederholen.«

»Sie wünscht es, da bin ich mir sicher!«

Carus seufzte. »In wenigen Tagen soll ich nach Leipzig abreisen. Es heißt, die Armeen bewegten sich auf meine Geburtsstadt zu ...«

»Armeen?« Hoffmann sah den Arzt erstaunt an. »Ist denn nicht alles, was Beine hatte, zerschossen worden?«

»Leider nein. Immer noch stehen mehr als 500 000 Mann unter Waffen.«

»Dürfen wir Hoffnung haben, dass Napoleon besiegt wird?«

»Wenn Sie mich fragen, besteht kein Zweifel daran.«

»Darauf lassen Sie uns anstoßen!« Hoffmann hob den Becher. Carus tat es ihm gleich, doch als er trinken wollte, blickte er auf den trockenen Becherboden.

Baron von Haldensleben hielt den Bogen in beiden Händen und überflog die zwei Dutzend Namen. Am Zittern des Papiers konnte er die eigene Erschütterung ablesen. Nichts weniger als Verrat verlangte man von ihm! Angesichts des beeindruckenden Sieges Napoleons bei Dresden hatte das sächsische Königshaus offenbar die Nerven verloren. Und das, obwohl von den Fronten im Norden und Süden gute Nachrichten eintrafen! Sowohl Schwarzenberg als auch Blücher schienen gesiegt zu haben.

Dennoch, alle Annäherung an Preußen, die diplomatische Arbeit von Monaten, wurde Hals über Kopf verworfen, man schlug sich wieder ganz und gar auf die französische Seite. Lieferte sich – so sah es Haldensleben – mit Haut und Haaren aus. Und um den hungrigen Wolf zu beschwichtigen, warf man ihm gleich ein paar Menschenopfer hin. Ein kapitaler Fehler, davon war Haldensleben überzeugt. Niemals konnte Napoleon gegen die vereinigten Heere Österreichs, Russlands und Preußens bestehen. Wäre Napoleon auch doppelt so genial, wie man behauptete, er hätte keine Chance! Dennoch schien der König dem Ruf des alten Haudegens mehr zu vertrauen als jeder militärischen Vernunft.

Doch wer wusste schon, was die Mächtigen unter vier Augen redeten? Welche Treuebeweise der *empereur* Friedrich August abverlangte, nun, da er sich in die Enge getrieben sah? Was waren schon ein paar ausgelieferte Spione, wenn es nur eines Befehls bedurfte, um ganz Dresden niederzubrennen?

Genau genommen, hätte Haldensleben sich selbst obenan, an den Kopf der Liste, setzen müssen! Auch hätte es ihn nicht verwundert, seinen Namen dort zu finden. Aber war es nicht viel grausamer, von ihm zu verlangen, seine Untergebenen, seine Zuträger, seine einstigen Gewährsleute zu verraten?

Haldensleben schob die Gewissensbisse beiseite. Er musste ohne eigene Überzeugungen handeln, durfte weder für noch gegen Napoleon sein, nur loyal zu seinem König stehen. War es denn Haldenslebens Schuld, dass dieser nicht genau wusste, auf wessen Seite er sich wohler fühlte? Es war nicht ausgeschlossen, dass Seine Majestät morgen wieder mit den Preußen focht.

Dieser Gedanke, dass es ein Morgen gab, womöglich mit einem neuen, anders lautenden Tagesbefehl, ließ ihn die Liste nochmals durchgehen. Sein Blick glitt über die Namen und stieß auf den der du Barry. Um die war es nicht schade, sie arbeitete in erster Linie für sich selbst!

Unter ihrem Namen stand der des Hofrats von Block. Ein altbekannter, begeisterter Anhänger Napoleons, zum Doppelagenten gepresst. Wer würde schon nach Gerechtigkeit fragen? Den Block hatte er in der Hand, vollends! Wie hilfreich das sein konnte – von Fall zu Fall –, wusste Haldensleben.

Er beugte sich vor, tunkte die Feder ins Tintenfass, setzte an und zog aus der freien Hand einen geraden Strich durch Blocks Namen. Dann setzte er sein Kürzel an den Rand. Die Zukunft würde erweisen, was sein Name noch wert war. Er blies über das Papier, um die Tinte zu trocknen.

Der Mann, der sich Bürger Jacques nannte, hatte Françoise du Barry per Billett zu einem diskreten Treffen vor die Tore der Stadt bestellt. So reihte sie sich ein in die Schar der Spaziergänger, mischte sich unter die höheren Töchter, die in Begleitung ihrer Mütter oder Gouvernanten im Sonntagsstaat, mit Schnürstiefeln und Rüschenschirm – zum Schutz vor der Sonne, denn die Regenwolken über dem Elbtal hatten sich gelichtet – zwischen zerfetzten Leibern lustwandelten. Françoise du Barrys Ziel war eine Scheune bei dem Dorfe Strehla, wie man es ihr in einem anonymen Schreiben angewiesen hatte. So war sie von den Trampelpfaden der Schaulustigen abgezweigt, hatte sich dem Lauf des Katzbaches genähert und ihn auf einem schmalen Holzsteg überquert. Dies alles entsprach den Angaben auf dem Billett.

Die bezeichnete Scheune war ein Ziegelbau mit einem Strohdach. Fensterlos, doch entlang der breiten Seite zogen sich Schlitze zur Belüftung. Während der Kampfhandlungen mochte sie Zuflucht für einen Zug Infanterie gewesen sein, denn die Rückfront hatte unter Beschuss gelegen: Ziegel waren geborsten und der Mörtel herausgesprengt.

Die du Barry ging um die Scheune herum, hinüber auf die Stirnseite, dem Dorfe zugewandt, wo sich ein niedriges Tor befand. Hier gab es keinerlei Spuren von Beschuss, die Soldaten mochten die Scheune erfolgreich verteidigt haben. Das Tor besaß einen hölzernen Riegel, doch ein Flügel stand einen Spaltbreit offen. Obwohl sie ein misstrauischer Mensch war, schöpfte Françoise keinen Verdacht und schlüpfte hinein.

Ein Loch groß wie ein Krähennest klaffte im Strohdach, dicht unter dem First. Licht fiel herein, sie konnte sich bequem umsehen. Das Heu nahm nur einen Bruchteil des Gebäudes ein, größere Mengen waren in diesem Spätsommer noch nicht eingebracht worden – wie auch?

Den kläglichen Haufen, der auf dem Zwischenboden gelagert gewesen war, hatten die Soldaten heruntergerissen und zu ihrem Lager gemacht. Ein Schafspferch auf der Längsseite war nicht ausgemistet, aber leer. Sicherlich waren die Tiere der Fourage zum Opfer gefallen. In der Heuraufe lagen nur noch einzelne Halme.

Noch ehe jemand das Tor zuschlug und den Riegel vorschob, hatte Françoise du Barry begriffen, dass sie in eine Falle getappt war. Sie hörte ein Rascheln vom Strohdach und musste die Panik, die ihren Verstand augenblicklich zu überschwemmen drohte, zurückdrängen; versuchte einen klaren Gedanken zu fassen, um vorauszusehen, was als Nächstes passieren würde …

Als ihr der Geruch brennenden Strohs in die Nase fuhr, wusste sie es. Durch das Loch im Dach flog die Fackel in die Scheune. Doch dort, wo sie auf den Lehmboden prallte, lag wenig Heu, die entzündeten Halme konnte sie leicht austreten. Die Spitze der Fackel stieß sie tief in den Mist, der noch feucht genug war, um die Flammen zu ersticken. Doch ein prasselndes Knistern vom Dach her verriet ihr, dass die Falle zugeschnappt war. Schon trieb der Wind schwarze Rauchschwaden ins Innere. Die unteren Lagen des Strohdachs schwitzten Feuchtigkeit aus, feine, weiße Dampffäden krochen unter den Halmen entlang.

Noch wollte Françoise nicht aufgeben, ihr Verstand arbeitete scharf. Sie sah sich nach Werkzeug um. Irgendetwas, das sie zur

Flucht verwenden konnte. An der Wand hingen Heurechen und Dreschflegel. Dreschflegel … Das war Wucht, Schlagkraft! Dreschflegel. Irgendetwas musste man damit doch anstellen können!

Die Torflügel waren massiv, das Holz frisch, dem würde sie nichts anhaben können. Doch plötzlich flammte eine Erinnerung auf: Die Scheune von außen. Das Mauerwerk um die Belüftungsschlitze herum, von Einschüssen zerschlagen. Sie riss den Dreschflegel von der Wand und begann, eine der Schießscharten zu bearbeiten. Es war doch die richtige Stelle?

Die Beine fest auf den Lehmboden gestemmt, drosch sie auf den Mauerschlitz ein. Der Aufprall des Knüppels hinterließ ein hohles Pochen. Ein dürftiges Geräusch, das wenig Mut machte. Doch mehr gab es nicht. Sie hatte nur diese eine Chance: dreschen, dreschen!

Françoise begann zu schwitzen. Brennende Strohsoden stürzten herab. Schon brachen erste Dachsparren. Funken flogen, die Hitze raubte ihr den Atem. Sie schloss die Augen. Schleuderte den Schlegel blind gegen die Wand. Immer wieder. Jeder Atemzug pumpte Gift in ihre Lungen, legte sich salzig auf ihre Zunge. Zuerst würde ihr der Rauch das Bewusstsein rauben. Und dann war es nur eine Frage der Zeit, bis das Kleid Feuer fing … Nein!

Der Ton hatte sich verändert. Es knirschte, wenn der Knüppel aufprallte, ein sandiges Reiben. Sie riss die Augen auf. Putz rieselte aus den Fugen, Ziegel bröckelten, der Spalt wurde breiter. Immer noch drosch sie auf das Mauerwerk ein. Sah jetzt, dass die Steine unter ihren Schlägen zerbröselten wie altbackenes Brot im Maul eines Pferdes. Der Spalt war schmal, sehr schmal. Noch einmal drosch sie mit aller Kraft, dann hatte es keinen Sinn mehr. Das beschädigte Mauerwerk hatte sie zerhauen, dem festen war nicht beizukommen. Mit bloßen Händen klaubte sie alles heraus, was locker saß. Fingernägel brachen, doch sie spürte es nicht. Dann schob sie sich in die Lücke. Sie spürte Hitze, Schmerz, überall. Brannte sie nicht schon längst? Die Balken des Dachstuhls ächzten. Françoise war mit dem Oberkörper hindurch. Sie atmete gierig. Auch wenn die Luft rauchgeschwängert war, wie gut schmeckte sie doch hier draußen! Sie spürte Hitze an den Fußsohlen, in Panik stemmte sie die Hände gegen die Außenwand und schob sich weiter. Zoll für Zoll. Die Hüften! Nie hatte sie ihr Becken für zu breit gehalten. Doch nun steckte es fest. Der Gedanke, von den Füßen her geröstet zu werden, verlieh ihr übermenschliche Kräfte. Drehen musste sie sich, drehen! Dreh dich doch herum, zum Teufel! Wie die Babys, wenn sie auf die Welt kamen! Drehen!

Ihre Handflächen fuhren Halt suchend über die Ziegel. Sie klammerte, schob, wand sich, rief um Hilfe, doch niemand kam. Sie fühlte ihre Beine nicht mehr, waren sie schon verbrannt? Gellend schrie sie alle Todesangst heraus. Holte tief Atem und stemmte sich noch einmal mit aller Kraft gegen die Wand.

Ihre Strümpfe schabten an Ziegelsplittern entlang, die feine Blutfäden in die Haut rissen. Dann stürzte sie vornüber in den Lehm.

Sobald Françoise begriffen hatte, dass sie entkommen war, rappelte sie sich auf, rannte, so schnell ihre zerschundenen Beine sie trugen, zum Katzbach hinunter und stürzte sich kopfüber hinein. Die frische Kühle holte sie ins Leben zurück.

Als Natalie die Tür auf das vereinbarte Klopfzeichen hin öffnete, prallte sie entsetzt zurück. Die Madame, die dort um Einlass bat, war nicht ihre Herrin – und war es doch. Die Kleider, vor Nässe triefend, waren zerrissen und zerlumpt. Haarsträhnen hingen ihr ins Gesicht, Wimpern und Augenbrauen waren versengt, schwarze Flecken überall. Die Strümpfe flatterten wie Lappen um ihre Beine, an denen Blut hinunter rann. Vor Schreck vergaß das Mädchen, die Madame einzulassen. Françoise schob sie kurzerhand zur Seite. »Diese Hurensöhne wollen mich umbringen!«

»Wer?«, fragte Natalie entsetzt.

»Jacques. Fouché. Napoleon. Was weiß denn ich? Irgendwer!«

Natalie half der Herrin, die nassen Lumpen von der Haut zu ziehen. Einfach da, wo sie standen, im Korridor. Fetzen um Fetzen schälten sie herunter und ließen sie auf die Dielen fallen wie Schlangenhäute.

In ihrer Nacktheit vollkommen, trotz versengter Haare, blauer

Flecken und Schrunden an den Beinen, entstieg Françoise der Häutung. »Wir müssen Dresden verlassen. Sofort!«

»Man wird es uns nicht gestatten!«

»Wir werden nicht mehr um Erlaubnis bitten, Natalie«, Françoise umfasste, nackt, wie sie war, die Schultern des Mädchens und rüttelte es zu Bewusstsein. »Wir sind jetzt ganz auf uns gestellt. Ich werde heute noch Geld für die Reise beschaffen.«

Nach einem Schreckensmoment wurde Natalie geschäftig. »Ich werde alles in Koffer und Truhen packen!«

»Nur das Notwendigste. Halte dich nicht auf!«

»Wohin können wir noch fliehen?«

»Nach Paris!« Madame du Barrys Blick ging in sehnsuchtsvolle Ferne.

»Paris ist uns verboten!«, rief Natalie aus.

»Lieber dort sterben als hier!« Auch Françoise war laut geworden. Dann fasste sie sich an die Stirn und sammelte sich. »Wir müssen klaren Kopf bewahren!«

Natalie raffte die Lumpen zusammen. »Warum müssen wir denn sterben?« Sie vermied es, die Herrin anzusehen. Françoise ergriff Natalies Kinn und hob zärtlich ihren Kopf an. »Wir müssen nicht sterben, müssen wir nicht. Alles wird gut!«

Obwohl es sich für eine Kammerjungfer nicht geziemte, lehnte Natalie ihre Stirn gegen die nackte Schulter der Herrin. Die du Barry strich ihr über den Hinterkopf und drückte sie an sich. »Hab keine Angst«, flüsterte sie, als wollte sie sich selbst beschwören. »Hab nur keine Angst!«

Der reine Zufall, dass es ein Dienstag war, an dem sich Ariane und Emilie in der Block'schen Wohnung wiederfanden. Anna-Louise lag mit Kopfschmerzen im abgedunkelten Schlafzimmer, und da Bettine außer Haus war, führte Ariane die Freundin selbst in den Salon.

Auf den Handarbeitsbeutel hatten beide verzichtet, stattdessen trugen sie schwer an den Ereignissen. Die Freundinnen traten einander stolz und mit Hochachtung gegenüber, erzitterten jedoch angesichts der Vorstellung, dass dies ihr letztes Zusammentreffen sein könnte. Schließlich konnte die Aussprache so oder so enden.

Als sie dicht beieinander auf dem Canapé Platz genommen hatten, bedurfte es nur weniger Worte, um sie erneut zum Weinen zu bringen. Ariane wagte sogar, die Freundin zu umarmen, doch Emilie befreite sich rasch wieder. Schluchzend gestand sie, dass ihr Verlobter das Eheversprechen gelöst habe. Lenzen hatte kein nennenswertes Vermögen hinterlassen, und eine Witwe und deren Tochter ohne jede Aussicht auf eine Mitgift durchzubringen, das war nicht Sache dieses Ehrenmannes.

Ariane wiederum schilderte, wie sie sich in einen französischen Soldaten verliebt hatte, der inzwischen tot sei. Sicher konnte sie sich dessen zwar nicht sein, doch für Ariane war er es. Sie hatte ihn zu finden versucht, und er war nicht da gewesen.

Nach diesen Geständnissen verfielen sie in Schweigen. Um es zu brechen, bot Ariane eine Erfrischung an.

»Solange es keine Schokolade ist«, wagte Emilie zaghaft zu scherzen.

Sie lachten gemeinsam, fast ausgelassen, doch im nächsten Moment verstummten sie wieder, denn sie hatten an der Wunde gerührt. Ariane erhob sich, um die Limonade, die Bettine vorsorglich zubereitet hatte, von der Anrichte zu holen.

Emilie nahm einen Schluck. Ariane goss sich ebenfalls ein, ließ das Getränk aber unberührt. »Block hat ihn nicht umgebracht«, sagte sie in das Zwielicht des Raumes hinein.

Emilie hielt ihr Glas in beiden Händen. Die Oberfläche des Getränks warf kleine Wellen, denn sie zitterte. »Bevor er starb«, Emilie seufzte aus tiefster Seele, »sagte mein Vater, er habe, obwohl er nur genippt hatte, gleich geschmeckt, dass mit der Schokolade etwas nicht stimmte.«

Ariane hing an den Lippen der Freundin. Nun trank sie doch einen Schluck, so lautlos wie möglich.

»Sofort sei ihm der ungewöhnliche Geschmack aufgefallen: Er habe das Gebräu wieder ausgespuckt, doch die Bitterkeit sei nicht verschwunden. Auch nach mehreren Gläsern Wasser brannte ihm der Mund wie von Galle. Da er wusste, dass Block die Schokolade stets süßte, sei er hinübergerannt in das Bureau deines Vaters. Der sei schon fort gewesen. Also habe er, da er sich nicht anders zu helfen wusste, die Dose vom Regal genommen und rasch zwei Löffel Zucker gegessen, um den scheußlichen Geschmack loszuwerden.«

»Dabei muss etwas auf seinen Rockaufschlag gelangt sein«, ergänzte Ariane.

»Er hatte ein weißes Pulver darauf, ja. Konnte er denn ahnen, dass der Zucker vergiftet war? Als er nach Hause kam, stand ihm schon der kalte Schweiß auf der Stirn. Wir riefen sofort einen Arzt, der leitete eine Behandlung mit Brechmitteln und kalten Wickeln ein. Vergeblich. Den Ausgang kennst du …« Emilie biss sich auf die Lippen, die Erinnerung weckte Trauer und Entsetzen. »Mit jedem Satz, den er an diesem Tag noch sprach, beschuldigte er deinen Vater!«

»Auf den ersten Blick mag alles auf ihn hindeuten.«

»Sicher, er fürchtete, seine Stellung zu verlieren. Sein Ansehen!«

Ariane beschwichtigte die Freundin mit einer Handbewegung. »Von nahem besehen, ja. Doch treten wir nur einen Schritt zurück, und plötzlich wird das, was uns klar und logisch erschien, fragwürdig und ungewiss. Denn mein Vater hat sich eingelassen auf politische Ranküne und Intrigen. Du weißt von seiner Napoleon-Verehrung! Dies hat ihn womöglich zu einem Bündnis mit einer französischen Agentin getrieben. Ich mag nicht tiefer in die Details gehen, aber, glaube mir, er selbst war vermutlich Ziel des Anschlags, der deinen Vater traf!«

»Das ist lächerlich! Wie das?«, fragte Emilie erschrocken.

»Nun, du hast es selbst gesagt: Der Mörder hatte den Zucker in der Dose vergiftet. Warum hätte mein Vater dies tun sollen? Damit hätte er sich doch selbst in Gefahr gebracht! Viel sicherer wäre es gewesen, nur die Tasse, die für deinen Vater bestimmt war, zu vergiften.«

Emilie war den Gedankengängen der Freundin gefolgt. »Aber wenn es dein Vater nicht war, wer war es dann?«

Ariane lehnte sich zurück. »Das, meine liebe Freundin, weiß ich noch nicht. Aber ich werde es herausfinden.«

»Wird man ihn zur Rechenschaft ziehen?«

»Das hängt davon ab, wer der Mörder war. Wenn es, wie ich vermute, einer dieser Agenten ist, die in einer Welt abseits der unseren, im Schatten der Fürsten und Herrscher leben, wird es schwierig werden!«

Emilies Augen glänzten feucht. »Unerträglich, dass niemand dafür büßen soll!«

Ariane ergriff die Hände der Freundin und drückte sie feierlich. »Wenn ich weiß, wer deinen Vater ermordet hat, werde ich dafür sorgen, dass er büßen muss. Ich schwöre es!«

Mit verweinten Augen, doch dankbar, blickte Emilie die Freundin an. Zum ersten Mal seit Beginn der Verwicklungen durchströmte Ariane die Hoffnung, ihre Freundschaft könnte diese Affäre überdauern. Und wäre es auch das Einzige, das Bestand hatte.

Als Françoise du Barry das Kontor des Kaufmanns betrat, bemerkte sie, wie dieser hinter dem Tresen zusammenfuhr. Monsieur Fougit war ein dünner, nervöser Mann, jemand, der sich stets sorgte. Ein nachteiliger Zug für einen Kaufmann. Sein Haar war schwarz wie das der Südfranzosen, aber das sah man erst auf den zweiten Blick. Der größte Teil seines Kopfes war blanke Haut. An einigen Stellen war sie gerötet, denn in Momenten größter Verlegenheit hatte er die Angewohnheit, sich mit der flachen Hand über die Glatze zu streichen.

Mit energischen Schritten trat Françoise bis vor sein Schreibpult. Fougit tat, als suche er etwas darauf. Ihr Besuch war ihm sichtlich unangenehm.

Unverdrossen präsentierte sie ihm einen Wechsel über zweitausend Francs. Monsieur Fougit, in ganz Dresden der Einzige, der über solche Beträge in französischer Münze verfügte, ächzte angesichts der Summe.

»Falls es Sie überfordert, begnüge ich mich fürs Erste mit der Hälfte.«

Monsieur Fougit rieb die flachen Hände aneinander, ohne ihr ins Gesicht zu sehen. »Das ist es nicht.«

Françoise ließ den Wechsel liegen und faltete die Hände über dem Knauf ihres Sonnenschirms. Die Finger schlossen sich fester als notwendig, ihre Miene versteinerte. »Bislang haben Sie alle meine Wechsel ohne Beanstandung eingelöst, Monsieur!«

Er winkte sie mit der Hand heran. Françoise klemmte den Stock unter den Arm und beugte sich vor. Mit gesenkter Stimme sagte er. »Es existiert eine Liste von Personen, denen ich kein Geld herausgeben darf. Ihr Name ist darunter …«

Françoise spürte, wie ihr heiß wurde, das Blut schoss ihr in die Wangen, unwillkürlich wich sie zurück. »Monsieur! Muss ich Sie daran erinnern, wie lange wir schon Geschäft miteinander treiben?«

Fougit hielt den Kopf gesenkt. Nichts bekam Françoise von ihm zu sehen als die Glatze, worauf sich Schweißperlen abzeichneten. »Man hat mir gedroht. Ich verlöre das Privilegium, wenn ich mich nicht daran hielte …«

»Wer?«

Fougit senkte weiter die Stimme. »Der Kaiser. Der Befehl stammt vom *empereur* persönlich – so hat man mir wenigstens gesagt.«

Françoise ließ sich ihre Unruhe nicht anmerken. Sie war zu stolz, um auf Knien Hilfe zu erflehen. »So gibt es nichts, was Sie für mich tun können?«

Fougit schob die Daumen in die Westentaschen, als wollte er nach Münzen suchen. »Nun, ich könnte mit einem Handgeld aushelfen. Sagen wir fünfzig Francs. Aber Sie müssen Stillschweigen bewahren!«

Mit raschem Griff raffte sie den Wechsel vom Pult. Fougit erschrak, als er sie mit dem wertvollen Papier so rücksichtslos verfahren sah.

»Ich werde versuchen, ihn an anderer Stelle einzulösen.« Ihre Wut war nicht mehr zu verbergen.

Mühsam rang sich der Kaufmann ein Lächeln ab. »Ich bin mir sicher, der kaiserliche Befehl gilt für die ganze Stadt, womöglich das ganze Reich. Es tut mir leid.«

»Sie wollen ernsthaft behaupten, ich fände von hier bis Triest niemanden, der diesen Wechsel einlöst?«

Fougit hob die Schultern. »Wenn Napoleon es befohlen hat …«

»Sie überschätzen seine Macht, Monsieur!«

Der Kaufmann legte den Kopf schräg. »Hat er sie nicht jüngst unter Beweis gestellt?«

Françoise unterließ es, ihm die Hand zu reichen. »Wenn Sie sich da nicht irren!«

Sie machte auf dem Absatz kehrt und verließ das Kontor. Und konnte noch hören, wie der Kaufmann erleichtert aufseufzte. Man hatte sie für vogelfrei erklärt, gebrandmarkt, zu einer Person gemacht, deren Gegenwart man scheute und fürchtete! Nach all den Jahren hatte Napoleon das wieder erreicht! Wilder Hass grub Furchen in ihr Antlitz. Wer ihr begegnete, wechselte die Straßenseite.

Als Natalie die Tür öffnete, waren die Zornesfalten der Madame geglättet und Erschöpfung zeichnete ihr Gesicht. Kraft war nun überaus wertvoll und musste aufgespart werden – für den Entscheidungskampf.

Natalie wollte ihr helfen, die Nadeln aus dem Haarnetz zu ziehen. Doch die Madame gab ihr einen Klaps auf die Finger. »Lass das. Hole mir den Block! Aber rasch!«

»Den Verräter?«

Die Madame nickte. Natalie ahnte, dass etwas eingetreten war, was ihre Lage verschlimmerte, und beeilte sich.

Block war erfreut und erhitzt, als er hinter der Kammerjungfer die Stiegen hinaufrannte. Françoise empfing ihn an der Tür und zog ihn am Ärmel hinein. »Rasch, Monsieur, niemand darf uns hören!«

Der Hofrat folgte bereitwillig. Während er sich durch die Wohnung bis auf das Sofa im Salon ziehen ließ, schwärmte er von dem glorreichen Sieg, den Napoleon bei Dresden errungen hatte. Nun gebe es keinen Zweifel mehr, dass der Kaiser im vollkommenen Triumph aus diesem Feldzug hervorgehen werde! Und wenn auch die vereinigten alliierten Armeen ihn in die Zange nähmen, stets fände der *empereur* einen Weg, zu entkommen und seinerseits die Umklammerung zu zerschlagen. Ein Titan sei er, ein neuer Alexander!

Madame du Barry verzog keine Miene angesichts des Lobliedes auf ihren Erzfeind. Erst als Block auf dem Sofa Platz genommen hatte – sie blieb stehen –, richtete sie das Wort an ihn. »Monsieur, was habe ich Ihnen getan, dass Sie mich so hintergehen?«

Block verstummte, sah sie an, begriff, wich ihrem Blick aus, rutschte vom Sofarand und kniete sich auf die Dielen. »Verzeihen Sie, Madame! Man hat mich gezwungen!« Auf Knien näherte er sich, um nach ihren Händen zu greifen, doch sie wich zurück. Er folgte ihr, auf den Knien rutschend und nach Entschuldigungen suchend. »Aber habe ich es nicht so versteckt, dass man es nicht fand? Nicht finden konnte? War dies nicht ein ausgesprochen kluger Schachzug? Nur so war ich in der Lage, den verräterischen Befehl zu unterlaufen, ohne mich offen dagegen zu stemmen. Und der Zug ist geglückt!«

»Er ist nur deshalb geglückt, weil ich das Spiel rechtzeitig durchschaut habe. Ihr Theater mit dem Eifersuchtsanfall – Monsieur, ich wusste nicht, dass Sie ein so begnadeter Schauspieler sind!«

»Ich wollte Sie nur schützen. Durch Ahnungslosigkeit!«

»Herzlichen Dank! Beinahe wäre ich ahnungslos auf dem Schafott gelandet.«

Block erblasste. »Was reden Sie da? Niemand trachtet Ihnen nach dem Leben. Nicht jetzt, da Napoleon so glorreich wiederauferstanden ist.«

»Mein lieber, verehrter …«, Françoise suchte nach Worten und durfte doch nichts sagen, »gerade jetzt! In den vergangenen Tagen gab es nicht nur einen Anschlag auf meine Gesundheit, mein Leben. Ich muss handeln. Sie sprachen unlängst von Flucht – ich bin bereit!«

»Fliehen? Jetzt? Da sich schon alles zum Guten wendet?«

Françoise trat einen Schritt vor und reichte ihm endlich die schlanke, weiße Hand. »Es ist auch der Kaiser, der mich ängstigt«, sagte sie aufseufzend.

Block bedeckte die zierliche Hand, die sie lasziv vor seiner Nase baumeln ließ, mit Küssen. Dabei berührten seine Lippen ihre Haut. Eine Nähe, der sie sich zuletzt verweigert hatte.

Block fand kaum Atem. »Ich hatte es befürchtet. Sie sind in Ungnade gefallen, habe ich recht? Warum nur?«

Verächtlich zischelte die du Barry: »Niemals habe ich Napoleons Gnade besessen. Ich war ihm nützlich.«

Block hatte ihre Hand umgedreht und strich zärtlich über die Innenseite ihrer Elle. Gedankenverloren folgte er der Linie ihrer Adern unter der weißen Haut. »Warum haben Sie ihn verraten?« Er hatte die Frage geflüstert, seine Augen waren feucht. »Den Kaiser verraten?«

Augenblicklich entzog sie ihm den Arm. »Was habe ich?«

»Sie haben den Preußen Informationen zugespielt! Sie wollten Napoleon schwächen!«

Madame du Barry errötete vor Empörung. »Niemals! Das ist Intrige! Da sehen Sie, Monsieur, wie wir von Spitzbuben umstellt sind! Sie und ich, wenigstens wir müssen uns aufeinander verlassen können!«

Françoise du Barry war eine mäßige Schauspielerin. Zu schnell flüchtete sie sich in die große Geste. Doch Block war zu verliebt, um kritischen Geist walten zu lassen. Er versuchte, ihre Hand erneut einzufangen, um noch mehr Küsse zu platzieren. Mit einem Ausdruck leichter Kränkung im Gesicht ließ sie ihn gewähren. Und zog es vor, das Thema zu wechseln. »Monsieur, wir haben keine Zeit zu verlieren!«, sagte sie, während sie ihm beim Küssen zusah. Block verstand sie falsch. »Gewiss nicht. Viel zu lange haben wir unsere Liebe im Zaum gehalten!«

Die du Barry lachte verlegen. »Da haben Sie recht, in der Tat. Nur ... lassen Sie uns zuvor verschwinden. Lassen Sie uns einen Ort suchen, wo wir uns kopflos einander hingeben können.«

Sie hatte die Stimme gesenkt und war ihm sehr nahe gekommen. Block war entflammt. In der Erregung vergaß er sogar, sie zu küssen. Doch da blitzte Vernunft auf. »Warum jetzt? Warum heute, nachdem Sie so lange zögerten?«

Sie ergriff seine Hände und sank ebenfalls auf die Knie, so dass sie sich in die Augen sehen konnten. Er liebkoste sie mit Blicken. »Monsieur, ist denn der Zeitpunkt wichtig? Ist es nicht viel wichtiger, dass wir endlich zueinander finden?«

Sie rutschte an ihn heran. Und so rasch, dass er nicht begriff, was geschah, hauchte sie ihm einen Kuss auf den Mund. Block war wie vom Schlag gerührt. Langsam führte er seine Hand zu den Lippen und strich darüber.

Françoise hatte sich schon wieder erhoben und zupfte die Falten ihres Kleides glatt. »Monsieur. Wie ich schon sagte, wir haben keine Zeit zu verlieren. Zunächst benötigen wir eine Reisekasse. Ich denke, wir werden einiges Handgeld zahlen müssen!«

Block war immer noch damit befasst, seine geweihten Lippen zu betasten. »Gewiss«, brachte er hervor, ohne zu wissen, was er sagte.

»Sie sprachen von Ihrem Vermögen. Es wäre dumm, es zurückzulassen. Bis wann können Sie es verflüssigen?«

Ihre Worte, so geschäftsmäßig wie vernünftig, sollten ihn in die Wirklichkeit zurückstoßen. Doch Block war ganz eingenommen von der Aufgabe, das Wunder zu begreifen, das ihm widerfahren war. »Ich habe schon alles in die Wege geleitet«, stammelte er.

Triumph blitzte in ihren Augen auf, doch Block bemerkte ihn nicht. In nüchternem Tonfall fuhr sie fort: »Ich werde die Kutsche beschaffen, ich werde die Angeln der Stadttore schmieren, damit sie sich im rechten Moment für uns öffnen, wenn Sie verstehen, was ich meine? Wir sollten keine Zeit verlieren …«

»Aber wohin denn?« Allmählich schien Block aus seinem Traum zu erwachen.

»Nun«, die du Barry atmete tief durch, »vorerst in die Schweiz. Dann weiter nach Italien. Wir werden schon einen Ort finden, der unserer Liebe standhält!«

Als sie seine kühnsten Träume aussprach, da hielt er es tatsächlich für möglich! Als habe ihn das Liebesversprechen in einen Jüngling verwandelt, sprang er auf die Beine. »Das werden wir! Ich werde alles versetzen. Es soll uns an nichts mangeln!«

»Gut.« Françoise war sichtlich zufrieden. »Natalie wird Sie begleiten, um ein erstes Geld von Ihnen zu empfangen. Kutschen müssen gedungen, Wächter bestochen werden.«

»Natalie? Mich begleiten? Unter keinen Umständen! Meine

Familie darf nichts ahnen! Meine Tochter wäre imstande, alles zu vereiteln.«

»Wir haben keine Zeit für übermäßige Vorsicht. Natalie!«

Das Mädchen, das in einer Ecke des Salons gestanden und die Szene beobachtet hatte, trat einen Schritt vor. Unmerklich lächelte sie.

»Würden Sie Herrn Baron von Block begleiten?«

»Mit dem größten Vergnügen.«

Die du Barry tätschelte Block ebenso aufmunternd wie kokett die Brust. Die Geste raubte ihm beinahe den Verstand. »Lassen Sie sich nicht überfallen! Es wäre doch zu schade um Sie.« Natalie hatte ihre Pelerine geholt und band die Schnüre unter dem Kinn. »Gehen wir?«

Block drückte Françoise beide Hände, konnte sich kaum von ihr losreißen, ging rückwärts zur Tür und zog sie mit sich. Bis zur Schwelle ließ sie ihn gewähren. Dann drückte sie sanft, aber mit Nachdruck seine Hände und wandte sich ab.

14

»Übrigens lebe ich jetzt hier bis auf einige Angst und Not ein wahres Schlaraffenleben, da das Theater schon seit 14 Tagen geschlossen ist, Seconda aber dem unerachtet wenigstens bis jetzt die Gage ordentlich zahlt.«

E.T.A. Hoffmann, Tagebucheintrag im August 1813

Bis tief in die Nacht hatte Baron von Block auch noch die letzten Kästen und Fächer geleert. Er war wie von Sinnen. Diejenigen Stücke, die ihm am liebsten waren, hatte er in den hintersten Winkeln versteckt. Jetzt lagen alle vor ihm ausgebreitet. Das Licht heruntergedreht, um das Gleißen der Steine zu mindern, ihre Schönheit zu dämpfen. Er wusste, dass sie ihn ohne diese Maßnahme überwältigt und seinen Entschluss infrage gestellt hätte. Einzeln musste er sie sich aus dem Herzen reißen!

Es vollzog sich gewöhnlich nach einem Ritual: Er sonderte die der Schlachtbank geweihten Stücke ab, legte sie nicht mehr in die Schubladen, sondern bewahrte sie, in einfaches Tuch gewickelt, im Griffelfach seines Sekretärs auf. Dann, wenn er sie mehrere Tage nicht angeschaut und auch keine Sehnsucht nach ihrem Anblick verspürt hatte, nahm er sie und steckte sie, ohne sie noch einmal auszuwickeln, in sein Lederportefeuille. Dann erst trug er sie zum Hehler.

Auf diese Prozedur verzichtete er nun. Halfen ihm seine Schätze doch, einen umso größeren Schatz zu erringen – die Liebe seiner Angebeteten!

Der Verkauf war brisant und verlustreich. Block hatte längst den Überblick verloren, welches der Stücke rechtmäßig und welches auf fragwürdige Weise erworben war. Deshalb mussten sie zunächst außer Landes geschmuggelt werden. Die Gefahr, dass hier in Dresden jemand Preziosen aus der königlichen Sammlung erkannte, war zu groß. Die Transaktion wäre, hätte man sie entdeckt, geeignet, alles zu vereiteln.

Block breitete die restlichen Kostbarkeiten auf der Schreibunterlage aus. Ein paar goldene Schnallen und Fassungen, drei Dutzend Perlen. Von den Edelsteinen waren ihm noch gut zwei Handvoll verblieben, die sein Schneider in das Futter seines Rockes einnähen sollte. Die völkerkundlichen Objekte, die Kuriositäten würde er allesamt zurücklassen müssen. Sie waren nur schwer zu Geld zu machen und der Aufwand lohnte kaum.

Block hatte das Licht gelöscht und war in die dunkle Schlafkammer geschlichen. Als er sich entkleidete, spürte er, dass sich die Gattin bereits im Bett befand. Sie lag auf dem Rücken, atmete ruhig und frei heraus, ohne zu schnarchen. Ein sicheres Zeichen dafür, dass sie nicht schlief. Offenbar erwartete sie ihn.

Die Fensterflügel standen weit offen. So kühl und regnerisch der August gewesen war, so heiß war der September in diesem verhängnisvollen Jahr des Herrn 1813.

Nachdem Block sich das dünne Sommernachthemd übergezogen hatte, ließ er sich auf der Bettkante nieder. Unvermittelt begann sein Weib zu reden: »Eine große Leere entsteht, wenn einem das Liebste genommen wird.«

Block fuhr herum und starrte seine Frau an, die er nur schattenhaft erkennen konnte. Wusste sie etwas?

»Zwei Sonnen«, fuhr sie tonlos fort, »die einander umkreisen. So nah und hell, dass man geblendet ist vom Licht des anderen. Und plötzlich ist das Universum leer und schwarz, man kreist allein und trudelt schließlich aus. Doch dann, wenn man sich nur lange genug umschaut, erscheinen neue Sterne, kleinere, gewiss, sie gleißen nicht so hell, aber Sterne sind es doch. Und wenn man genauer hinsieht, entdeckt man deren Schönheit.«

Block war perplex. Sie hatte ihm aus der Seele gesprochen! Er lehnte sich zu ihr hinüber, zog die Beine auf die Matratze, nah an sie heran. Umfasste ihren Leib.

Als sich der Mond für einen Moment von den Wolkenfetzen befreite und die Kammer in fahles Licht tauchte, entdeckte er Tränen auf ihren Wangen. Wie Perlen lagen sie auf der Haut. Block ergriff ihr Kinn. Drehte ihren Kopf, um zu beobachten, wie das Mondlicht auf den Tropfen glitzerte. Sie ließ es geschehen. »Noch ist mein Universum wüst und leer«, sagte sie lakonisch.

»Aber ich sehe die Sterne, ich sehe sie!«, rief Block aus. Wäre es möglich gewesen, Block hätte von nun an Tränen gesammelt. Doch dann versteckte sich der Mond wieder, und die Kammer sank zurück in Dunkelheit. Das Gleißen war erloschen.

Anna-Louise sah, dass Blocks Antlitz weich und voller Bewunderung war. Lange nicht mehr hatte er sie so angesehen. Sie spürte Hoffnung. »Ich glaube, ich bin nicht mehr allein.«

»Das sind wir nie. Das Universum ist voller Sterne, man sieht sie nur nicht immer.«

Block hatte ihr Kinn losgelassen. Er legte sich auf den Rücken, dicht neben sie. Anna-Louise ließ ihre Hand langsam über das Leinen wandern. Sie begegnete Blocks Fingern, strich sachte darüber und verschränkte sich mit ihnen. Dann drückte sie seine Hand, und Block erwiderte den Druck.

Dem Mädchen, das Häbig öffnete, standen die Haare wild unter der Haube hervor. Die Hausherrin erschien fast im selben Augenblick, doch Häbig hätte Françoise du Barry kaum wiedererkannt, so aufgelöst, verschwitzt und staubbedeckt war sie. Man hätte sie für ihre eigene Kammerjungfer halten können. Und etwas in ihrem Gesicht war verändert, doch Häbig konnte nicht bestimmen, was …

Schon ein Bruchteil der Geschäftigkeit hätte Häbig misstrauisch gemacht. Er spähte an den Damen vorbei in den Salon. Ein Kleid lag über der Sofalehne. Eine Anprobe vielleicht?

»Sie schon wieder«, seufzte Madame du Barry. Ihr Unwille war nicht zu überhören.

Häbig konnte ein niederträchtiges Grinsen nicht unterdrücken. »Ja, ich schon wieder. Beim letzten Besuch konnte ich einen Bereich Ihres Haushaltes nicht richtig inspizieren. Sie werden mir verzeihen, wenn ich das jetzt nachhole?«

Widerstrebend bat sie ihn herein. »Wie sollte ich Sie aufhalten?«

Häbig überschritt die Schwelle und trat zielstrebig ins Schlafzimmer, an den Ankleidetisch. Doch das Möbel war leer. Nicht eine Flasche stand darauf. Er fuhr die du Barry an: »Man hat Sie gewarnt! Dieser Schuft, er weiß noch immer nicht, auf welche Seite er gehört.«

In seiner Wut übersah Häbig den Blick, den Madame ihrem Mädchen zuwarf: Erleichterung. »Wer?«, fragte sie mit dem Ausdruck vollkommener Unschuld auf dem Gesicht.

»Stellen Sie sich nicht dumm! Sie verfügen über eine gehörige Portion Verstand, Madame, schade nur, dass Sie ihn für die falschen Ziele einsetzen! Die Rede ist vom Hofrat von Block. Er wusste, dass ich wiederkommen würde! Und hat es Ihnen angekündigt!«

Françoise du Barry zuckte mit den Schultern. »Ich weiß nicht, wovon Sie sprechen …«

Häbig ballte die Fäuste, als wollte er etwas mit bloßen Händen zerquetschen. »Sie sind impertinent, Madame! Ich werde dafür sorgen, dass Ihre Machenschaften einer angemessenen Strafe zugeführt werden! Ihre – und die Ihres Hofrats!«

Abschätzig betrachtete die Französin diesen kleinen, wutschnaubenden Mann. Die Gefahr, die von ihm ausging, war berechenbar. Er schien vor allem über schlechte, veraltete Informationen zu verfügen. Niemand, vor dem man sich fürchten musste. Das Beste war wohl, ihm mit Hochnäsigkeit zu begegnen. »Ich weiß wirklich nicht, wovon Sie sprechen, Monsieur!«

Häbig rammte die Fäuste in seine Rocktaschen. »Das werden Sie noch erfahren, Madame! Glauben Sie mir! Ich werde keinen Ihrer Schritte unbeobachtet lassen!«

Wutschnaubend entfernte sich der Amtmann. Auf der Schwelle drehte er sich noch einmal um. »Ich warne Sie, entziehen Sie sich nicht den Behörden, Madame!« Kaum war die Tür hinter ihm ins Schloss gefallen, sank Natalie aufatmend in die Arme ihrer Herrin. Rasch richtete die du Barry sie wieder auf. Dann zog sie die Koffer und Truhen wieder unter dem Bett hervor. »Nur Mut, das Glück ist auf unsrer Seite.«

Nach kurzem Verschnaufen war Natalie wieder bei Kräften. Gemeinsam fuhren sie fort, Kleidungsstücke zusammenzulegen. Nur das Nötigste und nichts, was sie auf der Flucht behindern konnte.

Kaum war Häbig in seine Amtsstube zurückgekehrt, wurde er zu Mückritz zitiert. Der Kopf des Gerichtsrats war hochrot angelaufen, er wartete nicht ab, bis der Untergebene vor seinem Schreibtisch angelangt war, sondern herrschte ihn an: »Sie haben dieser Dame keine Besuche mehr abzustatten! Die Angelegenheit ist für Sie erledigt, wann verstehen Sie das endlich? Wie oft soll ich mich noch vor dem geheimen Kriegskabinett für Ihre Neugier rechtfertigen?«

Häbig war sich keiner Schuld bewusst. »Ich dachte, ich sollte das Gift bei ihr aufspüren …«

»Diese Finte ist vermasselt, danach fragt niemand mehr! Und – wenn ich Sie daran erinnern darf – Sie waren es, dem die Maßnahme missglückt ist!«

»Aber ich wusste nicht, dass wir aufgegeben haben, nach dem Gift zu suchen.«

Mückritz schlug mit Wucht eine Aktenmappe auf den Tisch. »Ach, Mann. Diese Dame ist zu schlau für Sie, mit Verlaub! Glauben Sie wirklich, sie hätte nicht längst den Anlass Ihrer Besuche erraten?«

»Wenn es uns gelingt, sie einzuschüchtern, begeht sie vielleicht einen Fehler.«

»Es wäre ihr erster. Nein, Häbig, lassen Sie die Dame in Ruhe. Wiegen Sie sie in Sicherheit. Ich sage es Ihnen zum letzten Mal: Sie unterliegt nicht mehr unserer Aufmerksamkeit. Demnächst wird man sie Napoleon ausliefern, als Bauernopfer. Am Ende treiben Sie sie mit ihren Aktivitäten noch zur Flucht!«

»Und der Mord an Lenzen?« Mückritz kaute unwillig auf seiner Lippe herum. »Tut nichts zur Sache. Vergeblich jetzt, in dieser Lage einen Prozess anzustrengen. Und eine Verhaftung würde die Auslieferung nur erschweren. Lassen Sie die Dame in Ruhe. Fürderhin ist sie eine Angelegenheit des Kriegskabinetts.«

Häbig nahm Haltung an. Er ließ seinen Blick über Mückritz' Schreibtisch wandern. »Wenn Sie da mal nicht zu spät kommen …«

»Gehen Sie!«, befahl Mückritz. »Ich habe Ihnen nichts mehr zu sagen.«

»Wenn Sie mich fragen ...«

»Ich frage Sie aber nicht!«

»... die Dame bereitet längst die Flucht vor. Und Block mit ihr. Der untreue Hofrat bringt Stücke aus seiner Sammlung zum Pfandleiher und wandelt sie in Barvermögen um. Wozu das? Ich sage es Ihnen: weil er fliehen will!«

Mückritz sah den Untergebenen scharf an. »Sie interessieren sich zu sehr für Dinge, die Sie nichts und weniger als nichts angehen, Häbig! Halten Sie sich raus, sonst kommen Sie unter die Räder! Und die Räder des Kriegskabinetts mahlen gründlich!«

Häbig verengte die Lider. »I wo, die Kameraden werden uns erst belästigen, wenn wieder einmal Kärrnerarbeit zu verrichten ist.«

Mückritz senkte drohend die Stimme. »Wie können Sie es wagen! Trollen Sie sich, Mann! Oder ich suspendiere Sie mit sofortiger Wirkung!«

»Nur eine Bitte: Bestellen Sie General Haldensleben, er solle Blocks Bewachung verschärfen! Es wird zu seinem Schaden nicht sein.«

»Den Teufel werde ich tun!« Mückritz bemühte sich nicht mehr, die Wut im Zaume zu halten. »Ich werde ihm sagen, dass ich Sie habe aufknüpfen lassen. Wir befinden uns im Krieg. Sie haben meinen Befehlen Folge zu leisten, sonst werden Sie sich vor einem Kriegsgericht verantworten müssen!«

Mückritz spürte, wie Häbig mit einer allerletzten Bemerkung rang. Doch er unterdrückte sie. Grußlos wandte er sich ab und ging hinaus. Mückritz versuchte, das Gespräch möglichst bald zu vergessen und sortierte Akten. Dabei wurde er gewahr, dass seine Finger zitterten.

Hoffmann wollte Carus den Block'schen Damen vorführen und wählte dazu einen Zeitpunkt, da der Hofrat ganz sicher außer Haus weilte. Der Arzt zeigte sich unwirsch darüber, dass man ihn zwang, seine Pflichten zu vernachlässigen. Doch gottlob war der Typhus noch nicht ausgebrochen, was man dem jungen Mediziner als Verdienst anrechnete. Seine These, dem Fieber sei mit einem hohen Maß an Sauberkeit wirksam vorzubeugen, schien damit bewiesen. Die blutige Arbeit der Feldschere war beinahe zum Erliegen gekommen. Die Leichen, die jetzt noch verscharrt wurden, waren in ihrer Mehrzahl dem Wundstarrkrampf zum Opfer gefallen. Kampfverletzungen gab es kaum noch, denn in der Nähe der Stadt wurden hauptsächlich Spähtrupps gesichtet. Das Hauptfeld der Österreicher war nach Böhmen ausgewichen, von wo eine größere Schlacht bei der Ortschaft Kulm gemeldet wurde. Die Preußen hatten sich nach Schlesien zurückgezogen, und Napoleon hatte ihnen Ney mit seiner Kompanie nachgeschickt. Immer wieder wurde der *empereur* in Dresden gesehen, um die Fäden zu ziehen, die Verfolgung des Rückzugs abzusichern, oder, gemeinsam mit den verbliebenen Marschällen, die nächsten Züge des Gegners vorauszuberechnen.

Die Ruhe war trügerisch. Schon wurden die Lazarette wieder nach Soldaten durchkämmt, die sich auf den Beinen halten und ein Gewehr laden konnten. Galizier, die unter österreichischer Fahne gekämpft hatten, wurden in französische Uniformen gesteckt und auf dem Altmarkt einexerziert. Alles harrte der Entscheidungsschlacht, doch noch standen die Hauptheere so weit von einander entfernt, dass man in Dresden getrost Damenbesuche absolvieren konnte.

Hoffmann und Carus saßen nebeneinander auf der Chaiselongue. Ariane und Anna-Louise hatten sogleich Vertrauen zu dem jungen, schmächtigen Mann gefasst, der ihnen in einleuchtenden Worten erklärte, warum Block allem Anschein nach kein Mörder sein konnte. Unterdessen beobachtete Hoffmann die Damen aus den Augenwinkeln, und jede – obschon jede auf ihre Weise – schien nicht ganz bei der Sache zu sein. Anna-Louises Blicke ruhten mit einer Neugier auf Carus, die nicht seinen Worten, sondern seinem Wesen galt. Ariane hingegen schien zappelig, wollte etwas beisteuern, doch dann kniff sie die Lippen zusammen und gebot sich offenbar zu schweigen.

Hoffmann saß mit verschränkten Armen und sehnte das Ende der Unterhaltung herbei, denn die Affäre Block beschwerte seine

Existenz nur noch. Solch ein schönes Leben hätte er haben können! Die Theater waren geschlossen, und tagaus, tagein hätte er Zeit, zu komponieren und zu schreiben.

Carus präsentierte in die Runde eine Probe des Gifts, das Hoffmann in Blocks Bureau gefunden hatte und dem Lenzen allem Anschein nach zum Opfer gefallen war. Ariane sah sich die Substanz mit großen Augen an, während Anna-Louise alle Erklärungen gleichmütig über sich ergehen ließ. Carus hätte die Sache mehr behagt, wenn sie seinen Worten größere Aufmerksamkeit geschenkt hätte als seiner Person. Als der Arzt auf das Gift am Kragen zu sprechen kam, konnte Ariane sich nicht länger zurückhalten. »Ich weiß, woher es rührt. Ich habe mit Emilie gesprochen.«

Nun zeigte Anna-Louise doch eine Regung. Überrascht wandte sie sich der Tochter zu. »Du verkehrst mit Emilie Lenzen?«

Ariane schlug die Augen nieder. »Ich habe sie getroffen. Wir konnten uns aussöhnen!«

»Aber diese Leute sind die Urheber dieser impertinenten Gerüchte über deinen Vater, wozu sie, wie wir nun wissen, nicht den geringsten Anlass hatten!«

»Aber Mutter, sehen Sie denn nicht, dass es sehr wohl Anlass gibt?«

Anna-Louise schaute von Hoffmann zu Carus. »Alles, was die Herren vortragen, beweist nur, dass die Gerüchte unrecht hatten!«

Ariane druckste herum. »Nur zum Teil.«

»Was soll das heißen?«

»Nun«, mischte sich Hoffmann ein, »dass es ein Komplott gegen Ihren Mann gab, beweist doch nur, wie tief er verstrickt ist in die Intrigen und Winkelzüge der Mächtigen!«

Anna-Louise lachte spitz auf. »Mächtig? Niemals war mein Gatte mit wichtigen Dingen betraut. Er ist für das Schöne zuständig. Mächtig sind andere!«

Hoffmann schüttelte entschieden den Kopf, doch Ariane kam ihm zuvor: »Mutter, er verkehrt mit dieser Frau, die womöglich sein Leben …«

Anna-Louise ließ die Tochter nicht ausreden. »Ich verbiete dir vor Fremden so über deinen Vater zu sprechen!«

»Aber …«, setzte Ariane zu einer Erklärung an, doch Anna-Louise unterbrach sie mit einer Handbewegung, die nicht zu ihrer zarten Gestalt passen wollte. Um jeden weiteren Disput zu vermeiden, wandte sie sich von der Tochter ab und Carus zu: »Sie sind Arzt? Für Frauenkrankheiten, sagten Sie?«

Carus verbeugte sich. »Dies ist mein vorzügliches Gebiet.«

Anna-Louise berührte ihn sachte am Unterarm. »Monsieur, darf ich Sie unter vier Augen sprechen?« Sie führte ihn hinüber in ein Nebenzimmer.

Ariane und Hoffmann blieben mehr als ratlos zurück. Sie waren allein im Raum. Vom plötzlichen Ende der Unterredung überrascht, sahen sie sich an. Dann richtete Ariane das Wort an ihren Lehrer: »Es ist an der Zeit, den Unterricht wieder aufzunehmen. Unter den Ereignissen der letzten Monate hat mein Gesang arg gelitten.«

Hoffmann seufzte auf. Es war unumgänglich, Ariane eine Wahrheit zu eröffnen. »Mademoiselle, ich kann Ihnen keine Stunden mehr geben. Wir befinden uns auf Abruf. Seit Wochen sind die Theater geschlossen. Ich werde, sobald die Wege sicher sind, mit Seconda nach Leipzig gehen.«

Ariane erblasste. »Hoffmann, das können Sie nicht tun! Nicht jetzt, da alles auf ein Ende hinausläuft!«

Er lächelte milde. »Ich habe keine Wahl. Es gibt Absprachen, Vereinbarungen. Wenn der Entrepreneur nach Leipzig zu gehen wünscht, muss ich ihm folgen.« Verlegen schlug er den Blick nieder.

»Und mein Vater?«

»Ist vom Vorwurf des Mordes vollständig befreit.«

»Aber Sie sagten selbst, dass es damit nicht getan ist. Er ist viel tiefer in den Krieg verstrickt, als wir alle ahnten. Was, wenn die falsche Seite gewinnt? Was«, und sie runzelte voller Besorgnis die Stirn, »wenn der Mörder seinen Anschlag wiederholt?«

Hoffmann küsste Ariane die Hand. »Wir sind alle nichts auf dieser Welt. Das Schicksal wirft uns hierhin und dorthin, wir können nichts dagegen tun. Aber«, und er tippte sich an die Schläfe, »wir sind Herren über unsere Fantasie.« Aufmunternd rollte er mit den

Augen. »Ein wunderbares Reich ohne Ungerechtigkeit und unliebsame Überraschungen. Machen Sie's wie ich: Beziehen Sie eine Kate in diesem Reich, und die Unbilden der wirklichen Welt werden nur als fernes Echo zu Ihnen hinaufklingen.«

»Verzeihen Sie, Hoffmann, aber das ist romantisches Gerede! Ich bin nur ein Frauenzimmer. Ich benötige Hilfe in dieser Welt, sonst trampeln die Zeitläufte über mich hinweg!«

Hoffmann ergriff ihre Hände und drückte sie. »Meinen Sie? Ich habe selten ein Weib kennengelernt, das weniger Hilfe benötigt hätte als Sie!«

Verschämt senkte Ariane den Blick. In dem Moment öffnete sich die Tapetentür, heraus trat Carus mit ernster Miene. Ariane hielt nach der Mutter Ausschau, doch es dauerte eine Weile, bis sie hinter dem Arzt in der Türfüllung erschien. Ihr Gesicht war eingefallen, die Wangenknochen stachen durch die Haut, als sei sie aus Papier, um ihre Augen lagen dunkle Ränder. Eben noch war sie kraftvolles Leben, nun kehrte sie als der wandelnde Tod zurück.

Ariane löste sich von Hoffmann und lief ihr entgegen. »Mutter! Was ist Ihnen zugestoßen?«

Anna-Louise hob die Hand, Ariane blieb erschrocken stehen. »Rühr mich nicht an!«, hörte sie die Mutter sagen und konnte es nicht glauben. Doch dann wiederholte Anna-Louise den Befehl, langsam, jedem Wort Gewicht verleihend: »Ich ertrage keine Berührung mehr!«

Ariane steinigte Carus mit Blicken. »Was haben Sie ihr getan?«

Unbeirrt klappte der Arzt seine Tasche zu und zog den Riemen fest, die Schnalle klimperte und vertrieb die Betretenheit. »Das …«, antwortete Carus zögernd, »darf Ihnen nur Ihre Mutter sagen.«

Als Hoffmann nach Hause zurückkehrte – leichten Herzens und nur wenig angetrunken, aber überaus glücklich, die Affäre zu einem Abschluss gebracht zu haben –, lief ihm Mischa entgegen. Sie wedelte mit einem Umschlag. »Wieder Post von Hippel! Endlich! Er wird wissen, was zu tun ist.«

Hoffmann riss ihr den Brief aus der Hand. Ja, Hippels Name

stand darauf! Und der seine als Empfänger. Er erbrach das Wachssiegel und entfaltete den Umschlag. Überflog den Inhalt und fluchte lauthals.

»Was ist? Schlechte Nachricht?«, erkundigte sich Mischa besorgt.

Hoffmann rannte in der Kammer auf und ab. »Ich will damit nichts mehr zu tun haben! Es ist beendet. Gerade habe ich mich verabschiedet!«

»Von wem hast du dich verabschiedet, Theo?«

»Von dieser unseligen Hofratsfamilie!«

»Was hat denn dein Freund mit den Blocks zu schaffen?«

»Das verstehst du nicht!« Sein Ton war ruppiger, als Mischa es verdient hatte. Um ihn zu besänftigen, umfasste sie seine Taille und drückte ihn an sich. »Ich würde gern wissen, was dich zum Fluchen bringt.«

Hoffmann atmete tief durch. »Nun gut, ich erkläre es dir: Die Sachsen schlagen sich wieder ganz und vollkommen auf die Seite Napoleons. Und zum Beweis ihres Gehorsams und um den Kaiser nach ihren Eskapaden mit den Preußen gnädig zu stimmen, sollen sämtliche feindlichen Spione ausgeliefert werden. Und vermutlich wird Block – so sagen es zumindest Hippels Erkenntnisse – unter ihnen sein!«

Mischa zog ihn am Rock herum und versuchte, ihm einen Kuss auf die Lippen zu drücken. »Was hast du denn noch mit denen? Sollen sie doch selbst für ihr Schicksal sorgen!«

»Ich bin es der Tochter schuldig. Sie hat uns geholfen, als wir in der Patsche saßen …«

»Schuldig, schuldig«, wiederholte Mischa unwillig. »Andere sind schuldiger als du!«

Hoffmann schmunzelte. »Das mag sein. Aber ich bin kein Schuft. Ich bin ein Säufer, ein passabler Kompositeur und zuweilen auch Verseschmied. Nicht zu vergessen mittelmäßiger Kapellmeister einer schlechten Kapelle. All dies bin ich tatsächlich. Aber ein Schuft bin ich nicht!«

»Doch«, gurrte sie ihm ins Ohr. »Du bist ein großer Schuft.« Sie massierte sein Ohrläppchen zwischen ihren Lippen.

Er riss sich los. »Lass mich zuerst ein Ehrenmann sein. Wenn ich zurückkomme, werde ich meine Schuftigkeit unter Beweis stellen.«

Mischa ließ von ihm ab, trat einen Schritt zurück und wiegte schnurrend die Hüften. »Beeil dich!«

Ariane staunte nicht schlecht, als Hoffmann nicht einmal eine Stunde nach dem endgültigen Abschied wieder vor ihr stand. Freudig wollte sie ihn hereinbitten, doch der Musiker wehrte ab. Zwischen Tür und Angel legte er ihr dar, in welcher Gefahr sich der Vater vermutlich befand und dass es besser für ihn wäre, so schnell wie möglich zu fliehen. Ungläubig lauschte Ariane Hoffmanns Worten. Sie wehrte sich dagegen, doch dann traten ihr immer klarer die Zusammenhänge vor Augen. Hoffmann musste recht haben! Plötzlich ergab es einen Sinn, dass der Vater Stücke aus seiner Sammlung veräußerte. Es ergab auch Sinn, dass er große Summen barer Münze hortete. Offenbar ahnte oder wusste er, was vor sich ging, und erwog bereits selbst die Flucht. Mehr noch, war schon in konkreter Vorbereitung begriffen!

Doch Flucht war das Einzige, was Ariane ihm nicht zubilligen wollte. Unvorstellbar für sie, alles Hab und Gut auf einen Wagen zu packen und diese Stadt – ihre Geburtsstadt – zu verlassen. Wenn der Vater Unrecht begangen hatte, sollte er an Ort und Stelle dafür büßen. Sicherlich wäre es schwer zu ertragen, die Freundinnen, ja selbst die Marktweiber sich darüber das Maul zerreißen zu hören, aber sie würde es durchstehen! Sie und *Maman*. Wenn er allein floh, waren Ehe und Ehre der Eltern dahin. Ihre angeschlagene Liebe würde nicht reichen, eine Trennung zu überwinden oder auch nur zu überstehen.

»Er darf nicht fliehen!« Es war wie ein Aufschrei.

Hoffmann zuckte gleichgültig mit den Schultern. Offenbar hatte er es eilig, und Ariane wollte ihn nicht aufhalten. Da kam ihr ein anderer, sehr tröstlicher Gedanke: Wäre es nicht klug, der du Barry die Warnung zu überbringen, die für den Vater gedacht war? Wäre es nicht ein nahezu genialer Schachzug, sie ohne den Vater fliehen zu lassen? Damit wäre die Affäre auf einen Schlag aus der Welt, die Verführerin verschwunden und der Vater würde sich zwangsläufig wieder der Mutter zuwenden ... So dachte Ariane und beschloss, sich bei nächster Gelegenheit erneut aus der Wohnung zu schleichen.

Madame du Barry blieb der Atem weg, als sie die Tür öffnete. Das süßliche Parfüm des Mannes fuhr ihr wie ein Nadelstich in die Nase. So ungern sie Schwäche zeigte, in diesem Moment wurden ihr die Knie weich. »Was suchen Sie hier?«, platzte sie, alle Höflichkeit vergessend, heraus.

Bürger Jacques trat ein, ohne dass sie ihn darum gebeten hätte. Er nahm sich das Recht, und sie musste ihm Platz machen. Ihr Atem ging schnell, ihr Herz schlug bis zum Hals.

»Warum antworten Sie nicht auf meine Nachrichten?«, fragte er streng. »Sie zwingen mich, uns beide in größte Gefahr zu bringen!«

Françoise war überrascht, dass gerade er die drohende Gefahr beschwor. »Man hat Sie beobachtet, wird Ihren Besuch melden!«

Der Agent schüttelte den Kopf und zischte: »Ein Handgeld für eine warme Mahlzeit, und schon beobachten die Meisterspione lieber die Fleischstückchen in ihrer Suppe als Ihre Wohnung.«

»Einer ist darunter, der lässt sich nicht so leicht abwimmeln.«

»Sie meinen den schmierigen Amtmann?« Bürger Jacques lächelte abschätzig. »Nein. Der ist keine Gefahr. Unsere Leute sind aufgeweckter. Wenn sie auch allzu leicht dem Hunger nachgeben!«

Françoise lächelte. Aus Nachlässigkeit hatte er ihr eine wichtige Information verraten.

»Warum sind Sie meinen Bitten nicht gefolgt?«, drang er erneut in sie.

Anstatt zu antworten, führte Françoise ihn in den Salon. Nicht um eine vollendete Gastgeberin zu sein, sondern weil der Korridor zu düster war, um sein Mienenspiel zu erkennen. Sie schwieg, bis er auf der Chaiselongue Platz genommen hatte. Eindringlich beobachtete sie seine Reaktion, während sie ihren Verdacht aussprach: »Die Treffen mit Ihnen sind mir zu gefährlich geworden. Beim letzten wollten Sie mich ausräuchern.«

Seine Überraschung war gut gespielt. »Was sagen Sie da?«

Françoise du Barry meinte, ihm nicht viel erklären zu müssen. »Sie wissen genau, wovon ich spreche. Wenn Sie hier keine Verwendung mehr für mich haben, so lassen Sie mich nach Hause reisen, anstatt mich umzubringen!« Sie beugte sich näher an ihn heran, damit er ihre versengten Augenbrauen sehen konnte.

Ohne sich irgendeine Unruhe anmerken zu lassen, rückte er an den Rand der Chaiselongue. »Madame, ich weiß nicht, wovon Sie sprechen. Glauben Sie mir, wir brauchen Sie! Dringender als je zuvor. Was denken Sie, weshalb ich Ihnen täglich Billetts schicke?«

Allmählich wurde Françoise schwankend. »Die Art der Einladung, das Papier, der Tonfall, alles war so, wie ich es von Ihnen gewohnt bin! Sie wollen meinen Tod!« Sie konnte nicht verhindern, dass ihre Stimme kippte.

Bürger Jacques legte seine Hand auf die Brust. »Madame, ich will nicht abstreiten, dass wir uns in großer Gefahr befinden«, sagte er. »Bonaparte ahnt, dass eine Verschwörung gegen ihn existiert, und er würde sie allzu gern ausheben.« Er verzog den Mund, als hätte er auf etwas Bitteres gebissen.

»Aber es trifft doch zu!«

»Wann hätte die Verschwörung jemals aufgehört zu existieren, seit dem 18. Brumaire? *Alors*, und was ist schlecht daran? Der Kaiser arbeitet im Geheimen gegen uns, so wie wir im Geheimen gegen ihn arbeiten. Zwei Schattenarmeen, nur dass unser Schlachtfeld die Salons und Kabinette sind – mitunter sogar die Boudoirs. Aber auf unserem Schlachtfeld gibt es keine Waffenruhe, niemals lichtet sich der Pulverdampf. Auf den Krieg folgt das Misstrauen. Unser Streben geschieht leise, ohne Aufhebens – genau wie unser Sterben ...«

»Oh, in meinem Fall wurde gleich eine ganze Scheune niedergebrannt ...«, stellte Françoise richtig.

Diesmal war sein Lächeln offenherzig. »Glauben Sie mir: Ich hätte es geschickter angestellt!«

»Zum Beispiel durch eine Gabe von Arsenik?«

Jacques neigte den Kopf. Seine Züge entglitten ihm. Er rückte näher, wollte ihre Hände ergreifen, doch Françoise legte sie auf dem Schoß ineinander.

»Sie glauben mir immer noch nicht?«, fragte er, beinahe enttäuscht.

Françoise schwieg.

»Würde ich hier sitzen, wenn ich der Überzeugung wäre, Sie umgebracht zu haben? Ich bitte Sie! Vertrauen Sie mir!«

Beinahe war Françoise so weit, ihm zu glauben, doch vertrauen würde sie ihm niemals! »Vielleicht wollten Sie sich nur überzeugen, ob Ihr Anschlag geglückt ist?« Sie hob abwehrend die Hände, und es gelang ihm, eine zu ergreifen, um einen Kuss darauf zu drücken. »Madame, einer so schönen, starken Frau könnte ich niemals ein Haar krümmen! Es wäre doch zu schade um Sie!«

Ohne Vorwarnung nahm Françoise die Perücke ab. Das Entsetzen war seiner Miene abzulesen, er führte ein Tuch zum Mund. »*Mon Dieu!*«, rief er aus. »Wer hat Ihnen das angetan?«

»Vermutlich dieselben Leute, denen Sie mich jetzt ausliefern wollen.« Bürger Jacques räusperte sich verlegen. »Glauben Sie mir, der Kaiser und seine Anhänger fühlen sich stark. Aber was haben sie gewonnen? Ein Scharmützel im Regen! *Tiens!* Unsere Verbündeten holen nur kurz Atem, um dem Korsenkönig endgültig die Kerzen auszublasen.« Tiefe Verachtung verzerrte seine Stimme. »Haben Sie sich seine glorreiche Armee angeschaut, als sie aus Dresden auszog? Kaum einer hatte weniger als vier Ellen Verbandsmull am Leib. Und die Hälfte der Mannschaften trug bis vor kurzem noch das Tuch der Österreicher! Was soll diese Armee der Heimatlosen und Versehrten gegen das ausgeruhte, ständig durch Rekruten aufgefrischte Heer der Allianz ausrichten?«

Obwohl sein Hass sie abstieß, fand Françoise Hoffnung und Trost in seinen Worten. Die Allianz stand für die untergegangene Welt, der sie selbst entstammte. »Was verlangen Sie von mir – ohne jede Gegenleistung?«

Bürger Jacques wand sich. »Sie werden entlohnt werden. Sobald wir gesiegt haben.«

»Alles, was ich will, ist, in meine Heimat zurückkehren. Ich habe Fouchés Wort darauf!«

»Sicher, sicher. Doch erst muss Bonaparte überwunden sein!

Dazu müssen wir wissen, wie stark die Reserven außerhalb der Städte sind. Er weiß doch, dass es in Dresden genügend Augen gibt, die zählen können. Deshalb lässt er ein um die andere Kompanie ausmarschieren und auf freiem Feld lagern. Zusätzlich führt er frische Regimenter aus Paris heran, die wir gar nicht erst zu Gesicht bekommen. Er ist ein schlauer Fuchs.« Jacques hatte unwillkürlich die Fäuste geballt.

›Solange Ihr Euch von niederen Gefühlen leiten lasst, seid Ihr Napoleon unterlegen! Denn er lässt sich niemals von Rache leiten. Er weiß um die Gefahr, sich von einer Laune zu Fehlschlüssen hinreißen zu lassen.‹ Dies alles dachte Françoise, ohne es auszusprechen.

»Sie werden reisen.« Jacques hatte den Kopf erhoben und sah Françoise voller Hochmut an. »Aber nicht nach Paris, sondern nach Leipzig. Kundschafter berichten von Truppenaufmärschen rund um die Stadt. Fahren Sie dorthin und versuchen Sie jemanden zu finden, der die Augen für uns aufsperrt. Jemanden wie Ihren Block. Und auf dem Weg versuchen Sie, sich ein Bild von der Lage zu machen.«

»Warum reisen Sie nicht selbst?« Françoise fand, dass Widerstand angebracht war, obwohl sie am liebsten gleich eingewilligt hätte. Dass sie nun sogar einen Vorwand hatte, sich aus der Stadt zu entfernen, kam ihr sehr gelegen! Eine ausgesprochene Dummheit von Jacques, sie fortzubefehlen – wenn es nicht eine Falle war.

»Ich denke, dass Sie sich in Leipzig leicht jemanden verbunden machen können. Sie haben ein …«, er lächelte süffisant, »… besonderes Talent dafür.«

Françoise fiel es nicht im Traum ein, das als Kompliment zu nehmen. Da sie nicht antwortete, wurde er zudringlich. »Würde ich Ihren Stand nicht so hassen, wären wir längst ein Paar!«

Um weiteren Unverschämtheiten zu entgehen, erhob sich Françoise. »So werde ich also nach Leipzig reisen. Durch die feindlichen Linien. Es scheint mir wirklich, als wollten Sie mich loswerden …«

Sie hielt ihm die Hand hin. Deutlicher konnte sie ihn nicht zum Abschied auffordern.

»Ich werde beglückt sein, wenn ich Sie wohlbehalten und im Besitz nützlicher Erkenntnisse zurückgekehrt weiß«, säuselte er und drückte einen Kuss darauf. Länger als notwendig hielt er sie am Gelenk fest, Françoise musste sich förmlich entwinden. Endlich empfahl er sich.

Als sie hörte, dass Natalie ins Zimmer trat, blickte sie ihr fest in die Augen. »Es wird Zeit, dass wir diese Stadt verlassen!«

Natalie machte einen ergebenen Knicks. »Alles steht bereit.«

»Nächste Woche ist der richtige Offizier auf dem Posten. Er wird dafür sorgen, dass seine Soldaten in der Wachstube bleiben, während unser Wagen passiert. Jetzt brauchen wir nur noch Blocks Geld …«

»Nächste Woche also?«

»Ja. Falls das Hoftheater spielt.«

»Was tut denn das Theater zur Sache?«, fragte Natalie erstaunt.

»Es ist Teil meines Plans. Eine lange Vorstellung, sagen wir drei Stunden, verschafft uns einen komfortablen Vorsprung.«

Natalies Miene hellte sich auf. »Man soll uns im Theater vermuten?« Françoise nickte zufrieden.

»Wie lange wird denn unsere Abreise unentdeckt bleiben?«, wollte das Mädchen wissen.

»Es ist keine Kunst, unsere Bewacher zu täuschen«, seufzte Françoise, »doch wie lange die Täuschung vorhält, liegt nicht in unserer Macht. Der Mensch, der uns eben behelligte, wird uns jedenfalls ein paar Wochen lang nicht vermissen!« Sie lächelte sinnend. »Und bis dahin sind wir längst in Paris.«

»Gebe es Gott, Madame!«

Natalie hatte den Befehl erhalten, die Wohnung herzurichten. Françoise wollte alles so ordentlich wie möglich zurücklassen, um ja nicht den Eindruck einer überstürzten Abreise zu erwecken. Also schrubbte das Mädchen Dielen, bis die Fingerkuppen wund waren. Selbst Möbel wurden von der Wand gerückt. Am Nachmittag waren die Vorbereitungen abgeschlossen. Nur Block war noch nicht erschienen. Françoise du Barry lief in der Wohnung auf und ab, für hilfloses Harren und Warten war sie nicht geschaffen.

Als es am frühen Abend – endlich – klingelte, rannte sie selbst zur Tür, um zu öffnen. Im Laufen zog sie die Perücke zurecht, damit er ihr versengtes Haar nicht entdeckte. Die Augenbrauen hatte sie sich mit Schminke angemalt. »Wo bleiben Sie denn?«, rief sie aus, als sie seiner ansichtig wurde. »Ich hatte schon befürchtet, Ihnen sei etwas zugestoßen!«

»Es freut mich, Sie in Sorge um mich anzutreffen!« Doch im nächsten Moment verflog Blocks Lächeln. Er hob den Kopf, seine Nasenflügel weiteten sich, und er sog in tiefen Zügen Luft ein. Schnüffelnd schritt er durch die Räume, Madame du Barry folgte ihm irritiert. »Was Sie riechen, ist Schmierseife. Das Mädchen hat heute großen Hausputz gemacht.« Ihre Finger nestelten nervös am Stoff des Kleides, doch Block beachtete sie nicht. Seine Miene ließ nichts Gutes ahnen.

»Nein, es ist etwas anderes!« Der Hofrat hatte sich, immer noch schnüffelnd, in den Salon begeben. »Wer war in diesem Raum?«

Françoise neben ihm berührte ihn am Arm. »Mein liebster, bester Block, das ist nun wirklich nicht der richtige Moment für Eifersucht. Nun, da ich mich ganz und für immer zu Ihnen bekennen will!«

»Ein Mann also? Sie hatten Herrenbesuch? Es riecht wie ein Damenparfüm!«

Nun hob Françoise ebenfalls die Nase. Mit einem Mal wusste sie, was Block roch: Trotz der Seife und des intensiven Geruchs der nassen Dielen witterte er das Parfüm des Mannes, der sich Bürger Jacques nannte.

Sein Blick wurde hart, so hatte sie ihn noch nie gesehen. »Wer ist es?«

»Nur ein Bote«, antwortete sie ausweichend.

Block runzelte die Stirn. »Ein Bote – in Ihrem Salon?«

Ihre Augen blitzten auf. Verhören ließe sie sich nicht, trotz aller Liebdienerei. »Sie wissen, Monsieur, dass ich Botschaften empfange, die sich nur in vertraulichem Kreise bereden lassen.«

»Ah! Einer Ihrer Spione!«

Françoise biss sich auf die Lippen. Auf ihre Abschiedstage wurde sie auch noch geschwätzig! »Ich möchte nicht darüber sprechen«, sagte sie steif. »Wir müssen handeln, Block! Haben Sie Bargeld beschafft?«

Der Hofrat blieb stur. »Zuerst muss ich wissen, wer Ihnen seine Aufwartung gemacht hat. Ich kenne diesen Geruch und verbinde ihn mit einer sehr unangenehmen Erinnerung!«

An seiner Miene erkannte sie, dass er auf dieses Zugeständnis beharren würde. »*Alors, Monsieur*. Ich verrate Ihnen seinen Namen«, seufzte sie. »Sobald wir sicher in der Kutsche nach Paris sitzen. *D'accord?*«

Mit Erwähnung des Zieles kam Block zur Besinnung. Unwillkürlich tastete er nach der Rocktasche, wo ein Gutteil der Barschaft verstaut war. Françoise hatte den Griff bemerkt und konnte ihre Begehrlichkeit nicht verhehlen. Block war ihre letzte Hoffnung, sie würde ihm das Geld schon abschwatzen! »Mein liebster, bester Block, wir wollen alles, was uns hier beschwert hat, hinter uns lassen. Nur noch füreinander wollen wir da sein!«

Der Hofrat nestelte an der Tasche herum, die Klemmbügel der Geldbörse hatten sich im Futter verfangen. Françoise musste an sich halten, ihm nicht zu Hilfe zu eilen.

»Verzeihen Sie, Madame, aber dieser Geruch …«, bemerkte er erneut, »… ich bin mir sicher, dass ich ihn schon einmal wahrgenommen habe.«

»Wo denn? Bei welcher Gelegenheit?«

Block schaute ins Leere und suchte angestrengt in seiner Erinnerung. Dann fuhr er herum und sah Françoise geradewegs in die Augen. »Als Hofrat Lenzen ermordet wurde! Der Duft lag an dem Morgen im Raum, als ich meine Schreibstube betrat.« Blocks Lider hatten sich zu Schlitzen verengt, als sähe er die Szenerie wieder vor sich.

Françoise runzelte die Stirn. »Ich weiß nicht, was Sie meinen, Monsieur«, wich sie ihm aus. Nicht, dass er ihrem Plan noch in die Quere kam! Sie wollte keine Antworten mehr suchen, sondern fliehen. Für immer aus dieser Stadt und diesem Landstrich. Und wenn es das Leben kostete!

Mit einer Handbewegung wischte Block die unguten Erinnerungen beiseite. Er zog die Börse aus der Tasche, ließ den Verschluss aufschnappen und schüttete den letzten Erlös seiner Sammlung auf das Sofa. Edelmetall funkelte. Madame du Barrys Miene entspannte sich. »Das wird reichen«, murmelte sie.

Die Theater, seit der Schlacht bei Dresden geschlossen, schienen in absehbarer Zeit nicht zu öffnen. Schon wollte Françoise einen anderen Plan entwerfen, da verbreitete sich in den Straßen das Gerücht, Napoleon sei von Dohna zurückgekehrt, wo er die russischen Truppen erfolgreich ins Böhmische abgedrängt hatte. Nun wünsche er Zerstreuung. Für diesen einen, nur für diesen einzigen Abend öffne das Hoftheater, und der gesamte Hof sei geladen!

Als Natalie atemlos Bericht erstattet hatte, gefror nicht nur Françoises Miene, ihr ganzer Körper war wie erstarrt. »Dann soll es dieser Abend sein! Es muss gelingen. Alles ist bereit. Natalie ...« Das Mädchen nickte in heller Aufregung. Beinahe reglos fuhr Françoise fort: »Du läufst auf den Theaterplatz und fragst, ob es stimmt, was du gehört hast. Falls irgend möglich, erstehe zwei Billetts.«

»Zwei?«

»Eines für dich und eines für mich.« Madame du Barry wollte lächeln, doch die Anspannung ließ den Versuch missglücken.

»Aber Madame«, Natalie knickste nervös, »ich war noch nie im Hoftheater! Es ist kein Ort für Kammerjungfern. Wird man mich überhaupt einlassen?«

»Man wird!«, antwortete die Herrin bestimmt.

»Aber wie?«

»Keine Fragen. Bereite alles vor wie besprochen. Wir haben keine Zeit zu verlieren!«

Nachdem Natalie mit der Nachricht zurückgekehrt war, alles verhalte sich durchaus so, wie die Gerüchte versprachen, nahm Françoises Antlitz einen Ausdruck von Entschlossenheit an. »Dann soll es sein«, sprach sie feierlich. »Wo sind die Billetts?«

Bedauernd hob Natalie die Schultern. Es gebe keine Billetts, die Vorstellung sei allein für Napoleon und seine Marschälle, außerdem für den sächsischen Hofstaat.

Françoise faltete die Hände und legte ihre Fingerkuppen ans Kinn. Sie dachte nach. Nach einer Weile hatte sie einen Entschluss gefasst. »Nun gut. Ich bin immer noch Mitglied der französischen Gesandtschaft. Man wird nicht wagen, mir die Tür zu weisen!«

Natalie hatte die Worte vernommen, doch nicht verstanden. »Und?«

»Na was schon? Suche dir einen Herrenanzug heraus. Irgendetwas wird sich wohl auftreiben lassen.«

»Einen Herrenanzug? Was soll das bedeuten?«

»Das bedeutet, wir reisen heute Abend ab«, schloss Françoise, und ein Schimmer der Verzückung huschte über ihr Gesicht.

Das Letzte, was Françoise in ihrer Dresdner Wohnung tat, war, einen kurzen Brief an den Hofrat Baron von Block zu formulieren. Keinen Abschiedsbrief, denn Madame du Barry pflegte sich nicht zu verabschieden. Ihre Abneigung gegen Trennungen saß tief.

In spröden Worten teilte sie mit, dass der Mann, den Block für Lenzens Mörder hielt, einen falschen Namen trug. Sie verriet ihm dessen Decknamen, einen anderen wusste sie nicht. Dann sein Aussehen: dass er klein von Gestalt war, die Haare lang und keine Perücke trug, und sich süßlich und reichlich parfümierte. Das Aroma kannte Block und würde es aus hundert Düften herausriechen. Mehr bedurfte es nicht. Diese wenigen Informationen würden ausreichen, ihn – falls nötig – vom Verdacht reinzuwaschen und den wahren Mörder zu überführen.

Françoise überlegte lange, ob sie ihren Namen daruntersetzen sollte. Schließlich tat sie es, und davor das unscheinbare Wort *amour*. Bis Block dieses Billett erhielt, würde sie längst über alle Berge sein. Dieses kleine Zeichen der Wertschätzung schenkte sie ihm gern.

Dann trat ein jugendfrischer, vornehm ausstaffierter Herr neben sie. Seine Gesichtszüge waren weich und glatt, seine Stimme ein wenig zu hoch für einen Mann. »Ich bin bereit!«

Françoise schaute von ihrem Brief auf und dem Mann ins Gesicht. Stolz und auch ein leises Begehren mischten sich in ihren

Blick. Dies war der reizendste Begleiter, den sie sich wünschen konnte! Formvollendet reichte er ihr den Arm. »Madame, erlauben Sie, dass ich Sie ins Theater entführe?«

Im nächsten Moment musste Natalie losprusten. Luftschnappend kippte sie nach vorn. Die Herrin blieb ernst und richtete sie mit festem Griff wieder auf. »Du musst die Stimme senken.« Sie legte ihre Hand auf Natalies Bauch. »Hier heraus musst du sprechen.« Natalie wurde sich der Berührung bewusst und errötete.

Françoise warf den Kopf in den Nacken und lachte aus voller Kehle. »Du musst noch viel lernen, bevor du die Rolle des Mannes beherrschst!«

»Ich möchte nicht zum Mann werden!« Natalie wand sich in der Herrenkleidung. »Es ist eng, überall kneift es, und an das Tragen von Hosen werde ich mich niemals gewöhnen!«

Françoise zwinkerte ihr zu. »Nur für ein paar Tage. Dann können wir die Maskerade fallen lassen. Hast du nicht selbst gesagt, wie ungewöhnlich es sei, wenn ich in Begleitung meiner Kammerjungfer ins Theater ginge?«

Das musste Natalie zugeben.

»Sind die Koffer schon fort?«

Statt eine Antwort zu geben, stöhnte Natalie entnervt. Diese Frage hatte sie schon ein Dutzend Male beantwortet. Die Reisekoffer und -truhen waren am Nachmittag fortgeschafft worden, von dem Zimmermann, der seine kleine Werkstatt im Hinterhof hatte. In unauffälligen Holzkisten. Er war der Einzige, der wusste, dass Madame du Barry mitsamt Kammerzofe eine Reise unternahm.

Natalie kürzte die Verhörprozedur ab. »Alles ist so, wie Sie verlangt haben.«

»Gut.« Großmütig übersah Françoise die aufgeregte Ungeduld des Mädchens. »Dann lass uns den Chaisenträger bestellen. Gott stehe uns bei!«

Es war noch hell an diesem Septemberabend, doch in die enge Tordurchfahrt fiel kaum Licht. Häbig musste daher genau hinschauen, um zu erkennen, wer in die Tragchaise stieg. Die erste Gestalt, bekleidet mit einem breitkrempigen, auffälligen Federhut, war ohne jeden Zweifel die französische Spionin.

Doch hinter ihr schob sich eine kleinere, schmächtige Gestalt in Hosen und einem Rock mit langen Schößen aus der Pforte. Häbig stutzte. Einen Mann hatte er nicht eintreten sehen. Wie lange befand er sich schon bei Madame? War er im Schutze der Nacht ins Haus gelangt, dem einzigen Zeitraum, da Häbig seinen Beobachtungsposten räumte? Irgendwann würden Block und die Madame einen Fehler begehen. Vielleicht fliehen. Doch nicht nachts. Nicht, wenn die Schläge verrammelt, die Schranken geschlossen und streng bewacht waren. Alles andere würde er zu verhindern wissen.

An der Art, wie sie herausgeputzt war, am breiten Hut, am weit schwingenden Kleid, erkannte Häbig, dass sie ausgehen wollte. Vermutlich ins Theater, das an diesem Abend für eine einzige Vorstellung geöffnet werden sollte, ehe die Hauptheere erneut aufeinandertrafen. Die Blutmühle musste in Gang gehalten werden.

Häbig beobachtete, wie auch der Mann in die Chaise stieg. Seine Bewegungen wirkten linkisch. Er schien sehr jung, hätte gut und gern der Sohn seiner Begleiterin sein können. Doch im Fall der Madame konnte ihn keine Art von Unmoral mehr verwundern!

Als sich die Träger in Bewegung setzten, folgte Häbig in geringem Abstand. Haldensleben hatte seine Leute offenbar abgezogen, ließ die Madame nicht mehr beschatten. Anscheinend war er sich seiner Sache sehr sicher. Zu sicher, wie Häbig fand. Manchmal war es nützlich, dem Instinkt zu folgen. Und der hatte ihn in diesem Falle nicht getrogen. Madame du Barry und ihr unbekannter Begleiter ließen sich zum Theater tragen.

Sobald die Chaise auf dem Vorplatz hielt und seine Vermutung endgültig bestätigt war, wandte er sich ab. Nun war Zeit totzuschlagen – das Einzige, das sich in diesen Tagen schwerlich totschlagen ließ.

So gut der Plan ausgedacht war, der Gardist, der den Einlass besorgte, wollte Françoise und ihren Kavalier partout nicht passieren lassen. »Eine Vorstellung für den Hofstaat seiner Majestäten.«

Françoise bearbeitete ihn gründlich, ohne in Panik zu verfallen: »Ich *bin* Angehörige des Hofes, Mitglied der französischen Gesandtschaft, Monsieur! Bislang war es üblich, mich zu den Festen zu laden. Alles andere wäre ein Eklat gegenüber dem Kaiser, den ich an geeigneter Stelle zur Sprache bringen werde!« Für einen letzten Bluff musste die verlorene Stellung noch taugen. Der gereizte Ton schien Eindruck zu machen, doch der Gardist war unschlüssig. Während sie auf ihn einredete, beobachtete er sie mit schräg gelegtem Kopf, und Françoise wurde plötzlich bewusst, dass sie vergessen hatte, sich die Augenbrauen anzumalen. Noch schien er nicht zu wissen, was, aber irgendetwas an ihrem Anblick schien ihn zu stören. Und je misstrauischer er wurde, desto nervöser wurde sie.

Françoise berührte den Gardisten, unter dessen Bärenfellmütze ein Verband hervorlugte, am Arm und legte all ihren Liebreiz in die Bitte: »Lassen Sie mich mit dem wachhabenden Offizier sprechen. Ich bin mir sicher, es kann sich nur um einen Irrtum handeln.«

Ein Unteroffizier kam und schätzte das verdächtige Paar nochmals ab. Seine Musterung fiel – sehr zu Françoises Erleichterung – oberflächlich aus. Dann deutete er mit einem Kopfnicken an, ihm zu folgen. Françoise musste Natalie anstupsen, um sie aus der Angststarre zu lösen. Sie waren im Gebäude! Nun mussten sie nur wieder heil herausfinden!

Das Theaterfoyer wimmelte von Menschen. Man warf sich Grüße zu und beglückwünschte sich, für dieses Mal davongekommen zu sein.

Der Soldat pflügte zielstrebig durch die Menge. Man wich zur Seite und starrte ihm hinterher. Manche Blicke waren hasserfüllt, wie Françoise, die sich dicht hinter ihm hielt, beobachten konnte. Sie senkte den Kopf. Eine tiefe Beklemmung erfasste sie, eine absurde Angst, dieses Gebäude nicht lebend zu verlassen.

Das Theaterfoyer lag wie ein Hufeisen um den Zuschauerraum. Am Ende des einen Schenkels, in schummrigem Kerzenlicht, saß ein ordensgeschmückter Gardeoffizier an einem Tisch mit schmalen Beinen und beobachtete die vorbeiflutende Gesellschaft. Er war älter als der Unteroffizier, der Kinnbart grau durchwirkt. Obwohl er mehr Schlachten erlebt, mehr Gefechte überstanden haben musste, waren seine Augen milder. Françoise wollte sich als Mitglied der französischen Gesandtschaft vorstellen, doch er fiel ihr ruppig ins Wort: »Ich kenne Sie. Ihre Anwesenheit ist vom Kaiser nicht erwünscht.«

»Tatsächlich?« Sie tat überrascht.

»Tatsächlich. Das ist ein Befehl.«

Françoise du Barry kreuzte die Hände über dem Knauf ihres Schirms. »Nun, wenn es ein Befehl ist, hat es sicherlich keinen Sinn, weitere Worte zu verlieren?«

Der Offizier zog die Beine an und stemmte sich aus dem Stuhl. »Nicht den geringsten.« Nachdem die Dame damit abgefertigt war, musterten seine Blicke den Begleiter. Das, was er sah, ließ ihn die Stirn kräuseln.

In einem Anflug von Panik rief Françoise, an Natalie gewandt, aus: »Komm, Charles. Wir gehen! Wir sind hier nicht erwünscht!«

Sie ergriff die Hand des Mädchens und strebte in den hinteren Teil des Foyers. Der Offizier war so überrascht, dass er ihnen nicht mehr in den Weg treten konnte. »Madame, dort geht es hinaus!« Er deutete zum Vordereingang. Ohne innezuhalten, wandte Françoise sich um. »Sie werden doch nicht darauf bestehen, aller Welt zu zeigen, dass ich abgewiesen wurde!«, rief sie empört aus. »Wenn Sie gestatten, Monsieur, werde ich den Seitenausgang benutzen.«

Der Offizier ließ das merkwürdige Paar mit gleichgültiger Geste gewähren. Schnell verloren sie sich im Dunkel der rückwärtigen Theatergänge. Der Wachhabende schüttelte nur den Kopf und setzte sich wieder.

Vor dem Seiteneingang wartete, wie verabredet, eine geschlossene Equipage. Ein wahrhaft herrschaftliches Gefährt, Blocks Gold hatte Wunder gewirkt. Nur sehr Mutige würden wagen, dieses vornehme Gespann aufzuhalten. Françoise setzte einen Fuß auf den Bock. »Zum Freiberger Tor, rasch, bevor es geschlossen wird!«

»Weiß ich doch«, brummte der Kutscher. »Nun steigen Sie schon ein!«

Natalie öffnete formvollendet den Schlag. Françoise stieg ein und ließ sich erleichtert in die Polster fallen. Lange sprachen sie kein Wort. Dann brach Natalie das Schweigen. »Um Haaresbreite!«

Françoise nickte. »Aber es ist geglückt.«

»Mir erscheint es wie ein Wunder!«

Sie erreichten das Tor. Wie verabredet und großzügig vergolten, hockte die Besatzung in der Wachstube. Ein einziger Soldat stand vor dem Torhaus, die Schranke war unbewacht. Der Kutscher ließ die Pferde parieren. Der Wächter öffnete den Schlag und beugte sich hinein. Natalie drückte sich tief in die Polster und wich seinem Blick aus.

»Welchen Grund geben Sie an, die Stadt zu verlassen?«, fragte er. Es war der verabredete Satz.

»Ich möchte meine Tante in Paris besuchen.« Françoise hatte diese Parole zum Erkennungszeichen bestimmt. *Je vais visiter ma tante à Paris.*

Der Offizier musterte sie eingehend. »So, so.«

Natalie saß wie versteinert, Françoise zog die Pässe aus den Falten ihres Kleides. Sie selbst hatte sie mit respektheischender, schnörkelreicher Schrift bedeckt und dem napoleonischen Adler gesiegelt.

Der Wachoffizier betrachtete die Papiere eingehender, als es ihrer Meinung nach notwendig gewesen wäre. War er der Falsche? Hatte er nur durch Zufall den richtigen Erkennungssatz benutzt? Oder war sie Jacques am Ende doch noch in die Falle gegangen?

»Da haben Sie ja putzige Pässe!«, bemerkte der Soldat, und ein Schmunzeln umspielte seine Lippen.

Françoise schloss die Augen und erwartete ihre Verhaftung. Es war missglückt!

»Sie können passieren.«

Sie schlug die Augen wieder auf, der Soldat grinste. Hatte er sich einen Scherz erlaubt, sich an ihrer Angst geweidet? Françoise nahm sich vor, keine Schwäche mehr zu zeigen.

Kaum war der Gardist vom Trittbrett gestiegen und die Tür zugeworfen, ruckte die Kutsche an. Klatschend fuhr die Peitsche über die Pferdekruppen. Noch in Sichtweite der Mauer fiel das Gespann in einen schnellen Galopp.

15

»Es gibt auf Erden wohl nichts, was den Menschen in seiner innigsten Natur so hinaufsteigert, als die Liebe; sie ist es, die so geheimnisvoll, und so gewaltig wirkend die innersten Elemente des Daseins zerstört und verklärt.«

E.T.A. Hoffmann in »Don Juan«

Anna-Louise hatte sich prächtiger herausgeputzt, als es für das Theater angebracht schien. Sie trug das Kleid des letzten Balles, taubenblaue Seide mit einem türkisfarbenen Cape. In den Haaren ein Perlendiadem, ein Geschenk ihres Gatten.

Auch der Hofrat hatte sich nach Kräften ausstaffiert. Er wusste nicht, wie er zu der Ehre einer Einladung zur kaiserlichen Sondervorstellung gelangt war, beschloss aber, dass es sich um ein gutes Zeichen handeln musste. Eine Ablehnung war unmöglich, hätte sie doch Misstrauen heraufbeschworen, und das war unbedingt zu vermeiden, wenn man solche Pläne wie Block schmiedete.

Dass sie die Eltern diesmal keinesfalls begleiten würde, hatte der Vater der Tochter schon am Nachmittag kundgetan. Allzu bereitwillig hatte Ariane sich damit abgefunden. Leichten Herzens verabschiedete sie die Eltern und unternahm nicht einmal einen schwachen Versuch, um Erlaubnis zu betteln. Blocks Skepsis nahm noch zu, als er bemerkte, dass die Tochter das Hauskleid gegen eine bequeme Ausgehkleidung eingetauscht hatte. Doch da er die friedliche, versöhnliche Stimmung nicht zerstören wollte, unterließ er jede Bemerkung.

Wie stets war Bettine eingeweiht. Sie hatte es aufgegeben, die eigensinnige junge Dame zurückhalten zu wollen. In den letzten Monaten hatte sie immer häufiger Entschlossenheit und Reife in Arianes Gesichtszügen erkannt. Sie war kein Backfisch mehr, und Bettine bemerkte dies als Erste.

So öffnete sich denn kurze Zeit, nachdem die Eltern die Wohnung verlassen hatten, die Tür zum zweiten Mal. Arianes Ausstattung war um eine züchtige Haube ergänzt. So huschte sie die Treppen hinunter und fühlte sich stark und tugendhaft genug, der mutmaßlichen Geliebten des Vaters entgegenzutreten. Bettines nachgeschickte Ermahnung hörte sie schon nicht mehr.

Sanft wurde der Altmarkt von den letzten Sonnenstrahlen des Tages bestrichen. Nichts ließ die Todesseufzer erahnen, die noch nicht lange verklungen waren. Mit gesenktem Kopf und vorgebeugtem Oberkörper überquerte Ariane den Platz. Sie wollte nicht erkannt werden, so bar jeder Begleitung. Doch niemand begegnete ihr.

Tief erleichtert flüchtete sie in die Nebengasse und trat bald in das Dämmerlicht der Toreinfahrt. Sie zog an der Klingelschnur. Durch ein offenes Fenster konnte sie oben das einsame Bimmeln des Glöckchens hören. Sie lauschte auf Schritte, die die Stiege hinuntereilten. Doch nichts war zu hören. Sie klingelte erneut. Wie ein fernes Echo schallte das Geräusch leise herunter, doch alles blieb stumm. Ariane sah sich nervös um. Weder zur Straßen- noch zur Hofseite war irgendwer zu sehen. Um nicht länger in der Durchfahrt zu stehen, drückte sie die Klinke. Und zu ihrer Überraschung schwenkte die Tür auf. Obschon ihr kaum Hoffnung geblieben war, die französische Madame anzutreffen, trieb die Neugier sie hinein. Vielleicht war die Zofe beurlaubt, und Madame selbst wollte nicht öffnen, weil sie nicht in der Lage war zu empfangen? Als sich die Tür hinter ihr schloss, zog ihr der sandige Geruch der steinernen Stiege in die Nase. Bedächtig ging sie die ausgetretenen Stufen hinauf. Vielleicht wäre es besser umzukehren? Sie wusste nicht einmal, in welcher Wohnung die du Barry logierte!

Unschlüssig stand Ariane auf dem obersten Absatz. Im ganzen Haus herrschte Stille, das einzige Geräusch war ihr eigener Atem, laut wie ein Orkan. Arianes Blick glitt weiter hinauf. Die oberen Stockwerke waren über eine Holztreppe zu erreichen, sauber gewienert, aber nicht blank getreten. Nichts deutete darauf hin, dass sie benutzt wurde. Dann entdeckte sie eine Ungeheuerlichkeit: Im Schloss der einzigen Tür dieses Flurs, offenbar dem Zugang zur Beletage, steckte der Schlüssel. Jemand hatte vergessen, ihn herauszuziehen. Oder ihn absichtlich stecken lassen.

Ariane nahm es als Aufforderung einzutreten. Ohne Zögern überquerte sie die Schwelle, nur ihr Herz pochte, als wollte es aus dem Hals hüpfen. Ihre Schritte auf den knarrenden Dielen hätten jeden, der in der Wohnung war, unfehlbar alarmiert. Doch niemand schoss auf sie zu, niemand fuhr sie an, und so trat sie immer fester in das Zwielicht hinein, das der frühe Abend in Zimmer und Flure warf. Unbehelligt gelangte Ariane in den Salon. Dort bemerkte sie einen Nachhall von Parfüm, einen schweren, aufreizenden Duft, der gut zu der französischen Madame passte. Auch der Salon lag, trotz seiner breiten Fensterfront, in fahler Dämmerung. Die hohen Fassaden auf der anderen Seite der engen Gasse ließen nicht mehr Helligkeit zu. Ariane trat ans Fenster, halb vom Vorhang verdeckt, und schaute hinaus. Auf der Straße war kaum jemand zu sehen. Allmählich fühlte sie sich erleichtert, gelassen fast. Sie drehte sich um, und da lag das ganze Zauberreich der geheimnisvollen Madame vor ihr. Nach Lust und Laune würde sie es erkunden können!

Immer unbeschwerter schlenderte sie durch den Salon, umspannte beidhändig den Bauch einer chinesischen Vase, die auf einem Podest stand, ließ ihre Finger über den mit Pflanzengirlanden verzierten Sofarahmen gleiten, schlug sogar einen Ton auf dem Spinett an, das im Raume stand. Alles fühlte sich weich und warm an. Allmählich fand sie Gefallen daran, in einer fremden Wohnung umherzustreunen. Sie war sich nun beinahe sicher, dass es sich um das Gemach der du Barry handelte. Wann würde die Besitzerin zurückkehren? Sicherlich war auch sie nur im Theater. Traf womöglich den Vater – oder irgendjemanden – zu einem trauten Stelldichein? Allein der Gedanke trieb Ariane das Rot auf die Wangen.

Dann fiel ihr Blick auf das Canapé. Dort lag ein Billett. Das Papier hob sich deutlich vom grünsamtenen Stoff ab, im Dämmerlicht schien es beinahe zu leuchten. Ein einfacher Bogen, gefaltet. Wäre er verschlossen und gesiegelt gewesen, niemals hätte Ariane gewagt, einen Blick darauf zu werfen. Doch er war nur auf die Hälfte geknickt. So flüchtig, dass die Enden des Blattes sich nicht einmal berührten. Nur aufheben musste man es, um die Nachricht lesen zu können. Und wenn es sonst niemanden gab, der sich der Sache annehmen konnte, warum nicht sie?

Mit zitternden Fingern nahm Ariane das Blatt und überflog die Zeilen. Noch im Lesen stockte der Atem, ihr Kopf glühte. Diese Nachricht war schrecklich und wunderbar zugleich!

Im ersten Impuls wollte Ariane den Bogen zerknüllen. Dann entschied sie sich anders und steckte ihn gefaltet in den Ärmel ihres Kleides. Madame hatte gewollt, dass Block diese Botschaft fand. Alles war für ihn zurechtgelegt, für ihn hatte sie den Schlüssel stecken lassen. Nun stand sie hier, Tochter des Adressaten, und im Besitz der Nachricht, die alles verändern konnte. Denn sie enthielt den Namen des Mörders!

Doch dann: *Amour, Françoise!* Das ließ nicht einen Hauch von Zweifel. Mit wässrigen Augen lief Ariane durch die Wohnung und hätte gern irgendetwas zerschlagen. Doch auf die Schnelle ließ sich nichts finden. Vor der Vase schreckte sie zurück – an reiner, namenloser Schönheit vergriff sie sich nicht, so sehr war sie Tochter ihres Vaters. In ihrer Hilflosigkeit fasste sie den Plan, auf die du Barry zu warten, um ihr die Wut ins Gesicht zu schreien. Andrerseits begann die Dunkelheit drückend zu werden. Also ging sie in die Küche, um einen Fidibus zu suchen.

Als sie eine Kerze entzündet hatte, kam es ihr vor, als habe sie schon ihr halbes Leben in dieser Wohnung zugebracht, so angenehm und vertraut war sie, allein durch das Licht. Sie begann, eine Melodie zu summen, eine, die sie mit Hoffmann einstudiert hatte: *Sul margine d'un rio*.

Der Gedanke an den unverwüstlichen Musiker, der Ton der eigenen Stimme ließen sie noch unbefangener werden. Sie konnte nicht einfach nur auf dem Sofa sitzen und warten! Wenn die du Barry im Theater war, konnte es Stunden dauern.

Ariane sah sich nach einem Zeitvertreib um. Nichts, rein gar nichts. Einen Moment lang war sie versucht, ein wenig auf dem Spinett zu klimpern, doch dann verwarf sie den Gedanken. Es wäre tödlich ungeschickt, Aufmerksamkeit auf sich zu lenken. Also erhob sie sich seufzend und ging hinüber in jenen Raum, der ein Hauptschauplatz ihrer Fantasien über die Französin war: das Schlafzimmer.

Sie musterte das Bett, das breiter als ein gewöhnliches war, nicht aber die wuchtigen Ausmaße des Doppelgestells hatte, wie sie es von ihren Eltern kannte. Es wirkte gar nicht verrucht, nicht wie ein Ort der Sünde, sondern sauber und angenehm duftend. Bedeckt von einer seidenen Tagesdecke, darunter Kissen und Federbetten, üppig und weich. Die reine Verlockung, sich darauf fallen und versinken zu lassen. Ariane widerstand. Sie musste an Körper denken, die sich, nur mit langem Hemd bekleidet, in Wollust wälzten … Unmöglich, sich ihren Vater im Hemd vorzustellen! Umso besser gelang es ihr mit der skandalösen Madame. Sicherlich war sie so schamlos, das Licht dabei brennen zu lassen! Tagtraumbilder schossen herauf, die Ariane beschämten. Sie musste sich vom Bett abwenden. Dabei fiel ihr Blick auf die Kommode. Die Entdeckung, die sie dort machte, verwirrte sie noch mehr: Vor dem Ankleidespiegel glänzte eine leere, polierte Glasfläche. Nicht eine Bürste lag darauf, nicht ein Kamm, kein Parfümfläschchen und keine Puderdose. Dass die du Barry sich gern und ausgiebig parfümierte, war zu riechen. Welche Frau schloss ihre Toilettenartikel weg, die Töpfchen und Tiegelchen, die sie täglich benutzte? Die raffinierten Essenzen, die Alchemie des Eros, die Magie der Circe, die ihnen halfen, die Männer zu erobern, ihnen den Kopf zu verdrehen? Hier, im Allerheiligsten der Venus, herrschte die Weiblichkeit in ihrer betörenden Fülle. Wenn die Kommode leer war, konnte dies nur bedeuten, dass die Göttin den Tempel verlassen hatte!

Ariane setzte sich auf den gepolsterten Hocker mit den lasziv geschwungenen Beinen und zog eine der Schubladen auf. Nur wenige Wäschestücke waren darin: Mieder, ein paar Schleifen und Haarnetze. Sie öffnete eine weitere und ein schwarzes, gefiedertes Etwas mit leeren Augenhöhlen starrte ihr entgegen. Ariane schob die Lade schnell wieder zu. Sie hatte sie erkannt. Es war die Maske, die die du Barry zum Ball getragen hatte. Sie zog die Lade wieder auf, nahm sie heraus und setzte sie sich aufs Gesicht. Dann schaute sie in den Spiegel und erschrak. Es war ihr, als berge das schwarze Accessoire einen

Liebeszauber, als wäre alle verderbte Gier, alle Lust der verruchten Madame auf sie übergegangen. Ariane sah sich als Verführerin, genoss den heimlichen Kitzel, der den Leib brodeln ließ, öffnete ihren Mund und fuhr sich mit der Zungenspitze über die Lippen.

Rasch zog sie die Maske vom Gesicht, so erschrocken war sie über die Verwandlung. Und sehnte sich noch im selben Augenblick wieder danach.

Schnell erhob sich Ariane vom Hocker, ging hinüber zu den Schränken. Hier bot sich dasselbe Bild: Einige Kleider hingen darin, aber noch mehr leere Bügel. Es bedurfte keiner Weisheit zu erkennen, dass Madame tatsächlich abgereist war. Und dass sie eine Nachricht von solcher Tragweite hinterließ, konnte nur heißen, dass es ein Abschied für immer war! Ariane jauchzte innerlich auf. Keine Rede von einem späteren Treffen, einem Ort des Wiedersehens – sie gab dem Vater den Laufpass!

Wäre es nicht ein guter Gedanke, auf ihn zu warten? Alles deutete darauf hin, dass die französische Madame seinen baldigen Besuch erwartet hatte. Und wenn er dann käme, wäre Ariane schon da, ihn zu trösten und ihm zugleich ins Gewissen zu reden. Alle Vorteile waren auf ihrer Seite! Das Billett musste sie ihm vorerst nicht zeigen. Am Ende nähme er es als Aufforderung, die Geliebte zu verfolgen! Immerhin verriet sie ihm, wie er seinen Kopf aus der Schlinge ziehen konnte. Grund genug für eine Dankbarkeit, die Ariane der Madame nicht gönnte!

Sie ließ das Billett in den Falten ihres Kleides verschwinden. Ein neues Zaubermittel, das Ariane Macht über den Vater verlieh. Und das sie beizeiten nutzen konnte.

Ariane kehrte in den Salon zurück. Voller Tatendrang und doch erschöpft, nahm sie auf dem Canapé Platz. Hier würde sie ihn erwarten. Und wenn es bis tief in die Nacht dauern sollte.

Häbig hatte die Zeit genutzt, ein karges Abendmahl zu sich zu nehmen. Eine knappe Stunde, dann stand er wieder auf seinem Posten vor dem Theater. Weitere anderthalb Stunden vergingen, bevor die ersten Zuschauer herauskamen.

Und als nach vier Stunden die Vorstellung beendet war, und Häbigs sämtliche Glieder schmerzten, war die du Barry noch immer nicht erschienen. Den Hofrat Block nebst Gattin hatte Häbig zähneknirschend registriert, doch die Französin ließ auf sich warten.

Als ein Theaterdiener vor das Portal trat, sich umsah und wieder hineinging, um die Pforten endgültig zu verschließen, wusste Häbig, dass ihm ein Fehler unterlaufen war.

Fluchend machte er sich mit weit ausgreifenden Schritten auf den Weg in die Breite Gasse. Hatte die du Barry gegen alle Regeln des Anstands verstoßen und das Theater bereits kurz nach Beginn der Vorstellung verlassen? Ein Affront gegen den Kaiser, freilich. Aber hatte sie nicht schon andere vor den Kopf gestoßen, Personen hohen und höchsten Ranges?

Die andere Möglichkeit war, dass sie das Theater durch einen der Hintereingänge verlassen hatte. Falls dies zutraf, wäre dies gleichbedeutend mit Flucht!

Häbig erreichte die Breite Gasse von der stadtauswärtigen Seite. Die Wohnung der du Barry war am anderen Ende gelegen. Während er an den Häuserfronten entlangeilte, sah er zu den Fenstern hinauf. Nur wenige waren erleuchtet. Ungeduldig liefen seine Blicke voraus, an den Gesimsen entlang. Nun kamen die Scheiben ihrer Wohnung ins Blickfeld. Für einen Moment erschienen sie ihm stockduster. Doch dann, als er näher kam, entdeckte er etwas, das ihn aufatmen ließ: Im Salon brannte ein schwaches Licht. Eine einzelne Kerze nur, die Flamme spiegelte sich im Glas. Die französische Madame war zurückgekehrt! Dabei hatte ihn auf dem Weg hierher die untrügliche Ahnung beschlichen, sie sei ihm entkommen. Er musste laut auflachen. So konnte man sich eine Angstvorstellung einreden!

Als die Hauswände sein Lachen zurückwarfen, wurde ihm bewusst, dass er allein auf der Gasse war. Er verkniff sich jedes weitere Geräusch. Madame du Barry war heimgekehrt, das war die Hauptsache! Alles andere würde sich fügen. Er würde ihr schon noch den Galgenstrick drehen!

Es war dem Mädchen unangenehm, neben der Madame zu schlafen. Doch die karge Dachkammer, ihr erstes Quartier nach der Flucht, besaß nur ein einziges Bett. Und da sie in ihren Pässen als Monsieur und Madame Pemballe verzeichnet waren, war es selbstverständlich, dass sie das Bett teilten.

Natalie konnte kein Auge zutun. Sei es, dass ihr die Ereignisse des Tages keine Ruhe ließen, sei es, dass sie die Scham über die ungebührliche Nähe zur Herrin in Aufruhr hielt. Die Madame hingegen hatte unbefangen die Kleidung gewechselt, war auf ihrer Seite in die Federn geschlüpft und sofort eingeschlafen.

Stundenlang hatte sie völlig ruhig dagelegen, doch nun begann sich die Bettnachbarin zu regen. Ein Traum schien von ihr Besitz zu ergreifen, und Natalie erahnte ihn.

Dann begann die Madame um sich zu schlagen, die ruhige Miene der Schlafenden verzog sich zur angsterfüllten Grimasse. Natalie rückte von ihr ab, um nicht getroffen zu werden. Als es zu arg wurde, rüttelte sie die Madame am Arm, so lange, bis sie die Augen aufschlug. Auf ihrer Stirn standen Schweißperlen. »Natalie?«

Es war dunkel in der Kammer, nur der Mond schien durch eine schmale Dachluke herein. Doch die Madame hatte sie erkannt. »*Oui!*«

Erschöpft lehnte die Herrin den Kopf gegen ihre Schulter, und Natalie hielt still. »Danke! Es war schlimm.«

Natalie begann, ihr über die Haare zu streichen.

»Ich erleide den Tod jede Nacht aufs Neue!«

»Aber Madame, Sie sind doch nicht gestorben.«

»Davor habe ich keine Angst mehr. Ich kenne die leeren Augenhöhlen des Gevatters. Aber es ist furchtbar, davon zu träumen.«

Die du Barry ließ sich ins Kissen fallen. Sie starrte gegen die blanken Dachsparren. Natalie streckte ihre Füße unter die Decke und machte sich neben ihr lang. Weit genug entfernt, dass sie sie ja nicht aus Versehen berührte.

»Madame«, sprach Natalie sie leise an, zögerte dann aber, die Herrin von neuem in die Erinnerung zu stoßen.

»Was ist?«

»Wie sind Sie der Guillotine entronnen? Ich habe nie gehört, dass die Maschine fehlbar ist.«

Die du Barry lachte ein Lachen, das Natalie erschauern ließ.

»So viel Vertrauen setzt du in dieses Gerät?«

»Nun, es hat Tausende Menschen zu Leichen gemacht. Warum nicht Sie?«

Madame du Barry stützte sich auf den Ellenbogen und betrachtete Natalie. »Weil ich in den wichtigsten Momenten des Lebens ein Glückskind bin.«

»Sind Sie das?«

»Wie würdest du das nennen?« Die Madame richtete ihren Oberkörper auf, ihr Blick kehrte sich nach innen. »Höre. Ich hatte den Hechtsprung schon gemacht, lag zitternd auf der Todesmaschine, bepinkelt und eingekotet, das Blut meiner Schwestern, Tanten, Brüder und Vettern tropfte von der Klinge in meinen Nacken. Den Korb vor Augen, wartete ich auf das metallische Klicken, das die Klinge löst. Da war es schon, der Henker hielt sich nicht lange auf, musste das Sterben doch hurtig vorangehen. Einen kalten Knoten im Magen, erwartete ich die Schneide. Als ich das Volk aufschreien hörte, dachte ich, jetzt müsste mein Kopf in den Korb gefallen sein. Doch ich verspürte keinen Schmerz am Hals. Um mich zu vergewissern, drehte ich ihn in der Halskrause. Der Scharfrichter fluchte unchristlich und sprang auf das Gerüst, die Füße dicht an meiner Taille. Trampelte auf meinem Leichenhemd herum wie auf einem Scheuerlappen und machte sich an der Klinge zu schaffen. Schob sie unter Ächzen und Fluchen mit einem Kantholz wieder hinauf in die Halterung. Währenddessen zerrten seine Gehilfen am Strick. Ich konnte nicht sehen, was der Henker tat, ahnte nur, dass er die Maschine erneut bereit machte.

Viel später, als ich glücklich entronnen war, erfuhr ich, dass sich die Klinge in der Holzkehle, durch die sie sonst sicher wie der Tod hinuntersaust, verklemmt hatte. Durch den tagelangen Einsatz und das viele Blut muss das Holz weich geworden sein, aufgequollen, uneben. So konnte die Schneide in den Rand des Balkens fahren und sich im Todesgerüst festfressen. Eine Spanne über meinem Hals.«

Natalie war die Kehle trocken geworden. Mit brüchiger Stimme fragte sie: »Und? Dann?«

Madame du Barry schloss die Augen, nur um sie gleich darauf wieder aufzureißen. »Meister Tod«, fuhr sie fort, »hatte die Klinge wieder an ihren Platz gebracht. Er kletterte von der Bahre herunter, erneut vernahm ich das Klicken. Wieder sauste die Schneide herunter, wieder wartete ich auf das erlösende Brennen im Nacken – wohl das Letzte, das man auf dieser Welt wahrnimmt, bevor alle Nervenbahnen durchtrennt werden. Doch wieder blieb die Klinge stecken, an der gleichen Stelle. Und diesmal schlug sie eine tiefe Kerbe in das Holz.« Madame du Barry schloss die Augen und hielt sie bis zum Ende ihrer Erzählung geschlossen. »Nun schrie das Volk auf. Ein Sturm der Entrüstung brach los, doch richtete er sich nicht gegen mich, ein Mädchen, kaum der Kindheit entwachsen. Er richtete sich gegen den Henker, gegen Sanson selbst und seine Gehilfen.«

Die du Barry lächelte versonnen. »Ich hörte den Meister, der Tausende zum Tod befördert hat, laut fluchen und seine Metzelmaschine mit Füßen treten. Dann sagte er die Worte, die wie der Himmel für mich klangen, und die wohl niemand außer mir jemals hören durfte.«

»Welche Worte?«, fragte Natalie heiser.

»Schnallt sie los!«

Madame schwieg.

»Unglaublich«, flüsterte Natalie ehrfürchtig.

»Ja. Das ist es, in der Tat! Und als sie das Brett herauszogen, als ich wieder auf meinen Beinen stand, wacklig zwar, aber am Leben, da jubelte das Volk, wie es zuvor nur beim Tode des Königs gejubelt hatte! Da wusste ich, ich war gerettet. Freigekauft durch das Blut meiner ausgelöschten Familie!«

»So sind Sie die Einzige, die den Hechtsprung rückwärts gemacht hat.«

Madame du Barry öffnete die Augen und sah Natalie an. »Ja. So ist es wohl. Eine letzte Nacht musste ich im Kerker zubringen. Da träumte ich zum ersten Mal meine Hinrichtung. Am nächsten Morgen holte mich der Mann, der mein Gemahl werden sollte, aus der

Zelle. Am übernächsten Tag waren wir schon nicht mehr in Frankreich und mein zweites Leben begann.«

Natalie schluckte. »Madame«, sagte sie betroffen, »wer, wenn nicht Sie, hat mehrere Leben verdient?«

Die du Barry nickte und ihr Blick ging in die Ferne. »Morgen beginnt wieder ein neues.«

Endlich wich die Anspannung, und Tränen rollten Natalies Wangen hinunter. Erst jetzt war ihr bewusst geworden, welche Wende dieser Tag bedeutete. Françoise du Barry wischte sie mit dem Handballen ab. »Weine nicht. Es wird wunderbar werden – in Paris.«

Schluchzend nickte das Mädchen. Zu gern wollte sie es glauben.

Ein Hämmern im Hof weckte Ariane. Bevor sie die Augen öffnete, spürte sie stechende Schmerzen in Rücken und Nacken. Dann bemerkte sie, dass sie fror. Allmählich wurde ihr bewusst, dass sie die Nacht nicht in ihrem Bett verbracht hatte, sondern auf dem Sofa der Madame du Barry. Irgendwann war sie vom Schlaf übermannt worden. Der Kopf schmerzte vom Nacken bis unter die Schädeldecke, das gequetschte Mieder hatte ihr gewiss Striemen auf den Rücken gezeichnet. Selbst die Füße steckten noch in den viel zu engen Schuhen.

Sobald sie bei sich war, erhob sie sich und strich ihr Kleid glatt. Vergeblich, die Knitterfalten zogen sich kreuz und quer über den Stoff, wären sicher nur mit dem Plätteisen zu glätten! Im Mund der taube Geschmack der Nacht. Zahnbürste und -pulver waren nicht zur Hand. Derart derangiert konnte sie niemandem unter die Augen treten. Ein Blick nach draußen jagte ihr noch mehr Angst ein. Die Spätsommersonne stand hoch über der Stadt, der Lärm von der Gasse her bekräftigte, dass es unmöglich war, unbeobachtet von hier zu verschwinden.

Als Ariane noch ganz von der Überlegung in Anspruch genommen war, wie die Flucht zu bewerkstelligen wäre – und dabei völlig vergaß, dass die Eltern für die nächtliche Abwesenheit eine Erklärung verlangen würden –, fuhr ein Geräusch mitten in ihre Gedanken. Es alarmierte sie derart, dass sie nur noch eines denken konnte: Ich bin verloren!

Sie rannte in den Korridor und starrte auf das Glöckchen, das an einem Messinggalgen neben dem Türrahmen hing. Der Draht zitterte noch, da wurde an der Strippe erneut gezogen. Der helle Klang ließ Ariane zusammenfahren. Sie versuchte, sich auszumalen, wer am anderen Ende stand. War es die du Barry, voller Erstaunen, dass der Schlüssel nicht mehr steckte? Oder war es der Vater? Ein grässlicher Gedanke! Oder war es ein Dienstbote, die Kammerjungfer, die Milchfrau? Die Zimmerwirtin vielleicht?

Da hörte sie schon schwere Schritte die Stiege hinaufkommen. Ein Mann, ganz gewiss! Wenn die Haustür für Ariane kein Hindernis dargestellt hatte, wieso sollte sie dann für ihn, der viel kräftiger war, eines sein? Den Riegel hatte sie auch nicht vorgelegt, als sie, vor einer Ewigkeit, in dieses Haus getreten war. Längst bereute sie den Schritt, aufrichtig.

Nun war er da, sie hörte ihn durch die Türritzen. Er atmete schwer von der Anstrengung. Nein, das konnte niemals ihr Vater sein. So keuchte ein Greis. Dann hämmerte es gegen die Tür. »Madame! Ich weiß, dass Sie da sind! Öffnen Sie!«

Er war es! Ariane lief es heiß und kalt über den Rücken. Der Vater, den sie eine ganze Nacht lang erwartet hatte, bis sie darüber eingeschlafen war. Ihr Atem beschleunigte sich. Sie öffnete die Lippen, damit das Geräusch sie nicht verriet.

»Öffnen Sie! Sonst schlage ich die Tür ein!«

Was würde er denken, was sagen, wenn seine Tochter die Tür öffnete? Wenn er feststellen musste, dass sie die Nacht hier verbracht hatte? Und sie ihm erklärte, dass die du Barry verschwunden war? Würde er die Wut im Zaume halten, ein vernünftiges Wort wechseln können? Ariane bezweifelte es. Und es wurde immer unmöglicher: Nun warf er sich gegen die Tür, dass sie in den Angeln schepperte.

»*Monsieur*«, rief Ariane mit belegter Stimme, »*arrêtez-vous!* Sie ruinieren die Tür!« Sie wunderte sich über ihren Mut.

»Wer ist da?«, fragte der Vater misstrauisch von der anderen Seite her. Wenigstens hatte er aufgehört, die Tür zu bearbeiten.

»Das Mädchen!«, rief Ariane. Dabei fiel ihr auf, dass sie nicht einmal dessen Namen kannte! Doch ihr französischer Akzent schien glaubwürdig.

»Wo ist Madame, Natalie?«

Voilà, der Vater sprach so vertraut mit dem Mädchen, als sei dies seine Familie! Zorn überkam sie. »Sie ist fort, Monsieur!«, erklärte Ariane mit wachsender Selbstsicherheit.

»Fort? Was soll das heißen?«

Das Stichwort für die Wahrheit, hier wäre sie an der rechten Stelle. Doch wäre sie auch hilfreich? Ariane entschloss sich zur Lüge. »Das hat sie nicht gesagt. Sie kehrt nicht vor dem Abend zurück.«

»Natalie, warum öffnest du nicht?«

»Madame hat's verboten!« Die Antwort kam wie ein Reflex. »Ich weiß nicht, warum. Vielleicht hat sie Angst«, setzte sie hinzu, als der Vater immer noch schwieg.

»Ich muss sie unbedingt sprechen!« Der Ton war unheilvoll. »Natalie, hör mir gut zu: Ich habe von Madames bevorstehender Verhaftung erfahren. Wir müssen unbedingt handeln – *tout de suite*!«

»Monsieur«, Ariane sprach etwas höher als gewöhnlich, »ich werde es ausrichten. Ich weiß wirklich nicht, wann sie zurückkehrt.« Sie hoffte, auf diese Art Zeit zu gewinnen, und es schien zu glücken.

Ein Scharren von Schuhsohlen. Anscheinend hatte der Vater sich schon zum Gehen gewandt. Doch dann drehte er sich noch einmal um, seine Stimme klang jetzt wieder lauter. »Natalie, sagen Sie ihr bitte auch, dass meine Tochter spurlos verschwunden ist.« Alles Leid einer schlaflosen Nacht klang aus diesem Satz.

Ariane antwortete mit brechender Stimme. »*Oui, Monsieur.*«

Die Schritte des Hofrats entfernten sich schleppend. Da hielt sie es nicht mehr aus. »Monsieur de Block!«, rief sie ihm durch das Holz hinterher. »Kommen Sie heute Abend um halb neun hierher. Madame wird da sein!« Ariane schlug sich die Hand vor den Mund angesichts der eigenen Unverfrorenheit.

»Ich werde da sein!«, hörte sie von draußen.

Ariane sackten die Beine weg. Mit einem Male war sie von jeder

Kraft verlassen, sie musste sich auf die Dielen kauern. Draußen knirschten die Schritte die Sandsteinstufen hinunter.

Es war keine Zeit, sich Schwächen hinzugeben. Ariane schrieb zwei Billetts. Eines an die Eltern, in dem sie erklärte, dass sie stehenden Fußes aufs Land gereist sei, in das Gorbitzer Sommerhaus, dem oft wiederholten elterlichen Vorschlag endlich nachgebend.

Das zweite richtete sich an Bettine. Ihr allein gestand sie, dass sie in der Stadt sei, und zwar an einem Ort, den sie ihr nicht näher bezeichnen könne. Sie bitte nur dieses eine Mal noch um Unterstützung. Sie möge den Eltern nichts verraten, denn die wähnten sie auf dem Lande. Sie werde sich unauffällig mit Bettinen treffen. Der Ton des Briefes war so, dass der alten Amme, um deren großes Herz Ariane wusste, keine Wahl bleiben würde.

Sobald die Billetts geschrieben waren, suchte sie nach einer passenden Verkleidung, um sich auf die Straße zu wagen. Sie inspizierte die Schränke der Madame, die zu einer aufwendigen Garderobe neigte. Eine, die anzulegen nur mithilfe einer Zofe zu bewerkstelligen war. Nach einem kläglich missglückten Versuch mit einem Kleid, das am Rücken geschnürt wurde, gab sie es auf. Stattdessen erkundete sie den hinteren Teil der Wohnung, auf der Suche nach der Kammer des Mädchens. Natalie. Ariane sprach den Namen vor sich hin. Ob sie vollends in deren Rolle schlüpfen konnte? Ein Blick in die Garderobe war vielversprechend. Ungleich karger als die von Madame, die Kleider waren an einer Hand abzuzählen, doch die Körpermaße des Mädchens waren näher an den ihren.

Außerdem besaßen die Zofenkleider einen bequemeren Schnitt, gaben mehr Bewegungsfreiheit als die der Herrin, die eng anlagen, um ihre Raffinesse zu entfalten.

Ariane betrachtete sich, da es in dieser Kammer keinen Spiegel gab, im Fensterglas. Große Sorgfalt verwandte sie darauf, ihre Haarsträhnen unter den Saum der Haube zu schieben. Denn darauf zu hoffen, dass Natalie rothaarig war, wäre vermessen. Die einzigen Haare, die sie auf den Kleidern entdeckt hatte, waren dunkel. Die Augenbrauen konnte sie mit verkohltem Holz aus dem Ofen schwärzen. Als sie ihre Aufmachung ein letztes Mal begutachtete, fiel ihr Blick auf den Zimmermann, der unten im Hof einen Balken glättete. Sie folgte gebannt seinen Handgriffen, die mit der Präzision einer Maschine immer wieder dieselben Bewegungen vollführten. Dieser Handwerker war der einzige Mensch, der dieses Haus noch zu bewohnen schien. Die oberen Stockwerke waren wie ausgestorben.

Ariane hatte wohl ein wenig zu lange auf ihn hinuntergestarrt, denn plötzlich und unvermittelt hob er den Kopf zum Fenster. Hastig trat sie einen Schritt zurück. Sie war sich nicht sicher, ob er sie gesehen hatte. Es war höchste Zeit, diese Wohnung zu verlassen, um die Billetts zu überbringen. Sie nahm einen grob geknüpften Schal aus dem Schrank und wickelte ihn sorgfältig um den Kopf. Sie verknotete ihn so weit oben, dass er Mund und Kinn verbarg. Es war riskant, sich in die Nähe des Elternhauses zu begeben, wo sie am ehesten erkannt werden konnte. Doch sie besaß nicht einmal den Groschen, den es brauchte, einen Jungen von der Straße herzupfeifen, damit er den Botendienst übernahm. Dringender als alles andere benötigte Ariane eine Verbündete, und Bettine, die Erprobte und an Kummer Gewöhnte, würde ihr gewiss beistehen!

Ariane versicherte sich, dass der Handwerker wieder seiner Arbeit nachging, und verließ die Wohnung. Den Schlüssel drehte sie im Schloss herum und steckte ihn in das Ridikül, das sie auf Natalies Nachttisch gefunden hatte. Dieses wiederum in einen Korb, der in ihrer Armbeuge lag. Niemand würde daran zweifeln, dass sie auf den Markt ging. Bei diesem Gedanken begann ihr Magen zu knurren. Unweigerlich würde sie an den Buden vorüberschlendern. Vielleicht konnte sie, unter einem Vorwand, den ein oder anderen essbaren Happen ergattern?

Sie huschte durch den Torbogen auf die belebte Gasse hinaus, ohne dass man sie aufgehalten hätte. Die Männer in ihrem Versteck, die augenblicklich den Kopf hoben, um sie genauer in Augenschein zu nehmen, konnte Ariane nicht bemerken. Sie ahnte nichts von ihrer Anwesenheit.

Auch Häbig, der seinen Posten wieder bezogen hatte, beließ es bei einer kurzen Musterung. Die Tatsache, dass Natalie sich aufmachte, die alltäglichen Gänge zu verrichten, versetzte ihn in Erleichterung. Wann auch immer die du Barry zu fliehen gedachte, sie hatte es noch nicht in die Tat gesetzt!

Ariane kaute auf den Zwetschgen herum und verzog das Gesicht. Dann spuckte sie den Kern aufs Pflaster. »Können Sie die Früchte nicht pflücken, wenn sie reif sind?«

Die Marktfrau sah Ariane an, als hätte man sie geohrfeigt. »Aber Mademoiselle, schauen Sie doch, sie sind so reif, wie meine Augen scharf sind!«

Ariane schüttelte den Kopf. Die Marktfrau zog eine andere aus dem Korb. »Probieren Sie diese!«

Ariane kaute ein wenig darauf herum und zog dann erneut ein säuerliches Gesicht. Enttäuscht ließ die Marktfrau die Arme sinken.

»Ich werde es woanders versuchen«, beschied Ariane und schob den leeren Korb zurück in die Armbeuge. Gewissensbisse verspürte sie nicht, denn auf diese Weise war es ihr gelungen, den Magen zumindest ein wenig zu füllen. Sie wollte sich zum Gehen wenden, als sie in ein bekanntes Gesicht blickte. Rasch zog sie den Schal höher, wollte vorbeihuschen, da hatte die junge Frau sie schon erkannt. »Ariane!«

Sie legte den Finger auf die Lippen. Dennoch senkte Emilie die Stimme nicht. »Was machst du denn in diesem Aufzug?«

Obwohl sie wusste, wie sie aussah, schaute Ariane an sich hinunter. »Ich habe mich von den Eltern fortgeschlichen!«, flüsterte sie der Freundin zu. Da kam ihr ein Gedanke. »Kannst du mir mit etwas Geld aushelfen?«

Emilie lächelte schief. »Ariane, du siehst fürchterlich aus! Was hast du nur angestellt?«

Wenn die Freundin sie noch mehrmals beim Namen nannte, würde sie bald der ganze Markt erkennen! Sie ergriff Emilies Arm und bedrängte sie: »Bitte! Ich brauche Geld!«

Bedauernd wandte sich Emilie um und wies auf die Mutter, die sich, einige Schritte hinter ihr, in Verhandlungen mit einem Händler befand. »Geld? Das trägt Mutter bei sich!«

Ariane sah, dass hier keine Hilfe zu erwarten war. »Ich muss weiter.«

Sie versuchte, sich an der Freundin vorbei zu schieben, doch die hielt sie am Arm zurück. »Ariane! Wohin so schnell? Was gibt's Neues?«

Ariane versuchte, sich loszumachen, doch Emilie wollte sie nicht freigeben. Ein Ziehen und Zerren entbrannte, deren Lächerlichkeit beide bald einsahen. Verdutzt hielten sie inne, und Ariane näherte ihr Gesicht dem der Freundin. Sie wusste nun, was zu tun war. »Ich kenne seinen Namen!«, raunte sie.

»Wessen Namen?«, fragte Emilie bass erstaunt.

»Den Namen dessen, der deinen Vater ermordet hat.«

Einen Augenblick noch ruhte der überraschte Blick der Freundin auf ihr. Dann glitten ihre Augäpfel nach oben weg, und Emilie kippte ohnmächtig hintüber. Jemand fing die junge Frau auf, ein anderer beugte sich über sie, einige Umstehende begannen zu kreischen und um Hilfe zu rufen. Ariane floh, so schnell sie konnte.

Als sie am Nachmittag in das Zwielicht der Tordurchfahrt zurückkehrte, sank sie erschöpft gegen die Wand. Für einen Moment schloss sie die Augen. Der Hunger bohrte sich in ihre Eingeweide. Arianes Magen erwartete drei Mahlzeiten täglich, was Wunder, wenn er von einem Wecken und etwas Obst nicht satt war?

Es half nichts, sie musste Bettine finden! Die Billetts hatte sie in der Kreuzgasse auf die Schwelle gelegt, ohne jemanden anzutreffen. Ein bizarres Gefühl, wie eine streunende Katze um das Haus der Eltern zu streichen …

Da blitzte ein Gedanke auf: Besaß die du Barry nicht eine Vorratskammer? Nun hatte sie es eilig! Sie machte auf dem Absatz kehrt und wäre beinahe gegen den vierschrötigen Mann mit Vollbart und Lederschürze geprallt. Ariane zog den Schal hoch ins Gesicht und sah scheu in seine dunklen Augen. Sie war zu Tode erschrocken

»Was tust du hier?«, fragte der Zimmermann und wog eine Axt in der Hand.

Ariane war fest entschlossen, die Maskerade aufrechtzuhalten.

»Ich habe Einkäufe erledigt«, erklärte sie mit leichtem französischen Akzent und schlug die Augen nieder. Der Zimmermann musterte sie eindringlich. Er wies auf den leeren Korb. »Warst aber nicht sehr erfolgreich!«

»In diesen Zeiten ist es ausgesprochen schwierig, gute Zutaten zu bekommen. Madame ist anspruchsvoll ...«

Der Zimmermann trat beiseite und gab ihr den Weg frei. »Na, dann richte Madame einen schönen Gruß aus – falls du sie sehen solltest!«

Die letzte Bemerkung war hingeworfen, und Ariane hörte den ironischen Unterton nicht heraus. Sie sah zu, dass sie fortkam. Es wäre dem Zimmermann ein Leichtes, sie zu verpfeifen – oder, schlimmer noch, zu überwältigen ... Sie verscheuchte den Gedanken.

Die Wohnung war immer noch verlassen und trostlos. Ariane merkte, dass sie nicht dafür geschaffen war, allein zu leben. Vor dem Spiegel im Schlafzimmer der Madame löste sie die Schnüre der Haube. Schon auf den ersten Blick sah sie, dass eine ihrer Haarsträhnen unter dem Saum hervorlugte. Der Zimmermann musste sie bemerkt haben! Und dies bedeutete zweifelsohne, dass er wusste, dass Ariane nicht Natalie war! Und indem sie sich immer kritischer beäugte, sah Ariane ein, dass ihre Verkleidung nur Narren täuschen konnte. Sie seufzte und war in der Stimmung, reumütig ins Haus der Eltern zurückzukehren ...

Doch als sie in der Vorratskammer Hartwürste neben Mehl und Krautfässern fand, schöpfte sie frischen Mut. Nur um Wasser musste sie nochmals in den Hof hinunter, dann wäre alles bereit! Doch zunächst einmal würde sie sich den Bauch vollschlagen.

Als sie später auf dem Hof den Holzeimer auf den Brunnenrand hob und die Schöpfkelle gluckernd unter Wasser drückte, ließ der Bärtige sich nicht blicken. Sicherlich war er in Haus oder Werkstatt zugange. Doch Ariane hatte das ungute Gefühl, dass er sie beobachtete.

Lange vor dem Abend begann sie sich zu verkleiden. Nicht als Natalie, sondern als Madame! Während sie unter allerlei Verrenkungen

Mieder, Unterröcke, Brusttuch und Kleider anlegte, versuchte sie den Ablauf des Stelldicheins zu planen. So gut es ging, wollte sie den Vater auf Distanz halten. Doch auf dem Canapé kam man sich zwangsläufig näher als auf der Straße. Äußerste Sorgfalt bei der Maskerade war also notwendig. Eine einzige Nachlässigkeit nur – und sie wäre aufgeflogen! Doch war es nicht vermessen, den eigenen Vater täuschen zu wollen?

Ariane hatte sich in den Kopf gesetzt, Block die Lust an der Geliebten auszutreiben! Und wer könnte dies besser als die du Barry selbst? Sie waren etwa gleich groß, doch um den Leib herum und am Dekolleté war die Französin üppiger gebaut. Um ihre Oberweite stärker erscheinen zu lassen, wählte Ariane ein Kleid, das knapp unter der Brust tailliert war. Ein Korsett konnte sie nicht anlegen, da es nicht ohne Hilfe zu schnüren war. Stattdessen polsterte sie an gewissen Stellen mit Tüchern nach.

Während sie sich mithilfe parfümgeschwängerter Kostüme in eine Dame verwandelte, fühlte sie sich der Rolle mehr und mehr gewachsen. Bewegte sie sich anfangs noch steif und unbeholfen, wurden ihre Gesten mit der Vervollständigung ihrer Toilette ansehnlicher und graziler.

Als sie das Oberkleid angelegt, die Schleife unter großen Mühen und mit spitzen Fingern am Rücken gebunden hatte, sah sie erneut in den Spiegel. Sie war verblüfft. Eine vollendete Dame! Doch es war nicht die Madame, die ihr kokett und selbstbewusst entgegensah, sondern Ariane. Sie brauchte nicht nach einer Pose zu suchen, die reife Frau steckte schon in ihr. Sie musste sie nur nach außen kehren!

Das wenige, was sie über die du Barry wusste, die Tatsache nämlich, dass sie die Männer zu fesseln verstand, verursachte ihr angenehmes Bauchkribbeln. Wie, wenn nicht der Vater, sondern einer der vielen Verehrer der Madame vor der Tür stünde? Würde sie ihn abweisen? Oder würde ihr die Maskerade den Mut verleihen, in die Rolle der *madame scandaleuse* zu schlüpfen?

Ariane fragte sich, welche Ansprüche die Liebhaber der du Barry stellten? Was tauschten sie aus? Küsse? Oder mehr als das? Und was genau wäre dieses Mehr? Von den Details, die Männer mit Frauen innig verbanden, wusste Ariane nichts. Nun bedauerte sie, dass die Madame geflohen war. War sie nicht Expertin in Liebesdingen und bei ihrem Ruf vielleicht bereit, Auskunft zu geben?

Nachdenklich ließ sie die Hand über ein seidenes Nachthemd gleiten, das zwischen der weißen, linnenen Leibwäsche lag. Welchen Zweck konnte dieses Hemd haben, wenn nicht den, sich einem Augenpaar zu präsentieren? Arianes Atem ging schneller. Der Stoff knisterte unter ihren Fingern und das Knistern setzte sich fort bis in die Haarspitzen. Fahrig fuhr Ariane fort sich anzukleiden. Ganz zuletzt, als sie ihre Haare gebürstet und mit Wasser befeuchtet hatte, damit sie dunkler erschienen, setzte sie die Maske auf.

Dann suchte sie mit tastenden Blicken ihr Spiegelbild. Als sie es schmal und schwarz gefiedert im großen, goldenen Rahmen entdeckte, wollte sie ihren Augen kaum trauen. Die Madame, wie sie lebte!

Erschrocken ließ Ariane die Maske wieder sinken. Eine Angst war in ihr erwacht, grauenvoll, doch kindisch zugleich: die Angst, sie werde sich nie wieder zurückverwandeln! Wäre dazu verdammt, auf immer die du Barry zu sein. War das nicht der eigentliche Grund, warum sie wie vom Erdboden verschluckt war? Damit Ariane in ihre Rolle schlüpfen konnte? – Was für ein Gespenstermärchen! Ariane wischte Furcht und Aberglauben beiseite. Doch eine Unruhe blieb.

Als die Dämmerung hereinbrach, entzündete sie einen Leuchter auf dem Spinett, um den Raum nicht ganz ins Dunkel fallen zu lassen. Andererseits durfte die Lichtquelle nicht so stark sein, dass sie der Maskerade gefährlich wurde.

Zwei Kerzen verbreiteten ein warmes, schwaches Licht. Draußen wölbte sich ein tiefes, ins Schwarz kippendes Blau über die Stadt. Noch war Zeit, sich auf dem Sofa einzurichten. Den Vater wollte sie auf der Chaiselongue platzieren, in sicherer Entfernung. Sie beabsichtigte doch nur, das Schicksal um ein Weniges zu korrigieren. Im Namen der du Barry ein für alle Mal mit dem Vater zu brechen. Das nachzuholen, was diese auf entwürdigende Weise längst selbst getan hatte. Anschließend würde sie die fremde Wohnung verlassen und aufs Land reisen. Diese eine Verstellung noch musste gelingen, dann wäre alles erfolgreich zurechtgebogen.

Noch vor dem achten Glockenschlag klingelte es. Sie überlegte, ob sie den Vater warten lassen solle, um ihn mürbe zu machen, da war er schon die Treppe hinauf und hämmerte gegen die Tür. »Madame! Madame!«, schrie er. »Öffnen Sie!«

Ariane befürchtete, dass das Geschrei den Zimmermann alarmieren könnte, den sie eine Stunde zuvor noch im Hof gesehen hatte. Also schob sie den Türriegel zurück und hob die Maske vors Gesicht. Da stürmte der Vater schon herein, überrannte sie beinahe. »Madame, nun ist der Kaiser vollends in die Ecke gedrängt: Die Schweden sind im Anmarsch!«

»Die Schweden?« Ariane wusste nicht, was das zu bedeuten hatte. Durch den fragenden Tonfall war ihre Stimme höher als beabsichtigt. Doch der Vater war so in Beschlag genommen, dass er nicht auf Nebensächlichkeiten achtete. »Graf Bernadotte führt sie an«, berichtete er. »Napoleon wird ihn füsilieren! Der kennt doch ihn und seine Winkelzüge wie seine Westentasche.«

»Vermutlich«, sagte Ariane in vornehmer Zurückhaltung. Tatsächlich hatte sie keinen blassen Schimmer, wovon der Vater sprach.

»Man erzählt sich, dass die Heere nun auf Leipzig ziehen. Unser Weg ist frei! Wir werden uns an ihnen vorbei nach Frankreich schleichen!«

Verstört registrierte Ariane das Schwärmerische, Sehnsüchtige in der Rede des Vaters. Einen derartigen Ton hatte sie nie an ihm gehört!

Ohne dass sie Widerstand leistete, zog der Hofrat sie bis in die Mitte des Salons. Von draußen schwappte schwarze Nacht herein, die Kerzen kamen kaum noch dagegen an. Er drehte sie ins spärliche Licht. Dann lächelte er schief, als hätte man ihm gerade eine Lügengeschichte erzählt. »Warum halten Sie sich diese alberne Maske vor?«

Ariane konzentrierte sich darauf, die Stimme zu senken und einen leichten Akzent einfließen zu lassen. Es wäre ihr auch nicht schwer gefallen, Französisch zu sprechen. Doch wusste sie nichts von den Gewohnheiten des Liebespaares. »Ich habe Ausschlag und wollte Ihnen den Anblick ersparen!«

Block schwieg und starrte sie an. War es Misstrauen oder Neugier? Das ließ sich nicht ergründen. Dann verzog er den Mund. Sicherlich hatte er sich Pusteln und Pocken ausgemalt, das half, sein Interesse ersterben zu lassen. Ariane musste unter der Maske lächeln. Ein kleiner, wichtiger Sieg.

Block nahm ein wenig Abstand und schaute sich um. »Wo ist das Mädchen?«

»Natalie? Ich habe ihr frei gegeben.«

Schon schob sich der Vater wieder heran.

»Dann, Madame, bedauere ich Ihr Hautleiden umso mehr.«

Ariane hatte sich vor dem Sofa postiert und verwies den Gast auf die Chaiselongue. Doch Block ließ sich nicht weisen. Hart ergriff er ihre Hand und setzte sich neben sie aufs Sofa. Ariane versuchte, sich ihm zu entwinden, doch Blocks Griff war kräftig. »Monsieur!«, ermahnte sie ihn. »Bitte nehmen Sie Abstand!«

»Wozu? Das Mädchen ist nicht da, niemand kann uns sehen. Warum heute so knöchern, Madame?«

»Weil ich Ihnen etwas Bedeutsames mitzuteilen habe.«

Ariane räusperte sich, versuchte, sich auf die kleine Ansprache, die sie sich zurechtgelegt hatte, zu besinnen. Doch es fiel ihr schwer, da die Fingerkuppen des Vaters ihren Arm hinaufkletterten. Behände, als tue er tagaus, tagein nichts anderes, schob er den Stoff ihres Ärmels hoch bis in die Beuge. Die Maske in ihrer Hand begann zu zittern.

»Warum so förmlich?«, fragte der Vater keck. »Duzen wir uns nicht mehr? Bin ich in Ungnade gefallen?«

Ariane biss sich auf die Lippen. »Wollen Sie nicht wissen, was ich Ihnen mitzuteilen habe, Block?«

»Teilen Sie nur. Ich weiß es ohnehin: Die Kutsche steht bereit, die Wachen sind bezahlt, wir dürfen keine Zeit verlieren.« Er sprang auf, Abenteuerlust blitzte in seinen Augen. »Ich bin zu allem entschlossen. Jetzt gleich, wenn Sie mögen!«

»Ich werde fliehen, aber ohne Sie, Monsieur!«

»Madame, schweigen Sie!« Block warf sich vor ihr auf die Knie.

Ariane erschrak. Sie sah, wie vermessen es war, ihn davon abbringen zu wollen. Ihre Hand begann so stark zu zittern, dass sie Angst um ihre Maskerade haben musste.

Der Vater ergriff ihren Arm.

»Monsieur, nicht!«

»Nein! Hören Sie!«

»Mein Entschluss steht fest, Monsieur!« Panik erfasste Ariane.

»Wie können Sie mich zurücklassen? Was ist mit den Plänen? Alles ist arrangiert!«

Als sie hörte, wie ernst er es meinte, kehrte Arianes Vernunft zurück. »Monsieur, Sie haben Familie, Sie können doch nicht einfach weggehen«, predigte sie ihm ins Gewissen.

Block presste die Lippen auf ihre Hand. Ariane versuchte erneut, sich ihm zu entziehen, doch der Vater hielt sie mit eisernem Griff. Er küsste sie auf den Arm, beinahe in der Armbeuge. Die war rot gescheuert vom Korbtragen. Sinnend strich der Vater mit der Hand darüber.

»Monsieur!« Arianes Stimme klang weinerlich.

»Madame, ich bitte Sie! Sagen Sie nicht mehr Monsieur zu mir!«

»Aber Sie sind für mich ein Monsieur, Monsieur!«

»Ich war ein Freund für Sie. *Un ami. Une amour.*« Das Letzte hatte er geflüstert.

»Eine Freundschaft kann man beenden, eine Familie nicht. Ich kann nicht zulassen, dass Sie Ihre Liebsten unglücklich machen! Niemals!« Tränen erstickten ihre Stimme.

»Madame, ich verstehe Sie nicht.« Die Handküsse hatten ihre Armbeuge erreicht. »Nun lassen Sie doch diese alberne Maskerade!«

»Monsieur, ich biete Ihnen einen Anblick, der Sie nicht glücklich machen wird, glauben Sie mir!«, beschwor sie ihn.

Block zog an ihrem Arm. Ariane leistete Widerstand, aber der Kraft eines Mannes konnte sie nicht standhalten. Schon schwebte die Maske zwei Finger breit vor ihrem Gesicht, schon fühlte sie sich entblößt, enttarnt. Da sprang sie auf und schüttelte ihn ab. Er setzte ihr nach, das Jagdfieber entstellte seine Züge. Doch im nächsten Moment hatte sich der Hofrat wieder in der Gewalt. Er blieb stehen, zog sein Halstuch zurecht und räusperte sich. »Madame«, sprach er feierlich, »es tut mir leid, aber ich akzeptiere Ihre Entscheidung nicht. Eine Kutsche steht bereit. Man erwartet unsere Befehle.«

»Ich habe eine eigene Kutsche!«, verrannte sie sich in heillose Behauptungen und bereute sie im nächsten Moment.

»So? Sie meinen vermutlich die, die Sie sich von meinem Geld gedungen haben?«

»Von Ihrem …« Ariane verstummte.

Block machte eine resignierte Geste. »Aber gut, ich beklage mich nicht, Madame. Ich mag mir keinen Sitzplatz in Ihrer Kutsche erbetteln. Ich gab Ihnen mein Vermögen, in der Annahme, es diene der gemeinsamen Flucht. Ich habe Dinge versetzt, die an mein Herz gekettet waren. Für uns. Doch ich will nicht um Mitleid flehen. Hier …« Block klaubte unter dem Rock seine Geldkatze hervor. »Nehmen Sie meine letzten Taler. Wenn ich Sie nicht besitzen darf, ist mir kein Besitz etwas wert, Françoise.«

Ariane war gerührt. Und konnte doch nicht anders, als fortwährend auf die Börse zu starren.

Der Vater legte sie seufzend aufs Sofa. Sie spürte Mitleid. Wenn die Liebe solche Abgründe aufbrach, wollte sie niemals lieben!

»Monsieur«, sie rang sich jedes Wort ab, »ich liebe Sie nicht!«

Block stand wie erstarrt im Halbdunkel.

»Monsieur«, sprach sie ihn nach einer Weile erneut an, denn sein Schweigen flößte ihr Angst ein, »wie ist Ihnen?«

Der Hofrat schlug die Rockaufschläge hoch. »Mir ist kalt.« Er wollte sich zum Gehen wenden, doch dann hielt er nochmals inne. »Wann reisen Sie ab?«

»In zwei Tagen«, sagte Ariane, nur um irgendetwas zu sagen.

Block stand vor ihr, die Hände leer wie die eines Soldaten, der seine Waffen eingebüßt hatte. »Wenn Sie schon das Todesurteil über mich sprechen, Madame, gestatten Sie mir noch einen letzten Wunsch?«

Ariane nickte steif und huldvoll wie eine Königin.

»Darf ich Sie bis an die Schranken begleiten? In Ihrer Kutsche?«

Ariane erschrak. »Nein!«

Block verzog das Gesicht wie im Schmerz. »Madame, einem zum Tode Verurteilten schlagen Sie den letzten Wunsch ab? Sie brechen Herzen, wie andere Nüsse knacken!«

Ariane wand sich. Ihre Hand begann erneut zu zittern. »Monsieur. Ich werde Ihnen den genauen Zeitpunkt meines Aufbruchs mitteilen. Sie dürfen mich verabschieden. Allerdings verlange ich Ihr Wort, dass Sie nicht versuchen werden, mich zu begleiten!«

Block verbeugte sich zum Zeichen seines Einverständnisses. Als er sich wieder aufrichtete, lag ein hintergründiges Lächeln auf seinem Gesicht. »Ich danke Ihnen, Françoise!«

»Auf Wiedersehen, Monsieur.«

Der Hofrat verbeugte sich erneut. Ohne ihr noch einen Blick zu schenken, schritt er zum Flur hinaus. Dann schlug die Tür zu. Ariane fiel auf das Sofa und verlor für einen kurzen Moment das Bewusstsein.

Als sie wieder zu sich kam, lag die Maske auf dem Boden. Die leeren Augenschlitze starrten sie an. Ein ganz und gar körperliches Unbehagen aber ging von ihrem Gesäß aus. Sie verlagerte den Sitz und zog die Börse hervor, die der Vater zurückgelassen hatte. Schwer lag das Leder in der Hand. Ariane nahm es als Zeichen, den Plan bis zum Ende durchzuführen.

16

»Die menschliche Natur hat ihre Grenzen: sie kann Freude, Leid, Schmerzen bis auf einen gewissen Grad ertragen, und geht zugrunde, sobald der überstiegen ist.«

Johann Wolfgang Goethe, »Die Leiden des jungen Werthers«

Am nächsten Morgen trat Ariane in Natalies Ausgehkleidung auf die Durchfahrt zum Hof. Sie beabsichtigte, unerkannt zu entschlüpfen. Doch kaum war sie in das Gewölbe getreten, hörte sie, wie der Zimmermann seine Arbeit unterbrach. Sie beschleunigte ihre Schritte. Noch bevor sie die offene Gasse erreichte, riss der Verfolger sie am Arm herum. »Was wollen Sie von mir?«, fragte sie scheinheilig. Der Zipfel des Capes, der ihre Kinnpartie bedecken sollte, war durch die rasche Bewegung herabgerutscht. Der Bärtige konnte ihr Gesicht sehen.

»Ich weiß nicht, welches Spiel Sie spielen. Aber ich weiß, dass dieses Haus einen ehrenwerten Ruf genießt. Ihr Männerbesuch gestern Abend …«

Ariane schoss die Röte ins Gesicht. »Ich bin das neue Mädchen«, stellte sie empört richtig. »Die Madame ist nicht da, ich hüte ihre Wohnung.«

Der Zimmermann durchschnitt mit einem Werkzeug die Luft. »Nichts da. Keine Lügengeschichten. Madame ist abgereist, für immer.«

»Oh? Tatsächlich?« Ariane tat überrascht. »Gut, dass Sie mir das sagen. Ich hatte doch tatsächlich vor, auf sie zu warten!«

»Haben Sie denn kein Zuhause? Wer sind Sie überhaupt?«

Ariane wusste, dass sie ihm nichts mehr vorspiegeln konnte. Sie zog sich in den Schutz des Durchgangs zurück und erklärte dem Handwerker ihre Lage – so weit sie sich erklären ließ. Sein Stirnrunzeln nahm im Verlauf der Erklärung nicht ab. Als Ariane geendet hatte, maß er sie von Kopf bis Fuß. »Madame du Barry hat das Logis bis zum Ende des Monats vergolten. So lange können Sie bleiben«, sagte er schließlich und Ariane wäre ihm fast um den Hals gefallen.

»Es freut mich, wenn ich einer hübschen jungen Dame einen Gefallen tun kann!« Unter dem Vollbart zeichnete sich ein Grinsen ab. Dann wurde er wieder ernst. »Nur die Herrenbesuche müssen aufhören! Ich möchte nicht ins Gerede kommen!« Mit einem Augenzwinkern wandte er sich ab. Ariane errötete und zog den Saum über Mund und Nase. Vermummt wie eine Aussätzige, trat sie auf die Gasse hinaus und eilte, ihre Geschäfte zu erledigen.

Ariane lauerte vis-à-vis ihres Elternhauses auf der Kreuzgasse, mit dem Korb über dem Arm. Sie hatte Glück und musste nicht lange warten. Ohne auch nur einen Moment innezuhalten, trat Bettine vor die Tür und nahm ihre tägliche Routine auf. Offenbar hatte sie Eile, es war nicht leicht, mit ihr Schritt zu halten. Als sie beinahe gleichauf waren, sprach Ariane sie von hinten an: »Guten Morgen, Bettine!«

»Ariane!« Nervös blickte sich die Angesprochene um. Niemand kümmerte sich um die beiden Frauen. Dennoch zog die alte Amme sie in eine Nische und schimpfte gleich los: »Du hast uns schon viel Kummer bereitet, meine Liebe! Aber dieses schlägt dem Fass den Boden aus! Deine Mutter hat die Nächte durchgeheult!«

»Vater hat es sicherlich leichter verkraftet!« Die Bemerkung klang trotzig, eine Spur spöttisch.

Bettine schüttelte fassungslos den Kopf. »Wie leicht du es nimmst, wenn deine Eltern sich grämen! Wären wir nicht auf offener Straße, ich würde dir eine Maulschelle verpassen, dass es dir bis in die Zehen klingelt!«

»Es ist nur gerecht, denn auch sie haben mir Kummer bereitet!« Ariane schob beleidigt die Lippen vor. Bettines Kopf lief wutrot an. »Findest wohl auch noch richtig, was du tust? Wo treibst du dich überhaupt rum?«

»Ich habe Obdach gefunden ...«

Bettine rang die Hände. »Gebe es Gott, nicht bei einem jungen Herrn!«

»Der Ort ist so keusch wie ein Kloster.« Ariane lächelte schief.

Bettines Hand näherte sich dem Gesicht der Milchtochter. Mit zärtlichem Griff schob sie eine der Strähnen wieder unter die Haube. »Warum musst du uns nur solche Sorgen machen? Sind die Zeiten nicht schlimm genug?«

Ariane richtete sich auf. »Ich habe einen Plan!«

»Gott bewahre!«

»Du musst Mutter zu mir bringen.«

»Niemals!«

»Ich darf Vater nicht begegnen. Er soll glauben, ich sei auf dem Lande. Verstehst du?«

»Kein Wort.«

»Tut nichts zur Sache. Hier ist ein Ort bezeichnet, und du bringst sie hin!« Ariane drückte Bettine das vorbereitete Billett in die Hand.

»Hat es bald ein Ende mit der Geheimniskrämerei?«

Ariane nickte emsig. »Aber sicher. Das verspreche ich – bei allem, was mir lieb ist. Verstehe doch, ich möchte nur, dass alles wieder so wird wie früher.«

Bettine musterte Ariane stumm. Die junge Frau hielt dem Blick der älteren stand und schloss deren Hand fester um das Papier. »Gib das der Mutter. In dem Augenblick, da sie es liest, werden ihre Sorgen verflogen sein!«

»Hoffentlich irrst du nicht!« Ohne großes Aufhebens stopfte Bettine das Billett ins Dekolleté – ihren Ort für geheime Verwahrungen.

Baron von Haldensleben stand in engstem Kontakt zum Kriegsrat. Beinahe stündlich pendelten Kuriere zwischen Dresden und dem sächsischen König, der sich bei Napoleon im Felde befand. Für das Leben am Rande der Schlachten war der Baron zu gebrechlich. Doch seine Erfahrung, seine Kenntnisse in den Künsten der heimlichen Kriegsführung machten ihn zu einem unentbehrlichen Diener seines Herrn. Allein Haldensleben besaß am sächsischen Hof die Fähigkeit, unterschiedlichste Informationen so miteinander zu verknüpfen, dass sich ein stimmiges Bild ergab. In dieser Phase des Krieges bekümmerten ihn die Agenten in der Stadt wenig. Viel wichtiger waren die Kundschafter auf dem Lande, denn dahin hatte man das Gros der Truppen verschoben. Immer deutlicher war zu erkennen, dass die alliierten Armeen versuchen würden, Napoleon einzukesseln. Der Kaiser hatte sich in der Verfolgung der vermeintlich angeschlagenen Feinde weit aus der Stadt locken lassen. Doch anstatt sich nun wieder zurück nach Dresden, in den Schutz einer starken Befestigung zu begeben, ließ er sich weiter auf Leipzig hin ziehen. Und dort erwartete man ihn bereits. Haldensleben musste den Kopf schütteln angesichts dieser Verblendung. Ein einziger Sieg, und schon war Napoleons Instinkt wieder vernebelt. Ach, wäre man doch nicht so unerbittlich an ihn gekettet!

Die Kunde, die Bedienstete der Madame du Barry bereite mit zahlreichen Gängen und Besorgungen alles zur Flucht vor, ließ Haldensleben kalt. Da nun alles auf die große Abrechnung zulief, war die Auslieferung preußischer Spione an die Franzosen ins Stocken geraten. Mit dem Eintritt der Schweden in den Krieg waren Napoleons Chancen, seinen Kopf heil aus der Schlinge zu ziehen, weiter gesunken. Doch Baron von Haldensleben war ein umsichtiger Mann. Die französische Madame war ein Faustpfand. Jederzeit würde man sie zum eigenen Vorteil verwenden können. Diesen goldnen Vogel ließe er nicht davonfliegen! Sie in Gewahrsam zu nehmen, war gar nicht notwendig. In Dresden saß sie so sicher wie in einem Gefängnis. Lediglich die Torwachen musste er anweisen, dass man sie an den Schlägen zurückwies, falls sie wirklich zu fliehen versuchte.

Noch in derselben Stunde fertigte er eine exakte Beschreibung der Françoise du Barry sowie ihrer Kammerzofe an, die er an die Wachmannschaften verteilen ließ. Dann trat er an einen Tisch mit einer Karte, die die Stellungen der Truppen nach bestem Wissen und Erkunden verzeichnete. Baron von Haldensleben nahm sich vor, einen Kurier mit verschlüsselter Botschaft an den König abzusenden, mit der dringenden Empfehlung, die Besatzung von Leipzig zu verstärken.

Ariane hatte einen Hut mit breiter Krempe gewählt, an dessen Stirnseite ein dichter Schleier angebracht war. Sorgfältig achtete sie auf jedes ihrer Kleidungsstücke, unternahm jede ihrer Bewegungen mit Bedacht, denn dies war die Generalprobe zu ihrem Coup. Der späte Septembertag lud zu einer Spazierfahrt ein, und Ariane hatte, im Umgang mit Marktfrauen und Droschkenvermietern sicherer geworden (und freilich mithilfe der väterlichen Geldkatze), eine offene Kalesche samt Kutscher für eine Ausfahrt vor die Schläge gedungen. Dass dies der Mutter imponieren würde, wusste sie. Und beeindrucken musste sie, wollte sie ihren Plan in die Tat umsetzen. Natürlich genoss sie es auch, die Mutter – wie es einer jungen Baroness gut zu Gesicht stand – zur Spazierfahrt zu laden.

Ariane hatte erneut ein Kleid aus der Garderobe der du Barry angelegt. Wie beim ersten Mal veränderte die fremde Hülle sie nicht nur äußerlich. Sie fühlte sich als Frau gereift und war gespannt, wie die Mutter auf diese Veränderung reagieren würde.

Zur verabredeten Zeit fuhr sie am elterlichen Haus vor. Bettine stand schon auf den Stufen. Sobald sie die prächtige Kalesche erblickte, rannte sie in den Hausflur, um die Herrin zu holen, die dort – Arianes Weisung entsprechend – wartete. Während die Kutsche ruckend und in den Federn schaukelnd zum Stillstand kam, trat die Mutter heraus. Ariane winkte sie, überglücklich sie zu sehen, heran. Mit skeptischer Miene erklomm Anna-Louise die Kutsche.

»Was soll die Maskerade?«, schimpfte sie, kaum dass sie Platz genommen hatte. »Musst du uns täglich mehr Kummer bereiten, du missratenes Ding!«

Unter dem Schleier zog Ariane eine beleidigte Miene. »Ich dachte, du wärst stolz auf mich …«

»Stolz?« Die Mutter stieß Luft durch die Nase. »Worauf? Dass du von zu Hause fortbleibst wie eine Gassengöre? Dass du aufkreuzt in diesem«, sie rümpfte die Nase und spie die Worte aus, »ekelerregenden Aufzug?«

Ariane strich ihr Kleid glatt. Der Mietkutscher auf dem Bock, der gar nicht anders konnte, als das Gespräch zu belauschen, wandte sich um und griente. »Wohin soll die Reise gehen, Mesdames?«

»Fahren Sie nach dem Großen Garten!«, befahl Ariane.

»Mademoiselle, sind Sie sicher? Es …«

»Nun tun Sie schon, was ich Ihnen sage!«, fuhr sie ihm über den Mund.

Die Kutsche ruckte an. Anna-Louise sah beiseite, als wollte sie mit der Tochter nicht in Verbindung gebracht werden.

»Du könntest ein wenig dankbarer sein, dass ich euch füreinander zu retten versuche, dich und Papa!«

»Ach? Dazu musst du ins Kleid seiner Geliebten schlüpfen?«

Ariane versagte vor Staunen die Sprache.

Endlich wandte die Mutter sich der Tochter zu. »Glaubst du, ich hätte sie nicht beobachtet, wo immer wir uns begegneten? Glaubst du, ich hätte nicht gewusst, dass er zu ihr ging?«

»Aber …«

»O Jugend!«, fiel ihr die Mutter ins Wort, »Auch wenn du dein Gesicht verschleierst und jedes Mal vor Verzückung fast stirbst, wenn ein Wind darunter fährt und dir eine Idee einbläst – es gibt auf dieser Welt keine Geheimnisse mehr!«

»Tatsächlich?« Ariane versuchte, nicht überzeugt zu klingen.

Die Mutter hob die Hand, um anzuzeigen, dass sie noch nicht am Ende ihrer Rede angelangt war. »Wenn du jetzt bitte die Güte hättest, mir zu erklären, warum ich meine Tochter im Gewand der Geliebten meines Mannes besichtigen muss?«

»Weil es zu meinem Plan gehört!«

Ariane warf dem Kutscher einen flüchtigen Blick zu. Der hatte sich, um noch besser lauschen zu können, weit zurückgebeugt.

Sie legte den Finger auf den Schleier, da, wo ihr Mund war. Der Stoff berührte ihre Lippen. Doch die Mutter fuhr unbeirrt fort: »Wie kommst du überhaupt an die Kleider dieser losen Madame?«

»Da du so überaus weise bist, *maman*, wird es dich nicht überraschen, dass sie fort ist. Geflohen. Hals über Kopf.«

Ariane hatte einen erleichterten Ausruf erwartet, ein freudiges

Aufatmen. Doch die Mutter wandte nur den Kopf zur Seite und sah aus dem Fenster.

Der Kutscher musste die Pferde jetzt antreiben. Sie näherten sich dem Pirnaischen Schlag. Vor dem Tor herrschte ein Gewimmel von Soldaten, Landvolk und Spaziergängern, die das Gottesgeschenk dieses friedlichen Tages nutzen wollten. Gänse wurden hereingetragen, Reitpferde hinausgeführt. Dazwischen Waffenschmiede, Kiepen voller Gewehrkolben auf dem Rücken.

Als der wachhabende Soldat Ariane in der offenen Kutsche erblickte, trat er näher und bat sie, den Schleier zu lüften. Sie wunderte sich zwar über die Aufforderung, fragte aber nicht nach dem Grund. Ariane war offenbar nicht diejenige, nach der gesucht wurde. Der Wachhabende ließ sie passieren.

So rumpelten sie durch die Vorstadt, wo ganze Häuserzeilen zerstört und Gemüsegärten mit Kanonenkugeln umgegraben worden waren. »Ist das nicht grässlich?« Anna-Louise schüttelte sich.

Ariane ließ sich nicht ablenken. »Willst du nicht die gute Fügung nutzen, neu anzuknüpfen an glückliche Ehezeiten? Jetzt, da ihr beide zurückgelassen seid?«

Anna-Louise starrte vor sich hin. »Das Leben ist keine Klavierlektion. Man kann nicht von vorne beginnen, wenn sich Misstöne eingeschlichen haben.«

Ariane schüttelte entschieden den Kopf. »Es liegt allein an dir. Erkenne doch die Chance! Die Frau, die deinem Ehemann den Kopf verdreht hat, ist verschwunden. Nur, dass er es noch nicht weiß!«

»Ariane!« Endlich sah ihr die Mutter in die Augen. Prompt lupfte sie den Schleier und drapierte ihn behutsam auf der Krempe. Sie war entschlossen, dem Blick standzuhalten. »Es ist nicht nur diese Madame. Unser Leben ist zu sehr in Unordnung geraten.«

Sie hatten den Großen Garten erreicht. Auch hier: Spuren der Verwüstung. Dennoch wandelten wahre Völkerscharen zwischen Kratern, zerschossenen Bäumen und durchwühlten Rabatten umher. Kinder streunten herum, um Patronenhülsen und Granatsplitter aufzulesen. Ein Halbwüchsiger hatte eine Viertelpfundgranate gefunden, die er stolz über den Kopf hielt, während die Geschwister neidisch an ihm hochhüpften. Ariane hieß den Kutscher anzuhalten. »Wollen wir aussteigen und uns die Beine vertreten?«

»Doch nicht in dieser Umgebung!«

Ariane befahl dem Kutscher, wieder den Weg zur Elbe einzuschlagen, so rasch wie möglich. Er ließ die Pferde in einen gemächlichen Trab fallen. Ariane hoffte, dass das seine Aufmerksamkeit von ihrem Gespräch ablenken würde.

Sie fasste Mut und beugte sich zur Mutter hinüber, um ihr ins Ohr zu flüstern: Dass und wie sie Block in der Überzeugung hielt, Madame du Barry wollte mit ihm fliehen. Dass die Mutter nur in deren Rolle zu schlüpfen brauche, um ihn zu umgarnen. Wie sie dann, im günstigsten Moment, die Maskerade fallen lassen solle, um ihm als sein einzig treues und liebendes Weib zu erscheinen und ihm in Einem Flucht und Untreue der Geliebten zu offenbaren.

Als Ariane geendet hatte und erschöpft in das Polster zurücksank, sah ihr die Mutter fest ins Auge. »Nein.«

»Bitte! *Maman!*«

»Ariane, ich bin krank«, hub sie an, doch Ariane wollte nicht hören.

Stattdessen ergriff sie die Hände der Mutter und drückte sie, als wollte sie das Glück festhalten. »Ach was! Du bist die schönste Frau, die ich kenne. Vater liebt die Schönheit. Er wird wieder dir gehören!«

Tränenströme rannen der Mutter aus den Augen. »Liebes, du bist so unschuldig!«

»Wenn es misslingt, werde ich dich nie wieder um etwas bitten. Glaub mir, es ist die Hoffnung meines Lebens, euch wieder glücklich zu sehen. Als Paar vereint. Mehr will ich nicht. Was ist so schlimm daran? Bitte!«

Die Mutter sah aus, als wiche alle Kraft von ihr. Halb ohnmächtig saß sie auf dem Sitz und ließ mit geschlossenen Augenlidern die Einzelheiten des Plans über sich ergehen. Sie stimmte nicht zu, begehrte nicht auf. Jede Gegenwehr war erstorben. Die Sonne stand blutrot über der Stadt, doch keine der Frauen nahm das Himmelsschauspiel wahr. Wie berauscht war Ariane von ihrem Vorhaben. Es musste gelingen! Und es würde gelingen!

Wortlos hatte die Mutter die Kleider der du Barry übergestreift. Als sie aus Arianes Händen die Maske nahm und sich vor die Augen hielt, erzitterte sie.

Ariane war bester Dinge. »Ich wünschte, ich könnte bei dir sein! Sein Gesicht möchte ich sehen, wenn aus der Larve der Verführerin die Ehefrau schlüpft!«

Anna-Louise schüttelte den Kopf. »Das Ganze kommt mir vor wie einer dieser Kostümschwänke. Warum sollte er mich lieben, wenn er doch diese Frau liebt? Es sind doch nicht ihre Kleider, in die er sich verguckt hat!«

»Es wird ein Schock für ihn sein, wenn er den Verrat entdeckt – ein heilsamer Schock!«

Anna-Louise überließ es der Tochter, die Falten ihres prächtigen, schwarzen Seidenkleides zurechtzuzupfen. »Er wird gelingen, vertraue mir!«

»In den Schwänken gelingt es nur, weil der Stückeschreiber es so will.«

»Ich kenne den Vater, er liebt die Überraschungen wie die Maskerade. Du wirst sehen.«

»Der Ekel steht mir im Hals, Liebes. Ich mag dieses Parfüm nicht mehr riechen.«

Ariane schnupperte. »Ich nehme es kaum noch wahr.«

»Mich macht es wahnsinnig!«

»Die Mietdroschke steht bereit«, Ariane umwirbelte die Mutter, um zu sehen, ob alles am rechten Platz saß. Hier und da hatten sie auspolstern müssen, da die Mutter schlanker war als die Französin.

»Wohin wird sie uns bringen?«

»Dem Kutscher ist eine Landpartie befohlen. Zieht euch ins Sommerhaus zurück, für ein, zwei Wochen. Ich komme schon zurecht.«

Anna-Louises Blick lag prüfend auf der Tochter.

Die huschte zum Fenster und sah hinaus. »Alles steht bereit. Die Koffer sind verladen.«

»Wozu denn das?«

»Damit Block keinen Verdacht schöpft. Sie sind leer.«

Die Mutter ließ sich zu einem Lächeln hinreißen. »Du denkst an alles!« Dann verfinsterte sich ihre Miene. »Wer hat dir nur solche Ideen eingepflanzt?«

Mit unschuldiger Geste hob Ariane die Schultern.

»Du spielst Schicksal mit uns, mein Kind!«

»Wir können doch nichts verlieren, nur einen Gatten zurückerobern!«, übertönte Ariane ihre Nervosität.

Anna-Louise zog die schwarze Stola enger um die Schultern und raffte sie vor der Brust. »Gehen wir.«

Als Häbig zum Logis der du Barry zurückkehrte, sah er schon von weitem die Reisekutsche. Ein Bediensteter war damit beschäftigt, Koffer und Taschen auf dem Dach festzuzurren. Untrüglicher Beweis, dass all seine Annahmen zutrafen: Françoise du Barry war im Begriff zu flüchten!

Fieberhaft überlegte er, was zu tun war. Warum war er ausgerechnet jetzt der einzige Beobachter? Zu zweit oder zu dritt wäre es ein Kinderspiel, sie aufzuhalten. Doch Haldensleben hatte die anderen abgezogen. Unfähigkeit, wohin man nur sah!

Häbig musste auf eigene Faust handeln. Den Gedanken, sich in aller Eile ein Pferd zu beschaffen, verwarf er. Innerhalb der Stadtmauern konnte er leicht zu Fuß mithalten. Und nur hier gab es Aussicht, die Flucht zu verhindern. Sobald sie die Tore passiert hätte, war die Sache verloren ... Doch Häbig war guter Dinge: Schließlich war der du Barry die Ausreise verboten!

Für weitere Überlegungen blieb keine Zeit. In Begleitung ihrer Dienerin trat die du Barry aus der Toreinfahrt. Häbig biss die Zähne zusammen. Die Madame war tief verschleiert und trug, als reise sie zu einer Trauerfeier, ein schwarzes, mit Federn besetztes Kostüm. Die Angelegenheit schien ihr zuzusetzen. Wie eine alte Frau musste sie sich auf die Jungfer stützen. Als sie die Füße auf das Trittbrett setzte, half das Mädchen von hinten nach. Ein wenig verwunderten ihn die respektlosen Griffe, die die Dienerin der Herrin angedeihen ließ. Es schien, als habe sie gar keine Hemmungen! Dann war Madame in die Kutsche bugsiert.

Das Mädchen ging um die Karosse herum, um sich zu versichern, dass alle Gepäckstücke aufgeladen und festgezurrt waren. Dann zählte es dem Handwerker, der die Dienste des Kutschknechts versehen hatte, Goldstücke in die Hand. Zuletzt, und das registrierte Häbig mit einem triumphierenden Zucken der Augenbraue, übergab ihm das Mädchen gut sichtbar einen Schlüssel. Falls es noch eines Beweises bedurft hätte: Dieser Abschied war endgültig!

Es blieb wenig Zeit sich zu freuen, denn der Fuhrmann ließ die Pferde anziehen, und Häbig nahm die Verfolgung auf. Im Gewimmel der Gasse ließ sich das bequem bewerkstelligen. Doch was würde an den Toren passieren?

Als die Kutsche vor dem Haus auf der Kreuzgasse hielt, riss Block den Schlag auf, stieg aber nicht ein. Er warf eine Reisetasche auf die Polster und den Damen einen flüchtigen Blick zu. Ariane, die aussteigen wollte, um Vater und Mutter allein zu lassen, kam nicht dazu. Schon war der Hofrat zum Kutscher auf den Bock gestiegen, schon rumpelte die Kutsche weiter. Mutter und Tochter sahen sich verwundert an, Anna-Louise konnte sich eine spitze Bemerkung nicht verkneifen: »Was fällt ihm ein, sich nicht an deinen Plan zu halten?«

Ariane verdrehte die Augen. Tatsächlich war sie ratlos. Die Gangart der Pferde beschleunigte sich, offenbar hatte Block dem Kutscher Weisungen erteilt.

Die Mutter lüftete den Schleier. Ariane sah, dass ihre Lippen schmal und blutleer waren. »Ariane, ich habe Angst«, flüsterte Anna-Louise. Dann ließ sie das Stoffnetz wieder sinken.

Ariane sprang auf. Sie öffnete die vordere Klappe und rief dem Kutscher zu: »Monsieur, bitte halten Sie an! Ich möchte aussteigen.« Den französischen Akzent hatte sie aufgegeben. Doch Block hörte nichts, er redete auf den Kutscher ein. Ariane gewahrte, dass sie auf das nächstgelegene Stadttor zufuhren, und zog den Kopf ein. Die Arme gegen die Seitenwände der Karosse gestemmt, blieb sie stehen. »Er will so schnell wie möglich aus der Stadt!«

»Das verwundert nicht, wenn man bedenkt, was die beiden auf dem Kerbholz haben!«, sagte die Mutter schicksalsergeben.

Ariane warf sich gegen die Vorderwand und öffnete erneut die Sprechklappe. »Monsieur, halten Sie augenblicklich! Ich muss mit Ihnen reden!«

Von der Straße erscholl ein weiterer Ruf: »Anhalten, halten Sie sofort an!«

Offenbar wurden sie verfolgt! Ariane presste den Kopf gegen die Öffnung und rief verzweifelt: »Vater! So lassen Sie doch anhalten!«

Block wirbelte herum. Mit schreckensweiten Augen erkannte er die Tochter.

»*Arrêtez-vous*, halten Sie an!«, ertönte es von hinten erneut.

Ariane eilte ans Seitenfenster, schob die Scheibe herunter, streckte den Kopf hinaus und sah in die Richtung, aus der der Ruf kam. Es war Häbig, der mit fuchtelnden Armen hinter ihnen her rannte.

Sie drehte den Kopf nach vorn, zum Kutschbock hin. Ihre Haube hatte sich gelöst, und die roten Haare flatterten im Wind. Der Vater hatte Häbig ebenfalls entdeckt und war aufgesprungen. Er riss dem Kutscher Zügel und Peitsche aus der Hand und lenkte das Gespann im Stehen. In vollem Galopp steuerte er auf die Schranken zu.

»Halten Sie sofort an!«, hörte Ariane den Amtmann von hinten schreien. Er hatte das Laufen aufgegeben und fuchtelte nur noch mit den Armen. Wie Schüsse klatschte die Peitsche auf die Rücken der Tiere.

Das Tor bestand aus zwei großen, gemauerten Grenzpfeilern rechts und links der Chaussee und einem kleineren in der Mitte. Das Wachhäuschen lag seitlich davon. In waghalsigem Tempo näherte sich die Kutsche der engen Durchfahrt, der Aufbau schaukelte bedenklich in den Federn. Durch Häbigs Rufe alarmiert, hatte der Kommandant die Besatzung auf die Straße gerufen. Block ließ die Pferde auf die Gruppe zuhalten, doch die Tiere zögerten. Sie warfen die Köpfe, ließen die Geschirre klirren. Instinktiv scheuten sie davor zurück, die Menschen niederzurennen.

Passanten stoben zur Seite, als sie die Kutsche mit dem schwankenden Gehäuse auf sich zurasen sahen. Die Soldaten reihten sich vor dem Tor auf und zogen die Flinten von den Schultern. Niemand hatte geladen, geschweige denn die Bajonette gesteckt. Als die Kutsche auf eine Pferdelänge heran war, sprangen die Soldaten zur Seite.

Ein Triumphgeheul drang aus Blocks Kehle. Von Ferne hörte man Häbig keifen: »Haltet sie! Sie wollen fliehen! Haltet sie auf!«

Als sie die Pfeiler der Stadtgrenze in vollem Galopp passiert hatten, hörte Block ein Krachen. Dann ein zweites. Es klatschte, als eine Kugel irgendwo in die Rückwand der Kutsche einschlug. Die flinksten unter den Wachsoldaten hatten nun ihre Flinten geladen und abgefeuert. Dann war nichts mehr zu hören. Selbst Häbig hatte die Verfolgung aufgegeben. Block übergab dem Kutscher die Zügel, befahl aber, so lange weiter zu galoppieren, bis man ganz sicher außer Sichtweite war. Er nahm den Hut ab und wischte sich Schweiß von der Stirn. Gerade wollte sich sein Herzschlag beruhigen, da drang aus dem Inneren der Kutsche ein Schrei.

Sofort ließ Block anhalten und sprang vom Bock. Als er den Schlag öffnete, erblickte er ein Bild wie aus einem Albtraum: Das Mädchen hatte sich über die Dame geworfen. Es heulte gotterbärmlich, stieß immer wieder Schreie aus. Erst als sie ihm ihr vom Schmerz entstelltes Gesicht zuwandte, begriff er, dass es sich um seine Tochter handelte. »Was machst du hier?«, stammelte er.

»Sie ist verwundet!«, wisperte sie, kaum der Stimme mächtig.

»Wer? Die Madame?«

»Die Mutter! Mutter!« Sie schrie und heulte in einem Atemzug. »Eine Kugel hat sie getroffen!«

Nun erst richtete sich Ariane auf, so dass Block seine Frau erkennen konnte. Der Hut war ihr vom Kopf gefallen, aus dem Mundwinkel rann ein dünner Faden hellen Blutes. Über der Brust sah der schwarze Seidenstoff nass aus. Als er den Flecken berührte, rötete sich seine Fingerkuppe.

Anna-Louise hatte die Augen geschlossen, nur ihr röchelnder Atem zeigte an, dass sie noch lebte.

Block kniete sich neben sie und ergriff ihre Hand. »Anna! Anna!«, rief er. Da schlug sie mit flatternden Lidern die Augen auf. Als sie

Ehemann und Tochter erkannte, trat ein Engelslächeln auf ihr Gesicht. Es verschlang ihre letzte Lebenskraft. Die Lider sanken, sie öffnete den Mund, doch nichts war zu hören.

»Was ist, Anna? Sprich deutlicher!«

Ihr Atem wurde flacher, ihre Lippen blau und schmal. Block zog sein Seidentuch aus dem Ärmel und legte es auf ihren Mund. In unregelmäßigen Abständen wölbte sich dort, wo der Atem hinausströmte, eine kleine, kaum wahrnehmbare Beule. Ariane zog ihr den Stoff vom Mund. »Du erstickst sie noch!«, herrschte sie den Vater an.

Da, als wollte sie den Streit unterbinden, stöhnte die Mutter auf. Ihr Brustkorb hob sich, das Korsett knarrte in seinen Stangen und Schnüren, dann wich in einem langen, sanften Stoß alle Luft aus ihr. Ariane schrie auf und warf sich über den Leib. Block sank stöhnend auf die Schwelle der Kutsche.

Als die Patrouille herankam, hatte Anna-Louises Haut schon den wächsernen Schimmer angenommen, der Leichen einen unnahbaren Ausdruck verleiht. Sie war schon zum Abbild geworden, eine leblose Skulptur ihrer selbst.

Der Offizier trat auf Block zu, um ihn festzunehmen. Willenlos ließ er es geschehen. In der geschlossenen Faust hielt er einen Zettel, den ihm seine Frau mit letzter Kraft zugesteckt hatte. Block wusste nicht, was darauf stand. Doch er brannte auf seiner Haut. Nur einen Augenblick allein …

Von den Reitern flankiert, führte man ihn zu Fuß nach der Stadt zurück. Hinter ihm ritt ein Soldat, die geladene Büchse in der Armbeuge. Seine Haltung ließ keinen Zweifel, dass er im Falle eines Fluchtversuchs nicht zögern würde, den Hofrat niederzuschießen.

Ariane schilderte dem Offizier das Geschehen, so weit sie dazu in der Lage war. Wieder und wieder wurde sie von Weinkrämpfen geschüttelt, bis der Soldat ein Einsehen hatte und den Kutscher bat, die junge Frau nach Hause zu bringen. Dann wandte er sich um und ordnete mit rauen Worten an, die Leiche zu einem Totenwäscher zu schaffen. Der Stadtphysikus werde sie noch am selben Tage begutachten.

Aus dem Wirrwarr der Worte und Anordnungen um sie herum hatte Ariane nur einen Fetzen aufgeschnappt. Sie hob den Kopf und sagte mit leerem Blick: »Nach Hause? Ich habe kein Zuhause mehr.«

17

»Daß Herr Peter Heinrich Ludwig Baron von Block während seiner Gefangenschaft in der Amtsfrohnfeste an Brustbeklemmung, Gliederzittern und Verdauungsfehlern mit fieberhaften Zufällen verbunden häufig gelitten habe, und zum Theil noch leide, deshalb aber zu Verbüssung körperlicher Strafen nicht tüchtig sey, solches attestire ich hierdurch pflichtschuldig.

Dresden, den 30sten März 1818.

D. Carl Gottfried Erdmann – Amtsphysicus

Erst im Arresthaus, als sich die Zellentür hinter ihm geschlossen hatte, fand Block Gelegenheit, den Zettel, den er in der Hand seiner sterbenden Frau gefunden hatte, zu entfalten. Ihr Aroma drang ihm in die Nase, die Wärme seiner Hand hatte es herausgelockt aus dem harten, knisternden Papier. Tief sog er den Duft ein, um ihn auf immer in seinem Herzen zu bewahren.

Den Tränen nahe wankte er auf das Seitengewölbe des Verlieses zu. Die Wand war feucht, man beschmutzte sich den Rock, wenn man zu nahe herantrat. Aber von oben, durch einen vergitterten Luftschacht, drang ein Sonnenstrahl. Block hielt das Billett in das Streiflicht.

Wie ein Schlag traf es ihn, als er die Handschrift erkannte. Es war nicht die seiner Frau, sondern die der du Barry. Schon war die Trauer beiseitegewischt und durch Sehnsucht ersetzt. Doch als er die Zeilen überflog, quoll neuer Schmerz, neue Verbitterung herauf. Block musste sich eingestehen, dass Françoise ihn nicht liebte. Zwar hatte sie Liebesworte benutzt, doch die vertrugen sich nicht mit ihren Taten. Obwohl er sich ihr ausgeliefert hatte mit Haut und Haaren, versetzte sie ihn rüde, ließ ihn wie einen alten Hund zurück.

Block weinte nicht, er haderte nur mit seinem Schicksal. Wohl erkannte er, dass dieses Billett Schuld von ihm nehmen würde, am Ende würde es ihm gar das Leben retten. Doch sollte er dankbar sein? Wie denn, wenn ihm zugleich das genommen wurde, was ihm teurer als das eigene Leben war? Er hatte sein Glück verwirkt und keine Gnade verdient! Er würde alles gestehen und um einen milden Tod bitten! Wäre das nicht besser als alle Gefangenschaft? Wie viele Jahre würden sie ihn lebendig begraben? Wäre er den Qualen und Entbehrungen einer langen Haft überhaupt gewachsen? Abgeschnitten von allem Schönen? Niemals!

Mit Bedacht knüllte er den Zettel zusammen, knetete ihn so klein wie möglich und steckte ihn dann in den Mund. Ein letztes Mal lag ihm der Geschmack seiner Frau auf der Zunge, vermischt mit einem Hauch Parfüm der du Barry. Er schloss die Augen und begann langsam, das Papier zu zermalmen. Die Tinte schmeckte bitter, für einen Moment hatte er mit dem Reflex zu kämpfen, alles wieder auszuspucken. Doch er überwand sich und kaute ausgiebig. Dann war der Zettel verschluckt. Block strich seinen Rock glatt, fuhr mit der Hand durchs Stoppelhaar und verschränkte seine Arme. So erwartete er den Oberamtmann Häbig, der gewiss ein außerordentliches Vergnügen daran finden würde, ihn dem Richter vorzuführen.

Drei Tage und drei Nächte schloss Ariane sich in ihr Zimmer ein. Sie rollte sich auf ihrem Lager zusammen und verharrte stundenlang reglos. Im Arm hielt sie die schwarzen Kleider, in denen die Mutter gestorben war. Das Blut war getrocknet, der Stoff verströmte nicht mehr den Parfümgeruch der französischen Madame, sondern nur noch das Aroma der Mutter. Es dauerte einen Tag und eine Nacht, bis sie in der Lage war, die Fingerkuppe in das Loch zu legen, das die Kugel in den dünnen, wehrlosen Stoff gerissen hatte. Sie stopfte es mit ihrer Haut, als könnte sie im Nachhinein das Eindringen des tödlichen Metalls verhindern. Was hätte sie dafür gegeben, alles ungeschehen zu machen. Ihr Leben, jubelnd!

Sie versuchte, sich die Fehler ins Gedächtnis zu rufen. Wann war der Plan gescheitert, wann hätte sich alles noch zum Guten wenden können? Doch schnell gab sie das Bemühen auf. Sie trug Schuld an allem, war es nicht wert, weiterzuleben.

Sie aß und trank nichts und rührte sich nicht von der Stelle. Am Abend des zweiten Tages klopfte Bettine an die Tür. Ariane solle Anordnungen für das Begräbnis der Mutter erteilen. Dies, so erklärte die Bedienstete schluchzend und schniefend durch das Holz, würde ihr helfen, darüber hinwegzukommen. Doch Ariane schwieg. Sie war fest entschlossen, sich von der Schuld erdrücken zu lassen.

Dreimal täglich klopfte die Milchmutter an die Tür, um zu fragen, ob Ariane etwas wünsche, und wie es ihr gehe. Sie wartete die mürrische Antwort ab, dann war sie wieder verschwunden. Dies war Bettines Art der Annäherung.

Am Morgen des dritten Tages erwachte Ariane und meinte, den Geruch der Mutter nicht mehr wahrnehmen zu können. Panik befiel sie. Mit dem ganzen Gesicht tauchte sie ein in die seidige Weiche, zog verzweifelt Luft auf der Suche nach dem vertrauten, geliebten Aroma. Irgendwo musste der Duft doch sein, er durfte nicht einfach verschwinden! Wie konnte denn ein Mensch so ganz, mit all seinem Wirken und Sinnen und Fühlen, nicht mehr da sein? Ariane ließ den Kopf sinken und weinte. Still und ohne Auflehnung gab sie sich der Trauer hin.

Anschließend verspürte sie erstmals Hunger. Der Gedanke an weißes Brot verursachte ihr Schwindelgefühle. Zum ersten Mal seit mehr als achtundvierzig Stunden löste sie sich aus der liegenden Hocke, streckte die Gelenke und spürte ihren eigenen, schmerzenden Körper. Die Schmerzen der Seele aber hatten so weit nachgelassen, dass man sie ertragen konnte.

Am vierten Tag war ein lautes Rücken und Räumen in der Wohnung zu vernehmen. Durch die Tür rief sie nach Bettine und fragte, was das zu bedeuten habe. Die Sammlung des Vaters werde konfisziert, um sie zu versteigern, wurde ihr erklärt. Der König fordere Ersatz für das Veruntreute!

Ariane war dies schlichtweg gleichgültig. Wenn man sie nur nicht aus der Schlafkammer warf!

Als die Stimme eines Mannes, eine sanfte, angenehme Stimme, sich nach ihrem Wohlergehen erkundigte, antwortete Ariane nicht einmal.

Noch am selben Abend meldete sich Bettine erneut. Sachte wie stets klopfte sie an, doch diesmal nicht mit den üblichen Fragen, sondern weil sie einen Brief zuzustellen hatte. Der brave Carus aus Leipzig habe geschrieben, und sie werde den Bogen unter der Tür hindurch schieben. Schon hörte Ariane das Rascheln des Umschlags, der über das Holz glitt. Von ihrem Bett aus konnte sie das sandfarbene Papier erkennen. Darauf ein blauer Frankaturstempel, Beschriftungen mit roter Tinte. Ariane sah keinen Grund, warum sie sich nicht erheben und dem Körper ein wenig Bewegung gönnen sollte. Die ersten Schritte waren beschwerlich, schmerzhaft sogar, doch dann ging es immer besser. Sie hob den Brief von den Dielen auf, und als sie zum Bett zurückkehrte und sich darauf niederließ, war sie erschöpft.

Sie überwand sich, erbrach das Siegel und entfaltete den Bogen. Ihre Augen überflogen das Papier, das der Arzt mit seiner kleinen, aber ebenmäßigen Handschrift bedeckt hatte. Was sie dort las, beschleunigte ihren Atem. Sie presste den Handrücken auf die Stirn, dann las sie erneut. Carus erklärte, dass er in Leipzig von dem schrecklichen Geschehen gehört habe. Er sprach sein tief empfundenes Beileid aus, fühlte aber auch die Pflicht, ihr eine Wahrheit mitzuteilen, bevor sie sie aus fremdem, unberufenem Mund höre. Eine Wahrheit, die die Mutter der Tochter gewiss mitgeteilt hätte, hätte sie nur geahnt, dass es so bald zum Sterben ginge …

Kurzum, Anna-Louise von Block sei, das habe er zweifelsfrei diagnostiziert, an der Syphilis erkrankt, die man im Volksmund »die Franzosenkrankheit« nenne. Diese Krankheit verlaufe nach einem ganz und gar unersprießlichen Leidensweg immer tödlich. Der stattgehabte Tod der Mutter, wie unglücklich die Umstände auch waren, sei gewiss ein angenehmerer gewesen als der, den sie über kurz oder lang zu gewärtigen gehabt hätte. Die Mutter habe dies nur allzu gut gewusst. Wohl ahne er, dass diese Mitteilung sie kaum trösten könne. Er bitte sie aber, diese Überlegungen in ihre Klagen und Bezichtigungen einzubeziehen. Feierlich schloss er mit den Worten: »Nun, meine liebe, verehrte Demoiselle Block, Gottes Ratschluss ist für Sterbliche oft unverständlich, doch unfehlbar. Es war sein Wille, dass Ihre Mutter einen gnädigen, raschen Tod fand. Haben Sie Vertrauen! Ihr untertänigster C. G. Carus.«

Nun strömten die Tränen noch einmal, aber nicht mehr kalt und zornig, sondern warm und fühlend. Nach der Trauer erwachte Wut über die Geheimniskrämerei der Mutter. Und mit der Wut kehrte die Vernunft zurück. Bestimmt war es nicht der Vater gewesen, der die Mutter angesteckt hatte! Ariane hatte etwas retten wollen, was längst verloren war.

Mit einem Mal war der Hass auf die du Barry zurückgekehrt. Arianes Blick fiel auf die schwarze Maske, die immer noch auf der Kommode lag. Mit energischen Schritten ging sie zur Tür, stieß den Riegel zurück und rief mit kräftiger Stimme: »Bettine, ich bin hungrig!«

Erleichtert und dankbar erschien die Bedienstete in der Türfüllung und trocknete die Hände an der Schürze ab. »Ich eile!«

Sein Anblick traf sie wie ein Schlag. Als Ariane auf sein Klopfen hin die Haustür öffnete, erblickte sie braunes, lockiges Haar. Am liebsten hätte sie die Hand danach ausgestreckt. Dann sah sie seine dunklen, doch munteren Augen, tief wie Brunnen, sein verschmitztes Gesicht. Alles an dem jungen Mann gefiel ihr. Selbst der Hut, der an der Krempe schon speckig war, und den er verlegen in den Händen drehte. Eine Ähnlichkeit mit Lucien war nicht zu verkennen, doch war er größer als jener und von kräftigerer Statur. Auch ihn schien ihr Anblick zu verwirren, es dauerte eine Weile, bis er sich erklären konnte. »Wir sprachen bereits miteinander«, stammelte er, während er den Hut wieder aufsetzte. Ariane runzelte die Stirn. Ganz gewiss hätte sie sich erinnert! Ein Lächeln flog über sein Gesicht. »Na ja«, gab er zu, »es war eine Tür zwischen uns.« Er senkte den Kopf. »Ich hatte die Ehre, die Verbringung der Preziosen Ihres Herrn Vaters beaufsichtigen zu dürfen.«

Sie war ihm dankbar, dass er das Wort »Beschlagnahme« vermied. »So sind Sie ein Kumpan dieses unsäglichen Häbig?«

Der junge Mann lächelte. »Außer dem Umstand, dass wir für denselben Herrn arbeiten, verbindet uns nichts.«

Ariane atmete auf und wartete gespannt auf seinen nächsten Schritt. Sein Blick ruhte verträumt auf ihr. Dann schüttelte er sich gleichsam wach. »Habe ich mich vorgestellt? Franz Glückswind, meine Verehrung.« Er langte linkisch nach Arianes Hand und hauchte einen Kuss darauf.

»So kommen Sie doch herein!«, bat sie mit einem Lächeln und trat beiseite.

Glückswind schüttelte den Kopf. »Bedaure, meine kranke Mutter erwartet mich. Ich wollte Ihnen nur etwas bringen.«

Er zog seine Hand hinter dem Rücken hervor. Darin lag etwas, das Ariane sofort erkannte. Ihre Knie wurden weich. Die Erinnerung schleuderte sie an den Anbeginn der Affäre zurück, in eine Zeit, da sie noch glücklich und unbeschwert war. – Glücklich und unbeschwert? Hatte es das wirklich jemals gegeben?

Es war der Stickrahmen mit ihrer Handarbeit.

Glückswind drehte ihn von einer Seite auf die andere. »Nun, einer meiner Büttel hatte ihn versehentlich zu den Kisten gepackt, die wir fortschaffen mussten. Doch ich gehe davon aus, dass er nicht Ihrem Herrn Vater gehört.« Das Lächeln verzauberte sein Gesicht. Ariane war bereit, sich in die Brunnen seiner Augen zu stürzen.

»Die Initialen«, fuhr er fort, »deuten doch eindeutig auf Sie, wertes Fräulein.«

Sprachlos starrte Ariane auf die Buchstaben, die sie gestickt hatte, als sie noch eine andere war. Gedacht als Teil ihrer Aussteuer. – Aussteuer! Niemals konnte sie darauf hoffen, einen Mann zu finden, nun, da sie als Tochter eines Betrügers und Spions gebrandmarkt war. Sie ließ den Kopf sinken.

Der junge Mann räusperte sich und streckte ihr erneut das Palisanderholz entgegen. »Bitte nehmen Sie ihn an sich. Ich darf mich nicht länger aufhalten.«

Ariane überlegte, wie sie seinen Aufbruch verzögern könnte, doch ihr fiel nichts ein. Als er den Rahmen in ihre Finger drückte, spürte sie, wie seine Haut die ihre kurz streifte – ihr Herz raste. Er riss sich los. Doch auf der Treppe wandte er sich noch einmal um. »Falls Sie nichts dagegen haben – dürfte ich an der Beisetzung Ihrer werten Frau Mutter teilnehmen? Ihr Schicksal geht mir sehr nahe!« Seine Augen glänzten feucht. Sie hätte ihn umarmen mögen. Ariane nickte zaghaft. Und als er längst verschwunden war, wollte sie ihm hinterherlaufen. Doch so etwas tat man nicht!

Die Wohnung war beinahe so, wie Ariane sie zuletzt verlassen hatte. Der Parfümgeruch war verflogen, nur in der Nähe der Schränke und Kommoden hing noch ein schwacher Hauch. Sie zog das schwarz gefiederte Stück aus ihrem Beutel. Ariane hatte sich in den Kopf gesetzt, dass es die Maske war, von der alles Unglück ausging. Solange sie sie bei sich aufbewahrte, wurde sie das Gefühl nicht los, weiteres Unheil könnte über sie hereinbrechen.

In einer weihevollen Geste legte sie die Maske auf die Frisierkommode der du Barry. Dabei entdeckte sie ihr Abbild im Spiegel. Sie ließ sich auf den Hocker nieder und schaute sich an. Ihre Augen hatten die roten Trauerränder verloren, die Haut glänzte weiß, nur die Wangen stachen durch einen zarten Rotschimmer hervor. Es war nicht zu bezweifeln, sie war älter und reifer geworden, vielleicht auch schöner. Um den Mund herum war plötzlich ein energischer Zug, der sich in zwei steilen Falten über der Oberlippe manifestierte.

Ariane war gebannt von ihrem neuen Anblick. Doch mit einem Mal fesselte etwas anderes ihre Aufmerksamkeit: Aus dem Korridor hörte sie ein Knarren. Ein Dielenbrett, das unter Gewicht nachgab. Ariane erhob sich, wandte sich der Tür zu, in der sicheren Erwartung, im nächsten Augenblick werde jemand das Schlafgemach betreten. Doch niemand zeigte sich. Sie wollte es schon für eine Täuschung halten, da nahm sie den Geruch wahr. Ein eindringlich süßes, unangenehm in die Nase stechendes Parfüm. Ein Frauenparfüm. Es war jemand in der Wohnung!

»Hallo? Ist da wer?« Ariane tat ein paar Schritte, und verharrte dann reglos in der Mitte des Raumes. Sie hielt den Atem an, vernahm aber keinerlei Geräusch mehr. Im nächsten Augenblick kam ihr die Formulierung aus dem Billett der du Barry in den Sinn: Der Mörder Lenzens sei der Mann mit dem aufdringlichen Geruch. Ariane spürte, wie ihre Hände feucht wurden.

»Ich weiß, wer Sie sind«, rief sie mit brüchiger Stimme. »Sie nennen sich Bürger Jacques.« Ariane sprach mit ihm, obwohl sie ihn nicht sah. Die eigene Stimme flößte ihr Mut ein. Nun hörte sie ihn atmen. Kein Zweifel, er lauerte ihr im Korridor auf. Obwohl sie ahnte, dass es höchst gefährlich war, näherte sie sich dem Durchgang und trat auf den Flur. Dunkelheit umfing sie. Sie rang mit der Panik.

Er griff sie nicht frontal an, sondern fiel ihr in den Rücken. Ariane spürte eine kalte, blanke Klinge am Hals. Dicht an ihrem Ohr zischte seine Stimme. »Woher wissen Sie, wie ich heiße?«

Ariane sprach wie eine mechanische Puppe, um ja keine falsche Bewegung zu machen: »Die Madame, die diese Räume früher bewohnte, hat es mir mitgeteilt.«

Der Mann, der sich Jacques nannte, zog ihre Haare nach hinten. Ariane gab nach und bog die Kehle durch. Dennoch schrie sie vor Schmerz auf.

»Das ist eine Lüge!«, flüsterte er ihr ins Ohr. »Niemals wäre sie so unvorsichtig gewesen!«

»Sie teilte es mir unfreiwillig mit. Ohne es zu wissen.«

Ariane spürte, wie sich die Klinge des Messers ohne den geringsten Widerstand in ihre Haut grub. In Todesangst kreischte sie auf. Im nächsten Moment riss er ihr den Schopf herum und hätte sie fast zu Boden geschleudert. Sie griff mit beiden Händen an die Haare, damit sie nicht ausgerissen wurden, da ließ plötzlich der Zug nach.

Ein Keuchen war hinter ihr zu hören, Ariane drehte sich um. Jacques hatte sich gegen die kräftigen Arme des Zimmermanns zu wehren, der ihn umschlungen hielt. Die Kämpfer keuchten vor Anstrengung. Ariane sah, wie die beiden miteinander rangen, dann gelang es Jacques, wendig und dürr wie eine Spinne, sich loszureißen. Das Messer war auf den Boden gefallen, es lag nahe der Tür und glänzte fahl im Dämmerlicht des Korridors.

Ariane lehnte sich an den Türrahmen und befühlte ihren Hals. Als sie die Hand ins Licht hob, zeigten sich nasse, rote Striemen darauf. Nun erst bemerkte sie den heißen Schmerz. Er hatte sie verletzt!

Ein Fluch des Zimmermanns ließ sie aufhorchen. Der spinnenbeinige Jacques hatte sich erneut befreit und stürzte sich auf das

Messer. Im nächsten Moment hob er es auf, um seinen Gegner in Schach zu halten. Dessen Waffen waren die bloßen Hände, doch die waren wie die Pranken eines Bären, bereit, jeden zu zermalmen, der ihm zu nahe kam. Der Agent erkannte die Lage, fuchtelte noch einmal mit der Klinge, dann drehte er sich um und rannte zur Tür hinaus. Ariane überwand den Schrecken und setzte ihm nach. Draußen auf der Gasse schrie sie sich die Anspannung vom Leib: »Mörder! Haltet ihn! Er ist ein Mörder!«

Die Passanten starrten ihr nur stumpf entgegen. Wer war ein Mörder? Wen sollte man ergreifen? Schon war Jacques mit der Menge verschmolzen. Niemand vermochte mehr zu unterscheiden, wer Schurke und wer Ehrenmann war.

Die schäbige Fassade des Wirtshauses in einer Leipziger Vorstadt hatte wohl noch nie im Schein einer preußischen Staatskarosse geglänzt, und uniformierter Besuch, wie er der Kutsche entstieg, war hier selten zu Gast. Theodor Gottlieb von Hippel hielt sich nicht lange damit auf, nach Hoffmann zu fragen, er verfügte wie stets über präzise Informationen. Hippel durchquerte die Gaststube, in der sich die Ausdünstungen vergangener Zechgelage mit den Gerüchen des Mittagstisches aufs Abscheulichste vermischten. Er ließ sich vom groben Anruf des Wirtes nicht aufhalten, gelangte an die Rückwand, schob einen im schummrigen Licht kaum sichtbaren Bretterverhau auf und bückte sich hindurch. Rußgestank von schlechtem Talg schlug aus dem muffigen, fensterlosen Hinterkämmerchen, das kaum die Größe eines Hühnerstalls hatte. Ein vierbeiniger Ofen, dessen Brennkammer nicht voluminöser als das Rohr war; eine Bettstatt von Stroh mit grobem Leinenzeug; eine Wäschetruhe und ein Stuhl, das waren die einzigen Möbel. Ein Schrank wäre nicht hineinzubringen gewesen. Auf einen Tisch hatte man verzichtet, da die Mieter, die hier hausten, sich ohnehin keine warmen Mahlzeiten leisten konnten. Damit es zumindest eine zweite Sitzgelegenheit gab, hatte der Wirt ein Rumfass umdrehen lassen, auf dessen Unterseite man Platz nehmen konnte. Hoffmann saß auf der Kante der niedrigen Bettstatt und schrieb, über die angehockten Knie hinweg, einen Bogen voll, der auf der Sitzfläche des Stuhls lag – der einzigen, vollkommen ebenen Unterlage in der Kammer. Als er Hippel eintreten sah, warf er ihm nur einen kurzen Blick zu. Dann tauchte er die Feder erneut in das Tintenfass.

Hippels Wiedersehensfreude kühlte ab, als er in Hoffmanns Gesicht keinerlei Regung entdeckte. Der Freund tat geschäftig, dabei wusste Hippel doch nur zu gut, wie es um ihn stand. Dass er keinerlei Anstellung mehr besaß, weil Seconda ihm den Kontrakt aufgekündigt hatte, und dass er sich und seine Frau nur mit größter Mühe durchbrachte. Derart auf den Hund gekommen war er noch nie. Konnte das Schreiben denn wichtiger sein als die gute, ja herrliche Nachricht, die er zu überbringen hatte?

»Nun schieb doch schon das Geschreibsel beiseite, Theo, damit dein Freund sich setzen kann«, wies ihn Mischa zurecht, die auf dem Rumfass kauerte.

»Geschreibsel?« Hoffmann fuhr auf. »Geschreibsel nennst du das? Es ist unsere Zukunft, die da liegt!«

In einer Mischung aus Verzweiflung und Verachtung schnalzte Mischa mit der Zunge. Hoffmann stand unschlüssig. Gesicht und Hände waren fleckig von schwarzer Tinte. Er schien wie im Rausch zu arbeiten.

»Es war richtig, Hardenberg dein Anliegen vorzutragen, Theo«, brachte Hippel seine Mission vorsichtig in Erinnerung.

»Tatsächlich?« Hoffmann horchte auf, ohne Interesse zu zeigen.

»Ja!« Hippel wusste nicht, warum er mit der Neuigkeit länger hinterm Berg halten sollte. »Unbedingt, denn er hat dein Gesuch ohne lange nachzudenken angenommen.«

»Ach.« Nun endlich blickte Hoffmann ihn an, mehr erstaunt als erfreut. Hippel fühlte sich um den Lohn der guten Botschaft betrogen.

»Das ist schade«, sprach Hoffmann versonnen, als sei er nicht ganz bei sich, »denn gerade jetzt befinde ich mich in einer ausgesprochenen Musenphase. Die originellsten Gedanken flattern durch meinen Kopf, ich brauche sie nur hiermit einzufangen.« Er tippte auf die Feder und beschmutzte sich erneut.

»Er muss sich nicht einmal mehr betrinken«, setzte Mischa lakonisch hinzu.

»Womöglich reicht es, im Hinterzimmer einer Kneipe zu schreiben«, spottete Hippel bitter. Allmählich verlor er die Geduld mit den Launen seines Freundes.

»Würdest du mir netterweise mit ein paar Talern aushelfen?«, bat Hoffmann unschuldig. »Dann kann ich das Märchen im nächsten Monat vollenden und noch ein paar echte Fantasiestücke dazu, ohne dass der Wirt uns täglich mit seinen Forderungen belästigt.«

Hippel musste an sich halten. »Ich bringe dir vom preußischen Staatsminister persönlich das Angebot, dich in seine Dienste zu nehmen. Und du hast nichts Besseres zu tun, als mich um Kredit zu bitten?«

»Ich benötige deine Hilfe, denn ich muss Hardenbergs Angebot ausschlagen.«

»Was?« – »Theo!« Hippel und Mischa schrien beinahe gleichzeitig auf. Hoffmann ordnete die Blätter auf dem Stuhl. »Ich habe noch so viel zu tun. ›Die Vision des Schlachtfeldes bei Dresden‹ muss ausformuliert, das ›Märchen vom goldenen Topf‹ übertragen werden. Ein Dutzend neuer Geschichten spuken schon in meinem Kopf umher und wollen heraus.«

Hippel knetete zornig seine Handschuhe. Er legt den Umschlag mit Hardenbergs Antwort aufs Bett. Dann machte er Anstalten, die Kammer zu verlassen. Mischa hängte sich an seinen Rockschoß. »Nein, Freund Hippel, gehen Sie nicht. Mein Mann wird das Angebot nicht ausschlagen. Warten Sie nur einen Moment, dann werde ich meinen Gatten zur Vernunft gebracht haben.«

»Nicht nötig!«, winkte Hoffmann ab. Er hatte sich in die hinterste Ecke der Kammer zurückgezogen und stierte vor sich hin.

Hippel trat einen Schritt vor. »Du wirfst dein Leben weg, Theo!«

Wie eine Furie sprang Hoffmann zum Hocker, raffte die Blätter zusammen und hielt sie Hippel vor die Nase. »Das hier! Das ist mein Leben!«

Hippel schob die beschriebenen Bögen zur Seite. »Aus einem Rattenloch von Spelunke befördert man dich direkt in eine gut geheizte preußische Amtsstube. Niemand würde solch ein Angebot ausschlagen. Nicht einmal ein Verrückter!«

»Auch Theo wird es nicht tun!« Mischa hing flehend am Arm ihres Gatten.

»Ich warte draußen. Eine Pfeife lang und keinen Augenblick länger. Bis dahin bitte ich um eine endgültige Antwort.«

Mischa war froh, ihn hinausschieben zu können. Als er beinahe draußen war, rannte Hoffmann hinter ihm her. Er riss ihn am Arm herum und drückte ihm einen Bogen in die Hand. »Lies das!« Widerwillig nahm der Freund das Papier mit.

Im Wirtsraum stellte er sich an den Tresen. Er verlangte nach Wein, doch der Wirt verwehrte ihm den Dienst mit saurem Gesichtsausdruck. »Ich mag Ihnen die Gläser dieses Rattenlochs nicht zumuten, hoher Herr!«

Hippel zog die Augenbrauen hoch. Offenbar hatte der Wirt seinen Stolz. Da er nichts zu trinken bekam, strich er den Bogen auf der Theke glatt. Er wollte die Zeilen nicht lesen, nur überfliegen, doch schon die ersten Worte nahmen ihn gefangen:

> »Am Himmelfahrtstage Nachmittags um drei Uhr rannte ein junger Mensch in Dresden durchs schwarze Tor und gerade zu einem Korb mit Äpfeln und Kuchen hinein, die ein altes, hässliches Weib feil bot, so dass alles, was der Quetschung glücklich entgangen war, hinausgeschleudert wurde, und die Straßenjungen sich lustig in die Beute teilten, die ihnen der hastige Herr zugeworfen.«

Nie hatte er solch einen Anfang gelesen, einen, der gleich mitten hineinsprang in die Handlung, ins Leben. Gerade recht für einen ungeduldigen Menschen wie Hippel. Er wollte mit dem Lesen fortfahren, doch da stand Mischa vor ihm. Sie zog ein freundliches Gesicht, welches das Leid, das sie täglich ertrug, nicht ganz verhehlen konnte. »Theo ist einverstanden.« Mehr sagte sie nicht.

Hippel erhob sich. Von einer Tausendmeilenreise aus dem eroberten Paris hatte er sich mehr erhofft als eine widerwillige Erklärung.

Doch er war zu sehr Diplomat, um sich von der Verärgerung forttragen zu lassen. »Ich möchte es aus seinem Munde hören«, sagte er nur.

Statt einer Antwort bat Mischa ihn erneut in die Kammer. Hippel bückte sich durch den Verschlag. Hoffmann saß auf der Bettstatt, die Arme um den Bauch geschlungen. Leer starrte er vor sich hin. Hippel räusperte sich und Hoffmann sah zu ihm auf. »Ich bin stolz und glücklich, eine Stelle in der Regierung meines siegreichen Vaterlands annehmen zu dürfen.« Es klang wie auswendig gelernt.

»Du wirst ein halbes Jahr lang als Referent beim Criminalgericht arbeiten, bis der König die Ernennung zum Regierungsrat unterschreibt. Reine Formsache.«

»Criminalgericht …«, wiederholte Hoffmann tonlos.

»Glaube mir, das ist eine spannende, abwechslungsreiche Tätigkeit.«

»O ja, ich weiß!«, rief der Musiker aus.

Hippel wollte dem Freund ein Kompliment machen wegen des Textes, doch dann befürchtete er, ihn von dem endlich gefassten Entschluss abzubringen. Also legte er den Bogen wortlos auf die Wäschetruhe. Hoffmann folgte ihm mit fahrigen Blicken. »Ich bin nicht zum Schreiben geboren. Es ist nichts für nervöse Naturen«, klagte er.

Hippel unterdrückte den Impuls zu widersprechen, trat einen Schritt zurück und begann, sich die Handschuhe überzuziehen. »Ich bin erfreut über deine Entscheidung und werde sie Hardenberg unverzüglich mitteilen. Wann wirst du nach Berlin reisen?«

»Sobald es meine und Mischas Gesundheit erlaubt.«

Plötzlich umfasste Hoffmann seinen Kopf mit beiden Händen und ächzte auf. »Man müsste zwei Leben haben. Oder drei.«

»Wir haben nur eines, und deshalb sollten wir behutsam und klug damit umgehen.«

Endlich sah Hoffmann seinen Freund an. Der zweifelnde Blick stand im Widerspruch zu seinen Worten. »Du hast recht.« Er erhob sich und umarmte ihn steif. »Herr Regierungsrat.«

Als sie sich wieder voneinander lösten, hatte Hoffmann Tränen in den Augen. Nur Mischa machte aus ihrer Erleichterung keinen Hehl. Hippel hielt sich nicht lange auf. Es waren noch weitere Geschäfte in Leipzig zu erledigen, Regierungsangelegenheiten. Als er vor die Tür trat, hatte er das Gefühl, etwas Richtiges und etwas Falsches zugleich getan zu haben. Doch dann schlug er sich die sentimentalen Gedanken aus dem Kopf. Hier war kein Platz dafür.

Ein einziges Mal gestattete man der Tochter, den Vater zu sehen. Dies war, bevor man ihn ins Zwickauer Zuchthaus abtransportierte. In der Wachtstube des Arrestes durften sie sich begegnen, eine Viertelstunde lang. Nach beinahe zwölf Monaten nun fünfzehn dürre Minuten, bevor er in den vergitterten Wagen stieg. Fünfzehn Minuten, um ein Leben zu erklären. Ariane erwartete nicht, dass er jemals lebendig aus dem Zuchthaus zurückkehrte. Block zählte vierundfünfzig Jahre. Am Ende der Haft wäre er beinahe sechzig! Konnte man in der Zelle überhaupt so alt werden?

Als er in Ketten hereingeführt wurde, reifte in ihr die Überzeugung, dass er seine Entlassung nicht erleben würde. Er war blass, seine Gesichtshaut rau von einem Grind, der sich bis auf den Schädel zog. Bei jeder Bewegung klirrten die Glieder seiner Hand- und Fußfesseln. Ariane wäre am liebsten davongelaufen. Ihr Begleiter legte ihr beruhigend die Hand auf die Schulter.

Mit finsterer Miene fuhr Block ihn an: »Was erlauben Sie sich, Herr! Lassen Sie mich mit meiner Tochter allein. Ich habe das Recht …«

Ariane wand sich verlegen, der Begleiter verbeugte sich tief. Block schaute irritiert und verärgert.

»Dies, mein lieber Vater, ist Franz Glückswind – mein Verlobter«, klärte Ariane ihn auf. »Sobald das Trauerjahr vorüber ist, werden wir heiraten.«

Block wankte, doch sich hinzusetzen war ihm nicht gestattet. »Verlobter? Wie kannst du es wagen? Ohne meine Zustimmung!« Er zitterte vor Zorn.

»Vater!« Ariane hatte Tränen in den Augen. »Wir sind völlig auf uns gestellt, nur Bettine und ich! Und …« Sie senkte den Kopf. »Ich liebe Franz.« Ariane war erschüttert vom Klang dieses Satzes, so gewaltig und wahr.

Block sah Glückswind scharf in die Augen. »Mein Herr, Sie verstehen es, sich einen Vorteil zu verschaffen! Machen einer hilflosen jungen Dame schöne Augen und verdrehen ihr den Kopf. Wollen sie vom Fleck weg mitsamt Titel und allen Ehren heiraten!«

Franz Glückswind lächelte unsicher. »Ehren? Mit Verlaub, von welchen Ehren sprechen Sie?«

Block hob die Hände. »Wenn ich meine Strafe abgesessen habe, wird man mich immer noch als Baron entlassen, mein Herr. Meiner einzigen Tochter werde ich den Titel einer Freifrau vererben, sowie eine bedeutende Sammlung erlesener Kostbarkeiten. Bei welchem Titel lassen Sie sich rufen? Hochwohlgeborener Erbschleicher?«

Franz schoss das Blut ins Gesicht. Ariane ergriff seine Hand. »Vater. Ihre Sammlung ist beschlagnahmt, den Hofratstitel hat man Ihnen aberkannt. Franz ist kein Baron, aber immerhin Oberamtmann! Er ist Advokat und als solcher studiert! Mit prächtigen Hoffnungen.«

Während sie seine Vorzüge aufzählte wie ein Rosstäuscher, bat Ariane Franz mit den Augen um Verzeihung.

»Die Advokaten hab ich gefressen, geht mir aus den Augen!«, rief Block aus, sank auf die Knie und begann zu schluchzen. »Meine Schätze? Sind sie wirklich verloren?«

»Kokosnüsse und Lederschilde, vergiftete Pfeilspitzen und Trinkbecher aus Horn nennen Sie Schätze?«, entfuhr es dem künftigen Schwiegersohn.

Ariane warf Franz einen Blick zu, der ihn verstummen ließ. Block überhörte die Bemerkung geflissentlich.

»Nur das Nötigste hat man mir gelassen!«, beteuerte Ariane. »Aber zum Glück habe ich Franz!« Sie drückte seine Hand. Er erwiderte die Aufmunterung nicht.

»Alles hat man mir genommen! Am Ende auch noch meine Tochter!«, klagte Block voller Selbstmitleid. Er musterte sie wie eine Fremde. »Du untreues Ding!«, zischte er durch die blassen Lippen.

Ariane schaute unverwandt zurück, unfähig, etwas zu entgegnen.

Doch dann spürte sie, wie es tief aus ihrem Herzen, einer Eruption gleich heraufquoll. Sie legte den Kopf in den Nacken und es fuhr hinauf in den Himmel, in die Welt hinaus: Ariane lachte unbändig. Sie lachte sich frei.

Über den wahren Block

Peter Ludwig Heinrich von Block wurde im Dezember 1801 zum »Ersten Inspector« bei der geheimen Verwahrung des Grünen Gewölbes – der Schatzkammer der sächsischen Kurfürsten und Könige – ernannt. Dies entspricht dem heutigen Rang eines Direktors. Im Februar 1802 trat er die Stelle an und schwor unter Eid, er werde »mit denjenigem, was an Juwelen, Pretiosis, Gold, Silber und anderen Kostbarkeiten bereits vorhanden, oder fernerweit dahin gebracht werden möchte, traulich handeln, und alles wohl bewahren«.

Fünfzehn Jahre später wurde er beschuldigt, zwischen 1808 und 1816 hunderte Stücke mit einem geschätzten Gesamtwert von 64 381 Talern, 17 Groschen und 8 Pfennigen veruntreut zu haben. Seine Besoldung als Hofrat betrug zuletzt 66 Taler und 16 Groschen monatlich.

Im Verlauf der Ermittlungen, die sich über ein Jahr hinzogen, kam ein Netz von Hehlern und Komplizen ans Licht, das bis nach Amsterdam und in die Schweiz reichte.

Der Spruch des Königlich Sächsischen Schöppengerichts zu Leipzig gegen »Block und Consorten« erging am 16. August 1817 und verurteilte ihn zu vier Jahren Zuchthaus. Die zunächst vorgesehene Ausstellung am Pranger wurde in einer Revision des Urteils zurückgenommen.

Die Ereignisse der Befreiungskriege, in deren Verlauf unter Blocks Aufsicht mehrfach Preziosen aus dem Grünen Gewölbe auf die Festung Königstein und von dort wieder in die Stadt gebracht wurden, erleichterten ihm die Tat, ebenso wie die wechselnden und zeitweise unübersichtlichen Herrschaftsverhältnisse während dieser Zeit.

Dennoch ist es, zieht man die große Zahl der Veruntreuungen und die Auffälligkeit der Stücke in Betracht, schwer verständlich, dass er so lange unbescholten blieb. In den Gerichtsakten finden sich eindeutige Hinweise darauf, dass der Fall ein hofinternes Vorspiel hatte. Offenbar wollte man, in einer für das sächsische Königshaus kritischen Zeit, die Affäre verheimlichen. Erst als sich Block störrisch und unkooperativ zeigte, wählte man den Weg der offiziellen Anklage. Der Verteidiger des Hofrats drängte im Verlauf des Prozesses mehrfach auf die Herausgabe weiterer, offenbar geheimer Unterlagen. Sie wurde ihm nicht gewährt.

Die vor Gericht verwendeten Akten, darunter sämtliche Vernehmungsprotokolle, sind erhalten und im Sächsischen Hauptstaatsarchiv in Dresden einzusehen, dem ich bei dieser Gelegenheit für die freundliche und stets zuverlässige Unterstützung danken möchte.

Letztes Aktenstück ist ein Gnadengesuch der Tochter, in dem sie den König bittet, von einer Verlegung des Vaters in das berüchtigte Zwickauer Zuchthaus abzusehen, da dies ihrer Meinung nach gleichbedeutend mit einer Todesstrafe wäre. Es wird abgelehnt. Gleichwohl überlebt Block die dortige Haft und wird, zwei Jahre später, in das Zuchthaus des mittelsächsischen Städtchens Waldheim verlegt. Zum Jahreswechsel 1822/23, nach beinahe fünfeinhalbjähriger Haft, entlässt man ihn. Er »wendet sich nach Meißen« – so eine Aktennotiz. Dort verliert sich seine Spur. Erst nach seinem Tod um das Jahr 1829 werden die konfiszierten Stücke seiner Sammlung den Königlichen Museen eingegliedert. Noch heute sind sie in den verschiedenen Abteilungen der Sächsischen Kunstsammlungen zu besichtigen: im Museum für Völkerkunde Dresden, in der Rüstkammer und natürlich auch im Grünen Gewölbe.

Auf die spärlichen Nachrichten über Block und seine Familie ebenso wie auf die umfangreicheren Zeugnisse E. T. A. Hoffmanns aus dem Dresden jener Zeit stützt sich dieser Roman.

Den Hinweis auf den »Fall Block« gab mir Frau Dr. Petra Martin, Kustodin am Museum für Völkerkunde. Ihr vor allem sei auf diesem Wege gedankt. Auch zahlreiche Hinweise von Frau Dr. Charlotte von Bloh, Chefkonservatorin der Dresdner Rüstkammer, waren hilfreich. Schließlich möchte ich allen danken, die mich bei der Arbeit an diesem Buch ermutigt und unterstützt haben.

Helga Glaesener
Wölfe im Olivenhain

Historischer Roman. www.list-taschenbuch.de
ISBN 978-3-548-60858-7

Cecilia Barghini ist schockiert – ein grausiger Mord erschüttert das Städtchen Montecatini. Ein junger Fischer wurde von Hunden zerrissen. Wurde er Opfer eines Eifersuchtsdramas? Oder hat sein Tod mit einem böswilligen Sabotageakt zu tun? Cecilia hilft Richter Rossi bei seinen Ermittlungen. Ihr Eifer bringt sie in höchste Gefahr, als sie auf einer Kutschfahrt dem Mörder begegnet.

»Der Autorin gelingt ein humorvolles Sittengemälde und eine spannende Detektivgeschichte.« *Brigitte*

Elisabeth Herrmann
Konstanze

Originalausgabe
Historischer Roman. www.list-taschenbuch.de
ISBN 978-3-548-60893-8

Palermo im 13. Jahrhundert: Die junge Witwe Konstanze von Aragon wird mit Friedrich verheiratet, dem nach Sizilien verbannten Thronerben der Staufer. Was niemand für möglich hält geschieht. Die beiden verlieben sich ineinander. Mit Konstanzes Hilfe wird aus dem ungehobelten Rebellen Federico ein umschwärmter Kaiser des Heiligen Römischen Reiches deutscher Nation, Friedrich der Staufer. Doch das Schicksal hält für Konstanze und Friedrich auch schwere Rückschläge bereit, die sie vor große Herausforderungen stellen. Wird ihre Liebe dem standhalten? Ein farbenprächtiges Epos und der Roman einer großen Liebe.

List Taschenbuch

L364